爆命运的瞬间

秦俊萍◎著

湘潭大學出版社
XIANGTAN UNIVERSITY PRESS

图书在版编目（CIP）数据

燃爆命运的瞬间 / 秦俊萍著 . -- 湘潭 : 湘潭大学出版社， 2024. 12. -- ISBN 978-7-5687-1572-0
Ⅰ . I247.5
中国国家版本馆 CIP 数据核字第 2024HR4046 号

燃爆命运的瞬间

RANBAO MINGYUN DE SHUNJIAN

秦俊萍 著

策划编辑：肖 迪
责任编辑：肖 迪
封面设计：张博雅
出版发行：湘潭大学出版社
社　　址：湖南省湘潭大学工程训练大楼
电　　话：0731-58298960 0731-58298966（传真）
邮　　编：411105
网　　址：http://press.xtu.edu.cn/
印　　刷：长沙印通印刷有限公司
经　　销：湖南省新华书店
开　　本：710 mm×1000 mm 1/16
印　　张：37.5
字　　数：640 千字
版　　次：2024 年 12 月第 1 版
印　　次：2024 年 12 月第 1 次印刷
书　　号：ISBN 978-7-5687-1572-0
定　　价：88.00 元

本故事纯属虚构，如有雷同，实属偶然。

谨以此书献给为西北高原的建设和发展作出贡献和牺牲的人们！

序

秦俊萍女士的长篇小说《燃爆命运的瞬间》在宏观的社会时代背景之下，真切地描写底层小人物的日常生活、遭际命运、爱情婚姻、亲情友情、喜怒哀乐，作品的描写细腻生动，真实感人，让人情不自禁地回忆起自身经历和过往生活，引发人对人生的咀嚼、感悟。这是一部内容扎实、很有内蕴的作品。

对爱情、婚姻的真实描写，生动地展现出爱情、婚姻的百态，展现出其种种真实的具体情状，是《燃爆命运的瞬间》的最突出的成功之处。冷彩莲虽然性格上有许多毛病，其最终结局也是悲剧性的，但其与丈夫老熊在维护家庭、相互帮助、不生异心方面是完全一致的，在冷彩莲生命的最后几个月，老熊一直悉心照顾，陪伴在侧。这一对夫妻谈不上有多深的爱情，但他俩对婚姻是忠诚的，对家庭是忠诚的，这是爱情、婚姻中的一种有代表性的类型。文昌德与苟爱琴恋爱期间波折不少，但是最终走到了一起，这是爱情的胜利，俩人结婚后的一段时间也还是真诚相爱的；后来由于偶然的时间和机会，文昌德出轨了苟爱琴的妹妹，苟爱琴虽然一度予以谅解，但始终有心理阴影，最终导致两人分手（此时他俩已经有了一个小孩）。这是由于在漫漫人生旅途中因为偶然因素而导致爱情、婚姻破裂的一种类型。成建国与万晓阳这一对本来爱情基础就不牢固，结婚也有些勉强，后来当万晓阳遇上了年轻、帅气的向天雁后，就痴心地爱上了向天雁，向天雁也为了弥补心里的空虚而在已有女朋友的情况下投入了万晓阳的怀抱；万晓阳的婚外情暴露后，成建国为了小孩、为了所谓的男子汉名誉，坚持不与万晓阳离婚；万晓阳则只想与成建国离婚后与向天雁走到一起，于是万晓阳和向天雁设计炸死了成建国，导致巨大的人生悲剧。这是爱情、婚姻乃至人生的悲剧类型。还有谢红梅上中学时迷恋班主任，这是“畸恋”的类型；“小马”对陆茵的暗恋，这是“单相思”的类型；等等。可以见出，作品真实地写出了爱情、婚姻中实际存在的多种情况和类型，真正写出了爱情、婚姻的多样性、丰富性和复杂性。

塑造出性格鲜明的、具有某种典型意义的多个人物形象，是《燃爆命运的瞬间》的又一成功之处。二车间党支部书记任书记是一个给人留下深刻印象的人物，任书记为人厚道，待人诚恳，关爱同事和下属，工作扎实，干实事，对上级也很服从。但他做事比较死板、简单，就是因为他的出语轻率（不经思考），导致成建国在与万晓阳的恋爱之初被误解、被冤枉而遭受了不应有的牢狱之灾。任书记是一位塑造得很成功的工作勤勤恳恳、任劳任怨、待人热忱，但水平不高、能力不强的工厂基层干部形象。二车间技术员陈技术员是一位塑造得很成功的技术员形象。她专业水平高、业务能力强，工作勤勤恳恳，任劳任怨，她真诚待人，主动关心、帮助青年人，她善解人意，理解有些青年人所受的委屈和难处，主动宽慰别人。但她并未做出什么惊天动地的“壮举”，她是位平凡而让人亲近的好人，这样的人物在生活中是很有概括性的。二车间焊工班班长冷彩莲是那个特殊年代思想比较僵化的代表，她平时喜欢喊政治口号，喜欢讲空话、套话，喜欢从“政治”上看人。但她思想纯洁，为人正直，也乐于助人（当然有时候是帮倒忙），最后因被人怀疑偷手表，深感委屈，长期生气，由气生癌，中年时被夺去性命。冷彩莲的人生是悲剧的人生。还有二车间统计员陆茵在我们国家恢复高考后，积极报考，屡战屡败，又屡败屡战，其身上显示出人的进取和韧性，厂医务室大夫翁大夫的敬业精神和对他人的关爱情怀，工厂看门人老宋头的忠于职守和细致耐心，等等，都能给人留下深刻的印象。

场面、细节、情节描写的细腻、生动、感人，是《燃爆命运的瞬间》的第三个成功之处。作品的细节和场面描写，不做任何夸张，不堆砌形容词，纯是生活化的写实，我们从作品中看到的是纯粹的日常生活。我们看这样一段描写：“爆竹声声，噼里啪啦，时刻提醒着人们现在还在过年。刮过川道的狂风不时地发出一阵阵的呼啸声，人们顶着风，伴随着爆竹的烟味儿，嘴里互道着新年好。晚上，隔壁厂在露天影院放一部战争题材的影片，时不时传来轰轰隆隆的枪炮声。”这段文字把寒冷、狂风、年味、看电影等描写得让人如临其境，感同身受。我们再看这样一段描写：“星期一下午上完一节课，文昌德就赶紧按翁大夫留下的地址往冷彩莲他们住的旅馆赶。他转了三趟车，天气闷热，车上的拥挤、汗臭令他恶心，刚换上的一件富绅牌短袖衫被汗水浸透，贴在身上，平时时尚的发型此时也按着汗水的流向分成了一撮撮，贴在前额上，他想自己现在的样子一定很滑稽，他用手拨弄一下头发……”这段短短的叙述有细节，有人物动作，有情节，还有心理描写，非常生动传神。还有，作品中关于爆炸案侦破过程的描写、关于冷彩莲到上海治病过程的描写、关于成建国与万晓阳婚姻矛盾的点点滴滴的描写，等等，都是细致地娓娓道来，并有悬念的设置，富有吸引力和感染力。

我和秦俊萍女士以前并不相识，由于朋友的联络，让我得以先睹为快，在出版之前阅读了这部作品，获得了审美享受，很是开心。我知道，秦俊萍女士并非专业的作家，她是在有了深厚的生活积累和难得的人生感受、人生感悟后，产生了创作冲动，不吐不快，才动笔写出了这部很有吸引力的长篇小说。我觉得，这种有感而发的写作才是真正意义上的文学创作，我要为她点赞。

余三定

二〇二三年十二月

于岳阳市南湖畔

前言

20世纪70年代初，我踏进社会的第一站就是这片神奇的土地，十多年以后，我离开前所做的最后一件事，是为两个年轻人送行。

一个如此柔弱的女子如何一步步踩上生命的断崖，我百思不得其解，也就久久不能忘怀，我的思绪常常在这种貌似相关实则相去甚远的时空中游荡，那些激情沸腾的生活场景，领导、师傅，尤其是那些情窦初开的少男少女们，他们的工作与爱情、追求与挫折、痛苦与欢乐——在眼前浮现。

按捺不住的冲动让我在2001年又重回故里。

厂子已经破产，传达室铁将军把门，走进去竟如无人之地。据说在社会主义市场经济的大潮中，这个厂子也曾有过短暂的辉煌，那时厂内停满了自产的汽车。可惜，那已是昨日黄花，现在的厂区，一片寂静，当年的机器轰鸣、人声鼎沸已恍如隔世。

回来以后，往事历历，今昔状况的巨大反差令我时时有一种揪心的痛，每感至此，常唏嘘涕泪感慨不已。我有了写作的欲望和决心，因为只有文字才能记录下活着时候的每一个细节，这就是文字的魅力，我要把这个故事写下来。尽管我常常想起一位作家在书里写的：要让一个人写书，最好的办法就是判他无期徒刑。

经过反复阅读和思考，我发现这个故事要告诉人们的，不只是怎样避开不幸，而是要从根本上改变命运，因为人的幸福指数是和人的命运息息相关的。

人的命运会因某个瞬间改变，因为生命的某些瞬间会出现机遇、灾难、教诲和挑战，我们如何把握住生命中的每一个瞬间，勇敢地去迎接，去克服，从中汲取坚韧与毅力，汲取人生的智慧，丰富生命的内涵，通过努力拼搏成为人生赢家，是这本书想要传递给读者的一个基本信息。

这本书讲了些什么？读者又能从中汲取什么？

1975年初到1981年初，中国社会发生巨大变革的前夜和初期，春回大地，恢复了中断多年的高考，确立了科学技术是生产力的科学论断，社会风貌也在发生着深刻的变化，人们看到了祖国孕育着的无限希望，对知识的渴望和对未来自身发展的期待越来越高，满怀着对祖国富强的美好憧憬，以极大的热情与坚韧不拔的毅力，投身于各行各业的建设中去。

本书以幽默、风趣的叙事风格和深刻的洞察力，描述了人们意气风发的革命热情和贫穷年代的精神风貌，勾勒出了一个火红年代里热情、激情、浪漫和悲剧交织的故事。

本书力图通过这些人物的日常生活与巨大社会变革的纷繁冲突，展现在时代变迁中小人物所走过的艰难曲折的道路和跌宕起伏的命运，是一部大时代历史进程中小人物的命运交响曲。

记录那个时代和那片神奇土地上人们的日常生活、社会活动、行为举止、道德观念和文化习俗，随着时间的推移，这些东西会消失。属于他们的那一道风景已经消失了，可能永远也不会重现，但是，成为绝版的东西才有记载的价值。

记住过去，是为了让我们更好地珍惜当下。

希望这本书能带给读者阅读的愉悦，每一位读者都能从中汲取不同的能量，让悲观者增强信心，无助者得到力量，傲慢者心生敬畏，迷茫者找到方向，绝望者看到希望。

目录

案发现场

爆竹声声，噼里啪啦，时刻提醒着人们现在还在过年。春节，是合家团聚的日子，漂泊在这里的游子，年前就攒票子，找路子，想法子买车票，归心似箭，要回老家去享受那在地球上绝大多数人天天享用的“氧吧”了。厂子里多数人还是扎根在此，安家立业，毕竟光景是一年年好了起来。

1981 年是陈技术员到此地的第十一个年头，因为小孩在西安，往年春节她都要回去，今年因为调动所以就地过年了。

刮过川道的狂风不时地发出一阵阵的呼啸声，人们顶着风，伴随着爆竹的烟味儿，嘴里互道着新年好。晚上，隔壁厂在露天影院放一部战争题材的影片，时不时传来轰轰隆隆的枪炮声。时钟走到十点多钟，随着“轰”的一声巨响，厂区的一些房子都跟着晃动起来，人们先是一惊，咋的？这枪炮还从片子里钻出来玩上真格的了？许多人以为又闹地震了，那时接二连三的地震已经使人变得十分敏感，逃生的本能使人的第一反应就是往外冲。一出房门，空气中弥漫着浓浓的火药味，才使人们意识到出事了。人们互相询问着，然后又不约而同地循着声音向厂大门口方向跑去。

厂大门口正对的是一条通往生产区大门的主干道。传达室位于厂大门口干道的右侧。传达室后面跨过一片空地，一栋四层的单身宿舍楼坐落在厂子围墙的一个角上，围墙外三米就是市里通往南川方向的交通要道。楼的大门开在对应的长边中央，门前过了马路是一大块空地，空地中央平行于马路立着两个篮球架，划出了一个篮球场，加上四周用脚踩出的镶边，形成了一个天然的运动场，在春和景明的晴日，或是彩霞满天的傍晚，这里是厂里的娱乐活动中心。

主干道左侧，差不多与篮球场相对是两排平房，这平房区呈长方形，两排砖混结构的房屋构成两条长边，房门相对，间距十几米，在差不多中间位置安装了自来水管和下水池，面对面安了两个水龙头，里面档头盖了一排平房，两头留些空档便于走路。与这排平房平行，隔开一段距离，建了个厕所。厕所前面是一堵矮墙，按一般人的身高，正好露出个脑袋，纵观全局，这平房区看起来像一个四合院，院内地基低出马路的水泥路面约四五十公分，用五米宽的两阶水泥台阶连接，这台阶就好像是这个四合院的门。

老远就看到“四合院”一片漆黑，而一条马路之隔的传达室则灯火通明，人们飞蛾扑火般向那光亮奔去。林书记绷着一张脸从里面走了出来。

为了保护现场，保卫科派人在四合院的“门口”处，即台阶两侧的两棵树干上，拴了一条绳子拉起了一条警戒线，算是封住了进四合院的门，然后连推带搡把人压向篮球场。今天，这篮球场成了一个临时的观景台，人群黑压压的一片，瞪着迷惑的眼睛待在那里，但还是有人不安分，总想出人头地。不时踮着脚，伸着脖，此起彼伏，像一个个的蘑菇使劲地往上蹿。“少不了那婆娘”，有人小声嘟囔了一句。

因情况不明，怕接通电源会引起不测，所以决定暂不接电，而是由传达室引线接了一个500瓦的大灯泡，挂在电工用的人字梯上。电工班长小心翼翼地把梯子靠一排房头的外墙放好，就赶紧退了出来。在灯光所及的范围内，未见房倒屋塌，却见碎屑土渣飞扬，铺天盖地，谁都明白“好戏”还在里头，可是，谁又肯往里走呢。林书记犯难了，不敢强求，万一再有个连环爆炸什么的，人命关天啊！

一人上前，他既不高大，也不强壮，背还有点驼，操着手问电工：“线够长不？”“长着呢。”刚才在众目睽睽下退出去的电工班长，浑身不自在地站在那儿抓耳挠腮，此时像溺水时好不容易抓住了救命稻草似的，赶紧答话。此人是二车间的任书记，真是应了他这个姓，车间一百几十号人的吃喝拉撒、大小事全任他管，真可谓是上管天，下管地，中间还要管空气。他走向梯子，低头看了看地上扔着的一团线，然后弯腰把打的结解开，嘴里嘟囔着：“要炸早炸了，就是定时炸弹也不会这么巧，正好赶在这个点上，再不，这水泥地上也能埋地雷？”

经他这么一说，林书记也勇敢了起来，走下台阶，后面的一帮人也一下子胆壮了，簇拥着下到“四合院”。任书记举起梯子，具体地说是擎着光明往里走，时不时还停下来揉一下眼睛，随着灯光的前行，一副惨象展现在眼前：一排七号房，屋顶掀翻，连着门、窗这面的墙壁扑向大地，门和窗户已经粉身碎骨，躺在地上，对门房子的墙壁也裂了几条大缝，左右的屋也都部分倒塌，残垣断壁，惨不忍睹。虽说时间已经过了若干分钟，但爆炸冲击波所携卷起来的瓦砾、破木、碎石和泥块，有的还携带着能量在光影里飞翔，时不时还有砸下来的声响，进去的人又都怀着一颗忐忑的心。照相机快门的呜呜声伴着镁光灯的闪光记录下了这惨烈的一幕。保卫科刘科长赶紧返回办公室向派出所报了案。

一排七号，这不就是成建国的屋呀，任书记可是他的“父母官”，这两口子的悲欢离合里，他融进了多少心血，他的神经顿时紧张了起来，心里隐隐作痛。他以当年在抗美援朝战场上抢救伤员的经验和气概，和保卫科的人在瓦砾堆中扒着，怎么是两个人？灯光照近，扒开瓦砾，看到了屋主成建国。

他满脸是血，双眼微睁，嘴唇翕动，任书记俯下身，却什么也听不到，只见两滴泪珠从建国的眼角滑落，不知这个在人世间经受了那么多磨难的汉子此刻最想说的是什么。另一个呢？没人认识。

“快，快送医院！”任书记用指战员般的命令口气大声喊着。医务室的大夫护士备好担架，因为是两个人，又叫来一辆大卡车，两个血肉模糊的人先后被抬上了卡车，只听到建国“哼”了一声，就再也没有动静了，另一位压根就没声息。站在一旁的陈技术员想到天太冷，叫人赶紧跑到车间抱来两床做门帘的绒毯。两辆车风驰电掣，直奔人民医院。

废墟下的冤魂

一群人簇拥着一个十七八岁的小伙子向保卫科走来。

在主干道右侧，过了篮球场，就是行政办公区和医务室，都平行于主干道，门都冲着马路开。保卫科设在行政办公区这排房靠厂大门这头的第一间，房间是南北向，门朝北，门旁开一个小点的窗户，为了采光好，南边的窗户要大得多。房间里，两张办公桌并拢着拼成一个大方桌，摆在南面窗户下。今日出了这桩大案，保卫科这些平常不起眼的“卫士”们忙前忙后，脸上放出了从未有过的神圣的光芒。

小伙子一进屋，门就“砰”的一声关上了。刘科长和林书记面对面坐着，却都侧着身，脸朝着门，今晚在传达室值班的何老头战战兢兢地站在刘科长旁边。自打一知道是建国屋里出的事，他就坐不住了，他一头扎进保卫科，嘴里不停地叨叨：“都是俺大意了，不，是俺工作责任心不强，不，不能说不强，是很差，请领导处分吧……”两位领导脸上的表情都很严肃，大脑在飞快地运转，那是对当前事态的思考。

小伙子一进屋，何老头当下就傻了，莫非见着鬼了，屋都炸飞了，这咋还有个活的？稍许，他又像明白了什么似的，一步跨上前，一手拽着小伙的衣袖，忙不迭地说：“就是他，就是他。”接着他指着小伙子的鼻子说：“你为啥要害俺这个老头子，你要杀人在外头干呀，为……”

“老何，你干什么？”林书记厉喝一声。像听到了军令，何老头浑身一颤，那手本能地松开了，腿也麻利地后撤。

小伙子惊魂未定，说话时还浑身发抖，牙关打架：“挠（当地方言：我）是建国的堂弟，挠、建国哥，还有他阿弟，我们三人从上边亲戚家喝完酒，骑车回家，路过你们厂门口时，建国哥说到他屋里去喝点水，坐一会。进厂大门时，这位老阿爷。”说时指着身边的何老头，“他说‘厂子有规定，晚上不许外人进厂留宿。’建国哥说喝完酒口渴，只想回去喝口水就走。到房门口时，挠想解手，就直奔厕所去了。刚进去一会儿，就听得‘轰’的一声，好像天崩地裂，挠人差一点摔倒，转身往外跑，一出来就被一股热浪推着，打了个趔趄，尘土、沙子就往身上扑。”

刘科长不无感慨地说：“你真是死里逃生啊！”于是，在这个案件中，“死里逃生”就成了这位堂弟的代名词。“这么说，另一位就应该是建国的亲弟弟了？”刘科长紧皱着眉头，语气沉重地说。“是，是，当然，那还用说。”“死里逃生”给了一个肯定的回答。“一家一下失去两个亲人，这让他们的父母可怎么活？这真太残忍了。”刘科长情绪激动地说。

伴着低吟的“哼哼”声，建国感到了疼痛，但是这种疼痛感一闪而过，随后他发觉自己悬浮在一个黑暗的维度中，周围出现了许多的“人”。其中有那年他在医院进行过临终陪护的大成，对他说：“丧钟尚未敲响，你赶紧回去吧，你还年轻，人间多美好。”他师傅拉着他的手说：“来吧，你在人间太苦了，我们师徒在这极乐世界里做伴吧。”他挣脱了她的手，说：“我不想走，我还要看着冬冬长大。”他看到了任书记、陈技术员，似乎听到了“那婆娘”的话语，他想告诉任书记：我不怪她，如果我趁早放手，如果……，可惜没人听得见。

他脱离了自己的身体，仿佛是一片羽毛，飘荡在四合院的上空，化作了一缕不散的冤魂。目送着自己渐行渐远的陌生躯体，他想回去，可是，丧钟已经敲响。一种从未体验过的最舒服的感觉将他包围。他首先体验到一种强烈的欣喜之情，仿佛是在梦幻中，眼前是一片阳光灿烂，桃红柳绿的景象，加在身上的一切束缚都已卸去，他那种舒心、痛快是过去从未有过的。

蓝天白云下，一排排整齐的宅院里，绿树红花交相辉映，“人”们祥和而安宁，他欣喜地说：“我终于摆脱了尘世的喧嚣，而飞到了这恬静美丽的极乐世界。”此时的他，对于是谁把他送入了这种境界，她到底是魔鬼还是天使他已经不那么在意了，他太累了。但家人、师傅，还有她的影像却执拗地在他眼前飘浮，曾经经历的一幕幕如画卷般展开……

他师傅冷彩莲，山东人，高个，皮肤细腻，长相不赖，她心直口快，激情豪迈，丈夫是当年抗美援朝战场上的荣誉军人。当年她怀着对“最可爱的人”的崇敬和爱戴，在组织的撮合下，嫁给了比自己大十多岁的他，本来有国家的补贴，在老家日子也过得去，可是，在热火朝天的建设年代里，热情奔放的她哪能在家吃闲饭，于是加入了这西部建设的大军中。

冷彩莲干活泼辣，技术不赖，当年人称焊工一枝花，从建厂起就是焊工班班长，只是孩子多点，人显得不那么利索，可这也并非本意，原来生了仨“光葫芦”，觉着品种不全，但还是响应政府号召，采取了措施。可莫名其妙，又怀上了，她生了个丫头，庆幸自己因祸得福。女儿取名叫露露，厂里的人戏称“漏漏”，品种齐全了，日子可过得越发紧巴了，原想着大儿子初中毕业顶老头的职，老头退休金加上国家的补贴，这日子会宽松些。现实击碎了她的梦，“顶职”一说叫停了，儿子初中毕业下到了本厂的知青点上，可一晃两年多了，至今回厂还遥遥无期。

就在万晓阳进厂那天，她往这儿一戳，就触到了师傅的心窝子，而且是不下乡就端上了这碗饭，所以当任书记将万晓阳领到自己的工位前时，她上上下下把晓阳打量一遍，酸溜溜地说：“哎，还是龙生龙，凤生凤，老鼠生儿打地洞。”从此她看到万晓阳就要发泄一通，一个师傅，一个徒弟，他在中间当了个双面胶。

列车偶遇

文昌德今年大学毕业，他带薪上大学，感谢国家感谢党。当然也要感谢每个月给他寄薪水的办公室小王，所以每到过年，打电话给小王拜个年是少不了的。年初五一上班，他给小王打电话时，小王说了这起惊天大案。他大吃一惊，话筒从手中滑落，眼前浮现出一个单纯、柔弱的女子，思绪回到了那趟列车上。

那是1975年，春风刚绿江南岸，文昌德就开始了他一年一度的迁徙之旅，从1967年算起，这已经是第九个年头了，往年，他咋的也要等观赏到院里的桃红柳绿，最起码也要看见马路檐子下面睡了一冬的草秧子伸直了腰才肯动身，可今年他待不住了，怀里总像揣了只兔子，压在心底多年的某种欲念蠢蠢欲动，君不见弄堂里传出的马达声日夜不息，街上的行人脚步匆匆，人们脸上的表情也比过去平和惬意了许多吗？他的眼前一片光明，于是他的心情阳光起来，周围的一切也随之灿烂。今天天气不错，心情也不错，他起了个大早，坐车从上海赶到了这趟车的始发站。

一场没有硝烟的战争开始了。大家都带着“小山”一样的一堆行李，后面的人踩了前面人的脚后跟，前面人背上的包蹭了后面人的脸。谩骂声、孩子哭声、乘警的喊声响成一片，紧张、混乱的气氛连太阳都吓得一哆嗦，躲到云彩里去了。狭窄的车门、攒动的人群，车厢门一开，人们使尽浑身解数，都想尽早地挤进车厢，列车员一开始还用手拦着向前挤的人群，但很快他自己就被汹涌的人流给挤“出局”了，此刻只好摊开双手站在人群外无奈地观望着。

文昌德空着两手贴着车厢没费多大事就挤到了车门口，他伸出一只长胳膊越过人头抓住车厢把手，抬起他的长腿，踩上踏板，一跃身就跨进了车厢。经历了刚才的一场奋战，一些人已经晕头转向，有的票拿在手里还要腾出手来在身上东掏西摸，有的好不容易掏出票来，先是低头端详，再是驻足观望，然后才艰难地向目标靠近，结果是有票的一时坐不上，没票的更是滞留于过道上，真可谓水泄不通。

文昌德一上车便麻利地把车窗玻璃推上去，探出半个身子，不断地挥着手喊：“阿昆，阿昆。”他脸色苍白、戴副眼镜，他的眼镜镜片反着光使人几乎看不到他的眼睛。从他吐字飞快，近乎剧烈咀嚼的嘴部动作可以看出他是个容易激动的人。

下边一个小伙子摆摆手，算是回应，继而他转身开始搬地上的东西，一件件递上来，文昌德把两个纸箱子放到座位下边，把一个装得鼓鼓囊囊的人造革旅行袋和一只皮箱往行李架上放，架上已经摆满了，他三挪两挤，终于给包和这只金贵的箱子找了个安身之地，他终于舒了一口气，今年的迁徙之旅算是初战告捷。他伸出脑袋对车下的小伙子摆摆手说："阿昆，你快回去吧，还得赶着上班呢，路上当心啊!"小伙子扬扬手说："三叔，再会，一路顺风啊!"

文昌德转身坐下的时候才发现旁边坐着一个小伙子，干瘦干瘦的，尖尖的下巴使整张脸看上去像一只木楔，脑袋上顶着一顶大了许多的棕色鸭舌帽，那脸就显得越发的小，脸色也是土黄色的，穿着一件差不多同样颜色的人造革夹克，猛一看，好像是栽在黄土地上的一朵蘑菇，此刻他正翘着二郎腿坐着，上面那条腿还时不时地抖一抖，显示他坐这个位子坐得心安理得，他头靠在后背上，左手抱着右边的胳肢窝，嘴里叼着一根香烟，用右手的食指和中指夹着，稀疏的眉毛下一对小眼睛眯着，冲着车厢顶，像是在欣赏自己刚刚吐出的烟雾，他现在希望这雾团再大点，好让站在他面前的这一老一少模糊起来，最好消失掉，因为他坐这个位子实在不能心安理得。

"小伙子，行行好，这位子确实是我们的，你看这票上写得明明白白。"老人把车票举到小伙子的面前，他的旁边站着一位看上去只有十五六岁的姑娘，地上还放着两个不小的包。"写在纸上没用，那要坐到屁股底下才算数。""蘑菇"眼珠都没转一下，接着说："去去去，有本事你早点上车啊!"说着就抬起那只抱着胳肢窝的手把老人往外推，文昌德实在看不下去了，于是用胳膊肘碰碰他，转身说："小伙子，勿来赛，勿来赛(上海话，大意是：这样不行)。"这"蘑菇"依然眼睛冲上，纹丝不动，嘴里喷出吐沫星子："来赛不来赛的，关你啥事。"

文昌德来气了，血直往脑门上冲，身体往外挤了挤，愤怒地吼道："路见不平，谁都该管，一个年轻人在这儿和一个老人争，什么德行。""蘑菇"腾的一下站了起来，侧转身对着文昌德，说："哟，这儿还有个活雷锋呢!"接着手一扒拉："你当雷锋你让座呀!"文昌德的眼镜应声而落。伴着眼镜滑落的那句"你让座"提醒了他。

文昌德手伸进口袋，掏出了票。接着把自己的车票塞到老人手里，顺手换回老人手里的票，顺势拽着老人的衣袖说："咱俩换票，你坐我这儿。"说着，屁股往外猛一挤就坐到了旁边的位子上。"哎哟。""蘑菇"像被扎着似的叫了一声，一屁股坐到了地上。他站起来手摸着屁股黑着脸原地转一圈，横着膀子向文昌德做着各种恫吓的手势和嘴脸，从牙缝里龇出话来：“你还真敢惹我，我还真就不信这个！”

文昌德举着票对“蘑菇”说：“你不是说要坐到屁股底下才算数嘛，现在这个位子实实在在坐在我的屁股底下，这总该可以了吧！小伙子，要我说，你还是趁早到别处去看看吧。”周围有人发出了笑声，“蘑菇”愣过神来才意识到自己被人耍了，于是恼羞成怒，抡起胳膊就去拉文昌德，一边嚷着：“你给我起来，不然看老子不揍扁你。”

老人赶紧上前用身体挡着文昌德，用一种低声下气的语调对“蘑菇”说：“年轻人，打人使不得，再说，为了一个位子打坏了人也不值得。”“去你的，老东西，现在倒来装好人。”说着，拉文昌德的那只手往外一扬，推得老人打了个趔趄，如果不是在挤得像沙丁鱼罐头似的车厢里，老人必倒无疑。

看到老人为保护自己而“奋不顾身”，文昌德这心里就热了起来，感受到周围群众赞许的目光，他不免有些得意，一得意不免有些忘形，霎时间浑身是胆。他忽地站起身对老人说：“你让一让。”然后他歪着脑袋，用不屑的目光瞅着“蘑菇”，慢条斯理地说：“怎么，想打架？就你这身板、这身高还能打架？看看，你叫大伙看看，整个一个二等残废，站在这儿只能跟本人坐着‘试比高’。”说着还两手合十，十指交叉握在一起，手腕连同两只胳膊不停地扭动着，像拳击运动员的赛前热身，同时，用挑衅的眼神望着对方说：“要不，比试比试？”过道里本来就已经站满了人，有人起哄：“比试比试，教训教训这小子。”

“别看老子个小，人瘦，秤砣虽小压千斤，功夫在这儿呢。”“蘑菇”说着摩拳擦掌，大幅度地扭着腰，活动周身关节，继而拱背猫腰，两手伸着向文昌德扑过来。站在旁边的一位干部模样的中年人立马扯住了“蘑菇”，平和地说：“大家坐车都挺不容易，小伙子，不是我说你，这事儿可真是你不对，别在这儿闹了，往别的车厢走走，兴许没这么挤。”

老人把姑娘拉过来，对文昌德说：“快谢谢人家。”九年了，文昌德何曾受过如此的赞许和礼遇。他本来就是一个给点阳光就灿烂的人，心里那个爽啊，可是这姑娘却嘴都看不见动一下，只是用蚊子哼哼般的声音从牙缝里挤出了这两个字：“谢谢。”像牙痛时发出的“嘘嘘”声，接着就侧着身子，紧贴着小茶几插进去径直坐到了里面的座位上，这令文昌德有了一种牙根子发酸的感觉。老人有些难为情地说：“不是我坐车，是我这外孙女，没出过远门，这要坐几天几夜的车，实在是不放心，要是我，情愿站着累趴下都绝不会和他去争。

车站的大喇叭里传来了播音员那甜甜的声音:“开往古海市的37次列车就要开车了,还没有上车的旅客请抓紧上车,送人的亲友们请迅速下车。”机车长鸣了一声,车厢的底板在脚下晃了一下,伴随着车厢间挂钩撞击发出的巨大响声,火车给出了这条长龙即将腾飞的信号。老人这才意识到,他是真的该下车了,于是用恳切的语调对文昌德说:“那我这外孙女就拜托你了,麻烦你路上给照顾一下。”然后他看着地上的两个包,犯难地说:“这包……”“放心,没问题,这包我来处理。”文昌德不假思索地顺口一答。老人转身快速往车门口走去。

机车长吼一声,终于开动了,站台以及它上面的人、景一一被掷于身后,渐渐只剩下一缕向后散去的白烟,老人还在站台上挥着手,怀着无限的惆怅和失落,从小养大的宝贝就这么走了,不知道下一次站到这儿要等到什么时候。

傻妞

文昌德想着刚才那牙痛“嘘嘘”似的一声谢谢,现在又见姑娘心安理得地坐在靠窗的位子上,悠闲地观赏窗外风景,就觉着这姑娘的身上好像少了点什么东西,或者叫不上道,随口道:“哎,你倒不客气。”

“这用得着客气吗?难道你说的换票是说着玩的吗?”姑娘转过头,歪着脑袋看着他说,说到最后那个“吗”时还把眼睛调皮地眨了眨,然后就又转过头去看风景了。

真是一个听不懂“潜台词”的大孩子,文昌德忽然意识到这将是自己这一路上的一个大包袱,这时脚下的两个包紧紧地挤压着他的腿,提示着这里还有两个实实在在的包袱,尽管他明知就是她想管也管不了,但见她如此悠闲自得,这心里还是不舒服,于是没好气地说:“哎,小姐呀,别光顾看风景了,还是看看你这两个包吧!”

姑娘这一回可是转过了身子,很认真地说:“欸,你叫谁小姐?我家可是革命家庭,不能乱叫的哟,这可是原则问题啊!”说完竟又扭过身去。“好好好,算我叫错,叫啥有啥要紧,现在要紧的是这两个包往哪儿放啊,它们不能老放在地上给人当脚垫吧,这才是现在的原则问题。”文昌德挥舞着手臂，情绪有些激动。

“不晓得呀。”姑娘只是扭过头来忽闪忽闪眼睛，又像没事儿人似的不理会，文昌德无可奈何地用手挠着头皮自言自语道：“哎，我还就纳了闷了，怎么好像这两个包跟你没关系似的?”一边看着她，越发觉着眼前这个姑娘不可思议。

“你不是跟我姥爷说过你来处理的嘛，难道这也是说着玩的?”姑娘这次倒是转过了身，但这句话离谱的程度似乎比她身体转动的角度还要大，一下子就把自己转到圈外去了，这真令他哭笑不得，于是嘴里嘟囔着：“自找的怪谁呢。”。

“你后悔了?”姑娘看着他的脸，带点挑衅意味地说。“搁谁能不后悔。”话一出口顿觉周围的一切黯然失色，那就像是骤然聚起的一片乌云，不大不小，不多不少，就这么刚刚好挡住了太阳一样，遮住了所有的灿烂。于是他来了个急转弯说：“可它搁我，要后悔才怪呢!”好像要诠释这个“才怪”，文昌德立马起身，从地上提起一个包，脱了鞋站到座位上，欲让它们坐到自己的皮箱上，但又犹豫了一下，随即嘴里嘟囔着：“噢，勿来赛，这箱子怕压。”于是转身将包放到自己的座位上，把皮箱从行李架上取下，对面座位上一位男同志站起来帮他接住，问：“放哪儿?”“先放地上。”说完他下来，弯腰把用绳子捆着的两个纸箱子从座位下拉出来，把皮箱放进去，在往里推时，他心痛得嘴角都颤抖了一下，这是一只新皮箱，里面放着他熨得笔挺的西装和刚刚流行的留声机唱片。

文昌德起身把纸箱放到行李架上，刚才那位接箱子的乘客此刻又去拿地上的包，他摆摆手，用命令的口吻说：“傻妞，把包递上来。”姑娘噘着嘴，把一个包提起，说：“给，傻哥。”一声“傻哥”吸引了一片眼球，也叫得文昌德的心里痒痒的，看来这个女孩“傻”得可爱。

两个包挤着坐在了纸箱上。文昌德松了一口气，坐下点上一支烟抽了起来。姑娘却再没做出什么“可爱”之举，她又侧身望着窗外，盖过耳际的短发像闪光的黑色绸缎般流淌下来，涨满了他的眼眸。她用胳膊肘支着茶几，手托下巴的姿势，表明了她要将观景活动进行到底的决心和对文昌德的漠视，忙活了半天就为看这个黑脑袋？文昌德不免有点失落。

一支烟抽完，自觉没趣的他取出茶杯准备去打水，迟疑了一下，还是对着黑脑瓢问：“你喝水吗？把杯子拿来。”文昌德本想抛砖引玉，以为姑娘会说：“我去打。”遗憾啊！遗憾，姑娘什么话也没说，只是顺从地从衣帽钩上把一个用油漆画着红五星、写着“为人民服务”几个大字的绿书包摘下来，从里面掏出个搪瓷杯递过来说：“给。”他真有点失望，像种了一片没有收获的田，无奈地接过了杯子，说：“你注意一下行李。”

打水回来时，姑娘已经正过了身子，站起来接过杯子，并很好看地冲他一笑，他心里的那点委屈一下子全消了，开始仔细打量眼前的这个姑娘：她外穿一件黑、红格子相间的布上衣，裁成圆角的披领衬托着白皙而细腻的脖颈，一张瓜子脸，五官搭配十分协调，让人看上去很舒服，面容白净、鼻梁挺直，挺愣愣地沉下来，倏然煞住，鼻尖浑圆，嘴巴小巧，眉毛细长，杏仁形的眼睛圆睁着，眸子清澈，像不经事的孩子那般明亮，竟看不到一丝灰尘，当然也找不到一点内容，他明白了，这还是一个不谙世事的女孩，他理解了她刚才的不近人情。

她现在还是不近人情，接过水杯连那“嘘嘘”声都舍不得恩赐于他，但眼睛却很大方地看着他：他上身穿着那个年份最为时髦的雪花呢短大衣，花格子衬衫的翻领从里面紫红色的毛衣领口中脱颖而出，下面则是那个年份最为时尚的小脚管裤，紧紧裹在腿上，显得两条腿格外的长，脚上套着的是那个年份最为流行的火箭式皮鞋。看着这副当时上海盛行的“三包一尖”：即所谓的大包头、包屁股、包脚管裤子和尖头皮鞋的打扮，她认定他是上海人，而且还是个充满了小资情调的上海人。可抬眼往上一瞧，他没留大包头，连小分头也不是，而是理成板寸，她最讨厌大包头或是油光发亮的分头，电影上的特务、汉奸都是那样的打扮，她觉着这是一个还保留着无产阶级气息的人。看着他这副“资无结合”的模样，她有过片刻的迷茫，但细思量觉着这无产阶级还是占领着“高地”，这感情上一下子就拉近了许多。

她开始喜欢他明朗的笑容，亲切而有趣的话语，闻到他身上淡淡的烟草味，突然心里有了一种从未有过的感觉，朦胧着说不出来由。不知为什么她会把他和那些坐在教室里读书的男生去比，显出那些拼命要在女生面前自我表现的男生们的虚伪、自私和虚荣，她对他有了好感和信任，也产生了好奇。

她歪着脑袋扑闪着眼睛问：“你真的会打架?”文昌德心里有了些许的安慰，别看她嘴上不说，但心里还是挺在意自己刚才的见义勇为，于是饶有兴致地反问道：“我说我会打架，你信吗?”“信。”想想不对又纠正说：“要信才怪呢!”“为什么?”“因为你文质彬彬，戴副眼镜，如果爱打架，那得有个配眼镜的人跟着，再说，你个儿是高，可电线杆一个，只可惜没埋在土里，风一吹就得趴下。”说完还把手放到嘴边嘻嘻地笑着。

“好个小毛头，竟敢嘲笑我。”文昌德用手在空中虚晃一下，做出一个打人的姿势。姑娘用手做出招架的架势，嘴里说着：“不敢，不敢，我只是佩服你的勇气，居然还敢跟那个无赖比试比试。”“这叫狐假虎威，你看过《小兵张嘎》吗？嘎子用一把木头枪还能缴了鬼子的真家伙。”文昌德得意起来，好像他现在就是那“老嘎子”。

“你原来挺狡猾，那我可真要当心点。别让你给卖了。”姑娘用戏谑的口气说。“你也太高看自己了，也不想想，谁买你做什么？一个小姐坯子，谁买了你还得跟个人侍候着，那不是有病嘛！”“你才有病呢！”姑娘反唇相讥，但马上流露出一种失落，睁大眼睛说：“哦，我原来这么没用？”“噢，不，不，不。”心想这么个纯洁的女孩放在家里当画看也赏心悦目，他嘴上不敢说但心里却舒服了许多。突然对自己刚才打水时的一个细节感到难为情。

自己的杯子里放了一袋茶叶，虽然盖着杯盖，但那细细的白线粘着一个纸签吊在外面，此刻正随着火车的行进愉快地荡悠着，像是故意显摆着它的存在，当然也紧紧地吸引着女孩的目光。本来这也没什么，白给你打杯水来就不错了，可他却突然觉着像做了贼似的，脸上热乎乎的，想女孩心里一定骂他小气，于是装出才发现似的说：“我刚才就想问你，要茶叶吗，这一打岔就给忘了。”“随便啦，我可没带，你要给呢，我乐于接受。”姑娘的目光离开了那标签，冲他调皮地一笑。

文昌德从包里掏出一包，直接放到她的茶杯里，嘴里小声嘀咕着：“真见鬼，像我欠你的似的。”“怎么，心痛了？”姑娘心存感激但用挖苦的口气说出来。“犯得着嘛，不就一包茶叶嘛，可这是真正的西湖龙井，这水够热，赶快泡了喝吧，再喝点家乡的水，到了古海，水都烧不开，泡出来可就不是这个味了。”“为什么？”姑娘忽闪着一双大眼睛问。“你没学过？海拔高，沸点低呀，水烧到八十多度就开了。”

“噢，是那么回事，可那么低的温度水就开了，那海拔得多高呀？”“市区平均 2300 多米，最高海拔 4300 多米，这么说吧，珠穆朗玛峰高 8800 多米，差不多也就是它的一半吧。”文昌德带点调侃地说。

“你别唬我，那儿是大草原，可不是山，敕勒川，阴山下，天似穹庐，笼盖四野，天苍苍，野茫茫，风吹草低见牛羊。那儿的景象也和这差不多吧!”说完她的头还得意地扬了扬。“咦，看不出，你的书还念得不错。”文昌德对眼前这个傻妞有点刮目相看了，但为了逗逗她，说:“你说的也不对，古海是城市啊，难道城市里也长草?”“古海是城市，可城市的外面是草原啊!”她调皮应答。“也算是那么回事吧，还会诡辩，你是中学生?”她很夸张地点点头说:“YES”。“那现在已经开学了，你还往外瞎跑什么?”文昌德好奇地问。“有花这份钱，受这份罪，往外瞎跑的吗?”“不是瞎跑难道你——”文昌德停顿了一下，把个“你”字又拖长了一声问:“还有正经事?”

这时姑娘才突然想到自己到古海去干什么?说是去工作吧，妈妈来信说还没定。姥爷一再交代不能张扬，成不成八字还才见着一撇呢，可要一时让她说是去干什么，她还真想不出，于是她来了个缓兵之计，又歪着头，眼睛眨巴两下说:“你不是挺狡猾的嘛，猜猜看。”

文昌德感到他们如同一个游戏的两个对手，透过彼此的凝望去感受、猜心。若这真是一个游戏的话，那么他一定是处于下风的一方。因为这是一场没有规则的游戏，而对手又不按常理出牌，但正是这样的游戏让他感到新鲜、刺激，消除了他坐车的劳累，排解了旅途的寂寞，还体味着他叫她“傻妞”，她叫他“傻哥”的甜蜜，于是文昌德扬着脸认真地想起来，打工?不像，这么个娇小姐能做什么?他摇摇头;下乡?放着江南这样的大好河山不下?剩下的就只有一种可能了:“回家。”说完还口气肯定地反问:“你说，我说的对不对?可不许见我猜对了就故意摇头哟!”

姑娘很沉静地点点头，脸上的表情也随之凝固了。他纳闷。但接着她又摇摇头，说:“也不是。”“怎么?”文昌德吃惊地问。“那不是我的家，因为从小到大我只回过一次，记不得是小学几年级了，也是春节，姥爷送我去的，本来已经联系好学校了，可当姥爷走时，我却拽着姥爷哭着非要跟着回来，结果就又跟回去了。”姑娘两手摊开，脸上现出一种说不出是后悔还是遗憾的表情。

“你父母是干部?”文昌德半是疑惑半是肯定地问。“好像是，你怎么知道?”“古海气候不好，他们很多人都把小孩放到内地。小孩长大后，就像你这样，跟家里人不亲了。”说着一股怜悯之情油然而生。

当姑娘再次用孩子般怔怔的眼神望着文昌德时，他被吸引了，眼中那份淡淡的郁伤，让他感到这是一个需要帮助的女孩，突然有了种要为人分忧解难的使命感，他感到自己的理性在一点点地流失，竟想伸出双臂将她紧紧地拥入怀中。怪谁呢！人说英雄难过美人关，何况我还不是英雄。

可就在这时，文昌德心里一咯噔，窗外一位女子披着霞光姗姗而来，她乌黑发亮的短秀发，托出一张姣好的鹅蛋形脸，大而清丽的眼睛闪着动人的神采，细长的眉毛像一弯新月，古典式的鼻子、微微凸起的双唇轮廓分明。她身材高挑，身姿婀娜，女性体态中那柔润光滑的肌肤，流动飘逸的曲线和丰盈浑圆的轮廓，在她身上形成了最奇特美丽的组合，国色天香，风韵天成。

她叫苟爱琴，也算得上是厂里的一个人物，因为她漂亮，秀色可餐嘛！在那个美女不是随处可见的年代，人们的感官渴望美的享受，只能是用眼神留恋那些擦身而过的漂亮女人，一回首一顾盼就成为那个年代街头的一道风景。男女老少都喜欢瞅上她两眼，女人看她，赏心悦目，那是一种无声无息就沁人肺腑的陶醉；小孩子看她，像看一幅画，新奇、好玩；她笑的时候仿佛总是含了羞涩，腼腆的表情掩盖着骨头里的波浪，所以小伙子看她觉着很妖，那一颦一笑，勾人魂魄；上了年纪的人看她觉着很艳，不由得自惭形秽。

文昌德当年年轻气盛，一竿子就把自己支出去几千里地，几年的生活告诉他，他这一生都只想做回地地道道的上海人，可是在上海，什么样的姑娘愿意嫁给他？所以他唯一的希望就是调回去，一晃就这把年纪了。可是，当苟爱琴一进入他的视线，他就如磁石吸铁般被吸引了，上班他想看见她，下班心里想着她，睡觉梦着她，闭上眼睛眼前满是她的身影。但她却从未正眼看过他。现在她斜瞟他一眼就从身旁飘过去了。

文昌德的心里生出了一种甜丝丝黏腻腻的感觉，还自作多情地在心里神圣地捍卫着它的纯洁：怎么会如此地见异思迁，再说你也要拎拎清啊，眼前的这位还是个女孩，你是准叔叔级的人物啊，怎么会有如此龌龊的念头。忽然间他对自己的品行发生了怀疑，觉着刚才的一闪念是对厂子里那位姑娘的亵渎，继而又为这种亵渎而感到惶恐。

眼前吊在半空的电话听筒把文昌德的思绪拉了回来。他思前想后觉着这桩案件的发生既在意料之中，又在意想之外，他心痛、惋惜，百般无奈之际，他做了一件他这个小人物实在不该管也绝对管不了的事——给该省的检察院写了一封信。信这样开头：因无知而犯罪，上帝也会宽恕，而她的无知是谁造成的呢？接着他洋洋洒洒地写了一大篇，好不过瘾。

回到 1975

任书记的思绪也飞回到了 1975 年的那个春天。一个漫长的冬天看来就要过去了，眼下已经到了三月底，前两天一场突如其来的降雪，让几天前稍感暖意的人们又重新穿起了冬衣。厂区里的树，早在去年入冬前，树干都用草帘子严严实实地包裹起来，只有干枯的树枝在寒风里摇曳。放眼望去，满目苍凉，马路边、房背后残留的积雪还没有融化，门前屋檐下冰溜子还坚挺地挂在那儿。

这厂是以中原那个农机老大为主体组建的，一批工人干部撇家舍口来到这西北高原，联合当地同行厂家建厂生产手扶拖拉机。

你可别小看这手扶，装上铧犁，它就是一头蛮力的公牛，能把死硬的土地撕开一个大口子，继而步步深入把生土翻个底朝天；挂上齿耙它又像柔情的少女般扭着蛮腰，走着碎步平整土地；就是在水田里它也能行走自如，挂上插秧机构，它走过之处，秧苗就老老实实地立在了水田里，解放了插秧人弯腰弓背的身体和泡在冰冷泥水中的双手。它苗条的身体和强大的动力使它能在泥泞的土路上爬行，能在庄稼棵子和崎岖的灌木丛中钻来绕去，在有些地方，耀武扬威的四轮拖拉机还真不好使，尤其在这沟壑纵横的西部高原。装上拖斗，他就是一辆小型的运输车，虽说不能日行千里夜驰八百，但它“拖拖拖”地奔着跑着驰着，像一只可以驮山的蚂蚁，活一点也不少干。结婚的送亲队伍里有那么一台披着红绸的手扶拖拉机也是件倍儿有面子的事儿。市里每年的国庆献礼大会，主席台下总有那么几排手扶拖拉机披红戴花壮场面。

大喇叭里传来了“咱们工人有力量”的雄壮歌声，随后开始转播中央人民广播电台的节目，屋檐下融断的冰溜子掉在地上的清脆声响，伴随着女播音员播送的全国工业学大庆工作的报道，钻进了任书记的耳朵里。

任书记已经吃完早饭，正准备要出门。老伴给他披了件棉大衣，他说：“一干活就不冷了，冻的都是懒人。”随着肩膀一抖，那大衣又回到了老伴手里。老伴嘟囔着：“你就不能叫你歪（陕西话，那）架子车也歇上两天，这么冷的天在屋里多待一会怕咋的，也不知道图了个啥！”“图了个啥？就图你跟娃有热饭吃，有热炕睡。”他嘟囔着出了门。

任书记已四十大几，在这大冷天里，还是只穿了一件对襟的黑棉袄，年轻时曾在朝鲜经受过爬冰卧雪的革命洗礼，自认为身体的抗寒能力绝对一流，可到了这岁数，也只是心强身不强了，时不时也会有个头疼脑热。刚才出门时逞强，可现在，风却无情地往他的脖子、袖筒里灌，这身上立马冷飕飕的。马路上空荡荡的，他深深地吸一口气，屏住呼吸，裹紧了衣服，缩着脖子把两手抄在袖筒里迈大了步子往车间赶，脑袋被风吹得发蒙，一片空白，只有早上的第一记忆"图了个啥"跃然脑际。

"是啊，图个啥?"一家四口，老伴在家属工厂上班，大儿子运气好，掐点进了厂。小儿子正在上中学，全家吃喝不愁。图升官？祖坟上没冒过那股烟：他1948年参军，打完了国民党又到朝鲜去打美国人，1958年已是大尉衔，正营级，在草原上的原子基地当人事科长，后组织照顾转业到本市一家企业当政工科长，再后来又调来筹办这个厂。人家是大厂嘛，官自然也尽着人家先当，所以就安排干了这个车间书记，还是个科级，想着想着自己也笑了：把他的（陕西话，表达一种消极的感叹），我这一辈子咋就跟这科级给干上了。多少年来他从不主动跟过去的战友们来往，用保持距离来保住他的自尊，但也从来没有想过怎么动动心思把这级别给提一提，心想有责让你负就不错了，眼下他的责任就是管好二车间这一百几十号人。

二车间坐落在厂生产区内离二道门最近处，高大的厂房，呈长方形，靠主马路一侧的长边中央开了个门，为了便于管理，这门平时是关着的，只在运送材料和转运产品时才派上用场，车间正门开在档头，进门是一条3米宽的人行道，贯穿车间，顶头隔一堵墙，里面再分成两间，分别是会议室和工具室。正门右侧的一角算是办公区，并排的两间房，门都冲着人行道开，门前留个走道，接着立着几台钻床和铣床，贴角的一间是车间技术员和调度员的办公室，靠里面那间是书记和主任用，任书记除了外出，其余时间不是在车间转悠，就是坐在他那办公桌前脑袋冲着门当摄像头。

这个正门多数时间还真不大，因为它只在上、下班时间由任书记打开，其余时间只开一扇门上的门中门，前两年管理混乱，各车间经常发生零部件和原材料丢失的现象，因产品紧俏，随便拿出去个铁疙瘩，都能换回几桶菜油或几袋白面。可在离厂大门最近的二车间，想拿出去几根焊条都难。

现在，车间的几扇门都锁着，任书记掏出一串钥匙，这一刻，一种神圣的责任感油然而生，他就是这个车间的掌门人。几十年来，他常说的话就是：能活着就是万幸了。在朝鲜战场上，每天都不知道还能不能看到明天的太阳，到处都是子弹“嗖嗖”地飞，全凭耳朵听声音来判断子弹的射击方向和距离，一不留神，这条命就交待了。

任书记开了门，像往常一样，一个一个工位挨着看，他是昨晚10点才回家的，基本上对每个工位的工作进度已经心里有数，现在他要看看到下二班，主要工位上工件的形象进度是不是达到了他的心理预期。他一边走着，看到有的零件散在一边，他将它归堆，有的焊条扔在地上，他将它们一一捡起来，嘴里念叨着：“真不像话，不是自个的东西不心疼。”然后他返回车间正门口，拉了那辆手推车，他先到成建国的工位上，把焊好的盖板一个个往车上装，一车一车拉到大门口，到时装汽车运到装配车间，这种焊接件除了安装部位外，其他部位一般质量要求不是很严，可他还是一件件地在手里翻弄着。

建国一来到工位上，就帮着往车上装工件，他笑着说：“都开了合格证了，还过不了书记这一关。”“嗨，你们别想糊弄我，你当我不知道，检验员都是抽查，这漏网的也不是没有。”

等任书记再回来的时候，看到不远处的文昌德，此时文昌德正蹲在地上的铁皮上放样。任书记站在那儿好一会儿，心里还有了一个不小的惊讶，这文昌德啥时候变得这么积极了，往日里，这时候正是他坐在工具箱前，一手端个茶杯，一手拿着他那夹了番茄酱的馒头细嚼慢咽的时候。接着他又纳闷了，这才三月底，他咋就回来了，往年文昌德在春节回家前都要跟车间算一笔账，把那点小聪明都用上了，倒休的、加班的，只要能划拉上的，他都要磨上，回头还要再超几天，怎么也要拖到四月中旬。

很快任书记就笑了，年初形势变了，使许多人看到了希望并为之振奋，难怪他自己这些天也有一种莫名的冲动，好像自己都能听到热血撞击血管的“呼呼”声。当生活中突然出现了希望的曙光时，人就会产生激情，并可以义无反顾地为之而努力付出，这就是人啊！想到此，他像受了鼓舞似的，很快又装了一车活，今天上午他的搬运工作要告一段落了，九点钟，厂人事科要开个会，这可是个实实在在的会，要给车间分人了。

进厂序曲

当天下午，一位衣着入时的中年妇女手里提了个包到了任书记家，进门后刚坐下，妇女便对任书记开门见山，说："孩子以前学工时干过车工，轻车熟路，看能不能还让她干车工。""我跟他们再商量商量，尽量满足。"任书记答应得很痛快。"那敢情好，拜托费心了。"来人将手里的包放到茶几上说："这是一点心意。"当初也是随便叫人从柜台上包了2斤点心，现在一细瞧，死钉钉的像个炸药包，顿觉跌份，于是口气挺大地说："以后要买手表、自行车、缝纫机。"为了表示诚意，她还仰脸想了一下，似乎说出的物品越多、越紧俏，她的心就越诚，可一时还真想不出什么了，就用"等等吧"代替了，"让小孩捎个话儿就行。""咦，这些可都是紧俏货，你的能耐还真大。"任书记用戏谑的口气说。

"我们老娄是古海市百货大楼的主任呀!"那女人节节拔高的嗓音里流淌着浅薄和虚荣。

"噢，真有能耐，不过你看我就住在厂子里，自行车没啥用，手表也可有可无，天天上班有大喇叭叫，缝纫机嘛，"说着手往里屋一指，"有了，所以就不麻烦了。"说完任书记从柜子里拿出两瓶酒硬塞给来人，说："把包压上，可能对不上你家主任的胃口，算个意思吧。"在你推我搡中总算把人打发走了，这是他做人的原则，他知道人家送包包也是冲着他是公家的书记来的。

第二天那位男生马卫东的家长也来了，他是统计局的，一说起来，也是抗美援朝扛过枪的，就亲热了许多。这位家长说在当地多年，也算得上"路路通"了，有事尽管说，它再难的事对咱来说也是小菜一碟。他没有说具体的工种，可能他压根儿就不懂，所以好办，按既定方针办。本来一个男的，以稀为贵，分个钣金工，那还算个要点技术的工种，分给文昌德，让他把他那点能耐往下传一传。

接着陆茵的母亲打来一个电话，电话打到厂人事科，还特意提出要和车间领导说一下，人事干事专门打发人来叫他。在那一刻，任书记心里升腾起一股被人尊重的满足感，电话那头说孩子因为还有一点手续上的问题需要再回老家湖南一趟，请一个礼拜的假，另外还请领导对小孩严格要求，方便时给予关照。她眼下正忙，择日将登门拜访。

欣慰的笑容在任书记的脸上挂了好一阵，像是光自己欣慰还不过瘾必须有人分享似的，回到办公室他依然兴高采烈地说：“别看人家父母都在公安工作，可不摆臭架子，请个假还那么客气，还说要‘择日登门拜访’呢！”人家一句近似于外交辞令的话，让他觉着好像受到了多高规格的礼遇。也许，对他这个生产一线的科级干部，这就是精神上所能享受到的最高待遇了。陆茵人没来，这‘登门拜访’的名声可先扬出去了。

万晓阳，父亲是农牧局局长，母亲是文化局局长。可这两位局长一个也没来，连个招呼都没打。起先，任书记有些失落，转念一想，这也未必是看轻了他这个车间书记，可能他们连厂子都没来，否则早就没他什么事了。这厂子好工作多着呢，维修车间活不累、技术精、钱不少；分到技术科，当个描图员，慢慢培养，今日学习，明日培训，过不几天就转干。他忽然觉着这两口不以自己的地位和影响为孩子谋福利，令人肃然起敬。

没有粉墨就登场

万晓阳第一个来报到了，她怀着既新鲜又忐忑不安的心情走进办公室。任书记上下打量着她：她上身穿着棉袄，外罩一件中式对襟、素色的碎花罩衣，那腰身看上去也就碗口那么粗，真担心扛根铁棍都能压折了。她一进办公室低着头，因此任书记第一眼看到的是她白皙而细腻的脖颈，乌黑发亮、盖过耳际的短发。再往上看，一张瓜子脸，白白净净，那眼睛里流露着胆怯，目光中带着些许的好奇，还是羞涩？

万晓阳一进门都不敢往里多走几步，站在门口就小声地说：“我叫万晓阳，是来上班的。”任书记沉思一会自己倒先犯了难，车间定好是分冲床的，但不知怎么的，一种怜香惜玉之情油然而生，脑海里猛然浮现出几年前一个工人压掉手指的惨相。万一有个什么闪失，真可惜了这块料，再说也挺对不住她那一身正气的爹妈。可这么个尤物，让干个什么工种好呢？任书记看着她，面带慈祥的微笑轻声地问：“想干点啥呢？你又能干点啥呢？”这里有友好征询的成分，也包含了对她能力的质疑。

“不晓得呀，我们家也没人当工人，服从组织分配呗！”万晓阳说话慢声细气，那眼睛忽闪忽闪的，那眸子黑亮黑亮的，注满了稚嫩和深深的无奈。那声音甜甜的，软软的，诠释着她是个标准的江南女孩。

“咱车间有冲、锻、铆、焊，还有维修用的车、铣、刨……”任书记嘴里慢慢说着，同时用右手的食指从平伸的左手上一个一个地把指头往回掰，掰一个，停一下，观察一下她脸上的表情，他明白了，她全然不懂，于是很认真地说：“哎，小万，既然你不懂，我就来给你介绍吧，冲压工呢……”他停了一下，终于还是没忍心硬塞给她，好像还有点怕她抢了去似的说：“有危险，一不留神，手指头就没了；锻工嘛……”然后，他像是很认真地思考了一会，说：“这样吧，只有焊工，算是个有技术又不太累的工种。”

“噢，焊工?”对焊接，万晓阳是知道的，学工时见过，她歪着头看着任书记，那眼神似乎在问：“焊工有什么好?”任书记愣了一下，说：“噢，人常说万能的车工，精细的钳工，那饿不死的就该是焊工了。”他站起来，两手撑着桌沿，用了一种不容置疑的口气说：“当个焊工是很光荣的，我国第一艘万吨巨轮下水时，几乎所有的报纸都刊登了一位女焊工手举焊枪的光辉形象，还有大篇的文字报道。”“那我就干焊工吧。”经过了任书记的一番渲染，晓阳痛快的回答中，还带了些许的豪迈。

任书记也歇了口气，不管怎么说，这工种也算是她自个选定的了。他如释重负，这才觉得有些欠妥，还没跟主任商量，于是对万晓阳说：“你先在外面等一下，有些事我们还得研究研究。”

其实主任就坐在对面他的办公桌前，听到这么个结果那心也是跟着一紧一紧的，原来他已向冲床上的女大学生许诺过，来了人给她分一个，培养培养，好将来把她替换出来到车间做技术工作。冲压模具更新被列入当年车间工艺整顿的重头戏，由他专门抓此项工作，没人可不行。焊工近两年进人多，这次分人本不在考虑之列。现在眼看又要泡汤。

他是个“懂味”（湖南话，形容一个人识大体）的主任，要不然怎么能在一起搭档那么多年呢。说起来他们两个在车间里都是“说了算”的人物，但这个“算”字的含义却大不相同，在任书记那儿，它是“算数”的算，到他这儿，就变成了“算了”的算。“说了算”就是说了就算了，说完就完了，说完就拉倒，没人会当回事，所以往往是不说比说了好，可是这个事他已经说了，当然希望它能“算数”。

主任知道，所谓的“研究”不过是一个过场，他看了看书记，不等书记开口，就说：“你刚说的我都听到了，就按你的意思办吧，但分给谁呢?”他还想在“但”字后面做做文章，同时提醒书记车间先前的商定。

“是啊，焊工班里的两个老人，徐师傅、冷师傅先后都带了人。”任书记说着，也显出了为难的神情，但只一瞬间，他就有了新主意，说：“那就分给建国吧，小伙子高中文化，人聪明，好学上进，为人谦和，人缘也好，出徒也已经有两三年了。”“这小伙子、大姑娘分到一起，时间长了会不会出问题?”主任还想力挽狂澜，虽然他自知人微言轻，但还是不想在车间职工的心目中再“算了”一回。

“不会。”任书记不假思索地说，还把个“不”字咬得挺重，而且拖了个长音。任书记是个聪明人，他知道主任“但是”后面的这些说辞均缘于他对冲床上那位大学生的承诺，他也懂得做事什么时候都要给别人留条缝，所以他虽不情愿却又无可奈何地说：“那让陆茵上冲床吧。”

就在书记“研究研究”的时候，万晓阳在门外还忐忑不安，生怕那份当焊工的荣耀给研究没了，好在任书记很快就出来带着她往焊工班走去。

万晓阳跟在任书记的身后，东瞅瞅西望望，毕竟社会这个舞台对她来说还是陌生的，可惜没有导演，她没有粉墨就登场了。

万晓阳走过之处，有人停下手中的活计，清一色地对她行注目礼。在这个车间里，工人干活要么站着操作机器，要么蹲着或坐着，所以看她都是眼睛大睁、表情微冷而沉默的仰视，而她直走前行，首先看到而且对她有新鲜感的是那些机器，所以就有了一种目中无人的气势。过道边的一位用胳膊碰碰他师傅说：“咦，稀罕，这娇小姐咋会分到咱这卖苦力的地儿呢?”

万晓阳回过头，想看看是谁，这才发现原来许多双眼睛在看着自己，只怕已经看了许久，那表情淡漠而呆滞，她有些不知所措，那脸上也就挂上了一层霜，迈着雄赳赳气昂昂的步伐旁若无人地向前走去。这位师傅回应道：“干活，干活，人家干部子女觉悟高，‘越是艰险越向前’。”他是师傅，在徒弟面前一定要扮演正面人物，但他用了“越向前”这个戏词，而且调更高，让万晓阳把那话里的风凉味听了个明明白白、真真切切，她就纳了闷了：我惹着谁了?

万晓阳确实谁也没惹着，但她的出现却给人们提供了一条宣泄的渠道。工厂几年不招工，要招也要招知青，已经成为人们的共识，上山下乡还在下，招工指标层层卡，捞到一个也跟中彩票差不多。可在这儿，却有人一出校门就能端上铁饭碗，其实，现在能待在这个车间上班的绝大多数人也并非中彩票进来的，这可能是他们这前半生最荣幸的事情了，现在他们的荣幸被人分享，像一个饼被人咬去一大块似的心痛。这万晓阳第一个亮相，靶子自然就是她了。

“哎，建国，你停一停。”车间里机器的轰鸣声和叮叮当当的金属碰撞声，使得任书记不得不扯大了嗓门喊。建国来到了他跟前，问：“阿么了（当地方言，大意：怎么了）?”“建国，小万就分给你了。”

建国飞快地把万晓阳从上到下扫了一眼，就觉着，这白的透亮的皮肤，纤细的身材，跟这傻、大、黑、粗的板焊活反差太大，脑子里倒是飞快地闪出一句戏词：天上掉下个林妹妹。建国迫不及待地把任书记拉到一边，又是挤眉弄眼，又是摇头摆手，着急地说：“不行，这不行，这娇小姐看样子就不是干活的料，烧着、烫着我还怕担嫌，你要给我分就分个男的。”

“都要男的，难道要她去干锻工？再说，人家已经是干活的料了，还要你带啥呢?”书记显然生气了。万晓阳一直站在不远处看着两人的交谈和表情，像一个待售的物品等待买卖双方的讨价还价，虽说对他们的谈话她听得不是很全，有的还听不懂，但她知道这个男人嫌弃她，脸上霎时阴云密布。终于，任书记像推销出去了一个滞销货般，松了一口气。

车间首秀

任书记返身回到办公室，就见一个小伙子站在门边，他细高个，白皙的脸庞，棱角分明的五官透着帅气，乌黑明亮的眼眸泛着稚气，无一不在彰显着这是一个被家人宠爱着的乖乖仔。任书记有了一丝恍惚，这不是当年的文昌德吗？只是胆小，见他进来也只是小声说一句：“我叫马卫东，是来报到的。”再看这身行头，上穿一件立领、用机器缝成一条条竖道的军绿色棉衣，下着一条军绿色裤子，脚上居然蹬着一双绿解放胶鞋，他窃笑，理解了老马的良苦用心：套近乎。于是温和地说：“好，好，小伙子挺精神，叫人看着都舒服，工种知道了吧?”“嗯，铆工。”小伙子并没有他期盼中的兴奋。

“这是我和你爸商量下的，这工种有技术，还有个好师傅，他文化高，技术好，见多识广。”任书记说着就带他来到了文昌德的跟前。文昌德正在剪板机前下料，一转身自己先愣了一下，任书记看在眼里，笑问：“他像谁？”“我兄弟。”文昌德趣答。“那你就好好地给我演一出哥俩好。”“是！”文昌德立正右手举到额前行了一个礼。

下午一上班，娄庆云就来报到了，她有着一副典型的北方女性的身板，高个，宽肩，乌亮浓厚的短发，像黑色的瀑布从头顶倾泻而下，脸盘稍大，但那上面的零件却是凸凹有致，很骨感，鼻梁直挺，柳叶弯眉，只可惜不是樱桃小口，嘴稍大，唇饱满，轮廓周正而纤秀。一对大而黑亮的眼睛镶嵌在深陷的眼窝里，猛一看有股洋妞的味道。一进办公室，她就很大方地望着任书记。

虽然娄庆云的脸按中国人的审美算不上漂亮，但这双眼睛却时常赋予她一种比美更强大的吸引力。因为分到了理想的工种，自然是兴奋不已，所谓“理想”，是因为车工是她从小到大见过的最神奇的工种，一个铁疙瘩在飞转中顷刻间就变成了一个光亮的圆棍，这是她中学时代在县上一个汽车修理厂学工所能看到的最现代的技术，也是从那时起就有了这个心愿。

娄庆云跟着任书记往维修班走，在过道旁干活的那个工人又嚼起了舌头：“师傅，看，又来了一个官崽。”这时他们已经走过去了，娄庆云却回过头来，冲着小伙子嫣然一笑，说：“师傅，您看错了，我是女的。”

任书记听到这话，先是一愣，接着就回头哈哈一笑，说：“骡子（此人姓罗，外号骡子），你一天连个公母都看不清，还爱在那儿瞎喳喳。”小伙子臊得低下了头。任书记心想：这姑娘真泼辣，干活要是能这样就好了。但从他个人的角度来说，他还是认为姑娘应该斯文点。

可惜娄庆云斯文不起来，她的生存环境挤压得她必须像刺猬一样竖起满身的芒刺，随时抵御外界的侵犯。而今天她就更没有理由斯文，进工厂当工人是她当时所能看到的最光明的前途，她激情澎湃还来不及，人家的两句风凉话对她来说还根本感觉不到凉快，他爱说就让他说去吧，就当耳旁风。所以现在听到这话，她不但不生气反而还幽默了一把。

陆茵是一周后来报到的，她个子挺高，棉衣外面罩着一件洗得发白的浅灰色列宁装，腰身掐的很紧，更显得高挑，她也是瓜子脸，杏仁眼，皮肤不是很白，但光洁泽润，扎着两条齐肩的小辫，脸上挂着笑，笑时露出门牙两侧一边一个小虎牙，让人看了很舒服，两腮的下方，现出一边一个小酒窝，给人一种甜甜的感觉。她只有15岁，她的入厂简历上很诚实地在文化程度一栏里写着：初中，所以就成了这四个人中文化程度最低的一个。

自从任书记打算把陆茵安排到冲压以后，心里一直过意不去，像是欠了她什么似的，在看到她的初中文化后，总算给自己找了个理由：她文化低嘛！可再细想，这文化低和不容易出事故之间好像没有必然的联系，说不定还越容易出事，可是对主任的承诺又不能失信，所以他着实矛盾了一阵。

当这个清纯的姑娘站在面前的时候，任书记又有了看到万晓阳时同样的思绪，可这一次已经没有调换的余地了，但他还是下不了把这个工种硬塞给她的决心，于是他轻声细语地问："想干个什么工种呢?"姑娘笑着，很大方地看着他说："随便，干什么都行。"那虎牙露着，两个小酒窝现着，他越发下不了这个决心，于是他又无奈地让她自个挑，他带着她到有可能干的工种现场，让她实地考察。

他们先到维修班安师傅的车床旁边，工件在飞快地旋转，被高温烧成钨蓝色的铁屑从车刀面上流出，呈螺旋状向外伸展，娄庆云正站在车床另一侧、安师傅的对面，用一个铁钩子有节奏地把铁屑勾出来，按到旁边团到一起的铁屑堆上，手脚慢点或钩不到位，铁屑就会以和工件旋转成正比的速度，沿着切线呈直线自由伸展，一不小心就会烫着或割伤人，更不用说工件飞出去这样的恶性事故也偶有发生，任书记忽然觉着冲压倒不是一个最危险的工种了。他看看姑娘，没看出她有感兴趣的意思。

任书记又把陆茵带到了焊工班，到了成建国的工位，指着万晓阳说："你们一批的。"万晓阳抬头，陆茵很友好地弯腰笑着向她点点头，冷师傅又扭搭着过来，酸溜溜地说："又来了个栖高枝的。"然后就上上下下打量着陆茵。不知道是陆茵没听清冷师傅说的话呢？还是没听懂话里的潜台词，或是装糊涂，总之，她很大方地冲冷师傅一笑说："师傅，您好，以后还请您多指教。"冷师傅也只好脸上挤出点笑，点了一下头，书记怕她又说出点什么，就赶紧对陆茵说："再到那边看看。"

这回是直奔目的地——那台冲床前，那位女大学生正把切成200毫米宽的薄钢片长条送到上下模之间，按着冲头上下运动的节奏用两只手机械地向前推送着，当一条料送完后，女大学生关了机器，看着书记。

任书记指着她对陆茵介绍："孔师傅，交通大学的高材生。"说者无意，可听者有心，这“交通大学”已经够有吸引力了，还是一个高材生。“我就干这个吧。”陆茵很痛快地说道，这使得任书记既惊又喜，惊的是姑娘的选择竟与他的安排如此不谋而合，喜的是他那么难以开口的事居然由她自己说了出来，这也算是她自个选的，等她的家长“登门拜访”时自己也不至于太过难堪。

任书记虽这么想，可这心里总觉着不对劲，总觉着这个结果是自己诱导出来的，于是他又把丑话说在前头：“这个工种看似轻松，但危险性大，送料时一不小心……”本来他想说“手指头就没了”但自己都觉着那样太过恐怖，会把姑娘吓得改变了主意，打心眼里他还是希望这个事就这样结局最好，就用轻描淡写的语气说“就会把手指头压了。”

任书记抬眼往姑娘脸上瞟了一眼，那脸上的表情着实有了变化，她先是一愣，接着眼睛专注地看着那个庞然大物，牙齿咬着嘴唇，像是在思考，有那么一分钟没有说话，然后陆茵不紧不慢地说：“干什么都有危险，走路不小心还会被车撞着，我自己当心就是了，不过，我希望能跟孔师傅。”“行，行。”她小小年纪竟看问题如此透彻，做事这般有主意，着实令任书记对她刮目相看。

任书记又一次打量着眼前的女孩，思考着她怎么这么轻易地就做出这个选择？他发现她明亮的眸子里透露出来的是随和、真诚，不像是无奈之举，尤其是那件旧的浅灰色列宁装更烘托出她身上的革命气质，于是对自己的偷梁换柱越发觉着惭愧，当时就在心里盘算着，一有机会就给她换下来。

陆茵做出这个决定却是认真的，她不是冲着冲压这个工种去的，而是冲着“交通大学的高材生”这几个字来的，她酷爱读书，对于大学、大学生有着一种发自内心的崇拜，在她生活的那个小县城，大学生很稀罕。尽管她明知高中毕业后肯定就是下乡，可她还是坚持要读完高中，无奈父母的一再催促，这才回到古海，但她继续学完高中课程的想法没有变，有一个大学生师傅不就等于守着个老师嘛，所以她做出这个决定不仅是认真的，而且是心甘情愿的。

任书记舒了一口气，令人挠头的三“花旦”就这么各就各位了，可出人意料的是，在后来的日子里，她们精彩的演出令他更加挠头。

食堂邂逅

爱情来了，人们便会像飞蛾扑火般奋不顾身，文昌德也不例外。他今天上二班，苟爱琴上白班，中午快下班的时候，他来到了车间门口，看到苟爱琴出来，就凑上去搭话："今天工具室的谢师傅上班没有？我从她手里借了东西要还。""不知道，我今天没到工具室去。"苟爱琴随口一答，转身往食堂走去。

文昌德和她并排走着，说："和美女同行，感觉真好。"没有经过批准就分享人家的美丽，她提出了抗议，说："你别跟我走得那么近，人家会以为我和你怎么样，容易引起误会。"文昌德嬉皮笑脸地说："欢迎误会，别人能够误会，说明我俩本来就般配。""你，你，你这个人怎么这么皮厚。"苟爱琴提高音调，气愤地说。"不是皮厚，是情深。"文昌德一副无赖样。

"你也不问问我对你有没有情？"苟爱琴脸有怒色。"那是你的事，我有把握自己感情的权利。"他摆出了一副维权的架势。"你是个无赖，你离我远点！"苟爱琴怒气冲天。"大路通天，各走一边，我走哪儿你管不着。"文昌德说话还理直气壮，引来了一帮看热闹的人。

苟爱琴加快了脚步，文昌德跟在她后边，她回过头，跺着脚说："我说你别老跟着我。""咦，奇怪，怎么叫我跟着你，你从车间来，我来自车间，你往食堂去，我也去食堂，我们本来就同路，我不跟着你，你让我从天上飞过去？奇怪，这简直是无稽之谈，无稽之谈嘛！"他脸冲着围拢来看热闹的人，摊开两手摆出一副受到伤害的样子。

苟爱琴觉着像粘上了一块橡皮糖，想甩又甩不掉，而真甩掉又有些舍不得，因为在他的追求中她也有过心灵的激荡。但是理智却支配着她，使她甚至都没正眼看过他。在下乡的几年里，围着她转的有公社干部、学校的老师，她一律给予了"冷处理"，才保全了自己的名声和清白之身，难道历尽千辛万苦，守身如玉，到头来就为嫁这么一个人，亏不亏？

人们用"吃食堂"来表述自家不做饭而长期在食堂吃饭的行为。食堂当然是不可食之物，但是在这里却能生米煮成熟饭，因而照样能成为那些单身族群在生活上的依靠，像靠山吃山，靠水吃水，现在又出现了

“吃父母”之说，更是明显地表达了“依赖”之意。

食堂里熙熙攘攘，热闹非凡，一面墙上并排开了八个窗口。里面热气腾腾，外面是饥饿的人群，人们的交谈声、筷子敲瓷碗和勺子撞击饭盒的金属声，汇成一曲食堂交响曲。菜香勾住了每个人的胃，仔细地嗅着，有的还将脑袋伸进去瞧，盘算着如何才能物美价廉，那时候吃什么都香，包括煮得烂糊糊的面条，黄乎乎的开口馒头，最经典的名菜要算是土豆烧肉了，要想买到这经典，必须早早去排队，否则连土豆皮都吃不上了。尽管窗口里的大师傅早已上岗，但下班的大喇叭不响，谁也不敢开张，各窗口前自然是排着长龙阵。

文昌德来食堂不仅饱胃，还要养眼，他期望看到苟爱琴，尽管刚才挨了一顿踹，现在他依然左顾右盼地在寻找，在他进行全方位扫描时，看到最里面的那个窗口前，一个似曾相识的身影，像极了他在火车上偶遇的女孩，一闪念就过了，哪能呢。

女孩很规矩地排着队和窗口边正在打饭的人保持一定的距离。这时有人过来了直接就加塞了，她一声不吭，默默地等着。塞子刚出来，她前面又加了个人，她还在原地没有动。就在她好不容易靠近窗口时，一个人横着就过去了，装作往窗口里看看，一不留神就把碗递了进去。

“骡子，你上辈子是只螃蟹，横着走路的!”文昌德大声喊一句，那姑娘也循着声音扭过了头，他傻眼了，会真的是她？她买好饭低头往外走，太像了，他有了一刹那的冲动，他想叫她，可是又觉着不太可能，如果真认错了，那不叫人笑话死，说他是想媳妇想疯了。

“啊!”一声大叫，女孩与一个大个子撞了个满怀，馒头在地上打着滚儿，菜碗落地斜躺着，只剩一点干货，那汤汤水水全给大个子的衣服喝了，大个子一边抖粘在衣服上的，一边吼：“你眼瞎了，往人身上撞。”

人们渐渐围拢过来。有人问：“她是谁？怎么不认识？”“刚招工进来的。”“新来乍到，先鸣锣开道，哈哈。”万晓阳还没领工作服，穿着花罩衣，在这一片工作服的蓝海中特别扎眼，再配上这么个身段，还真没有一点工人的味儿。

此时万晓阳低头不语，脸绯红，听人数落。文昌德又气又急，气的是人们太刻薄，急者，乃无法相助或压根儿就不敢相认，因为在无意间他向她透露了秘密。原以为把多年来萦绕在脑子里的阴影，通过语言向一个原以为永不会再见的姑娘倾吐，就像把一个包袱扔进了太平洋，可现在这包袱包裹着他的秘密又回来了，而且掌握在这么一个不上道的丫头手里。

好在建国及时解围，他端了两个碗，一个碗里菜冒尖还堆着两个馒头，另一碗里只一个馒头，他将一个馒头的那碗递给女孩，说：“到车间去吃。”然后将另一碗给大个子，说：“对不起，挠徒弟，新来乍到，这份你先端去，我有一大号工作服，太大了，也穿不着，赶明儿你拿去。”然后弯腰捡起地上的碗。“这，这，这怎么好意思。”大个子说着就挺好意思地接了过来。

倾诉

文昌德今天上二班，回到宿舍，他有了一种暂时的安全感。但思想却怎么也安全不起来，他眼望天花板，车上的一幕跃入脑际。

那是坐火车的第二天上午，两位警察押着一个犯人上了车。这个人手上戴着手铐，用一件衣服遮着。他们径直走到车厢中部的一个座位，犯人坐在了靠边的座位上，一位干警从包里掏出脚镣给他套上并把脚镣上的钢链子环绕过座椅的铁腿，用一把锁咣当一声锁上了。然后两个人一个坐在犯人的后面，另一个在座位旁站着，坐在同一排座椅上靠窗的那位乘客马上站起来，对警察说：“你坐我这儿吧。”警察摆摆手，摇头说：“不用，你坐你的。”可这位乘客还是拿了自己的包侧着身子，快速地从座位上挪出来往车厢后面去了。坐在犯人对面的那位也赶紧夹了包闪人了。人常说魔鬼也绕着恶人走，更何况是凡人呢，即使在这么拥挤的车厢里。

这一幕的出现使车厢里顿时肃穆了起来，那些纷乱的场景，飘忽不定的人群，伸出车窗的手臂和混合着各种气味的嘈杂，都瞬间静止下来，不少人的心里还浮起了一丝悲凉的感觉。

“你是发配去的，我知道了。”姑娘触景生情，脑子里一下子蹿出了“发配”这两个字。在她和周围同学的印象里，一提到古海，往往就会联想到这两个字，曾经有同学甚至认为她的父母也是被“发配”去的，这令她很是难过了一阵子。

“你说的没错，不少人是发配去的，由于偏远、苍凉和交通闭塞，直到20世纪50年代，那里通往内地还只有一条破烂不堪的公路，自古以来自然就成了重案犯的流放地，你要问操着当地口音的汉族人，祖籍何处，他们会异口同声，答曰："南京竹子巷。"据说许多人家的族谱里都有记载。说是明朝洪武年间的某个正月十五，南京竹子巷的民众演出社火时，捆扎了一匹大马，马上倒骑着一个捆扎的大脚女人，有位大臣认为这是影射马皇后（马皇后是大脚）隐喻朱家天下倒行逆施，激怒了皇上，结果将整条街的人都发配到了那里去了。"文昌德平静地陈述着，不带一丝情绪色彩。

"真的?"姑娘调皮地眨眨眼问。"真不真我不知道，但那里的许多人，尤其是女人，文静、秀气，皮肤也比较细，说话也慢声细语，不像西北人的粗犷，似乎有点江南水乡的遗迹。所以你有这个'伟大'的联想也就不足为怪了。而我，不是。"说到"不是"时，他眼睛大睁，声调变高，字音咬得很重，停顿了一下，在女孩还没反应过来时，又语气浓重地说："要发配也该发配我老子，而不是我这当儿子的，我有什么错？要说有错就是投错了胎。"文昌德的脸因为激动而有些扭曲。

"噢，我明白了，你就是出身不好，可出身不好也不一定非要到那儿去啊，上海的知青都是到黑龙江、云南、安徽、江西，还有到崇明岛的呢。""是啊，我要是知青该多好，还有个盼头。"他声调大降八度，语速也慢了许多。"可我不是，我是独子。"他语调又节节拔高，一字一字地往外蹦，说到"独子"时，把个"独"字拉了个长音，脸上出现了一种自嘲的表情，接着说："按政策是可以留城的。"说着声音低了下去，进而用两手捂着脸，两个胳膊肘支在了茶几上，脑袋也耷拉了下来。

一般人看到这种情况一定会意识到这是触到了人家的痛处，会调转话题，可这个女孩不会，要不怎么叫不上道呢，她依然按着她的思路，不依不饶地追问下去："你怎么会是'独子'，刚上车时我明明听到那个送你的小伙子叫你三叔来着。"文昌德突然把手从脸上拿开，声音挺大地说："我说你这个丫头片子还有完没完啊！我辈大不行啊！"

文昌德的心里又升腾起一种莫名的惆怅，多少年来，在厂子里，没有人问过他为什么来，是不想问？不方便问？不屑问还是无须问？他不得而知，反正他从未向人说起过，自己的身世和这一段人生经历成了难言之隐保存在心灵的深处，密封着，但依然活着，常常记忆犹新，其中的苦涩都化为了刻骨铭心的痛，但是，它受不住永远的封闭，心灵也渴望表白，它也要说话，它要撞开围栏，或者期盼一位闯入者。今天，在这个流动的空间里，面对着这个形象可人，也可能这一辈子再也见不着的女孩，文昌德接纳了这样一位‘闯入者’，有了一种一吐为快的冲动。

姑娘瞪着迷茫的双眼，摇摇头说：“搞不懂。”“我妈是我爸后妻带来的女儿。”文昌德看着姑娘的眼睛，很冲动但却一字一句地说着。女孩认真地听着，现出沉思状，以她的经历，一时还难以弄清这里面的弯弯绕绕，但文昌德的妈已被划入了疯女子类这点是不容置疑的，脑子里突然浮现出在老家时街上的那个疯女子。

姥爷家住的那条街上，有一排小杂货店，那是她十一二岁的时候，常见一个十五六岁的女子，衣服不整，披头散发，挺着个肚子，成天在小杂货店前溜达，姥姥说：“你看到了吧，她这就是叫男人抱了，肚子就大了。”店家一般都会给那疯女子几块糖或一点零食，一是动了恻隐之心，二则也是怕她老在门面前晃悠影响生意，一帮不懂事的小孩跟在后头，有的还朝她扔石头，姥姥见了，总是吆喝那帮孩子：“这些小孩怎么从小就学得这么刁，你们看她还不可怜，还这么欺负她，会遭老天报应的。”

这个场景经常在眼前晃，姥姥也就常念叨：“你看到了吧，这原来是个傻子，现在差不多成了疯子，自己不知羞耻，家里人也跟着皮厚了起来，这要放在正常人家，就是她自己不跳河，她家里也得逼着她跳，真是把祖宗八辈子的脸都丢尽了。”姥姥瞅瞅她，觉得效果还是不明显，于是又加重语气说：“阳阳啊，一个女孩子，清白比什么都重要啊！你可千万不敢弄出这种事。”姥姥还真有领导的“范儿”，给出命题随手还递上一把金钥匙，她用一种极其轻松的口吻说：“其实这也不是什么难事，就是千万不能让男的挨着你。”

姑娘回过神来，同情地说：“你肯定被人瞧不起，可也不一定非得上古海呀！”“不是非得上那儿去，没人逼我，是我自己要去的。”文昌德说。“咦?”姑娘不解。

文昌德又用右手捂着半张脸，眼睛冲下，像是向人倾诉又像是自言自语地说：“本来这个秘密是可以一辈子隐藏下去的，可是，可是，我爸他好心办了个坏事，一件大坏事。”他像说书人那样给人留下了一个悬念，姑娘睁大了眼睛，那黑亮的瞳孔里好像画了两个大大的问号，在等着“下回分解”。

也许是意识到不久就要离别，而且是一辈子都可能不会再见的离别，也许是脑袋发晕了，文昌德也像天下一切小人物那样敞开心扉，向一位他认为更小的人物诉说他的不幸，把自己心灵深处保存了那么多年的秘密，对着一个女孩娓娓道来："我是1966年高中毕业，成绩也不错，可是，高考叫停了，这些年，不知改写了多少人的命运。"文昌德用手捋了一下头发，看看姑娘还睁着一双好奇的眼睛，于是叹口气接着说："大学考不成了，接下来就是下乡干革命。"

"下乡也是干革命?"姑娘不解地问。"当然了，多数人依然抱着'革命舍我其谁'的豪情壮志，要到农村去干一番事业，像我等虽从不敢奢望担当革命大任，但对那个陌生的未知世界还是充满了好奇，似乎离家越远越偏僻就越有吸引力，总之，大多数同学都是自愿报名去的，而且走时都还高举着红旗，高唱着战歌，意气风发，对站在下面送站的亲人们的伤心抹泪不屑一顾。"

"当时我父亲已年近七十，身边要人照顾。他把户口本藏了起来，我就是有天大的本事也没辙。一批批的同学走了，一次次的街道动员，父亲都以年老多病等等的理由搪塞过去了，经不住软磨硬泡，最后父亲打出的一招绝牌让他们全都目瞪口呆了：'他是独子'。他出具了我出生时居住过的街道办事处的证明：该生系……你听，还'该生'，其实我压根儿就不该生啊！我那一辈子都没见过面的妈生完我以后就走了，大概4、5岁时，我要懂事了，家人怕闲言碎语传到我的耳朵里，不惜卖了老宅子，搬到了现在的住处，这个秘密从此就留在了那儿。可现在，为了留儿子不下乡，父亲豁出去了。"

"你留城了，对吧?"姑娘瞪着一双迷茫的眼睛也猜了一回。"是啊，父亲如愿以偿了。可这不光荣的身世大曝光，而且还是为了逃避上山下乡，我一下子掉到了冰窟窿里了，我没脸去学校，一出门就觉着有人意味深长地一笑，意味深长地一瞥，意味深长地指指点点，从此，我见人不敢抬头，说话不敢放声，一副天生就有罪而且注定永远要受罪的样子。那时，我恨父亲，有事没事都和他吵，我也恨周围的人，甚至也恨自己，为什么不害场病死了，对什么都看不顺眼，时不时在家里吵吵闹闹，动不动就摔东西，说我宁可到新疆去也不要留在这儿丢人现眼。"

"是啊，那日子一定很难过。"姑娘被他的故事感染了。

"别打岔。"像一个已经入戏的演员从角色里出不来了，不管别人爱不爱看，他的戏是一定要往下演的，文昌德接着说："终于有一天，我如愿以偿了，父亲跟我说，你走吧。""你就一个人跑到这儿来了?"姑娘好奇地问。"不是，我当时还没那么大的胆，是我一个远房叔叔在这边。"

文昌德继续讲他的故事。“噢?”姑娘又有些惊奇。为了不使她把事情想得过于复杂，文昌德打算做个简要说明：“他大学毕业。”“是分配去的?”姑娘问。

本来他只要点一下头，他的故事就可以结尾了，可是不知道是不是别人也会这样，就是当他打算向一个人倾诉的时候就无比真诚，说出的话都原汁原味，讲出的事都要确凿无误，只见他慢慢地摇了摇头，说：“他倒真是发配到那边的。”“反革命?”姑娘问。“不是。”文昌德平静地说，忽然又提高声调说：“哎，我说你怎么净把我往黑窟窿里推。”可见人在讲述自己的痛苦时，其心情也是起伏不定的，所以听者往往也要忍受一份煎熬。

说完文昌德似乎也感觉到了自己情绪的波动，于是又略带歉意地说：“对不起，我有点控制不住自己，他是渎职罪。”“渎职罪?”不知姑娘是不懂“渎职罪”的概念，还是想知道它的具体内容，或者只是顺嘴那么跟着重复了一遍。

文昌德的脸上现出一个刚从水坑里爬上来、满身泥污的人嫉妒一个穿着整洁的人那样的神情，用责难的口气说：“你不是书念得不错嘛，连这都不懂啊!”“咦！你对我发什么火，我怎么知道你的叔叔是渎的什么职?他怎么就犯了罪?”姑娘没有过内心经受巨大创伤的体验，她只当是在听故事，心想你自己讲不清楚还对别人发什么火。

“噢，是，是，是这样的，叔叔原在上海工作，一天停水，他下班时忘关水龙头。夜里来了水，到第二天上班才发现，实验室灌了水，泡坏了重要的仪器设备。”文昌德进一步说明。“真倒霉。”姑娘发出感慨。

“后来他就在这边服刑，刑满后正值一个厂筹建，他被要了去，他提的条件就是安排我这个侄子。”说完文昌德抬起了头，像终于完成了一个任务似的盯着姑娘的眼睛，带点自我欣赏的意味说：“怎么样?我说得还明白吧，连我自己都感到吃惊，我竟能一口气把自己的故事讲下来，此前我可从未给人说过，我的语言表达能力还不错吧?”

姑娘怔怔的看着他，对故事的细节还来不及回味，只弄清了面前的这个人的人生有点蹊跷，她不知道是应该同情他呢还是应该鄙视他，于是带着一种无所适从的神情说了一句让人更加无所适从的话：“不是一口气，你可停了好多回呢!”

看着姑娘一脸的迷茫，文昌德给自己的故事圆了个场：“哎，都过去了，如果不是那样，我连做梦都梦不到那个地方。”

现在文昌德翻来覆去想的就是一个问题：怎么把自己的秘密关在她的肚子里，尤其是她现在还和自己魂牵梦萦的心上人在一个班，如果两人扯起来，她一不留神说漏了嘴，那无异于雪上加霜，自己在对方心目中的地位绝对会急转直下，那就彻底歇菜了。

板凳风波

进厂第一天，万晓阳早上车间现身，中午食堂撞人，阵阵凉风吹得她晕头转向，她还来不及品味个中原委，下午上班的大喇叭就叫起来了，按照师傅的交代，她到总务科先去领了工作服，后又安排了宿舍，回到车间时已是下午三点多了。她已换上了全套的行头，新的劳动布工作服又厚又硬，整个人都像给撑了起来，她觉着挺新鲜，用两手拽着衣袖看看左臂，又看看右膀，心想这哪儿都硬邦邦的还怎么干活，可是抬抬胳膊还挺灵活，一看原来这肩膀是连袖的，她就这么漫不经心地来到了工位上。

建国正在干活，冷师傅的徒弟谢红梅在给他打下手。万晓阳凑过去，又两手拽着袖口，直挺挺地站着问："我干啥?""今天不用你，你先在那儿看看。离远点，唉，把眼镜戴上。"建国头也没抬，用手往外摆了摆。

像迎头被泼了一瓢冷水，师傅让她离远点，是嫌她没用，万晓阳心里不悦：我有用了，还跟你学什么。万晓阳戴上眼镜，除了火焰和弧光，周围其他的一切都是昏暗的。看什么？看火焰和弧光闪金光？时间一长，眼睛怪不舒服。她赶紧朝开着门的工具箱弯下腰，把工具箱里的东西一件件拿出来，甚至趴在地上把隐藏在最底层、多年没见过日头的东西都掏了出来，找了块抹布把里面抹干净了，把东西又摆回去，总算干了点“工作”，她可以休息一会儿了，于是坐在工具箱旁边的一张条凳上。

这条凳是工具箱的配套设施，由一个很重的铁架子上面固定一块木板制成，也就 1 米来长，与工具箱的宽度相当，万晓阳很随意地坐在凳子的中央。

建国干完了活，想歇会就漫不经心地挨着她往条凳上一坐，没想到万晓阳竟像触了电似的猛然站了起来，伴随着条凳铁腿在水泥地面上划过发出的啸叫声，建国“哎哟”一声一屁股坐在了地上，由于条凳很重，瞬间形成的冲击力使条凳在空中做了一个扇形的摆动，条凳的凳面对着建国的脑袋右侧重重地拍了一下，然后又弹了回去，带着巨大的响声重重地砸到地面上。

这声响像一个巨大的磁场把周围的人吸了过来。“初来乍到，先给师傅来了个下马威。”“往后这建国可有事干了，来了个帮倒忙的。”有人接茬。“这板凳也势利，‘贵人’刚来就不认得主人了。”

万晓阳站在那儿手足无措，脸绯红，她干脆将脸扭向一边冲着墙，这边，建国手捂着半边脑袋站在那儿，愣愣地看着她，像是竭力想弄明白却怎么也弄不明白。看到人们像看耍猴似的往这边靠拢，建国气急败坏地走到晓阳跟前说：“我说，你起来也打声招呼，行不?”

冷师傅匆匆地走过来，她摸摸建国的脑袋，问：“咋样，厉害不？要不要上医务室看看?”“没事。”建国把她的手拉了下来。冷师傅迅速转身，一手叉腰，歪着头看着晓阳大声地说：“咋的啦，你师傅身上有虱子，怕传染？怕传染别来呀，又拇（山东话：没有）人请你。”

文昌德下午刚上班，听到了条凳的尖叫声。看到又是那姑娘，他的心一下子提到了喉咙眼儿：怎么又出事儿了！对冷彩莲的俗和泼，文昌德是一百个看不上，奈何人家是老师傅，可对着一个刚进厂的学徒，天大的事也犯不着说这么难听的话，于是他向冷彩莲走去。

这边，姑娘怔怔地面壁而立，因她的工位紧挨着墙，这就让她恰到好处地避免了与众多目光交汇的尴尬，她用两只手扯着衣服前襟的衣角，不停地卷起、放开，瘦弱的身子伴随着战栗，支吾道：“我……”“咋啦?还屈着你了，你还有理了?”冷彩莲又将身子向前挪了挪，看样子如果姑娘再说出点什么，她可能真要一展拳脚了。

文昌德从后面拉了拉冷彩莲的衣袖，说：“冷师傅，算了，算了，你老师傅大人大量，在这儿跟一个小学徒拌嘴，掉价，你说我说的对不对?”“对个屁呀对，一个小妮子刚进厂你不打打她的风头，那以后还管得了。”话虽这么说，但情绪显然没有原来那么对立了。

“师傅，师傅。”红梅也把冷师傅往后拽，一边说：“她这是人生，胆小，也许压根儿就是尊敬师傅，看到师傅来了，马上让座，一不小心……”

红梅大晓阳三岁，家在邻省的一个乡村，通过关系将户口迁到这个省的知青点上，招工上来进了这个厂。她人长得高挑，圆脸，一双大大的眼睛，黑亮的眸子，一双又黑又粗的辫子剪得刚过肩头，直挺挺的，她说话时一双明亮的大眼睛很大方地注视着对方，充满了自信，没有一点村姑的影子，她上过高中，又爱读书，显得很有文化，待人和气，处事又有主意，特别是她的左右逢源，让她在这个人的海洋里如鱼得水。她绝对属于那种有心计的人，有的人的心计像沙子，搁哪儿都让人不舒服，放在你的碗里，硌牙，放在眼皮子里磨你，但红梅的心计让人舒服。红梅的一席话，让建国找到了一个体面下台的台阶，附和着说："算了，算了，她也不是有意的。"

红梅先是去拉冷师傅，然后她放开了手，换用一只胳膊搂着冷师傅的肩膀，声音甜甜地说："走，我还是回去干咱自个的活去。""那是，那是，肥水不流外人田嘛！"冷彩莲撂下一句不着四六的话，在红梅的簇拥下，屁颠屁颠地走了，嘴里还嘟囔着："真不是省油的灯，亏得搿让俺摊上。"

晓阳感谢红梅为她解围，但对这陌生的环境开始有了恐惧感：个个寒气逼人，不怒而威，如芒刺在背，对许多人心生敌意，尤其是冷师傅，什么事都少不了她。可是作为冷师傅，心里也挺不平衡，看到万晓阳，就想到了儿子，那"龙生龙，凤生凤……"就会往脑海里钻，接着心里会生出隐隐的痛。晓阳也感到委屈：这能怨我吗？那么大的人了，连这点事都不懂，这男人女人不能挨着，要不为啥我们从小上学时桌子上就画条"三八"线，就是冬天穿着大棉袄也决不许越线。

"你以为你是谁呀，美国总统？还是皇宫里的娘娘？那么高贵，不能和我们工人阶级同吃同'坐'，还跑到这儿来干啥？"冷彩莲刚走，苟爱琴又搭上了腔，真可谓此起彼伏。看到苟爱琴掺和进来，文昌德立马来了神，说："这你生哪门子的气，还那么盛气凌人，人家也不过是来领张人生的入场券。"

"这'入场券'是不是拿得也太早了点，哎，当然了，反正是送上门的，不拿白不拿。"这苟爱琴下乡三年就能上来比许多人强多了，她挺知足，可是自打万晓阳他们这一批人进厂，她的心理失衡了：凭什么他们16、17岁就可享受我历尽磨难才能得来的一切，我今年都23岁了，可还是个学徒，规定不能结婚，明里还不能谈对象，整个女人的生理进程都推迟了。从小到大，生活在众人羡慕的目光里，使她产生了一种与生俱来的优越感，她走路昂头挺胸，目不斜视，但是凭感觉享受着众星捧月般的幸福滋味。但是，随着岁月的流逝，她发现人们眼中的炽热已明显地降温，她隐隐约约有了危机感，她貌似高傲的面具后面包容着的却是一颗脆弱的心。

文昌德理解她的感受，走上前来又右臂贴胸，两指冲上在脸前晃着说：“不就一张入场券吗，谁拿不是拿，不就多一个人进场嘛，又不碍你的事。”说着手指弯曲向下插进工作服左上方的小口袋里，做掏物状，扬脸说：“我这里有两张实实在在的入场券，明天上午的，喜剧电影《李双双》，好好放松放松，笑一笑，十年少，别一天自个找气，那样人可是容易变老的哟！”

“老不老的，关你什么事？你哪儿凉快哪儿歇着去。”也许正刺到了痛处，苟爱琴冲着他一扬手，然后扭着小蛮腰走开了。文昌德的手这时才从上衣口袋里抽了出来，那里压根儿就没有什么“券”，他不过是急中生智耍了个把戏。被心爱的姑娘数落两句，于他也是一种享受。

车间大会

“开会了，开会了。”任书记一边在各班之间走着，一边扯着嗓子喊。

收拾完工位上的事，大家赶紧往会议室走去。这会议室进门右手边墙上挂了一块大黑板，前面摆着一张长条桌，给人感觉像个教室。桌子一头靠墙角的一个铁架子上放着一个大的搪瓷保温开水桶，说它保温，是任书记叫老伴做了一个棉套子把它包起来了。和长条桌平行摆放的是铁腿木面的板凳，一排排用螺栓固定在地上。

人们陆陆续续进来，有的先打一杯水，然后边喝边聊，男人的手上都少不了一支烟，不一会这屋子里就烟雾缭绕，热气腾腾。

万晓阳跟着红梅低头进去走到最后一排后，又一直往里走，在一个角落里坐了下来，但似乎还是能感觉到人们的注视。冷师傅坐在第三排挨着门口的过道边上，此刻正抓紧工夫织线衣。向师傅拐进第四排，在经过冷师傅身后时，在她的后腰上抓了一把，就快速往里走去，冷师傅站起来，举着手里尖尖的毛衣针追过去，嘴里嚷着：“好你个老流，看老娘咋收拾你。”大伙笑起来，有人起哄：“对，是该教训教训他，看他还敢不敢发贱。”

会议室里充斥着抽烟的咂巴声，说笑声，好不热闹。

任书记走了进来，他知道这些也是工人劳作之余的一种消遣，等到嬉笑声略一平息，他才走到桌子前，拿起黑板擦用反面的铁皮在桌子上敲了两下说：“都热闹够了吧，安静、安静，现在开会。”脸上的表情也随之严肃起来，任书记开场说道：“今天开会，一是讲讲形势，二是传达厂里二季度生产计划，三是向大家介绍一下车间分来的几位新同志。关于形势嘛。”他抬眼望望四周，声音缓慢而沉稳，说道：“大家有没有闻到什么味?”

下面有人吸着鼻子脑袋左右晃，说：“什么味?”任书记盯着坐在正前方正昂着头闭着嘴用鼻子吸气的年轻人说：“骡子，你拱着个驴鼻子能闻到个啥？我说的是政治嗅觉，要拿脑袋瓜闻。”“咦?”下面有人发声。“咦啥呢？迟钝，也难怪，不像人家大城市，你们看，文昌德他就嗅到了，今年早早就回来了。”有人在下面嬉笑着说：“什么政治嗅觉，是苟爱琴的美味把他给招回来了。”笑声四起，有人左顾右盼，没见着他人，任书记也发现了，问：“文昌德呢？咋开会都不来?”马卫东站起来，环顾四周说：“我师傅……”又无奈地坐下了。“下午上班来了，我见了，可能上厕所去了。”建国立刻答话。

“懒驴上磨屎尿多。”任书记顺口溜出一句。然后他清清嗓子，脸上的表情严肃而认真，用作报告的语调说：“大家注意到没有，今年以来，国家形势变化很大。”说完从上衣口袋里掏出个小本，翻开，摆在桌子上，瞅一眼说道：“1 月 5 日，中央发出通知……”会场的气氛一下子凝重了起来，下面立刻静悄悄。他又情绪高昂地说：“社会主义是干出来的。所以大家要一心一意搞生产，只有生产上去了，咱职工的日子就好过了。”他两手撑着桌沿，一板一眼地说着：“今年以来，先后召开了解决工业、农业、交通、科技等方面问题的一系列重要会议，采取了坚决果断的措施，对各方面进行整顿。总之，就是八个字，形势喜人，形势逼人。”

这时下面有了一阵不小的骚动，任书记又用黑板擦充当惊堂木在桌上“砰、砰、砰”地敲了几下，说：“安静、安静，下一步车间就要大张旗鼓地搞定额管理，工作好坏跟奖金挂钩，咱也来他个上不封顶，下不保底，以后你们各人碗里的米汤稀稠可就不一样了。”

“掰（山东话：别）光让俺们喝米汤，俺也想吃肉啊!”冷彩莲放下手里的活计，突然大声地说。“肉会有的，面包也会有的，不过先得喝上稠米汤，大伙说是不是？”任书记用了一个有点煽情的反问算作回答。

任书记又一次清了清嗓子说：“为了适应形势的发展，今年厂子全年的生产计划由1300台提高到了1500台，一季度300台，那二季度就得完成450台才能保证时间过半任务过半，所以下一步车间要加强管理，我们已经跟厂里打报告要技术员了。眼下，卫调度，你要抓紧联系技术科，尽快完成定额的测定和修改，另外我们还准备办夜校，不学技术这生产咋能上去？我们要发扬大庆人有条件要上，没有条件创造条件也要上，有困难要上，没有困难……”本来他想说“更要上”，不料下面有人接上了话：“创造困难也要上。”引起一阵哄堂大笑。任书记的眼睛在人群里瞅瞅，大吼一声：“谁在那儿捣乱，我可把丑话说在前头，谁要给车间制造困难，我就叫他先困难困难。”

人们咧开的嘴还没来得及收回去就听到这一声棒喝，面部的肌肉就僵在那儿了。下面异常安静，人们真切地感到这形势真的要变了，从人们脸上的表情任书记相信他的讲话精神已经深入人心，理解不理解都会起到它应起的作用。

“最后，我给大家介绍一下，我们车间刚分来的几位新同志。”任书记第一个点到万晓阳，她依然木讷地看着任书记，不知道站起来，是红梅捅了她一下，她才呆滞地站起来，刚才她一直还在想着今天撞进这个陌生空间里所遇到的种种事端。当点到娄庆云时，她立刻站起来，甜美地答了一声“到”，还用右手冲大家摆了摆。

“现在大家鼓掌欢迎。”任书记提议说，并带头拍起了巴掌。下面响起了一些稀稀拉拉的掌声。为了制造一个和谐的氛围，他必须两边同时敲打敲打。任书记先说：“现在我要给这几位新同志说几句话。”接下来他手指着墙面说：“你们看到了吧，这么多的锦旗、奖牌。”他把目光收回来正视前方，带着点豪迈说：“噢，这才是冰山的一个角角，大头还在车间办公室呢，回头你们可以去看看，这都是我们这些年成绩的见证，你们分到我们车间应该感到光荣。另外，我也要给各位师傅说一声，要为人师表，尽心尽责，不要光把人家娃当个劳力使唤，要把你们那点能耐往下传一传。当然，在这里我还要特别给你们几个新学徒提个醒，你们这批青工没有经过农村锻炼，在和劳动人民结合上差个成色，有的还有小资产阶级情调。”

整个会议室出现了一阵无声的躁动，人们的目光如万箭齐发，一起向那个角落射去，万晓阳强压着愤怒，红着脸把头垂得更低，用低着的头和木讷的表情来抵御这五味杂陈的目光。

一出会议室的门，任书记就叫住建国，说："你说文昌德来了，人在哪儿呢？你这人就是不讲原则，只知道做老好人。""开会前他真来了，我看见了。"说着就带着任书记往铆工班走，果然就见文昌德正蹲在地上划线，建国高兴地说："我没说谎吧。"

任书记问文昌德："开会你溜哪儿去了，现在在这儿装模作样。"文昌德立刻站起来，先给任书记递上一支烟，一边点火一边说："天地良心，我真是早来了，上个茅房，你就开讲了，你还说我政治嗅觉什么的。"

"那你咋不进去？"成建国问。"怎么敢进去打断书记讲话，再说用实际行动来落实书记的报告岂不是更好。"任书记眯着眼瞅着文昌德，狠狠地抽了一口，吐出一股白烟，咂巴一下嘴，这一阵子没抽烟，这一口像过足了瘾似的那么舒服，然后他把烟从嘴边拿开说："精猴子，撒谎都撒得溜圆。"他扭头对建国说："你负责把开会的意思传达给他。""没问题。"建国答应得很痛快。

文昌德原来真是想进去来着，可看到红梅身边的万晓阳，他又缩回了腿。自打中午猛一见，他像挨了一闷棍，脑子不会转圈了，想来想去，突然冒出个奇怪的想法：不是她，看错了，下午她面朝墙，他也没法、当然也没想着去确认，但当他在会议室外面听到书记点到"万晓阳"这三个字时，如五雷轰顶，眼前浮现出列车上的一幕。

到站了，车厢内骚动起来，城市的灯火依稀可见，人们开始收拾行李，文昌德从他的故事中走出来，对姑娘说："快到了，收拾东西吧，哎，你有人接吗？""应该有吧！""没事，如果没有，就先跟着我，我朋友会来接我的，到时再把你送回去。"火车终于停了下来，姑娘按照姥爷交代的，坐在座位上不动，一位中年妇女朝这边走来，一边叫着："晓阳，晓阳。"姑娘立刻站起来，招招手说："我在这儿。"然后对文昌德小声说了声"再见"，停了一下又若有所失地说："真的有点舍不得，唉！"就跟着女人往车门口走去。

毒舌妹妹

进厂第一天，万晓阳怀着美好的憧憬，揣着一腔的热情，可那些冷冷的目光，那些闲言碎语把她浇了个透心凉，食堂撞人，板凳砸人，这一天的跌宕起伏把她彻底打蒙了，她心里乱糟糟的，装着一肚子的委屈和失落，脸上挂着一副倒霉相，脑袋一直嗡嗡作响，就这么跟着人群走出了车间，直接上了厂子的交通车回家去了。

家，这个别人可以避风的港湾，在她却成了不得不去忍受的另一份煎熬。从江南水乡到塞外高原，气候、生活条件的巨大反差，像水塘里的鸭子给赶到了旱原上，让她浑身不舒服。

十几年来，和父母见面的次数屈指可数，更别说沐浴他们关爱的阳光，取而代之的是姥姥姥爷想方设法让她的饭菜丰富、衣着得体、床铺舒适，却很少给予她为人处世方面的教育和独立生活能力的培养。她不会察言观色，不会审时度势，她没眼色，眼里没活，更不会干活；她说话既不圆滑也不拐弯抹角，不会甜言蜜语讨人欢心，更不会媚态十足让人舒心，而这些缺陷几乎是水到渠成地，或是顺理成章地加深了她与人，包括家人的隔阂。父亲常年在牧区跑，她回来后都没见过几面，她对父亲除了生疏，几乎没有什么别的感觉，母亲倒是多数时间在机关大院里上班，但从母亲眼神中流露出的无奈，她看得出母亲不喜欢她。

万晓阳的家就在政府机关家属院里，一走进院门，腿就像灌了铅似的，当踏上通往自家的楼梯，就觉得头顶上的空气好像都被压缩了，她常常想到从电影上看到的纳粹的举手礼，那压力就来自那只手，那是妹妹晓红的手，直挺挺地伸出去，遮住了她头顶的一片天。晓红小她一岁，人长得膀大腰圆，一张大大的圆盘子脸却长了一个修长的下巴，还向前翘着，她从小在父母身边长大，性格也泼辣。

父母下放干校改造时，晓红就担当起了管家和照顾弟弟的重担，她性格开朗，心直口快，从小自立性很强，后来，父母回来，但工作很忙，所以她“管家”的地位一直沿袭下来，不知是不是上苍的安排，人在许多方面是互补的，虽然她的长相实在叫人不敢恭维，但在其他方面，比如在治家方面，那绝对是同龄的女孩子望尘莫及的。

回家这些日子，晓阳总是看到晓红手脚不停地忙里忙外，耷拉着脸，还时不时用眼睛的余光在她的脸上游来荡去，搞得她不知所措，干活也插不上手，如果赶上吃饭，晓红那一连串不耐烦的“吃吧，吃吧。”让她觉着自个是在吃舍饭，而且吃的是妹妹的舍饭，她想起了《红楼梦》里的凤姐，这晓红活脱脱就是一个“凤姐”，只是这长相与“凤姐”相去甚远。

女性天生就爱漂亮，也妒忌漂亮，尤其在心气儿高的晓红身上，这长相，从她懂事时起就成了一块心病。现在突然冒出个姐姐来，长得哪儿都比自己强，所以这心里除了陌生就是嫉妒。以前，人家见了妈妈，总是说：“老陆，你好福气呀，女儿那么能干。”而现在，几次听到下班打门口过的阿姨跟妈打招呼说：“大女儿来了，长得多水灵。”这时，她的心里就会生出切实的痛感。

一天，晓阳洗完澡，对着镜子梳头，浴后粉色的皮肤紧绷透亮，竟不由自主地对镜自赏起来，她用手理着额前的刘海，目光专注，嘴角微撇，露出一丝笑意，后又往回收一收，好像选到了自己的最佳角度，就在此定格下来。姐妹俩同住一屋，能够这样对镜自赏的机会是不多的。“哟，够漂亮了，还要提高回头率呀!”不知什么时候妹妹站在了房门口，身子斜靠着门框，双手抱在胸前，嘴角下拉，眉毛上挑，脸上写满了讥讽和鄙夷。在晓红看来，“回头率”是学校里男生对女生漂亮程度评价的量化词，因为她的这个“率”太低了，所以她把它赋予了诸如“小资情调”“风情万种”一类的贬义。

万晓阳顿感有道冷冷的目光，穿透了她的身体，窥视着她的内心世界，她羞愧难当，像做了贼似的连忙转身，就在她转身往外走与晓红擦肩而过的一瞬，晓红那向前撅着的下巴那么刺眼地闯入了她的视线，她觉着它好像变成了一件利器，向自己刺了过来，她的心里掠过了一丝恐惧，还有一丝轻蔑。

餐桌风云

万晓阳家住的是一套三室一厅，客厅呈长方形，南北走向，大门朝西，一进门，右手方向按功能算是真正的客厅，贴墙放着一个五斗柜，上面放着一台电视机，对面是一对木框布包的沙发，中间摆了一个木质的茶几。大门左手边是厨房门，厨房门再过去的墙边放着一张方桌。

今天父亲出差回来，又知道晓阳上了班，他早早地做好了饭，桌上热气腾腾。母亲靠墙坐着，父亲身躯高大，坐在母亲对面，晓红靠里面一边坐着，正面对着门，靠门的那边空着，好像专等晓阳似的。晓阳一进屋，她很自然地就近靠门坐了。

带着一份让女儿端上了铁饭碗的成就感，母亲一改往日的矜持，兴致挺高地说："哟！我们的工人阶级回来了，快吃饭。"然后她从高压锅里来来回回地盛饭，晓红依次接过来摆到各人面前，当给晓阳时，她重重地一放，发出了"咣当"的一声响，晓阳觉着这是晓红无声地表达那不耐烦的"吃吧，吃吧"，她白了晓红一眼，心里的烦躁又升了一级。

晓阳拿起筷子，在胸前举了那么一会儿犯了难，一盘切成大块的煮羊肉，她吃不来那个膻味，一盘土豆丝，是这里的特产，这几天几乎是餐餐必备，只有那盘绿油油的小油菜，让她眼前一亮，在这早春季节，在内地随处可见的小油菜在这儿可是稀罕物，它要搭着汽车、坐着火车才能到这饭桌上，可晓阳没这个认知，觉得那不就是几分钱一斤，最最普通的家常菜嘛。

父亲问："报到了？""嗯。"晓阳轻声回答。"干什么？"母亲问。"焊工。"晓阳没精打采地敷衍着，母亲看到她不高兴，以为是干活太累，就说："刚开始都那样，习惯了就好了，分师傅了吧，师傅咋样？对你好不好？"母亲连珠炮似的发问，脸上洋溢着自得的笑容。"就那样呗！"晓阳显得不耐烦。

母亲这才听出话的味儿不对，说："这孩子怎么说话呢？什么叫'就那样'，那到底是哪样呢？"万晓阳头也不抬，让那股气继续往外冒，说："早知道这样还不如在老家下乡呢。"

母亲来火了，她"啪"的一声扔下筷子对着晓阳大声说："你怎么不早说呢，为办你的事，我跑了多少腿，因为你还没毕业，户口又不在这儿，我低三下四跟人家说了多少话，到头还落了个'还不如'，你真没良心啊！"她心中的委屈全展现在了脸上。

看到母亲动气了，大家就都不言语了。于是母亲又自言自语道："活该，自找的，算我自作多情。"父亲却毫不留情，接上茬："我看也是你自作多情，当初不让你搞，你非要腆着个脸找这个，找那个，我都觉着脸上没光。”“脸上的光能当饭吃啊!”这无异于火上浇油，母亲更来气了，她站起来，手在桌上猛击一掌，桌子振动，碗碟发出了瓷器的碰撞声。

“你们还有完没完？还叫不叫人吃饭呀?”晓红使出“凤姐”的淫威，大喝一声，本来她明年就要高中毕业，现在晓阳已经做了安排，留给她的就只有明年下乡一条路了，所以她原本对母亲的这一安排就有些说不清、道不明的怨气。

晓红的这一嗓子还真起了作用，别人不说了，母亲也无奈地坐下了。她倒来神了，她歪着头，扬着脸，那下巴又向前撅着，冲着晓阳，一串风凉话像子弹般射出：“怎么啦？不满意，现如今干点什么你才能满意呢?”停了一会儿，她更来劲了，脸上露出鄙夷的神情接着说：“噢，对了，我知道，当省长，当省长你保准满意，可你干得了吗？再说也得人家让啊!”合着说话的节拍，那脸朝天花板一扬一扬的，那撅着的下巴也跟着向前一冲一冲的，那影像又一次刻在了晓阳的脑子里。“行啦，晓红，怎么跟你姐姐说话呢，一个女孩子，说话怎么那么尖酸刻薄?”父亲厉声制止道。

“哼，姐姐，也得有个姐姐样。”晓红的轻蔑无限地膨胀着。

“咚咚咚”，一阵急促的敲门声，一个大嗓门叫着：“妈，我回来了，快开门。”母亲回应道：“不会自己开？怎么？又没带钥匙?”说着瞟了晓阳一眼，因为她离门最近，开门也就是一转身一伸胳膊的事。可是，晓阳没有动，母亲的心跟着紧了一下，于是站起来，把桌子往前推了推，抽出身去开门。门开，小强一手抱着个足球，一手夹着厚厚的一摞衣服走了进来，说：“嘿嘿，你没看见，手都占着呢，这脚又没这功能。”

晓红赶紧接下他手里的东西，说：“快去洗洗吃饭。”小强挨着父亲坐在了晓红和父亲之间，晓红赶紧起身给弟弟盛饭，小强环视了一下说：“噢，爸，大姐，你们都回来了。”“一天不学习，就知道玩。”父亲明似责备实则宠爱的一句话算是回应。晓阳没听见似的，对弟弟的问候居然没有反应。妈妈看在眼里，这气就直往上冲说：“弟弟跟你打招呼呢，你就不会吭一声？像谁都欠了你的似的。”

父亲瞅了一眼晓阳，见她低头不语，也不动筷子，知道这孩子脾气犟，就对母亲说：“今日这是怎么啦，这饭还叫不叫人吃了，我说，唉，是不是先喂饱肚子，有什么事吃完了饭再说。”于是大家忍着气又接着吃饭。

小强吃饭也显示了男孩子的风范，他大块吃肉，一筷子就把青菜碟子扫荡了一大片，晓阳一看急了，端起青菜碟子一股脑儿扣在了自己碗里，过去在老家，这是她在饭桌上常玩的把戏，可是今天，当她又习惯性地玩了一回后，自己也有些诧异，她很后悔，不知所措，总不能再倒回去吧，一时愣在那儿，全家人也都愣了。反应最激烈的当然还是晓红，她把筷子往桌上一摔，把碗往前一推，说："八辈子没吃过，下作，不吃了，光恶心都恶心饱了。"说着，头又习惯性地扬了两下，那下巴也就跟着向前撅了两下。

晓阳抬头看着晓红，那向前撅着的下巴像是又捅到了她的肺窝子，她面带鄙夷，慢条斯理地说："别老那么撅着，当心下巴壳飞出去。"

像掐着了毒蛇的七寸，晓红腾地站起来，越过弟弟一手抓起晓阳的头发，往上提，疼痛感使晓阳顺从地站了起来，同时她另一只手就去撕晓阳的嘴，还大声地喊："我先让你的下巴飞出去，你个狐狸精，你个妖精……"她扯着晓阳的头发往后退，晓阳身子跟着向前倾斜，当重心过度前移的时候，她趴到了桌子上，桌子也跟着翘起了两条腿，那只引起事端的青菜盘子顺着桌角滑到了地上，发出了它在粉身碎骨时的哀鸣。

这突如其来的一幕把母亲惊呆了，她显然品出了这话的味道，说："这孩子说话真毒。"父亲一把拉住晓红，一只手就去掰她拽头发的手说："你疯了？干什么？放手，动不动就撒泼。"晓红向后退去，她的手显然没有完全松开，指缝间夹着晓阳零碎的头发，她把手放在眼前晃了晃，像欣赏自己的战利品，然后把手一甩："呸，骚毛！"头发飘落一地，她转身回自己房间去了。

母亲的无奈

父母相继离开桌子，坐到了沙发上。弟弟开始收拾桌子，晓阳知道自己闯了祸，尽管头皮还在发痛，但还是跟着弟弟一块收拾，走进厨房。

"这孩子太不像话了，屁本事没有说话还特毒。"母亲对父亲说。"还不是你们家惯的。"父亲随口回了一句。"噢！我们家吃苦受累给你把孩子养大，这还养出罪过来了。这孩子这么没有良心，原来随你。"母亲语速飞快，道出心中的委屈和不满。

“好了，好了，算我说错了，现在不是评说功过是非的时候，倒是要想个办法，你没看到，这两个丫头是针尖对麦芒，搞不好会出事的。我不常在家，你要多留点心。尤其是对晓阳，这十几年来二老只知道让她生活舒服，却很少教她怎么做人。”意识到自己说话的纰漏，丈夫开始认真地考虑这个问题了。

“什么都怪老人，说到底是她自己不成器，人家没父没母的孩子还不照样长得好好的。”母亲反驳道。“现在她的情况不是没父没母，没人管，她不但有父有母，还有两个溺爱她的老人。我现在要提醒你的是，老人家这种老母鸡式的关爱培养了她的弱者心理，也就是说，她从小只会接受别人的赠予，却很少，或者根本就不懂如何给人以回报。”

母亲认了父亲说的理，说：“那怎么办？全家人都让着她？把她当公主似的捧着，这办得到吗？晓红那脾气你又不是不知道。”说完，她长叹一口气自语道：“以后这家里怕是永无宁日了。”话虽这么说，可她心里也是满满的愧疚，自己从朝鲜回国，屁股还没坐热就随部队挺进高原。她把这孩子生在老家，休息几天就归队了，除了卸掉了肚子上的包袱，此外好像没有给她留下什么，再后来，晓红出生了，更没有时间和精力去想她了。

“所以，你要特别注意自己的态度，先是要压一压晓红，然后再慢慢地开导晓阳。”父亲继续着他的说教。“我说你这是在单位作报告呢，还是给下级布置任务，这孩子是我娘家带来的？你就没有责任？”母亲生气地说。“我当然有责任，这不忙嘛！”父亲说着边抬头看看墙上的挂钟，打开了电视。

这是一台12寸的黑白电视，时常发生图像晃动的故障，主持人的脸被扭曲成“一座座躺着的山峰”，但父亲还是张大着嘴，伸着脖子，仔细听着从那张看不见的嘴里流出的语言，显然刚才家里的战事已暂时被他抛到九霄云外去了。“烦死了。”听着电视机发出的沙沙声，母亲愈加烦躁。

她看着丈夫的脸，注意到了丈夫那稍稍向前翘起的下巴，可它配在那张“国”字形的脸上并不难看，反而透露出一种果敢和刚毅，这些年来，丈夫从一个农村的苦孩子成长为一名国家干部的经历已经为此做了诠释。她忽然发现，同样的形状长在不同的脸上，效果的反差怎么会那么大？上帝这个造物主也太不公平，自己是圆脸，皮肤很白，杏仁眼，丈夫高大，长相在男人中也属上乘，而现在她的白皮肤、杏仁眼，丈夫的“国”字脸变形成瓜子脸，搭配成一副姣好的淑女面容给了晓阳，而将丈夫的粗糙、稍稍向前翘起的下巴经过夸张变形安在了晓红的脸上，那时人还不懂“基因”，她认为是生命密码出了问题，她体谅一个女孩子因为容貌不佳所受的冷落，所以晓红在其他方面表现出了超乎寻常的“强”和能干，以对冲相貌的差强人意，这么多年来她已付出了最大的努力，也赢得了不少的赞扬。

可晓阳一出现，晓红的价值天平倾斜了，原来自己那么努力的人生无论如何也比不上晓阳的天生丽质。母亲理解晓红心里的不平衡，按说，晓阳的一句话不至于让她发那么大火。她忽然意识到，毕竟晓红的这副尊容是她和丈夫制造出来的，晓红不过是借着晓阳的话借题发挥，吐一吐她压在心底那说不清、道不明的怨气，真正的矛头所指应该是没有排好生命密码就把她给造了出来的父母。她觉得对不起女儿，好像又欠了晓红什么似的。

晓阳虽然头皮还在隐隐作痛，但她心里不痛，她在无意中溜出的一句话就让晓红如此暴跳如雷，她击中了要害，她看到了平常气焰嚣张的晓红如此气急败坏，这是何等的解气，她甚至有了一种胜利者的喜悦，于是不由自主地哼起了歌：“当年我骑着马儿走过这里……”弟弟白了她一眼，心想：把家搅成这样，你高兴了。他没说，只是心里更看不上这个姐姐，就说：“你心情不错，你自己慢慢洗吧，我去做作业了。”

晓阳从厨房出来时，父亲仍然在客厅里看电视，她和父亲本来就生疏，今天又闯了祸，自然不好凑过去，于是径直进了自己的房间，看到床上空了一半，晓红的被子和床上用品被拿走了，她没有多想，就躺了上去，床一下子宽敞了许多，她有了一种经过战争扩张了领土的兴奋。

母亲走了进来，说：“你舒服了。”“我舒服什么？我的头皮现在还痛呢。”晓阳不以为然地说。“你知道吗，她是心疼。”母亲用手指了一下自己的心窝。“她的心也该痛一回了，活该，是她自个嘴巴赚的。”晓阳觉着挺解气。“这孩子，你，你，你真……”这“毒”字已经溜到了嘴边，不过一对一当着面，母亲还是特别注意克制自己不能流露出偏心，于是又吞回去了。

看到母亲脸都气歪了，晓阳的气也直往上冒，她心想：是她打我，你反来怪我，真怀疑我是不是你亲生的。此前她已经这么想过无数回了。晓阳说：“我怎么啦，我不就是想多吃点青菜嘛，又不是去抢山珍海味。”

她坦然地说。“在这里，这青菜也离山珍海味不远了，倒不是说你吃什么，关键是你那个吃相，太缺乏教养了。平时你姥爷他们都是这么教育你来着?”母亲耐着性子说。“他们平时看到我喜欢吃什么菜，就叫我全倒在碗里，还说‘别浪费了’。”“唉，真糊涂。”母亲的心情更加沉重，觉着好像对着一个幼童，还得从“孔融让梨”教起，可在她这样的年纪，实在没有精力和耐心了，她摇着头出去了。

再进来时，母亲手里捏着一沓东西，说：“你看，现在闹成这个样子，你们待在一起搞不好又会出事，这样吧，你就先在厂子里住一段时间，这20斤粮票够你吃一阵的，这是这月的油票，还有这些钱，你先用着，这倒不是我偏心，晓红不是没地方去嘛，再说，你每天跑也太辛苦。”

“坐车辛苦什么?”晓阳不假思索顺嘴就溜出了一句。母亲的头都大了，这孩子怎么什么话都听不懂，只好说：“随你。”

最后的一抹金光

第二天一早，一辆吉普车停在楼下，母亲抱出一个大行李卷，对晓阳说：“东西多，让你爸送送你。”父亲没吱声，一头钻进了车里，一路上都没跟她说一句话，而是有意没话找话地跟司机唠。跟晓阳不是没话说，实在是不敢说，是怕这个不按常理出牌的女儿当着外人的面猛不丁给他来个出人意料。父亲很爱面子，也很注意影响，他没要轿车，而要了一辆不起眼的吉普车，到上面县里检查工作顺便搭个顺风车。

小车快到厂门口时，追上了厂子的交通车，正是上班高峰期，人来人往，就是这个不起眼的吉普车还是让人们觉着扎眼，像是凤凰落架时还要扑扇两下翅膀，向人们炫耀它那最后的一抹金光。

就要进厂门时父亲示意司机不要按喇叭，传达室的老宋头还是及时发现了，示意吉普车停了下来，而从交通车上下来的人也纷纷回头张望，有个把人还好奇地站在马路牙子上等着看个究竟。

此时老宋头已经来到了车前，司机伸出半个脑袋说：“我们局长送女儿。”“到车间门口?”老宋头问。“不，到宿舍。”父亲回答。“住哪儿?”晓阳没吱声。父亲把头扭向后座，有点不耐烦地问：“问你住哪儿?”“前面不远。”万晓阳往四合院一指。“几排几号?”“不知道，昨天只拿了个钥匙，没来得及细看。”万晓阳回答。她原以为只是上二班时临时歇歇脚，也没当回事，没想到这么快就派上了大用场。

在这上班高峰期，人群在这一片地段上快速地流动。这老宋头原是二车间的锻工，多年的厂先进，只因职业病——矽肺病，厂里照顾调来看大门，但他对工作的热忱却是一如既往，此时不知道他是觉着局长是个大人物呢，还是因为姑娘说不清具体的地址需要引路，反正人们看到的是，他正谦恭地微弯着腰，贴着吉普车的车身，左臂开道似的向前平伸着，不知道是怕碰着老头呢还是距离太短没法开快，车慢慢地向前滑动着，于是就更加引来了人们诧异的目光。

文昌德一直保持着早起锻炼的习惯，此时他正在打篮球，看到人们那么稀奇地追逐着一辆吉普车，心想：真没见过世面。可在万晓阳下车的瞬间，他傻眼了，而当她走进二排五号房时他简直是惊呆了，这不是他那心上人的宿舍吗，那为投篮举起的双臂和高高抬起的右腿在空中停了好一会儿。

此时建国正从楼里出来去上班，文昌德走上前，问：“你那徒弟到底叫什么名字?”“万晓阳啊，阿么了？又想联络联络?”建国打趣道。“联络个啥，一个都还联络不上。随便问问，只是好奇，不光我好奇，你看，那么多人不都跟我一样，在那儿看戏呢。”说着就到篮球架下取了衣服往楼里走去，昨天听到任书记点名后，他还心存侥幸，希望是听错了。可是，遗憾，没有侥幸。

就在万晓阳从吉普车上下来的一刹那，有一个人也愣住了，她就是娄庆云，此刻她正像行军似的背上背个包，一手提个网兜，里面是脸盆、碗杯之类，另一只手提着个灰色的旅行袋，这一路上她都挺兴奋，终于有自己的一方天地了，这背包干净利落，行李外露部分全是新的，一点也不显寒碜，因此她走起路来昂首挺胸，感觉挺好。可是猛一抬头，看见一个人正从车上下来，老宋头就站在旁边，手扶车门，后来那人提了个黄书包往平房走去，后面两个跟班，一个岁数大点的提了个网兜，年轻的则扛了个大包，那派头……原来车里坐的是万晓阳啊！娄庆云突然觉着自己像个跑单帮、出外讨生活的人，她一下子收住了脚，她不能把自己和万晓阳放到同一个画面里，供人观赏，评头论足。

娄庆云果断地调转方向，快步进了传达室，并将行李放到里屋，出来时正碰上护“驾”归来的宋老头，就说：“宋师傅，我没带钥匙，在这儿等会儿。”说着就在外屋的长凳上坐下。一股莫名的惆怅袭来，回味刚才的一幕，产生了一种不曾拥有的失落、不能拥有的仇恨和急切盼望拥有的渴望。

不一会儿吉普车已经调头开到了大门口，副驾驶座上的那位长者从车窗里伸出手对老宋头扬了扬，说：“谢谢。”吉普车“呜”的一声开出了大门。可那张棱角分明、带着慈祥微笑的脸却一直在娄庆云眼前晃，他是这车的主人，那一定是万晓阳的父亲，万晓阳是因为有了这样一位父亲才有如此的排场。她想到了自己的父亲，有两个，可都那么模糊。小时候，继父爱他和母亲生的孩子，她不敢往他身边去，可她真想像弟弟那样坐到继父的怀里。大点了，继父有点喜欢她了，可母亲坚决制止，不让她贴近他。到了生父身边，她原本以为自己有个当主任的爹是一件很幸福的事，可继母又天天站岗，只要父亲到自己房里多坐一会，继母就会启动呼叫机制。那时她很伤心，可现在她突然释怀了：我还不稀罕了，我要找一个“爹”，也坐着小汽车进进出出的“爹”。

“丫头，到点了。”老宋头一声招呼打断了她的想入非非。

陈技术员

1975年的春天，生产科的统计员陈乐怡来到了二车间，加入了任书记领导的这个朝气蓬勃的战斗集体。那天早上一上班，她坐在桌前，趴在桌上画月度厂生产任务完成情况统计图。年初，全国性的生产整顿开始，统计工作更显重要，她也热血沸腾。

这陈乐怡圆圆脸、缺心眼，从小只知道读书，不谙世事。她个头不高，胖瘦适中，人端庄恬静，一张团团圆圆的脸，加上“宁叫人负我，我绝不负人”的生活理念，也没能让她绕过人生的沟沟坎坎。

陈乐怡的父亲毕业于国民党的陆军军官学校，母亲从英国人办的医科专科学校毕业后就直接分到了国民党的后防医院。他们都是1923年生人，中华人民共和国成立时满打满算也就26岁。

1948年冬天，父亲作为作战参谋随部队向四川调动。过秦岭时，他以上厕所为由离队，猛抽马屁股钻进了秦岭山中，在山里躲藏了几个月。

出来时当地已经解放，各路口都有解放军把守。盘问清楚后，对方说：“欢迎你加入中国人民解放军，你如果要回家，我们给你发路费。”父亲说：“我上有妈，下有老婆孩子，现在也不知道死活，想回家看看。”后来，他参与了省供销合作总社的筹建，后又合并到省商业厅（现商务厅），再后来两家分分合合，父亲也就在这两家的分分合合中勤勤恳恳为国家工作了一辈子。

母亲也曾是一热血青年，卢沟桥事变那年，她上初中，事发当天，她义愤填膺，抵制日货，把自己的搪瓷杯子、搪瓷脸盆砸了个稀巴烂。学校里地下组织的一位老师看在眼里，就动员并安排她和一位高年级的女同学一块上延安。她跟着这位同学都到了火车站，忽然想起应该回家给她娘说一声，这一声没说通，她娘寻死觅活，不让走。

母亲曾亲眼看见国民党撤退时，直升机就停在医院内的停机坪上，一抬腿就上去了，可是丈夫随军，家中还有老小。她也撤了，不是到台湾，而是到当时的西北医学院附属医院。其实母亲是一个勤奋工作的本分人，陈技术员在古海的十年里，每年因为小孩放在家里，总想回家多待几天，母亲在医院开张病假条不难，可她不肯，说：“你没有上班就不该拿国家的钱。”

入大学后一个礼拜，政治辅导员将她找去，说：“你的父母很早就到外面读书了，他们哪有什么土地出租啊，你的成分应该填职员。”又过了两个礼拜，她入团了，成分也由小土地出租改成了职员。

1970 年夏天，要分配了，当时工宣队进校已经有大半年了。分到她们班的是一位奔四的阿姨，这位阿姨答应了许多人的分配要求。班级到上海实习时，她向几个上海同学的家长承诺，保证将他们的儿子分回上海。这在以前按常规分配是没有问题的，这个专业在全国就三个厂，分别在哈尔滨、上海和杭州。

可是到临分配时才知道，高教部瘫痪了，大型国企停产了，学生全由地方分配。班里一些有心机的人搞起了窝里斗。他们先是把学校里的“精英”——一位入学时分数很高，进校后被校长亲自接见的上海人打成反革命，因由是他和外系的一位上海人很要好，而那个人被搞出来了，他也被关在宿舍里看管起来。这位男同学一直到同学们都分配离校后，才由工宣队派人把他送到甘肃省的一个偏远乡村。

当时这个村子还没通电。离村子不远有一条河。这位同学经过了勘察、分析、论证，设计了一个小型的水力发电站。他把想法告诉了村干部，后又一级级上报，得到了县领导的批准和支持，经过艰苦的努力，这个电站终于建成了。在恢复高考以后，这位同学想报考母校的研究生，县领导特批让他回校复习。

班里一对情侣按照成对必分边疆的惯例将其分到某省，阿姨又专门到系里换了个这省的名额，以也应照顾关系为名将陈同学一道搭配去了。陈同学的丈夫是学反应堆的，是查了五代、进了红色保险箱的。父母催着她在毕业前领了证，就是想按照中国人嫁鸡随鸡的观念，能沾点“红”光。不想有一天，班上那一对中的那位女同学悄悄告诉她：“你和我们一起被分到某省。”

陈同学的脑袋“嗡”的一下要爆炸了，她首先想到的是一首唐诗所描绘的景象：“青海戍头空有月，黄沙碛里本无春。”当时她的父亲说：“你只要留在陕西，哪怕榆林都行，我都有办法把你调回西安。”于是陈同学找到这位阿姨，哭着求她：“我不要照顾，你就按我个人的条件分吧，把我分到榆林都行。”可阿姨不相信眼泪，还不辞劳苦专门跑到工程物理系要求照顾关系，结果把人家班里一位江苏的同学也带了去，为此，陈同学心怀内疚了好多年。

那位江苏的同学很晚才去报到，省分配办的同志说：“你们学校的指标68个已经满了，怎么又来了一个?”这位同学高兴地说：“那让我回去吧!”答曰：“来了就别想走了，我们这儿还是缺人的。”

哭完了，哭也不顶用了，陈同学马上调整自己的思路：那是个蛮荒之地，有许多工作可做，那儿人才少，自己会有用武之地。她开始查阅有关的资料，寻找着那儿令人神往的地方。思路一变，看问题的角度也就不一样了，于是，在办理了离校手续的第三天，就和丈夫双双登上了西去的列车。

到古海的时间是晚上8点多，可天空依然明亮，阳光斜射，云横远山，这心情也豁然开朗起来，原本担心第一次来，怕黑灯瞎火出问题，现在悬着的心总算可以放下了，而且凉风习习，想到内地此时的酷暑难耐，这心里一下子就舒服了许多，再一看车站周围，才发现同伴还真不少，一问，许多都是高教部所属名牌大学来的，这心里一下子变得坦荡起来，还有了一种莫名的兴奋，似乎能分到这里还上了档次。

他们夫妻二人兴冲冲找了一家旅馆住下，第二天一大早就去报到，省分配办的一位工作人员看了两人的派遣单，说：“一个学反应堆，一个学涡轮机，应该分到试验基地，可是这要他们派人来审查，我们做不了主，在省属的范围内你们有什么要求，我们尽量满足。”

两人互相看了看，才发现自己来得太匆忙，庆幸有工作人员的提醒，于是说：“我们再考虑一下，明天再来。”这时坐在门旁边一把椅子上的一个干部模样的人立刻走上前来，跟这位工作人员耳语一阵，这位工作人员就拿出分配单子，一边写，一边说：“到海天机械厂吧，这是一个新厂，技术人员少，到那儿是可以大有作为的。”

后来他们才知道这个干部就是海天机械厂的人事科长，由于建厂没几年，前两年没觉着大学生有什么好，1968 年给分配时，厂子还不想要，后来才发现这大学生比工人还好使，上床子干活几天就能学会，修铁路支个差，到农牧区搞个思想宣传队什么的样样都行，于是今年打了个要 50 人的报告，每天一上班他就在这儿盯着，就把这两个傻家伙给盯上了。

后来夫妻二人才知道原来这里还是有一些好单位的，一想到这两口子心里就涩涩的，是自己稀里糊涂地拐进了一条小胡同。人一傻就处处傻，时时傻，好在傻人有一大优点就是容易满足，而且容易忘记，尤其是希望忘记自己曾经干过的那些傻事，而且还要想方设法找出理由来证明曾经干过的那些傻事并不傻，甚至还幻想着会化腐朽为神奇，收到因祸得福的效果，比如说，分到古海市就是一种运气，如果不是这样，说不定就分到草原上去了。

分配到草原的几率还是很大的，于是你会看到在任何一档相亲节目里都没有的速配效率，一大帮男男女女在省分配办的大厅里坐着或站着，或几个人在议论着，每天跟上班似的来这儿看着，眼睛都直勾勾盯着分配办工作人员的动静，忽然有一位男同学被分配到了一个大家公认的好单位，那么就会有一位女同学马上站出来走到他的身边，对分配办的同志说：“我们是一起的，分一块儿吧。”

分到草原上的女同学境遇就有些悲惨了，因为交通不便，生活条件艰苦，所以有的女同学就找个汽车司机嫁了，毕竟生存才是第一位的。

难画的联络图

这陈同学到了厂里心眼还是没长全，尽管有学长一再告诫："在工厂里能干不是最重要的，关键是要画好联络图。"可她不会，有天在路上，一位老头（对丈夫的一种称呼）的东北老乡上前悄声说：你下班拿个油桶到我那儿去倒些菜籽油，我刚从上边弄来的。她说："我不要，我没什么还你。"

刚进厂分到加工车间干车工，陈同志穿一个跨肩围裙，风风火火，人送外号"阿庆嫂"，只是这情商与阿庆嫂差了十万八千里，跟着师傅可第二天就独立干活了，而且只顾埋头苦干，产量大增，班长以此压另一班的女工，搞得人家坐到她面前哭着求她少干点。

厂技术科基本是从那个大厂调来的原班人马，一直没有科长，指定一位代科长主持工作，代科长的老婆在科里管资料、工具和描图。技术科一位技术员要调走，就推荐了陈乐怡接替他的工作，陈同志被借到技术科编工艺卡片，那实在不是一难事，活都干出来了还写不出？于是她怀着感恩之心只知道埋头写，不参与人家每天上班的闲谈和女同胞的集体活动。

局里从一家刚刚内迁的大型机床厂调人，给技术科空降了一位科长，夺了人家经营多年马上就要坐上的宝座，人家当然要甩脸子给他点颜色看看，可陈同志不会看眼色合不了拍，于是连借绘图工具都要卡她，更不用说借给她参考资料了，还说难听话刺她，她只知道坐在那儿哭，有一次哭到中午都不知道回家，搞得家住在机床厂的科长出了厂门又跑回来训她："你哭什么？他们针对的是我又不是你。"

后来这位科长调到生产科当科长，将陈同志调到生产科当了统计员，并将原属供销科的配件销售权搞到生产科，交给她来管。陈同志在当地又没有什么关系要照顾，况且要科长批了她才能卖，不过就一开票员。科长还嘱咐她："有人来买就是有配件你也说没有，让他别觉着买得太容易了。"这话让她这个直来直去的人第一次学会了转弯。

一天厂子大扫除时，供销科那位原来卖配件的、在厂里很有势力的女同志，突然就对着一大堆人哭起来，边哭边骂。因陈同志与这位同志平时还有些往来，就凑上前拉着人家劝解，旁边一位女同志拽着她衣袖，小声说："你听不出来，她连你一块骂呢。"再后来这位科长调到厂里当了几天厂长就调到局里去了，现任科长是高她八届的学长徐科长。

徐科长走进来，他在门口站了一会儿，慢慢来到陈同志的桌前，沉默不语，直到夹在两指间的半根烟烧到了手指头，他才"呀"地叫了一声。他在桌角上掐灭了烟，慢吞吞地说："厂子要把你调到二车间去当技术员，这是调令。"他另一只手把那张纸摊在了桌上。

陈乐怡瞄了那张纸一眼，她先是怔了一下，继而皱起了眉头似乎在思索什么，转瞬睁大了双眼，疑惑不解地问："为什么？""因为韩爱英看中了你这个位子。"徐科长无奈地说。韩爱英是林书记的老婆。"她在供销科做计划员不是挺好吗？"陈乐怡不解地问。"大概干腻了吧，她跟科长大吵了一架，闹翻了。"

"全厂各车间都没有设技术员，生产工艺不都统一到技术科去管了吗？"陈乐怡依然不解。"这个坑是专门给你挖的。二车间打报告要技术员，他们车间就有两个现成的，你们一块儿分来的，一个学冲压，一个学焊接，还都比你高一级，厂子一直都没有批，所以说这个坑是专门给你挖的。"科长解惑。

"可我不懂啊！没那技术啊！这技术员怎么当啊！"陈乐怡直起身子喊了出来，双手抱头，眉宇间凝固着伤心与气愤，平日闪亮的双眼朦胧起来，鼻尖酸酸的，一滴清泪夺眶而出，流到嘴角钻进口中，咸咸的，她抿了一下嘴，再也控制不住自己，任凭泪水疯狂奔涌，她捂着脸哭起来了。

韩爱英抱着个纸盒子走了进来，徐科长转身对她说："你在门口等一下，我这里还没交代完呢。"然后徐科长又转过身对陈乐怡说："你是学涡轮发动机的，除了在学校实习工厂学过的那点玩意儿，其他的跟这厂子有多大关系，你不都走过来了嘛，学呀，你还年轻。"说完他朝门口看了一眼，又小声地说："能有这个位置就不错了，你看看，厂里六八年以来（还包括六七届）分来的大学生，除了你们两口子还有二车间的调度外，还都在车间劳动呢，你现在快生小孩了，你走了这位子还不是人家的，可等你回来你这个萝卜往哪儿栽。你珍惜这次机会吧，人家二车间能要你这个不懂技术的技术员，不知道厂子做了多少工作。"

韩爱英不耐烦地在门口大声说："还有多少悄悄话快说，我的手脖子受不了了。""你先去，等以后有机会再给你调回来。"徐科长小声地结束了他的谈话。

这位韩同志来到了陈乐怡的桌前，把个纸盒子往桌上咣当一扔，里面的算盘跳跃起来，算盘珠子发出哗啦啦的响声。韩同志微笑着执拗地站在她的面前，稍停片刻说：“你们大学生就该去搞技术，要不厂子养着你们干什么？”好像这厂子是她们家开的似的。

今天是陈乐怡到二车间上班的第三天，她怀里抱着一个大大的模具图纸夹来到冲压班，弯下腰查看着地上摆放整齐的一大摞模具。冲压的原理是根据零件的形状做成凸、凹模，上下模相配，根据原料板厚留有一定的间隙，工作时利用冲床巨大的冲击力将零件从原料板材上切下来，因此，模具的质量和磨损程度会直接影响到零件的质量，所以模具要经常检查、修复、更新。

陈乐怡伸出手，一触到冰冷的钢铁，才意识到这是一个早春的早晨，于是打开夹子把里面的一副手套拿出来戴上，再又弯下腰，费劲地把一套模具的上模从它的下模中搬出来，放到旁边的地上。陈乐怡直起身，两手叉腰，整个身体扭动了一下，长时间没干过重活，猛一使劲，浑身的骨头好像都跟着“嘎嘣”叫了一声。她把嘴唇紧闭后又相互上下抿了抿，像是给自己鼓劲。接着，她把上模搬起来翻个个，把刀口部分朝上，放在凹模的旁边，用游标卡尺量了一下尺寸，然后她打开厚厚的图纸夹，一页页地翻着，找到了对号的图纸，就用笔写在相应的尺寸线上，并用括号括起来作为一个实际尺寸的记号，眼睛盯在图纸上，阅读技术要求，算出上下模之间的最大和最小间隙，她蹲下来用手在刃口上摸着，仔细查看模具的磨损情况，完了再把它们公、母套在一起分类摆放到一边。

其实，在陈乐怡埋头做事的时候，有个人一直在远远地看着，当她搬一套很重的模具时，他走了过来，说：“这个很重，你搬不动，我来。”她让到了一边，他把模具搬下，并打开摆放好，陈乐怡难为情地笑笑，说：“劳主任大驾，不好意思。”然后，她站在那儿想等主任走开后才好意思做这生疏的工作，但主任没走，却说：“你检查吧，检查完了我再帮你摆好。”说完，主任的嘴角撇了一下，那眼神流露出的尽是无奈。

主任的无奈有足够的理由，他是主任，技术员是他工作的左膀右臂，他当然希望能有一个在本车间工作多年，熟悉生产，技术上拿得起放得下的人，而眼前的这一位，几年来在这个不大的厂里差不多转了半个圈，只可惜从未涉足过本车间。这里的活苦、重、粗，不适合女同志，而且她还有身孕，眼看奔三的人了，没体力，也没精力，刚才看她那么吃力，心里都有些不忍。但他心里也明白，这绝不是她自己上杆子要到这儿来，她不过是棋盘上的一颗棋子，成了那别了“马”腿的卒子，被人随意地挪到这儿了。

二车间除了冲压以外还有锻造、焊接、钣金和维修用的车、铣、刨、钻等工种，陈乐怡知道，在她毕业的那所大学里，锻造、焊接、冲压和机加工是各自作为一个专业学五年的，现在冲床上陆茵的师傅是一起分来的学冲压的校友，因为爱人在内地工作，小孩又放在娘家，过个年要几头跑，到现在还没回来，所以小陈同志虽然累但心里还坦然，否则当着人家科班出身的行家像幼儿园小朋友学画似的那多尴尬，这就不单是“班门弄斧”，简直是“班门夺斧”了。

等她查完这一套模具后，主任又帮着把模具扣好，摆到一边，然后在旁边的工具箱上抓起一把棉纱，一边擦着手一边说：“别着急，日子长着呢，也别太累了，有重得搬不动的叫他们旁边的小青年帮个手。”陈乐怡点点头，想说“谢谢”，可是嘴一撇，却挤出了一丝苦笑和一脸的无奈。

陈乐怡的无奈却没有太多的理由，所谓无奈，即无能为力、无可奈何，所以不一定非得有理由，当一个人处于弱势的时候，那他所面临的恐怕除了无奈还是无奈了，而为什么处于弱势的总是她？这恐怕只能归结于她的愚蠢，而且在经历了那么多的无奈之后，至今还没有变得聪明起来。

二车间的领导们原以为陈乐怡来了后会消极对抗，什么也不做，不会做，你能把她咋样？其实他们从心底里还曾希望她这样，只要让这一圈挪位子的游戏圆满收场就行了，把这个烫手的山芋赶快扔出去，也不是什么难事，本来就不胜任嘛。可是她没有这样，她来了后就开始熟悉工作，他们对她刮目相看了，于是领导和同志们给了她极大的支持和包容，她的工作很快从生疏到熟悉，尤其是任书记更使她有了一种宾至如归的感觉。

今夜无眠

派出所和巡警部门的干警骑着带斗的摩托车来到现场。两名警察，一个一边挥手，一边高声呵斥着把看热闹的人往马路对面赶，另一个用无线通话器向上级报告。

一阵急促的电话铃声使市公安局刑侦科于科长顿时来了精神，他一跃而起，抓起电话还未放到耳旁，急促的声音已从另一端传来："是公安局刑侦科吗？海天机械厂发生了重大爆炸，请求火速派人来。"

于科长立即召集值班干警们跳上勘察车，红蓝色的警灯伴着长鸣的警笛声，划过寂静的城市夜空，直奔厂子。车子刚停稳，林书记带着一脸的歉意立刻上前，握着于科长的手说："真对不起，大过年的，又是深更半夜，打扰你们了。"

一条黄色的警戒线划出了一个已经破坏了的现场范围。看着残垣断壁、沙土满地、污血斑斑的现场，于科长的心情沉重起来：什么样的仇恨需要用这种方式宣泄？这里埋藏着怎样的故事？肯定还藏着不散的冤魂。生命是这人世间最可宝贵的，无论你有什么样的理由，在国家的法律之外，任何人都无权把别人送入另一个世界。于科长不由自主地感到了恍惚，他似乎看到那缕冤魂正在向他乞求，要他找出凶手。于科长向上级简要报告了现场情况，要求增派警力，来人要带金属探测器，并提请派法医到人民医院进行尸检。

"哎，还站这儿干什么？今日这个事你管不了。"林书记不知什么时候又来到了四合院，他拍拍任书记的肩膀，把"管"字咬得挺重，把"不"字还拖了个长音，这里面明显有着那么一点不好明说的怪嗔的味道，任书记听出来了，自责又一次爬回了他的胸膛。"走，公安局的人来了，我们兜兜情况去。"林书记拉他一把，任书记才回过神来。

公安人员分头进行调查，一组找包括任书记在内的熟悉建国家庭情况的同志开会，那年头私人家里很少有电话，陈技术员成了任书记的马前卒，车间有些人忌讳，躲得远远的，只有她跑前跑后。

办案人员分二组，一组了解了建国和万晓阳的工作情况以及最近的活动和人事关系。办案人员还原了建国家原来的摆设：进门，左手边是窗户，窗户下，留出半米左右过道，摆些杂七杂八的东西，紧接着是床，贴侧面墙放着，一头沉的写字台也贴墙放，带柜子的那头紧挨着床头，桌面上摆着结婚时买的那台红灯牌收音机。

另一组人员开始勘查现场，他们小心地把倒塌的门、窗、大块的瓦砾、砖头清理出去。然后用金属探测器进行地毯式搜索，把含有金属成分的沙土收集起来，过筛，拿回去分析，并对沙土粉末进行化验。

省里成立了重案专案组，又请来了爆破专家，经分析，初步认定是收音机开关引爆雷管起爆，公安人员还原爆炸前的现场：收音机就放在写字台上靠床这头，从爆炸的中心位置分析，基本可以确定，炸药包就安放在床下，靠着写字台的柜子。雷管的脚线从床下引出，贴墙壁，拉到写字台面上，从收音机后盖进线，接入收音机开关，收音机靠墙放，极具隐蔽性。因有床单和写字台的一头沉遮掩，这炸药包才得以在这屋里隐藏而未被发现，雷管的脚线很短，所以爆炸的目标是人而非屋，就是那个去拧收音机开关的人。

爆炸物能量释放的过程中，它需要一个泄压处。而当周围是坚固的墙壁时，玻璃窗户就成为室内最薄弱的地方，所以发生爆炸时，窗户和门就成为泄压口，现场看到，其巨大的冲击力导致门、窗这面整面墙被掀翻，建国二人也被冲出屋外。从现场破坏程度测算，需要200克的炸药，按当时一颗国产木柄手榴弹的装药量40克，从理论值上换算，爆炸威力相当于5颗手榴弹捆在一起的威力。实际上一颗手榴弹就可以使十米范围内无人生还，看来罪犯对爆破知识或许存在欠缺，否则用这么凶残的手段来宣泄仇恨，那得是多大的仇恨啊！

“少不了那婆娘。”老百姓都能看个大概的事办案人员能看不明白吗？但法律是要讲证据的，当一切灰飞烟灭之后，到哪里去找证据。案件初步定性为情杀。万晓阳的漫漫情路是从观摩文昌德和苟爱琴的恋爱戏码开始的。

车间闹剧

焊工班和铆工班位于车间中部的同一侧，因为没有大的机械设备，这块地盘又被纵向平分，留出一个过道，四列八排形成一个方阵。整齐摆放着工具柜，一个个涂成军绿色的铁柜像披着盔甲的战士，面前的这块领地就是各人的工作区，两个班的工作场地挨着，苟爱琴在焊工班的第二排第三列，万晓阳师徒和她并排，在第四列，铆工班从第五排算起，文昌德在第六排的第二列，如果把小过道看作大写的英文字母“Z”的竖道的话，文昌德和苟爱琴两人就各在那平行的两横上，本也相安无事。

这一星期文昌德和苟爱琴都上白班，万晓阳上二班，看到万晓阳走进了自己的工位，文昌德对徒弟小马说：“你先回宿舍，收拾一下。”“不用，反正我今天又不住。”“叫你收拾你就收拾，上二班要住的。”文昌德说话口气有些严厉，小马悻悻地走了。

文昌德收拾了工具，把凳子往小过道上拉了拉，坐下来翘着二郎腿，点上一支烟，慢慢地抽着，眼睛却直愣愣地瞅着苟爱琴，这“Z”字母的竖道本来就不长，这距离绝对在文昌德目光的射程之内。苟爱琴低着头正在干活，但这身上却有了一种暖烘烘的感觉，在她猛一抬头，四目相对的时候，她的心弦被突然地那么拨动一下，内心深处产生了一种莫名的冲动，苟爱琴感到脸上热辣一片，她意识到自己有点动心了，可这是终身大事，岂能如此感情用事，她要把这个诱惑赶跑，其实她早就想臊一臊他，在大庭广众中表个态，也给其他的追求者留条缝。

苟爱琴放下手中的工具，气冲冲地来到文昌德的面前，郑重其事地向他宣布：“你下班别老跟着我，上班别老盯着我，你老那么看着，紧张、腻歪、烦，影响干活质量，搞出质量事故你负责？”“咦？这话咋说的，你让大伙评评理，你不看我，怎么知道我在看你？”文昌德忽地站起来，还故意提高嗓门，可逮住了一个理直气壮呛她一下的机会，也借机把这几天压在心里的烦恼发泄一通。

苟爱琴有些害羞，低下了头，甚至为刚才的冲动而后悔：“谁看你，我不过是凭感觉。”“有感觉，是吧？那太好了，说明我的目光还是很有穿透力的嘛！都看到你心里去了。再说本人才华和智慧兼具，容貌与体魄并存，难道不值得你看吗？”他的声调又高了八度。

万晓阳正弯腰从工具箱里取东西，听到一个有些熟悉的声音，为之一震，她赶紧抬头循着声音望去：像，是他，可听听他说的那哪是人话，这是那个精神高尚的人吗？也许真的是我认错人了，他是上海人，对，问问我师傅。“干活，干活，别东张西望。”师傅倒先大声地提醒她。万晓阳并没就此打住，反倒问：“师傅，吵架的是哪里人？”“是男的还是女的？”建国问。“当然是男的，要是女的她就不关心了。”冷彩莲走了过来冷不丁地接上了话。

看到冷彩莲，建国本能地产生了一种保护意识，赶紧拉着冷彩莲到料堆旁，没话找话地说：“你看这料下的边这么毛糙，这焊缝的质量怎么保证？”于是冷彩莲抽出几块板翻看着。

“哎，我说你这人怎么这么无耻。”这边苟爱琴气急败坏，脖梗子伸得老长，胸部还一鼓一鼓地发泄着。“怎么无‘齿’了？那我用什么吃东西，嘿嘿，你看，我的牙齿既白又整齐。”文昌德也站起来，把脑袋凑到她脸前，说着还咧着嘴，露出一口皓齿。

“看，看，蚊子要叮人了。”“不叮别处，就叮嘴，快，痛快点。”近处的几个人嬉笑着围了上来，有人起哄，有人火上浇油。文昌德扭头冲说话人诡秘一笑，说：“想看是吧？还没买票呢。”

苟爱琴气得浑身哆嗦，嘴里发出：“你、你……”的声响。“我怎么啦，倒是我要提醒你，一个女同志，说话别那么武断，眼睛长在我身上，想看什么就看什么，这有什么可耻的。”文昌德快速转过头，接着他摇头晃脑，右手食指还不停地比比画画，说：“再说了，这眼睛它有时也不听本人指挥，不定什么时候就被那个什么，那个什么，勾去了嘞，一盯上了就撒欢儿，非看够了才过瘾。”

万晓阳已溜到过道边，文昌德看到她正吃惊地睁大眼睛看着自己。她的脑袋像拨浪鼓似的在他和苟爱琴之间摇摆，他想象着她此刻脑子里正在打架：像，太像了，就是他，但马上又会否定，这是火车上那个好人吗？这么无理，简直就是一个无赖，也可以说是一个流氓。

苟爱琴恨得咬牙切齿，她提高了嗓门，说：“请你放尊重点，一个大男人，还有点尊严没有？”“哈哈，什么？一樽盐？还一瓶醋呢！别那么文绉绉的，你有尊严，拿给我看看。”文昌德同样回她一个高八度。这音响的效果终于惊动了苟爱琴的师傅——徐师傅。他此前静观其变，看到战事逐步升级，才动了大驾。

徐师傅走过来对苟爱琴说：“回去干活去，上班时间吵吵个啥，他爱看叫他看去，又掉不了块肉。”晓阳正想凑过去，可看到苟爱琴往回走，吓得她赶紧闪身，退回到自己的工位上。

文昌德赶紧殷勤地递上一根烟，徐师傅慢条斯理地送到嘴上衔着，文昌德划了一根火柴，手一抖，火柴掉地上了，第二根因为用力太猛，划破了火柴盒上的擦条，他生气地将那根倒霉棍子扔掉了，嘴里还念叨：“活见鬼。”徐师傅接话：“不是见着鬼，是撞着神了，让你神魂颠倒。”这第三根还算争气，终于让徐师傅吸上了这根敬烟，只见他狠狠地吸了一口，咂巴了一下嘴，好像要把这根烟所承载的深厚情谊统统地吸进肚子里去，接着，徐师傅吐出一圈一圈的烟雾，看着它们在眼前扩散成一个个的云团，然后，他一手拍拍文昌德的肩膀，好像是漫不经心，又像是语重心长地说：“老弟呀，追女人可也不是你这么个追法，早把人家给吓跑了。一要抓紧，二要注意政策啊！”

文昌德讨好地点点头，说：“噢，是，是，徐师傅高见，我听你的，还请老兄多多帮忙。”徐师傅在转身离去的时候，像想起了什么似的又回过头说：“哎，我说老弟呀，你以后可别老是在上班时间抓紧啊!”

看到万晓阳退回去，文昌德真以为她是觉着认错人了，于是为自己刚才的表演而庆幸，他明白了什么叫峰回路转，浑身一阵轻松，慢慢地两手交替着脱下臂上的套袖，连同工具一起放进了工具柜，锁上柜门，准备走人。

你到底有几个傻妹妹

就在文昌德转身往外走时却发现万晓阳站在了他的面前，万晓阳是绕过自己的工具柜，几乎是贴着墙迂回到了文昌德的身后。在刚才她睁大眼睛，张大嘴的一瞬，就把文昌德的形象吞进了肚里，经过一番消化、系统处理和反馈，此刻她一声“傻哥”脱口而出。

周围的人都傻眼了。就在这时任书记走进了车间，看到一群人站着，有的还往这边走来，当看到万晓阳站在文昌德的面前时，他也蒙了：什么情况？于是他问旁边一工人，说：“闹哄哄的，吵啥呢?”“苟爱琴嫌文昌德看他，哎，这人长得漂亮了，谱大，看一眼都不行。”这位工人回答。

任书记想冲人群大喊一声：弄啥呢？都不干活跑这儿看戏，这儿又不是戏园子。但没出口就吞回去了：现在是交接班时间，上白班的已经下班了，再说这怪看戏的什么事，没人演戏他们看什么呢？说文昌德吧，你不该看苟爱琴，可看人一眼也犯错？这好像没这个理。怪苟爱琴，你是仙女？人家看看就把你的仙气看飞了？这话对一姑娘好像也不好开口，而此时最让他感兴趣的还是那声“傻哥”，这咋还杀出个第三者？也想看戏的念头让他选择了沉默。

文昌德先是惊讶，而后却笑了，因为此时他看到苟爱琴惊愕地朝自己这边看，于是脸上的自得越发洋溢了起来。看到文昌德得意扬扬的样子，苟爱琴说不清自己到底是嫉妒还是生气，总之她三步并作两步又冲到文昌德的面前，手指在他的脸前指指点点，问：“文昌德，你到底还有几个傻妹妹?”吓得万晓阳赶紧往文昌德身后的工具柜背后藏。

文昌德此时已经像一个胜利者那般自豪，他前庭发亮，目光有神，微偏着脑袋注视着苟爱琴的眼睛，慢条斯理地问：“这跟你有关系吗?”

一片笑声响起，苟爱琴低着头红着脸，眼睛在四处找，她在找万晓阳，突然迁怒于她，因为不是她的傻话，她不会做出如此愚蠢的举动。可是没看到她，只好骂了一声“流氓”就转身往回走。没想到文昌德却冲着她的背大声地说：“什么？你说什么？流氓，你高抬本人了，当之有愧，因为鄙人长这么大还没有机会在什么人身上实践一把呢，如果你愿意，本人愿意效劳!”

在一片哄堂大笑中，文昌德收获着他的胜利。但就在他一转身准备胜利大逃亡时，万晓阳却像从天而降似的又立在了他的面前，万晓阳诧异地说：“你说话怎么说得这么难听啊？这可不像你呀。”“你是谁呀，我不认识你，这么点小屁孩也来教训我。”文昌德装糊涂。

人们又往前凑了凑，冷彩莲早已对铁板的飞边毛刺没了兴趣，边说边往这边走了过来：“哟，这蚊子本事真大，还会搞三角恋。”“这会儿穿帮了，有好戏看了，怪不得不敢相认。”人们七嘴八舌。

文昌德紧张起来，这误会大了。于是他两臂举过头顶，两手冲人群左右摆着，说：“此前我真的不认识她，待我想想，好好想想。”说完他假装沉思片刻，突然用手指着万晓阳，装出惊喜的样子说：“你，你，哦，我想起来了，火，火，火车上?”“大哥，你真健忘，三天两夜的火车，你居然一点都不记得了？人家可是时常想起你呢。”万晓阳有些失落。“这蚊子真有桃花运，坐个火车都能黏上个姑娘。”有人起哄道。

“别装了，都到了哥哥妹妹的份上了。”苟爱琴回头对文昌德挖苦道。看到苟爱琴也往这方面想，文昌德急了，恳切地对万晓阳说：“你看，这闹了多大的误会，你说说，我们此前不认识，对吧?”“这‘此前’要看前到什么时候？要说这一刻之前嘛，我们是认识的。”万晓阳一板一眼地说。“哎哟，你就明说，我们是不是在火车上认识的?”文昌德显得很焦急。“是啊，是啊！可我也不相信你会认不出我。”万晓阳很沉稳地说。

“小妮子，别傻了，他眼里只有苟爱琴，你就别瞎起劲了，再说他出身不好，你家里不会同意的。”冷彩莲接话道。

“冷师傅，你想哪儿去了，别越说越乱了。”文昌德赶紧制止。

“你以为他是什么好东西啊，眼睛睁大点吧!”苟爱琴不失时机地加上一句，还为这个姑娘的正义感而对她有了些许的好感。

文昌德庆幸刚才因万晓阳而出现的戏剧性的一幕，而且觉着此时落幕最好，没料想她又不合时宜地冒出来了，下面要演哪一出，他还真有点吃不准，于是装出刚刚想起，而且对她的光临异常吃惊，以至于用对苟爱琴的话不屑一顾的神情问："你怎么到这儿来了?""我在这儿工作呀，就在那边。"万晓阳说着还用手往成建国的工位指了一下，然后又对文昌德说："这么巧，你也在这厂工作?""噢，噢，是，是，这么巧，那你快去吧，上班时间别乱跑，要不然你师傅该生气了，明天我去看你。"文昌德语速很快地搪塞着，因为他觉着戏真的该收场了。

"我住大门口二排五号，你要来呀。"万晓阳说着也转身准备离开。她刚迈开步，忽然又转过身来，用一种很诚恳的口气对文昌德说："刚才真的是你不对，一个人不看别人真的能感觉到对方在看她，比如在火车上，有几次，我都感觉到了。"

文昌德真的傻眼了，一个纯得透明、傻得可爱的女孩，甚至有些让他感动。

二排五号房，是苟爱琴的宿舍，也是文昌德这么多天来想造访而又不敢，也从未登过门的地方。昨天在情急之下溜出的一句我明天去看你，为他堂而皇之地上门找了个理由。第二天早上十点左右，苟爱琴正在上班，估计万晓阳已经起床，文昌德从工位跑出来，来兑现他昨天的承诺，实际是想来给万晓阳的嘴上上锁。

看到房门是开的，当走近门口时，文昌德迟疑了一下，不知现在进去是否合适，于是他身子贴着墙，伸出手用手指在门上敲了两下。"没看到啊，门开着呢。"几乎和声音同步，万晓阳伸出头来看到了文昌德，高兴地说："是你呀，你还算说话算数，你今天不是上白班吗，怎么……"文昌德用右手的食指和中指在脸前摆了摆，做出一个噤声的动作，然后小声地问："我能不能进屋去?""当然可以。"万晓阳回答得很痛快。

这房子是东西走向，门冲西，挨着门就是一个大大的窗户，因此屋子里采光很好。窗户下面摆着一张长条桌，靠南面和东面墙呈L型分别摆着两张单人床。万晓阳自己坐在了床边，文昌德把那个方凳挪到了自己的屁股底下，问："你是来工作的，在火车上怎么不说?""那时还没办好，再说我怎么知道会这么巧能分到同一个厂。"万晓阳说。"噢，噢，真是太巧了，好事，好事，我们算半个老乡，亲不亲，家乡人嘛!"他敷衍着，心里说不出的一种感觉让他真是不知道该把这事看成庆幸还是看作倒霉。

文昌德装作漫不经心地问：“你昨晚回来她没跟你说什么？”“她是谁呀？”万晓阳诡秘地一笑。文昌德忽然觉着这个姑娘也不是那么单纯。

“你明知故问。”说着文昌德把脑袋往荀爱琴床的方位摆了摆。“说了。”万晓阳若有其事地说。“她，都说什么了？”文昌德那没有血色的脸上居然有些泛红。“说什么了？我想想。”万晓阳仰着脸作沉思状，可真还编不出什么词，于是实话实说：“没有啊，看把你吓得，昨晚我下班回来荀姐已经睡着了，而今早她走时我还没醒呢。”

文昌德心里彻底踏实了，于是有点委屈地说：“你看到没有？她就是这么样地欺负我，我哪点配不上她？”万晓阳真的沉思起来，在脑子里把两个人比呀比，因为她不知道配得上、配不上的标准是什么，半天都没有答上来，于是文昌德用一种很气愤的口吻说：“不就是嫌我的出身嘛！”“现在对出身要求已经不太严格了，不是执行‘给出路’的政策嘛。”万晓阳现出了为人解难的热情。

“看你说的，如果有一个面前摆着康庄大道的人，她干吗要找一个还要别人‘给出路’的人呢？”文昌德现出了一脸的无奈。“那你明知道，干吗还要硬往石头上碰？”万晓阳不解地问。“因为我同样知道，在她的面前现在还没有一个面对康庄大道的人。”文昌德用一种幸灾乐祸的口吻回答了她。从此，万晓阳一门心思想的是怎样让文昌德在荀爱琴的面前高大起来，这个红娘她当定了。

荀爱琴的惆怅

自打万晓阳这个傻妹妹出现后，这文昌德在荀爱琴心里的分量不知不觉地就重了起来，荀爱琴开始认真地思考起自己的终身大事，几年来，对她有过意思的有A、B、C、D、E……她甜蜜而愉快地想起了中学同学、后又当了“村友”的A，现在还在广阔天地炼红心呢，她恋恋不舍，却又毫不留情地将他淘汰了；县一中的那位老师B，是在文艺宣传队认识的，人倒长得文质彬彬，模样也不错，还是个大学毕业生，现在想起来这心还怦怦跳，可那时不敢谈，怕一辈子扎了根；厂子里也有大学生对她眉来眼去，可是在文昌德张扬疯狂的追求下，别人都退缩了，再说至今还没有哪个真正让她心动，这一个一个地想过来，真叫人头疼啊。

转了一圈这落脚点还是落在了文昌德的头上，而每次想起他，苟爱琴都告诫自己：这人不行。但奇怪的是，在脑际出现“不行”两个字时，那心里却是甜甜的，有一种非常舒畅、放松的感觉，甚至忍不住想笑。但只一刹那，她又告诫自己：不行。这样的循环一天不知要进行多少次，这文昌德在他心里也就念叨了不知多少回。

爱情这个万花筒真让人眼花缭乱，陌生人你觉得不了解，了解的人你觉得不熟悉，熟悉的人你觉得没感觉，有感觉的人你嫌人滑头，不滑头的人你嫌人太傻，精明的人你又觉得不老实，老实的你又觉得不浪漫，浪漫的你又觉得会花心，唉，难呐！

转眼到了礼拜天，早上九点多钟，两位女同胞都还赖在床上，听到万晓阳的床铺有响声，苟爱琴先开了口：“晓阳，晓阳。”“什么事啊？苟师傅。”万晓阳昨晚上的是二班，现在还迷迷糊糊，半睡半醒地应着。

“你这么早就醒了？”苟爱琴一下子不知道这话该怎么说，或者是她到底想说什么。“我怎么就醒了，你要不叫我，我还醒不了呢。”万晓阳接话说。“那你还接着睡吧。”苟爱琴为自己找了个台阶下。

“苟姐，你有什么事，我现在可是完全清醒了，想睡也睡不着了，如果我没猜错的话，是关于文师傅的，对不对？”自打知道文昌德的心思后，万晓阳一心想做这个红娘，所以现在有意往这个话题上引。

“其实也没什么事，我也是听到你的床铺响以为你醒了，既然你说到文昌德，那我还真有点好奇，你们真是在火车上认识的？”虽已在车间经过了当面对质，可苟爱琴总觉着心里不踏实，总感到他们之间有某种关系，不由自主地问了这么一个傻问题。“是啊。”万晓阳肯定地说，然后还加上一句：“这是真的，你想，他家在上海，我老家是常州，在哪儿去认识嘛！”

下面要说什么？苟爱琴一时还真没想好，但想着在火车上一个男人，而且是文昌德那么一个不知廉耻、耍赖皮的人，对着一个可人的姑娘，周围全是陌生的面孔，遇上个不正经的那还不做出点小动作？对，这正是考验一个人人品的时候，那天吵架时万晓阳不是说过他看她的事嘛，于是问：“文昌德在车上真的看了你好几回？”“不是好几回。”万晓阳坦然应答。“是好多回？”苟爱琴有点紧张，但自己又觉着好笑：他看她我紧张什么？

“不，是好几天，我们俩坐一块。”万晓阳很爽快地说。从万晓阳明朗爽快的回答，苟爱琴听得出文昌德应该是没做什么叫人难以启齿的事。可她心里总不踏实，干脆直奔主题问："他有没有，有没有……"真奔上这条道这话还不好说了，苟爱琴吞吞吐吐。"苟姐，到底是有？还是没有呀？"万晓阳一头雾水。"我这不是在问你呢嘛！"苟爱琴气急败坏地说。"有什么呀？你还没说是什么事呢。"万晓阳有点感觉了，也许是女人之间的心灵感应。

"这还用得着我说吗？"苟爱琴觉着一个像万晓阳这么大的女孩子是应该有这种悟性的。"你不说我怎么知道？"为了帮她的傻哥，万晓阳才不会主动把话题往那方面引。想不到有这么死心眼的人，苟爱琴只好直说了："对你有啥想法？""他有啥想法我怎么看得到？再说他的想法多了去了，你到底要知道哪种呀？"万晓阳不解或带点挑逗性地问。

苟爱琴觉着自己有点昏头了，说出这种蠢话，她也听出万晓阳有点逗她玩的意思，可她已经刹不住车了，心想，虽伤自尊但还是比让那个问题整天在脑子里转强，既然已经开了口就不能缩回去，她压着性子，不屈不挠地追问下去："就是，就是那种眼睛喷火、心猿意马的样子。"

"让我想想，"万晓阳眼望天花板，说："最后一天，他眼睛有红丝，那肯定是熬夜熬出来的，你想，在火车上哪能睡好觉，其他时间都挺卫生的。"她用了"卫生"是因为她认为苟爱琴说的那个样子一定是很恶心，那人的灵魂一定很肮脏，"肮脏"的反义词不就是"卫生"嘛。

苟爱琴因为问了这么一个露骨的问题，而且是对着这么一个傻丫头，正有些难为情，又听万晓阳那边飘来了似自言自语的话语："至于心猿意马，这是什么意思来着？好像是说像猴子跳、马奔跑一样，那他呢……"

"你别在那儿咬文嚼字了，干脆说他有没有对你动手动脚？"苟爱琴突然觉着好像对牛弹琴，所以她的害羞、难为情顷刻间就消失得无影无踪了。

"他为什么要对我动手动脚？我又没惹他。"万晓阳用诧异的口吻说。

这一回答让苟爱琴既感到意外又有些难堪，她正在考虑如何应答时，就听那张床上飘来万晓阳的声音："他可是个大好人，我的座位被一个无赖占了，要不是他为我争取，那我可就惨了。"万晓阳把"了"字还拉了个长音，至今还能从话语中感受到她的感激之情。

"真没看出，他还有点助人为乐的高尚品德。"苟爱琴带点挖苦意味地说。

“不是一点哟，在车上他就是活雷锋，不但为我争座，还把自己的座位让给一位抱小孩的妇女。”万晓阳的思绪又回到了那趟车上。

伴随着车轮碾过铁轨时发出单调的“哐——哐——”声，伴随着车厢的抖动，一个肉乎乎圆滚滚的东西砸到了文昌德的大腿上，他睁开眼，一扭头看到一位年轻的妇女抱着一个洋娃娃似的孩子，实际上那孩子不是抱着，而是夹在她的左胳肢窝里，她的右臂上挂着一个鼓鼓囊囊的人造革大提包，此刻正用右手使劲地撑着座位的靠背，艰难地想站起来，一阵猛烈的晃动使她的脚底打滑，险些摔倒，在她的胳膊肘下，孩子蹬着腿哭起来。文昌德赶紧站起扶住了她并接下她手里的大包，放到窗前的茶几上，拉她坐到自己的座位上。

“哎哟，我说你是真不明白呢？还是揣着明白装糊涂，我说的动手动脚是说他有没有占你便宜？”苟爱琴急不可耐地逼问。“没有啊，一路上我尽占他便宜了，我喝他的茶叶，还吃了他带的酱板鸭。”万晓阳很认真地说。

“说你胖，你还真就给喘上了，我是说他有没有用手去摸你呀什么的？”苟爱琴显得更加不耐烦了。“哎呀，弄了半天你是问这个呀，就是问他想不想挨我，对吧？”晓阳像是松了一口气似的说。“是，是，是，就是那个意思，你要急死我呀。”绕了这么大个圈才贴近主题，苟爱琴显然有点烦躁。

他挨不挨我，你急什么呀，万晓阳心里想着，这时她悟出点道道了，这苟爱琴心里对文昌德全然不像她在班上吵架时那么深恶痛绝，大彻大悟般地说：“噢，你是问他的那个品德呀！”她又陷入了那温馨的回忆之中，一时无语。

“我问你话呢，看来还真给我说对了。”见万晓阳一时不搭腔，苟爱琴有些得意。“苟姐，你说错了，大错特错，他男女界线分的可清了，本来他是和我坐一条凳子上的，后来他把座位让给一个女人。这样的好人你还不放心？”万晓阳说着，现在还可听出感激之情。

一圈话问下来，苟爱琴自己都感到奇怪，为什么突然对文昌德的一举一动关心起来了，是因为万晓阳的出现？自己本来就没有打算和他怎么样，那他和万晓阳怎么样又关她什么事，她这么想着，脸上就燥热起来，她能想象到那脸上浮起的红晕，像怕被人看见似的，她用被子把头蒙了起来。

万晓阳也回想了一遍苟爱琴的问话，她悟到苟爱琴对文昌德还是感兴趣的，于是说：“苟姐，你人长得漂亮，文师傅人好又有文化，你们两个好了该有多好。”“哎，你一点点年纪懂个啥？能好不能好那不是那么简单的事情。”苟爱琴回答得很深沉。“很复杂吗？”万晓阳问。苟爱琴没有回答。

恋爱的艺术

后来的事还真有点复杂。先是不知从哪一天起，万晓阳发现苟爱琴变了，脸上有了光彩，对人，包括对自己热情了，苟爱琴见了谁都会点点头，笑笑，而且常常是一进屋就脸上挂着笑，双脚轻快地在地上打旋子，一路转到床前，一屁股坐到床上，有时还会坐在床上愣那么一会，有时也会哼着小曲，有一次还兴奋地又站起来，两臂张开在屋子里转了一个圈。

万晓阳想她可能愿意和文昌德好了，要不怎么会一天乐呵呵的。见苟爱琴心情好，晓阳小心地问：“苟姐，你同意啦？”“同意什么？”苟爱琴佯装不知。“文师傅啊！”晓阳一语点破。“他？癞蛤蟆想吃天鹅肉。”苟爱琴几乎是没有丝毫的犹豫，一口就把话给说绝了。

可万晓阳就是不明白：不同意你乐呵个啥？进一步观察发现，苟爱琴出门前，这形象修饰越发地认真起来，临出门前必拉开抽屉拿出镜子再端详一会，拢拢头发或摸摸脸，这时晓阳想起了晓红的话：“要提高回头率啊。”可苟姐的这个“率”已经够高了呀，晓阳越发不明白了。

那是一天晚饭后，这“癞蛤蟆”上门来了，文昌德先在对门的宿舍门口徘徊，眼睛却不住地往这屋里瞟，对门的门关着，过路人问他干啥，他说：“等人，玩两把。”这边门是开着的，万晓阳看着他，心里觉着挺好笑，怎么这胆越来越小了，于是晓阳把门开大，还冲文昌德做了个鬼脸，文昌德这才慢腾腾地走过来，先站在门口把脑袋往里探探，看到苟爱琴正坐在自己的床上织毛衣，那脸上很安详的样子，于是文昌德满脸堆笑道：“二位女士好。”

万晓阳眼睛往苟爱琴的脸上瞟了瞟，好决定还他一个怎样的表情，不想苟爱琴却沉着脸问：“你来干什么？”一个“王老五”跑来拜访一位大姑娘，干什么那不是不言而喻嘛，硬要说出来还真不好说，情急之中文昌德溜出一句：“来找我的小老乡。”

不知道是苟爱琴真讨厌他，还是嫌他不说真话而冷落了她，总之，苟爱琴麻利地从床边站起，说：“你们聊吧。”然后快步走出了房间。晓阳看出她真把他看成“癞蛤蟆”了，但她又纳闷了，既然看不上那干嘛还满脸的灿烂？

文昌德有些日子没来光顾他们的宿舍了，他那天最感失落的是自己在小老乡的面前跌了份，此前，他觉得万晓阳绝对是自己的崇拜者，如果没有她在场，他会穷追不舍，只要把门关起来，就是苟爱琴吐在自己的脸上也无妨。

政策！政策！文昌德恍然大悟，他想起了“过犹不及”和“欲速则不达”。突然悟到：如果你不想被人拒绝，最好的办法就是要知道先拒绝别人。文昌德决定把手里一直拽着的那根线松一松，从此，文昌德见了苟爱琴昂首而过，那眼睛这回也真听使唤，绝不往她那儿溜一下，文昌德还时不时地对人说：“想想，真不值，亏得醒悟得早，要不然自己回上海就真要成为终生遗憾了。”

这人也真怪，没有了文昌德追逐的目光，苟爱琴感到了失落，像一块烧红的烙铁被人突然塞到了一盆冷水里，“呲啦”一声，她的优越感，她的精气神一下子变成那一团白雾飘走了，她像霜打的茄子，蔫巴了，苟爱琴又想找回那种惬意的感觉，上班时，苟爱琴会偷偷地瞅上文昌德一眼，可从没遇到过四目相对的时刻，苟爱琴甚至有点着急，害怕真像他说的那样，不几天他就会真的回到他向往的地方去了。

苟爱琴的脸上开始阴云密布，回来后傻傻地坐着，不再像以前那样，坐够了站起来，哼着小曲在屋里转圈，而是倒在床上面壁叹气。对苟爱琴现在的烦躁，晓阳搞不清她到底是怪她自个呢还是怨文昌德？但这回她弄明白了一点，反正不是冲着自己。

万晓阳小心翼翼地说：“苟姐，听人说，文师傅要调回上海去了，他再也不会来烦你了。”“滚回他的上海去吧，谁稀罕。”苟爱琴提高音调，显得非常激动，片刻她又像想起了什么似的说：“听人说，听人说，你不是他老乡吗，怎么不自个儿去问问他呢？”

第二天在食堂碰到，万晓阳悄悄地走到文昌德跟前小声地问：“你真的要调回老家去了？”“这儿的人哪个不想回老家？包括你。”文昌德的话语中也没有丝毫的犹豫。

“你就真舍得走?”万晓阳疑惑地问。“有什么不舍得的?”文昌德不以为然。“当然有啊，比如苟姐，你原先那么起劲地找人家，怎么？说变就变了?”万晓阳激动地说。“免谈，免谈，这个人免谈。”文昌德立马转身，一副要走的架势，刚起步却又转过头来说:“我说你小小年纪，关心这些事干什么?”“不是我关心，是苟姐关心。”文昌德听了把头迅速地转过去，后来，万晓阳明白了他当时肯定是转过头偷着笑来着，但当时，他却是回过头来用生硬的口气说:“谢谢她的关心，只可惜现在我已经不需要了。”

晓阳心里对男人第一次有了认知：追你的时候，把你捧到天上，不追了就“呱叽”一声把你摔到地上，这翻脸比翻书还快。

晓阳把这句话传给了苟爱琴，她明显地感到那美人脸上阴转晴的日子越发少了。对着这张失去光彩的脸，万晓阳觉着这人咋都怪怪的，人家追你时，你千方百计地糟蹋人家，人家不追了，你却难受了，看来被人追着是一件很惬意的事情。

苟爱琴和文昌德的恋爱把戏不时会拨动她初开的情窦，万晓阳的心里第一次有了对爱情的憧憬。

佛祖为媒

这天，厂子组织职工到当地一座著名的寺院参观。

一下车，一片灿烂耀眼的鎏金塔顶和五彩斑斓的彩绘建筑呈现在眼前。穿着绛红袈裟，露出胳膊的僧人来来往往，把人一下子带入了一个陌生的世界。不时有身着藏袍、手持五颜六色的经幡或不停运转的转经筒，磕长头不止的朝圣者。他们终于到达了目的地，自从踏上这朝圣之路，他们不畏严寒酷暑，不管路途的遥远，不在乎时间的长短，只在乎是不是一直在走着，他们不是用腿在走，而是用全身在丈量着土地。让人在感受到这种生生不息的信仰魅力的同时，也会产生一丝丝的神秘和畏惧。

走进庭院，四周有低矮的红墙，院内大树数株，叶细花白，清香扑鼻。善男信女们川流不息，职工们挤入了一步一磕头、站起跪下、走走停停的朝拜队伍中，向香烟缭绕的大金殿移动。

走进大金殿，钟声洪亮，梆子清脆，一尊满脑袋卷毛、垂着两只大耳朵、脸蛋丰满的大佛，合眼含笑半卧在铺满鲜花的莲花宝座上，神态各异的菩萨簇拥着它，佛龛上供奉着香炉、色彩艳丽的酥油花和腊制的水果，香烟袅袅。

殿内烟气缭绕，充满了酥油的气味。四周全是壁画，那色彩鲜艳、造型优美的莲花，碧空中轮状花蕊的复莲，流动的飞云，旋转的散花流云荡气，描述着一个个流传久远的故事，佛龛前和四周忽明忽暗的酥油灯像一双双眼睛，注视着一批批膜拜的僧徒和游客。佛祖那慈祥的目光，微微上扬的嘴角，似乎在告知着每个人的未来。

朝拜队伍里的男女老少诚惶诚恐地依次匍匐在佛祖脚下，叩头如捣蒜，其膜拜之势即：先双手合十置于头顶，经额、鼻、口、心，再全身伏地，伏地时双手、双脚和头顶都与大地“亲吻”，真所谓五体投地，站起来后还要绕着莲花宝座瞻仰一圈，有的还捂着鼻子流着泪，含悲忍痛泪汪汪地依依不舍而去。个别站住的，立刻被旁边值勤的和尚拽走，以免影响后面的人。其虔诚让苟爱琴震撼，她想起了一句话：心诚则灵。自己这一向被情所困，于是正对佛像，肃立合掌，恭恭敬敬向卧佛鞠躬，跪下叩头三下，然后站起来，深情地凝视，嘴角翕动，不知她是在祈求佛祖保佑自己，还是惩罚那个负心汉。

当苟爱琴回过神来，才发现厂子里这些心中本无佛，只图看稀奇的同事们，早已不见了踪影，她顿时感到阴森森的，于是加快脚步往外赶，迎面墙上四大金刚扑面而来，一个个青面獠牙，或手把刀，或手持矛，还有一个执着的长棍上挑着一个骷髅头，她霎时背上凉飕飕的，加快了脚步往外冲，一下子与一个人撞了个满怀。

苟爱琴惊呼一声，文昌德一声轻笑，长臂一伸，苟爱琴就势倒在了他的怀抱里，文昌德暖烘烘的胳膊像铁铸的围墙，把苟爱琴牢牢地封闭在这围墙里，苟爱琴感到安全了，心里踏实了，她感觉到文昌德呼吸的迫近，热烘烘的气流冲到脖子上，痒痒的。苟爱琴满脸通红，觉得整个人都融化到了文昌德的怀抱里。她一直没有抬头，她要做出是无意、没看清人而为之的样子。

文昌德也不说话，用一只手从后面轻轻揽着她的腰，离开人群远远地走着。文昌德的心像鼓一样被咚咚敲着，自始至终都万分惧怕，怕苟爱琴突然变卦，从他怀中挣脱，甚至吐到他的脸上；怕同事突然出现。但这种焦虑很快就消除了，苟爱琴温顺地配合着他，甚至将一侧肩膀靠过来，头发蹭着文昌德的太阳穴，散发着洗发水的芳香。突然间，一股神秘的感觉涌上文昌德的心头，开始时是心灵深处甜美的延伸，变成了赤热的刺痛，此刻是已经达到完全安全、自信和可靠的境界。

带着一种这样突然建立起来并顺利走向终极骚动的甜蜜感，文昌德觉得要有所作为，要不然就有点对不住人了。他扭头侧目凝望着苟爱琴，苟爱琴玫瑰红的颜面沐在金灿灿的尘埃里，阳光照在她的唇上，那嘴唇似乎在颤动，文昌德真想迎上去。冲动是魔鬼，喷薄欲出的欲念硬生生地被他吞了回去。他轻轻吻着她的头发，往下直到她发烧的耳垂。

"怎么是你?"苟爱琴抬头很快地看文昌德一眼，终于开了口。"除了我，在这儿还有谁会时时把你挂在心上？我走着走着，发现你不见了，就拐回来了。"文昌德收回了手，轻声细语地说。

"你不是说不值吗?"苟爱琴轻声说。"值不值只有我个人知道。"文昌德紧皱着眉头，语气中带着几分严肃。"可是人家也想知道嘛!"苟爱琴侧转身，扬起头撒娇般地看着他的眼睛说。这么多天的企盼随着这个嗲嗲的"嘛"字流淌了出来。

"如果付出没有回报，当然不值，如果像现在这样，那就值了。"文昌德避开苟爱琴的目光，现在他佯装只想守，不想攻。"你不是想回上海吗?"倒是苟爱琴耐不住了，首先发话。

"是啊，原来这里没有什么值得我留恋的，而我一回去就感受到了别人的歧视，那一年，我过年回家，车到金陵车站，还没出站就被带到候车室的一角，原来是车站刚才发生了抢劫，几趟车差不多同时到达，车站的公安只把从古海上车的人全扣下了，大冷天，就被那么不明不白地关了大半天，从那时起，我就发誓一定要调回去。"

"你要调回去，不得先在上海找对象?"苟爱琴步步深入。"是啊，是这么想来着。"文昌德随口一答。"怎么，不好找?"苟爱琴很大方地看了他一眼，有了一种沾沾自喜、幸灾乐祸的欣慰。

"是不好找，可也不是找不着。我家有一栋大房子，就我父亲一人住着，父亲已经 70 多岁了。在上海，找间房子可比找个老婆难多了。"在不经意间，文昌德又露了富。"以前没被没收?"苟爱琴惊愕地睁大了眼。"没有，父亲是红色资本家，严格地讲，应该叫资方代理，中华人民共和国成立前夕，大老板跑到香港去了，把厂子委托给我父亲全权管理，这是一家制药厂，父亲卖药给解放军。中华人民共和国成立后，市里的民主人士座谈会、工商联联谊会什么的也请他去坐坐。”就这么顺水推舟般，文昌德对自己进行了洗白。

“既然如此，那你还找我干什么?”苟爱琴甩脱了文昌德的臂弯，快走几步，与他拉开了距离。“这不，”文昌德来了一个大喘气追上她说：“值嘛!”“可是你还没问我，我找你值不值?”苟爱琴在心里有谱以后，转守为攻。“这还用问吗?”没想到文昌德似乎比她还有谱，这深深地刺伤了苟爱琴的自尊心，于是她报复性地说：“如果我说……”但又怕失去什么似的看着他，小心地低声说：“不呢?”

如果这还不明白什么叫口是心非，那这人真是可以下地狱去了，文昌德当然不在下地狱之列，他胸有成竹地看着苟爱琴的眼睛问：“你会说吗?”“怎么说呢，如果按照我当初定的条件，你肯定不适合。”这个回答显然不是文昌德所希望的，他情绪激动地说：“你不是上海人，你也不在上海，可是我喜欢你，这就够了，它可以改变我这么多年埋在心里根深蒂固的观念，没有理由，没有什么尺度可以衡量它到底值不值。我觉得很简单，因为喜欢，所以喜欢，爱一个人不需要理由，正如人活着就没有理由，你能说出你为什么活着吗?”

这番话把苟爱琴说糊涂了，她突然觉得：能够有人照顾我，谦让我，能够呵护我，时时想着我，像现在这样，就是幸福了，她的心里多了一份憧憬。

说话间就走到了寺院的大门口，遮天蔽日的菩提树将丰满的影子投在院外的护墙上，午后阳光的映射像一颗颗光彩耀人的宝石，溅出无数的火花落在公路不远处停着的一辆大客车身上，像是在发出打道回府的集合令。

职工们纷纷向车靠拢，目光却不约而同地向他俩聚焦，文昌德的虚荣心得到了满足，心里升腾起一种朦胧的温柔和甜蜜，他期盼这条路无限的长。

在回来的汽车上，他们俩坐在了一起，苟爱琴靠窗坐着，文昌德挨着她坐，他机智地引导着车内的舆论，他谈笑风生，吸引着全车人的目光，说：“话说今年五月初五的一个下午，处长带着5个部下出去办事，到一个餐馆用餐，落座后，处长说：‘茶。’一个高个女服务员用她那纤细的手指从处长开始，她伸出了右手的食指比画着，1、2、3、4、5地数着，处长挺窝火，怎么碰上这么个傻丫头，于是用生气的语调大声说：‘倒茶!’姑娘先是一愣，后立刻转身，又用她那纤细的手指从最后这位开始数 5、4、3、2、1。”大伙乐了，车厢里笑声一片，他越发神采飞扬，问：“你们猜怎么着?”“处长发火了呗。”“是啊，叫谁能不发火。”大伙七嘴八舌。

文昌德环视一周，似乎想看看还有哪些人没向他施注目礼，然后他干咳一声，不紧不慢地继续他的讲演：“对了，处长发火了，他生气地说：‘你数什么?’‘我属猪。’姑娘从容面对。”如此这般，逗得大家开怀大笑，就在这嬉笑声中，在大伙的目光追逐中，确认了文昌德的追妻战役初战告捷。

可惜，天有不测风云。

篮球赛

那年月，没有下岗的担忧，没有竞争的压力，不必为生计发愁，反正是锅里有了碗里就有，虽说拿钱不多，但日子过得倒挺快乐，就说一个二级工吧，四十来块钱，给老婆一交，巴不得当个“妻管严”，一家大小，吃喝拉撒一概不管，还要从老婆那儿回拨几个烟钱。人们上班时安安心心地干活，八小时以外就乐乐呵呵地疯玩，人不管穷富都活得挺知足。厂子虽说称不上大型，但党政工团各系统运转良好，它像个朝气蓬勃的青年，充满了活力。各单位组织的文体活动和厂子组织的拔河、篮球、排球等各种赛事，把下班后的时间安排得满满当当，厂门口的篮球场上经常是人声鼎沸，热火朝天，后来厂子又把场地改造成灯光球场，在天气晴好的日子里，这种热闹的场面一直会延续到晚上 10 点多钟。

今晚正在进行的是工会组织的全厂女子篮球赛，二车间对四车间，建国、文昌德、红梅、万晓阳和四合院里那帮快乐的单身汉在食堂吃完抹抹嘴就来了。文昌德来得更早，还从传达室搬来了一条长凳，占据了“看台”的最佳位置，他坐一头，旁边就放着车间队员脱下的外衣，所以后来二车间的人陆陆续续地来了就围着这条板凳扎了堆。文昌德如此热心，潜意识里除了看球，还有为荀爱琴准备一块歇息地，现在她的冷暖劳累已经时时系在他的心上。

比赛开场以来文昌德的目光一直追随着荀爱琴。冷彩莲领着她的女儿一扭一扭地来了，文昌德立刻满脸堆笑，起身，弯腰鞠躬，做出一个请坐的姿势。看到冷彩莲，红梅就拉万晓阳也凑过来，红梅弯下腰逗露露玩，万晓阳就贴红梅站着。

目前是四车间领先，她们的一位队员弯着腰，篮球在她的手下前后左右不停地被拍着，她两眼溜溜地转动，寻找“突围”的机会。突然她加快了步伐，一会左拐，一会右拐，冲过了两层防线，来到篮下，正当她抬腿起跳投篮的瞬间，苟爱琴上前，抬腿绊倒了对方，她自己也因用力太猛，摔倒在地。

场上立刻“哗”声一片，有愤愤不平者，有幸灾乐祸者，有拍手称快者。二车间的张师傅说：“我就喜欢看娘儿们比赛，那哪是比技术，简直就是比打架嘛！”向师傅马上附和：“谁说不是呢，干脆改摔跤比赛算了。”

裁判员的哨音带着刺耳的尖叫声急骤响起，裁判员是厂财务科的李会计，她判苟爱琴犯规，她摔得不轻，被换下了场。文昌德上前将她领到凳子旁，他将那堆衣服抱起，让苟爱琴就座。苟爱琴并不推让，很自然地靠着冷彩莲坐下了，冷彩莲关切地问：“摔得要紧不？”苟爱琴摇摇头，说：“应该不要紧吧。”说着，她将裤腿卷起，膝盖擦破了一大块皮，鲜红的嫩肉表面向外渗着血水珠子。文昌德看着心痛得嘴里不由自主地发出“啧啧”声，连忙问：“骨头没事吧，你活动一下腿。”苟爱琴顺从地来回动了动腿。

“有事她能自己走下场子，我看你是昏了头了。”向师傅看着文昌德的殷勤劲眼气，送来一句风凉的大实话。

这时掌声响起，四车间的罚球进了，文昌德却大喊一声：“不算。”人们一下子愣住了，裁判员惊奇地张大嘴巴的一瞬，含在嘴里的哨子滑落到了胸前，他问：“为什么？”场上场下所有人的目光都被这喊声吸引了过来，文昌德胸有成竹地说：“因为你刚才判错了，不是小苟犯规，而是在小苟上前抢球时，对方用脚绊了她一下，她摔倒才将对方带倒的，我待的这个位置比你看得清楚。”

二车间的人顿时振奋了起来，众声附和：“是的，是的，我们都看见了。”四车间的人也不示弱：“别人都没长眼啊，就你们看见了，我们的眼睛是长来出气的？李裁判，你判得没错，我们支持你，哪能由着他们胡说八道。”得到了支持，李裁判像身体里注入了兴奋剂，他张开两臂，往下压了压，然后大声地说：“我相信自己的眼睛。”有人欢呼了起来。

文昌德这时举起一只胳膊，几乎是用喊口号的节奏呼喊：“可我们不相信你的脑袋。”场上场下一片哗然，都将目光转向这边，文昌德不紧不慢地说：“你老婆是四车间的，你敢说，你打心眼里不是偏向四车间?”

“这简直是岂有此理!”李裁判从脖子上摘下哨子，往地上一摔，说：“谁爱干谁干，反正我是死活也不干了!”说着就往场外走去。

厂工会的干事立刻上前拦住，说：“别，别生气，哪能半道撂挑子，我们并没说你什么嘛。”然后，他清清嗓子，大声地说：“请大家维护比赛的秩序，李会计当过多年的裁判，还是很有经验的，至于说到他爱人嘛，她本人又没有参加比赛，李会计不需要回避嘛。”说着他弯腰捡起地上的口哨，在自己的衣服上来回蹭了几下后，含在嘴里鼓动着腮帮子使劲吹了起来，场上立刻安静下来，他大声说：“本来嘛，友谊第一，比赛第二，既然双方有分歧，我看这样好不好?刚才那个进球不算，重新开球，大家看好不好?”“什么好不好，你是比赛组委会大员，还不你说咋样就咋样呗。”场外有人响应。

万晓阳大跌眼镜，原来这“狼来了”是可以当着大庭广众的面来喊的，于是小声对红梅说：“这文师傅胆也太大了，当着这么些人都敢瞎说。”“这世间的事本无所谓真，也无所谓假，‘假作真时真亦假’。”红梅好像背书似的晃着脑袋说。

“这好像是《红楼梦》里的话。”万晓阳接过话头。红梅看她一眼，没做什么解释，无须解释，她应该听得懂，没法解释，否则就等于当众撕文昌德的脸，她不会这么做。

经过这一番闹哄，二车间倒是越战越勇，大伙夸文昌德有水平，但许多人都明白，这不过是文昌德的一场求偶表演。无论对于人还是动物，求偶都是一项生命中最靓丽的表演，雄孔雀要展示美丽的羽毛，雄河马以战胜一个个的情敌来展示它的强悍，人则要以聪明和才智来征服异性，赢得爱慕者的心。

人红是非多，不信你看，男人女人都把目光投向了文昌德，口水喷向了文昌德，倒霉也就找上了他。

冷彩莲颠唇簸嘴

随着二车间的节节胜利，人们对文昌德的赞词也在升级，说他智斗篮球场，说他有集体主义荣誉心，有主人翁的责任感，向师傅搭了腔：“别净戴高帽子，你们知道个啥，这是爱琴（情）的力量。”人们哈哈一笑，倒把苟爱琴搞了个大红脸，她转过身，对着向师傅说：“拜托了，各位师傅，请嘴下留情，我可没得罪你们哟！”冷彩莲转向苟爱琴说：“掰（别）理他，聂（那）些臭爷们一天嘴里不喷出点屎星子，这一天就过不去。”然后她感慨地说：“蚊子对你这心可是够重的。”

这本是一句大实话，你就是站在篮球场中央大声广播也没人说什么，没准还能使苟爱琴产生点自豪感，哪怕是人家心里舒坦了那么一小会儿，也算是为促进人家的爱情之花绽放添砖加瓦了，文昌德也绝对会对你心存感激，这本是一个多么令人欣慰的多赢局面啊！洋人说人是上帝造的，现在看来，他老人家闷头造人的时代有点落后了，那时还没有实现工业化，手工作坊里做出来的自然是千人千面，所以也才会有冷彩莲，所以这世界才会千姿百态，精彩无限。

“你愿意和他好了？”冷彩莲关切地问苟爱琴。”苟爱琴点点头，又摇摇头，说：“没定，只是觉着他这人还行。”苟爱琴小声回答。唯物论认为：物质是第一性的，精神是第二性的，所以才会有“吃饱了撑的”一说，可在那个年代，苞米面糊糊在肚子里稀里光汤晃荡，可人的精气神绝对可以称得上是意气风发，你看这球场上的情绪是何等的激昂，而冷彩莲绝对是那种吃不饱还撑得难受的主儿，不信你看：她和苟爱琴脑袋贴着脑袋，显得那么亲热，语调又是那么温柔和真诚，说：“找对象可是一辈子的事，哪能觉着行就行了，现在干胜（什）么不都讲究个政治挂帅嘛，他胜么出身？资本家呀，你胜么出身？工人阶级呀，怎么能投入到资本家的怀抱？”

苟爱琴脸红了，想到了大殿门口的那一幕，怀疑是不是让冷彩莲看到了，她怕她又口无遮拦，说出点叫人难为情的话来，于是赶紧附和道：“是啊，冷师傅，你说得对，这事我也没什么主意，你是老师傅，我正想听听你的意见呢。”说着先自己把头埋得更低，做出一种进行秘密交谈的架势。受到如此器重，冷师傅越发兴奋，进一步发挥着她的想象力，说：“你们将来得有孩子吧，你不为自个想也得为孩子想想。”爱琴想想，点点头，有了一种迷途知返的冲动。

苟爱琴的表情鼓舞了冷彩莲，她进一步说道：“要我说呢，这找对象除了政治条件，人品也很重要，首先要人老实，稳重，那样才能让女人放心，那些油嘴滑舌的靠不住，还有呢不能光看外表，外表好的人花花肠子多，容易在外边沾花惹草，再有，还要待你好，这点最要紧，将来受用不受用不都得自己个受着嘛，像建国这样的，你想，他对外人都那么好，那对自己老婆还能错得了。”

一提到建国，两个女子的心里都“咯噔”了一下，一个当然是苟爱琴，看来冷师傅的动机也不那么单纯，原来是想给自己的徒弟牵线，所以她的话的分量也就打了折扣；再一个就是万晓阳，她是莫名其妙地“咯噔”了一下，那原因连她自己都说不清。

其实在两个女人嘀嘀咕咕的时候，还有一双眼睛没闲着，那就是文昌德，“招工、参军、上大学”这些敏感字眼直往耳朵里钻，心也跟着一阵发紧，这棵爱情的小草刚刚破土，经不住风雨，更何况面对的是冷彩莲这张呼风唤雨的嘴，文昌德想直接打断她们的交谈，但又觉那样会显得太没教养，没准还适得其反，于是干咳了两声。

旁边的向师傅打趣道：“怎么？嗓子眼塞了鸡毛了？”自打文昌德“举牌”大张旗鼓地追苟爱琴以来，一些单身汉就心里不爽：本来路边的花是供大家观赏的，你凭什么总想把它搬到自个家去？所以这说话也就有一搭没一搭地带点醋味，尽管他们中的许多人已经失去了搬花的资格。

“是啊，都快塞到气管了，所以这心里堵得慌。”文昌德一语双关地说。“老弟，悠着点，当心心肌梗死。”向师傅回敬一句，说完还拍拍文昌德的肩膀。

爱是人类灵魂中一种占支配地位的激情，爱情常常使一个最冷静的人变成疯子。此时的文昌德，血压升高，头脑发昏，这舌头也就不听使唤了，说话也就无所顾忌了，他提高了声调说：“不急不行啊！因为，因为有些人，”他停顿一下，“躲在阴暗的角落里放阴风、射暗箭……”这后半句话就要脱口而出时，他立刻意识到这句话将引起的暴风骤雨而紧急刹了车，话头一转，扯到了刚才向师傅他们打牙祭的那句闲话上，说：“把场上同志们的浴血奋战说成是‘娘儿们打架，摔跤比赛’。”

此话一出，必然一石二鸟，石头投向酸溜溜的向师傅们，弹回来必砸向正在窃窃私语的“娘们”。两位师傅认输似的扭头就往外走，张师傅还边走边大声嚷嚷：“公狗撒欢摇尾巴，别溅我们一身尿啊!”

一些人哈哈笑起来，文昌德也笑嘻嘻的，因为先前在那儿嘀嘀咕咕的两位女士终于结束了密谈，此刻都转身迷茫地往后看。

散场了，苟爱琴心事重重地往回走，倒不是她对冷彩莲的话有多么认同，而是在这段恋情中，是文昌德使尽浑身解数，牵着她走，她是被动的，并非彻头彻尾地心甘情愿，稍有风吹草动，她都会停下来左顾右盼，考虑考虑下一步还要不要继续走下去，这一点文昌德当然比谁都清楚，所以他要排除一切干扰，把可能动摇她的一切因素消灭在萌芽状态。

文昌德紧跟着苟爱琴，据他观察，基本上可以肯定冷彩莲的话已经起了作用，就问：“你刚才跟冷彩莲嘀咕什么来着?”“说我们女人的事，与你无关。”苟爱琴语气生硬地说。“不对吧?我看跟我有点关系，这关系还非同小可。”文昌德提高音调，显得非常激动。“既然你已经意识到了，还问什么?”苟爱琴生气地说。

“意识到了是一回事，你说出来是另一回事，墙头草，风吹两边倒，也不看看那风是从哪儿刮来的。”文昌德不屑地说。

本来，谈话中搭上建国后，冷彩莲的话说服力锐减，但现在给文昌德这么一激，女性的自尊让苟爱琴想再一次享受拒绝的快感：“我不做墙头草，现在我就明确地告诉你：我们俩不合适。”“为什么?”文昌德问：“不为什么，因为不喜欢，所以不喜欢。”苟爱琴把以前文昌德说过的话反过来说。

“难怪人说，女人的心，天上的云，说变就变。”文昌德气愤地说。“我又没答应你什么，怎么叫变?那天不过是一个误会，我当时吓傻了，没看清是你。”苟爱琴看着文昌德，做出真诚还带点歉意的样子说：“真的，那天是一场误会。”

“噢，原来你是那种可以随便往一个男人怀里扑的人，我算是看走了眼。”文昌德这回可逮住理了，他声调也高了起来。苟爱琴吓了一跳，如果传出去，说她随便往一个男人怀里扑，那她以后还怎么有脸见人，于是苟爱琴用一种很认真的态度纠正说：“说真的，我对你有好感，那天我也看清楚了是你，但是听了冷师傅的话，我觉得还是有道理的，我家不在这里，这事还没能和父母好好商量，她是过来人，肯定比我们看事准，她的意见我会好好地想一想。”于是苟爱琴把冷彩莲的话鹦鹉学舌般地全倒给了文昌德，说完径自大踏步离去。

原来两人的嘀咕不只是闲扯，而是一次有目的、有预谋的破坏活动啊！文昌德很气愤，他像一片树叶在马路上飘着，心里发慌，身体发虚，心里那个憋屈劲，使他恨不能赶上前去，拧断冷彩莲的脖子。

车间的早晨

这是一个阳光明媚的早晨，高大的厂房沐浴在晴空的灿烂光辉里，俨然一座庄严的机器圣殿，这些大小不同、形状各异的钢铁战士们稳固又整齐地纵横排列成行，两侧墙上安装着两排明亮的玻璃窗，其中靠下面的一排是可以上下翻转开关的，在这个不热不冷的季节里，有多个窗户是开着的。玻璃被擦得铮亮，闪耀着淡青色和琥珀色的反光，整个车间一片光灿灿的。

任书记早早来到了车间，做完早上的盘点，他开始转运工件，阳光透过巨大的窗户一路照进车间，给一切的物体都镶上了一层金边，细密的灰尘在光影里飞舞，任书记时而站立、时而弯腰的身子切分着阳光，光影里，他的身板已不再挺直。

自从上次板凳事件之后，冷师傅从家里拿了个木头小凳，万晓阳这师徒二人很自然地就分凳而坐了，而且都是先坐的人自觉地坐小凳，显得既谦让，又和谐，但外人看来就觉着太过生分，在有些人的眼里，万晓阳屁股底下坐的不是板凳，那简直就是一辆熠熠生辉的小汽车，真是官小姐在和咱劳动人民叫板。

万晓阳今天也来得挺早，一到车间就直奔自己的工位，她打开工具箱，往外拿工具。建国把一本装订简陋的马粪纸印制的书递给万晓阳说：“下星期，车间要对青工进行岗位基础知识摸底考试，这本书你好好看看。”“车间没通知呀?”万晓阳又是歪着头，眼睛忽闪忽闪的。“我听陈技术员说的，再说，就是不考，你学了也没坏处，还有，这里面我折了角，页面上划了线的，都是我觉着跟焊工有关的部分，你要记一记。”万晓阳收起书，放到工具箱里，完了连声“谢谢”都没说。

任书记把一车工件卸完，返身再回来时，迎面碰上了锅炉房的王师傅，他送完开水，挑着一对空桶晃晃悠悠地从会议室出来，任书记笑着说："老王头，辛苦了。""不是辛苦，是命苦。"王师傅说。"噢？"听到任书记诧异的语调，王师傅觉着自个失言，于是忙赔笑脸说："不辛苦，不辛苦，苦不苦，想想长征二万五，累不累，看看咱领导任书记。"任书记笑笑说："你从哪儿学的这些个油腔滑调。"

王师傅正在为自己打的这个圆场洋洋自得，迎面碰上到会议室去打开水的红梅，她手里拿着两个茶杯，显然还有她师傅的一个。红梅声音甜脆脆地招呼道："王师傅，你早啊！""不早，不早，红梅姑娘早，多好的闺女。"说着还晃晃脑袋，咂巴咂巴嘴，像刚品尝完一顿美味佳肴。王师傅五十多岁了，看到这么个朝气蓬勃的青年人，也挺舒心。

眼看着走到车间大门口了，王师傅却不急于往外走，而是站在那儿，脖梗子往后拧，这扁担也跟着打了横。

冷彩莲风风火火地进了门，一头撞在了扁担上，她一抬头，见是王师傅，别看这王师傅干着个不起眼的火头军，可手中的权力还是不可小觑，那年头什么都缺，这能源自不必说，一般人家都是打上开水回去做饭，开水是 2 分钱 1 壶，先到财务科买票，每天定时供应，在那段时间里王师傅一下子就神气了许多，他常常是嘴上叼根烟，坐在水房里一个开着的小窗口前眯着眼打量着来者，按他的心理价位收票。所以一般人见了，都还招呼一声，尤其是冷师傅，他们家从来都是超值享用，所以先赔个笑脸是万万不可少的，于是笑着用玩笑的口吻说："你瞎了？老娘来了也不让道。"王师傅没吱声，头都没回一下，他心里藏着一个天大的秘密，足以让人掉层皮的秘密。

冷彩莲揭秘

王师傅的无视让冷彩莲觉着受了冷落，于是提高嗓门大声地说："这是干胜么？站在个大门口，好狗还不挡路呢！"

"那俺就当个赖狗呗！"王师傅说着仍扭头往后看，目光像是在搜寻什么。

"我看你也是条赖狗，一天烧的个破水，该热的时候它不热，不该热的时候它烫死个人。"冷彩莲接茬说。"你这话是咋说的？莫非这开水还成了神？要真那样，俺不成了神它爹了？”涉及他的工作，也可以说是他的饭碗，王师傅不再沉默是金了。

“开水成个屁神，俺是说，平常吧，用它做饭，它连点热乎气都没有，可那天，俺俩儿抬着，一不小心磕倒了，烫得俺儿前身上满是燎泡，还好，拇把那命根子给烫坏了。”为占点便宜，儿子烫了，受罪不说，医药费也花了不老少，不知顶多少桶热水，冷彩莲一直觉着心里憋屈，想找人说道说道，但明知是爱占便宜惹的祸，羞于启齿，今日个见着老王头，像真见着这祸根儿似的，一股脑儿倒了出来。

“人家都是用壶提，谁让你占公家便宜，用桶抬？”王师傅给予了坚决回击。

“抬不抬管你个啥事？我看你那觉悟也没高到哪儿去，还不就是偷懒想少烧点呗，多少的又不要你拉风箱去烧，还不是一样按电门，你心痛个屁呀！”

“那中，你以后还用桶抬，等哪天把那命根儿给烫坏了就结了，省得一天在那儿惹事。”王师傅说。

“你个死老头子，越说越不像话，你看我不撕烂你的嘴。”冷彩莲向王师傅扑过来，一手往王师傅的脸上抓去，一边嘴里嚷嚷着：“怪不得你不好好地走路，眼睛到处乱瞟，又瞄上哪个妞了。”王师傅一边把身子往后躲，一边说：“你也怪抬举俺来，就俺这岁数、这条件，别说瞄上妞，就是瞄上你，你干不干？”“你个死老头子，越说越不中听，你看老娘今日个不收拾你才怪。”冷彩莲摩拳擦掌，大有比试一番的架势。

王师傅眯着眼，饶有兴致地看着女人洒泼，他是从中原那个大厂调来的，原是锻工，后身体不行了调去烧开水，多年单身一人在这儿，看看女人洒泼对他也是一种享受。王师傅眯着眼，不紧不慢地将扁担一转，阻止了冷彩莲的进攻，说：“打住，打住，想亲热今儿个夜里来，俺等你，别大白天往俺怀里钻，不知道的还以为俺怎么样了呢。”

车间门口已聚了一些人，大家笑嘻嘻地看热闹，冷彩莲气急败坏地说：“你，你……”她抡着拳头朝王师傅打去。王师傅抬手进行了空中拦截，抓住冷彩莲的胳膊把她拉到身边，对她耳语说：“掰闹了，俺是想看看安再文的徒弟长得啥样，把他迷得那样？”

一听到人家的秘密，强烈的窥视欲使得冷彩莲立马安静下来。冷彩莲凑到王师傅的耳际，小声地问：“咋样了？”王师傅又回冷彩莲一个耳语，还用一只手挡着说：“就那事呗，俩人站着，中间还隔了一块玻璃片。”

大家在一旁笑着，有人问：“商量好了吗？今天晚上几点呀？要不要咱们大伙给闹闹房啊？”王师傅却不理会这些，正了正扁担准备往外走，又像想起了什么似的回头发表了严正声明：“掰外传啊，出了这道门，俺可就啥也没说了。”

冷彩莲怀揣着她的秘密往车间里走，后面一群人跟着，有人问：“啥事，还那么神秘？”冷彩莲不语，人们越发地紧追，有人一直跟到她的工位上，红梅赶紧给她递上一杯泡好的茶，说：“师傅快喝，都凉了。”

冷彩莲喝了口茶，对站在她面前的几个人说：“你们跟着来干啥，等会儿书记来了要批评俺，扣了奖金你们赔给俺？”“刚才你俩说的啥悄悄话，别一个人独吞嘛，说来大伙也听听！”有人说。

“独吞干胜么？还怕噎死，只是人家俩的那事是能随便说的么？”“啥事？”几个人盯着冷彩莲的脸，翘首以盼。“就那事。”冷彩莲若有所思，轻声说。

“那事是啥事？”“你猪头啊！”反应快的人已从冷彩莲不经意间溜出来的那个“俩”字悟出个大概了，于是把刚才问话的人捅了一下，凑到冷彩莲跟前，说：“快说，是谁呀？”

冷彩莲略作沉思状，然后自言自语地说：“按说呢，这不应该算，中间隔了一层玻璃片，顶多也就算个‘未遂’。”

人们按捺不住了，七嘴八舌地问：“谁呀，快说，你还包庇她。”

“俺包庇胜么，只是，人家还是个闺女，说出来不好。”冷彩莲就这么层层剥茧，把她嘴上说“说出来不好”的事差不多和盘托出了。

“是个闺女，那我们可要猜了。”有人大声地说：“首当其冲，是苟爱琴。”然后几个人一致把头扭向苟爱琴，其中一人问：“你跟那个上海佬对不对？”

苟爱琴拿起一根焊好的手把，在空中抡了一下，气愤地吼道：“谁说的？看我不砸烂他的狗头。”

冷彩莲看到人们的猜测偏离了大方向，伤及者又发那么大的火，本来她只要来一句不知道，她也就不用再说了，可她不会不说，到了喉咙眼的话直往外跳：“别瞎猜，不是俺班里的。”“那是哪个班的？”有人紧追着问。

这时任书记站在车间办公室的门口，往这边张望，冷彩莲忙说：“快走快走，书记来了。”有人还在那儿磨蹭，冷彩莲小声说：“快走快走，哎呀，是维修班的。”

“噢，是班长跟他的徒弟吧？”不知是掐算出来的还是蒙的，有人应道。仔细一想，也是，维修班单身在这儿的就只班长一人，还带了个女徒弟。“我可拇说，是你自己个说的。”冷彩莲就这么看似不经意地把个谜底亮出来了。

那年头，学徒进厂前都未进行过专业技术培训，学技术全靠师傅手把手地教，有道是：“一日为师，终身为父。”但受“教会徒弟、饿死师傅”的古训，师傅教徒弟是十分吝啬的，一批车丝杠的活，从扒毛坯起这十来个班，师傅天天叫你陪着，或是让你干，可到要精车或挑丝的关键时刻必笑嘻嘻地支出你二里地，叫你去领个劳保呀或是干脆出去帮他干点家事，等你回来，那工件已安装校正完毕，刀具也已调好，转速慢慢的，师傅悠哉悠哉坐在一旁，还让你一块清闲清闲。

那时学徒转正又没有统一的考核标准，转得了转不了全凭师傅一句话，学徒每天早来晚归，除了干些粗笨的脏活、累活外，还要给师傅端水泡茶，察言观色，讨师傅一个笑脸，这些没有明文规定，进厂须知里也没写，全凭个人去悟。

一帮人的叽叽喳喳，当然也飘到了万晓阳的耳朵里，听到说“中间还隔了一层”，她想只要是隔着，这男女没挨着就够了。它再一次为姥姥的教诲提供了佐证。这印在了万晓阳的脑子里，并在关键时刻激发了她的创造灵感，让她躲过了一劫，却遭了一难。

水磨之战

昨天早上在车间外面靠厂围墙的一个角上，锻工班的小侯和小杨并排蹲在厕所里，小侯抬起手脖子在小杨的眼前一晃，一道亮光闪了小杨的眼，小杨掰过小侯的手腕子，仔细看，惊呼道：“哇，上海表，你买的？”

“我哪有那能耐，这东西可是有钱都买不来，要票的，我姐夫买来孝敬我爸的。”小侯洋洋自得。

“你真有福气，有个姐。”小杨羡慕地说。“那让你妈也给你生一个呗。”小侯的话就不只是炫耀，还有点挑逗的味道了。“那生了也只能当妹了，唉!”小杨有些泄气还带着点生气。

“羡慕吗?”小侯又一次把戴着那块表的手朝小杨晃了晃，接着问:“喜欢吗?”小杨说:“喜欢啊，怎么?你送我?”这显摆得有点过了头，小杨生气还带点挑衅地说。

“可以啊，只要你把我拉的吃了。”下面茅坑里，一块水泥板斜插到化粪池里。说完小侯还嘿嘿笑了两声，满脸的得意。

小杨霎时气炸了肺，环望四周，迅速从身后的墙根捡起一块铁板的边角料，往小侯蹲的茅坑边沿一搭，迅速抽出，眼睛一闭，嘴一张……

小侯惊得立马站起来呆在那里。

小杨则手捂着肚子，身子扭动着，像是犯了肠绞杀，脸扭曲着说:“你吃了什么东西?要命啊!我要有个三长两短你要偿命啊!”

小侯吓得目瞪口呆，他摘下手表放在小杨的脚边，提起裤子跑了出去。小杨在身后喊着:“给我到车间请个假，我要上医院。”然后小杨手在喉咙眼挖了又挖，哇哇地干呕了一阵，戴上表回家去了。

小杨家住在市里。一路上他恶心得咧着嘴，伸着舌头，不断地向外哈气，像大热天里的狗伸舌头那样。小杨忽然想起不知从哪里看到的，吞金的人好像要吃韭菜类粗糙的纤维，这金子就可以被裹着排出去了，于是小杨在路边买了一捆韭菜，回家切了寸把长，炒个半生不熟艰难地吞下去。

小侯是厂子弟，单身，他这一天都忐忑不安:这小子该不会有事吧?老天保佑。吃饭时父亲问他:“你的表呢?”“收起来了，你不是说等我结婚的时候再戴嘛。”父亲拍拍小侯的头说:“长大了，懂事儿了。”

小杨知道小侯不会善罢甘休，那就让他吃回去吧。

第二天小杨上班来了，小杨没把表放在家里，他也没真想就这么占有人家的手表，但他不甘心，自己不能白受了那份窝囊。

小杨一进车间，小侯就迎了上去，锤他一把说:“你没死啊!”“死了一回又活过来了。”小杨小声说着就大步朝前走去。小侯追上去用膀子碰了碰小杨，说:“求你了，杨哥，你知道那表是我爸的。再说你也过了瘾了，把表还我吧。”“你以为老子稀罕你那块表，老子就是看不了你那股得瑟劲。”小杨生气地说。

这一天小侯惴惴不安，抽空就到小扬身边小声嘟囔，小杨知道小侯不敢在车间明目张胆地闹，他也害怕小侯在车间闹，毕竟自己那样也不光彩。

下午小杨在车间把活干得差不多了就说去买包烟。看小杨出了车间，小侯紧紧跟上，求饶般地说：“咋样？还我吧，那真不是我的。”小杨不吱声出了厂门，小侯一直跟着，他们往离厂不远处的商店走去。

厂子门前跨过马路就是一片开阔地，再往前就是那构成这座城市三大水系之一的河流，夏天潺潺流水，冬天冰雪一片，人们在冰雪上滑雪嬉戏，场面也很是热闹。再往前的河岸是层峦叠嶂的岩石，流水在它们身上刻下了一道道的疤痕，河堤上是连绵起伏的坡地和丘陵，低矮的乔木和灌木丛在岩石的夹缝里倔强地生长，夏秋季节绿意盈盈，生机盎然。

出门往右走两站路有一家商店，孤零零地立在马路的另一边，几间房并排，离马路留出十多米的距离，适应了那年头买东西排长龙的需求。后面围出一个大院子，门前常年拴着一条大狼狗，人单独走过时还有点怕。

这条马路坡度很大，到商店这么点距离就有差不多两三米的落差，可能当年这里曾经安装过水磨面的设施，所以叫水磨，人们上商店一般都讲去水磨。这更印证了当年河水确实光顾过此地。那若干年前，这马路就应该是前面那河流河床的一部分。现在一家挨一家密布的电气、电机、汽车、机械、研究所等厂矿和学校，就相当于建在原来的河堤上。

别看这是个不起眼的小商店，它可提供着河堤上庞大人口的大部分日常生活所需。

小杨和小侯两人来到商店门前，人山人海，原来是今天刚来了猪肉。那时一人一月半斤肉票，肉票月月发，过期作废。肉却不常有，一听说来肉了，人们就争先恐后地排队，弯弯曲曲的长龙队时不时还摆动一下尾巴，再往柜台一看还空着呢。

终于，猪肉挂在架子上了，卖肉的大师傅登场了，他就是主任。

主任慢慢地穿上蓝大褂，嘴上叼着一根烟。别看人家只是个卖肉的，那可是国企职工，铁饭碗啊，还有那么点小权，神气着呢。这不就找了海天厂的一位女职工为妻，连他老婆在厂里也神通广大。主任抬起脚把烟在鞋底上蹭灭，人们眼巴巴地望着，终于有盼头了，人们望眼欲穿地地瞅着主任手里的那杆秤，时时担心它给挂在肉架子上，下班了。

插队会引来群情激愤，推推搡搡，常常搞出打架斗殴的事，所以这一片儿的片警这种时候一般会在附近维持秩序。

小杨到里面买了包烟，顺手从柜台上摸了一张包点心的油纸，就往外走，小侯紧紧地跟着他，他们走出商店拐头往商店侧面的空地走去。走出大约十米的距离，小杨站住。小侯用手推他，说：“还我，要不然我就告你抢我的手表。”小杨说：“行啊。”说着小杨就把那张油纸铺在地上，蹲下来说：“把你的表吃回去，我的罪不能白受了。”

小侯捂着鼻子说：“你那是人的吗？”“好啊，你骂我不是人，是吗？看我不撕了你的嘴。”

小杨一手抓过去，却碰到了小侯的鼻子，小侯鼻子出了血，他用手背抹了一下，站住，片刻，小侯像一头发怒的狮子冲着小杨撞了过去。小杨闪电般向旁边一躲，小侯那不算高大的身躯直直地飞了出去，一个完美“饿狗扑食”落地，整个脸和那砖石、泥沙混合的大地来了一次亲密接触，直刮得皮开肉绽，鲜血直流。周围围了一些人，有人去把小侯往起拉。

小侯猛一抬头，愣住了，小声对拉他的人说：“走开，快走开。”然后就边往起爬一边自己拍打着满身的土。一位高大魁伟的年轻人拨开人群向他走来。

他叫宋军，出身于干部家庭，全家从京城迁来。宋军高大、威猛、四肢肌肉发达，应了他这身块头，被分配干锻工，干活一个顶俩，技术又好，是班长。从小在京城长大，见多识广，对问题总有自己独特的看法，谈完话总要眼睛死死盯着人家问：“你说我说的对不对？”一举手，一投足，在不经意间都能彰显其身份之不同。遇事好抱打不平，有时也爱出出风头，颇有些龙头老大的色彩。又是家中老小，经常惹出点打架等违反厂纪的事，要处理时，车间干部会以生产骨干为由去说情，这更助长了宋军的自负和霸气。今天宋军上二班，刚骑车从家里过来，在马路上有人拦住他说：“你快去看看。”

宋军站定，他看了一眼小侯，转身对着小杨就是一拳，直打得小杨坐在了地上，他又用脚去踢了两脚。小杨直呼：“班长，我冤枉啊！”

宋军又走到满脸是血的小侯跟前，指着骂道：“你活该，你们俩是狗啊，在光天化日下竟做出这等龌龊事，丢你父母的脸，丢你祖宗的人，丢厂子的人，也丢我宋某人的脸。”

两名干警拨开人群先把满脸是血的小侯和满身泥土的小杨扭住，又拉上宋军往派出所走去。

电话打到厂保卫科，刘科长风风火火来到车间，叫上任书记说：“你个老任，一天是咋管的人，你的人连犯事都犯得前所未有。”“啥事嘛？”

任书记满脸疑惑地问。“到了就知道了。”刘科长说。

任书记二人走进派出所时，一位干警正在向他的领导汇报，只听他说：“知道了，叫吃屎打赌犯。”

二人弄清了原委，干警说：“刚才听见了吧，我们领导定的，先拘留15天。”

任书记瞪了宋军一眼说：“你跑到这儿凑什么热闹，赶快回去上班去，全班的人都在那儿等着你呢。”

干警用威严的目光制止了任书记，说：“这儿是派出所，不是菜市场，想来就来，想走就走。在这儿你说了不算。”然后他转向宋军说：“你拘留10天。”

宋军急了，说：“你凭什么，我是在教育我的工人，犯了哪条王法?”

“你的教育是用拳脚吗?”干警用低沉而严肃的声音说。“是的，这也是教育方式的一种，跟打铁一样要千锤百炼才能成材。你信不信，你要是再这么胡乱找事，我的拳脚照样也要教训教训你。”宋军有点胡搅蛮缠地说。

那位干警惊得像木头般愣愣地戳在那儿，脑门上方的短发竖起，眉毛上挑，仿佛眼珠子就要从那圆睁的眼眶里蹦出来了。他两腮的肉抖动着，从张成圆洞的嘴里发出：“这……这……这”的声音，从没人敢对他这么说话，他正在考虑着怎么惩治这个自大狂妄的家伙。

刘科长大声呵斥道：“宋军，你疯了？赶快向公安同志道歉。”

任书记先是不好意思地向干警说：“对不起，这小子看我回去怎么收拾他。”然后转身推了宋军一把说：“滚，快滚，在这儿犯什么浑?”宋军往外走时还回过头对着干警说：“长官，我可滚了。”干警手指门，颤抖着说：“这，这我还真就不信了!”他一拳砸在了桌子上。

任书记则换了一种友好的口吻说：“消消气，咱现在还是说说眼前这两个吧。”“已经定了嘛，这就算通知你们厂子了。”干警对着刘科长说。

“什么就定了，我问问你，吃什么是个人的自由，哪条法律规定不能吃什么？打赌这个很平常的行为也犯法吗？凭什么给他们定什么罪?”任书记焦急地据理以争。“他强行拿走他的手表，应该叫抢，最不济也算偷。”一位干警说。

小杨赶紧从手上卸下手表塞到小侯手里，小声说：“便宜你小子了。”

任书记转向干警说：“你们还有许多大事要干，这种没名堂的事你管它干啥?”“这是我们领导定的。”干警说。“不就是郑兴隆吗?你给他挂电话。”任书记说。

电话接通了，干警递过话筒。那边传来:“是老领导吗?有何吩咐?”的回音。“你小子长本事了，还发明了一个新罪名，我问你吃什么有罪吗?我们在朝鲜哪个没吃过马粪蛋子，打赌有罪吗?你凭啥给他们定罪还要拘留15天，我这锻锤就得歇15天，锻造是头道工序，锻造停了后面的毛坯就供不上，国家的任务完不成，这责任你担得起吗?一个当领导的，一天抓点大事。”

“我知道了，你不是车间书记，你是市长，连公安系统都管上了，期盼你哪天真能当上个市委书记，小弟也能跟着沾沾光了。”听筒里传来战友那带点挖苦的话音。

“你小子别跟我油嘴滑舌，就说今天这事咋办吧。”电话转到了干警手里，干警放下电话对刘科长说:“这事交你们厂子处理，我们负责监督。”又对任书记说:“让他们两个写深刻的检查，明天下班前交到所里来。”

女儿本色

娄庆云从小到大，没有被人呵护的娇宠，没有少年青涩的叛逆，拥有的只是别人的鄙夷和漠视。娄庆云成为工人阶级的一员后，曾经认为自己的命运会从此改变。她积极上进，很快就写了入党申请，介绍人当然是她师傅，接下来还三天一心得，五天一汇报，上班时间拼命干，休班时间还到车间练磨刀，而且做得很夸张。她对着飞转的砂轮，整个人脸上、连眼睫毛上都沾着沙尘，她以为自己这副模样有点大庆工人的味道，你没见那电影上的大庆工人，脸上、衣服上不都抹着黑乎乎的石油吗?一看到任书记或是主任从旁边走过时她还干得特别起劲。

这一天她干活干得正起劲，一抬头却见是她师傅，娄庆云自认为师傅一定会对她的勤学苦练大加赞赏，便露出皓齿，冲她师傅一笑，师傅却扭过头去说:“你急啥呢?以后日子长着呢，干着干着就会了。”

娄庆云的师傅安再文今年31岁，来自黄土高坡。那里的腰鼓震天响，信天游漫天飞，就是不长粮食。生性心气儿高的他不愿再像父辈那样，面朝黄土背朝天地在贫瘠的土地上浪费自己的汗水，消磨掉大把的青春。17岁那年，他一个人背了个破行李卷，一路向西，别人问他到那穷地方干啥去？越向西工资越高，他心里这么想，嘴里却说："喝西北风去。"最后落脚于一个机械厂，干了车工，他能吃苦，技术进步自不必说，当然也在寻求着改变自己命运的突破口，不只是自己，还有那个穷家，他工作上进，年年先进，工资留下够吃饭的，其余全寄回了家。

俗话说"米脂的婆姨绥德的汉"，这西北汉子还真给那地儿长脸，一米八的个头，黑亮浓密的头发，斜飞的英挺剑眉，一双大眼睛里蕴藏着智慧的黑眸，一只挺标致的鼻子下面，生得两片嘴唇有点厚，人常说："厚嘴唇的人笨嘴拙舌。"可是安再文却能说会道。脸部棱角分明的轮廓，修长高大却不粗犷的身材，宛若黑夜中的鹰，冷傲孤清却又盛气凌人，孑然独立间散发的是傲视天地的强势。也正因为这强势，使他多年只能当个干部储备人选。

到了谈婚论嫁的年龄，就凭这堂堂仪表，在这儿找个女人不难，可当家里来信说给他定下了一门亲事时，安再文还是顺从了。一年12天的探亲假，有时女人也来住上两三个月，人长得真不咋的，但那个儿子长得像他，人们常看见安再文领着儿子在厂子里转，有人问："他妈呢?""在家忙呢。"安再文回答得很坦然。个把无聊地来一句："你当年咋会看上她?""她咋了？她给我生儿子，养儿子，伺候我一家子。"他回答得如此从容。

安师傅当年作为生产骨干和任书记一起从那个厂成建制调来，因技术拔尖，工艺装备、机加工和维修车间争相到厂里点名要他，可最后还是到了这个车工作为辅助工种的二车间，这是为什么呢？任书记的功劳，对上，他舍一政工科长，来干这个车间书记，你总得给我个把精兵强将吧；对下，他们原本关系不错，还有任书记给他描绘的宏伟愿景，所以在厂里征求他个人意见时，安再文满口答应。

看着站在面前的师傅，娄庆云焦急地说："哪能呢？哪有不练就会的事，我磨的刀一上去就崩，急死人了。"说完看师傅一眼，又带着一股豪迈劲说："只要功夫真，铁杵磨成针。"说着又使劲将合金刀头按在砂轮的外缘上，散落的砂粒带着摩擦产生的高温，抑或还有娄庆云的激情，伴着摩擦发出的巨大的啸叫声，汇成一支火红的粒子束，向娄庆云正面扫射，她不得不停下手，转过身吐出钻进嘴里的沙尘，并用一只手去抹粘在脸上的砂粒。

“刀是越磨越光，可热砂粒子粘在脸上，脸皮子却是越粘越粗。”说完师傅背着手走了。女性的爱美之心迅速复苏，娄庆云顿觉自己的形象可能已经惨不忍睹了，她再也没有了大庆工人的豪迈感。

后来师傅干脆把工具箱里所有可磨的刀都磨好，一排排摆在那里，使她无可磨之材。娄庆云悟到：天下男人一个样，尽管她知道师傅是党员，应该是很革命的，但也愿意看到她青春靓丽的脸。从此，她的心思发生了战略转移，从磨刀转向捯饬自己。

娄庆云走在繁华的大街上，见到一个橱窗便停下来，指指戳戳地问旁边的人，评论着橱窗内的商品，恋恋不舍地离开，又见到一个橱窗，停下来照旧。一个穿戴入时的女子从街上走过，人们一起回过头羡慕地盯着看，待那女子即将远去，她便快步上前并肩走着说：“同志，你这衣裳是在哪儿买的？这衣服穿你身上真好看。”这是一件大红色的坎肩，无领无扣，前摆剪成大圆弧向后收去，短短的刚好盖住皮带。娄庆云循着女子的指点到那家店子买了那件火一般的红坎肩。

安再文昨天就告诉娄庆云说拆洗了被子，要她今天给缝缝。娄庆云一大早就起来，吃完早饭回到宿舍，竟不由自主对着桌子上的圆镜孤芳自赏，怎么看都觉着缺点什么，于是她拉开抽屉翻出不常用的化妆品，在脸蛋儿中心轻轻擦了一层似见非见的胭脂，在饱满的嘴唇上淡淡地抹了一层似现非现的口红，将秀发松软地挽了一个茶杯口大小的云髻扎在脑后，内穿一件T恤衫，外套那件无领、无扣、下摆圆角的红色坎肩，下穿一条淡蓝色的牛仔裤，俨然一位成熟少妇的打扮。

安再文因为是班长，所以享受了住单间的待遇。安师傅住在单身楼4楼，这房间长5米，宽3米多。这个房间朝向篮球场这边，一个1米8宽的窗户，采光很好。贴窗户墙根儿支了一个双人床，再过来，靠门口这边贴墙放了一张写字台。上面放着闹钟还有平时的洗漱用品等，写字台前放着一把椅子。娄庆云来到师傅的房间时，师傅已经收拾完屋子，将洗好的被里、被面摆在床上，棉絮放在椅子上。

娄庆云一进来习惯性地用背贴着门，往后一靠，门吧嗒一声关上了。

师傅赶紧说：“这事还只能求你了，男人没这本事。”说着就把被里先抖落开往床上铺，师傅站在写字台这边。庆云就拽着一个被单脚爬上床往墙角方向扯，完了又下床把另一个角的被单往平的拽，一边对师傅说着："往这边，过了，再往那边一点。"师傅按她的指导配合着。

年轻、妖艳的女子对男人是有杀伤力的。渐渐地，情景骤变，仿佛循序的生活刹那间越出轨道，师傅的眼前已经看不见白色的被里，而只有火一般的一团红。在视觉的天堂里，娄庆云妩媚丰满的身姿、静雅的外表，似春风荡漾，如同在安再文心口有一只蝴蝶在翩翩起舞，痒痒地，一下又一下拨动他的心。安再文不由自主放掉了手里的被单。

庆云发现不对劲，她直起腰，看到师傅沉静如水，面目冷峻，双眉如剑，黑得发亮的眸子深不可测，双唇抿紧，似乎要把一种难以克制的东西硬生生地吞回肚里。庆云就这么淡淡地一眼扫去，竟叫她也怦然心动。

庆云停止了对那被单的调动，走过来，问："师傅你怎么啦?""这才是本来的你，你今天为什么要化妆了来？你别忘了我也是个男人啊。"师傅喃喃地说。

迎着师傅孤傲、狂热的目光，娄庆云的心跳加速，全身有一种说不出来的激动，她怔怔然地看着对面那双寒彻的黑眸，那里面，如同刮起了飓风的黑洞一般，深深地吸引着她，仿佛是要将庆云拉进那黑不见底的深洞中去，异样的感觉瞬间蔓延而至，让她的心弦颤动不已。

师傅的气息近在咫尺，庆云也含情脉脉地注视着师傅，一对黑眼珠定神时如波澜不兴的黑海，顾盼时像天空流动的星辰，活像能摄人魂魄的无底洞，谁碰上这样的眼光都会掉进去。

在那黑暗骚动的无底洞里，安再文感觉到了欲念的盘旋，刚才庆云进门时用后背把门关上的动作给他增加了自信，他双手环腰抱住了她。嗅到庆云身上的香气，安再文把脸贴在了庆云的耳畔，表情有些卑微，似笑非笑着，说："这才是真实的你，能让我看上的女人不多。"与他平日冷漠的外表判若两人。

娄庆云把手搭在了师傅的肩上。那种奇异的感受，正像是从前她在梦里梦到过的感觉，缥缈，迷幻，凌乱，不真实。但到她期盼而又畏惧的那一刻时，她感到了真实的存在，急中生智，顺手从桌子上拿起一个长方形的镜子。

师傅嘴里嘟囔着："好不容易心动一次，还给输了个精光。"

就在冷彩莲将这一秘密公之于众的当天，娄庆云下午上班时明显地感觉到了人们异样的目光，她心里七上八下：是要吸收我入党了？那也太快了；是要给我调工作？我也没要求呀，再说就是天上掉馅饼它也砸不到我的头上，本人天生背运；那个事？娄庆云在脑子里晃了一下就否定了：师傅住四楼，楼前是大操场，那天房门明明是关上的。可是到了晚上娄庆云看到师傅被任书记叫到车间办公室好一阵子，她也就跟着忐忑不安。

师傅回来后，娄庆云问："啥事?""没事。"说没事可师傅坐在那儿一个劲儿地抽烟，还自个嘟囔着："吃不上羊肉还沾了一身膻。"娄庆云听出来是那事"烂包"了，而且师傅有埋怨的意思，可能认为这事除了她说出去，否则不可能走漏。她冤死了，停下床子走到师傅身边，师傅则自己上了车床干起活来，把娄庆云晾在那儿。

荀爱琴的纠结

冷彩莲的一通蛊惑让荀爱琴原本就摇摆不定的爱情天平倾斜了，她开始躲着文昌德，下班路上，文昌德小心翼翼地凑上前说："我们谈谈。""我不都跟你说清楚了嘛，还有啥好谈的？以后别老往我跟前凑，让人家看着像真的似的。"荀爱琴搪塞道。

"你说得轻巧，那天的当众表演说完就完了?"文昌德不满地说。"既然是表演，本来就要收场的，不过别搞得沸沸扬扬，大家脸上都不好看。"说完荀爱琴就像风一样飘走了。

那天在那种氛围中，当荀爱琴半推半就地在爱情的舞池亮相，在光天化日之下公开恋情时，她是真心实意的。当文昌德揽着她的腰，热烘烘的气息环绕着她时，激情瞬间爆发，她心跳加速，喉咙发干，手足无措，一种前所未有的感觉令她心旷神怡。

当天夜里，荀爱琴辗转反侧，脑子里全是文昌德，一个奇怪的念头让她吓了一跳：我是不是爱上了他？可又一想，他给了我这样美妙的感觉，爱上有什么不好？可当冷静下来时，荀爱琴又会将以前嚼了无数遍的那盘陈菜端出来再品一回，可是她又期盼那种心灵的激荡，在她貌似平静的生活中时不时就荡起了不知是甜还是涩的微澜。

面对这个弃之可惜、食之无味的鸡肋，荀爱琴决定把这个皮球踢给父母，她写了一封长信，说是征求意见，可字里行间流露出一种依恋之情。这让父母如临大敌，只是那年月一封信到那遥远的地方打个来回咋的也得大半个月，这怒火一时半会还烧不到她，在这一段空窗期，荀爱琴犹豫着，遵循着“别搞得沸沸扬扬”的原则。

文昌德这回是没辙了，经历了多少坎坷，好不容易燃起的爱情之火，被冷彩莲世俗的口水给浇灭了，一切又得从头再来。文昌德思索着是什么使苟爱琴那天释放了她的激情，怎样才能让那激情再燃烧一次？是红色？是房子？这可是个越穷越光荣的年代，所以他之前从未向人透露过，那天不过是话赶话赶到那儿了，现在事实已经证明了这些话没用。

自从文昌德懂得什么是爱情的时候起，就一直以为爱情是唯一一种不附加任何条件的情感。这种观点也许有人会认为很幼稚，可幼稚没什么不好，世间万物的童年都是最美好的，于是，爱情才成了人们口中长久以来永远不老的童话，如果有可能，所有的凡夫俗子都愿意长眠于这样的童话中不再醒来，所以他才不顾世俗为爱而横冲直撞。在后来的一段日子里，文昌德的追求时松时紧，苟爱琴的回应忽冷忽热，文昌德感到身心疲惫，他把这笔账算到了冷彩莲的头上。

文昌德周日到市里逛逛，“咦，好香！”一股香气窜入文昌德的鼻腔，继而又刺激着他的味蕾。循味走去，前方不远处，一辆板车上面放了一个炉灶。冒着熊熊火焰，粗壮的树枝燃烧时“哔哔剥剥”地唱着欢快的歌，一根铁棍穿过硕大的鸡身，在火焰里翻转着，烤出金灿灿的外衣，弥漫着的香味已经飘到十万八千里了，勾得路人停住了脚步，真是让人垂涎欲滴。

文昌德买了一只却不急于吃，而是匆匆往回赶，来到二排五号，门是开的，两位女士正趴在桌上吃中饭，桌子摆在门边的窗下，文昌德进来将一个油腻腻的纸包顺手往桌上一放，说：“我来添道菜。”万晓阳问：“什么？”不等打开纸包，早已香气满屋。

“哇，是烤鸡。”万晓阳欣喜若狂，接着问：“给苟姐的还是给我的？”

“你废话真多，趁热快找把刀把它切开吃。”文昌德说。万晓阳拉开抽屉，翻不着，嘴里念着：“哪儿去了？”

苟爱琴起身，从屋角的一堆东西中抽出一把亮闪闪的牛角刀，对万晓阳说：“你那个水果刀能干啥？”文昌德窃喜，苟爱琴没甩屁股走人对他来说已是莫大的安慰，看来这一卦他是算错了。

其实苟爱琴现在心情不错，眼前的男人，身材高挑，穿着平整的紫色衬衫，帅气、睿智的神情，脸上挂着温暖人心的微笑，她不得不承认当时心确实有了些微的颤动，禁不住自问：我到底想要得到什么呢？一个人时害怕寂寞但是又不得不寂寞，好想有个人陪，我为什么不理所当然地挥霍你的关爱呢？

看到苟爱琴竟主动搭话，文昌德高兴地接过刀，按骨缝的位置把鸡大卸八块，万晓阳拿起一只鸡腿递给苟爱琴，说：“我借花献佛。”文昌德紧张地低着头，他怕听到她的怒吼：“谁稀罕。”出乎意料，苟爱琴接过来朝万晓阳晃晃说：“谢了，沾你的光。”“哪里哪里，是我沾你的光。”万晓阳惊叫着。

文昌德将另一只鸡腿递给万晓阳，说：“女士优先。”然后他自己捏了一只鸡翅膀啃起来，慢悠悠地说：“其实很多事根本没必要考虑那么多，就像我当年填写报考大学志愿，为到底是报清华还是报北大纠结了好几天，可结果呢？”“是啊，后来什么大学也没得考了，还害你死了那么多脑细胞。”万晓阳抢答道。

他们一边啃烤鸡，一边说着笑话。苟爱琴偷看文昌德的时候，他俩的目光在无意中相对了，两人顿时一股热流流遍全身，同时脸上也增加了几分红润。忽然万晓阳似恍然大悟，看着面前的二人惊呼道：“我好像不该在这儿当电灯泡。”说着就站起身。苟爱琴一把将她按得坐下说：“你不能走，你走了这天就黑了。”文昌德反倒回应道：“一个小屁孩走了就走了。”

此时的万晓阳是快乐的，她从眼前这对情侣跌宕起伏的爱情进行曲中感受着喜怒哀乐。万晓阳更是把文昌德看作她的精神支柱，她没有想过要和他怎么样，但就像家里的电灯，你平时不用管它，但需要时一拉开关它就会亮。可是，一次意外把万晓阳推到了尴尬的境地，她的清纯形象被毁于一旦。

文昌德的至理名言

就在文昌德拜访万晓阳的那个早晨，在他站起身准备出门时，万晓阳不舍地说：“就走？那你干什么来了？”一句“干什么来了？”把文昌德问蒙了，于是又坐下。像想起了什么似的说：“欸，你以后不要‘傻哥傻哥’地叫，这是在工厂里，影响不好。”

“不叫了，昨天还叫出一档子事来，现在我们算同事，那我叫你同志吧，我听我师傅说你姓文，那就叫文同志吧。”万晓阳想起了这个大众化的、又带点崇高意味的称呼。在战争年代，一声“同志”可以划清敌友，中华人民共和国成立后，在她生活过的那个年代，这“同志”简直就是好人的代名词。从小，除了那些可以从年龄上认定为爷爷、奶奶、大叔、大婶、伯伯、阿姨的人以外，对一般穿戴很体面、看起来像干部模样，或是不认识而又有意取悦对方时，一般都称其为“同志”。

“什么，你叫我什么？同志？要是你爸这个大干部喊吾（我）一声‘同志’，吾会感到老荣幸，侬（你）个小囡，吾同侬同什么‘志’?”不知道是无意流露还是有意炫耀，文昌德说话，有时会夹着那么一两个上海字眼，像香港人说话时常常会拽出几个洋文一样，现在，文昌德心情空前的好，所以在调侃中又拽出那么几句。

“这‘同志’可是我经过深思熟虑后才开口叫的哟！你长得白白净净，戴副眼镜，裤线笔直、皮鞋锃亮，挺斯文的样子，这就是一个标准的同志模样嘛!”万晓阳显出很认真的样子，稍停又说：“那你说，不叫同志叫什么？总不会是让我叫你叔叔吧!”

文昌德一下子紧张起来，说：“勿来赛，勿来赛，侬拎拎清好勿啦，吾可还没结婚呢，就叫侬叫老特了。侬个小囡，啥事体也不懂，今日里吾要好好同侬说道说道。”说着文昌德又重新坐下，身子有意地直了直，语言也改成了尽可能标准的普通话，像要开始一段精彩的讲演：“告诉你，叫师傅，文师傅。”

“我还以为叫师傅你会不高兴呢!”万晓阳说。“为什么?”文昌德不解地问。

万晓阳沿用了从小形成的思维，那些走街串巷修鞋的、剃头的、补锅的，人们才招呼一声“师傅”，总之好像都是些穷困潦倒的人，所以，她一般不敢贸然将人冠之以“师傅”的称呼，说：“我们那儿不都是把那些走街串巷修鞋的、剃头的才叫师傅嘛，像你这样的一看就不是他们那种人。”

“不对，听着，小囡。”文昌德停了一下，好像是思考着话头从何说起，终于，他用一种授课的方式，操着一口上海人的塑料普通话开了口，说：“严格地讲，‘师傅’是对有技艺的人的统称，也是尊称，你想想看，对那些走街串巷的，你也可以喊一声‘喂，修鞋的或是剃头的’，是不是当你有求于他，还希望他给你把活做好的时候才叫声师傅呢？你见过有人把收破烂的叫师傅吗？一般都是直呼‘收破烂的’，对不对?”

万晓阳想想，是这么回事，她点点头。“在厂子里，书记、主任、科长……这是红头文件叫出来的，一般人受用不起，就这个‘师傅’是靠年头熬出来的，凡是比你进厂早的，你都应该叫师傅。你想想，我们这种天生与红头文件无缘的人，不就是听着人叫声‘师傅’，心里舒坦那么一会儿，可就是这点乐子还叫你给剥夺了。”万晓阳想了想，突然她兴奋起来，说：“咦，不过也简单，不就是见谁都叫师傅嘛！反正他们都比我进厂早。”

谁都渴望亲情，姥姥姥爷隔得远，家又被她弄得一团糟，谁也都喜欢阳光，现在的万晓阳，只有从友情里去感受温暖。但万晓阳从进厂的第一天就有了一种被排斥的感觉，她想尽快地和周围的人相处得融洽起来。

有一种崇拜叫愚蠢，文昌德半是调侃，半是发泄的话，让万晓阳觉着好像是找着了一把与人沟通的金钥匙，

万晓阳变得热情主动起来，见了人老远就盯着人家的脸，好像她在那儿等了人家老半天似的，先用目光把人家锁住，等走近了迫不及待地喊一声“某师傅”，有的不知道姓，就干叫一声“师傅”，可是当人家应了以后她却不知下文在哪，打招呼后要说啥，那年头的标准化问候语是：“吃了没？”既是上班时间，哪有没吃饭就来的；如果是下班了碰上人家往食堂走，那肯定就是没吃，都不用问；如果晚上出来散步，那也肯定是吃过了，哪有饿着肚子出来瞎转悠的，就在她带着一脸的尴尬还在那儿发愣的当间儿，人家白她一眼，过去了。

一天，万晓阳上厕所，迎面碰上那天在会议室被冷师傅骂了一声“你个老流”的向师傅，她居然叫了一声“刘师傅”，搞得向师傅哭笑不得，愣在那儿，向师傅想说我姓向，可下面怎么说，总不能说是因为我把冷彩莲抓了一把，她骂我吧。当时他什么也没说，走了，可这事他却没少跟别人说。

20世纪70年代，大部分国人的居住条件还是很差，一间屋，巴掌大块地方挤着老少几代人，除了要解决吃、睡的基本问题非待在里面不可，得空人都愿意往外跑，而且厕所、自来水管等设施全是公用，人与人之间见面的频率也特别高，于是万晓阳这种尴尬的表情一天不知要表演多少次，她觉着脸上的肌肉都累得发酸，心里也常常堵着，而人家私底下还说这丫头脑子缺根筋。

冷门宴

这一天中午下班，冷师傅神神秘秘地叫上徐师傅、成建国，当然也忘不了自己的徒弟红梅，到她家喝酒，说是她下乡的萍儿回来买了两只鸡，也下不了什么蛋，正好一道菜。建国、红梅到师傅家吃饭不算稀奇，可徐师傅心里就打鼓，天下没有免费的午餐，冷彩莲更不是富裕、大方的主，这饭意欲何为？可也不能开门见山地问："你有什么事请我们？"

到家一看，厂知青点上带队的孙队长坐在桌前，徐师傅马上明白了，让他当陪客，因为他和孙队长是哥们、同乡，从中原那个大厂一块儿来的同帮。现孙队长被派往知青点，做了孩子王。

"萍，萍儿，出来叫叔看看。"徐师傅一进门就一边东张西望，一边大声叫着，冷师傅赶快说："他没回来，哪能有事没事往家跑。"徐师傅明白了，她儿子没回来，更不可能托他的顶头上司，跑几十里地给家里带什么鸡，待会儿盘子里盛的没准是她家正在下蛋的老母鸡呢，于是他感到这顿饭沉甸甸的，没准还吃出个使命感来。

红梅一见孙队长，马上捧上一张笑脸，用她那甜脆甜脆的声音喊了一声"孙叔叔"，令冷彩莲为之一震，觉得今日个把她叫来"实在是高"。实际上这一声叫得这个孙叔叔倒挺不自在，当年红梅的这个指标没有"创收"，是上面压下来的，他费尽心思还是没卡住，不过还是把红梅折腾了一通，叫她多跑了不少的冤枉路，一个女孩儿拿着包烟，到处敬，但从今日这一嗓子看，红梅并没觉察或是已觉察而不外露，或干脆已经冰释前嫌，这是多好的涵养呀，孙队长有了些许的宽慰，释然一笑说："是红梅姑娘啊，跟了个好师傅，越发出息了。"

成建国一看这阵势就意识到今日自个的角色就是那"酒篓子"，任务就是让对方"吃好、喝好"，敬酒、陪酒可是自个的强项啊！

席间，徐师傅思量，没听说厂子最近要招工啊，而且万晓阳她们这一批刚进厂，就是再招也不会这么快，这恐怕是冷彩莲的单相思，所以不能说招工的事，让孙队长感到有压力，就是冷彩莲自己也会显得急功近利，这餐饭它就变了味，到头来自己这个吃客变说客也跟着不那么光彩，于是徐师傅想尽量扯些轻松点的闲话，问候道："大哥，最近还好吧？"

久违的这一声大哥，像有一根看不见的线，把两人连了起来，唤醒了孙队长对当年的记忆，那曾经有过的辉煌足以使他身上的每一根神经兴奋，也为徐师傅驾驭这个饭桌上的舆论导向做了铺垫。

“好个啥，跟着那帮他爹妈都管不了的兔崽子，还有得好?”孙队长佯装怪嗔地说。“是啊，劳领导费心了，看你又黑又瘦的，今日个你老嫂子好好犒劳犒劳你。”冷彩莲逮住话头马上接茬。

“你别听他在那儿瞎掰，他起小就没白过，连那腚都黑得跟那啥似的，现在他一天不是跑上边，就是回厂办事，一个月待在村里就那么可怜的几天还不是歇在凉房里，太阳想晒他都够不着啊!”徐师傅明损暗捧地说着。

“你眼红了?”孙队长带着几分得意，歪着头，看着徐师傅说。“岂止是我眼红，你问问这厂里有几个不眼红的?”徐师傅煞有介事地说。“可当初又有谁愿意去呢?”孙队长说。

“要不咋说你水平高，有眼力，能力强，有福气，连老天爷都罩着。”这话是孙队长当年自个说的，徐师傅此时带着恭维的口吻原话奉还。

“呵呵，算交了一回狗屎运，说到底还得感谢大伙看得起、信得过。”孙队长此时被众人捧着，又几杯酒下肚，令他的血液循环加快，那黝黑的脸上也泛着红光，这些客气话到了也没能覆盖住他脸上闪烁着的兴奋和自豪。

建国不失时机地敬上一杯：“祝孙队长大富大贵，步步高升!”

笑声、杯盏的撞击声响成一片，可冷彩莲的心里却直打鼓。眼看着酒过三巡，菜碟子也轮番发出轻松的微笑，可连“招工”这俩字都还没人提到，冷彩莲耐不住了，本来她也知道，厂子最近不会招工，但自从晓阳这批人进厂后，冷彩莲这心就不安生了。她一会儿想，刚招了人，一时半会不会招了，一会儿又想，既然这上头的招过了，下边就该轮着咱老百姓了，明知现在还不会招，可这心里总像揣了个兔子，蹦蹦跳，不做出点表示，就像对孩子不住似的，于是自己给自己找理由：即使现在不招，将来招时，点上那好些人，不得有个先来后到嘛，对，就得早动手。

冷彩莲像侦探似的侦察着，好不容易发现孙队长回厂了，狠狠心，杀了家里正在下蛋的老母鸡，又起个大早，拿了全家的肉票到市里买了两斤半肉，现在统统一顿造光，可不能连个响都听不着，于是冷彩莲直奔主题，问：“最近招工的政策是不是有变化?咋从学校里招了?”

孙队长一时不知如何应答，说是吧，那不等于砸了自个的招牌，以后谁还巴结他；说不是吧，明明刚招了一批。倒是徐师傅反应快，出来为其解围，说：“不会，这是国家的基本国策，万晓阳这一批是一个特例，当年他们的父母出生入死，算是一个补偿吧，是一次性的。接下来，该咋着还得咋着。”

“那俺老熊也是流过血的，咋不补偿补偿俺。”冷彩莲顺势问道。这真是个谁也没法回答的问题。“咦，老熊呢？”大家这才发现没见着这屋的男主人，徐师傅这一问才岔开了话题。

“他，头痛，歇着啦。”冷彩莲应道。实际上是老头不让她折腾这档子事，她怕他添乱不叫他出来。徐师傅心想：如果谁顺着这个杆往上爬，不定哪儿就会碰着这婆娘的自尊。他赶紧转移话题说：“大哥，萍儿这孩子我可是看着长大的，起小就听话。”“是，是，在点上表现也不错，尤其是这一年，能吃得苦，群众反映也不错。”孙大人也理会了徐师傅的用意。冷彩莲似明白过来，接话说：“都是孙队长教育有方。”

徐师傅见他的引导起了作用，生怕话头再绕回去，于是接着发挥，说：“这上山下乡虽说让孩子受了点委屈，可那也是一种锻炼啊，对他将来走上社会的好处不可估量啊！就拿红梅和万晓阳来说，这一比，差距就出来了，红梅进厂时年龄也跟万晓阳差不多，可那多懂事，多讨人喜欢，而这个万晓阳呢，都叫人不知道咋说。”

一提到万晓阳，冷彩莲来了神，说：“咦，咋的啦？讲卫生啦，漱口了？你那个臭嘴还有啥说不出口的？”徐师傅知道编排万晓阳就等于讨好眼前的这个女人，毕竟白吃了人家一顿，那就让万晓阳来买单吧。但当着成建国的面，又不好怎么说，于是徐师傅换了一种说法，从关心的角度对建国说：“唉，我说建国，你也教教你那徒弟，别一天不分时间、不分场合，有事没事把个‘师傅’老挂在嘴上，那天早上，我从厕所出来，被她一叫，吓一跳，等了半晌，光见她咧嘴，也拇说个啥，你们听说了吧？那天她还叫老向‘刘师傅’。”

冷彩莲哈哈大笑起来，徐师傅说：“这都是你的功劳，那天开会时，不是你叫老向老流嘛。”“啥活也不会干，好话、恼（坏）话也听不来，那是该她师傅教的事？她爹妈干啥去了？”徐师傅接茬：“她爹妈干革命去了，她要是在农村锻炼上几年，保准不会那样。”徐师傅依然把持着他的舆论导向，表演着他的左右逢源。

红梅心里泛上一阵酸楚：对人家一个女孩家，干嘛说得那么难听。但在这些人中，哪个都比她资历深，在这儿哪有她说话的份，但反过来一想也是，以前和万晓阳同行时也看到过她跟人打招呼后的尴尬。

吃完饭，红梅回宿舍，正碰上万晓阳到水池接水，于是她迎着她走过去，然后在她面前站住，猛然叫了一声“万晓阳”，眼睛直愣愣地盯着她看，嘴角一撇一撇的，欲言又止，似笑非笑。晓阳愣住了，问：“你要干什么？”红梅仍然不语，万晓阳又说：“唉，我说你到底有什么事呀？这样子傻不傻呀！”

红梅扑哧一声笑了，说：“我在给你照镜子，你也知道这样子挺傻呀！”“好啊，你笑话我。”万晓阳说着就举着空脸盆朝红梅晃了晃，红梅上前一把搂住她，说：“我刚从冷师傅家吃饭回来，他们随便说起来，我给你提个醒，以后注意一下就行了。”

“他们都说我什么了？”万晓阳问。“没说什么具体事，就说你打招呼什么的叫人挺别扭的。”说完红梅又一本正经地说：“哎，我跟你说，真的，在厂子里，跟在外面不一样，见了人不一定非得打招呼，你想，一个厂的，这么多人，大家都认识，抬头不见低头见，哪有那么多话说。对特别熟的，招呼一声，对一般关系的，就当没看见。”

晓阳听着，还在为刚才“镜子”里的形象自惭形秽，浑身的血直往脸上冲，对红梅的话也没特别认真地听，但最后一句，她倒听得真：对一般关系的，就当没看见。这还不好办，她又做回了她自己，而且是矫枉过正，平日走路平视前方，对人视而不见，人们又说她才进厂几天，这眼睛就长头顶上了，还不是仗着爹妈当官。

冷彩莲无事生非

那个早晨，冷彩莲从王师傅那儿挖出了秘密，并发布了这个爆炸性的新闻，她觉着像是露了一回脸似的。她端个茶杯，对红梅说一声：“今日个焊挡板，你把料摆摆好。”然后就到各工位去察看，她心里也有了一种好奇，想好好看看安再文的那个妮子“庆云”，平时就觉着那女子那双眼睛妖，更想从他们两人的表情上揣摩揣摩那事是不是真的，于是冷彩莲站在与铆工班交界的那个过道上往维修班的方向张望，见安再文的床子上是另一班的人在上班，有些扫兴，正欲打道回府，忽听有人说：“我们家属院卖带鱼，是机关从内地拉来的，按户分，师傅，你要点不？我妈能多买。”

一瞧，原来是小马跟他师傅文昌德说话，冷彩莲一下子就想到了万晓阳，也想弄一份，但想到自己平日里对人家总是鼻子不是鼻子，脸不是脸的，当然不好意思直接开口，就告诉建国让他去说。

以建国的为人，他就是馋死也断不会开这个口的，可师傅之托还是不敢怠慢，于是这事就在肚子里转呀转，成了这一天的一块心病。眼看就要下班了，想起师傅期望的眼神，建国终于铆足了勇气开了口，对万晓阳说：“听说你们家住的机关大院分带鱼，能不能帮买一点？”

万晓阳连弯都不转一下，直接回了一句：“要是有带鱼，我们家还不够吃呢。”把建国一下子撞到了南墙上，连在不远处的冷彩莲也听得清清楚楚。冷彩莲那脸上又臊，心里又气，当下就想找个什么事报复一下，一抬头看到不远处清理完现场的陆茵正在锁工具箱。

冷彩莲走上前，问：“干冲压怎么样？”“说不好，因为没干过别的，没比较没法说。”陆茵看着她笑着说，说完就往外走。冷彩莲赶上她，和她并排走着，还把脑袋凑得很近，显出很关切的样子说：“这还用比嘛，肯定是不好，既没技术又不安全，现在食堂的老李就是在冲床上被齐齐地压掉了四个手指头，一辈子就完了，只能卖饭票。”

“哦，那么可怕。”陆茵有些伤感，接着说：“当初不知道，是我自个选的，没办法。”“胜么你自己选的，那是任书记耍了个花招，本来车间定的是万晓阳分冲床，你上焊工的。”冷彩莲鼓动着腮帮子大声地说。“唉，只怪我自己来晚了。”陆茵说。

“这不是早晚的事，肯定是万晓阳那妮子给车间使了套，那妮子看着不作声，心里可鬼着呢。”冷彩莲极尽挑拨之能事。“冷师傅，现在你给我说这些还有什么用呢？”陆茵有了一种被人往伤口上撒盐的痛楚，而且对万晓阳有了排斥之感，她不想让人看出来，很快就调整了自己的情绪，敷衍道：“不过我还是要谢谢你告诉我这些，最起码今后我会更加小心。”

“咋没有用呢？你现在就可以找任书记，要求给换回来，听说你的父母也是大官，还说要对任书记登门拜访，任书记可高兴了，在车间到处宣扬，叫他们登登门，拜访拜访，肯定行。”冷彩莲说着说着她的话就变了味，那重点已经不只是诋毁万晓阳，而变成如何帮陆茵脱离“虎口”了，但在陆茵听来就有些刺耳，尤其是那“登登门，拜访拜访”使她更觉着有了一点嘲讽的味道，于是她勉强笑了笑，说了声：“谢谢你的好意，我还有事，先走了。”

“真是热脸蹭了个冷屁股。”冷彩莲自觉讨了个没趣，往回走时看到建国在一旁整理工件、清扫场地，万晓阳靠着工具箱，手里拿着本书翻着，冷彩莲就气不打一处来，她一步迈上前，冲着万晓阳喊：“哎，我说，你也干点活儿，别老捧着那叠擦腚纸看个没完，你这么爱念书，不好好在学校待着跑到这儿来干什么？自古都是徒弟打杂，你师傅自个在那儿扫地，你看不见？”

“我师傅扫地不行啊？这书可是我师傅给的。”冷彩莲被万晓阳怼了一句，愣在那儿，连建国也愣了一下，建国幡然醒悟似的说：“噢，噢，师傅，她要扫来着，是我让她看书的，青工快考试了。”热脸又蹭了个冷屁股。冷彩莲心里像吃了苍蝇肉似的，嘴里嘟囔着：“这怕是命中注定吧，要不我咋姓冷呢。”

红梅放下手中的活计，跑过来，捅了捅万晓阳，一是觉着师傅受了一个学徒的顶撞，这脸上不好看，她要说说万晓阳，所以她才敢明目张胆地跑过来，二来也是想劝劝万晓阳，给她点拨点拨，于是大声说：“喂，你跟我师傅怎么说话呢？”然后她压低了声音说：“我说你真是傻得不透气，你抬头看看，这满车间哪个师傅不是在那儿抽烟、看报、侃大山呢？”

自打进厂来，红梅处处维护着万晓阳，万晓阳看红梅像个大姐姐，红梅的话也就有了权威性，这时晓阳才意识到自己确实是缺心眼，以后，她的师傅也才免了“日日清理”的尴尬。就这样，万晓阳在似懂非懂的磕磕碰碰中，揣摩着“徒弟”这个角色。但那时她做梦都想不到，她的命运会和她的这位师傅有何干系，可一次意外改变了她的人生轨迹。

夕阳余晖里的一条狗

自从那晚母亲把一叠钱和票交给万晓阳以后，第二个月她从家里取走的就不再是那年月特有的票证，而是母亲早就办好的粮户关系，还有一个好听的说辞：把户口转到厂里，以后好分房子。万晓阳临走时，母亲还是动情地说了一句：“以后还是可以回家来看看的。”就像送客人时常说的：“好走啊，以后常来啊！”而这些人日后多数是不会再来的。

母亲用了“可以”，在前面又加了个“还是”，这基本上就把“回家来看看”的意思表达得几乎完全没有这个意思了，万晓阳又一次想到：真怀疑我是不是她亲生的。这一回，万晓阳意识到，从此她就从这个家里被正式地“开除”了，这样，这家就不好轻易光临了，她回家也就成了偶尔为之的事情，偶尔回家一次，打心底里，一是想解解馋，二是到大院的浴室洗个痛快澡，仅仅这些，万晓阳还觉着理不直、气不壮，往往还要加上填表需要问情况，或取东西等这些冠冕堂皇的理由，她才肯“偶尔”一回。

这里的八月天，天不热，但太阳从早到晚挂在天边，空气中弥漫着焦躁的气氛，人总是有点晕乎乎的，你看这一车劳作了一天的人们，每一张面孔都呈现出难耐的疲惫，于是疲惫像一种病，很快蔓延开来，车里静悄悄的，只有汽车引擎一丝不苟、孜孜不倦地唱着它的歌。

随着一声惨叫，厂交通车戛然而止，司机下车，只见一条黄狗倒在汽车前轮下，被车轮推着前进了2、3米，狗口鼻流血，已奄奄一息了，司机叫大家别走近，保护现场。

一会儿，从路旁的民房里陆续走出了几个人，小心翼翼地将狗从车轮下抬出，几个人围着狗，口中念念叨叨，像是在致悼词。司机上前搭讪，被用手拨到一边，其中一人顿时醒悟，大家一齐对车撒气。有的用拳头猛敲车前面的玻璃，有的用脚猛踹车门，形势有些紧张，几位家住市里的中层领导赶紧下车，经研究，并与狗的主人协商同意，赔了20元钱（那年头相当于一个二级工半月的工资），对钱，他们好像没有什么异议，但对方意外地提出了要司机给狗鞠躬，好像是以告亡灵的意思，司机是个山东汉子，性格倔强，怎么也不肯低下高贵的头，僵持着。

高大魁梧、一身霸气的宋军走上前来。他冲狗点了一下头，伸出两只长长的臂膀，把那家人往路边赶，嘴里说着：“钱赔了，躬鞠了，再闹可就过了啊!”突然，一位妇人拉着长调，带着哭腔喊出：“挠是心痛挠的狗啊!”这凄凉的一嗓子叫得大家心里沉甸甸的，晓阳的心里更像是打翻了五味瓶。

那条狗走了，没给世界留下什么，但却给晓阳，或许还有车上的很多人留下了一份记忆：夏日的一个傍晚，在夕阳的余晖里，几个人围着一条狗，一脸的肃穆，还有那凄凉的一嗓子，曾经组成了一个很和谐、很温暖的世界。

万晓阳感触更深：自己和家人之间怎么就找不到这种和谐？现在，她甚至有些羡慕那狗在家中的崇高地位，那女人的一嗓子也总在耳边回荡，心里那长期遭受的冷落就逐渐勇敢无畏地成长壮大起来，迅速在血液里汇成了一股浩浩荡荡的洪流，心灵深处的孤单和愤懑一次次地被激活，像唤醒了一条冬眠的蛇，在浑身乱窜，寻找着一条排遣的通道。

万晓阳怀着这种自悲自戚的心境到家时，家里已用完了晚餐，晓红正面对房门坐在饭桌前看书，见她回来，头都没有抬一下。

万晓阳到厨房看了一下，连残羹剩菜也没有，心中不悦，准备煮点面条，一回头发现晓红正偏着脑袋观察着厨房的动静，心里更不舒服了，晓红那眼神像在监视一个外来的贼。

万晓阳打开煤气要点火的时候，晓红坚决地制止了她，说："别点了，气不多了，去拉气的车还没回来呢！""那我吃什么？"晓阳不满地问。现在连"吃吧，吃吧"的待遇都取消了，看来自己真的是被扫地出门了，那条冬眠的蛇又一次被激活。"那不有馒头嘛。"晓红扬起头摆了摆，转身回房去了。

晓阳从小在江南长大，养就了一副吃大米的肠胃，刚来时，有一次把馒头慢慢地掰成小块，然后用菜汤泡了吃，这一点，母亲当时就看不惯，说："怎么？掰吧掰吧这馒头它就能变成了米饭？"今天，在这种心境下，看到发干的馒头更没了胃口，晓阳一转身，出了厨房，回屋里来了，见晓红已在屋里，晓阳就打开柜子，找衣服准备去洗澡。

"大小姐，怎么？不吃啦？"晓红的话语中有一种嘲弄、挑衅，甚至还带着点幸灾乐祸的味道。晓阳白她一眼，没吭声。"哟，这馒头不能吃啊？真金贵，爸妈上干校那会，我跟小强有时连馒头也没得吃呢。"晓红尖酸刻薄的话语从身后飘来，她像拿着根棍在扒拉一条菜虫，这虫子已经蜷起了身子，把头缩到了脖子里，可她还是不肯罢休，继续挑逗。

这时母亲在她屋里搭了腔，说："我也是从那个家走出来的，到朝鲜还不是照样爬冰卧雪，人要适应环境，否则你将来怎么在社会上生存。你从小没受过苦，这样不行的。"母亲像在单位里作政治报告。

晓阳突然觉得今天这一幕好像并非"纯属偶然"，而是母亲和晓红事先串通好，为了给她补上一堂忆苦课，也许压根儿就是为了把她彻底赶出家门而联手造的势。晓阳一声不吭，她能说什么呢，但语言好像变成了一股气，不是从嘴里吐出来，而是顺喉管吞回肚子里，胀满了整个胸腔，脑海里刹那间卷起了风暴狂澜：那狗、那家人，仿佛又听到了那女人凄凉的一嗓子，突然，车轮下的狗变成了自己，血淋淋的……她想象着，她的母亲会像那女人吗？不，不会的，只一瞬间，晓阳就给出了答案。

晓阳在柜子里使劲翻着，发现自己留在家里的两件换洗衣服已经不在原来放的地方，显然晓红整理过柜子，把她的衣服也扫地出门了，晓阳气愤至极，问："我的衣服放在柜子里怎么不见了？"

晓红给她放到了一个装破烂的纸箱子里了，但现在要明着说出来就显得确实理亏，于是含含糊糊地说："不知道，你又没交给我让我给你看着。"

晓阳又埋头把柜子里的东西往外翻，而且越来越烦躁。

"我明天要去住院。"母亲在她屋里说，因为下午她已把这个消息告诉过晓红，所以现在她虽未点名，而实际上是告诉晓阳一个人的。

晓阳头都没有抬一下，像是听到诸如"早点睡觉，明天上班不要迟到"之类的话一样，"嗯"了一声。

母亲等待着，总该有点下文吧，最起码问一下什么病，但没有，母亲惊呆了，张大的嘴巴好久都没有收回去，心里想：这小孩心怎么这么硬？她想起了把这个消息告诉晓红时的情景：那是下午下班回家后，母亲说："医生要我住院。"晓红马上放下手里正在摘的菜，走到母亲身边问："那一定很严重了吧？""转氨酶很高，肝大三指……"母亲还没有说完，"妈！"晓红扑到母亲身上，手伸到母亲的上衣里，好像她真的感到母亲的肝正在长大，晓红"哇"的一声哭了起来。

可现在……哎，人世间只有一种无奈，是没有任何东西可以补救的，这便是：子已养而情不在，它像一枚又尖又长的钉子，插在心上，一碰便会流血，此时的母亲，疼的不只是肝，还有心啊。唉！从小不在一起生活所以少有感情，这也许是人的天性吧，这院里好多人家都是这样，母亲这么想着，聊以自慰。

母亲在房间收拾明天住院要带的衣物，她看到了那件给晓阳新织的毛衣，她拿着毛衣来到姐妹俩的房间，说："晓阳，这件毛衣你收着。"

晓阳一转身，眼前一亮，这件毛衣是玫瑰红色，织着凤尾花，开着当时刚时兴的一字领，晓阳想象着，毛衣已经套在了她的身上，里面配了件白衬衫，正当晓阳伸手去接的时候，一只长着粗壮手指的肥厚手掌已经狰狞地抢先落在了那上面，晓阳一愣，接着就听到晓红说："她上班每天干活，也穿不出什么好，把我那件绿毛衣给她吧，打了也没多长时间。”只一瞬间，那手指就弯曲成了抓斗型。

“也行。”母亲似乎不假思索就认了这个理，接着就把手缩了回去。

沉默，沉默，这件事像一阵风一样一逝而过，只有晓阳在重新审视着它，她开始第101次怀疑眼前的这个人是不是她的亲妈。“我真怀疑我是不是亲生的。”晓阳胸中的风暴狂澜终于冲开了闸门，经由语言宣泄出来，算是对这件事的审视结果。

“你说什么？你怀疑你不是我亲生的?”母亲显然生气了，她接着说：“你不用怀疑，倒是我要问问你，像你这么不懂事的孩子，如果不是亲生的，没办法，我把你弄来干什么!”

“既然不喜欢我，又为什么生下我，难道是我自己要到这世上来的吗?”那条被唤醒的“蛇”一窜一窜地给她鼓劲，晓阳表现出了异常的激动，嗓音不停地往上拔高。这些话她平日里确实想过至少100遍，今日里它竟顺嘴溜了出来，还有一种一吐为快的“爽”。

这真是一个可怕的事实，父母把孩子生下来，这孩子就是一个“吸客”，他吸走了你的金钱、时间和精力，留给你的只有责任和负担，但这怪谁呢？孩子们并没有要求被生下来，因此他们永远占着上风。自打万晓阳回家以来，母亲常常因为她的种种“出格”而头痛，但她总是用这种理念压抑自己，说服自己，以尽量宽容的态度对待她。但今天女儿把这话甩在她的脸上，母亲还是受不住了，说：“早知道你长大是这样，还不如刚生下来时，就把你掐死!”显然她被激怒了，声调也在“步步高”。

“现在掐死也不迟，省得活着受罪。”积郁在心中多日的委屈，对晓红的愤怒，对母亲偏心的积怨终于爆发了，晓阳仰着头，向着母亲走去，其实，当时连她自己也不知道她到底要干什么？但咄咄逼人的气势使母亲一时不知所措，身体本能地向后倾，一个趔趄，母亲“啊”了一声，跌坐在地上。

“你还敢打妈!”在晓阳还没回过神来时，晓红飞起一脚，踢在晓阳的小肚子上，一阵钻心的痛，还手嘛，她从小没打过架，这胳膊、腿真的还不知道怎么使唤。

只见母亲脸色发白，胸脯起伏，浑身发抖，晓阳开始意识到自己闯了祸，但她的犟脾气又使她不会拐弯，她下意识地向门口走去，当手触到那冰冷的铁把手时，她的心禁不住颤抖了一下，当她转动把手时，她迟疑了，手停了下来：我要往哪里去？出去了还进得来吗？

母亲的后脑勺好像长了眼睛，看到了她的这个举动，只听到母亲的尖叫声："滚，快滚，永远都不要回来！"晓阳的后脑勺也"看"到了母亲咬牙切齿的神情，她的心往下一沉，猛地拉开了房门，快步冲出，"滚"出了这个家。

身后，房门"嘭"的一声关上了。

每一扇门的关闭都意味着一个结束，一扇轻轻关上的门留给人的往往是怀念和留恋，重启时的企盼和憧憬。而一扇猛然关上的门则要可怕得多，它是最终判决的表白，其中的每一个人都知道把门关上之后接踵而来的揪心之痛，以及再次开启的遥不可及。真是应验了母亲的这句话，这扇门再也没有对她开启。

劫难

晚上8点多了，万晓阳无处可去，只好上了回厂的公共汽车，她脑子乱极了，想着刚才发生的事，也怪自己反应慢，你一把抓过来，母亲还能再夺回去？如果那样也就没有后面的事了。

万晓阳的思维还在继续，回家这几个月的生活像电影一样，一幕一幕在脑海中翻滚，其实母亲对自己也没有什么不好的，可自己为什么对母亲总是那么生疏，几个月叫的"妈"加起来不足十次，而且每次都得像气功师在发功前运气一样，让气流在口中聚集好一会，才能喷发出来，好像叫个"妈"也必须有足够的能量。是啊，如果不是亲生的，她把我弄来干什么？万晓阳突然发现自己对母亲是不是太过分了，她甚至有些内疚。

汽车停了，售票员喊："下车了，下车了。"直到售票员站到她的面前，万晓阳才发现车上本来不多的几个人全都下了车。还有两站路，晚上九点以后，车不往前边去了。

路灯，黑夜里的光明使者，两盏之间的距离本来就很远，有的还提前"下岗"了，更何况左边的路灯还装在高高的"河堤"上，因而它们有限的光亮能施舍到路面上的就更加有限了。但晓阳一点也没有感到害怕，思绪还在继续：我是不是应该回家给母亲道个歉，不过要等母亲气消一消才行，对，就这个星期天，我还要买些东西，先到医院，仿佛看到了母亲谅解的笑脸，但母亲住哪家医院呢？晓红肯定不会告诉我，不行，我得问问小强……

其实，在万晓阳下车后不久，一个黑影就跟在她的后边，他阔背、光头，穿一件深褐色上衣和黑色长裤，他专往阴影里钻，像一个摇来摆去的幽灵，只不过晓阳的精力高度集中，全然没有察觉。

到距厂子四五百米的地方，那个人赶上前问了一句："同志，海天机械厂是在前面吗?"万晓阳转过头，"嗯"了一声，一点都没有引起警觉，反而有了一种有人搭伴同行的安全感，侧转身问："你也往那儿去?"

"嗯，嗯，挠的亲戚在那厂。"说时迟，那时快，那人突然伸出双臂，把她的胳膊和身体紧紧地抱在怀里，往右一拐，冲进了路边灯光施舍不到的地方，侧身倒地，将她带倒，又一个侧滚翻，将她按倒在地上，粗暴地就去扯她的衣服，衣领勒紧了她的脖子，这刺激太突然，万晓阳的神经来不及反应，脑子里一片空白，思维停止了，连"救命"之类的词语都没有反应上来，只是本能地张大嘴，使尽气力，气流冲出，发出"嗷嗷嗷"的叫声，撕心裂肺，两只脚在路面上乱蹬。

一道手电筒的光柱从"河堤"上循着喊声往路面上照，有人急切地走动并大声地喊："谁，干什么?"暴徒爬起来，仓皇而逃。

万晓阳依然不会思考，苍白的脑海中浮现了一个此时连她自己都弄不清含义的字——逃，这是人类生存的本能，她跳起来，继续"嗷嗷嗷……"地叫着，像拉着响笛的救火车，呼啸着奔向厂子。

传达室老宋头看到万晓阳衣衫不整，呼啸着冲进厂大门时，他立刻拦住了她，一把把她拉进传达室，问："阿么了？出啥事了?"

"他，他……"万晓阳用手指着后面。老宋头往外看了看，没见什么人，但看看这孩子现在这副样子，上衣扣子开了几个，衣服裤子上都是土，知道出事了，他似乎明白了什么，马上提醒她："别喊叫，让人听见不好。"然后安慰道："现在回到厂子了，没事了，你啥也不用怕，把这一壶开水提上，回去洗洗睡觉，啥也别想。"

万晓阳压根儿没去动那个热水瓶，回到房间就和衣躺下了，苟爱琴上二班，她灯也没开，望着天花板，头脑全被那可怕的念头占据了：那个男人抱过我了。

老宋头犯了难：这事要不要汇报？看样子，不该发生的可能已经发生了。汇报了传出去，这孩子的名声可就完了。他想掩耳盗铃，就当自己没看见。可是不汇报，一则自己失职，二则，那个恶人如果再做第二次，第三次，那自己岂不成了姑息养奸？如果乱子再大一点，那岂不是对人民的犯罪？权衡再三，他还是在第二天早上一上班就来到了厂保卫科。

干事小李接待了他："宋师傅，有事吗？""也冒（当地方言：没）啥事。"说没事，可他并不走，而是拉过一把椅子坐了下来，老宋头在寻思：对这个毛头小子说不说呢？凭他的经验，在人的是是非非里，嘴巴的严实度是和官衔的大小成正比的，所以他决定只对科长一人说，但这时他看到李干事脸上的和颜悦色明显地消失了，代之以一脸的冷漠与不屑。

老宋头犹豫了，小李站起来，以一种愈加浓重的轻蔑口吻说："看来你的事是科长级的，你坐这儿慢慢等吧，我还有事，先走了。"

老宋头赶紧站起来走到小李的面前，像小时候玩"老鹰抓小鸡"那样，摊开两手，挡着小李的去路，说："别，别，别走，我不是不给你说，我确实想说，但是我现在能给你说的是，冒想好这事咋开口。"

"好你个老宋头，说绕口令呢？啥事还这么难开口，不就是要困难补助嘛，你先填个表，科长来了也是这个章法。"小李伸手去开抽屉，看样子是想去拿表。"不，不，不是我自个的事，是工作上的。"老宋头赶紧说。

小李用了一种惊讶的语气说："咦，工作上的？那哪能不说？"

人卑言自善，老宋头一本正经地说："是万晓阳，她昨晚10点多钟慌慌张张地从外面跑回来，好像是遇着坏人了。""好像是？到底遇着没有？"小李问。"我没问，一个老头子，怎么好开口问人家大姑娘这事。"老宋头答。

"什么老头子，大姑娘，你是在值班，这就是情况，也可以说是敌情，怎么可以掉以轻心呢？"

老宋头头上开始冒冷汗，嘴里连连说："挠失职，挠失职，挠没有李干事想得周全。"他现出毕恭毕敬的神态，接着说："具体情况挠实在是不知道，只看到她晚上10点多钟进厂，衣服有些乱。"

老宋头走后，小李向当地派出所报告了这件事，只说昨晚10点多钟，我厂一女工路上可能遭人拦截，情节好像不是很严重，本不想惊动你们，报告一下，你们好备个案。完了，他就把这事扔到脑后去了。

再说这手电光，水磨商店斜对面是一所中学，传达室的值班员听到叫声，立刻跑出来，就是那一声正义的"谁，干什么？"和那一束并不强烈的手电光，让暴徒仓皇逃窜。事后，这位值班员也向当地派出所报了案，只是例行公事，绝无邀功之意，也许他压根儿就没意识到，正是那一束白光和厉声大喝中止了暴徒的犯罪，因此在汇报中没有提及。可能是听到了皮鞋蹬路面的哒哒声，他还加上了“搏斗”之类的想象情节。所以到今天早上，接班的干警只是从值班记录上看到“听到女子的叫声，哒哒哒的搏斗声，后来有人逃跑的脚步声”等字样。

问出来的案件

第二天早上，万晓阳醒得比较晚，头昏脑涨，眼圈发黑，硬撑着嗡嗡直叫的脑袋，晃晃悠悠走到车间时，建国正在东张西望，因为昨天下班，看到她坐交通车回家，今日早上车上却没见着她，建国就在想她是不是病了，看到万晓阳这般模样，就说：“是不是不舒服？回去休息吧，今天的活我一个人也能干。”

万晓阳无精打采地说：“不用，我没病，只是没睡好。”她想，车间人多，一干活，自己就不会再胡思乱想，所以她宁愿在车间待着。

早上十点多钟，陈技术员来了，她把建国叫到一旁，小声地说：“任书记叫万晓阳到车间办公室去一下。”

书记的办公室里，两张办公桌，书记、主任面对面坐，两张桌子并拢着拼成一个正方形，摆在大大的窗户下，靠门的这边就空出一大块。现在，两位干警坐在任书记的桌前，保卫科的刘科长和李干事坐在主任的一边，任书记拉把椅子坐下来，主任没地儿坐就靠墙站着。当万晓阳被领进来的时候，正把脑袋凑在一起说话的各位，一齐把脸扭向了她。

万晓阳眼圈周围的那一圈黑晕，衬出了几分憔悴几分疲惫，昭示出她曾度过一个不眠之夜，事件在各人心里的分量陡增。李干事将自己的一把椅子拖到门旁边靠前一点，让万晓阳坐下，又去关上门，然后他回到原位，背靠着桌子，两手一撑，挨着刘科长坐到了桌子上。

任书记也把自己的椅子往侧面挪了挪，这样，这块平常不起眼的空地就显得格外的大，窗子里射进来的阳光照得万晓阳眼前一下子明晃晃的，她觉得自己像站在舞台上，但演员只有自己一个，而观众却是一堆人。

干警想知道这个事件的经过，犯罪嫌疑人的情况，这个事件是否构成一个案件，与前几日市里发生的一起类似案件是否属同一案犯？它的定性当然要弄清她到底被伤害到什么程度；厂保卫科的领导们也想知道详情，以采取相应措施杜绝类似事情的发生；任书记最关心的是这娃到底被咋样了，这可关系到娃的一生。综上所述，大家关心的问题焦点都是：她到底被怎么样了？于是一道道疑惑或是探究的目光“唰唰唰”地射过来。

万晓阳如坐针毡，刀锋般的目光迫使她低下了头，心想：我有什么错？我晚上坐车有错吗？怎么你们个个都像是审犯人似的，还有没有天理？

任书记先开了口，说：“万晓阳，听说你昨晚上遇到坏人了，派出所的领导和同志们都很重视，现在来了解一下情况，你要把你知道的情况尽可能详细地告诉干警同志，好早日抓到坏人，维护我们这一方平安。”

任书记说话时派出所的干警不住地点头。接下来年长点的那位干警清了清他本不太利落的嗓子，说：“现在你就把昨晚你遇到的事情详细地告诉我们。”在他，这“昨晚”是一个案件的代号，可万晓阳把它理解成一个时间概念，于是说：“昨晚上我回家时间晚了，没饭吃，就和我妈吵了架，赌气跑了出来，没处去就回厂，在汽车上我有些后悔，我想……”

李干事有些急不可耐，他打断了万晓阳，说：“你先‘别想’了，挑重要的说。”“她不想咋能挑出重要的，你还是叫她好好想一想。”任书记知道李干事所说的“别想”是指别说当时脑子里的想法，要她说实际发生的事情，但他还是揣着明白装糊涂，意在提醒万晓阳别乱说。

万晓阳愣了一下，意识到他们想知道的就是那个自己最担心的，有没有被那人抱过的问题。她想，不能说抱了，那样别人就会想到她要大肚子了。因此，她一时还真就不知道该怎么说了。

办公室内一阵短暂的沉默，对面的几个人也都伸着脖子，睁圆了眼，刘科长启发道：“你下了车，后面跟了一个男的？”万晓阳点点头。“走着走着，他从后面抱住了你？”刘科长继续问。万晓阳脸红了，连忙摇头，嘴里忙说：“没有，没有，他先问我，前面是海天机械厂吗？”

“咦，你跟他搭话了？”年长的干警像猎人发现了猎物似的兴奋。“嗯。”万晓阳点点头。“你怎么说？”年长的干警继续问。“我说是的。”万晓阳答。“你回头了冒？”干警表现出一丝惊喜。“回了。”万晓阳又点点头。“那你跟罪犯当时是照面了，他长什么样？”干警那惊喜变成了企盼。

万晓阳一时答不上。

“高个？矮个？长脸？圆脸？口音是外地人还是当地人？”干警启发道。“高个，脸不太圆，有点方，口音是当地的，他说‘挠’。”“后来呢？”干警追问。“后来，后来，我吓坏了，不记得了。”万晓阳说。

所有的人都缩回了脖子，有些泄气。李干事先开了口，他是从目击者老宋头那儿得到消息的第一知情者，于是说：“据老宋头讲，你当时失魂落魄，衣服凌乱。这是怎么搞的？他撕开了你的衣服？他还脱……”

刘科长觉着小李说得太露骨，他捅了一下小李，小李闭上了嘴。年轻的干警进一步引导：“你想，你和他面对面站着，不会就老那么站着吧？接下来，他拉过你，在你的脸上乱亲，然后抱着你……”

万晓阳涨红了脸，忙不迭地摇头，一边说：“没有，他没有在我的脸上……”“乱亲”这个字眼，她说不出，就跳过了，“抱住”这个情节，更不能说，就直接说：“我就倒在地上了。”

“啊？”所有的人又张大了嘴，伸长的脖子又向前探了探。

“是推倒了？带倒了？扳倒了？放倒了？摔倒了？还是你自己躺倒了？”年长的干警发问。他一下子说出了这么多倒法，对面的人露出了赞赏的神情，一个“倒地”被精确地归纳成这么多种“倒法”，他们可能也是第一次听到。

万晓阳以前从来不曾考虑过，对它们的具体含义还真的分不太清楚，她知道是那个人抱着她一块倒的，她不知道这应该算哪种倒法，她还要想一想。

大概是估计他的这些倒法一般人一时还难以区分，年长的干警诠释着“倒地法大全”，说：“以我看，自己躺倒是不可能的，你不会自觉自愿躺在地上，摔倒可以排除，从你头、脸、手等外露部分没有伤可以断定，你想，人直挺挺地站着，突然倒下去，摔在水泥地上，那还不搞个头破血流；推倒、带倒、扳倒都有外力，那样倒下去都会有伤，所以，只有一种可能，那就是‘放倒’的。”说完他停了停，看看大家的反应。

对面的人频频点头，边说：“是的，是的，有道理。”晓阳此时真给说糊涂了，她胡乱地点点头，其实这已经涵盖了她最忌讳的那个“抱”字。看到她点头，对面的人都惊愕了。

接着年轻的干警问：“他把你放倒以后都干了些什么？”“不记得了。”万晓阳摇摇头。“他有没有解你的衣服扣子？”年轻的干警按着自己的思路启发着。万晓阳点点头。“他还解了你的裤带?”万晓阳摇摇头。“他压住了你?”万晓阳又点点头。“他往下拉你的衣服?”万晓阳先是摇摇头，接着又点点头。

“那个人自己脱了裤子没有?”万晓阳又摇摇头，然后她歪着脑袋问：“他脱裤子干什么？那儿又没有厕所。”

大家面面相觑，谁也没有张口来回答这个让人难以启齿的问题。看到人们的反常反应，万晓阳不知道自己又说错了什么，于是拖着哭腔说：“我真的不记得了!”

万晓阳这样不停地点头和摇头，这么幼稚的发问，终于使对面的人明白了，这女孩还真的太小，真的什么都不懂，她说的恐怕全是实话，那个事情真的没有发生。这时年长的干警联想起值班记录上写的“听到女子的叫声，哒哒哒的搏斗声，有人逃跑的脚步声”，基本上可以印证这一结果，于是，他换了一种轻松的口吻说：“没出事已经是不幸中的万幸，当然，这也是你自己抗争的结果，听说你表现得很勇敢，在那种情况下还和歹徒搏斗。”

在没有思想准备的情况下，人的第一反应往往是真实的，测谎仪就是基于这个原理发明的，但当时万晓阳的面前并没有一台测谎仪。也许万晓阳觉着自己又没做错什么压根儿就没必要撒谎；也许面对着公安和这么多领导，她觉着不应该撒谎；也许以她十六岁的社会经验还不懂不撒谎的后果，总之，事实是她立刻回答道：“我当时吓都吓瘫了，浑身发软，哪还有力气搏斗。”

刚才那个被大家确认的结果所产生的轻松和喜悦，几乎无一例外地只在对面每个人的心中晃了瞬间，就被这一句大实话排挤得无影无踪了，人们又产生了众多的疑问：一个人高马大的男人对着一个已经吓瘫的少女，把她放倒在地却突然跑了？这可能吗？他为什么要跑呢？良心发现了吗？生这种歹心的人有良心吗？听老宋头讲，万晓阳当时失魂落魄，衣冠不整。这不是……

就是这多余的回答给人们留下了无尽的遐想，干警临走时郑重地说：“想起了什么，随时向我们报告。”

人言可畏

本来就是一个意外，经过持续的发酵，它终于茁壮成长为一个案件。保卫科的工作在厂里从来都排不上号，逮着这么个机会，自然要做足文章。他们以此为鉴，制定了厂部关于加强安全保卫工作的六项措施，“女职工晚上不要单独外出”自然是其中之一，尽管没人提万晓阳的名字，但它隐含在这项措施里，连同着负载的信息，万晓阳一时就“成名”了。

社会大众处理这种事的原则是，舆论不去谴责歹徒，而把歧视和议论一股脑地抛向了受害者，受害人也往往难以理直气壮地告上法庭，而是遮遮掩掩，打掉牙往肚子里吞。传话者添油加醋，听话者如堕入半空，云里雾里，既不会全信但绝对不会不信，加上单调乏味的生活、工作需要调味品，换了张晓阳、李晓阳也一样，更能吊起人胃口的是：主角是人们平日里就不喜欢的，令他们羡慕、嫉妒、心理不平衡的万晓阳。

下午开完会，距下班还差几分钟，一堆人站在车间门口叽叽咕咕，七嘴八舌道：“别胡说，任书记不是都说了嘛，未遂。”“任书记还不是听她自个说的，巴不得多一事不如少一事呢，这又不是什么好事，谁会把屎往自个脸上贴。你想，一个弱女子瘫在地上，那还不想咋整就咋整。”

冷彩莲快步走来，抢言道：“什么听她说的，压根儿就是替她包着，遮遮掩掩，你想，如果没那事厂子犯得着还专门下个文件嘛，任书记也是，这事你能包得住吗？瞎起劲，白操心。依我说，她现在就应该离厂，到一个没人认识的地方去。”不知道冷彩莲此刻是不是还在想着她儿子招工的事，可显然别人已经悟到了，有人立马回应说：“她离了厂也不能把你儿子顶进来。”“我说要我儿子顶了？你别在那儿瞎说，我这是为她好，一个女孩家出了这种事，也真是！”

真是什么？一个女孩家出了这种事叫人惋惜？吃了这个亏，那眼睛再不会冲天了？还是说这老天爷真长眼，替她出了这口憋在心底的闷气？或是还有别的什么？一个“真是”，味全了，全得说不清，只好“真是”了。

几天之内，人们就演绎出几个版本，从“英勇搏斗”到“半推半就”，晓阳走到哪里，人们的目光就齐刷刷地向她射去，那是一种审视的、玩味的、负载着诸多想象的目光，只有冷彩莲目光独到，总在她的臀部扫描，据她说女孩子少女时代的结束，生理变化首先从这里开始。

本来，这“抱过”的包袱已经压得万晓阳心里沉甸甸的，而现在一张张有意无意注视着她的脸让她感觉简直就是下雨天披棉被，越背越重。

万晓阳是一个没有心计的女孩，平时也不想事，可在摔了这么大的一个跟头后，她开始反思了，想来想去，错就错在自己“实话实说”，而且偏偏说出个“吓瘫了”，这三个字此前在脑子里连晃都没晃过一下，为什么它就溜出来了呢？是自己具有诚实的高尚品德吗？非也，自己从小就是被哄大的，“狼来了”的故事姥爷姥姥不知道给她讲了多少遍，可那只是个故事，现实的结果不是谎说“狼来了”的孩子被狼吃掉，而是自己的真话把“狼”给招来了。

万晓阳总算悟出了点心得：都是“真话”惹的祸，控制声带最重要。干警说“英勇搏斗”时，如果自己什么都不说，还像先前那样胡乱地点点头或摇摇头，那结果会是怎么样呢？点头，没准人家会说你是女中豪杰或是铁姑娘什么的；摇头呢，也许干警会说：“还挺谦虚的。”可启动声带说出的话带给她的却是灭顶之灾。

厂子的后围墙外边紧挨着一条三米多宽的土路，路的另一边连着一小段乱石、杂草丛生的空地，前边就是一条有四五米宽、两米来深的沟，人称羊毛沟，不知是否过去里面尽是羊毛，反正现在是没见着，里面长着杂草、灌木，堆着石头和零星的炉渣，再前面一片开阔地后就是层峦叠嶂的高地。后围墙上开个小门，锻工和翻砂车间熔炉里出掉的炭渣由小门送出去，贴围墙根儿堆着，隔几天就清理一次。门前的路常常被炉渣占去一大半，连运渣车都进不来，到时还要先用架子车运到围墙界外的大路上装车。

这天厂子组织人清理，晓阳和娄庆云都来了。晓阳吃力地举着铁锹，半锹东西都装不到车上，哗啦啦又撒到了地上，庆云突然觉得万晓阳是不是真的被怎样了，她走过来，给她一把扫把说：“你扫，我来装。”

在运渣车走后的空隙，娄庆云和她坐下来，问：“你是不是不舒服？我看你脸色不好，你们班长也是，怎么还派你来？”“我们班就我没用，不派我来派谁来。”万晓阳说。“别那么说，反正我们进厂晚，什么苦差事都跑不了。没人心疼自个心疼，干活可得悠着点，有什么不好赶紧上医院。”娄庆云说。

“这些天我天天都不好，头晕、恶心，浑身没劲。”万晓阳认真地说。“真的?”庆云愕然：“不是说那人没把你怎么样吗?”“还要怎么样嘛!”万晓阳答。“怎么还要？那他到底把你怎么样了?”庆云显得很着急。“就那样了。”万晓阳害羞地低下了头。

“如果那样了，那可是个定时炸弹，了不得的，拖延不得的。”庆云说着，然后她把头凑过来小声说：“要不要我陪你上趟医院?”“哦?”万晓阳吃惊，不语。“你也别太难为情，这又不是你自己愿意的，坏人害你的，怪你的什么嘛。”庆云说着，充满了理解和同情。

万晓阳眼睛湿润了，说：“难得你能这么想，我心里好受多了，可别人看我的眼神像看街上的疯子。”“也不都那样，你也别太往心里去，其实人家说这事也是出于新鲜，并不一定是对你本人怎么样，况且现在说说，很快也就过去了。”娄庆云安慰道。

万晓阳觉着娄庆云是个好人，她不会和她师傅干出那种事吧，是人家瞎说的，于是满怀感激地说：“听你这么说，我的心里真的不那么沉重了，你真是个好人，他们说的‘玻璃片’不会是真的吧?”

真是蠢人说傻话，既然你认为她不会干出那种事，就利利索索地说“你肯定不会干”就完了，而她偏要用“不会是真的吧?”这个问句，这个句子的关键词是“真的”，虽然前面用了“不会是”来否定，可一个“吧”字加上一个问号就把否定的意思给否定了一大半。

“你说呢!”庆云撂下一句转身就走，心里骂着：愚蠢至极，活该!

陆茵

2004 年 4 月某晚的新闻联播，画面上的一个影像让陈技术员大吃一惊，张开的嘴，半天都没有合拢。

这不是 20 多年前和自己同坐一个办公室的那个小姑娘吗？她怕看错了，屏气静声，与记忆中的那个形象比对着：脸上甜甜的微笑、浅浅的酒窝、眼神中流露出的自信在陈技术员的脑海里珍藏了几十年。没错，是她。屏幕右方竖写着她的名字。

真是苍天有眼，天道酬勤。她经历过高考差三分，两分，一分的炼狱般的磨难。无疑，她成功了，成了国家的栋梁之才。当时她正在介绍从北京某大学引进的教授，到本地一所大学当校长以来所取得的成就，和对本地教育和科研工作的推动。陈技术员陷入了沉思，回想着这位成功女性在花季少女时代所走过的人生起步之路。

陆茵分到冲床上以后，她按自己制定的学习计划，不上班的时间就继续自学她的高中一年级课程，有不懂的记下来，第二天上班时问师傅，工作学习两不误，她觉着这样挺好。但那天冷彩莲为报万晓阳不给买带鱼的仇，到她耳边摇唇鼓舌说着冲床的危险和可怕后，这心里就不是滋味，回家后显得没精打采，母亲疑惑地问：“怎么啦？不舒服？”“没有。”陆茵无精打采地说。“和人生气了？”母亲紧逼着问。

“没——有。”陆茵拉长了语调，显得不耐烦，但看到母亲站到那儿怔怔地看着自己，就叹了口气说：“只是心里挺憋气，我现在干的冲压挺危险，听一个师傅讲，原来我分的不是冲压，被别人换了，说只要你们去找一下车间领导，就能换回来。”

母亲显出了为难的样子，说：“只怪你当时犹豫不决，去晚了，现在要换回来，难度就比较大了，这样吧，我明天就去厂子一趟。”

父亲从里屋出来，说：“你到厂子干什么去？”“随便转转不行啊，我早就在电话里跟她领导说过要登门拜访的。”母亲说得理直气壮。“我看你这个门还是不要登了，如果没有这个事情，作为家长去了解一下女儿的情况，很正常，可现在你去明显让人家领导感到一种压力。”然后父亲又转向陆茵问：“这个冲压是你自己选的吧？”“是啊，可我当时没料想危险有那么大，只图了师傅是个大学生。”陆茵回答。

“现在你师傅不是大学生了吗？”父亲问。“没有啊。”陆茵回答。“那就是了，一个人做事不能要求所有的好处你全占，有一得必有一失，你图了个好师傅那就不能太挑剔工种，再说，有些事情它已经发生了，就不可以逆转，比如，一个房间里有两把椅子，如果你先进去了，你可以坐第一把椅子，也可以坐第二把椅子，还可以两把轮流坐试试哪把舒服，可如果你是后进去的，那就只有坐那把空着的了，如果你硬是觉着别人坐的那把好，要人家让出来，你想想这可能吗？”父亲用低沉而严肃的声音说着，让人不容置疑。

母亲点点头说：“是挺难的。”父亲又用一种告诫的口吻说：“人什么时候解决问题首先要从自身考虑，这是最可靠的，也是最可行的，所以你现在只有一条路，就是以后上班专心致志，加倍小心。”

为满足企业整顿和生产发展的需要，职工教育被提上了议事日程，车间根据生产技术的要求，开办了基础知识及各工种技术学习班，晚上在小学校上课，工人们的积极性也空前的高，连五十多岁的老师傅也来听课，这令站上讲堂的陈技术员大有扬眉吐气，倍受尊重之感。在学习班进行的摸底考试中，一块进厂的四个人中，花名册中文化程度最低的陆茵，考试分数却最高。

在课堂上，陈技术员发现陆茵许多知识已经掌握但学习依然认真，对老师布置的作业也和其他人一样按时完成，而且难能可贵的是，本来她是住在家里的，可只要当天有课而她又上白班，不管当天讲课的内容跟她的工种有无关系，她晚上都会主动留下来，吃晚饭时就打上一暖瓶开水，吃完饭提着早早到教室，把黑板擦干净，桌椅摆摆好，几次下来陈技术员越发觉着这个姑娘有着与她的年龄不相称的涵养，正好她在搞工时定额测定，忙不过来，就跟任书记提出借陆茵帮忙。

任书记虽然早有将其调离冲床的想法，可碍于主任的面子一直不好有什么动作，正好有这个台阶，他当然乐意，于是他到厂里要了个民工，陆茵就被替换了下来。任书记不过是借用了一下陈技术员给他搭的台阶，想下台阶的心思他是早就有了，从陆茵进厂的第一天起，任书记的第一印象就确定，这是一棵要求上进的好苗苗。

陆茵跟着陈技术员，每天抱着厚厚的一本工艺操作规程，对每道工序的完成时间进行实地测定，还要综合考虑设备、操作者的技术水平等因素，对原技术科编工艺操作规程时拍脑袋拍出来的定额进行修正，不几天她就能独立工作了。

任书记又到厂人事科，要给她搞个统计员的名分。人事科长一脸的惊异，说：“老任，你吃错药了吧，一个进厂才几天的毛丫头，你就想让她以工代干?”“真的，这娃不一般。”任书记很认真，没在意对方的挖苦。“那可说好了，没有定员，你车间掌握使用。”人事科长勉强答应。

陆茵自打坐进这办公室，每天早来晚走，把两个办公室打扫得干干净净，她向陈技术员学习统计学知识，用数据营造一种崭新的生产氛围，除了做生产统计报表，还把各班完成生产任务的情况制成图表挂在办公室的墙上，不仅使车间的工作成绩一目了然，而且还在车间营造了一种竞争的风气，每个班长都觉着这“柱子”它得月月往上长，还要比别的班长得高，那每个职工就得天天好好干，令书记和主任顿感这管理水平上了一个台阶。

陆茵还进行统计分析，提出建议，有了具体的数据，车间召开月度生产会时，领导就有了具体的说辞，而且主任、书记一些以前必须自己写的总结、报告等也由她代笔，她成了车间一个少不了的“管家”，连老师傅们对她都有些敬重，任书记更是有了一种革命事业后继有人的兴奋，他早就认定自己余生的革命生涯也就是在二车间这个圈里蹦跶了。

由于陆茵参与了工时定额测试，所以在执行中有人嫌工时少，不敢找技术员吵，因为隔三岔五的岗位技术考核得技术员说了算，或是知道吵了也白吵，就拿陆茵出气，说些“你懂个啥，有什么资格定这个工时，你知道这活是咋干的，老子开始干这活那会儿你还在你妈肚子里转筋呢”之类的话。

确实，陆茵当时只有十五岁，可她却能以一个成年人的沉静，平和地给予解释或是向有关方面反映，于是任书记又认定这是一个很有定力和主见的人，只是她常常把自己的主见隐藏起来，寻求沟通，才避免了和工人之间的摩擦。任书记认定，这是一个不可多得的干部苗子，要让她继承党的事业首先必须从政治上培养她，任书记给了一个政治舞台先让她学着表演，在任书记的授意下，进厂几个月的陆茵就被选为车间的团支部组织委员。

万晓阳的事情发生后，陆茵感到不可思议，她认为，在整个事件中，万晓阳有什么错？人们为什么那样对她？她能够想象晓阳所受的压力，于是特别留意她的行动，陆茵发现万晓阳总是设法避开人群，下班后不是像别人那样直接去食堂，而是先回宿舍，等人走得差不多了才去买饭，于是，她就每天买了饭后不像原先那样端到宿舍去吃，而是在食堂边吃边等着。

这一天中午，陆茵一直没有看到万晓阳来买饭，就吃完饭后又买了一份到她的宿舍去，陆茵走到门口，看到门是关着的，听了听，里面一个声音狠狠地说：“你的丑事家属院里传得沸沸扬扬，爸妈都快气死了，妈叫你闭上嘴，少丢人现眼。”

陆茵知道这是万晓阳家里的人，所以不好敲门进去。就听到万晓阳的声音说：“这能怪我嘛，那天要不是吵架，我能那么晚往回跑嘛。”“还不是你自个骚，苍蝇不叮无缝的蛋！”一个很大的恶狠狠的声音冲出窗外。

陆茵能想象到那人撇着嘴的轻蔑神情，她觉着这人太过分了，于是敲门，门开，一个高大的女孩子夺门而出，陆茵还没有来得及看清她，她就飞快地迈上了出四合院的台阶。

万晓阳此时正蜷曲着身子，斜躺在被子上，头埋在被子里，屁股落在床沿上，陆茵想象得出起先她是坐着的，刚才那女子的一席话把她击倒了。是的，妹妹那句恶毒的话语一出口，“嗡”的一下，万晓阳的脑袋“呼”地胀大了，像在那个被暴徒扳倒的一瞬间，她的脑子又变成了一片空白，她抱着头，趴在床上哭了起来，直到陆茵进来，她都没有抬头，毕竟，别人再叽叽咕咕，还没有一个人会当着她的面说，说什么她更是不得而知，而现在，硬把屎盆子往自个头上扣的竟是自己的家人，万晓阳彻底地绝望了。

陆茵掰着万晓阳的身子晃了晃，装作什么也不知道似的，脸上挂着笑说：“怎么，还没吃饭就瞌睡了？快吃，我给你买来了，快起来，趁热吃了，下午还要上班呢。”然后她轻轻地带上门，走了。

陆茵万万没有想到，这个刁蛮妹妹的恶语相向让万晓阳彻底崩溃了，甚至心里生出了杀意。

呐喊

庆云的一句“你说呢”，而不是“谁说的，我饶不了他”令万晓阳更加惶恐，会干那事的她都看出了或是觉出了点什么，提出要我上医院，那八成是有事了，我该怎么办？偷偷上趟医院，如果到妇产科给厂里人撞上了那不等于向全厂广播：我怀孕了。

这些思绪缠绕着万晓阳，连在梦中都不得消停，还花式翻新地演绎着种种延伸的情节，她惊醒后越发后怕，一天到晚头昏脑涨，看天，看地，看周围的一切都是昏黄的，像漫天都飞着沙尘，万晓阳只要一上马路，哪怕是在厂子里，不管是白天还是晚上，总觉得身后有脚步声，吓得不敢回头，可两条腿一下子变得飘轻，走得飞快，忍不住往后一看，啥也没有，却引来了人们诧异的目光和窃窃私语。

万晓阳听不到人家在说什么，但那神情告诉她，是在说她。确实如此，因为她有那个不幸，不幸过后还有现在这样的种种不寻常，人家就要议论，探究探究，探个究竟。这真不能说人家庸俗、无聊，这是人之常情。那年头没有手机，没有信息满天飞，没有明星的八卦，身边好不容易出了点动静，还能让它浪费了？每天重复刻板的生活死水一潭，有人扔块石头进去，激起一朵浪花，这浪花是梦，别人做，自己看，日常生活是清汤寡水，这浪花是盐，是醋，是味精，让我们的生活多少有点味道。

下午上班，红梅见万晓阳没来，就替万晓阳请了一会假，说她可能睡着了，她去叫她。到宿舍，见万晓阳两眼红肿，以为她还在为别人的议论而伤心，就说："怎么啦，还为那事伤心？我说你到现在还犯傻，没事也叫你哭出点事来了。记住，有些事是要强制自己忘掉的，自己不把它当回事了，别人慢慢也就淡忘了。"

万晓阳想到娄庆云也是这么说的，本来，她真想淡忘它，可现在自己的家人都把它看成如此的奇耻大辱，恶语相加，那别人岂能看轻，再说，这事它本来就不轻，从那天娄庆云的口气里她听出来了，难道真的到了那一步……她不敢往下想。

万晓阳什么也不说，只是不停地把桌上自己的东西往一块收，红梅问："你在干什么？下午不上班了？""是啊，不上班了，这儿我是一天都不想呆了，我要回老家去，你能不能借我点钱，一到家就让我姥爷把钱给你寄来。"万晓阳答。

"钱我倒是有一点，全拿给你都没关系，不过你可想好了，你一走工作可就没了，搞到这份工作可不是容易的。"

"红梅姐，我真的支持不住了。"万晓阳轻声说。

红梅爱怜地看着她，说："你太紧张了，你不要想它，慢慢就会好了，再说，如果你走了，人家会更肆无忌惮地编排你，比如说你怕肚子大了给人看出来呀什么的。"话虽这么说，但红梅心里明白，万晓阳受的打击太大了，绝不是她的几句话就能奏效的。

"红梅姐，不瞒你说，我也是怕腰变粗，肚子变大。"万晓阳很认真地说。

"啊？"红梅愣了一下，那心一下子像提到了喉咙眼，问："那人到底有没有把你……"后面的话她不知该怎么说了。"那个家伙抱了我，我姥姥说了，女人要是跟男人挨一块儿，就会腰变粗，肚子变大。"万晓阳说。

"哈哈哈……"红梅手捂着肚子笑得直摇晃，说："你姥姥是哄你的，怎么会呢？""啊？"万晓阳眼睛睁得大大的。

红梅收住了笑，在那个年代，她真的不知道该怎么跟她说，她既不想让晓阳觉着自己懂这些而看轻自己，又不忍心让她这么糊涂来折磨她自己。于是她仰脸想了一会说：“唉，我问你，那人有没有扯你的裤子?”

万晓阳幡然醒悟，她想起干警也问过同样的问题，她想，这一定很重要。于是她没有急于回答，而是认真地回想了一番，最后说：“没有。”“那好了，我告诉你，你不会腰变粗，肚子变大。”红梅松了一口气，确定地说。

过后，红梅把这事汇报给了任书记。也不知她是怎么讲的，随后，任书记就走到陈技术员桌前，很是担忧地说：“我看万晓阳的事没这么简单，她都想到了大肚子，她想回老家去。”“你不是去调查过了吗?”陈技术员不解地问。

任书记忧心忡忡地说：“可没问出个所以然来。我到四中问了那个报案的传达，他不知道事情的结果，所以开始啥也不肯说，后来，我说人没事，他倒开了口，没好气地说，既然人没事，你还来找什么事?我赶紧赔一个笑脸，说人没大事，可小事还是有的，你想，一个女孩经了那么个事，吓也吓得够呛，思想上负担很重，万一想不开……作为车间领导，啊，你说是吧?在这种情况下，他才说他喊了一声，估计就是这一声起了作用，可是谁知道这一声是喊在事情的开头还是末尾?”

陈技术员心里沉甸甸的，说：“现在看来，那一声画的应该是句号了。”自打出事以后，每天看着万晓阳低着头从车间进进出出，眼中淡淡的哀怨倒使她更具备一种独特的魅力，陈技术员真是打心眼里怜惜又替她着急，流言蜚语可以不去理会，但如果有了实质性的内容，那就必须尽早处理，否则，那才真叫毁了她的一生呢。

现在领了书记的旨意，陈技术员这个车间唯一的女干部，更有了一种使命感，她想，唯一的办法就是找个熟人，悄悄去趟医院。第二天，趁周围没人，万晓阳一人干活的时候，陈技术员悄悄地对她说：“咱们都是女的，我是过来人，你的事是可以搞清楚的，比如通过医院证明，还你一个清白。当然，如果是真‘那个’了，造成后果了，那更要趁早解决，所以我想陪你去趟医院。”

“红梅说了，我不会‘那个’，可别人不信，再说也没用，连我家里人都不信，到医院有什么用?”万晓阳说着抬起头，一脸的无奈和茫然，说完又埋头干活。陈技术员纳闷了，会不会“那个”怎么会是红梅说了算的事，她悟出，她所说的那个，可能是指大肚子，让这样一个单纯的女孩，摊上这等事，老天也太不开眼了。

突然，万晓阳猛地抬起头，眼圈发红，含着泪水的眼睛里，射出一道冷光，她举起手中冒火的焊枪，像握着一把闪亮的刺刀，大声地喊：“我现在只想拿刀杀人！”

这歇斯底里的叫声使远处干活的人不约而同地转过头来，陈技术员在无意间又一次揭开了万晓阳的伤疤，这伤疤流出的血承载着仇恨。陈技术员的心一沉：一个单纯的女孩永远消失了。

万晓阳那带着血腥气的怒吼声在车间回荡，使许多人为之一震，连车间里那些巨大的“铁肺”都像瞬间停止了呼吸：正沿着行车轨道行走的一大摞钢板立马站定，吊在空中；冲床的大飞轮骤然停住，剪板机那切割金属的刺耳声响也消了音，车间顿时鸦雀无声。

陈技术员一转身关掉了氧气瓶的开关，焊枪喷出的火焰慢慢熄灭。

冷彩莲突然从她的工具箱前面冒了出来，冲这边喊：“谁惹了你，你去杀他，在这儿逞什么能。”这一嗓子吸引了更多的目光，有人往这边走来。

“陈师傅……”万晓阳双手搭上陈技术员的肩膀，身体颤抖着，哇地一声哭了出来。

“冷师傅，你就不要再火上浇油了。”陈技术员一边扶万晓阳在旁边的凳子上坐下，一边对冷彩莲大声说，冷彩莲的脑袋一下子消失在了工具箱后面，然后陈技术员对往这边挪动的人大声喊：“都回去干活去，这么个小姑娘，遇上这等倒霉事，她最需要的是什么？是大家的关怀。”

万晓阳双手搭在膝盖上，头埋在臂弯里，全身抽动，一种强抑制着又终于抑制不住的哭声，从她的膝头飘出，一声声压抑的、痛苦的唏嘘，仿佛是从她灵魂的深处艰难地一丝丝抽出来，织成一张悲伤哀怨的网，向四方延伸，触动着一根根的神经，人们默默退了回去，有人发出了叹息声。

几个氧气瓶躺在板车上，建国吃力地推着走进车间，看到人们往自己的工位张望，建国赶紧放下车赶过来，疑惑地问陈技术员：“阿么了？”

“她心里难受，发泄一下，现在没事了。”陈技术员说完又扭过头，爱怜地看着万晓阳说：“你说是吗？”

万晓阳已经站了起来，点点头，用手背擦了擦眼睛，脸上强挤出一丝笑对陈技术员说：“谢谢你，陈师傅。”然后转向建国，说：“师傅，你回来了，要我帮你去搬吗？”

“不用，你把这料往那边堆堆，腾块地方放氧气瓶。”建国说完就朝过道边的板车走去。”

“你太敏感了，人心都是肉长的，许多人还是想帮你的，你误会了。”陈技术员拍拍万晓阳的肩膀，转身向办公室走去。

陈技术员确实想帮她，她的一位高中同学后来上了医学院，现在在本市的一家大医院当大夫，她知道现在说怀孕是扯淡，但谁又能保证说她肯定不会呢，既然她自己有这种担心，而且这个魔咒在精神上不断地摧残她，令她几近崩溃。现在能拯救她的唯一办法就是设法证明那个事情根本就没有发生，到医院开个诊断证明，不管这在万晓阳的身体上是否真实，陈技术员相信这位同学大夫的神通一定能使它在纸上“完好”。

爱心总动员

陈技术员一进办公室，陆茵马上转身对她说：“陈师傅，都怪我，没把那天的事给车间汇报。”“噢！是这样，万晓阳的这个妹妹也真够歹毒的，等书记回来了你再给他说说。”

原来这严重后果里还有她妹妹添上的浓墨重彩的一笔，于是，任书记叫上陈技术员一道，去万晓阳家做了一次家访。

那是一个星期天，只有晓红在家，当得知来人是晓阳单位的领导时，晓红立刻流露出反感的神情，他们一进门，晓红立刻关上门，站在门边，很不耐烦地说：“我父亲现在在出差，母亲还在住院，我是她的妹妹，你们还有必要跟我说什么吗？”

“本来是没有必要跟你说，可是，你父亲不在家，母亲又有病，那怎么办呢？”任书记佯装很为难的样子说。

“她自从进厂后就不在家住了，出了什么问题也得厂子负责，你们找到家里来干什么？”晓红说完又转身把门拉开了小半边，把头探出去左右看看，然后返身重又关上，背对门站着说：“你们可以走了，而且以后也不要来了，省得别人看见了又会说三道四，你们还嫌对我们家的名声损得不够吗？”说完就伸出一只手去拉门把手，摆出送客的架势。

任书记此时也拿出了不信邪的憨劲，但他还是控制了自己的情绪，说：“出了这档事，大家都很痛心，外人的闲言碎语，伤害了你们全家，我们也深表同情，你到厂子里对你姐发泄发泄我们也理解，可是你有没有顾及你姐的感受？”

晓红的情绪渐渐平息，任书记接着说：“你换位思考一下，这事如果发生在你身上……”

“这事不会发生在我身上，我不像她，那么骚。”晓红截住了任书记的话，鄙夷地说。

“她干了啥事？你把这么个脏字扣到她脑门上，你个姑娘家说话也留点口德。”任书记说。这时还有一句话也溜到了他的嗓子眼：当心生个孩子没屁眼，当然他没说出来，咽口唾沫把它硬给吞了回去。任书记接着说：“我今天代表组织郑重地向你宣布，你姐她遇上那么个事，她个人一点责任都没有，如果要追究的话，你们家要负八成的责任，如果不是大晚上回厂，她能有那事吗？”

晓红一下子愣了，没想到这件事还可以这么解读，她的气焰不再嚣张。任书记问：“你前两天到厂子去了？”“去了，咋了？她干出那丑事还成了什么大人物了，见都见不得了？”

“什么丑事？我告诉你，你姐那晚也就是虚惊一场，实际上什么事也没发生，这是医院的证明。”陈技术员一脸严肃，说着将一张盖着人民医院红印章的纸在晓红眼前晃了一下，就收回去了。完了她继续说道：“别人当闲话说说，无关痛痒，你姐也听不到，可自家人用那么肮脏的字眼，打她的脸，那不是用刀子捅她的心嘛。”

任书记愣怔一下，看看陈技术员似有会意，接着道：“没人说你不能见你姐，关键是看怎么个见法，你姐她遇到那么大个事，多么希望得到家人的理解和关爱，可是你去都做了些啥事？说了些啥话？作为家人你不但不给她安慰，相反的，连个外人都不如，外人谁能当着面说那么难听的话？我可跟你说，这狗逼急了会上墙，兔子逼急了还会咬人呢，你姐可是放出话了，她要杀人，我们今天来就是给你们透个话，再不要刺激她，否则出了问题对谁都不好。”

晓红已经在洗耳恭听了。“真的？”晓红这一回是认真面对了。“我能拿这话唬你？”任书记看到了效果乘胜追击，说：“所以你要改改说话的习惯，不要动不动就把一些脏字往你姐头上安，把脏水往你姐身上泼。”

“她要杀谁？”晓红怔住了，眼睛飞快地在对面的两个人脸上扫了个来回就又很快移开了，像是急于知道又害怕知道。

任书记盯着她，那眼神似乎在说，这还用问吗？你一定知道我会怎么说，而我却偏不说。事实上他也不敢说，毕竟“杀”这个动词后面是不好想当然地加上一个名词的。“你说呢，嗯？”任书记慢条斯理地反问道，而且在“说”的后面来了个大喘气，又在“嗯”的后面拖了个长音来了个高八度。

“啊!”只见晓红嘴巴张得挺大，眼珠子嵌在眼眶里不会动了。她整个身子往门上一靠，后脑勺一下子碰到了门上，发出了一声闷响，同时铁门在突如其来的外力冲击下，撞在门框上发出巨大的响声。稍许，晓红缓过神来，那态度立马一百八十度大转弯，脸上也挤出了点笑容，她上前一步，拉出餐桌边的两把椅子说：“请坐，请坐。”说着就去拿杯子准备给他们倒水。

任书记立刻把手摆了摆，说“不用客气，既然你家大人不在，我们就走了。”“别，别，”晓红赶紧上前阻拦说，“既然来了，就再坐会吧。”她回味着任书记的反问句，毋庸置疑就把这矛头指向了自己，那死丫头毒着呢，没准真会做出点什么事来。她琢磨怎么缓和缓和与万晓阳的关系。

“不打扰了。”任书记用一种胜利者的姿态回绝了。当他们转身开门的时候，晓红有些扭捏地，极不情愿地说：“请你们代我向我姐道个歉，说我说了不该说的话。”

“这，我们咋代得了，你要真有诚意的话，写张纸条，签上名，要不到底算谁说的。”任书记乘胜追击。

晓红迟疑了一下，当眼前的二人开门要迈腿的时候，她急切地说：“请等一下。”然后从里屋拿出一张纸，匆忙写下：“姐，对不起，我说了不该说的话，对你造成了巨大的伤害，在此向你道歉，也希望你放下包袱，轻装前进。”并在下方落款：晓红。

“比她姐聪明多了。”走出门任书记说，马上又吃惊地问陈技术员：“你真带她上医院了？都检查啥了?”

陈技术员不吱声，从口袋里掏出那张纸，那是她老早前的一张病假条，无奈地说：“这种人，没有同情心，只有让她知道她所鄙视的东西是根本不存在的，她据此深感优越的东西不过是空中楼阁，她的嚣张气焰才可能收敛。”

“这事还能证明？除了肚子大了证明那是真的，还能证明么（陕西话：没）有？”任书记疑惑不解，他把“么”字拉了个长腔，“有”字用方言提高了声调，革命生涯走了几十年没听过还有这事。

“能，如果需要，我就能给弄一张。”陈技术员胸有成竹，但她不会细说，对着一个大男人，她也开不了这个口。

走过威严的门岗，陈技术员回头仰望着身后的高楼，感慨道：“还不如生在穷人家。”

看到晓红的条子，万晓阳哭了，她认定晓红并非真心诚意，一定是任书记做了工作，万晓阳被领导的关心所感动，终于破天荒地说出了“谢谢领导关心”几个字。

任书记看到了他的思想政治工作初见成效，他再接再厉，进行全方位关怀，他先是找来团支书小崔，问：“最近忙啥呢？”“抓革命，促生产。”“这些事你都干了，那我干啥去？”书记回应道。

小崔一下子愣了，品出话的味儿不对，是不是自己流露过“抢班夺权”的苗头？如果是这样，不用说今后领导给小鞋穿，就是紧紧鞋带也够他难受的，于是他用差不多是哀求的声调说：“书记，我可是你一手培养提拔的，谁的话不听，我也不敢不听您书记的话，最近有什么做的不对的地方，还请领导明示。”

“还要我明示，你个猪脑袋，你团支书是干啥吃的，万晓阳要杀人，你知道不知道？”“噢，你说的是这事。”小崔马上变得轻松了起来，用一种开玩笑的口气说：“她的这个问题嘛，青年不宜。”

“嬉皮笑脸，又不是叫你去破案。”任书记说。“知道，知道，刚才是开个玩笑，说正经的，陆茵也跟我提过，我们支部打算先稳定她的情绪，让红梅和她结成对子，和她多交心，并留意她的思想动态和行动，另外，在车间青年中开展献温暖活动，具体的做法我们支部还在研究。”

任书记又叫来了冷彩莲，问：“你这个班长咋当的？把人都逼得要杀人了。”“吓唬谁呢？她要真那样了，就不归俺管了。”冷彩莲还把这不当回事，任书记生气地说：“唉，我说你还是个女人不，你的心咋那硬，你想想看，如果这事发生在你露露身上，别人这样对她，你会咋想？”

“我撕烂她的嘴。”冷彩莲大声地说。

“将心比，同一理，这娃可怜着呢，我到她家去了，爸不疼，妈不爱，还有个刁蛮的妹妹，本来那心里就不是个味儿，你这当师傅、当班长的一天还风凉话不断，真是小肚鸡肠，不就是你娃的事嘛，跟她有啥关系？别说一个万晓阳，就是十个、百个万晓阳不进厂，也不一定就轮到你萍娃子。你想想，是这个理不？”任书记耐心地开导。

冷彩莲沉默了一会，点点头，说：“书记说的还能不在理？”于是冷彩莲又来了个180度的大转弯，她首先把那个木头小板凳撤了，对万晓阳关切地说：“别和你师傅分着坐，外人看着老晃眼。”她破天荒地让建国到她家吃饭时带上万晓阳，她在开班组会时开始表扬万晓阳今天来得早、干活主动或是卫生搞得干净，她还当着一帮半大小伙子，操着一口山东腔说：“那有啥，还不是明事暗做，哪个孩儿不是他爹妈做出来的？”她可能没意识到，这不等于向人宣布那个事万晓阳肯定是做了。

任书记又叫来了能言善辩的文昌德，说：“你们这些王老五吃了饭没事干，净在下面瞎吵吵。”

“唉，打住，我知道你说的是啥事了，这事你别找我，她那个小屁孩还不够我们瞎吵吵的级别，再说她还是我的小老乡，还一直为我穿针引线呢，只是出了这档子事我倒觉着没法找她玩了。”文昌德说。

“你少耍贫嘴，不过我今日个倒是要用一下你的油嘴滑舌，造造舆论，把那个娃在车间的印象给扭一下，你想想，这事她错的啥嘛，你们这些人书都念到狗肚子里去了。”任书记说。

“道理是这么回事，可人家就要那么看，可能是她太不会做人。”文昌德若有所思地说。

“做人？”任书记用提高的声调给“人”字后面加了个问号，在他的思想里，这“人”有先进的、落后的、大方的、小气的、品质优秀的和恶劣的等等，是人的本性，俗话说江山易改，本性难移，人岂能“做”出，活了大半辈子总也蹦不出科长这个圈，也许就是他这个人“做”得不够圆滑。

“是啊！书记，不过我总觉着这样大张旗鼓、满城风雨地搞，虽然赢得了大家的同情，但在一片‘同情’声中未必不会损伤万晓阳的自尊心。”文昌德说。“咦？”任书记现出疑惑。

“我是说会让她觉着自己可怜、可悲，有缺陷，是个弱者，更加自卑，甚至还会自暴自弃，最好的办法就是让她抹去那个记忆，就当什么也没发生过。”文昌德说话语速缓慢而沉稳，每个字都咬得很清楚。

任书记迷糊了，说：“你哪来的那些歪理？尽说些个啥都不顶的话。”

悸动的心

1981年这个春节，在建国家，万晓阳一改往日的阴沉，时时脸上堆着笑，对来拜年的客人还主动上前招呼。这让建国蒙圈了：万晓阳回心转意了吗？这是很有可能的，我们的感情经历了风风雨雨，还是有基础的。他甜蜜地回想起这棵爱苗是怎样在心里生根发芽的，它是从第一杯敬师茶开始的。建国的思绪被一根看不见的线牵着回到了那个下午。

当建国对一批活进行收尾工作的时候，万晓阳离开了，当他转身将工具往工具箱里归置时，万晓阳指着工具箱顶上冒着热气的茶杯莞尔一笑，说："师傅，喝茶。"建国觉着这个出格的徒弟开始靠谱了。

建国吮了一口茶，这一口茶意味深长，他将茶杯从嘴边移开，紧接着像烟瘾很大的人久已没有烟抽而刚刚得到一支好烟那样，深深地吸了一口气。实际上，这一向以来他已经没有在上班时间抽过烟了，只因为有一次当那白色的烟雾丝丝升腾的时候，万晓阳用手向外扇了扇，于是只要看见她，那手伸进口袋触碰到滑溜溜的烟盒时，又会自动缩回去。

很快，几乎是不自觉地建国又把杯子举到嘴边，吮了一口，脸上绽放出一个不太明显而又无法抑制的欣慰的微笑。抬眼望去，此时晓阳正在清理现场，当晓阳用那白嫩如凝脂的细长手指去捡边角料时，建国威严地吩咐道："戴上手套。"

建国那不清不楚的思绪便信马由缰地随风飞扬。万晓阳刚来不久，第一次双手握住两块铁皮颤抖着举到他眼前时，一道白光如闪电般在他眼前晃，建国握住焊枪的手竟也有些颤抖，便萌生了制作手把焊接夹具的念头。

建国找到陈技术员，带着央求的口吻说："陈师傅，我想搞个焊接的夹具，你看这手把人手拿着对吧，焊缝宽窄不一，还容易烧着手。""好啊，这个我也想搞，现在的焊缝质量确实不行，可这铁皮太薄，工艺上实现起来难度还是比较大的，再说今年技改计划已经订完了，没经费没计划你怎么搞?"陈技术员为难地说。

"你只管画图，我找人加工，他们求我的时候可比我求他们的时候多多了。"建国胸有成竹地说。"那行，我老头正好在工装车间当调度员，到时候我给他说一声。”陈技术员痛快地答应。

建国捧着笑脸，递上好烟，反复试验，这套夹具竟做成了。任书记在车间大会上表扬了他，陆茵把这件事写成表扬稿登在了车间黑板报上。

上午一上班，厂广播站的皮记者来到车间，由任书记领着来采访建国，建国正在干活，任书记叫了好几声，他都没听到。后来几乎是扯着他的衣袖才把他拉到了记者面前，可记者却像没看见似的，眼睛在一堆铁家伙里乱瞅，头也不抬地问：“那家伙呢?”。建国从墙根将它搬了出来，记者蹲下身，端起胸前挂着的相机，咔嚓一声就将它的身影吸进了镜头。

皮记者是从二车间出去的，知道这家伙的技术含量和经济价值，凭记者身份的职业敏感，他明白年初以来舆论宣传的风口是技术革新、提高工效，他可不满足于只是表扬表扬建国，让他的优美文笔随着播音员的拿腔拿调，在厂子的上空随风飘扬那么一会儿，他要让它变成铅字，哪怕是豆腐块、巴掌大的版面都行，只要他的大名见于市报，说不定还能上省报呢，想着，这脸上就不由自主地流露出自得的微笑，这才发现了站在眼前的建国。皮记者激动地给了建国一拳，说：“哥们，干得不错呀，只是害兄弟跑腿还得挖空心思整词。”

“那你还是省省吧，我那活还急着要。”建国说完扭头就走。“别，别走，兄弟今日这可是政治任务。”皮记者一把拽住他，任书记也急了，抢下他手里的焊枪，说：“这不是你个人的事，关乎车间的工作。”

“说么子（当地话，什么)?”建国话一出口自觉别扭，改口道：“你想知道么子?”“你先把这套夹具的情况介绍一下。”记者道。“原来要人两手拿着来对，现在改由这些个压板、螺栓了，就这些。”建国手指着那个铁家伙很平淡地说。

“你这是为车间解决了一道难题，别太轻描淡写了。”任书记插言道。“你要介绍它提高了工效多少倍，提高质量，噢，废品率降低了多少等等。”皮记者启发道。建国思考片刻后，说：“这还真不好说，又没有专门测试过。”

任书记急出一身汗，拿起一个手把，指着平整的焊缝，对记者说：“你看现在这焊缝多好看，你没见过去焊的，跟狗啃的似的。”

“也别把过去说得一无是处嘛，好像我们过去干的活全都不合格似的。”建国小声地嘟囔着，如一盆冷水泼下，任书记不再吱声了。

记者按照采访的惯性思维，进一步启发道：“你做这套夹具，从设计、制造、调试，直到生产出合格产品，肯定遇到了许多困难，花费了不少的心血，现在你谈谈，是什么力量促使你这么做的？也就是说你的动力是什么？”记者也觉得这是个需要拔高认识的问题，所以他说：“这个问题有点大，你考虑一下。”可建国张嘴就来，他没有说往大了说是为了干好革命事业，往小了说是为了搞好生产或提高焊接质量什么的，而是一脸真诚地说：“当初就是怕火星烧着她。”

这她，自然指的就是万晓阳。记者先是一怔，顿感失去了采访的价值。遇上这么一个大傻帽儿，真是瞎耽误工夫！皮记者满脸无奈地拍拍建国的衣袖，一转身，嘟嘟囔囔地走出了车间。

“怕火星烧着她”，这是建国当时的真实想法，没有人在意，也没有人去思量，因为所有的人都明白：他们的人生轨道压根儿就是平行的双轨道，永远也不会相交。建国每天看着万晓阳，像是欣赏一幅画，仅此而已，绝无非分之想，毕竟，在大多数人的眼中，明朝年间的南京人与当代的江南人不可同日而语。在建国心里，机关大院里的干部千金与他这个市井街巷中的平民小子原本就是不同水里的鱼，尽管有时他平静的心也会泛起涟漪。

这就是爱吗？建国自己都不敢苟同。它的存活只是想象中的花蕾，不能在现实中绽放，也不能拿出来观赏，但它却时刻刺激着他的神经，建国生活在自己虚幻的爱情里。

在干警联合问案的那个上午，晓阳在车间办公室忐忑，建国就在工位上不安，回来后万晓阳站在那儿发愣，建国问：“阿么了？”“不阿么了。”万晓阳用压根儿就不想谈的口气极不耐烦地敷衍他。

当天厂子出了个六条规定，下午开会任书记揭开了谜底。建国是一个保守的人，出了这档子事，他认定这个徒弟这一辈子算完了，他咽不下这口气，找到宋军，怒气冲冲地说：“帮找几个哥们。”“干啥？”宋军不解地问。

“到四中附近埋伏，挠要卸掉狗日的两条腿。”建国圆睁着的一双眼睛喷射出愤怒的火光。

“怎么？要吃人呀！”宋军沉思片刻又接言道：“唉，我说，你要是真为你这徒弟好，就悄悄地，别再闹出什么动静了，最近，公安抓了这帮家伙，不是还叫晓阳去指认了嘛，但结果还不是一样，除了给人增加点谈资之外还能怎样，你再折腾岂不是火上浇油？”

“那也不能就这么算了。”建国虽然觉着宋军说得在理，可还是不甘心。“不这么算了你还想怎么样？现在人们再说都是捕风捉影，谁也弄不清万晓阳到底被咋样了，可要是人被抓住了，他要是供出来，那可是板上钉钉的事了，更何况这些家伙都是晚上闹事，黑漆漆的，他能看清个屁，到时候还不是你问急了，他胡说一气，那不更害了她。”宋军挥舞着手臂，情绪激昂地表达自己的观点。建国点点头，这一回他是心服口服地说：“你说的在理上。”

宋军愣了一会儿，看着建国的脸说：“该不是看上了吧？”“胡说，就是我不在乎，我妈也不答应。”建国不假思索地一口否定。话虽如此，但建国心里还真是发生了一些微妙的变化，自打出了这档子事，那个叫作“自卑”的东西开始在心里弯了腰，一种欲望蠢蠢欲动。而晓阳又适时地用肢体语言向他传递了一个信息：她跟他并排而坐了，时不时地还有意往他身边挤挤，好像为她从前的清高道歉。万晓阳的表现更使这种欲望迅速膨胀，他的心里像给种子施了肥似的，那棵爱情的幼苗开始茁壮成长，虚幻的花蕾一点一点开始绽放。

建国一如既往地爱惜晓阳，留意她的行踪，怕她发生不测，干完活，他坐在晓阳身旁，用真诚的话语抚慰着那颗曾受流言蜚语刺痛的心，讲故事、说笑话让晓阳释放心头的郁闷，建国说：“这儿雨稀罕，我屋里老阿奶不识字，但爱听收音机，气象预报每天必听，一天，老阿奶问我，你知道这局部地区是阿里（当地话：哪儿）？我一时丈二和尚摸不着头脑，老阿奶接着说，那儿差不多天天有雨。”

晓阳茫然的内心涌起了一丝温暖，她笑了。看到她久违的笑容，建国心里轻松了许多，这轻松里还夹杂着一点点苦涩。

万晓阳的“110”

任书记的全方位关怀取得了成效，同情和怜悯回到了人们的脸上，万晓阳所到之处，人们捧上笑脸，话语中时不时还夹杂点不着调的安慰，四周暖烘烘的，万晓阳变得平和了，她学会了怎么做一个徒弟，人们好像一下子觉得平等了，万晓阳成了他们中的一员，昔日那位江南秀女实实在在地回归到了这片本不属于她的土地上，这回这“凤凰”是踏踏实实地落了架，尽管她打生下来就没在那高枝上栖息过。

像一个快要被冻僵的人看到四处突然出现了熊熊的火焰，万晓阳迷茫了，不知道该扑向哪堆火，她只知道她需要温暖，自然她选择了离她最近的那堆——她师傅点燃的火。同样，它也点燃了晓阳一直埋藏在心底朦胧的爱情之火。

自打那天在篮球场听到冷彩莲对苟爱琴传经授道时，提到了建国的名字，万晓阳的心里莫名其妙地那么“咯噔”了一下以后，一个人，就是整天在眼前晃的那个人，时不时地就往她脑子里钻。但只一闪念，就过去了，说实在的，几个月来，天天上班在一起，万晓阳竟然没有正眼看过他。现在，换了一种心境，万晓阳常想起建国的种种好处，想起那一个个不堪回首的刹那。

时间是经，空间是纬，在她和他的世界里，细细密密地织出了一连串的喜怒哀乐，其中编织进建国多少的心血和付出，只是当时的万晓阳茫然不知。这时万晓阳突然发现，一路走来，建国给予了她多少的爱，在那些凄风苦雨的日子里，是建国用温暖抚慰着她那颗受伤的心灵，晓阳心里就生出丝丝的感激，现在又这样和建国坐在一起谈天说地，心情格外舒畅，万晓阳平时冷漠的眼神一下子活泛起来，冷冰冰的面部表情也变得生动，建国在万晓阳脑子里的出现频率，一下就上去了。

自从家的大门对她关闭之后，晓阳已无家可归，也就以厂为家了。节假日，别人都回家了，四合院里空荡荡的，她在头天晚上搞完个人卫生，又洗衣服，第二天早上就肆无忌惮、心安理得地睡大觉，睡到十一点多，起来到食堂买点饭，假日里吃饭的人少，菜也做得很简单，所以吃饭对她已经完全失去了吸引力，万晓阳也曾上街改善过那么一两回伙食，可学徒每月 18 元的收入让她感到这实在是跟自己的口袋过不去，于是不得不端起食堂的饭菜，她的原则就是除了摄入维持身体运转每天所需的卡路里外，绝不肯多进食一口。

刚开始那会儿，下午，万晓阳会到红梅的屋里坐一会，老是看到红梅在读书，旁边放个本，像做功课的学生，见她来了就把书和本全合上。一次，万晓阳看到那书名是《怎么办》，想着这天下事那么多，难道还有包解百难的高招？于是问：“怎么办？还有标准答案？”说完才想起得是说具体的事吧，问：“这说的什么事？”

“是说精神恋爱。”红梅紧皱着眉头，口气淡淡地说。万晓阳想：本来谈恋爱就得有精神头，没精神还怎么恋爱？于是摇摇头，说：“不懂”。

“这是苏联作家写的，说的是一对夫妻，各住一房，早上起来必先梳洗整齐，才能互相见面，客客气气地打招呼，然后一起吃饭，他们注重的是一种精神上对对方的爱慕。”红梅解释道。

“这是外国的，中国不会有这样的事吧?”万晓阳不解地问。

“怎么不会?”说这话时，平时阳光开朗的红梅，脸上霎时挂了一层霜，那眼神也凝固了，万晓阳感到浑身发紧，问：“还真有?”一般的人看到令人家伤感的话题，会岔开，可万晓阳不会，还一个劲儿地追问。

“我的一个表姐，喜欢她的一个中学老师，可人家已经有家室了，但她念念不忘，都大学毕业工作了，还一直不结婚，每年回家去看她的老师，这不跟这书上写的差不多嘛!”红梅缓缓地说。

万晓阳弄不懂，她本来还想问：“这有什么意思呢？她会觉着幸福吗?”可看到红梅脸上的不悦，就没再说什么，她想起了冷师傅说过，红梅心气儿高，她原想撮合红梅和建国，后来又想给任书记儿子做回媒，可看到红梅整天抱本书，不食人间烟火的样子，终于还是没开口。

万晓阳听红梅说过转正后就调回老家去，现在万晓阳觉着红梅在老家可能有秘密，她不应该打搅人家，于是每个星期天下午的拜访就取消了，这下午就变得不仅无聊而且愈加难以打发了。

这天又是星期天，万晓阳又坐在宿舍里发呆。

夏日的黄昏，彩霞满天，建国背了个绿色的军用书包，下了车，他大步流星，那心里却怀着一份忐忑：我妈做的这个味道她吃得来吗？也揣着一份热望：晓阳现在的心情好吗？她笑起来还是挺好看的，只是难得一见。当赶到门口的时候，建国犹豫了：到一个女孩宿舍，背一盒饭，寒碜不？他想退回去，可那手却不由自主地敲起了门，只一刹那，门就开了，好像晓阳一直在门边等待着似的。

进到屋里，建国把书包往桌上一放，就在桌旁坐了下来，问：“你吃了没?”话刚问出口建国就后悔了：真是犯傻，没看见她正在收拾桌上的残羹剩饭吗，一个碗里是半碗炒土豆丝。万晓阳白了他一眼，说：“你说呢?”

“不知道。”建国说。“你傻呀!”不知从什么时候开始，万晓阳和他说话的神情和语调已经起了化学变化。“是傻，说你没吃呢，哪来的这些东西，说你吃过了呢，怎么还有这么些东西。”建国的话语充满了幽默感。

“师傅，你坏，你笑话人。”万晓阳说完，看着建国，见他脸上揶揄的表情，就疑惑地问：“师傅，你怎么啦？”“不怎么。”嘴里说着，心里也在骂自己：瞎眼了，看不见啊？她没吃多少。于是说：“都怪我来晚了。”

“赶火车呀，又不上班，早点晚点怕什么。”万晓阳不以为然地说。“赶不上饭点了。”建国说着打开书包，拿出一个饭盒，说：“我妈让我给你带点吃的，也不知合不合你口味。”

一揭开盒盖，油炸的黄灿灿的带鱼映入眼帘，下面是米饭。“啊！鱼，我爱吃。”万晓阳说着就拿起了筷子，他妈妈为什么要给我做吃的？我将来会不会嫁他？这个问题在脑子里闪了一下就被鱼香赶得无影无踪了。

建国坐在那儿看万晓阳吃得津津有味，他感到了欣慰，又有点好奇：吃一块鱼细嚼慢咽，把个鱼刺也在嘴里抿呀抿，建国看着着急，说：“你们那儿人都是这么吃饭的吗？”

“是啊，细嚼慢咽才能吃出味道，哪像这儿的人，大块吃肉，大碗喝酒，还没吃出什么味就下肚了。”万晓阳很平静地说。建国不作声，似乎这“大块吃肉，大碗喝酒”也成了什么见不得人的事。

晓阳突然来了兴致，接着讲：“在我们那儿，吃饭时一碗红烧肉上桌，大人不动筷子，小孩谁也不去动，天天端上来，又端下去，直到哪天，发现要臭了，大人才让小孩快吃快吃。”建国对这种习俗实在不敢恭维，回应道：“那是干什么？”晓阳睁大了眼睛说：“顿顿有肉啊！”

“怪不得你长得这么瘦，原来是吃臭肉吃的。”建国开玩笑说。“你才吃臭肉呢。”想想是自己把话赶到这儿的，于是万晓阳换了一种胡搅蛮缠的口气说：“你喜欢胖的，是吧？赶明儿给你找个大胖子。”

“行啊，只要是你找的，胖的、瘦的，我统统喜欢。”建国平静地说。

“美死你，我到哪儿给你找去？”万晓阳说。“不用找，远在天边，近在眼前。”建国看着晓阳，那眼神凝固了，是给她说，又像是自言自语。

沉默，万晓阳这才发现给绕了进去，她以前曾朦朦胧胧地想过这个问题，最后的结论都是：不可能，我才不会一辈子待在这个地方。这时荀爱琴那句“癞蛤蟆想吃天鹅肉”差一点从嘴边溜出来，只是那充满鱼香的嘴此时怎么也张不开。

建国也觉着这话说得过于暧昧，于是马上打圆场：“我胡说，开玩笑，你别当真。”

这种地域文化形成的生活习惯和意识形态的差异，在一开始就显现出来了，但被当时的状况和年轻人的激情掩盖了，他们的关系顺利发展，每到周日的那个时间万晓阳会等建国，是心等？还是嘴等？她自己也说不清，反正是一种期盼，都成了条件反射。后来，万晓阳不用等了，建国常常留下来陪她，再后来，不管什么时候，万晓阳有事就找建国，像打“110”，有了困难打“110”已经成了万晓阳的习惯。

建国开始有想头了，不再怕招致“想吃天鹅肉”之嫌，天真的他忽略了一个基本的事实，即：天鹅永远在天上，癞蛤蟆永远在地上，天鹅即使偶尔扑向大地，那也是在受伤的时候，一旦伤愈，它会义无反顾地飞向蓝天。从此，建国在自己通往幸福的道路上挖了一道永远不可逾越的鸿沟。

大成托梦

年三十那天，万晓阳装模作样地和建国像恩爱夫妻那样回到了家里。

那个沉甸甸的炸药包不只是放在屋子里的床脚下，它还压在了万晓阳的心上，时不时就在她心里爆炸一回，令她寝食难安。尤其一到夜里，看着身边的那个安详入睡的人，万晓阳心里更是忐忑不安，她有时会突发奇想：建国会不会突然翻身卡住我的脖子？她甚至想：他为什么不这样？如果这样也省得我现在这么难受了。万晓阳曾有过恐惧，甚至是后悔，但那曾经拥有的甜蜜使她很快就将它变成了一种期待和向往。

万晓阳时刻调节着脸上的表情，见了婆婆和家人也分外和气，她要把这场战前的戏演好。她帮着婆婆忙里忙外，倒让建国有些不知所措。他看着她，思量着，莫非这是要改邪归正了？他无论如何都想不到，这是灾难前的平静。

恍惚中，万晓阳来到了一条小河边，姥姥家就在河岸边的一个院落里，她看到了门前那棵歪脖子柳树，高了许多，但那头低得更厉害了，不少的枝条垂到了河里。看到了那扇漆黑的大门，门两边的院墙上爬山虎毫无顾忌地翻过墙，向外伸展着，几乎爬满了整面墙，万晓阳上前拍着门，想喊姥姥姥爷，其实她的内心是脆弱的，她需要一个依靠。她使尽了力气却又喊不出，但似有神灵相助，她飞越过院墙，在院子里寻着，飘着，张大嘴想喊，突然浑身一震，她醒了。看看黑洞洞的房间和旁边睡着的那个人。万晓阳意识到了当前的处境，回想起将她带入这种境地的种种事端，大成之死当仁不让地拔得了头筹。

那天吃完晚饭，万晓阳溜达着，不由自主就溜达到车间去了，看见建国在忙活，就问："师傅，你这是做什么？""给我师傅做个水壶，她家孩子多，她老头又有病，能占公家便宜的也就是多打点开水，前一向，两个小孩用桶抬水，不小心摔倒，烫得够呛。"建国一边用锡焊壶底，一边说："这不，我用边角废料给她拼了个壶。""你这哪是壶啊，明明就是个水桶嘛。"万晓阳满怀诧异地说。

"不一样，你看它，长着壶嘴，配着壶盖，虽然个头可以与中号水桶媲美，但它就不是桶，厂子的开水供应，是2分钱一壶，桶可是无权享受这份福利的哟，这是其一；其二，这开水是定时供应，家什们不怕日晒雨淋，早早地排起了队，这个壶全厂独一份，往那儿一站，既保证了排队的权威性，又避免了丢失；其三，当然是最重要的了，那就是安全，水不会泼出来。"建国一边说着，一边还用手比比画画。

"哇！一个壶给你说得这么神奇，我才发现原来你也挺能吹的呀！"万晓阳惊异地叫起来。"一个壶有什么神奇的，挠这不是瞎说逗你高兴呢嘛！"建国说完还意味深长地看着她，万晓阳体会到了师傅的良苦用心。

"快，快，大成晕倒了，锻工那边炉子开着不能离人，建国，你来帮忙抬一下。"任书记边走来边风风火火地嚷着。

大成是锻工，人高马大的，复员兵，刚结婚3个多月，最近人看着看着就没精神了，自己有时还说头晕，一帮人带着开玩笑的口气说："哎，我说哥们，得悠着点，自个身子要紧。"大成一脸憨厚地咧嘴笑笑。今日晚上，大成往炉子里送完料，一蹲下去就倒下了。

锻工设备，工作时因为振动和噪声都比较大，所以被放到了靠厂区外围墙的角落里。建国叫上正在上班的徐师傅，两人跟着书记赶往锻工车间，晓阳也跟了过去。

黑暗里，高大的厂房像一只巨大的怪兽蹲在那儿，一排灯火通明的窗子正对着马路，时隐时现的火光，像怪兽在眨巴着眼睛。厂房里不断发出轰隆隆的巨响，鼓风机的轰鸣声、锻锤敲打的叮当声以及熔软了的金属被敲打时发出的吱吱声交汇成大合唱。高大的烟囱直冲云端，煤烟进入，在烟囱口喷吐着火焰，向四周撒下一束束的火花，恰如点着了的爆竹。

建国几人一进来，一股股热浪迎面扑来，高温下金属的灿烂光芒晃得人睁不开眼。“在这儿呢。”任书记叫道。人们已经把大成扶起放在了凳子上。

建国问：“咋不赶紧送医务室?”“派人到医务室去找大夫了。”任书记说。

派去的人回来了，上气不接下气地说：“医务室没有大夫，只有护士小秦一个人，她说她这就去陈大夫家叫人。”

“那快，快，赶紧把人往医务室送。”任书记说着和徐师傅开始一边一个抬大成的腿，建国用手把他们拨开，说：“抬着不好走，还是我来背，徐师傅在后面扶着点。”

一个暂时失去意识的人，就变成了一块一百七八十斤重的物体了，软绵绵地直往下溜，建国把自己的背差不多弯成了一个虾米状，头恨不得能拱着地，就这么拖拉着，总算到了。在那个崇尚吃苦耐劳、大公无私的年代，一股热血直往晓阳脑门上冲，她想起了冷师傅说的：“像建国这样的，你想，他对外人都那么好，那对自己老婆还能错得了。”晓阳脸上就觉着热烘烘的。

陈大夫翻翻大成的眼皮，脸上的表情顿时凝重了起来，他飞快地写了派车单，说：“快去找申司机，他家在……”想一想，他又觉着如果一个工人去叫不一定叫得动，于是说：“小秦，还是你去叫吧，告诉他，病急，耽误不得。”然后，他开始快速地在处方纸上写着。

救护车来到的时候，大成已被放到了担架上，徐师傅和建国把担架抬到车上，大成的妻子和陈大夫也一起跟着救护车往省人民医院送。万晓阳回想起了大成躺在长椅上的情景，朦胧中那一张惨白的脸变得狰狞起来。

漆黑的夜晚，寂静阴森，外面的风号叫着，时不时可以听到风吹动窗户的声响。万晓阳不敢闭眼，把身子缩起来，一会儿望望屋顶，一会儿冲着窗户瞄一眼，然后把耳朵竖起来，听着周围的动静。现在已经是午夜时分，突然一个黑影掠过窗头，可是听不到一丝声响，她屏气敛息，胆战心惊。“吱”的一声响，门开了，一个黑影飘了进来。他先是站在建国的床边，说：“兄弟，你和我一样都毁在婆娘的手里了。”

万晓阳吓得一头缩进了被子里，全身都在瑟瑟发抖。她把被子往上扯了扯，微微睁开了眼，黑影站在了她的眼前，声音低沉地说：“收手吧，要不然黑白他老人家就派人来收你了。”她吓得赶紧闭上了眼。

一个声音幽幽飘来：“你听过十八层地狱吗？我现在就来给你打打预防针。第八层，冰山地狱，凡谋害亲夫亲妻，与人通奸，恶意堕胎的恶夫恶妻，死后打入冰山地狱。”

万晓阳从恍惚中醒来，发觉是梦却魂不守舍。那个死鬼要我收手，我现在收得了吗？那个东西我能把它取出来吗？我告诉身边这个人，说你不要去拧收音机，那不等于到公安局自首吗？我今天到了这个境地，你这个死鬼绝对功不可没。

道德的珠穆朗玛峰

那天半夜从医院回来，第二天早上，建国一如既往，一上班就开始忙活。徐师傅来到车间，本来他上二班，现在正是睡大觉的时候，可昨天走得匆忙没来得及写交接班记录，不放心来看看，另外昨晚的经历让他也憋了一肚子的气，总想说道说道。

徐师傅靠在自个的工具箱前，点了根烟抽着，在一番腾云驾雾之后，他绘声绘色地开始了讲演：“大成也真是得了个怪病，一到医院先抽血化验，结果一出来，不得了了，本来我和建国都靠着急诊室里的桌子站着，猛听一声呵斥：‘喂，注意了，别动手动脚地乱摸。’那声音尖尖的，就像这铁皮的尖角飞快划过铁板那么刺耳。”说着还顺手从工具箱顶上捡起一小片铁皮，划了一下说：“不，好像比这还尖。我吓了一跳，不知道俺犯了那条王法，我左看看右看看，这才注意到我和建国各用一只手按着桌子的一个角，我赶紧缩回手，并拉了建国一下，我们就那么讪讪地立着，我觉着有点累，就去搬旁边的一把椅子，那个声音又叫起来了：‘喂，你这人没长耳朵呀，叫你不要乱摸，还摸。’我还没回过神来，一位大夫模样的人捂着一个厚厚的大口罩，用两个手指头捏着化验单和一张写了字的处方纸，胳膊伸出去老远在那儿叫：‘谁是病人家属，拿着，转传染科去。’陈大夫接过化验单和处方纸，我和建国刚抬起担架，那个吆喝的护士忙用消毒水喷刚才我们靠过和摸过的地方，那气味刺得人眼睛、鼻子和喉咙毛辣辣地难受，合着把我们当四害了。”

“那么邪乎，他到底得的什么病啊?”冷彩莲问。

“还没查出来，申司机等着回来，把人一安排住院就回来了。听陈大夫说，可能是肝癌。”徐师傅答。

“他咋会得那个病？复员兵，平时壮得像头牛。”冷彩莲说。“听说他老婆是个老肝炎。”徐师傅说。“怪了，那咋不他老婆先得癌呢?”有人疑惑。

“这有啥怪的，像刚发出的芽子咋都比那老根长得快，刚传染上的病菌也肯定比老的发得厉害。”有人解惑。

在人们心里，这病如洪水猛兽，这大成也就变得像一颗炸弹，挨不得，连看看都觉着那病毒会顺着一条看不见的通道跑到自己身上。

今天一早，任书记和主任去看了大成，回来后召集了几个班长开会说：“大成病得挺重，父母不在这里，老婆还躲躲闪闪，说本来就是个病秧子，再守到这儿，还不升天了，所以车间得派人看护。”

“派谁呢？他老婆自己已经是那样了，还躲着，那别人谁愿意去呀。”有人嘀咕。“这婆娘也太寡情，是你给你男人传染上的，就是做一点补偿，也该守在那儿呀!”有人附和。

任书记打断了人们的叽叽喳喳：“净说些没用的，那人心坏了，你就是叫她守在那儿，你一走，她还不跑了，受罪的还不是大成。”人们沉默了，不知该说些什么“有用”的话。

“我去，谁叫我是他班长呢。”宋军说。

“那好！不过还得再去一个，得白天、晚上交替着。”任书记刚舒开眉头就又愁上心头，再没有人吱声了。

宋军把抽着的烟掐灭，站起来往外走说：“我到班里再找个人，再把工作给交接一下。”刚出门他又回头说：“我得先声明一下，估计没人愿意去，我想给点土政策，按实际看护的日子给加倍的倒休，当然，活还是我们的，谁也不会替我们干。”任书记满口答应说：“行，行，你个懒驴上磨屎尿多，没干活先要草料。”不一会宋军又拐回来了，说：“我还得声明一下，我自己不享受这个待遇，可别说这是我给自个定的土政策。”

看到宋军把这个叫人坐蜡的差事应承了下来，这屋里的气氛顿时轻松了许多，有人高声说：“把这儿当外交部了，左一个声明，右一个声明的，你就是享受也没人说什么，别不好意思。”大家哈哈一笑。

“就是给自个定的也没人说你搞资本主义，快去，快去，那人在医院里还不知咋样了。”任书记催促着。

宋军为自己的灵机一动有些沾沾自喜，心想，这土政策一宣布，这事它就不是个事了，宋军怀着一种恩赐的心情先找到了段师傅，段师傅在这儿是单身，自个做得了自个的主，再说每年探亲都要为多一天半天的假期跟他斤斤计较，没料想对方说：“本来嘛，这是个好事，多休几天拿钱都买不来的假，多谢班长想到了俺，可不巧的是，俺最近老不舒服，到了医院别说照顾别个，没准还得派个人来招呼俺呢。”

宋军又找了身强力壮的尤师傅，尤师傅不置可否地笑笑，宋军以为他同意了，不料他为难地说：“我倒是没啥，多歇几天假有啥不好，就怕老婆不依，孩子还小，把病带回来可不得了。”无奈之下，宋军又回到了车间办公室，一进门就骂起了大街：“这人都口是心非，平时动不动就说死了算逑，这还没见着阎王爷的影呢就都成了缩头乌龟。”

任书记表示了理解，说：“你先去，车间再考虑人值夜班。”任书记下到了各班里，一个一个的班长们都挺为难，任书记没有到二班来，因为他觉得昨天二班出了两个人把人送到医院，这“差”算已经出完了，他打算回办公室跟主任再合计合计。

建国追了上来说：“还是我去吧，我昨天去过，地方熟。”就这样，建国和宋军轮流值班，只有5天，大成就走了。

大成走在黎明的阴阳交替时分，大成的家人、亲戚都在休息，看到大成晚上刚刚抽完腹水的肚子又鼓了起来，而监护仪上的血压却越来越低，心电图峰值越来越短，建国赶紧叫来了大夫，叫醒了大成的家人，还自己打来一盆热水，给大成老婆说：“给他洗洗吧。”那女人眼皮儿翻了翻，说：“洗吧。”说完就走出去了，合着是建国在请示她了。

建国用热毛巾给大成先是擦了脸，又擦了手和脚，随着喉咙里“咔啦”一声响，大成吐出了最后的一口气，走完了他那二十八岁的短暂人生。

“快，快穿衣服。”建国焦急地说。大成老婆将衣服放到床边，人就退到了一边。建国给大成穿上了一只衣袖，另一只袖子就不好穿了，建国对站在旁边的几个人说：“来个人把他扶得坐起来。”

居然没有一个人动弹，建国压住心头的怒火，面对面抱着大成，给他换了衣服，又用手轻轻按摩大成的眼皮，说：“兄弟，放心走吧。”大成终于得以瞑目。建国气愤地大声说：“我倒要看看，我会不会死，人都那样了，还是亲人呢。”

这件事引得医护人员议论不断，赞赏有加，更是被厂里的人津津乐道了好一阵子，建国的形象也随之高大了许多，他被推上了道德的珠穆朗玛峰。不知不觉中，晓阳把建国与自己联系了起来，好像那军功章里也有自己的一半，每每想到此，晓阳的脸上就染上了一抹红晕。他们的恋爱大戏正式开场了。

踏青赏蝶

周日的早晨，建国和晓阳约好到郊外游玩，建国是骑着自行车从市里赶来的。

晓阳站在厂门口往来路张望，就见一人飞驰而来，他上身穿一件米色带里子的长风衣，内穿白色带淡红色竖条纹的衬衫，宽松深蓝牛仔裤配上一双尖头皮鞋，除了给人一种干净整洁的帅气之外，还有散发出来的阳刚之气。风涨满了他风衣的前襟和后摆，在他腿向后腾飞，一跃落地的瞬间，就像从天而降的侠客。

建国站在那儿有一会儿没有说话，他被晓阳惊呆了，这个平日里把自己严严实实包裹在宽大工作服里的姑娘，蜕壳了，只见晓阳上身穿一件领口镶着花边的玫瑰红色斜纹布衬衫，外搭一件短短的米色马甲，衬衫的袖子是泡泡袖式的，这使晓阳瘦削的肩膀显得丰满了一些，下配一条合身的米色长裤，把身材曲线勾勒得错落有致。头上戴着一个粉红色发箍，发箍的一端有一朵红色的玫瑰花造型。

建国和晓阳两人都在那儿纳闷，这服装的色调为啥如此一致？是心心相通，心有灵犀，还是存在于情侣或是朋友知己之间的淡淡默契，反正它带给对方的都是心灵的愉悦。

在这个静谧的、富有诗意的早晨，眼前的少女淡扫娥眉眼含春，皮肤细润如温玉。洁白细长的脖颈柔光若腻，樱桃小嘴不点而赤，娇艳欲滴，一颦一笑动人心魄。腮边两缕发丝随风轻柔拂面，平添了几分诱人的风情，灵活转动的眼眸顾盼左右，几分羞涩，几分调皮。晓阳不好意思地笑笑说：“看什么呢，不认识了？”

“是啊，有点不认识了，九天仙女下凡尘。”建国如从梦中惊醒，拍拍自行车行李架上厚厚的坐垫说："上车。"建国骑着三角架，两腿叉开，稳稳立地，像驾驭着一匹即将奋蹄飞驰的骏马。晓阳手撑车座，侧身坐上那软软的坐垫，建国的体贴入微，体现在每一个细节，晓阳感受到了。

"走喽！"随着声调渐高的一声吼，建国全身的劲都使在了腿上，晓阳轻轻环抱着建国的腰，建国能感觉到晓阳臂弯的温热，晓阳披着秀发的头靠着建国的背，建国凭感觉幻想着晓阳脸上的甜蜜。

车轮飞转，和着"我们的生活充满阳光，充满——阳光"的男女声二重唱，铮亮的钢圈在晨光里闪耀着耀眼的光芒。往上，往上，再往上，远离熟人、同事，只和大自然在一起，看小小村落、袅袅炊烟，感受一派田园风光，他们在单车上享受着属于他们的平民浪漫。

晓阳长吸一口气说："阳光多美好，连空气中都散发着健康的味道，我最喜欢把家里的东西拿出去晒，然后带着阳光的芬芳收回来。你喜欢吗?"

"当然喜欢啦！最好把你也晒晒带回家，那就不只是阳光的芬芳，还会是蓬荜生辉，满屋子的温馨了。"建国提高音调，激动地说。

晓阳沉默片刻，在建国腰上拧了一把，说："你要死啊！""开玩笑，别当真。"建国爱情的触角试探一下就赶紧缩了回去。

路旁不远处是一片小树林，还能听到潺潺的流水声，晓阳问："那里是不是有条河?""是啊，就在那田野的边上。"建国答道。"那么我们就到那里去吧。"晓阳高兴地说。

九月的西部高原，生机盎然，路边的风信子，野菊花，还有叫不上名的野草、野花抓紧这一年中难得的黄金季节，拼命地往上蹿，长的、圆的叶片沐浴着这塞外九月的阳光，显得格外晶莹剔透，绿草丛中点缀着黄色的野菊花、镶着紫色花边的喇叭花和各种白的、黄的或粉的素色花朵，在风中摆动，明艳并且色泽和谐，充满了生命的质感，不知为什么看不到火红色，因而少了一些激情，但更增加了一份恬静和安谧。晓阳俯下身，尽情地享受那花的美丽和芬芳，建国静静地陪在她的身旁，慢慢地走进小树林。

阳光透过无数的树叶洒在他们的脸上，令人感到一阵阵的温热，不远处高高矮矮的灌木丛中弯弯曲曲流过一条小溪，万晓阳想象着那里面一定有鱼儿在跳跃，就说："我们到那水边去吧。"

一只乌鸦"呱、呱、呱"的叫声使他们驻足，它就停在离他们不远处，高度几乎与他们的脸齐平的一根树枝上，它站在阳光里，展了展翅膀又小心地收敛起来，把头一低一抬，好像在向太阳致敬。它似乎没有看到他们，或认定他们不会伤害它，它挺起斑斑点点的胸脯，继续旁若无人地鸣叫，叫声变化多端，好像有意在表现它的精湛技艺。

建国两人定定地看着。晓阳喃喃道："这只鸟儿为什么歌唱？为什么要栖身在这个孤寂的树林边上放声高歌，周围并无它的同类呀！"

"它在发泄心中的郁闷和孤独，用歌声在召唤它的同伴，鸟儿况且如此，何况是人呢。"建国自言自语，算是回答。万晓阳听懂了他的话且有同感，却还要强装矜持。

一股清香扑鼻而来，旁边是一大片绿油油的草地，远远望去，像一张巨大的绿色地毯，各色花儿点缀其间。蜜蜂、彩蝶在花间飞舞，彩蝶翅膀上的彩斑熠熠生辉。

建国他们不想打扰那鸟儿歌唱，就朝草地的深处走去。晓阳嘴里哼唱着："三载同窗情如海，山伯难舍祝英台。相依相伴送下山，又向钱塘道上来。书房门前一枝梅，树上鸟儿对打对。喜鹊满树喳喳叫，向你梁兄报喜来。"晓阳一边唱一边扭动腰肢，手指在眼前比比画画。

建国不解地问："你唱的哪的歌，阿么一句也听不懂？"

"这是越剧《梁山伯与祝英台》里的十八相送，我姥姥在家有事没事老爱哼两句，我听也听会了。今日里看到彩蝶双飞，就想起了化蝶。"晓阳说完又情不自禁地手舞足蹈，接着说："化蝶，你不会不知道吧？"她坚信连这都不知道的人是不配和她双宿双飞的。

"阿么不知道，是说祝英台出嫁时在迎亲路上前往梁山伯坟前祭拜，一声哀号，伤心欲绝，刹那间天摇地动，飞沙走石，风雨交加，忽见坟前裂开一条一尺多宽的缝隙，祝英台一跃而入。转瞬风停雨歇。后来在那儿的山坡上，常有蝴蝶双飞翩翩，人们就说是梁山伯和祝英台的化身。"建国连忙回答。

"这真是天意，这老天爷真是无所不知，无所不晓，天遂人愿啊！"晓阳感叹道。"什么天意，是巧合，也许那天正好赶上大地震，别忘了，这只是个传说。"建国不以为然地答道。"怎么那么美好的一个故事从你嘴里说出来就那么索然无味。"晓阳顿感扫兴地说。

眼前一对蝴蝶相互追逐着，晓阳问："你说哪只蝴蝶是祝英台？"建国一时语塞。

“当然那黄色的蝴蝶是祝英台。”晓阳自问自答。

“那黑色的蝴蝶就是梁山伯了。”建国也展开了想象的翅膀。

晓阳追逐着那黑色的蝴蝶飞奔，感觉到风的呼啸和心灵的飞扬，积压在心中的郁闷被统统抛在了脑后，她喊着：“来呀，帮我捉住它。”那乌黑发亮的短发飘起来像扇着翅膀飞翔的黑蝴蝶。建国依然迈着沉稳的步伐，微笑着，这时的他像哥哥，更像一个带着孩子玩耍的长者。

那只黑蝴蝶，终于落在了一朵花上，晓阳躬着背，蹑手蹑脚地走到蝴蝶旁，屏住呼吸，静静地看它扑腾着翅膀，她以为这样无声无息就可以长时间欣赏它的美丽，可蝴蝶仍旧发现了她忽闪着的大眼睛或是感受到了她的气息，在它起飞的一瞬，晓阳猛一弯腰，双手把蝴蝶一捧，蝴蝶居然落在了她的手上，她凝视片刻，张开双手，轻吹一口气，蝴蝶飞走了。

有惊无险

建国在旁边一片草地上躺下，双手枕在脑后，晓阳来到他的身边，坐下，复又站起，用手拍拍裤子上的草叶。建国站起将风衣脱下，里子朝上铺于草地上，说：“歇会儿。”

晓阳坐在衣服上，头往旁边点了一下，说：“你也坐。”

“我没你那么讲究，那么大地方谁和你挤。”建国说着便在她一侧的草地上四仰八叉地躺下了。“和煦的阳光轻柔的风，躺着真舒服。”建国自言自语道，然后他眯起被阳光刺射的双眼，将晓阳和聚集在她周围的景色尽收眼底。

晓阳先是平伸着两腿，努力坐直身体，一只手掌心向上，五指分开，胳膊下垂，插入草丛中，慢慢平伸出去，上身也随之前倾，被建国盯着，晓阳有些不自在，便坐正身体，两腿并拢，膝盖屈起两手抱膝，以保持身体的平衡。这种姿势坐着还挺难受，在这样一种氛围里，她又不知该说点什么，于是干脆躺下两眼望天，强烈的阳光刺得她闭上了眼睛，全身心享受着周围的花香、广袤的天空。

在软绵绵的草地上，远离人们的地方，他们仰卧在那儿，建国闻到晓阳的体香，带着向往，慢慢靠近，一尺、半尺，建国的手伸展开去。晓阳的手，半埋在草里，不停地抬起来，掌中捧起一手碎草，又张开手指让它们顺着指缝落下去，在这一张一合中，修长的手指梦游般探索着，越来越近。晓阳的膝盖也开始了一次小心翼翼的旅行，直至碰到障碍才猛然缩回。

“阿么又缩回去了？是不是像刚进厂那天一样，怕挨着我。”建国虽有想头，但在行动上绝对不敢造次，他在守株待兔，但这兔子快撞树时却跑掉了，他有些失落，将这么久以来一直萦绕脑际的问号一并抛了出来。

“你胡说什么？师傅。”晓阳不好意思地将“什么”这个词带着自嘲拖长了，用发嗲的声调说了出来。

“那你的小嘴能不能告诉我，怎么才是不胡说呢?”建国的心在企盼，但不敢作为，只是带着销魂夺魄的渴望，用两根手指摸了摸她火热、微张并颤抖着的嘴唇。为了不破坏气氛，他已经在用尽量标准的普通话了。

不知是什么时候，也不知道是谁主动，晓阳就枕在建国的臂弯里了。晓阳转身对着建国，阳光里晓阳的脸分外白皙。建国的手规规矩矩的不敢造次，但晓阳的肉体似乎已经融化在他的身体里了。

一只大鸟扇动着硕大的翅膀，带着一股呼啸的风从高空俯冲下来，在他们的上空盘旋着。建国从一种恍如隔世的昏昏然中猛醒，拉着晓阳噌的一下站起来，边叫：“快起来。”晓阳迅速站起钻到了建国的怀里，说：“师傅，我怕，你看它的眼睛一直在盯着我看。”

建国弯腰捡起他的风衣，披在晓阳的肩上，一手揽着她纤细的腰肢，一手拍着她发抖的后背，说：“不怕，它是在看你的红衣服，还以为是人的血呢，人死了哪能站起来，再笨的鹰也会明白。”

果然，那大鸟转了几圈又向天空飞去，如同一片云朵迅速地掠过静谧的天空，不留下任何痕迹，天空依然明净。

“怎么回事？这就走了?”晓阳从恐惧中解脱出来，才发现被人抱着，于是不好意思地说：“刚才我吓坏了。”说着从建国的怀中抽身出来。

建国像是没意识到似的松开了手，打趣地说：“走了，怎么？挺遗憾的，难道你还要它叼走你一块肉不成?”“叼你的肉还差不多，我身上没肉。”晓阳说着双手拽着风衣的前襟裹紧了身子。

“叼我的肉，好事呀，我还正想瘦点呢。”建国打趣道。

尽管两人开着玩笑，但这一插曲还是给晓阳吓出了一身冷汗，她重又依偎在建国的怀里，建国将风衣穿上，扯开衣襟从后面护着她，晓阳感觉到了建国的体温，感到了安全，心里生出了一种前所未有的温馨，强化了依靠这个男人的意识。

在这个季节里，阳光特别眷顾这离天特近的地方，太阳挂在天际，却是有光没有热，风吹在身上总是凉飕飕的，几天不下雨，地上就尘土飞扬，花草也失去了往日的娇艳。建国二人在路边徜徉，看到路边有些花草已经打蔫干枯，万晓阳不禁有些伤感，说："这里的夏天真短。"

"是短，在草原上还'一日四季'呢。短，但照样精彩，你看这遍地的花草、前面潺潺流过的小河，与你们江南有什么区别？自然界的轮回在这里照样进行，只是节奏更快。"建国理直气壮地辩解。像是要验证他的话似的，太阳隐在云层里不久就下起了小雨。干涸的土地敞开胸怀接受着上天的恩赐，大地上顿时散发出植物和泥土的浓烈气味，那些蔫枯的植物也倔强地挺直了腰杆，空气立刻清新了许多。

建国推车，晓阳在旁边跟着，两人雨中漫步，享受着湿润的抚慰，建国说："你看到了吧，这儿的草，这些弱小的生命竟然拥有如此感恩的情怀，一场小雨就可以让它们恢复生机，这儿的人也差不多，对什么都没有很高的企求。"

迎面走来挎篮卖鸡蛋的村妇，晓阳上前问价，答："四分钱一个。"晓阳用手比画着说："一角钱三个。"村妇摇摇头，笑笑，走过去了。她又向第二个农妇走去，这次是她先开口，直接喊价："一角钱三个。"村妇依然摇摇头，笑答："三分钱一个。"晓阳"啊"了一声，随即像是怕村妇明白过来反悔似的，麻利地用手抓住篮子去挑，建国却感到心里挺不是滋味，他拉晓阳一把，说："今天下雨，不好拿，先不买了吧。"然后对村妇笑着用当地话说："一角钱三个是三分三厘一个，还贵点子呢！"

村妇用欣慰的目光在两人的脸上来回扫动，那眼中满含着赞许和感激。

建国说："你以后少和她们计较，她们挺可怜，因为这儿气压低、气候冷，鸡一年能下蛋的日子也不多，她们文化又低，有的连账也算不清，刚才你说一角钱三个，她不卖，非要三分钱一个。你不觉得占她们这点子便宜心里酸酸的吗？"晓阳不好意思地低下了头，她想起了冷师傅的话，他对外人都那么好，对自己的老婆还差得了？晓阳这心里越发踏实了。

他们来到一家农舍的门楼下站住躲雨，黑云渐渐散开，飘走了。天边突然出现了浅淡的彩虹，阳光透过淡淡的云层射出来，把时断时续的雨滴映得如金线一般。"太美了！"晓阳情不自禁地叫出了声。看着彩虹变幻、逐渐隐没，晓阳不禁感慨：“这节奏也太快了，不过两个时辰，这老天爷都变好几回脸了。”“老天爷变脸不要紧，只要你不变脸就行，像现在这样多好。”建国就题发挥，说出了他的困惑。

晓阳没有作声，因为在刚才的一闪念之后，她又有些恍惚，她真的还不知道到底该给师傅一张什么样的脸，是不是爱建国，她不知道，因为那时她还不知道什么叫爱，但是在他面前任性、撒娇，毫无顾忌地享受他的呵护，做他臂弯里幸福的小小鸟，她当时的确是快乐的。

“打道回府了。”建国又撑住他的单车，晓阳坐上后座，建国按出一阵铃响，单车飞驰在公路上。

忽然身后一阵嘈杂声，建国赶紧把车拐进路旁的田地里，就见两辆摩托车在前面开道，后面两辆吉普车拉开一定距离缓缓前行，道旁一侧四个穿着藏族服装的高大男子骑马护卫，再后面是一辆皮卡，一群衣着各异的人跟在道旁和车后，有人将人民币往皮卡上扔，有些甚至是成捆的，那些单张的票子随风飘舞，有的掉在了地上，后面跟着几个拿着口袋的人，将票子拾起来装进口袋再放到小卡车上。

建国二人退到离道路较远的地方看傻了，晓阳更是大惑不解，感慨地说：“在这离天最近的地方，人也成了仙，连钱都不要了。”

“这就是信仰的力量，就像那些革命烈士信仰共产主义，连命都不要了。”建国答道。

经过这一天的跌宕起伏，他们之间熟悉了许多，也亲近了许多。

家书

苟爱琴父母的信带着杀气飘然而至，一个信封里躺着两封信，看来他们也是意见有分歧才各自动笔各抒己见，或是为了表明事情重大才各自发了一封。

父亲在信里说：“我这辈子无儿，人家一个女婿半个儿，可我找个女婿要顶一个儿，你找上个先天缺钙的，他顶得起来吗？再说你不为我们想，也为你自己想想，你难道要在那地方待一辈子吗？再退一步，你不为自己想，也得为将来的孩子想想吧。”

母亲的信就没这么理性了，气愤和抱怨从字里行间喷薄欲出：“你脑子进水了？还是脑袋被门挤了？这么多年的教育还没把你教灵醒，我说不行就是不行，要我和资本家当亲家连门儿都没有，你趁早死了这条心吧。”接着笔锋一转说：“姑娘，你该不会是找不着吧？就你那模样，放在哪儿也是数一数二的，妈给你找，你大伯的儿媳的弟弟在北京当兵，不对，是当官，现在是连长，听说就要升营长了，老婆就能随军了，我那天随口一说，你大伯一家人就满心喜欢，说那就亲上加亲了，你嫂子还说马上就给她弟弟写信。”

这一晚苟爱琴翻来覆去，大半夜无眠，后来睡着了没盖被子受了凉，早上起来就觉得天旋地转，一个上午都昏昏沉沉，下午请了假回到宿舍，盖上被子昏天黑地地睡了过去。一觉醒来，头痛欲裂，嗓子干渴难忍，浑身一点力气都没有。看看表，已经是4点多了，挣扎着起床到医务室，开了点感冒药吃了，重新躺回被窝里，她开始发烧，还不停地咳嗽，黑暗在房间中渐渐弥漫开来，身体的不适裹挟着巨大的孤独感向她袭来。

万晓阳今天上二班，一到班上，她就来到文昌德的工位上，神秘地眨眨眼说：“苟姐病了。”“什么病？”文昌德吃惊地问。

“不知道，可能是心病，昨天在床上翻腾半夜，她家里来信了，不同意你们的事。”万晓阳说得很认真。

“意料之中。”文昌德不以为意。

文昌德在食堂吃完饭又给苟爱琴买了一份就来了。门是虚掩的，里面黑着灯，文昌德在门口咳了一声，里面问：“谁？”“我。”文昌德答。“进来。”语气中包含着期盼。

苟爱琴蜷曲着身体躺在被子里，头发蓬乱地散落在枕头上，脸冲着门口，一束惨淡的光横在她的脸上，她痛苦地皱着眉，面颊因为发烧而泛着潮红。

文昌德将饭菜放到桌子上，就拉开了电灯，说：“你好像烧得很厉害，先喝点水吧。”说着就去倒开水。然后他拿了洗脸盆出去打了一盆冷水，用毛巾打湿，拧干，递给苟爱琴让她敷在额头。轻声问：“到医务室看了吗？”“看了。”苟爱琴虚弱地点点头。“吃点饭吧。”文昌德说。苟爱琴看看碗里的馒头，说：“不想吃。”

文昌德立刻起身，捅旺炉火，洗米煮稀饭，钢精锅放在炉火上，他又去拿掉她头上已经温热了的毛巾，准备到水里冷却一下时，苟爱琴竟冲动地拉住他的手不放，说：“坐会。”这个举动让文昌德十分错愕，但他很快展颜微笑，轻轻拍拍她的手，说：“乖乖躺着不要动，多用冷毛巾敷敷，退热快，这叫物理疗法。”

不久，房间里飘满了白米粥的香味，空气中都充满着家的温馨。“我家不同意。”苟爱琴喃喃轻语，说着从枕头下抽出一封信。

“知道了，万晓阳告诉我的。”文昌德随口一说。“知道了还来?”苟爱琴吃惊地说。“为什么不来，就是作为同事，你病了来照看一下也是应当的，再说，你家不同意，这再正常不过了，哪家父母不都是盼子女找个十全十美的。”文昌德说得很平淡。

“那怕是要到月亮上去找了。”苟爱琴说完发出一声叹息。

文昌德展开信纸，飞快浏览一遍，折好装回信封，说：“你爸有水平，说话层次分明。”“当然，他当了多年的车间主任，只是这层次越分明，意思表达越清楚，话的分量就越重。”苟爱琴无奈地说。

“所以把你彻底打垮了，没事，你该怎么踹我还接着踹，你妈水平更高，不但否定了过去还给你展望了未来。”文昌德自嘲地说。“是啊，想要我当官太太。”苟爱琴以一种经过深思熟虑后的嘲讽口吻说。“错，是军官太太。”文昌德说得很认真。“有区别吗?”苟爱琴反问。

“一字之差，这意思可大不一样。军官，那是进了红色保险箱的，要不咋说你妈水平更上一层楼呢，我先在这儿恭喜了。”文昌德语速很快，仿佛迫不及待要表达完自己的想法。

“你就挖苦我吧，也算对我妈的回击。”苟爱琴说。“哪敢挖苦，更谈不上回击。不过自嘲罢了，现在只恨无良方让她老人家发善心了。”文昌德无奈地说。

最大的麦穗

厂里支农收麦子，冷彩莲说她那儿活紧抽不出人，副班长徐师傅只好说：“那就派我徒弟吧。”看到焊工班派了苟爱琴，文昌德就主动请缨，这种苦差事本来就难办，任书记高兴地说：“好啊！一拖一。”

陈技术员也被抓了差，上车一看，她老头已经站在车厢前面靠着车帮子抽烟，看来真是体现了知识分子要和工农相结合。

一辆大卡车载着二十多人，出厂门时四车间的一个老油条叫司机停一停，他从传达室搬来了一条长椅放到车上。这椅子长1米5左右，由扁钢和角钢焊成，靠背用扁钢弯成一定的弧度，用调和漆刷成军绿色，椅面和靠背镶嵌着几条扎实的硬杂木板，漂亮的花纹透过清漆散发着精致和高雅的气质，他自己先坐了上去，一左一右又挤了两个人上去。

汽车在乡间公路上一路颠簸，带起的尘土直往眼睛、鼻子里钻，大家就缩起了脖子，闭目养神，为了提振士气，政工科的郑干事起头让大家唱歌，真可谓一路歌声一路沙。

一个多小时后，终于到达了目的地。队长，一个壮实的黑脸汉子，热情地接待了大家，他干咳一声，笑了两声，说："工人老大哥，辛苦了，其实你们天天都在支农，这漫山遍野跑的不都是咱厂子生产的拖拉机嘛，既然来了，也别太累了，干活悠着点，中午回村给大家做拉条子吃，新麦子磨的面好吃，你们在城里吃不着。"

大家听着刺耳，合着我们是来吃的，但谁都明白，队长说的是心里话：把你那铁疙瘩卖我两个比你这一车人有用得多。

政工科徐科长致了答谢词，说："虽说我们干活比不上农民兄弟，但我们有深厚的阶级感情，我们更注重的是政治意义，我们一定会发扬工人阶级能打硬仗的精神，竭尽全力，支援麦收，做到颗粒归仓。"

一车人来到地头，放眼望去，滚滚的麦浪把大地染成一片黄，直到天边。一辆手扶拖拉机停在路边，屁股冒着黑烟，"突突突"地叫个不停。

车上跳下一个大汉，他手挥舞着镰刀，对散在路边的职工大声喊："今天，大家就在这片地里干活。所有的人一字排开，一人一拢，从这脚头，往里割，大家只管割，把割下的麦子放整齐，有人来捆。现在大伙到车上去拿家伙（镰刀）。"

这些大多干过农活的工人兄弟，"唰唰唰"往前冲，随后只听到镰刀切断麦秆"喳喳喳"的声音。

苟爱琴和文昌德挨着，慢慢地就落下了，正好给他们创造了一个独处空间。苟爱琴又落在文昌德后面，文昌德取笑道："你几年乡白下了。"说完铆足劲往前割一阵再退回来，两人交换，文昌德再在这后面的一拢奋战一番，苟爱琴不好意思地说："让你受累了。"文昌德激动地说："我乐意。"此时他头脑里灵光一现，说："我们玩个游戏，一边割一边找一棵最大最饱满的麦穗，只能往前走，只能摘一次。这样分散一下注意力，人就不那么累了。"

地头最后的一撮金黄倒下的时候，两人不约而同地往对方手中看去，文昌德问：“找到了吗?”“没有”苟爱琴摇摇头。“知道为什么吗?”文昌德带着神秘的神情问。“总想着前面的会更好。”苟爱琴回答。

“对了，这就是著名的苏格拉底麦穗理论。”文昌德说。“什么意思?”苟爱琴疑惑。文昌德说：“柏拉图，你知道吗?”“听过，别忘了我也是高中毕业生。”苟爱琴对答如流。

文昌德缓慢而沉稳地说：“在西方哲学史和文化史上，柏拉图是一位有着举足轻重地位的人物，他的老师是苏格拉底，有一天，柏拉图问苏格拉底：‘什么是爱情?’苏格拉底微笑着说：‘你去麦田里摘一株最大最好的麦穗回来，在这过程当中，只允许摘一次，并且只能往前走，不能回头。’柏拉图按照苏格拉底的话去做，很久才回来。苏格拉底问他摘到没有?柏拉图摇摇头。苏格拉底问道：‘为什么呢?’柏拉图叹了口气说：‘很难得看见一株不错的，却不知道是不是最好的，因为只可以摘一株，无奈只好放弃。于是，再往前走，可是我越往前走，越发觉不如以前见到的好，所以我没有摘，当已经走到尽头时，才发觉原来最大最饱满的麦穗早已错过了。’苏格拉底意味深长地说：‘这就是爱情。’”

“太深奥了。”苟爱琴若有所思。“那我给你讲个浅显的吧，这男女的姻缘就像坐公共汽车，有时是坐错了车，因为自己定的那个站，坐上的这趟车到不了，永远也到不了；有时是上对了车却坐过了站，因为不认识自己该下的站台，错失良机，你现在又要错过了。”文昌德侃侃而谈。

“真的?”苟爱琴诡秘地看他一眼。“什么蒸的，还煮的呢。”文昌德用玩笑结束了他们的谈话。

傍晚时分，大卡车载着一车疲倦的人。在高低不平的乡间公路上颠簸着，那张“主贵”(表示珍稀、贵重，在此为调侃)的椅子还是竖向放在车厢中间，那个把它请上车的和另外两个和他要好的坐在上面，人们就背靠或手扶车厢板齐齐地插满了车厢，只有那椅背的圆弧围出了一处空间，苟爱琴和文昌德背靠右箱板正好贴那椅背的上沿站着，低头看到脚下的一片空地，自是欣喜不已，苟爱琴先坐下来，文昌德也跟着坐下，还对坐在椅子上的人开玩笑说：“哥们，把好门，别漏气。”

苟爱琴将两腿屈起，两臂交叉圈起来放在膝盖上，将头埋在臂弯里，慢慢睡去，那一支支又大又饱满的麦穗从她眼前一闪即逝。一穗麦子一张脸，在她的脑海里不停地交错闪现着，他是那个最大的麦穗吗?

这条乡间公路弯弯曲曲，车轮正在贪婪吞掉的这个路段，左边是大片的农田，几乎和路面平齐，夕阳的余晖浸染了大地，麦地里泛起一道道金光，远处一片片农舍散落在朦胧的绿树丛中，袅袅炊烟升起。一条条人脚踏出来的乡间小道延伸到这条公路，形成一个个丁字路口。一群小孩手挎篮或背着包，装着捡到的麦穗嬉笑着，追逐着。

这段路的右面则是土丘、沟壑和断崖。

一个低斜的太阳，像一只大火球挂在天边，泛着耀眼的光芒，远处一个高高堆起的东西在炽热的光耀里，如海市蜃楼般变幻着形态，仿佛是漂浮在空中。

车祸

开车的朱师傅是一个经验丰富、口碑很好的中年人，此时正全神贯注地注视着前方。突然一个急刹车，车体剧震，车身东倒西歪，那张尊贵的椅子前腿翘起，后腿在车厢的铁皮底板上滑动，带着刺耳的尖叫声向后倾斜，苟爱琴从震惊中醒来，猛一抬头，看到文昌德一双手推住椅子上沿，并用腿和肚子抵住椅背，伴随着一声大吼："快起来！"

坐客们站起来回头一看，吓个半死，如果不是文昌德眼疾手快，椅子向后倾倒，椅背边沿的扁铁带着巨大的动量宛如一把刀，那苟爱琴……

老油条冲文昌德一仰脸，对苟爱琴说："还不快谢谢人家。"又冲文昌德做鬼脸说："英雄救美，这回能抱得美人归了。"文昌德捅他一拳说："该谢谢我的是你，如果出事，把这罪魁祸首请上车的可是你啊！"

人们还来不及惊叹完这眼前的一幕，汽车停下。大伙纷纷跳下车，眼前的景象更是让人惊出了一身冷汗：汽车的右前轮已经冲下路面，陷入路基中，往下一看，简直叫人头皮发麻腿发软，路基的下面是一条长满野草的荒沟，至少有三米深，路基的护坡上有些灌木丛、一堆堆砖头、岩石和零星的五颜六色的路边花，往后看，车的右后轮勉强搭在路面上，人们惊呼："好悬！"纷纷对朱师傅的车技大加称赞，不觉有捡了条性命之庆幸。

陈技术员两口子更是惊得灵魂出窍，她说："我们死了孩子咋办。"丈夫说："看来人死不足惜，关键是放不下那份牵挂。"

车左前轮下，一个老头平躺在地上，他右腿平伸，左腿弯曲，几乎是环抱着车轮，他额头正中一个比核桃还大的洞往外冒着血沫，锃光瓦亮的脑袋枕着一摊污血，他睁大眼睛张着嘴，眉毛上挑，定格了他在生命最后一刻的痛苦和恐惧，老头的前方平躺着一辆破自行车，它的三脚架夹着老头的脑袋像是骑在老头的头上被一块推过来的。

坐在副驾驶位上的徐科长在讲他的所见。他站在路右边指着车后十几米开外，说："当时，我们的车到前面那个丁字路口时，有个装麦子的手扶拖拉机迎面开过来，那上面堆着高高的麦捆，拖拉机刚过，那骑车的老头就从小路上冲上来，他一慌张，下车时跌倒，脑袋撞在汽车的保险杠上。"

人们往车头一看，一坨暗红色的血迹粘在白色的保险杠左侧。大家想到了为保大家性命而夺人性命的朱师傅，有经验的人说："赶紧把司机保护起来。"大家才发现司机不在车里，回头一看，朱师傅正蹲在车后不远处马路牙子上抽烟，几个人簇拥着朱师傅往远处走去。

徐科长扬手招呼大家："这里离厂子还有二十几里路，大家不要走，要保护好现场，我已经派人回厂报信，现在我带两个人到前面的村子，找个电话跟厂子联系，还要找当地村干部出面调解，这里就由郑干事负责，如果来人了，事关重大，大家不要乱讲话，等我回来。"

文昌德走向老头，蹲下相面一会儿，就离开人群往车后走去，苟爱琴从后面赶上说："我看了一眼，眼前总是那个龇牙咧嘴的恐怖相，你还那么近盯着看，不怕夜里做噩梦呀！"文昌德没听见似的没搭腔。

文昌德二人跨过公路到田间地头站着。苟爱琴穿一件黄色有小白格的布衬衫，腰间的四条纵向折子将她的胸部托得高耸而挺拔，虚惊一场后温顺的微笑从她的脸上掠过，苟爱琴依偎着文昌德站定，又转向他说："我得谢谢你，要不是……""别谢谢我，要谢我们都得谢朱师傅。"文昌德嘴上这么说，可心里却无比受用。

"好冷。"苟爱琴双手抱肩。"你穿少了。"文昌德说。"谁知会搞到这会儿，但愿不会出什么事儿。"苟爱琴回应。"但愿吧。"文昌德说着脱下工作服，双手抖开，从身后披在苟爱琴的肩上，苟爱琴急忙用双手拽着衣服的前襟，问："你冷吗？""不冷。"文昌德说。这是真话，此时他的内心正往外冒火呢，只可惜找不到出口。

天色渐暗，月亮快要出来了，可它却像个羞涩的大姑娘，迟迟不肯露面。它躲在地平线后边，人们觉得它像从黑暗的深渊里上升。一道微弱的光，给远处高坡上的树顶镶了一条花边，这些反映在微光中的树峰的侧影，一分钟比一分钟显得更为深黑，只有远处的村落闪出一丝丝微弱的光。

在这样寂静的夜晚，田野间却热闹非凡，小鸟，青蛙，蟋蟀，都在尽情地歌唱，牛叫的哞哞声从远处传来，机警的犬类也许发现了这个夜晚的不寻常，时不时就来一阵大合唱。

起风了，茅草的叶片挑着绒绒的穗子，在夜色中摇摆、颤抖。风吹树叶的沙沙声和麦田里麦秆碰撞甚至折断的“哔哔剥剥”的声响，烘托出一种凄凉之感，喜欢热闹的乌鸦在人们头上低飞，观察，并时不时地发出震耳欲聋的“呱！呱！”声，叫累了就齐齐地落在了不远处坟墓前的石碑上，更增添了夜幕下的恐怖气氛。

苟爱琴本能地身子前倾，文昌德就势双手环住她的腰，苟爱琴迷人的轮廓，微张的双唇，映入文昌德的眼帘，温热的头发蹭着文昌德的脸。透过苟爱琴柔软的衬衫，文昌德感觉到苟爱琴肢体的热度，他的胸紧贴着她，他能感觉到那微微的颤抖，立时文昌德周身燥热，一个念头跃入脑际：这个夜晚接下来还会发生什么是未知的，而未知是最令人恐惧的，如果真那样，煮熟的鸭子飞了，撞上树的兔子跑了，那我这一世不白活了？

文昌德歪过头，想吻苟爱琴的脸颊、耳根，甚至她的唇，他确信不会受到丝毫的抗拒，就是站在远处的看客们也不会大惊小怪。

一阵嘈杂声由远而近，打断了文昌德的鸳鸯梦。

高光时刻

黑暗中一道道电光在公路上向汽车追来，气势汹汹的一伙人，有的扛着铁锹、锄头、耙子，还有一个手里提了把大锤，除了手电筒，还有个人提了盏汽灯。他们先用灯照着看地上的老头，有两个人先后喊着：“达（父亲）呀！”随后就见一个二三十岁的汉子冲着人群大喊：“司机呢？你今日要了我达的命，我也不能让你娃舒坦了。”说着就用手电筒往驾驶室里照，看到里面空空如也，便大喝一声：“砸！”大锤随即腾空落下，“砰”的一声，玻璃炸开，碎片四处飞溅，人群四散逃离。

郑干事上前，说：“有话好好说，我是领队的干部。”

“去去去，一人做事一人当，我只要司机，是他压死了我达。”这个家伙边说着边用手推搡郑干事，一边用更大的声音喊：“你娃出不出来，不出来，我们可不管是谁，通通都打。”一伙人开始抡家伙，人们往黑暗里跑去。

就见文昌德一步跨前说：“我是司机。”“你娃还有胆站出来，是条汉子，我达不能白死，我要报仇，你说该咋收拾你，我收拾人的花样可多了，以前修自行车，后来改修理人了，你说是想调圆圈呀还是想换辐条?”这个家伙满脸凶相地说。

“新鲜。”文昌德装作满不在乎顺嘴溜了一句。

“这新鲜个屁，给你娃说吧，你捅我一拳我还你一脚，那是泼皮打架；你卸了我的胳膊我断了你的腿，那是意气用事；把你的五脏六腑掏得干干净净还不让你咽气，这才叫报仇。眼睛不瞎让你知道报仇这俩字咋写；耳朵不聋让你知道报仇这俩字咋念；脑子不糊涂让你知道报仇这俩字是啥意思。”他说得杀气腾腾。

“随你便，我是上海人，多少年想回去都调不回去，这一回你要是让我光荣了，一个小盒我就回家了，还不用买火车票，一笔不少的抚恤金让我老爹晚年过得舒舒服服。”文昌德血脉偾张，刚才苟爱琴的体温继续温暖着他，他激情豪迈地说。

“想得美，还想从我这儿发财。”这家伙倒先糊涂了。

“从你那儿是发不了财了，恐怕到时你还得陪着你达一块到阎王爷那儿去报到了。倒是你，本来嘛，这事弄得好还能从你达身上搞点补偿，再说你就是把我赔上你达也活不过来了，你说我说的对不?”文昌德冷静地说。

这时一个中年人过来拉住这家伙，说：“老五，你在挖（那儿）胡球子弄啥哩，先叫他把事情说清楚。”这老汉有三个儿，两个姑娘，已经派人到姑娘出嫁的村子报信去了，现在说话的是老大。

文昌德转向这人，说：“大哥，对不起了，我们是海天机械厂的，是到上面帮收麦子去的，我们是国营大厂，不会让老百姓吃亏的。”“那你说咋赔?”这是老大当前最关心的事。

“我是司机，我说了不算，要事实说话，你得先弄清楚事情的来龙去脉，到时好和公家人说。你跟我来，谁的手电筒借用一下?”身后递上来两只，文昌德一手一只全接了过来。

文昌德带一帮人来到车尾，电光在右边后轮上来回地扫，有人低声嘀咕道：“都到边边了。”一伙人又来到车头，几束光线集中到已经陷入路基下砂石中的右前轮上，有人发出了惊叹声。

文昌德说：“车上有20多号人呢，我还能往哪里让？”他折回来，在老人旁边站定，鞠了三个躬，轻声说：“老人家，走好，给你赔罪了。”然后手电光在老人身上来回照了几下，说：“老人肢体完好，我车没有压他。”

“没压但是撞了，要不那头上的伤是咋来的？”刚才那个浑小子发难了。

“叫他接着说。”一位上了年纪的农民带着威严命令道。

文昌德将手电光转向他，他个头不小，徐科长站在他旁边矮了一截，他黑黑的脸上，两道八字眉耸立着，目光中的深沉如同周围这黑沉沉的夜色，他留着个寸头，一头像猪鬃一样粗硬的黑头发，像鞋刷子毛一样直立着，他是村支书。

看到徐科长，文昌德不好意思地笑笑说：“徐科长，还是你来吧。”

“不，不，你接着说。”徐科长知道这个人比自己水平高。如果说前面的登台是自己跳上去的，那现在就算得到认可授权了，文昌德信心大增，大胆地诠释着脑海里那个还原的事故过程。“大家往这儿看”，说着将手电光停留在保险杠上那暗红的血迹上说：“显然，这儿就是老人脑门上致命伤的来源，老人先倒下撞在了保险杠上，如果是车先撞了人，那按保险杠的高度，应该是撞到腰以下，先倒的应该是自行车，现场应该是车在下，人在上。”此时村支书叫人用汽灯照着，正在察看现场。文昌德语气坚定地说：“大家看，是车骑人，而不是人骑车，而且当时的车速很慢，我是刹了车的，因为要和对面来的手扶拖拉机会车，不然车早从人身上压过去了，而不是像现在这样人被推过来，也就是说，这里不是事故的第一现场，第一现场在前面那个丁字路口，不信，看这里。”文昌德用电筒照着路面上的斑斑血迹说。

循着这暗红色的指引，人们来到事发现场，地上一大摊血污，正对着一条小路。“这一段距离也就十几米吧，如果车速快怎么会在这么短的距离停下来。”文昌德说。

“你啥意思，是我达寻死，讹你哩？我明日个接亲，我达到对面那村子里去剃头，”浑小子指着对面村子的方向问，“他为啥要寻死？”

“不是，不是，小兄弟，不是那个意思，都是那运麦车惹的祸，麦垛太高，老人看不到路上的汽车，刚好赶巧，麦垛刚过老人冲上路面时看到了汽车，一时慌神，其实当时他只要车头往右一拐……”“你说得轻巧，我达都七十三了，腿脚能那么灵便嘛!”小伙打断了文昌德的话。

人堆里发出嘀咕声：“七十三、八十四，阎王不请自己去，怪不得先剃个头。”

浑小子一听气氛不对了，气急败坏一把拽过文昌德：“你少说些没用的，你把我屋里的喜事变成丧事了，就说咋赔?”

这一阵大队书记一直不说话。一个劲地抽烟，烟头的火光在他脸前一明一暗地闪着，有一阵他不抽，就那么举着，直到火烧到手指才扔了。老头的死活不是他当前最关心的，一个自然减员让大队减负不少，再加上那几个难缠的儿子，成天拿他达说事，现在他挖空心思想的是怎么从厂子给队上搞点好处。

前面强烈的灯光由远而近。汽车伴随着灯光呼啸而至。最前面是吉普车，后面跟着救护车和一辆大卡车。林书记和保卫科刘科长从吉普车上下来时，大队书记满脸堆笑地迎了上去。

徐科长赶紧上前介绍说：“老人大队的党支部书记，姓田。”

林书记殷勤地伸出手说：“田书记，给你添麻烦了，你看这样好不好，先让老人家回家，我这一车人到这会儿还没吃饭呢，交管部门今晚也来不了，下面的事我们回厂子里去谈。”

“行，行，就这么办。”田书记转向身边的老大说：“先把你达抬回去。”救护车上陈大夫跳下来，喊：“来个人把担架拿下去。”那两兄弟拿了担架，嘴里念念叨叨地将老人抬了上去。

田书记对老大说：“叫老五把人送回去，你兄弟俩跟我一块到厂子去，队上给你做主，包（别）胡闹。”

救护车往老人所住的村子驶去，其他人则上了新来的卡车和吉普车，两辆车往厂子飞奔。在车上文昌德和苟爱琴依偎着靠在车厢板上，苟爱琴还穿着文昌德的工作服，小声问：“你今天真的不害怕?”

“生命诚可贵，爱情价更高。”文昌德像是回答，又像是自言自语。

谈判倒是进行得很顺利，协议如下：1、给老人做口好棺材，800 元安葬费及抚慰金；2、在计划外指标中，今年底卖给队上一台手扶拖拉机；3、厂子派人并免费提供配件，把队上现在“趴窝”的两台机子修好。

那年头人办事真实诚，林书记叫来铸造车间主任，安排人连夜加班，用做翻砂模型的红松板打了一口气派的棺材。红松是名贵而又稀有的树种，它生长缓慢，树龄很长，四百年的红松正值壮年，一般红松可活六七百年，因而是长寿的象征，红松材质轻软，结构细腻，纹理密直通达，形色美观并且耐腐朽力很强。

第二天，棺材运到村子里，这家人在村头搭了席棚，原本今天来贺喜的亲戚现在变成了奔丧，但看到棺材从卡车上抬下的瞬间，他们眼直了，脸上的肌肉惊得像摸了电门似的乱颤。围观的人越来越多，不少人还用手摸着，弯腰细看那木纹，发出“啧啧”的赞叹声，有人叽叽喳喳道：“老汉有福，睡在这棺材里比活着还舒坦，省得成天价跟那不争气的几小子劳神费力了。”当听说还有800元时，人们简直炸了锅，恨不能自己也如此来一回。

军人本色

当下午已经向傍晚进发，圆圆的太阳挂在屋角的时候，一辆军用吉普在村子里的主干道上扭秧歌似的缓缓前行，它要不断地绕开好奇的人群和来凑热闹的鸡、鸭、猫、狗、羊们，终于停在了一个漆黑的大门前，门上钉着军属标记的大红牌。

这是户殷实人家，方方正正的院落，脱了外衣并由这衣服打结的一扎扎玉米骑在砖砌的院墙上，在阳光下发出金灿灿的光芒。

“嘀嘀嘀”几声喇叭响叫开了门，一排大瓦房闪亮登场，一股浓郁的芳香扑鼻而来，原来是窗前10多米长的花墙上，摆满了一盆盆鲜花，五颜六色、争奇斗艳。金黄的菊花、粉红的月季、火红的玫瑰……有的虽然过了花期，却依然生机勃勃、亭亭玉立、枝繁叶茂、一片新绿，把新盖的瓦房映衬得更加优雅、壮观。

屋前左右两棵树上，在绿叶间争相蹿出一个个如霞似火的石榴，院内大门两侧一左一右两棵柿子树，树上硕果累累，左侧的树下，一块大石板由四摞砖抹上水泥做成的立柱支着，是一家人吃饭、纳凉的生活平台。

宽敞明亮的正房里急速走出几个人，穿过一条红砖铺就的甬道直奔大门口。

吉普车上下来一位穿军装的年轻人，他站在车前，背对大门，脸上挂着随时准备奉献给每一个人的微笑，对跟车前来的人群挥挥手说：“大家请回吧，今日里实在时间太紧，不能招呼了。”说完转身进了院门。

年轻人走近一位高个的老汉，耳语几句。这是他的父亲，他身板结实，面相和善。

父亲快步进屋，出来时一手提了个带嘴的茶壶，一手端一个放着点心的托盘，到大门口，将手中的东西放到石桌上，就引导着司机将车开到院墙侧面的一块空地上，那里靠院墙栽着一排直溜溜的白杨树，树干上拴着两只奶羊，它们看到汽车发出一阵惊叫，似乎在欢迎这个钢铁巨人。父亲给司机递上烟，点着，领进院里，两人就坐到了石板桌前。

年轻人打个招呼就由姐姐陪着往厅房走去。

一位中年妇女坐在厅房的大方桌前纹丝不动，她虽然心潮涌动，但不能让人看出那股上赶着送女上门的紧迫劲。她怀里揣着苟爱琴的玉照，心里给自己打气：我这朵百里挑一的花儿还怕找不到地儿插吗？

这年轻人高大魁梧，一身戎装，佩戴肩章，更显气宇轩昂，令坐在桌前的妇人一阵窃喜。他的姐姐赶紧指着介绍：“我二妈。”

军官礼貌地点头笑答：“那我就随我姐，叫您二妈吧，这次出差坐飞机到太原，从机场又开车过来，一会儿就走，赶晚上的飞机回去，要不咋也不能劳您老，”说到这个“老”字时，他舌头打了个绊，一则对面这位女人实在说不上老，二则他忽然意识到，对一个女人说“老”实在说不上恭维，“大驾，我肯定会去看您的。”他接着甩出了后面的话。

这妇人看上去真是不老，虽闺女已二十有四，可她脸上肌肤依然平滑，只有笑起来时，眼角才会显出菊花般的细纹，难怪呀，她有一个体贴、能干的丈夫，她的丈夫从古海提前退休后，被县汽车大修厂聘用，还给了一间房，日子过得舒心，就差大闺女的如意郎君了，这眼看着就有着落了，于是她鸭蛋形的脸上一对清亮的眼睛愈加有神，一声惊呼脱口而出：“啊，你这么年轻，出差都能坐飞机，那得是多大的官啊！”

“他在部队是管油库的，坐飞机跟我们坐汽车似的，不稀奇。”他姐姐的这个回答让人感觉看似平淡实则出彩。

“听我姐说，二妈的姑娘在古海工作，如果不嫌弃的话就让我们相互认识一下。”说着军人从上衣口袋里掏出一个红皮本，从里面拿出一张照片放到妇人面前的桌上。

这位二妈并不急于收那照片，而是也从口袋里摸出一张推到年轻人面前。

年轻人也不急着看，只是笑说：“其实不用看照片，光看您，就知您这姑娘差不了。”

“就你这家境、这条件还用得着找那么远的吗?”妇人小心翼翼地问。

“是用不着，我妈一天犯愁的不是没人提亲，这村里就有几个，犯愁的是有人不敢得罪，也得罪不起。”姐姐回应道，道出了实情。

“有人期望太高，人无千日好，花无百日红，总要想到将来复员呀什么的。”年轻人说。他的实诚让他身上的光环慢慢缩小，母亲的心中开始结起了一个疙瘩。但就冲这实诚劲，在可靠度上加分不少，于是反复纠结。

一回家，母亲就喜中带忧地将情况汇报给了父亲，父亲似乎对其他的不太在意，而看中的竟也是实诚，于是达成一致：别想着占人家的什么便宜，能踏踏实实过日子就行。于是母亲给女儿写信，表明态度，附上了照片。

苟爱琴和文昌德两人同时看那张照片，文昌德说：“不错，有军人气质。”“有点胖，眼睛也小了点。”苟爱琴端详着说。“胖嘛，健康，眼睛嘛，小点，聚光，眼里只有你一个，看不到别人。”文昌德半是调侃半是认真地说。

“哎，你能不能认真点，我在征求你的意见呢。”苟爱琴说。

“你发昏了吧！这事你也来问我，你这可是军婚，我敢参言吗?”文昌德激动地说。

一封从北京寄出的信来到了苟爱琴的手中。信的一开头就很直白地写道：

苟爱琴同志，你好，看了你的照片，相信哪个男人都会动心。但是，相信你对我的认识仅限于这身军装上，就像我对你的了解只限于相片上一样。你要了解支撑起军装的这个人，我要了解相片背后真实的你，我们就必须多交流，当然还是尽快见上一面为好，平面上的东西往往不真实。等我安排好休假后，你最好能回来一趟。

现在，我把我的基本情况介绍一下，为了避免日后的麻烦，有些事还是先说为好：

1、我的前途，连我自己都搞不清楚，我的前任股长因工作失误被调走了，其实许多具体事都是我干的，我吓坏了，打了转业报告，没想到过几天又让我当股长了，还让我大胆干；

2、几千里的距离横在我们之间，犹如一条湍急的河流，而我目前也没有能力改变这种境况。从一个部队调到另一个部队不是件容易的事，调你进京我更是想都不敢想。只有很深的感情、长久的等待才能跨过这条河；

3、在军人的世界里，单调多于传奇，说出来不怕你笑话，我没谈过女朋友，不知恋爱是什么滋味，不懂浪漫，和你走在街上，我也不会挽着你的胳膊表现得情意绵绵，就是和你在一起生活，我也不会有太多的时间陪在你身边。

最后，我不想说但又不得不说的是：军人的崇高在于他永远将国家与民族的尊严扛在肩上，每一个昂然屹立的军人都是一座活着的雕像。

“我看不错，令人尊敬，值得一谈。”文昌德甚至被这个人感动了。

“你是我什么人？能谈不能谈还要你批准。”荀爱琴正因那男人的不冷不热，一点也没表现出非她不娶的激情而恼羞成怒。片刻她又自言自语道：“人倒老实，怪不得没谈过恋爱，他这当头炮早把人家吓跑了。”

“你跑不跑？”文昌德看着荀爱琴的眼睛，从信的字里行间他感觉到这是个有内涵的男人，难怪部队领导会器重他。文昌德猜想荀爱琴心里不会像她嘴上说得那么无所谓。

这个强大的对手站在面前，文昌德不能无动于衷了，他要斗胆上场一搏了。他背着荀爱琴给她父母写了一封信。地址是他上次看信时默记下的。文昌德在信中写道：

尊敬的叔叔、阿姨：

你们好！很冒昧地给你们写这封信，请原谅我的唐突。相信你们在收到这封信之前，就已经知道我的存在了。我叫文昌德，27岁，身高178厘米，附近照一张。

从你们给女儿的来信上，我已经领略到你们的气愤和恼怒。世界上最伟大的爱是父母之爱，可怜天下父母心，父母都希望自己的子女有一个好的归宿，我非常理解你们，即使当面骂我，我也会洗耳恭听。因为人的前半生是为自己活，后半生大多要为对方活了，为了自己所爱的人，受点委屈算不了什么。

叔叔、阿姨，你们对我最大的不满是我的家庭出身，我也恨自己没有生在工人、农民家庭，可是生在哪里长在何处是我可以选择的吗？这也是我最大的痛处，本来我是可以留上海的，为了逃离这个家庭，我在十九岁时只身来到这不毛之地。经过生活的磨砺，当我想返回上海时，才发现不那么容易了。只有通过婚姻，所以那时我这个瞎猫只想在上海随便逮个死耗子算了。可是遇到你们的女儿，她改变了我的生活理念，重新扬起了我人生的风帆。

你们也知道，你们的女儿因美丽而高傲，我与她从相识到相知再到现在这样无话不谈，愿意让我用一生去疼爱去照顾她，两年多了，这中间反反复复，我要带着她走向幸福的彼岸，我要成为她最坚实可靠的臂膀。而且，我有这个能力。

最后，我要做一个小小的更正，我的父亲是资方代理，不是资本家，一字之差，在政策上天壤之别，再加上我父亲在新中国成立前夕卖药给解放军，所以这些年没受太大冲击，烂船还有三斤钉，我会给她优越的生活，另外，我生活自理能力很强，我会把你们的公主像皇后般侍奉。

我写这封信只是表明自己做了努力，我会耐心地陪着她走，等待你们和她自己慢慢挑、慢慢选，没有你们祝福的婚姻，我是不要的。请你们放心，不到那个神圣的日子，我不会做出任何让她难堪或是让你们丢脸的事。

所谓饮水思源，没有天哪有地，没有你们哪有女儿，不管你们是否认可我，我都要真心地感谢你们，如果信里有词不达意或者让你们感到不快的语句，请你们体谅，因为我是无心的。

文昌德做好了打持久战的准备，因为在这场战争中，恋爱这种原本应该由两个人来完成的事情，现在变成了三角恋、四角恋甚至多角恋。

父母的疑惑

文昌德在那个夜晚的辉煌，他的壮举，那一刻的俊美随风飘逝，但它却驻留在了苟爱琴的记忆里。一般来说，人的视觉记忆分两种：一种是睁着眼睛，在你自己的大脑实验室里技术性地制造一个意象，苟爱琴“看见”了他高挺的鼻梁、隆起的眉骨、紧闭的双唇、桀骜的神情；另一种是你闭着眼睛，在眼睑遮暗的内壁里，你忽然忆起那个物体，完全是视觉复制出的一张侧脸，一个浑身披着“侠”光的勇士。这一段时间以来，不管是睁眼还是闭眼，苟爱琴总能“看见”他。就这样，水到渠成，她给父母回了信。

信中写道：

你们的来信，女儿复习了好多遍，认真思考了许多天，我知道你们是为我好，为我们这个家好，我也曾想过服从你们的安排，走一条你们向往的金光大道，可是女儿不能，因为女儿的这条命，是他保住的。在收麦子回来的路上，卡车就要侧翻的一瞬间，是他尽全身所能，抵住车上一条向女儿砸下的铁椅背。在关键时刻他敏锐机智，能保护我的安全，不图这个我还图啥？他不只是对我好，当时车没翻，但压死了一个老头，那家人闹事，抄家伙打砸的时候，别人跑都来不及，可他挺身而出，冒充司机与对方周旋，进行现场事故分析，把对方说得哑口无言……

这时在苟爱琴眼前又一次浮现出那个侧脸，在那风清月朗的夜晚，她站在不远处，看到文昌德的侧脸那般英俊，那眼神充满自信，冷冽决绝，说话铿锵有力，干净利落。这个幻象似一剂兴奋剂，一种异样的感觉从心头掠过，既甜蜜又神秘，她不要让这幸福的感觉溜走。

接着她笔锋一转写道：

你们不是常教育我们，人要知恩图报，不要做昧良心的事嘛。

收到女儿的信，父亲说：“这是编故事吧？一个资本家的少爷除了自私自利，怎么会有这等侠肝义胆。”

母亲道一句：“我看也是。”突然她声调渐高：“都到了编故事骗我们的地步了，该不是？”拉高的声调骤然收住，像谁把一块石头塞进了她的嘴里，突然就默不作声了。不一会儿她又给自己宽心道：“不会吧，爱琴是个稳重的姑娘。”

“没准，她已不是小女孩了，她都二十四了，脑子一发热，那浑蛋一勾引，”丈夫接茬，他脸上显出痛苦的痉挛，用手在脸上搓着，继续说，“如果真那样，就无异于给我们甩过来个火圈，我们钻也得钻，不钻也得钻。”

“这可咋办呢？”母亲没了主意。“不行，得赶紧弄清楚是咋回事。”父亲着急地说。母亲接着道：“怎么弄？她现在有句实话吗？”“你还记得她的车间书记老任吗？问问他不就清楚了。”父亲说。

母亲为难地说：“怎么问？这又不是当年，一抬腿就到了。”父亲道：

“打电话呀，死脑筋。”“这话咋问，能问我女儿是不是那个了？这不是自揭家丑吗？”母亲疑惑地说。“当然不能这么问，我自有办法，要不这么多年的主任不白当了。”父亲似乎胸有成竹。

两人急匆匆来到县邮政局，打电话的人排着队，当终于听到电话那头熟悉的声音时，父亲迫不及待地问：“老任吗？我是苟爱琴的父亲，想了解一下她最近有什么不正常吗？谈对象了吗？对方人怎么样？”

“老苟啊，你好，你好，”任书记说完挺不好意思地说，“看你这个破姓，还是叫你苟主任吧，你才不正常呢，你这电话不花钱啊？这劈头盖脸地问了这么多，哪个是一言半句说得清的事。干脆说你到底要知道啥？”任书记语气中带着不解。

“爱琴说那个上海人救了她的命，有这事吗？”电话中传来的是女声。“啊，啊，是有个上海人一直在追求你女儿，那小伙人聪明、能干，选这么个女婿也没啥不好。”书记道。“我问你救命这事，有？还是没有？”女人的声音咄咄逼人。

电话那头没了声。“没有，是吧？我就知道是这么回事，他是资本家出身，你不知道吗？你有女儿会嫁他吗？真是站着说话不腰痛。”吧嗒一声，母亲把电话挂了。

没有，她为啥要骗咱？这老两口心里的“担心兔”由“蹦蹦兔”变成“奔跑兔”了。

“救了她的命？这话咋说？”任书记一头雾水。俗话说：好事不出门，坏事传千里。这话一点不假，文昌德那晚上的英雄救美、行侠仗义还真没什么人知道。只有苟爱琴全程感受，她是当事人，她向人述说，无异于对空喊话：这就是我苟爱琴的女性魅力，让一个男人为我疯狂，不惜一切，甚至搭上生命。人家听了，就算嘴上不说，心里也会不齿。

坐板凳的“老油条”们亲眼看见了“救美”的惊险一幕，不会说，说了就等于告诉人家，我曾差一点铸成大错，是他文昌德在关键时刻挺身而出，力挽狂澜，那人家会问：你打算怎么谢谢他呢？说得越多，这情欠得就越大，不能说。

负责向领导汇报的徐科长，只看到了结局，他曾向人感慨：“这文昌德算个人精。”于是文昌德在那个夜晚的辉煌，像一道雷电霹雳从他身上闪过，光芒四射耀眼，声响震天，但只一刹那便归于平静。

任书记接了苟爱琴父母那个莫名其妙的电话，就丈二和尚摸不着头脑。第二天是个星期天，早上十多点钟，他到传达室拿报纸，从传达室出来拐上人行道，一个东西落在脚下，低头一看，是只羽毛球，他弯腰捡起，一抬头就见万晓阳站在面前，问："你的？""嗯。""你和谁打？"任书记问。

"文昌德和苟爱琴。"万晓阳说着往篮球场那边一指，任书记顺着她指的方向望去，就见文昌德站在篮球场上离马路较远一端，此时正挥着球拍向他打招呼，那对面背对他的就是苟爱琴了。

任书记走到篮球场侧面站着，心想：怎么还是三人打羽毛球？

三人羽毛球

这一阵子，文昌德感觉到苟爱琴对他热情骤增。脸上的阳光愈加灿烂，说话的语气更加温柔，声音含糖量的加号噌噌地往上蹿，眼睛放电的频率越来越高，他知道这些都是源于车祸那天发生的事。文昌德将自己的作为解读为本能、多巴胺的升高和荷尔蒙的激增，从而表现得智慧无穷、力大无比、胆大包天。而苟爱琴可能将其理解为"爱情、为爱献身"之类，于是浑身上下每个毛孔都向外流淌着感激，但他需要的是感情，而不是感激，他不应该乘人之危占人家的便宜。再说他的头顶上还高悬着一把"军"剑，它迟早会落下来。

在那感激洪流的冲击下，文昌德感觉到了欲念的盘旋，他需要一个控制器，这就是万晓阳，他对苟爱琴说："你以后出来玩时带上万晓阳，她曾经遇上过那种事，任书记让我们多关心关心她。"但事后发现，这控制器有时也不灵，比如有一个晚上，厂子在露天电影院放电影，银幕的四角就拴在水泥台上预埋的两根粗壮的木杆上。文昌德住二楼，窗户正对着幕布，虽然是背面，但享受着室内观影的舒服，也值了。晚饭后，文昌德叫上万晓阳和苟爱琴回到了宿舍，同屋的施师傅知趣地出去了。

这是一部古装片，演的是采中草药的事，江南的青山绿水，阳光明媚，画面很美。当演到一位身穿靛蓝色、领口袖口都镶绣着银丝绲边的长袍，腰间束着一条枣红色宽边布带，乌黑的头发束起来挽在头顶，背上背个竹篓的药农，与他那身着淡绿色的长裙，袖口上绣着淡蓝色的牡丹，下摆密密麻麻一排蓝色的海水云图，胸前是淡黄色锦缎裹胸的美貌娘子依依惜别时，苟爱琴将手悄悄地塞到文昌德的掌心，在他的手掌中摩挲着，还用腿贴着他的大腿，来回地蹭，蹭得他浑身暗流涌动，文昌德赶紧站起来跑到厕所大大地喘了一阵气，回来时看到苟爱琴的脸上有了一丝不快，当时万晓阳就坐在她的身旁。

现在快到吃中饭的时间了，单身楼的王老五们往食堂去的路上都先驻足一阵，这篮球场边上看热闹的人越来越多了，人们好奇这三人羽毛球怎么玩，文昌德心想：那就玩给你看。

交手一开始，文昌德就大力抽杀，球在空中划出了一条精美的曲线，苟爱琴球技也不差，她将球捞起，挑高，然后一个扣杀，这边文昌德则轻轻将球接起，万晓阳快活地跳跃着，呼喊着："给我，给我！"文昌德力度适中地将球喂给了万晓阳。

球"当"的一声落在球拍上弹起，苟爱琴一挥臂给抽了回去，场外有人叫好，有人则专注欣赏美女的风姿：浑圆的双肩、丰满而富有弹性的双臂，以及随之而下的那一双秀丽的长腿，绝不亚于正面的樱桃小嘴，粉颈香腮，丰满酥胸。苟爱琴反手抽击的优美姿态也是一道美丽景观，人们美滋滋地尽情享受着，用清晰响亮的嗓音宣泄着他们的激情。

偶尔也有一两声怪腔怪调，在旧社会生活了大半辈子的侯师傅说："文昌德这哪是打羽毛球，这分明是在打生活牌，对大奶奶狠着点，对小奶奶宠着点。"

"老侯，你胡说啥呢，这么美好一事儿到你嘴里咋就变得这么难听。"任书记甩出的话把老侯吓了一跳，连忙说："我们是老乡，寻开心，他不会生气的。"

刚才看到万晓阳神采飞扬，任书记又为自己的思想工作见成效而欣慰，几乎忘记了他站在这儿是想干啥。看到苟爱琴下了场他才上前说："你到宿舍我有个事要给你说。"

任书记说了那个电话，苟爱琴说了那封信，任书记问了救命之说，苟爱琴说了那个夜晚，任书记说他才发现文昌德身上的闪光点，他要培养他，他要给她家写信，苟爱琴愉快地给了任书记地址。

任书记说："你父母太天真了，调个人有那么容易？你站在西关大十字，看那个军人高大无比，要站在天安门广场，那也就是万千人堆里的一个身影。"最后，任书记语重心长地说："女人爱的是身边的人。"苟爱琴觉着这些话很受用。

任书记没有食言，真的给苟爱琴的父母写了信，信一开头，写道：

老苟，那天你猛一问我“救命”的事，我还在想咋样能说得简短些，给你省几个电话费时，你就吧嗒一声给挂了，这也太过分了吧。可我理解你的心情，想来想去，还是把事情给你说说吧……

听说你给娃物色了个军人，军人好哇，一人当兵，全家光荣，家属到部队了，吃上一两顿饱饭是没有问题的，可其他的就别想了。军人的天职是服从，国家利益至上，你硬要把小家的事扯上去，那肩上的杠杠和领上的花花就在你身上待不了几天了。我当了二十多年兵，我娃他妈跟我妈过了十几年，直到转业到地方小厂，才过上几天安稳日子。顺便告诉你们，小苟已于七月份转正了，在厂子里表现不错，你们离得远，她有什么做得不好的地方，我会管的，你们就放心吧。只是她也老大不小了，个人问题该抓抓紧了，这个事可得你们操心了。

夫妻俩反反复复看了好几遍信，他们这些天来憧憬的、阳光灿烂的美好前景突然被一片墨迹覆盖，母亲心有不甘地说：“这老任耍滑头，这明明是想把那个上海人硬塞给咱姑娘。”

“妇人之见，我倒不这么看，他说的是实际情况。就说眼下这位吧，你不是说他快升股长了嘛，就算家属能随军了，可那是北京，房子能解决吗？户口能进去吗？能安排工作吗？如果复员了，能回到当地吗？老任是陕西人，可还不是在那地方扎了根。”这几个“吗”加上大大的问号把母亲也问哑了。

吃饭时，父亲沉思良久说：“我们也别在一棵树上吊死，换其他的树吊吊看。”“换哪棵歪脖树呢？”母亲犯难了，也自嘲起来。“为啥要歪脖树？咱就不能找棵直溜溜的白杨树？”父亲打趣道。

“哪儿去找？”母亲说完忽然兴奋起来，接着说：“唉，你那徒弟小陆不知怎么样？”“不成，那小子人倒聪明，也能干，但不老实，小小年纪就懂得偷鸡摸狗了，不还传出过闲话嘛。”父亲说完又突然提高嗓门说：“你这不是又绕回去了，在哪儿找还用得着我们操心嘛。”

两人同时想到了一个人，可谁也不愿意先说出来。

冷彩莲挨“涮”

这天下午开班会，先是由苟爱琴读了报纸上的一篇文章，然后要大家讨论，平日里说说生产的事，扯些班里的家长里短，自然是叽叽喳喳，热闹非凡。要说大道理，这些工人们还真不会说。

眼看天色已晚，大家都这么沉默不语，冷彩莲觉着问题挺严重，说明大家对政治漠不关心，于是进行启发道：“革命不是请客吃饭，不是做文章，不是挑花绣朵，挑花绣朵也不能鸦雀无声。”大家哈哈大笑，刚才那种无话可说的沉闷氛围也烟消云散。

焊工班和铆工班挨着，开会也不过是几个凳子一拼，各班人围坐一圈，因为离得近，说话相互都能听得见，这一回连铆工班的人也都跟着乐了一回，乐完就完，谁也没往心里去，自然更没往深处想，因为冷彩莲经常就是这么个说法，这一回也一样，包括文昌德在内，所不同的是文昌德微微上撇的嘴角中还含有一丝不屑。

几天后，文昌德到车间办公室找陈技术员，陈技术员不在，他出来后迎面碰上了任书记，任书记用开玩笑的口吻说：“你不好好干活，在这儿瞎溜达啥呢?”“这图纸看不清，搞错了谁负责?”文昌德说着把图纸举到任书记眼前，那图纸被一大片油污抹得漆黑。“我来找技术员核对一下。”文昌德接着说。

“对完了?”任书记问。“没有，技术员不在。”文昌德答。“那你等一会儿嘛，反正你回去也干不成。”文昌德跟着任书记走进了这边的办公室，主任不在，任书记一摆手，示意叫文昌德在对面坐下来，他有了一种被器重的感觉。

任书记递给他一根烟，自己也抽出一根，正想从口袋里掏火柴时，文昌德已经啪的一声点着了打火机，蓝色的火苗在任书记脸前一窜一窜的，任书记点上烟，猛吸一口，随口一问：“咋样?”“忙呗!”文昌德顺口一答。

“你是老师傅，车间一直把你当生产骨干，可不能一天光顾低头拉车，不抬头看路，这思想也要上个台阶，要不，找人家小苟姑娘可就难了。”这几句话只是作为书记对一个工人进行激励的一种方式，没有别的含义，放在别人身上，换成小王、小冯基本可以通用，但作为工人的文昌德，把这看作是领导的关怀和信任。尤其是一提苟爱琴，就触动了他最敏感的那根神经，勾起了对在追妻道路上给他设置过障碍的冷彩莲的积怨，书记说的思想上上台阶，自己本来就在台阶上站着呢，不过是你任书记有眼无珠，那我就给你露露，让你开开眼。

一阵搜肠刮肚，冷彩莲的那个段子跃入了脑际，文昌德说："是啊，是啊，我也在不断地提高自己，最近呢……"他犹豫了一下，赶到嘴边的话还是吐了出来："发现我们车间有个别班长不知道是水平低呢还是有意的，竟然在大庭广众之中胡说八道。"于是他把那天班会上的事说了，可把冷彩莲窝囊了一下，至于说能给她带来什么大的影响，文昌德还真没想到。

冷彩莲在全厂焊工中，资格最老，技术也不赖，从建厂起就一直是焊工班班长，加上她是建厂时和任书记一块从同一个厂成建制调过来的这一层关系，因此，她大大咧咧，经常摆摆老资格，像老母鸡似的护着班里的工人，这个活难干了，那个工时又不够，跟车间领导说话也少了应有的尊敬，还经常给领导耍点小脾气，动不动就说不干了，谁愿干谁干。

前几年，焊工进人少，没有合适的人选，领导们也就这么打个耳光再给吃块糖，哄着往前干，后来进来的人多了，而且年轻、文化高，可冷彩莲却不能与时俱进，固守着自己一成不变的思维。领导们开始容不下她了，她不拘小节，后来的年轻人也瞧不起她了。

对这些，冷彩莲隐隐约约地感觉到了，所以建国一出徒，她就嚷着要把班长让贤，说自个文化还是差点，另外孩子多，累得慌，这话不假，在那个缺吃少穿的年代，要填满那几张嗷嗷待哺的嘴，真够艰难的了。

但谁都知道，在工厂里，"班长"这个不上红头文件的"长"，精神上受人敬重，经济上还有点实惠，所以这冷彩莲也光是在班里跟大伙念叨念叨过过嘴瘾，从没正式向车间提出过。当过多年人事科长的任书记，心里清楚得很，她这绝对是口是心非，我才不做这个恶人，明目张胆地把她给撸下来，给自个找骂。

现在有人反映，这还真成了个"事"。任书记在车间支部会上通报了此事，说："冷彩莲，根正苗红，要说她是有意的，我不信。但是，就这件事本身而言，性质是严重的，在群众中的影响是恶劣的，这不，有反响了吧。民不告，官不管，可是群众反映了，我们要是还不闻不问，那往轻了说是失职，往重了说恐怕就是思想认识问题了。”

经过他的一番渲染，大家的思想一下子警觉起来：“对，这事不能不理不睬。”“一定要严肃处理。”看到大家七嘴八舌，群情激昂，任书记用双手往下压了压，说：“大家肃静，处理问题不能简单化，她只是个水平问题。只要给她指出来，批评批评就行了。”任书记看看大伙，确认他定的这个调已经得到广泛的认同以后，他讲话的语气来了个急转弯，提高了嗓门说：“但是，继续做班长就不合适了，这样的思想水平，说话口无遮拦，会把一个班带成个什么样子?”

支部会在支部的范围内就保密了那么一会儿，一下班，就传到了冷彩莲的耳朵里了，她辗转反侧，夜不能寐，一大早就往车间赶，顺手抓起的一件工作服短了一截，大红的线衣在下边露出一个圈，招引得许多目光追逐着她。

只见冷彩莲一进车间就东张西望，找任书记专用的那辆板车，她追踪而去，任书记正在弯腰捡工件，一直起身，她就挡在了面前。她双手合十，做作揖打拱状。嘴里叫着：“任书记，任书记!”

任书记心里有谱了，可他还是故作姿态，说：“弄啥呢？我说你这是弄啥呢嘛?”“谢谢书记的宽宏大量。”冷彩莲满怀感激地说。

“你先去，我装完这一车就来，有啥事到办公室说。”任书记知道，也许他本来就没打算把它当成个一句两句话就能说完的事。

冷彩莲静静地等在办公室门外，门一开，她闪身进屋，又双手合十说：“只有书记最体谅俺老百姓，你说对了，俺怎么会是有意的呢。”她抬头看了一下，书记的脸上没有表情，脸板得平平的，径直朝自个的座位走去，显然这话书记不爱听，自己这不是承认错误，简直就是在自我辩解。于是，她加重了语气，说：“但是，这是不能原谅的，这说明自己身为工人阶级，却有着资产阶级的腐朽思想。”任书记打断了她，说：“不要说得那么严重，要吸取教训，引以为戒，你也不要背思想包袱，今后要加强学习，提高自己。”

任书记在冷彩莲惶恐不安的脸上扫了一眼，又来了一个急转弯说：“但是，话再说回来，以你目前的状况，要是继续管班里的工作，恐怕就不好搞了，你说呢?”说完，任书记看看冷彩莲的脸。冷彩莲诚惶诚恐，意识到自个像那秋后的蚂蚱没几天蹦跶头了，只得附和着说：“是，是，书记说得对，人家谁还听你的。”

“那你看大家能听谁的呢？谁干这个班长合适呢？”当书记正式把这个问题摆到桌面上的时候，冷彩莲还是被震惊了：这书记也真狠，是一天也不让俺蹦跶了。于是有点沮丧地说：“领导定吧，俺知道个啥。”

“你是老师傅，班里那帮年轻人哪个不是你带出来的，我们哪有你看得清。”刚打了个耳光，马上就给块糖，书记的这一招还真抚慰了冷彩莲那颗战战兢兢的心，自己犯了这么大个错误，领导还这么器重自己，冷彩莲又有了些许的感动，说：“领导让俺说，俺就说了，说不好当俺瞎说，说错了你可别怪俺。”

书记鼓励的眼神给了冷彩莲勇气，但她还是有点胆怯，加上自己还有点私心，所以她得先把招呼打在前头，说：“俺说了，说的不对，就当俺啥也拇说，可别怪俺有私心。”有私心？书记心里有数了，他进一步鼓励她：“说吧，你的意见很重要，但也只是个参考，不存在错与对的问题。”

“俺说呢，班里现在合适的就徐师傅和建国两人，徐师傅呢，啥都好，是副班长，本来嘛，这一抬腿，也就顺理成章了，可一年一次探亲假，一回去就是一两个月，这班里的工作咋办？所以就剩下建国了，他活干得好，文化高，人老实，稳重，说话很小心，不像俺，一张破嘴一天胡咧咧，还有，他群众关系好……”“行了，行了，夸起自个的徒弟就没完没了，就照你的意思办吧。今天下午开车间大会，在会上宣布一下就行了。”

冷彩莲走出办公室的时候，没有水色的脸上有了光彩，洋溢着出人头地的欢欣，那神采飞扬的样子像刚站上了一回领奖台。

下午的车间大会，在“散会”两字的前一分钟，任书记说：“顺便讲一下，焊工班的冷师傅，因为年龄大了，体力不支，为了进一步提高班组的管理水平，从明日起，二班班长由成建国同志担任。”

二班的“政权”就这么顺利地交接了。建国当了班长，在万晓阳的心里，这形象又高大了那么一截，那仰视的角度又大了几度，幸福和甜蜜也就跟着涨了那么几成。

月牙疤

冷彩莲一开始挺兴奋，自己犯了那么大的一个错误，领导不但不追究，还按自己的提议，让自己的徒弟当了班长，但很快就有了失落感，毕竟班长给撸了，心里挺憋屈，脸面上也有点挂不住，于是她来了个先入为主，见人就说自个是主动让贤，这领导还一再挽留，自己一再坚持，后来领导就说："那就让建国干吧，他是你徒弟，啥还不得听你的，这还不跟你自个干一样嘛！"

别人不吱声，顶多"哦哦"两声，就应付过去了，可唯有这徐师傅不打这个马虎眼，本来，冷彩莲当班长，不管怎么说，她年纪比自己大，进厂比自己早，资格比自个老，当年也算个人物，在她手底下干这个副职，也就那么回事了，可现在换了建国，一个刚出徒没几天的毛头小子，要在自己的面前吆五喝六的，这心里立马就不平衡了，他才不相信领导能听她的，叫建国干肯定是领导的意思，他失落，在心里抱怨：这么多年白干了，这领导对自己也忒不够意思了。

这天一上班，徐师傅就到冷彩莲的工位前，靠在工具箱上抽烟。看到徐师傅这两天阴阳怪气的，冷彩莲知道他心里肯定不畅快，就说："唉，我们年纪大了，也该享享清福了，让他们年轻人去干吧。"

人在不痛快的时候，总喜欢拉个垫背的，徐师傅甚至不能容忍冷彩莲的那股阿Q劲，于是说："你也别自我感觉太好了，车间早就想把你搞掉，只是没有机会。""搞掉？"冷彩莲愣了一下，但想想现在已经生米煮成熟饭了，是不争的事实，于是泄气地说："搞掉就搞掉呗，还要什么机会，咱一个穷工人又没什么后台。"

"这你就不懂了，这叫领导艺术，你要是没犯什么错，他凭什么动你，现在，人家瞌睡了，你正好递了个枕头。"

冷彩莲的脸上红一阵，白一阵，这心里本来就够窝火的，脸上这点"面子"还让徐师傅给剥了个精光，她恼羞成怒，骂道："拇一个好东西，这不是'借刀杀人'嘛！"

看到他的这把火给点起来了，徐师傅心里有些惬意，但也有点害怕，于是赶紧说："别生气，我这都是瞎说，你别往心里去，噢，你看，一扯淡，就把正事给忘了，我是来问你，今个儿那批转向拉杆焊完了，接下来先干哪个活？"

"俺已经不在位了，你还问俺，这不是成心窝囊人嘛！"冷彩莲强压住心头的怒火说。

徐师傅意识到刚才那把火点大发了，他也知道冷彩莲的脾气，所以想往回撤一撤，帮她消消气，他可不想惹出什么大乱子，赶紧说："在形式上你不是了，可在俺们大伙的心里，你永远是俺们的班长，你永远活在我们的心里。"说着还用右手拍拍心脏的位置，故作恭维状。

这高帽子一戴，冷彩莲的情绪还真的不那么激烈了，她捅了徐师傅一下，说："你咒俺死啊！"一句玩笑话让徐师傅把自个摘了个干干净净。

徐师傅走后，冷彩莲开始琢磨这"借刀杀人"的事："杀"人的无疑是任书记，她不敢得罪，自己还有把柄攥在他的手里，这"刀"是自己个的臭嘴咧咧出来的，于是就把气全撒在了把这"刀"递给书记的人身上，冷彩莲想，那天说话时，能听到的就是焊工和铆工两个班的人，她一个个地排查，看是不是得罪了什么人，她想到了文昌德，越想越觉着这一阵跟他不对劲，恍然大悟，早先的话漏风了。

下午开班会，她挨着荀爱琴坐下，问："我早先给你说的话，你给他说了？""什么话呀？"看到荀爱琴说话时含含糊糊，她心里越发有数了，于是大声地说："就是在篮球场上叫你别跟资本家狗崽子的那话。"

"你说话怎么那么难听呀！"荀爱琴心里气愤但又有些心虚，所以说话就不是那么理直气壮，这更加使冷彩莲确定了她的猜疑，冷彩莲站了起来，提高了嗓门说："话再难听也比不过做的那事难看。"

荀爱琴没听冷彩莲的话，跟文昌德好上以后，就觉着冷彩莲对她鼻子不是鼻子，脸不是脸的，荀爱琴也正憋着气，而且她还没有意识到她传话有什么严重后果，该受这份指责，所以她也站了起来，毫不示弱地说："谁做了什么事？"

"谁做了谁知道，想往上爬也别踩着别人的脖颈！"冷彩莲歇了口气，像终于酝酿好了情绪似的，她两手叉腰，大声叫喊："想往上爬，哼，也不撒泡尿照照，资本家狗崽子也想翻天，没门，无产阶级的江山牢得很。"

荀爱琴站在边上，文昌德向车间汇报的事，他告诉了她，当时文昌德说他在要求进步，领导很满意。此时，荀爱琴心虚了，不敢说话。

文昌德站起来，用手指着冷彩莲的鼻子明知故问："你骂谁资本家狗崽子？"

"谁干了缺德事，就骂谁。"冷彩莲答。"哎，你骂人可是有所指的，这里和资本家沾点边的可就我一个人，你听着，我父亲不是资本家，是资方代理，也是受剥削的。所以，我不是资本家狗崽子。"文昌德一板一眼地说着。

“什么代理不代理，你别跟我玩咬文嚼字，我听不懂，我只问你，你到车间告我状了没有?”冷彩莲声调逐渐升高。见对方一时语塞，她更来了精神，手指着文昌德，身子向前一挺一挺的，高声叫着：“你告了没?你说你到底告了没?”

文昌德也不示弱，大声说道：“我向领导汇报有什么错，你说，你的‘挑花绣朵’是怎么回事?”

“好啊，我就知道是你告的，别人没有你卑鄙，我，我还是骂对了。”冷彩莲胸部起伏，从牙缝里蹦出了上面的话。“我卑鄙，就算我卑鄙，可是我不反动。”文昌德回应着，并且显出理直气壮的神情。

“你，你……”冷彩莲气得脸色铁青，她往前扑，想去打文昌德，脚下凳子一绊，她险些摔倒，额头碰到了工具箱的棱角上，鲜血流了出来，苟爱琴赶紧去扶她，她一甩手，骂道：“不要脸的妮子，你爱跟他好，你跟他睡觉随你的便，你扯别人干什么?”文昌德气势渐弱但嘴上仍不肯罢休，说：“你嘴放干净点，别疯狗似的乱咬。”

冷彩莲手往额头上摸了一下，血流到了手掌上，移到眼前一看，血红晃眼，心里的怒火如同被浇了汽油，一下子就腾腾燃烧起来，她抄起旁边工具箱上的一个面罩向文昌德扔去，嘴里大声喊着：“你骂谁疯狗?”

这面罩承载着冷彩莲的全部愤怒飞了过去，它先打掉了文昌德的眼镜，眼镜掉到了地上，摔碎了，它还不肯罢休，又继续前进，薄薄的硬质塑料上沿宛如刀刃，在文昌德的右眼上方划了一道月牙形的口子，文昌德急忙用手去捂，血顺着手指头缝往下滴。

徐师傅这才意识到自己这场火是点大发了，他原本只是想发泄对车间领导的不满，没想到烧了一圈人。于是徐师傅拉着文昌德就往医务室跑，这边建国几个人簇拥着冷彩莲也去了医务室。

这一切很快平息了，事是过去了，但两个班人事关系的格局却发生了大的变化，文昌德和苟爱琴被划到敌对的一面，万晓阳是建国的徒弟，建国是冷彩莲的徒弟，按工厂的规矩，她应该是冷彩莲的徒孙，在这种微妙的关系里，万晓阳一定要注意，不能再接近那两个人，这点道道还是红梅教她的。

故事会

元旦节后头一天，下午下班时，宋军叫住建国说：“哎，今儿个请我师傅吃个饭，他一人在这儿怪孤单的，怎么样？今晚到我那儿热闹热闹，把你那徒弟也叫上。”说完还冲建国眨眨眼，故作神秘地笑笑。

当建国师徒二人走进宋军的房间时，看到几个人脑袋挨着脑袋，守在蜂窝煤炉子旁边，宋军的女朋友萍萍左手端着饭勺，捞起几块肉，用右手捏起一块，放到嘴里嚼着，琢磨着，在家也是大小姐的她，哪儿掌过勺啊，吃不准，又依次把饭勺送到宋军的师傅汤师傅和宋军的好朋友魏星面前。他们各自捏出一块，吹了吹，放进嘴里，先是发出稀溜溜的声响，然后屏气凝神地咀嚼它，琢磨它，它染香了他们的嘴和肠胃，他们正沉浸于那享受之中。

“怎么样?”听到萍萍的问话，他们才想起自己还负有品尝鉴定的义务。师傅在哪儿都是师傅，魏星自然不敢抢言，汤师傅一锤定音：“中（河南话：行），淡点，再加点盐，不，不用加了，把汤烧烧干，就中了。”

“现在能不能加土豆了?”萍萍看着两个人冷不丁地问。刚才两人只顾享受那肉香，一是没想到它与土豆有何干系，二则这“能不能”的标准是什么一时还没反应过来，所以两人都没有立刻回答，没想到万晓阳却来了一句：“土豆烧熟了，再加牛肉。”因为万晓阳真的不知道应该是“先土后牛”还是“先土后牛”，长这么大，她肯定没自己做过，就是连吃也不记得吃过几回，只是看到没人搭腔，冷场不好，脑子一热，顺嘴就溜出了一句。

大家面面相觑，只有萍萍觉着受了多大委屈似的不乐意了，“先土后牛”这就意味着她的加工顺序错了。所以她的委屈只是写在脸上，不敢摆出来说道说道，她狠狠地瞪了万晓阳一眼。

“胡说，牛肉耐煮不易烂，土豆烧熟了，再加牛肉，那土豆早就烂成泥了，那牛肉还半生不熟俫（呢）。”汤师傅不以为然地说。大家还是不作声，汤师傅纳闷地在各人脸上扫了扫，不解地问：“咋的？俺说的不对?”没人接他的话。

宋军回来了，他提了两瓶白酒和一瓶小香槟，看到屋里的气氛有点异常，问怎么啦？魏星将“先土后牛”还是“先牛后土”之事简单告之，宋军先是哈哈一笑，接着这心里就觉着不是滋味，他今天吃饭的两个重点：一是他师傅，第二个就是万晓阳，想给建国撮合撮合，现在为了这么个事搞得两人都挺别扭，别万晓阳一生气走了那不是弄巧成拙吗？于是宋军放下东西，从萍萍手里夺过切好的那一碗土豆，扔到了炉子旁边的小柜上，说：“牛肉就牛肉，加什么土豆。”

萍萍心里的不爽嗖的一下就映到了脸上。宋军站到了炉前，用胳膊肘推了推萍萍说：“去，剥根葱，切两片姜。”俨然一副大厨的架势，萍萍噘着嘴去了。

一大碗红烧牛肉端上了桌，还有鱼、菜，摆了满满一桌子。男人面前都摆个碗，两位女士面前是玻璃杯，宋军用嘴咬开了白酒瓶盖，又指着桌上的一瓶小香槟，对建国说：“把那瓶打开，给晓阳满上。”整个屋子热气腾腾，弥漫着鱼肉和酒的香味，晓阳顿时觉着轻松而且温馨，甚至有些兴奋，心想：原来生活可以是这么美好的。

按着惯例宋军先得以主人的身份说两句，就见他端着个酒碗，走到汤师傅身边说：“师傅在上，徒弟没什么可孝敬的，就一块吃个饭吧，还有我的好哥们，”停了一下，似乎觉着缺了点什么似的又补了一句，“还有我的好姐们，噢，不对，是建国的好姐们，”说完看看万晓阳，见她难为情地低下了头，于是又说，“也不对，应该是好徒弟。”

汤师傅歪头看一眼宋军，不耐烦地说：“你今日个咋拇（没）喝就醉了，废话忒多，喝你这碗酒真不容易，手脖子都端酸了。”说完不管三七二十一，一扬脖子，一碗酒“咕嘟”一声见了底。

看师傅“吃”兴甚浓，宋军说：“古代喝酒是要吟诗行令的，要是光咱几个爷们的话，咱就痛痛快快划个拳，可今日有女同胞在，咱就来讲笑话，怎么样？”说完，他望着众人，建国和魏星陷入沉思，只有汤师傅不理这个茬，继续完成着他的“进口”任务。

难得有好酒好菜好心情，吃喝间，大家都想把气氛搞得更热络些，也不枉主人的一番苦心。尤其是建国，更能理解宋军的良苦用心，于是积极响应，说：“我先来一段，算抛砖引玉。《智取威虎山》里有一段杨子荣打虎上山，在威虎厅比着打吊灯的戏。座山雕一枪打灭一盏灯，众匪徒叫道，好！好！杨子荣同志振臂一甩，一枪打灭两盏灯，众匪徒又叫道，好，一枪打俩。有一回，一个地区剧团演出时，座山雕一枪出去，道具组一不小心，关了两盏灯，众匪徒叫道，好哇，一枪打俩。道具组同志一听，心说不好，这可咋个办呐？咱们英雄人物可不能输给个座山雕啊，于是等到子荣同志振臂一甩时，把个总闸给关了。众匪徒也不含糊，齐嚷道，好哇，一枪把保险丝都打断了。”

大伙哈哈大笑，魏星赞许地说：“高，这道具组实在是高。”看到气氛活跃起来了，宋军端着酒站起，说：“来，来，大家吃喝随意，我再敬我师傅一杯。”汤师傅站起来，端着酒碗，咕咚咚一口气灌了下去，本来先干为敬，看来这“敬”也失去了意义。

汤师傅放下了筷子，用手抹抹嘴说：“俺也来凑个趣。”大家的目光都转向他，他产生了一种被重视、被关注的快感，他掏出烟，点上，捏着火柴的手抖一抖，看着那火焰慢慢熄灭，火柴杆上冒出白烟，还捏在手里，两眼眯着，像箭在弦上拽而不发似的矜持着。“快呀！快说，我们都竖着耳朵呢。”萍萍叫道。

汤师傅慢悠悠地开了口，说：“俺家乡是贫困村，一次上头来村调查，村主任介绍村情说，俺村吃饭基本靠党，穿衣基本靠纺，致富基本靠抢，媳妇基本靠想，通信基本靠吼，交通基本靠走，治安基本靠狗。”男士们笑得比较文雅，女士们则显出难为情，汤师傅突觉这话不雅，遂端起一杯酒说：“俺漱漱口，另来一段。去年，俺回家，大队开会，批判‘今不如昔’。老婆子说她不会批，叫俺替她去，会场上没人发言，大队长只好带头，琢磨半晌，终于想出个批判‘今不如昔’的理，他说，大家伙想想，金子，多少钱一斤？锡，多少钱一斤？说‘金’不如‘锡’这不是混账话吗？下面竟然有许多人点头说，是、是、是。”

这回萍萍马上反应：“啊，原来是金、银、铜、铁、锡啊！”众人大笑，汤师傅不失时机地回应：“还是俺萍儿脑子快。”萍萍嫣然一笑，说：“我也敬汤师傅一杯。”

魏星接茬说：“好了我也来凑个热闹。”然后，他学着说书人的腔调：“话说一日里，张老汉上街买肉，一卖肉的小贩在为老汉称肉时，用小手指悄悄地在秤杆上压了一下。付钱时，老汉说，小伙子，你把刀给我。小伙子问，您要刀干什么？”说到这儿，魏星停下了，瞅瞅大伙，最后把目光锁定在萍萍脸上，只可惜萍萍这次没有应验汤师傅那“脑子快”的赞誉，现出了窘态，魏星赶紧抖出了包袱：“老汉说，你的小手指头呀！不是卖给我了吗？我得割下来呀！”大家这才恍然大悟：“噢，原来如此！”又是一番嬉笑，嬉笑中还带着回味。

一轮酒下来，气氛活跃不少，宋军看着晓阳说：“怎么样？讲个你们女人的乐事。”晓阳谦和地说：“萍萍姐，你先讲。”前面争论之事，她已悟到自己有失妥帖，现又看到萍萍面露难色，她马上给萍萍面前的酒杯里倒上香槟，说：“萍萍姐，我敬你，谢谢你的辛勤劳动，也谢谢宋大哥的美味佳肴。”

建国心里一阵窃喜：她终于长大了，成熟了，是这屋里的气氛，是朋友间浓浓的爱促使她成长。

这番话也把大家惊呆了，魏星带头站起来，一边鼓掌一边说：“说得好，这也是我们大伙的心声，我们一块来敬主人一杯，我还要补充一点，希望下次我们再聚时是喝喜酒、吃喜糖，大伙说好不好？”

“好！”众人大声响应，于是杯盏碰击声响作一片。

自从共赴了宋军的晚宴后，一个消息不胫而走，建国的师徒恋拉开了序幕，不知是由于成建国人缘好，人们期望他从王老五的队伍里解放出来，还是人们觉着万晓阳有瑕疵找个好的归宿不易，总之大家对这一对给予了极大的包容，领导没有把这当作一个危险的苗头进行扼杀，许多人还有意无意地把他们往一块撮合，建国也以一个追求者的身份正式登场了。

收场

就在冷彩莲和文昌德在车间里打得不可开交的时候，主任慌慌张张地跑进办公室对任书记说：“打起来了，我们要不要去管一管？”

任书记冷静地说：“不用，冷彩莲现在在气头上，什么难听话都说得出来，别，别引火烧身，让她吵一吵，闹一闹，发泄发泄，过去了就没事了。”

对冷彩莲而言，真是“没事了”。她提高嗓门，大打出手闹出那么大动静，就是要捎带着发泄一把对任书记那没法说，也不敢说的怨气，这一通吵闹可把憋在心里的闷气给出了，好像是拿了一笔数目不小的精神损失费，那心里别提有多畅快了。

文昌德的额头上贴块白纱布，那里面是缝了两针的伤口，它让文昌德痛的不只是肌肤，还有心。他这个在外人眼里清高、洒脱的人；他这个能干精明，做事从来都是利己而不损人的人，这回也要往上爬了，而且是那么卑鄙，有点用人血染红顶子的意味。平心而论，他冤死了，比窦娥还冤，他当时不过是脑子一时发热，顺着任书记手电筒发出的光柱就往上爬了，嘴那么一秃噜，就把冷彩莲的班长给秃噜掉了，就秃噜出那么大动静，给自己的脑门秃噜出那么大个月牙疤。那上面贴着的不是纱布，而是一块标志牌，上面写着“小人”。

文昌德羞愧难当，简直无地自容，戴一顶黑呢子帽，帽檐压得低低的，走路都低着头，恨不得找个蚂蚁洞钻进去，尤其是一想到苟爱琴，更是羞愧难当，他感觉自己的脸就像一个火炉，滚烫，好像一摸上去就会起泡。一个堂堂男子汉背后去捅咕人，自己以前在她心里的好印象怕是要灰飞烟灭了。

这位“借刀杀人”的任书记也觉着挺不自在，好像是他把文昌德出卖了，看着文昌德垂头丧气的样子，觉着挺对不住他的。任书记的思想工作从来都是万金油，哪儿转不动了就抹一下，这天晚饭后，任书记来到了文昌德的宿舍，看到文昌德正仰脸躺在床上给天花板相面，就问：“咋没精打采的，也不出去玩?”

文昌德血都凉了，不由空攥着两只拳头，抑制着情绪，说：“怕吓着人家。”文昌德一边起身，一边冷冷地答道。“伤得咋样？唉！没想到那婆娘那么泼。”任书记像没听出那话里的夹枪带棒似的。“缝了两针。”文昌德极不情愿地说。

“你这么精个人咋也脑子进水了，冷彩莲在那儿喊叫时你不搭腔不就过去了，看来你还真不是做地下工作的料，人家一诈就招了。不过，坏事变好事，这一闹腾，你们的关系不就确定了嘛。你小子赚了，不用花钱办酒，就把个订婚仪式给办了。你还不趁热打铁，考虑考虑结婚的事。我可听说了，最近厂子有一批人要调到上面（指州、县）去，会倒出些房子来。”

这些话听着顺耳，文昌德已经在洗耳恭听了，说：“可我现在连见苟爱琴都不好意思。”“有啥不好意思，冷彩莲骂她，你不是为了维护她才受伤的嘛，人家可都这么说呢。”任书记巧妙地将事情的本来面目模糊了，使文昌德从“小人”变成了“仗义”，自然也就消除了他对自己的积怨。

“啊?”文昌德心跳加速，血液循环加快，他没想到这件事原来可以这样解读，那脸上也泛起了兴奋之光，但只一瞬，文昌德的目光就黯淡了下来，为难地说：“这八字才见着一撇，人家还有个军官呢。”

“你的能耐呢？他还在几千里以外，你守着个大活人，放大胆，往前走。”任书记说话底气很足，他自认为得到了苟爱琴父母的授权。

苟家差不多同时收到两封信，对文昌德的信，他们摆足了架子，不予理睬。但对老任，在老两口深思熟虑后给予了热情的回应，回信说：“你考虑问题比我们周全多了，我们离得远，又没千里眼，孩子托付予你，我们也放心，以后该管的管，她犯糊涂的时候给她点拨点拨。”

任书记知道他们这是借坡下驴，他这回真要点拨点拨了，不过是对文昌德点拨，说：“在男女关系这种事情上，群众舆论从来都是推波助澜，俩人原来只是有点意思能给你说得上了炕，两口子吵了一场架，就能给你说离了，现在舆论对你有利，你咋不顺势而为呢?”

“怎么‘为’？书记给指点指点。”文昌德有点嬉皮笑脸了。

看到文昌德情绪不错，任书记认为他已经放下了伤疤的包袱，便打趣地说：“你的痞劲哪里去了，你们都过了晚婚的年龄，你就告诉她，女人过了28岁，连娃娃都生不出来了。再说，搞个房子可比找个对象难多了，现在不是正有一批人要调到上面去嘛，过了这村可就没这个店了，你们不得先领个证才能排队嘛，这个道理她会不懂嘛？天时、地利都有了，就看你这人和了。”

万金油一抹，文昌德的心思开始从月牙疤里跳了出来，他要尽快结束这爱情马拉松，以百米冲刺的速度向婚姻进发。

握手

腊月天，天气阴冷阴冷的，看上去像要下雪，文昌德上身穿一件挂着蓝色咔叽布面的羔羊皮短大衣，头戴一顶灰色毛线直筒帽，帽边翻下来盖住额头，护着耳朵，一条紫红、灰、白三色相间的毛线长围巾绕于颈上。他怀里抱着个大纸箱，匆匆进了厂大门，他是下班后到市里邮局去取包裹的，回来时天已黑了，他知道箱子里装的是食物，平时这个点，同屋的施师傅正跟人在屋里进行棋牌大战呢，他可不想转个身这些东西就给“共享”了。

文昌德径直来到苟爱琴的宿舍。一推门看见屋里没人，他将箱子放到桌子上，背对着门。苟爱琴从外面进来，吃惊道：“谁呀?”

“我呀。”文昌德忙转身答。

“怎么穿这么件老古董，难怪我不认得。”苟爱琴说。

“暖和。”文昌德掀起下襟露出雪白卷曲的羊毛。为了消解不请自来的窘迫，他下巴冲箱子扬了扬，说：“取个包裹，过了饭点，讨点吃的。”“吃什么呢?”苟爱琴略一沉思道：“我这儿还有一个馒头，其他的自力更生、丰衣足食。”

“没敢指望你。”说完文昌德看着苟爱琴，她上穿一件浅紫色碎花棉袄，下穿一条黑色呢子裤，拿着两个刚洗完还往下滴水的碗，手冻得通红。

文昌德问：“怎么不用热水?”

“你没看见那炉子，半死不活的。”苟爱琴的头朝炉子一摆。

文昌德脱了大衣，摘下帽子与围巾，放到万晓阳的床上。他起身时苟爱琴上前查看那伤疤，它已拆线，两条暗红色缝针的印记赫然在目，苟爱琴心痛地问：“还痛吗?”

“不太痛。”文昌德说着就走向炉子，用炉钩子揭开炉盖，上面的煤饼还黑着，已经没有多少燃烧的火迹，他蹲下，身体歪斜，脸冲着炉门，小心地把那些死灰慢慢捅掉，尽量保存那少得可怜的火种在炉膛里，星星之火可以燎原嘛。

灰白色的炉灰粉尘从小小的炉门口争先恐后地飞扬出来。“啊!”文昌德忽然叫着站起身，用左手捂着右眼，用拇指和食指扒开眼皮，上下来回揉搓。

苟爱琴正在看那箱子，见状赶紧转身，着急地说：“进灰了?快别揉，会划伤眼球，我看看。”说着将文昌德拉到自己床前的一圈椅跟前，按他坐下，她拿下他手里的炉钩，放回炉子上，加上了拔火筒。

苟爱琴抓住文昌德的肩膀，又温柔地握住他太阳穴两侧，将他扳正脸正对着自己，然后俯下身，小心地翻开他不断眨巴的右眼下眼皮，粉红的肌肉上有细微的白点，说：“看到了，好小。”苟爱琴的红唇撮得像朵喇叭花，灯光映在她的唇上，气流缓缓从花心喷出，仿佛是一团燃烧的烟雾。

文昌德感觉到右眼皮凉凉的，但有一股火辣辣的热气流朝他袭来，闻到她身上淡淡的香脂气，他灵魂的真空把她美丽的每一处细节都吸进眼里，突然，一种神秘的感觉涌上心头，一种前所未有的快乐酝酿在他的体内，他真想站起朝向她温热的、仰着的、布满红晕的脸，将唇压向那颤抖的喇叭花上。但他不能，她越是近在眼前，他的欲望越是要隐藏起来，但这种享受他想无限制地延续下去。不料她却说："好了，你试着闭闭眼。"

文昌德眨了眨眼，说："好像没有异物的感觉了。谢谢你啊！"

苟爱琴也感觉到了文昌德神情的变化，于是赶紧转移话题，她翻看桌上的纸箱，问："是什么东西？"

"大概是些吃的。"文昌德随口一说，接着说："剪刀拿来用一下。""你都快回去了，他们还寄东西来。"苟爱琴不解地问。"可能是路上走得久了吧。"

打开纸箱，里面有十几把挂面，几个凤尾鱼和午餐肉铁皮罐头。

炉子里的火苗往上蹿，屋子里顿时暖和了许多。苟爱琴问："想吃点什么？"马上又自答："这不现成，有挂面嘛。"

"没菜，面条不好吃，有大米吗？煮点稀饭。""呦，嘴还挺刁。"苟爱琴知道文昌德这是想在这儿多待会儿，这也正合她意。说着就去拿锅洗米。文昌德说："我来吧，外面冷。"

钢精锅放到了炉子上。两人又开始在箱子里探宝，发现里面夹着一张纸，上面写着：

三叔，包挂面的纸是一本手抄的小说《第二次握手》，很好看，在全国都传疯了，是我花了几个夜晚抄的，我知道你喜欢文学，爱看书，现在又没什么书可看，所以寄给你。但现在这本书被定下"吹捧臭老九""鼓吹科学救国""描写爱情"等罪状，定为反动小说，在全国清查。所以我只好把它撕开，包挂面，你按页码订起来就可以了，看完好好藏起来。

文昌德看完递给苟爱琴，返身关上门，说："这本书去年回家就听说了，始终没见着。我们这儿好，天高皇帝远，没听说要查。""压根就没传到这儿，往哪儿查去。"苟爱琴说。

文昌德小心地把一张张纸从挂面上取下来，苟爱琴也加入进来，两个人一一按页码排好，苟爱琴把桌上的玻璃台板拿起来，压在纸上，又从五斗橱里端来一个和面的瓷盆压到玻璃板上。文昌德说："拿个针线来，把它装订起来吧。"

苟爱琴开始一个一个地拉开抽屉找，这时文昌德才发现，这屋里原来有这么多旧家具，显然是苟爱琴爹妈回内地时留下的。

苟爱琴坐到椅子上说："拿过来，我来订。""还是我来吧，挺厚的，费劲。"文昌德说。"我不会分开订，再说我这儿也没有你能戴的顶针，光靠针把指头戳烂了也订不过去。"文昌德感到心里暖烘烘的。

稀饭锅在炉子上咕嘟响着冒着热气，屋子里暖和了起来，蒸气从稀饭锅里冒出在屋里扩散开来，透过一团白雾，看着苟爱琴手臂来来回回地飞针走线，文昌德突然觉着有这样一方住处，配上这么个佳人，我还要什么，可悬在头顶的那把剑始终是一块心病，于是试探地问："你打算什么时候回家，去会会你那位军官?"

现在说这话让苟爱琴难堪，母亲前两天来信说那军人没请到假，今年过年回不来了，他们也不勉强了，你自己的事自己做主吧。信上没提文昌德和任书记的信，他们不想让女儿知道他们做这个表态，是自己态度的转变，而要做出只是顺从了女儿意愿的样子，有点让其自作主张自食其果的味道。

"这几天我也正琢磨这事呢，应该快了，这不得等那边先定时间嘛。"苟爱琴恼羞成怒，狠狠瞪了文昌德一眼，她知道他的狼子野心，故意拿话堵他。

"你以为你是谁啊? 啥时候坐车车票信手拈来。"文昌德打趣道。

"我不用车票，他会开着飞机来接我。"苟爱琴狠狠地怼了他一句。

"同志，这儿现在可还没建飞机场呢。"文昌德堵她的话。"他开直升机。"苟爱琴呛了他一句。两人哈哈大笑起来。

"算了，你也别自欺欺人了，军人哪能过年回家? 军人们过年都回家了，那老百姓的年就没得过了。"文昌德替她圆场。"你倒挺通情达理的。"苟爱琴就坡下驴。

文昌德摆出一本正经的样子，说："不看军人，父母还是要看的，票还不早点买。""今年过年不想回家了，家那边也挺冷。"苟爱琴说。文昌德喜出望外，顺水推舟说："过年不如跟我一块到上海玩玩，票我一起买。"

乳白色的米油从锅边溢出，流出来一些，滴到炉子上，像蜡烛的眼泪。

苟爱琴没有接文昌德的话，她还没想好怎么接，于是视线转向炉子说："稀饭好了，赶快把你的嘴堵起来吧。"然后她站起来，从五斗橱抽屉里拿出两个碗，一个盛了满碗，一个只盛了半碗，说：“闻着挺香的，我也来点。”

文昌德拿起桌上的剪刀摆弄，酥脆的黄灿灿的油炸小黄鱼呈在眼前，苟爱琴拿来一个盘子和刀，粉红的午餐肉切成片躺在盘子里，两个人围坐桌边，苟爱琴用筷子尖沿碗边划着，吃得很文雅，

文昌德则急不可耐地将桌上的鱼和肉往苟爱琴的碗里夹，苟爱琴就用筷子去挡，一边说：“够了，够了。”

一会儿苟爱琴就放下了筷子，坐在那儿，一只手平放在桌边，另一只胳膊肘支在桌上，脸颊托在手掌中，带着令人欣慰的温柔，凝望着文昌德吞食并消化那些美味。

在这样一个动人娇魅的尤物注视下，文昌德的胃动力急骤下降，浑身血液却直往脑门上冲，他将一只手勇敢地覆盖到苟爱琴放在桌上的手上时，苟爱琴战栗地缩了回去，转移话题说：“我刚才订书时瞄了几眼，那本书是挺好看的，一开头就挺吸引人，先搁我这儿，我先看。”

文昌德也借机消除了尴尬，说：“你可要保管好了，别让人知道，包括万晓阳。”“知道，我这儿家具多，好藏，再说现在万晓阳忙着谈恋爱，哪有那心思，他们经常成双入对地出出进进。”苟爱琴答。

“和谁?”文昌德问完又马上自答：“是建国?”苟爱琴点点头。“急什么？她才多大。”文昌德用缓慢的语调说，忽然又提高腔调对苟爱琴说：“真是后浪推前浪，她比你小一截都知道先给自个物色个人，”忽然他眉头皱了一下说：“只是她物色的这个对象有点不合适，你用个什么话提醒提醒她。”

“我可不敢，要给冷彩莲知道了，还不把我这房给点了。”苟爱琴提高声调答。“也是。”文昌德无奈地说。

苟爱琴忽然抬起头，问：“给你寄东西的是你侄子?”“是的。”文昌德看着她的眼睛答道。“亲的?”苟爱琴现出好奇的神情。“是的，我大哥的儿子。”文昌德说话时很平静。

“那你妈生你得多大岁数?”苟爱琴顺着她的思路往下问。

文昌德的面孔因内心的震撼而扭曲了，说：“错。”他放下筷子，先是两肘支着桌子，两手捂脸，沉默片刻又勇敢地抬起头，看着苟爱琴的眼睛说：“她当时只有20岁。”

文昌德意识到他们的关系已经进入了“查户口”程序，他不知应该

为跨了这么一大步而欣喜呢，还是面对这个难堪的话题而懊恼。其实他也可以大大方方地说，我是后妻所生，谁还管人家年龄的大小。但文昌德却幽幽地把下面的话抛向空中：“她是我父亲后妻的女儿，我既然要找你就应该让你知道一切，只可惜我也所知不多，出生的秘密我不可能知道，在记忆的洞穴和幽谷中，有关她的回忆都不存在。后来为了沾‘独子不下乡’的光，我父亲把这件事捅出来了，我恨她，更恨我的父亲，他们制造了我，又毁了我，我的人生从我生下来时太阳就已经西沉。”文昌德喃喃地说着，眼角竟有些湿润。

“那她现在呢？”苟爱琴好奇地问。“不知道。”文昌德答。“那好哇，没婆婆，不用念婆媳关系这本经了。”苟爱琴故作轻松地说。

“你不介意这个？”文昌德吃惊地问，稍停又感激地看着对方说：“谢谢你的宽宏大量和善解人意。如果我当年脸皮厚点儿，现在早在上海工作了，我的同学留城的1970年，最晚1971年都安排了工作，连我这侄子都早工作了。”

“我只在意你这个人，多亏你脸皮不厚，要不我怎么会认识你。”苟爱琴深情地望着文昌德。

文昌德又一次将手掌压到了苟爱琴的手上，这一次她没有抽手，而是将另一只手放在他的手背上握住，文昌德极度悲伤的心在甜蜜地跳动着。

领证

文昌德走后，苟爱琴简单收拾一下，就匆匆捧起那本书躺在被窝里读起来，直到万晓阳下班回来才不得不关灯。黑暗中，苟爱琴的脑子里却翻腾开了：苏冠兰和丁洁琼由于一次偶然的机会，相识、相知到相爱。由于遭到苏父的极力反对，不能成婚。丁洁琼只身去了美国读书，成了著名的原子物理学博士，为了守护爱情，她拒绝了一切他人的求爱。苏冠兰则留在国内，成了药物研究所的教授，并与父亲故友之女叶玉菡成婚。三十年后丁洁琼回国，来找苏冠兰，开门迎客的却是一位妇人和一双儿女。

“平林漠漠烟如织，寒山一带伤心碧。暝色入高楼，有人楼上愁。”李白的这首《菩萨蛮》跃然脑际。离别、远行、相思、乡愁、撕心裂肺的痛……

苟爱琴心想，命运之神的降临只有一次，错过了就永远失去了。现在父母已将婚姻大事的权杖交给了自己，我还犹豫什么？

第二天中午买饭时苟爱琴插队到文昌德前面，小声说：“我看完了，你下班去拿吧。”文昌德来到了令他魂牵梦绕的小屋，苟爱琴已经开门迎客，她给他倒了一杯水，指着床前的圈椅说：“你坐。”

“不了，我拿了书就回去。”文昌德说。

“急什么，我昨天好像听见你说一块到上海。”苟爱琴好似无意地顺口一问。“是啊，你同意了？”文昌德仰脸看着她问。“我这样不明不白地跟你到你家，算怎么回事？”苟爱琴揣着明白装糊涂。

他说的是“一块到上海玩玩”，她说的是“到你家”，看来要水到渠成了，文昌德大胆地凝视着苟爱琴的眼睛，一字一句地说：“那我们就让它来个明明白白。”他正正身子，很认真地接着说：“真的，任书记也提醒我，最近不是有一批人要调到上面去嘛，说过了年就走，这不就会有房子倒出来了嘛。让我们先打个证，排个队。”他没敢说女人过了28岁娃娃都生不出这句话。

“是啊，这个机会要错过了，后悔都来不及。”苟爱琴附和着。完了又补一句：“反正嫁猫嫁狗都得嫁。”

“唉，说话不带骂人的，不过，只要你肯嫁，当猫当狗我也愿意，只是不知道你们家愿意不？”文昌德担心地问。

“我要学《小二黑结婚》里的小琴，”苟爱琴接着用评剧的唱腔，脑袋还一晃一晃地唱道，“也要自己找婆家。”这不土不洋的腔调和做派看起来有点滑稽，但丝毫无损她的美丽。

文昌德全身一震，问：“你怎么会这么快做出这个决定？你不告诉我点什么吗？”说完试图在苟爱琴的脸上寻找答案。那脸上浮现着红晕，那眼睛明亮而清澈，如远处春山里的一汪清泉，如杯中的一盏陈酿。

文昌德认定她是认真的而非戏言，于是自答道：“我还需要知道什么嘛。”

为选领证的日子，他们还纠结了好一阵，苟爱琴觉得要看黄历，要选黄道吉日，这是她在下乡时从人民群众那儿学来的，而且是深信不疑。“怎么才算黄道吉日？”文昌德不解地问。“要黄历上写着宜结婚。”不巧的是，年前宜结婚的日子民政局不上班，是礼拜天。

“那我们就选你的或我的生日吧。”苟爱琴说。文昌德说：“今年的都过了，明年的还没到。”他沉思良久兴致满满地说：“一月九号吧，去年六月九号，那是我第一次拥你入怀的日子，在大殿前，那可是佛祖为媒啊。一月九号，一、九，寓意一辈子长长久久。”“好啊，听你的。”苟爱琴满心欢喜地说。

“我们明天吃完中饭去吧。”文昌德终于盼来了这一天。“不行，下午不能领证，听说是有忌讳的，明天早晨去吧。”苟爱琴说。“用不着太早，只有我们才在乎这个日子，省得排队，临下班之前就行。”文昌德说。

早上一上班，两人就到厂政工科开了介绍信，正好碰上徐师傅从食堂吃完饭回来，文昌德热情地上前说：“我们要结婚了，谢谢你这个高人的指点。”

徐师傅带着戏谑的口气说：“这么快，好事啊！恭喜了，你就要拿到那张纸了，也终于要迈进坟墓了。”“师傅，你能不能说点吉利的话。”苟爱琴知道这是把“婚姻是爱情的坟墓”那句话掰开了说，但还是觉着触霉头。可文昌德却全然不理会，风趣地回应道：“这回怎么说也有葬身之地了，总比当个孤魂野鬼强。”

苟爱琴捅了一把文昌德，说：“你也来劲了，老说那个。”“哪个？不就是坟墓嘛，坟墓好啊，进去就出不来了。”徐师傅说完哈哈大笑着走了。

像被浇了一盆冷水的两人各自回到宿舍，收拾了一下，就到厂大门口会合。

文昌德先到门口，他今天身上穿一件红色的，胸前和袖子都加了白杠的尼龙布滑雪服，下面一条牛仔裤，脚上一双运动鞋，苟爱琴一看，走上前说：“你穿这么点，不冷啊？”

“这一晚，只顾着激动了，不觉着冷了，现在倒有点。”“那你回去换件衣服。”苟爱琴说。文昌德抬手看了一下手表说：“不了，来不及了。”

在车上，苟爱琴依偎在文昌德的肩头，竟轻轻睡去了，她昨晚也是一夜未眠。到了民政局，快11点了，前面还有几个人排队，每位新人的脸上都挂着幸福的笑容。

排到了，在工作人员的指导下他们开始进行审查、填表等程序，终于两人领到了那张纸——结婚证。

在盖章之前，工作人员让他们再看一下，文昌德还特意提醒：“再想想，章一敲上去，你一辈子都是我的人了，再也没有反悔的机会了。”

“那你是谁的人?”苟爱琴反问。“当然是你的了，彼此彼此。”

从民政局出来，拿着那张纸，两人不约而同地都站住了。他们原本像是在跑一场爱情马拉松，结婚似乎遥遥无期。现在怀揣着对甜蜜爱情的向往，满怀对房子的憧憬，事情发生了戏剧性的变化，他们突然以百米冲刺的速度，在年前领了那张婚姻护身符，一路狂奔进婚姻的殿堂。

苟爱琴不无感慨地说：“我这就被‘已婚’了。”“我也一样。”“这就把两人给拴住了，跑不了你也蹦不了我。”苟爱琴说。“为什么要跑要蹦呢?”文昌德在苟爱琴的脸上印下深情的吻，并在她耳边说：“老婆，我爱你。”

文昌德揽着苟爱琴的肩说：“以后家里的大活小活都是我的。”苟爱琴嘟着嘴，佯装生气说：“那我干啥?”“你负责吃，负责给咱营造一个安乐窝，不管是谁在外面工作或是受了委屈的时候，回到家里，有一个人愿意和你一起分担你的喜怒哀乐，有孩子会调皮地逗你开心，再苦再累这个时候都会烟消云散了。”“合着我是一个出气筒。”苟爱琴佯装生气地说。

“快乐的出气筒。”文昌德搂着苟爱琴的腰，眼睛望着远处，像是自言自语，边走边说：“和自己心爱的人结婚，然后生个胖胖的孩子，天天为了他们而忙碌，没有时间去伤春悲秋，一眨眼的工夫，孩子大了，你也老了，才发现两个人争争吵吵的日子过得真快，自己的一生就这样完成了。这样死的人神态从容，还有儿孙在旁边哭着叫，爹啊，妈啊，爷爷啊，奶奶啊，这是最体面和最漂亮的死法。除此之外，我别无他求。”

“你有点出息行不行，这就是你的结婚感言?一个字，俗，两个字，特俗。”苟爱琴不无感慨地说。“怎么才不俗呢?革命伴侣?我们上班干革命，下班生娃娃，不冲突啊。”“恶心!”苟爱琴喷出了这两个字。

洞房花烛

这一对新人在一个饭馆里吃完中饭，文昌德爱怜地捉住了苟爱琴的胳膊，说“走，我要买一条真正的金项链，拴你一生一世。”“啊!你这是拴狗呢?”苟爱琴惊呼道。“没错，不过是金项圈。”文昌德朝她促狭地一笑，那意思是说你把自己给绕进去了。

来到古海市百货大楼，在这个阴冷的天气里，非节假日，顾客少得可怜，他们直奔一层的首饰柜，售货员迎了上来，她有一头烫成大波浪的乌黑油亮的头发，一双灵动俊俏的小眼睛，小巧玲珑的鼻子，一笑起来还有两个浅浅的酒窝，她满脸堆笑地问："想买点什么？"

"项链。"文昌德答。"粗的还是细的？"售货员问。"当然是粗的。"文昌德笑答。"要那么粗干什么？挺贵的。"苟爱琴说。"拴得牢呗。"文昌德笑答。售货员也跟着笑出了声，并搭腔："这么漂亮的女人是要根粗链子拴着。"售货员认定这是个不怕花钱的主，可现如今到哪儿去挣这些钱呢？于是小心翼翼地用惊异又迷茫的眼睛在二人身上来回打量一番，问："你们在哪儿工作？""海天机械厂。"苟爱琴答道。"啊，巧了，我女儿也在你们厂，娄庆云，认识吗？""认识，认识，一个车间的。"文昌德和苟爱琴也兴奋起来，同时答道。

"你们厂收入这么好？"售货员吃惊地问。"惭愧惭愧，是家里给的。"文昌德答道。

"哦，是结婚吗？""是，是，还请你给参谋参谋。"文昌德说着从包里掏出几颗糖，放到台面上。波浪头售货员指着玻璃柜里的样品高兴地介绍起来："第一步当然是挑样式，是要圆环的还是长环的？"文昌德看看苟爱琴说："你挑。""要圆的吧。"苟爱琴略作思索答道。

波浪头售货员将一条项链拿出来，打开头顶的日光灯，手提那物件对着光解说起来。文昌德觉得这女人不但小鼻子小眼，还有一张能说会道的小嘴，她怎么看起来比娄庆云大不了多少，他脑子里划了个问号。

另一位年龄稍大，穿一件淡紫色水仙花的棉布罩衣，画着两条细细弯弯眉毛的妇女，从隔壁柜台走出来，拿着一件叠得整整齐齐的粉红色睡衣向这边走来，一边殷勤并带点讨好地说："只有这么漂亮的姑娘才衬这件衣服。"

波浪头售货员赶紧上前递上一粒糖给弯眉毛售货员并转向文昌德说："这是以前作为特供商品进的，不要布票的。"弯眉毛售货员似乎没有听出话里的商业营销味道，只管自顾自地埋怨道："能特供的人嫌贵，不怕贵的人不特供。"说着两手提着衣服在胸前展开。

这是织锦缎的面料，一道柔和的光芒在衣服上闪动，和尚领那外翻的两片大大的领面上绣着两枝干枝梅，褐色的枝干上点缀着朵朵粉白色的花朵，睡衣前身有两个"可爱的"兜兜。

文昌德随意问了一个天真的问题："这衣服一个扣子都没有，不会冻死吗？”

他们得到的答案是满带笑容的示范：弯眉毛售货员两手提着衣袖的上端，平铺到自己的肩膀上，用下巴夹紧后衣领，两手从衣服后背腰部拉出那条腰带到前面打了个蝴蝶结。

苟爱琴用手摸摸那面料，说：“挺软和。”文昌德连忙说：“要了，多少钱？”“算处理，打八折。”波浪头售货员答，她是柜长。

“不要打折，听着不舒服。”文昌德并不领情。对面的二人同时张大了嘴，发出了“啊”的一声惊叹。“有钱就是好。”波浪头售货员顺嘴溜出一句。

苟爱琴在文昌德的腰上捅了一拳：“你昏了？”“有点。”文昌德说，又看看四周接着说：“这商店本身就有一种神话般令人迷魂的气氛。”又摇摇头说：“也不是，是今天这个日子，结婚真叫人发昏。”

他们买完东西，就到街东头一家条件尚可的旅馆，要开一间双人房，前台一位风韵犹存的中年妇女把两人打量一番，问：“有结婚证吗？”“有。”文昌德赶紧掏出递上。“我怎么知道这结婚证上的两人就是你们俩呢？前两天我们这儿住进来一对，男的有证，我们把两人分开一问，就露了馅，男的说有三个小孩，女的说有两个，结果我们只好将二人送交派出所。”

“我们有介绍信，今天刚领证。”文昌德补充道，说着就在衣服口袋里摸起来。“不是交到民政局了吗？你还摸什么？”苟爱琴无奈地说。

前台分别把两人叫到一边，小声嘀咕了一阵后显得十分兴奋，说：“我们也不愿意这么麻烦，谁愿意让房子空着，可这是规定，你们的证件没问题，我给你们选个好房间。”

这间房在二楼，远离楼梯口，热心的前台亲自带着他们走过安静的走廊，打开房间门，手推着把他俩塞了进去。

“啊，这就是我们的房间。”苟爱琴快活地说。一股暖烘烘的气流扑面而来，一张大大的双人床呈现在眼前，两个床头柜，一边一个，两盏粉色带绉边罩的台灯置于柜上。墨绿色的金丝绒窗帘盖住了里面的一面墙，床上铺着藕荷色的被单，平整而干净，四周的墙壁也刷成藕荷色，连日光灯发出的白光也被染成了暖色调，在这大冬天里，一进屋就浑身暖洋洋，这绝对是一个催生荷尔蒙的地方。

苟爱琴鞋也顾不上脱，一跃将自己扔到了床上，砸下一个坑，很快弹起来，床又恢复了原状。她说：“这床真舒服。”说着，她在床上惬意地伸展四肢，享受着席梦思床垫的舒适。

几年来，文昌德捧着这么个带刺的玫瑰，如履薄冰，虽有过非分之想，可从未有过非分之举，这时他很是惊异，他第一次看到苟爱琴如此放松，满面春风，心情愉快，正用她温柔、神秘、闪光的眼神抚慰他。

床对面靠墙立着一个大衣柜，柜门上镶着一面镜子，镜中映出一张双人床，苟爱琴发现了镜中的自己，她慢慢爬起来一步步朝它走去，对着镜子自我欣赏，为自己的美貌感到欣慰，脸上的红晕在灯光下泛着玫瑰色，一张阳光而又愉快的面容映在镜中。

文昌德周身血液流动加快，欲望遮蔽了他的双眼。他只能看见苟爱琴一个静止不动的画面，一种电影般的时停感，仿佛是透过一片燃烧的烟雾来看眼前的事物。文昌德靠向苟爱琴的身边，这时苟爱琴发现了他靠过去的嘴唇，她合作地转过了脸。这时文昌德兴奋得已处在疯狂的边缘，但他刹住了车，一头钻进了卫生间，里面有淋浴，他痛痛快快洗了个澡。

苟爱琴洗完澡出来时，文昌德正坐在床边的椅子上看报纸，虽说手里捧着一张报纸，可这脑子却全然没在它上面。文昌德猛一抬头，只见苟爱琴缓缓走来，一头乌黑发亮的湿发披肩，宽大的睡袍松散得仿佛随时都会脱落。苟爱琴用手扯着那迷人又昂贵的睡衣前襟，仿佛是个迷惑的猎鸟人，抓住火红的鸟翅尖展开它们。洁白的皮肤，凝脂如玉，两边脸颊连同修长白皙的脖颈，嫣红透白，煞是好看。文昌德不由得想起了古人那“清水出芙蓉，天然去雕饰”的诗句。

苟爱琴则双手交叉把前襟搭起裹住身子，从身后抽出了那条金光闪闪的腰带，像一条迟缓的蛇，缠在腰上。她手里拿着一把梳子，边梳边向床边款款而来，浑身散发着清香，时而歪着脑袋拨弄一下头发，那慵懒的神态，让文昌德无法自抑。

苟爱琴还没来得及说话，文昌德已经伸手去摸她的头发了，他欣赏着那散发着洗发香波的乌发，手指已经碰到她的头皮了，苟爱琴感觉到他的手顺着头皮滑向颈部，极其温柔。“你这头发太湿了，睡觉会头痛的，来，我来给你擦擦。”文昌德说着把她按到床上坐着，从包里拿出一条干毛巾，在头发上轻轻搓着。她再一次感受到这个男人的细腻和体贴入微。

多少年来，作为一个姑娘，苟爱琴幻想过自己的另一半，渴望着被爱抚，也有过心灵的颤抖，甚至献身的冲动，可是她不知道那个人是谁，今天终于尘埃落定了。几年来，文昌德曾无数次想象过，并苦苦追求，也有过稍纵即逝的机会，可他牢记孔夫子倡导的理念：发乎情，止乎礼。他把“礼”理解为“理智”，即人发了情了，要控制。他懂得如何抗拒心中的欲望，他抑制欲望，是因为明白欲望的可怕。他实现了对苟爱琴父母的承诺，今天有了这张纸，他就完全拥有了这个女人。

苟爱琴在展示自己的美丽，面对合法的入侵者欣然而就，没有任何羞怯，落落大方地把自己展示给对方。文昌德躺下去，和她深情地对视着。她平静地看着他，明亮的眸子深邃无底，她的嘴角微微上翘，像是在笑，却又没有一丝笑过的痕迹。他看着那张精致、美艳绝伦的脸在眼前晃动，如同一池荡起涟漪的春水。

风光归来

苟爱琴两口子年前先到山西，文昌德拜见岳父母大人。这一天天气晴好，朝阳从云缝中喷薄而出，倾洒一片金色的光辉与积雪相互映照。苟爱琴的父亲开着厂里拉货的小货车，和妹妹赶去火车站。

文昌德毕恭毕敬地叫了一声“爸”，父亲满意地点点头。

父亲和苟爱琴坐在驾驶室，文昌德和妹妹爱萍就站在车厢里，爱萍一点也不认生，哥哥、哥哥地叫着，问东问西，比如问：“你见过南京路上好八连吗？”“肯定见过，我家那时住那附近，可我才一两岁，也肯定不记得。”文昌德用戏谑的口吻给了一个不是答案的答案。

父亲回头瞥了一眼，说：“看着人还算老实。”苟爱琴想，他可不怎么老实。回到家里时，母亲正在厨房忙活，听到动静赶紧出来，文昌德一声“妈”叫得母亲心花怒放，喜上眉梢。文昌德洗把脸就去厨房帮忙，母亲有点受宠若惊，连声说：“不用，不用，你坐了那么久的车，去睡觉好了。”

“妈，我不累，难得有机会跟着您学两手，以后也好照顾爱琴。”“互相照顾，互相照顾，她不太会做事，让我给惯坏了。”母亲忙不迭地说。然后文昌德不再说话，麻利地洗洗涮涮，丈母娘越看越喜欢，干脆自个让位打起了下手。

一顿色香味俱全的午餐端上了桌，母亲高兴地说：“这可全是小文的手艺，大家品尝品尝，爱琴你有口福了。”“你倒挺会拍马屁的，这么会儿功夫就把丈母娘搞定了。”苟爱琴心里高兴却嘴不饶人地接上一句。

下午父亲在县城的饭店摆了两桌，请了亲朋好友。父亲简短致辞说：“爱琴是我们的心肝宝贝，从小到大不容易，今天我们把她交到这位年轻人的手上，这就等于掏走了我们的心肝，抢走了我们的宝贝，我们打心眼里是舍不得但又很欣慰的，毕竟女儿有了好的归宿。”然后他又面朝这对新人说：“你们从相识、相知、相恋再到结为夫妻，这一路走来不容易，希望今后你们要互敬互爱，白头偕老。在工作上互相帮助，共同进步。更要善待两家的老人，尤其是爱琴，要做个贤妻良母。”饭桌上响起了热烈的掌声。

饭后母亲问：“你们结婚后住哪里？厂里给分房子了吗？”爱琴抢言道：“厂子里最近有一批人要调到上面去。我们就是看准了这个机会才抓紧结的婚。”

父母赞许地点了点头。

母亲给小两口做了新里新面新棉花的两床棉被，那被面是母亲压箱底的红、绿织锦缎的，父亲说过几天走铁路将它们托运到古海。

大年初二这对新人踏上了回上海的火车。三月初，这对新婚夫妇回来了，是徒弟小马找他爸搞了辆伏尔加牌小汽车去接的。

小两口带回来一大堆日用品：红双喜牌高压锅，当时要凭专供华侨的优惠券才能买到，带双喜字的暖瓶、玻璃杯子、成双成对的枕套和痰盂。那红色的搪瓷痰盂个儿挺高，像个马桶，身上长着一丛绿色的水仙，顶上开着一束白花，给人以在营养液里茁壮成长的感觉。一台日本进口的12寸电视机用纸盒装着，这堆东西中挺扎眼的还有一只红色的牛皮箱。至于那里面装着什么就任由人们想象了。

文昌德穿着黑色的长呢子大衣，头戴一顶黑色呢子的圆边礼帽，苟爱琴穿一件红色的紧腰带下摆的长呢子大衣，头戴一顶红色的有窄窄的小圆边的呢子帽，那帽子浅浅的，那烫成大波浪的卷发争先恐后地从帽子里钻了出来，下身配一双半高跟皮鞋，踏在水泥地上“咯噔”直响。

这排场让人想起了从电影上看到的归侨，只可惜他们没地儿“归”，一车的东西往哪儿卸？往苟爱琴原先住的二排五号，一则太小了，二则苟爱琴也觉着太伤自尊了，因她走时就没打算再回来住，有点好马不吃回头草的味道。搬到文昌德的单身楼，文昌德是和一位上海老乡同住，两个常年耗在这间屋里的大男人，东西哪儿少得了。

他们匆匆把东西堆在文昌德的屋子里后，第一件事就是拿着好烟好糖去找总务科长要房子。科长很客气地接待了他们，并很认真地找到了他们的住房申请，说："我已经给你们排上队了，你们都过了晚婚的年龄，理应优先考虑，但现在没房，我也是爱莫能助。"

"不是有一批人要调走吗？"文昌德小心地问。"是啊，这不现在还没走嘛，再说就是他自己走了老婆孩子不走，厂子还能硬把他们轰出去？再说他们能上去也是替厂子分忧，这指标是上面压下来的。"科长说得理直气壮。

"他们不就是为了解决老婆小孩的户口才上草原上去的吗？"文昌德不解地问。"是啊，他们要的是城镇户口，就是那个户口本，谁规定这人跟户口非绑在一块。"科长开始耍赖了。

他们傻眼了，任书记这回又坐蜡了，是他捅咕着人家去领了那张纸，于是他运筹帷幄，找到总务科长，建议将小马和文昌德屋里的施师傅调一下，因小马屋里的那位也是家住市里的年轻小伙，只是住到平房区，条件差点。施师傅还是乐意，那小伙只在上二班时在屋里住一下，生活用品极少。

文昌德又到总务科把单人床板换成了一米二的铺板，这间房实际上成了他们的婚房，许多人跑来贺喜，也想蹭个电视看看。

苟爱琴在家里开起了摄影展，厚厚的两大本相册里，有上海外滩等地的风景照，淮海路上商店的购物照，更多的则是婚礼进行时的全景照，都是彩照，色彩绚丽，从这些照片上还依稀能够感受到喜庆的氛围。

其中苟爱琴敬酒的那几张绝对出彩：只见她穿着一件大红的织锦缎旗袍，前身一只金色的凤凰展翅高飞。金色包边的立领做工考究，衬托着她姣好的面容，那脸上洋溢着满足和幸福。精致的做工完全展现出她的身材，合身的裁剪使她的腰看上去更细，再往下，陡然的一个圆弧，丰满的臀部紧紧裹在衣料中，线条收拢下去，是修长的两腿，脚上一款半高跟黑色皮鞋，把白嫩的小腿衬托得格外耀眼。细长脖颈上是一串珍珠项链，闪着炫目的光。不知是潮流还是时尚，尽管是大冬天，那袖管也是窄窄的，袖口也短了一截，纤细的手指端着高脚酒杯，一只光彩夺目的腕表环抱着她雪白的手腕，烘托出她的奢华和高雅。

婚礼的场景无法复原，但这手表就在眼前，女人们握着苟爱琴的手腕翻来覆去地看，这是一只女式的英纳格手表，有着精致的表盘，环绕表盘的水钻是采用60枚奥地利水钻精心打磨而成，不经意间折射出最出彩的光芒。全钢的表壳厚实耐磨，成就腕表无懈可击的完美外观，搭配玫瑰红的鳄鱼纹牛皮表带，质地柔软舒适，经典针式表扣，造型高端雅致，佩戴更随意。表盘内有三个小圆盘，对应星期、月份、24小时制，独特的夜光指针功能，使6根长短不一的金灿灿的指针更成为黑夜里一道独有的风景。

女人们嘴里发出啧啧的赞美声。苟爱琴兴致陡增，说："它还耐磨、耐刮、防水、防火。"说着就从桌上拿个小刀在表面上来回地划，人们脑袋聚到一块，仔细查看，竟未找到一丝划痕，于是有好事者挑衅性地问："真能防水?"苟爱琴就摘下表要将其放入桌上的半杯水中，挑衅者立刻按住了她的手，说："别，别，万一泡坏了我可赔不起。"

从此这宝贝在厂子里就出名了，那些还没见过这块表而还能跟苟爱琴搭上话的，在半道上见了，也要拉着她的胳膊，撩起她的衣袖，欣赏赞美一番。苟爱琴重又感受到了被人关注的愉悦，妙龄时靠的是姿色，现在又加上了炫富。

骨感的现实

冬日的寒风挡不住南京路上的人潮涌动、车水马龙，春节的气氛将沿街的店铺烘托得喜气洋洋。浦江两岸霓虹璀璨，映照得江面波光粼粼、五彩缤纷。外滩的洋房让人在这座城市中迷惘，江上耀眼的光芒呈现出一种近代的沧桑。

上海以它的时尚和传统迎接了这一对新人，苟爱琴也"海"化得挺快，直到回到古海，他们依然保持着从结婚以来在上海时的浪漫，同行必牵手，还十指紧扣；进门必拥抱，这是一帮半大小子说的，文昌德住二楼，楼前有棵大槐树正对着窗户，一帮小孩没事就坐到树杈上看新娘子、看电视；出门必吻别，只要他们房门一响，楼道里就齐刷刷地探出若干个脑袋，人们等着看"西洋景"。

理想很丰满，现实很骨感。不和谐的音符出现了并逐渐奏向了高音区。这单身楼是南北两排房，中间一米多宽的一个过道，房门对开的结构。这楼居住的是清一色的男性，男人们一进屋都大开着房门，洗洗涮涮，穿戴也不那么整齐，猛不丁住进来个女人，大家就觉得不那么自在了，常常听到一些小声嘟囔的抱怨声。再就是苟爱琴的“方便”问题太不方便了，这楼里住的既然都是男的，当然没有女厕所。早上文昌德双手捧着他那开着水仙花的痰盂去厕所，尴尬至极。有人神情复杂地一笑，虽然狼狈但人家毕竟有个女人陪着，这心里就有些酸酸的。苟爱琴白天就到距离最近的平房区去解决，有人嘴角轻蔑地一撇，这咋还离了男人就活不了了。

更重要的是解决最基本的“进口”问题都太困难了。既已结婚就不可能两人天天拿着饭盒到食堂去吃饭。可这楼里有暖气，却没有生炉子的设施。一开始文昌德他们就用电炉，这是厂里三令五申，严格禁止的。有时过载烧断了保险丝引得全楼断电，马上就有人大声地连吵带骂，吓得苟爱琴的小心脏扑通乱跳。

后来文昌德把窗户上的玻璃拿掉一块，用木板挡上，上面钻了一个洞，架起了烟囱，在屋子里支起了炉子。买来的蜂窝煤就放在房门口的过道边。有人走路时不小心碰到，就会大声地抱怨一句，或者有的干脆来一脚，踢得那蜂窝煤满地乱滚。生炉子时还要大开着房门，烟气窜到楼道里，呛得别人不舒服，免不了又遭白眼。在这种处境下，谁还有心情浪漫，苟爱琴更是厌倦了这种别扭的生活。

这天早上苟爱琴走出房门，就在文昌德的嘴要贴上去的瞬间，她推开了他，不耐烦地说：“别丢人了，给人当猴看。”中午屋里又传出了吵架声，只听苟爱琴说：“说你丢人，你还真就不要脸了，拾人家的垃圾吃。”原来是文昌德捡回了水房里别人丢弃的黄花鱼头，他将它洗净，用油煎过，放上葱，姜等调料，熬汤，说鱼脑里有脑白金，也许是因为猪脑抑或人脑都是白色的，所以他不说是脑黄金，后来人们就调侃这两口子是表黄金、鱼白金。

文昌德和小马是师徒，必上同一个班，二班小马还是要回来住的，苟爱琴还要极不情愿地回到原来的平房里去。文昌德和苟爱琴上同一个班，上二班时只要文昌德一出去，人们就四处张望，用目光寻找苟爱琴，看他们是不是回去“办事”了。

苟爱琴怀孕了，脾气越来越大，这天说想吃韭菜馅的饺子，当时才5月，在内地已是莺歌燕舞，在这儿还是一片苍凉。文昌德到市里转了半天也没买到，回来挨了一通骂。又一天说想吃酸汤面，文昌德下了班折腾了个把小时，换回了机器压制的面条，苟爱琴不吃，说要吃手揪的面片。文昌德没这手艺，一时半会也学不会，这又惹她不高兴了好多天。

于是文昌德开始学习北方厨艺，学着包饺子、揪面片，尽心尽力做一个好丈夫。白天一有空就上街采购。5月，在内地豌豆上市的季节里，文昌德买了这坐着火车才运到这里的新鲜菜，剥豌豆把手指头都染成了绿色。不管豌豆剥出来的数量是多少，最后都被苟爱琴风卷残云般来一个光盘行动。于是文昌德上街就找着买豌豆，买不着时看到苟爱琴失望的神情，他就自责不已。

文昌德改掉了炒菜时候放酱油的习惯，因此炒出来的菜都能透出一股鲜嫩的味道，绿油油的。他炒菜放油也很少，因而饭菜就比较清淡，这也正合了苟爱琴当时的口味。她说吃文昌德做的饭就是一种享受，但是这种享受久而久之就变成了一种刚性需求，偶尔文昌德偷懒或是其他原因没有按时做出可口的饭菜，这苟爱琴就不满得像是天塌地陷似的。这样的婚姻不用7年，不到7个月就已经开始“发痒”了。

抢房

要调到上面去的人终于有了动静，大多数还是拖家带口一起走，房子一间间腾出来，又一家家顶了上去，清一色的都是至少有一方是大学生，这也算厂子实践出真知，要把这些人留住，这房子可是那年头最最吃香的筹码了。

眼看着分房没指望了，苟爱琴又后悔嫁错了郎，因为当时还有那么几个对象可供选择，现在只能吃后悔药了。

任书记也如坐针毡，一天他得知厂子同意放医务室的小黄医生调到她爱人工作的省人民医院去，他将这个消息悄悄告诉了文昌德。文昌德不以为然地说：“黄医生是我的老乡，我早知道了，可这又有什么用呢？”“咋没用？她是你老乡我才跟你说呢。”任书记一边说，一边还神秘地眨巴着眼睛。

文昌德茅塞顿开，他和小黄商量好，小黄晚上搬家，把钥匙交给他。他在下二班后趁着夜深人静，由小马帮着，诚惶诚恐地把床和一些细软搬了过去。

小黄医生要调走的消息不光是任书记知道，她这房子的绯闻屋主已经有好几个了。早上天一亮，文昌德就把门打开，等着大祸临头。

总务科周科长，一个高大魁梧的退伍军人，从部队到厂子都是管后勤的，在他的认知里公家的一个螺丝钉也不能随便往外拿，何况这么大一间房。从他那两只快速摆动着的修长胳膊上可以看得出他是在跑步前进，但他实际运动的速度却很慢，他的身体发出的马力大部分耗费在身体的移动和双臂的摇摆上了。

文昌德迎上去，隔着好长一段距离都能清晰地听到科长的喘息声。科长浑身上下都在冒着热气，火气令他怒发冲冠。文昌德递上一支烟，好言相求说："苟爱琴怀孕了，下面我们的日子还怎么过?"

科长推开他，挥舞着胳膊说："这简直是无法无天，强盗行径，要都这样，这厂子不就乱了套!"

苟爱琴挺着鼓起的小腹站在房门口，脸上一副爱咋咋的的表情。那几个绯闻屋主和看热闹的，一堆人围在了房门口，科长差人把任书记叫来。

任书记一来就对着文昌德喊："你该先向周科长申请，咋先下手了?"

"我的申请打了多少回，他会给我吗?"文昌德将脸扭向周科长盯着他的眼睛问。

任书记盯着科长的脸问："你会给他吗?他们的条件应该够了吧，文昌德是快十年的老职工了，女方也早过了晚婚的年龄。"

周科长气呼呼地说："你不好好管管你的职工，还在这儿对我发难，这房子我又变不出来，没有房我有什么办法?再说这分房的政策是厂里定的，倾向大学生这你又不是不知道。"然后他不理会任书记，转过头鼓动着腮帮子，对抢房者下了最后通牒："限你们今天内必须搬出去，否则后果自负。"至于这后果是什么，他没说，他权力范围只对物，对人还是零权限。

文昌德也来气了，说："你要我搬房子，没门，你干脆把我开除算了，我正好想办法给你弄个大学文凭去。"人堆里有人嘀咕："算了，早晚也是要给他们分房子的，两个人家都在外地，在这儿连个歇脚的地儿都没有。"

周科长最终还是顺从了民意，也讪讪地走了。现在想起来，当时人的思想有多么僵化，把那只金贵的手表卖了可能就能在市里买套房，可当时职工对住房的意识还建立在“等、靠、要”三个字上：等国家建房，靠组织分房，向单位要房。

周科长打了个报告，要求厂里处理，据说研究来研究去，意见不统一，只是修改了人事调动的办理程序，必须是先交钥匙交房，后盖离厂手续的章。

文昌德两口子终于有了自己的一方天地，美中不足的是它在冷彩莲的隔壁，这房属厂里的二等房，按文昌德当时的资格，正规分还分不上。所以，和这房子对文昌德的伟大意义相比，那点瑕疵就微不足道了。

谜底

周日午饭后，苟爱琴哼着小曲来到四合院，她先在门口站着，脸上洋溢着笑意，两手插在腰上，把她那还不太凸出的肚子有意往前挺了挺，凸显出作为孕妇的优越感和微微的快意。

这个动作一下就收入了万晓阳的眼底，她突然发现，这大肚子也并非都见不得人，一个问号又一次在她的脑际闪现：她的肚子怎么就大了？自打去年那次事后，她对“造人”这个问题的好奇心越来越强，经过红梅的解惑，姥姥的“男女挨着论”显然是一个谎言。记得学校上生理卫生课时，男生女生分开，女生上课的时候，把门关上，一群脸上脏兮兮、贼眉鼠眼的男孩儿扒着门缝偷听，听到一个新鲜敏感的词汇，不禁窃喜，扬起一张张愚蠢兴奋的小脸，门外就传出一阵骚动，可女生到底也没听明白这人究竟是怎么造的。

“我来看看还有什么东西要搬的。”苟爱琴说着，走路时还两腿分开，小心地一晃一晃地挪着步，像是时时都怕肚子里的东西掉了。

进屋后，苟爱琴先是在屋里环顾一周，接着把抽屉检查一遍，拾遗捡漏之后，把头一扬略带点豪气地对万晓阳说：“剩下的这些东西都不要了，你帮忙收拾收拾吧。”万晓阳笑答：“苟姐，你身子不方便，我帮你收拾吧。”于是她帮苟爱琴把捡出来的东西装好，提了个大点的袋子，送到了她的新房里。

万晓阳回来后开始打扫屋子，心里有了一种兴奋，自己从此也有一方天地了，看着一堆破烂，想想要一趟趟地收拾往厕所的茅坑里送，既要跑腿还要闻臭气，不如当废品卖了还可给自己的口袋充充值，于是就费点事用绳子捆了捆，送到离厂大门口不远处的一个废品收购站。

这个废品收购站是依着水磨商店的侧墙搭建的一个油毡棚，门口摆一张旧课桌和一条长凳，一杆秤躺在桌子上。

一位中年妇女正在弯腰收拾地上的破烂，见有人来就直起身，立刻放下手中的活计迎了上来。这中年妇女是个大高个，挺壮实，午后的阳光射到她的圆脸上，使她的两颊更加红润。她动手解开万晓阳拿来的那堆破烂上捆扎的绳子，万晓阳就走到里面东张西望，就在对方验货、分类过秤的当间儿，眼前的一堆书吸引了她，确切地说是斜躺在上面的一本书，那淡绿色封面上四个白色的大字：妇产科学。

看来这个封面设计很切题，绿色是孕育生命的颜色，那个书名就像一块磁石，牢牢地吸引了万晓阳。她俯身拿起了它，但还是有点不好意思地说："把你那本书卖给我，行吗？钱就从那堆东西里扣。"

"什么卖不卖的，你要是喜欢，拿去就是了。"女人一脸无所谓地说着。

对于那个收废品的女人来说，那不过是一叠废纸，对医生和医学院的学生来说，那就是一本普通的教科书，可对于万晓阳来说，那却是一本指点迷津的宝典。片刻，这收废品的女人像悟出了点什么似的，丰满的下巴微微上翘，张大的眼眶里，黑亮的眸子缓慢游动着，突然就意味深长、满面狐疑地说："咋的？有了？有了你问我呀，我都生了仨，看那废纸上的东西有什么用。""没有，没有。"万晓阳急得又摇头又摆手，转身逃一般地离开了那个令人尴尬之地。

万晓阳一进屋，关上门就躺在床上看起了这本书，一幅幅的插图，让她脸红心跳；一段段详尽的讲解，让她茅塞顿开。

十七岁的少女，青春萌动，青草钻出了厚厚的土层，向外部寻找阳光、空气和雨露。多少年的混沌，今日终于云开雾散。从此，有关的幻想进入了她的潜意识中，浸润在每个毛孔里，并能够不由自主地想起，随即相伴的是腹部温暖的、舒服的感觉，这种感觉又刺激着她，经常有意或无意地在头脑中酿造着一杯杯的蜜酒，并假设着它们演绎成现实的种种可能。

幻想的对象中有英俊的小伙儿、建国，甚至还有那个秉性野蛮、举止粗暴的罪犯，她仿佛又看到了那双如狼似虎的眼睛，像发现什么猎物似的闪着贪婪的光，现在她知道他要干什么了，可他为什么又跑了呢？至今万晓阳也弄不明白。这些人在梦中出没于不同的场景中：海滨沙滩、柳荫处、小舟上、阳光下或月色中，有一次万晓阳甚至梦到自己爬上了文昌德的床，她躺到他的身边，月光下那张棱角分明的脸生动、热情，挂着微笑。梦醒了，自己吓出了一身汗，这咋在梦里还犯生活作风错误呢。

爱在囧途

这天下午快下班时，晓阳突然停下手里正在扫地的扫把，站在那儿揉眼睛，建国过来问："阿么了?"晓阳说："我眼睛痛，好像许多沙粒进了眼睛一样，怕光，眼睛睁不开。"

"你这是被电焊弧光打了眼，你别扫了，先坐下休息。"建国说完，赶紧收拾了一下，送万晓阳回宿舍休息。

一进屋，建国要万晓阳闭上眼，躺在床上，然后他拉上窗帘，说："现在最好不要见光。"搞电焊的都知道，用人奶可以帮助伤口愈合，可自己一个大男人怎么到人家一个年轻媳妇家去讨，于是跑回车间找"奶爸"小吴，说："万晓阳被电焊打眼了，想要你媳妇的奶水给治下。"

"噢，你给我个瓶，我明天给你带来。"小吴说。"她现在痛得厉害，等不及了。"建国为难地说。"你以为这是自来水龙头，一拧就来了，我这婆娘吧，也怪，有时一点也没有，娃饿得哇哇叫，有时又胀得不行。"小吴喃喃地说着。

建国一路小跑就直奔小吴家去。他一敲开门才发现，对着一个年轻女子，这"奶"字还真说不出口，于是结结巴巴地说："嫂子，把你儿子的口粮给我点。"这小媳妇从农村来，在这方面挺大方，故意逗逗他说："我儿子还没上户口，还没口粮呢。"建国脸红了，忙说："我徒弟被电焊打眼了，当眼药水的。""就这么点事，看把你臊得。"这小媳妇麻利地从桌子上拿起一只玻璃杯，接了一些给他。

建国又到医务室开了眼药水，他要的不是药，而是瓶子，将眼药水倒掉，换上乳汁。建国小心地掰开万晓阳的眼皮，给她滴上，又轻轻揉两下，让它含进去。然后打来一盆凉水，把毛巾打湿，做眼部冷敷以减轻疼痛，20 分钟一次，两条毛巾倒换着。

“我好多了。”万晓阳脸上掠过一丝笑意说。平日里，潜意识里的自卑感使建国总是目光下移，他怕看到她眼中的愠怒，现在，建国无所顾忌的眼神停留在那张白净光滑的脸上，他在心里默默念道：晓阳啊，你是一朵含苞怒放的花，你知道你的魅力来自哪儿吗？来自你的天真无邪。

上天给了人七情六欲，开发了个伊甸园，捉弄着一批批把持不住的年轻人前赴后继。据说，爱情是一种激素，达到一定水平时，人们会情不自禁地用肢体语言来表达。奶水和着泪水从晓阳的眼眶中流出，万晓阳用手去擦，建国抓住了她的手，用自己的另一只手在万晓阳脸上轻轻擦着。少女第一次与异性肌肤交流，从手到脸，一种异样的感觉袭过心田，她的脸上泛起了红晕，她想甩开他的手，她想责备他，可她张不开口，手也任由他把玩着。

建国定定地看着她的脸，那脸清晰异常，仿佛放射着微弱的光芒，一种梦幻般怪异的表情，半是愉快，半是痛苦，显现在那张泛着红晕的脸上。万晓阳的头梦幻般轻柔地微微弯斜，那动作几乎是哀怨的。

好像要摆脱那爱的痛楚，晓阳的头发神经质地一甩，建国的爱又会躲开，接着再幽幽地靠近，当建国企图用他干涩的唇摩挲她的脸时，万晓阳忽然想起了干警的问话：“那人是不是在你脸上乱亲？”于是心里产生了一种厌恶，把头拧向一边说：“师傅，想不到，你也和那天晚上在马路上截我的恶人一样。”

建国立刻直起身，脸痛苦地扭曲着，被他母亲经常提及而像大山一样压在心头的创痛又一次发作，他坐到了床边的椅子上说：“你以后不要提那个事，它就像一根针扎在心里而我又拔不出来，开始，我不知道这是怎么回事，渐渐地，我明白了就是因为对你的这份心思，当然也包括你因为那件事而受的伤害，所以每一次想起来时，我都有意压住它，不然，我的心里会很难过，确切地说，还有点恶心。”

万晓阳哭了，她嚷着说：“我脏，我恶心，配不上你，你以后不要来了。”建国坐到她的床边，说：“唉，你怎么什么都不懂，我喜欢你，我会照顾你一辈子，怎么能和那个浑蛋相提并论？”万晓阳止住了哭泣，把手放到他的腿上，建国捉住了它，抚摸着，他再次俯下身，她呼吸急促，闭着眼睛任由他轻吻她的唇、鼻、颈和每一寸裸露的肌肤，她想挣脱可又眷恋他的吻所带给她的震撼及甜蜜，而且还为自己找了个理由：用行动回报他的宽宏与大量。

猛然万晓阳清醒了，双手用力推开了建国。

人在全神贯注时，对突如其来的外力不具防御力，被她冷不防这么一推，建国不禁略微倒退了两步，脑袋撞到了床边炉子的烟囱上，发出一声闷响，他也清醒过来，自卑又回到了他的身上。建国扑通一声，跪到了她的床前，抓住了她的手，往自己脸上打，一边说：“对不起，你打我。”

万晓阳抽回了手，建国逃一般地离去了。

理想之光

陈技术员望着黑黢黢的屋顶，心里泛上一阵苦涩：我怎么就到了今天这个地步，这不是我想要的生活。她闭上了眼，一道金光将她带到了时光隧道的尽头。一个四五岁的小女孩好像不学自通，她是奶奶买菜时的活算盘，但在她的记忆里好像没有人教过她算术，后来她想可能是姥爷教的。

姥爷是一个潦倒的书生，在她的记忆里只留下了姥爷教她画画和扶着她的右臂写毛笔字的情景。一幅画至今还经常在眼前晃，那是一张蜡笔画，绿色的柳条垂下来，上面长着淡绿色的柳叶，一只黑色的燕子伸展着翅膀向柳枝飞来。

那时她家住的院子后墙连着莲湖公园，公园里有一个很大的湖，夏天也开满了莲花，煞是好看。院子的后墙上开了一个门，小孩们常到公园去玩。出了后门，下一个不太陡的斜坡，就到了环湖的土路上。一天，她和院里几个小孩一块儿在湖边玩，突然眼前一片金灿灿，还夹杂着蓝色和红色交替闪烁的光，她就一头栽倒不省人事了。

她奶奶被吓坏了，说她是被湖里的冤死鬼捉去了魂，那时有人生活不如意跳湖的或被害葬身湖底的，人们说那湖里经常有冤死鬼出来闹腾，夜里有时也能听到诡异的叫声。

保姆把她抱回来，一堆人使劲叫也不醒。奶奶就搞了一只大碗，盛水摆在后门口，里面还放了几支筷子，人跪下，两手伏地，磕头如捣蒜，嘴里还念念有词：“大慈大悲的狐仙奶奶、神仙爷爷，我这孙女本是这院里的人，常和你老见面，只是这一向到她外爷家住了一阵子，你咋就不认识了，是不是我这老太婆有得罪你老的地方，你就惩罚我这老婆子，放了我这孙女吧。”念叨完，看看还是没用，就叫保姆到医院告知媳妇。

母亲回来了，说：“妈，你这是迷信。”然后就抱着她坐车到了医院。母亲叫了几个科的大夫，大家七嘴八舌，给出了各种解释和方案，可谁也不具体操作，正在众人一筹莫展时，她睁开了眼。一位大夫拉着她的母亲问她：“这是谁?”“我妈。”她答。“她叫什么?”大夫问。“她叫李爱珍。”她对答如流。

大夫们长出一口气，莫名其妙地摇摇头，耸耸肩，摊开两手表示不知道这是怎么一回事。

后来因为她学习好，母亲常常以此来批评妹妹时，她奶奶就说：“她是叫神仙捉去稀罕过的娃，我可不想让二毛也叫捉去一回。”

有一次语文课上老师出的作文题目是：我的理想。可能那时经常能看到苏联集体农庄的拖拉机在田野里作业的画面，她写了我的理想是当一名拖拉机手，开着“铁牛”在祖国的田野上驰骋。这篇文章被老师作为范文在课堂上剖析，讲了许多她不曾想过甚至都还不太懂的话语，后来文章又被抄在了学校的黑板报上，所以她一直记忆犹新。

小学六年级上学期刚开学没几天，下雨，她打水回来上课铃响了，她往教室跑时被台阶绊倒了，小腿骨折。石膏一直打到大腿根，打好石膏，母亲不放心，又让拍了一次X光片，显示骨头没有对正，于是拆了石膏，骨头移位重新对接，受了不少罪。后面的日子里净受罪了。转眼要小学毕业了，母亲要她去上学，她推三阻四，因为拄着两个拐，怕丢人，所以一个学期没上课。

正好家里搬家，下学期一开学，母亲给她转学到离家较近的西安市实验小学。出乎意料的是老师、同学对她特别热情，好像没有歧视的意思，和她坐同桌的男同学，每天上课前把她的双拐接下来平放到桌子下面的两根木撑上，还帮她打水，女同学就帮她去厕所。

奇怪的是，她上一个学期没上课，但老师讲的知识她好像都会，老师上课也有意叫她回答问题，很快她就在学校出了名，她的照片好像还被印在一个作业本的封面上，那是一个白底，上面有粉红色的点组成的、两手交叉在胸前放在桌子上认真听课的半身图像，下面写着算术本三个大字，这张照片不是单独照的，可能是有人在参观学校时拍的，学校统一买来发给大家，同学们说是她，连她自己也不知道是不是，只是那扎辫的头绳有点像。

小学升初中考试前，老师要同学们自由复习，她就到公园或者学校的操场边的树荫下，总有一群同学跟着，实际上一堆人在一块儿根本就不学习，那时好像不学而优才是本事，谁也不愿让别人看到自己苦哈哈地啃书，到头来考试却不尽如人意。

她在小学时好多个假期都是在西安市少年宫做图书管理员，图书多是小人书、画册之类，好多都是民间故事，在给别人借书还书的空隙，看了不少书，沉淀在脑海里。一个个的故事变成绵延流长的语言，像蝴蝶一样从她的嘴里源源不断地飞了出来，听得大伙如痴如醉。她是全校唯一的一名上初中的保送生。有些人觉着上当了，说："这不是害我们嘛，原来她不用考试呀!"

冤枉啊！她也是到快考试的时候才知道的。

也许是因为在英国人的学校里受过修女式的教育，母亲早早就托人想让她进省立女子中学，尽管保送的是一所不错的中学，而且为了保送还费了不少事，当时她的母亲干部下放劳动，在医学院的动物实验场劳动，学校还专门派人去外调，以为她妈犯了什么错误，折腾了半天，上了不到一学期，她妈还是给她转到省女中去了。

一进去才知道她的班里有三分之二的同学是从保育小学升上来的，她们基本上都是在延安出生的，常常讲着在某次轰炸中警卫员们把她们护在身下而英勇牺牲的故事，至今仍引以为傲。她们可真是名副其实、货真价实的用烈士鲜血浇灌的花朵啊！看来要想女子专心学习、保贞节，首选上女中与修女教育无关，而源于中国几千年的封建意识。但这又并非完全没有道理，实际上，这女中绝对是一个抑制了雌性荷尔蒙的地方，也是一个屏蔽了雄性磁场的所在。小陈同学刚上大学，有一天在马路边走着，天下起了小雨，一位高个子男生从后面举着伞给她遮雨，她竟在毫无自主意识的情况下，触电般身轻如燕地就蹦上台阶到人行道上去了。

初中时，一天在新华书店闲逛，一本英文杂志的封面是居里夫人的侧脸黑白照片，为了得到这张画像她买了那本杂志。

居里夫人为科学献身的故事如雷贯耳：她片刻不离地在一间简陋的窝棚里，每天穿着沾满灰尘和酸液染渍的工作服站在大锅旁，把上千公斤的沥青矿残渣，一锅锅地煮沸，还要用棍子在锅里不停地搅拌，烟熏火燎，眼睛流泪，喉咙刺痒……然后搬动很大的蒸馏瓶，把滚烫的溶液倒进倒出，一丁点一丁点地结晶，就这样，经过 3 年 9 个月锲而不舍的工作，终于提炼出 0.1 克纯净的氯化镭，获得了诺贝尔奖。至于小陈同学是仰慕居里夫人取得的巨大成就，还是崇尚她吃苦耐劳的精神，她自己也说不清。

小陈同学将封面剪下，把其余印着洋文和各式图画的光滑而又硬挺的纸都用来包书皮了。这张封面陪着她从中学到大学。在家时和妹妹同居一室，怕被笑话就不敢把它贴在墙上，只能将它委屈地夹在一个硬壳的夹子里，心情不好或遇着难事的时候就拿出来对着它念叨念叨，似乎心中就会升腾起一种力量。

进入大学住在集体宿舍里，它更是只能屈尊在桌子抽屉里了。姥爷外婆是虔诚的基督徒，家里有各种版本的《新约全书》，就是《圣经》，她拿了本最新的回家当故事书看。后来她觉着放在家里可能会惹事，于是将它带回学校和这张奉为神明的纸包在一起放在床底下的一个角落。

再后来有一天学校里出了一件事，小陈同学吓坏了，在凌晨三点爬起来，做贼似的把那个包拿出来跑到外面无人处，将那本圣经撕开，连同那张画像也粉身碎骨了。然后在夜幕的掩盖下，跑遍了学校里自认是少有人去的犄角旮旯，一点一点地塞到垃圾箱里，还用垃圾掩埋起来。从此这尊神就消失了，但她为科学事业献身的精神，还是永驻在小陈同学的心间，至于将来是不是要当科学家，她没想过，大学一入学，宿舍墙壁上用红漆喷成的几个大字——工程师的摇篮，可能是她当时所能看到的最光明的前景。

红颜祸水

小陈同学这理想思维的惯性一直延续到成年，结婚后就没想着要孩子，原本头胎都不想要，在丈夫的反对下才留住了小命。老大生下后就送回西安，母亲给找了医院营养灶上的一位退休大师傅，和他的老伴两人带孩子。陈技术员甚是满意，在遥远的边疆全心全意干革命。她妹妹经常接送小孩，日久生情。母亲对她说："你妹妹结婚几年了也没孩子，你就再生一个把这个给她吧。"相隔四年，老二来了，可妹妹也怀上了。

陈技术员是在西安生老二的，这是医学院的附属医院。那是一个中午，医院的大喇叭正在播送着"知识分子要和工农相结合"的指示。这种知识分子成堆的地方自然要反反复复的放大音量播送了，连陈技术员都听得入神了。突然，她感觉不对劲了，母亲回家给她取饭去了，她一骨碌翻下床，喊着："来人，来人!"一边自己把露出的小脑袋一拽就给拽出来了。她往婴儿双腿间瞥了一眼，心凉了半截。母亲回来看她不高兴，问："怎么了?""又是个臭小子。"她无奈地说。"你怎么不早说，早说我给你换一个，你连知都不知道。"母亲说得轻描淡写。这老二生下来白白胖胖，比他哥整整重了一斤，家人说这孩子长大比老大还漂亮。

转眼到了年底，她的小妹妹放寒假到古海来了，说是来帮带小孩的。当时妹妹十七岁，含苞待放，没想到在厂里引起了轰动。一下班，一帮又一帮的人，熟悉的不熟悉的，都往屋里涌，说来看漂亮姑娘。

2017年老厂的同事在江苏无锡聚会时，因陈技术员1981年就调离厂了，许多人已经不记得她了，可一认出她，第一句话就是问那个漂亮妹妹现在怎样了。一个在厂子干了十年的人，竟比不上一个在厂子只现身几天的漂亮姑娘，匪夷所思，匪夷所思啊!可现在许多人不就是靠脸吃饭嘛。还有研究为证：英国的科学家经过多年的研究得出，看美女5分钟相当于做有氧运动30分钟，更是把养眼提升到了养生的高度。

平时少有跟人交往的陈技术员两口子哪见过这阵势，受宠若惊，生怕怠慢了人家，老头忙不迭地递烟倒茶，陈技术员怕小孩哭闹就抱着孩子一边和人聊天，一边给小孩喂苹果，用个小勺把苹果刮成沫，一勺一勺地喂。只顾说话，不知不觉一个大苹果挖得只剩下一张皮了，才发现，坏了，大冬天的，当时小孩只有五个月。人群直到晚上11点多才走光。

第二天是星期天，陈技术员领着妹妹到市里逛了一天，傍晚回来，丈夫说："孩子拉稀了。"她解开尿布一看，气急败坏，指着丈夫喊："你是死人啊?!不知道带孩子去看病。"

到医务室一看，大夫说已经脱水了，赶紧开了单子，派车连夜送到省人民医院。一去就收住院，七七八八的针打了一大堆，主治药物是黄莲素，每天打，还是止不住，后来从膝盖往里打，叫"打封闭"，仍然无济于事。小孩瘦得皮包骨，肚子呈青紫色，瘪下去，肚皮的皱褶像一颗枣核的表皮。整个过年都住在医院里，过完年，大夫们对小孩又观察了两天，下了最后诊断："没救了，回去吧。"

陈技术员懊恼，内疚，迁怒于这个"漂亮"。她妈常说的一个词"红颜祸水"电闪雷鸣般地从脑子里的一道缝隙中勇敢地钻了出来。小时她妈就讲过这样一件事，她们医院有一位护士长得漂亮，一天刚出院门，一辆美国兵的吉普车追了上来，边喊："花姑娘，站住。"姑娘吓得只顾往前跑，这车竟追上去把她活活压死了。因此她从不要女儿们打扮，陈技术员更是将这一思想发挥到了极致，上大学时母亲给她做了一件淡紫色，有白色花朵的棉布罩衫，她穿上就觉着全身亮晃晃的不自在，于是买了包黑染料，在学校用洗脸盆放在电炉上煮，给它染得漆黑。

可母亲自己却偏偏生了两个这样的“祸水”，打小就没让她省心，连陈技术员这当老大的也跟着受累，从记事时起她就充当了大妹妹的护花使者，大约从十一二岁起，走在路上看到有人拉妹妹的手或摸她的脸时，她就站住，挥舞着小手儿大声地骂：“不要脸，不要脸。”

大妹妹初中一年级没上多长时间，老师就把母亲叫了去，说：“快把你女儿转走吧，我这班没法带了。”原来妹妹爱打乒乓球，球打得也不错，是市里中小学生乒乓球比赛的裁判。每到下课前一段时间，班里的男生就蠢蠢欲动，都想早点冲出教室去占外面的乒乓球桌，然后让给妹妹，且愈演愈烈，骚动时间不断提前。

母亲羞愧难当，又求人找关系将她也转入了女中。女中的学生全是女的，可有男老师。不几天男班主任又把母亲叫了去，说你女儿学习态度有问题。原来，他教语文，凡课堂练习或自习时，他总要热情地站到妹妹的桌前问长问短，不厌其烦地讲。一天妹妹发火了，在教室里大声地喊：“你怎么不问别人，光问我。”这位老师有失颜面，找母亲来撒气，母亲只好低三下四给人说好话。

再说这小的，下乡没几天，生产队派人把母亲叫了去，说：“把你的女儿转走吧，我这队长都没法当了，派活时，几个小组的男生都要跟她一组，成天吵吵闹闹，这手里都是铁家伙，打起来会出人命的。”

母亲二话没说，收拾了东西就要将她领回家，说：“我养活你。”妹妹不肯，说：“这怪我什么，又不是我要他们争的。”母亲执拗地把她带回了家。从此，母亲日夜看着她，上班就将她锁在房里。

陈技术员家住在医学院的家属院里，邻居们猜疑也不明说什么，妹妹平时在校也是个好学生，北京外国语学院附中在西安招生时，考察了她的情况，问她愿不愿意去后说：“那你回家征求一下你父母的意见。”她回家那么一说，母亲也就那么一听，只说：“去呗。”一点都没当回事，这事自然是没下文了。

有一天母亲下班回家吓了一跳，妹妹躺在床上已经不省人事，身下的被单湿了一大片，枕旁放着安眠药瓶子和一张纸，上面写着几行草草的字：我不知道我有什么错，与其这样活着还不如死了，妈也不用这么费心了。

母亲赶紧送她去医院抢救，总算捡回了一条命，人家的议论可就不得了啦，说她是怀孕流产了等等，父母恨不能找个地缝钻进去。

母亲意气用事，强行将她带回家，险些要了她的命，而且毁了她的前程，使她失去了进入国企工作的机会，祸根就一个字“美”。

回婆家

从医院回来后，小孩什么药也不用了，人家医生就没给开药，只好等着命运的宣判。工具室一位天津师傅拿来一盒天津产的中药丸——启脾丸，说你试着给孩子吃吃吧。这药的主要成分是山楂，还加了蜂蜜，酸酸甜甜的，小孩自己都吵着要吃，叫它“屁屁丸”。上天眷顾，当地就有一家药厂也生产这种药，吃了一段时间，没想到小孩竟慢慢地好了起来。

老三来了，陈技术员到医务室找大夫开单子准备打掉，翁大夫与她关系不错，说：“你打了干什么？像我一样两儿一女，多好，再说你这老二不一定保得住，生吧，生了给你一个指标。”

陈技术员还是不死心，跑到医院找了她当大夫的高中同学，这位同学因习惯性流产至今没有孩子，经常遭丈夫家暴，她说：“你生下来，要是儿子给我。”

陈技术员犹犹豫豫地在回家前还是到医院妇产科门口站了一会，听到里面女人撕心裂肺的嚎叫声，她退却了，于是回家专心致志地做起了生女儿梦。

同事送来据说是宫廷里流传出的生男生女表，密密麻麻地写满了男男女女，按怀孕月份找表格上对应的月份，就知道是男是女。她把那表翻来覆去地查，怎么查都是女的。她又到据说看相很准的一个女人处去问，这女人折腾了半天，吐出一个字：“女。”她当时别提有多兴奋，可后来一回想，这女人一开始就问了她现在有几个小孩，是男是女，她如实相告，傻子也会说出个“女”字。愚蠢的她被捉弄了一回，可那种对女儿的期盼却与日俱增。

一些日子以来，陈技术员的脑子里总是浮现着女孩儿那红扑扑的小脸，黑油油的头发，奔跑时扎的小辫儿随之跳动的景象，这时她的心情会空前地好起来。她无比惬意地躺在床上，就有了甜蜜而慵懒的睡意，昏然的意识中，一个孩子像天使般舞动双臂向她飘来，她正准备张开双臂去迎接时，不见了，一转身，那孩子正坐在床上，大大的圆眼睛，胖嘟嘟的小脸，那是个女孩吗？怎么看不到小辫子？整个场景在一种似是而非的意境中展开，她焦急万分想去找那飘来的孩子，眼看就要追上了……

“人呢？我回来了”丈夫的大嗓门一下子把一个完整的梦变得七零八碎、无头无绪了。她遗憾地说：“你打断了我的美梦，我梦到生了个女孩。”丈夫回应：“别玩这种自欺欺人的把戏了，甭管是男孩还是女孩，生下来谁带才是当务之急。”

“叫你妈来给帮个忙吧。”她说。“我先写封信。”丈夫答。“还是回家一趟吧，结婚后还没见过公婆，也顺便看看东北松花江。”陈技术员兴致很高地说。

当时陈技术员已经调回了生产科，徐科长兑现了当初的承诺，在原先科里管生产准备的那位上海交通大学高材生调到局里后，这位科长就多方活动，终于把她要了回去。知道她要千里迢迢回东北，善解人意的科长就让生产科配件库的一位老丈人在北京的师傅，去北京出趟差，顺便帮助她们一家在北京倒车。

陈技术员丈夫家在农村，那里种水稻而不产小麦，东北人一向认为好吃不过饺子。于是陈技术员托人从粮店挑了一袋50斤的面粉。走的那天，怕面粉蹭一身白，她专门找了一个包袱布，四角拴上绳子把面袋包住。

纤瘦的丈夫蹲在那里，拽着面袋的两个角，慢慢把那袋面拦腰挪到肩上，一个农门弟子，竟然龇牙咧嘴地试了几次都站不起来。妻子说：“算了，还是换成粮票带回去吧。”送他们走的校友反驳道：“你到哪里去换那么多全国粮票？就是换到了你到东北又到哪里去买？每个粮店都只供自己片区内的住户。”身强力壮的校友扛起那个死沉的东西，人扛车载，终于送上了东去的列车。

当时老二身体还是很弱，动不动就发烧，根本用不着体温计，一摸额头发烫了，就给塞半片面上压有“ABC”字样的止痛片。那时也买不到奶粉，只能把牛奶装在瓶子里，带了一个酒精灯，吃时用小锅热。可跑遍各车厢，人家都不让点，又不敢下车，车那么挤，为打杯开水也要跑好几个车厢。牛奶温不热，小孩喝了就又拉肚子。

终于到了西安，第一件事就是给老二看病，母亲还专门找了医学院儿科的教授，那教授给小孩检查了半天后说：“回去把馒头在火上烧焦，然后碾成粉末，用开水冲服。”吃了几天好些了，想不到堂堂的医学院教授也用这土方子。

托人买了去北京的车票，把一直待在西安的老大也带上了。奇怪的是那时好像没人觉着几千里地背一袋面粉有什么不可思议，于是这袋面粉又跟着他们去了北京。

科里那位师傅去接了站，他和他爱人一块儿回了北京。这师傅一家人很热情，半夜里将他们接回来，自己一家住到也在这院的丈母娘家，给他们腾出了一间房。

这是个最一般的大杂院，各家的平房都一面贴着围墙，房间的门和窗框都显灰旧，失了原色，墙上的青砖洼痕累累，房上的鱼鳞瓦长满青草。原来有点面积的院子被各家各户用半截砖、油毡搭的小厨房扭曲得不成方圆，仅存的比巴掌大点的空地上倒紧凑地摆满各色花草。花草全不是名贵品种，栽在灰瓦盆或破脸盆里，不图娇艳，只图枝枝蔓蔓爬着那个繁茂，有那么点生机活力，看上去舒服。

早晨，天刚亮日头就升起，院里的坛坛罐罐都洒上阳光，院间的老槐树上蝉已经在长鸣，院子里嘈杂声起，开门的吱呀声、院子里自来水龙头下水桶的碰撞声不绝于耳。

陈技术员赶紧起来，出门就见科里那位师傅的爱人端着牙缸子，含着牙刷，满嘴白沫从对面屋里出来，站在小厨房门口，“噗”地吐出了一口水说：“昨晚睡得还好吧？一会儿过来吃饭，我妈大老早就起来了。”

当时开往吉林市的火车是隔天一趟，另一天是开往平壤，要在北京等车票。

在北京住了五天，白天，师傅的爱人，有时是两口子陪着他们到公园或商店去玩，晚上就看他们一家人忙碌，师傅的丈母娘领了那种四方的线围巾，四边的线穗是用针缝起来的。有时陈技术员也帮着一块缝，一边说着话，小孩就和院里的小孩一起玩，真有点其乐融融的感觉。

丈夫家距吉林市20多里地，他弟弟、姑妈等一大帮亲戚都住在吉林市，那天公公、弟弟一行人到火车站去接，回到农村的家已是下午。

到了这里才知道什么叫“辽阔”，一眼望去，无边无际，水稻田边大片的土地上长着齐腰高的草，叫草甸子。水塘遍布，他弟弟随便下到路边的一个水塘里，就摸上了两根又白又粗的藕，吃鱼就用一个网子往上捞，不由想起了“棒打狍子瓢舀鱼”的谚语。

这里不像关中平原那样，村落很大，几十户人家聚集而居，多数还同族一姓，有的村头还有城墙和门，而是几户人家一凑就安营扎寨，这可能与他们闯关东的历史有关。

公公早年读过私塾，战争年代当过农会主席，几次要跟着队伍走，被婆婆死死拽住走不了。中华人民共和国成立后当过小学教员和大队会计，所以对干农活不太在行，地里的活基本也是由婆婆操持，一家老小的吃喝拉撒全靠她。

在陈技术员和丈夫十分艰难地说出想请婆婆去古海带小孩时，婆婆说：“你妈不是大夫嘛，让她给你打了。”陈技术员听后心里还挺不舒服，哪有婆婆这么说话的。

可在家住了十多天看到的情形是：凌晨三点，公社的大喇叭就开始叫了，婆婆早在这之前就要起床做一家人的早饭，当时两个弟弟高中毕业后也在家劳动。几个劳力走了她才收拾屋子，屋里屋外、院前院后的打扫，接着又是做饭，下午还要到自家的菜地里劳作。就是这个刚强的女人用她那不太厚实的肩膀扛起了这个家，把六个子女，除一个当兵外，全部培养成了知识分子（两个小的是恢复高考后考上的）。还真是，如果婆婆走了，这家就塌了。婆婆是一个淳朴厚道而且豁达的女人，在去世前给老伴交代：“我走了，你别去麻烦老二，人家困难时咱没给人家帮忙。”

折腾了几千里带回去的面粉真不争气，黑还不筋道，真是挺对不住人的。

回来时家里给陈技术员两口子带上了一袋白花花的大米，它逆着与面粉同样的路线回了古海。

松花江畔的聚餐

临走前，陈技术员一家再次来到吉林市，这个北国城市街道干净，沿街楼房窗户的窗台上或平房小院里都布满了鲜嫩的花花草草。

人们衣着光鲜，常有女士下班时手拿金黄色的玉米面压的面条，因挺硬，看着像晒干的粉条，女士多用一只手举着过肩头，摇着纤腰招摇过市，人戏称：的确凉（当时的合成面料，意指时髦）的裤子，苞米面的肚子。

老头的几位在本市工作的高中同学相约为高原来客接风。陈技术员一家四点多就来到松花江畔，江风习习，两岸花红柳绿，垂柳丝丝，江水清澈见底，夕阳西下，一轮红日倒映在缓缓流淌的江水中，波光粼粼。他们在江边徜徉，两口子指指画画，给生长在西北从未见过江景的小孩们讲着。

来到江边的约定地点，三位同学陆续来到，看到陈技术员一家，便一个个张开双臂迎了上来，挨个和她的丈夫拥抱。看到他单薄的身板，一位拍拍他的胳膊说："当年只要换一个清华的其他专业，就是板上钉钉的事，何苦呢，为了你的原子梦跑那么大老远，结果还分到那个鬼地方。"

"是我条件不好连累了他，他本来是不会分到那里去的。"陈技术员赶紧插话，每每遇到这种情况，她总是主动承担责任。

"唉，进去的时候想当这个家那个家，出来时就只想有个小康之家了。"丈夫的脸上扯出一丝苦笑说。一位机灵的同学马上换话题说："有个幸福之家最好，一转眼就是12年了，忆往昔峥嵘岁月稠，恰同学少年，风华正茂。""唉，别在这儿大发感慨了，走，走，找个地方好好唠唠。"另一位说着带头往街对面走去。

天色已暗，街上饭馆多数已经打烊，因为是工作日，同学们没法早来，其中有位是市医院的大夫，带着一帮人走到路旁的一家正上门板的店面前，店小二收回门板，满脸堆笑，然后扭头对里面喊："陆哥，市医院的杜大夫来了。"

一位高个魁梧的男人赶忙从里面迎了出来说："进去吧，各位，大晚上的咱别老站在这儿唠个没完。"众人进入店内，由陆哥带路，一路说笑着向那铺着鹅黄台布，摆满晶莹剔透餐具的大圆餐桌走去。

陈技术员笑着说："真不错，挺干净的。"店主打趣说："一般一般，五星级小饭馆。"杜大夫以东道主的身份介绍："这儿的菜够得上五星级的了，都是很有特色的，你们，特别是刘明义，从高原来，更要好好品尝一下家乡菜了。"

不一会儿，一个伙计手提着一个铝桶，里面装着冒着泡沫的啤酒，另一只手手指上套着几个带把的玻璃啤酒杯，陆哥一只托盘上有四样凉菜：黄瓜条、花生米、油炸小鱼和松花皮蛋。放下东西，"哥几个先喝着，我再整上几个菜，”然后面向大伙说，“杜大夫是我家儿子的救命恩人，平时想请都请不来，今日来了大家就别客气，只是大厨下班了，我亲自上阵保管也差不了。”

杜大夫回赠店家一个微笑，说：“你客气了，没那么邪乎，小孩只是个感冒，你要不提，我早忘了，这么晚了还麻烦你，是刚才这一片就你这店还没关门，至于吃，随便吃点什么都行，就想借你这一方宝地叙叙旧。”“好，好，我这人好热闹，你们慢慢唠。”陆哥说着将啤酒杯摆到各人面前，用舀子往杯中倒酒时，杜大夫拿过舀子说：“我们自己来。”

“好，那我到后面看看。”陆哥走进厨房，从水箱里捞出一条鲤鱼放在案板上用刀背当头敲了一下，嘴里念叨道：“对不住啦哥们，闹着玩儿又下死手了。”把鱼干迷糊后刮鳞开膛，开花刀，下油锅，不一会儿，一盘色香味俱全的红烧鲤鱼就上桌了，大家急切品尝后直夸陆哥手艺不错。陆哥谦虚地笑笑说合大家口味就好，说完又到里面忙去了。

“那地方生活怎么样?”几位用怜悯的目光关切地问陈技术员两口子。

“除了氧气少点，其他的我看也差不多，我们来之前黄瓜在古海3角一斤，到西安5分一斤，到吉林市又回到3角一斤。肉食供应比西安还好，城市小，从南京发一车皮带鱼，大家上街都买得到。”陈技术员抢言道，她受不了人家的那种怜悯和同情。

“那就好，那就好。”一位接话，另一位还装作若有其事地说：“那这实际上比吉林市还好，那儿工资可高一截啊!”

“拉倒吧，那儿的人都说宁往东走千里也不往西挪一步。”丈夫也受不了老婆的那股阿Q劲，说着站起，端着杯子道：“来，我敬大家，12年了，我们在为理想奋斗，为生活奔波，都不容易，你，”他指着杜大夫说，“儿科主任。”然后又转向一位戴眼镜的方脸男士，“你，技术员，”他转向那位穿西装的文质彬彬之人，“你，教务主任，都是事业有成啊!”

教务主任端起杯说：“欢迎刘明义同学，庆贺我们老同学相会!”几只杯子碰在一起发出了清脆的响声。

第二道菜，盘中一个大肉团，三只剥好的核桃放在周围，上面浇着酱汁，黄亮亮的。“这就是南方人吃的狮子头，我稍加改进，命名为‘三人行，必有我师’。”陆哥放下盘子说。

“不错，很有创意。”教务主任首先发出赞美之声。

第三盘菜是砂锅炖蘑菇，菜名叫作：国中不可一日无“菌”。“哎!

有点意思。”大家点头称赞。

“这道菜很简单，就是蒸鸡蛋，蛋是有公还是无公自然是无法知道的，所以就叫‘不求有公，但求无过’。”第四盘菜上来时陆哥解释道。

“噢——!”又是一阵嘘声。“嘿——！你真能整词儿。”杜大夫赞叹道。

“这不为赚钱养家糊口嘛，另外也想吃出点文化来。”陆哥说完，忽然气宇轩昂，用讲演的口吻大声地说：“纵观世界历史，一个民族的文化通过饮食世代相传地保存下来，产生了民族凝聚力，我们还独此一家。于是我们就感到了身为中华儿女的自豪。这也是我们民族数千年绵延不绝，立于世界民族之林的一个重要原因。辫子可以剪掉，脚可以放开，大褂也可以换成西服，但饭不能不吃，所以中国人到世界各地首选的职业就是开餐馆。”

“说得好!”几个人同时鼓起掌来。

“看来你比我们这些所谓的文化人还有文化。”陈技术员由衷地感叹道。

“哎，生意怎么样?”杜大夫关切地问，他品出了店家经营的艰辛。

“平时不怎么样，这年头谁家还有闲钱出来吃馆子，不过自打天上下了那块大石头，我这馆子可热闹多了，有调查的，有科学院的，还有外国人，老百姓也有来看稀奇的。”陆哥说着，然后他头扭向杜大夫说：“你们学医的可能不信，我信，老百姓都说，这是伟人去世，震动了天庭，所以天上掉下那么大的石头，还闹出那么大的动静。我老家距离大石头砸出的坑只有60米距离，这是后来科学家考察时测量的，我爹说当时震起的土浪好高，他吓得直喊‘天上掉下炸弹来了，快跑’，可是过后除了一身土，啥事没有。”

“是的，某机场观测到最大的那块石头降落时，落点顿时被升腾的黄色烟尘笼罩，震荡起50多米高的灰土，很像原子弹爆炸后的蘑菇云。呼号之声几百里以外清晰可闻。当时，飞沙走石，崩起的土块，溅向四面八方，落地的震波，震碎了无数居民住宅的玻璃窗。然而，竟无一人一畜的伤亡，可谓一奇迹。”技术员接言道。

“同志们讲点科学吧，还亏得都是上过大学的人，科学院发布的权威信息称，吉林陨石雨是距今46亿年前形成的吉林陨石星母体，大约在800万年前的一次碰撞中破碎后，于今与地球公转轨道相交闯入大气层的结果。”教务主任郑重宣布。

“经中国科学院联合调查组调查，吉林陨石雨落在总面积近500平方公里的地域上，降落区域内居住着十余万人口，却没有一人一畜受到伤亡和损害，这倒是事实，我也纳闷。”杜大夫若有所思地说。“确实如此，我在家他们也是这么说，老百姓都传得神乎其神了。”丈夫也插言道。

饭吃得差不多了，教务主任问：“回去想带点咱这儿的什么特产？”

丈夫说：“不要特产，来点普通的就行，白糖，小孩喝牛奶要加的。她妈从西安给寄了两斤，装在一个玻璃瓶里，放在床头的凳子上，小孩扒掉到地上，瓶子碎了，我只好收拢起来加水化开，过滤掉玻璃渣后又放到火上熬，直到结晶。”

“你是不是从电影上学的？你模仿老百姓给游击队送盐的方法呢？现在没那么困难，你明天到我医院来，我给你开几张肝炎单子。”杜大夫说。然后又特别交代他别在同一个商店买，多跑几家。第二天，老头拿到了几张肝炎的医院证明，买了十多斤白糖。

7月27日，陈技术员全家乘吉林市到北京的火车打道回府。28日凌晨一点多火车过唐山，到北京后，还住师傅家。

第二天一早就听到收音机里报道：7月28日凌晨3点42分，河北唐山发生了7.8级强烈地震，唐山被夷为一片废墟。

小院里人们议论纷纷，陈技术员惊出了一身冷汗，先是“天崩”，接着又是“地裂”，师傅的爱人说：“你们命大，大难不死，必有后福。”师傅接话说：“什么？是没赶上点。”说完又觉着哪儿不对，手在眼前晃晃，下意识地咽了一口唾沫，说：“呸，呸。”后又接着道：“是他们人好。”陈技术员心想：是火车时刻表安排得好，火车司机开得好，铁路调度调得好，如果晚点一会儿，没准就葬身到哪条地缝里去了。”

唐山地震死亡24.2万多人，重伤16.4万余人，轻伤不计其数。

陈技术员一家回到西安时，母亲说她们医院接收了一批地震伤员，有一个四肢全无，人看着像豆腐块，让人看了真心痛。

粉嘟嘟的小人儿

一大清早，天刚亮，清洁工老阳抱着个大纸盒子，匆匆来到厂保卫科刘科长的家门口。一阵急促的敲门声，科长开门问：“啥事？不能等到上班?”

老阳蹲下，把纸盒缓缓放在地上，一张已无血色的小脸映入了科长的眼帘，吓了他一跳。轻轻揭去身上盖着的一条毛巾，一具男婴尸体躺在纸盒子里，看样子也就生下一两天。

这老阳原是内地一家大型国企的总会计师，20世纪50年代的大学生，因不太能领会领导意图，像划坏账这样的事往往喜欢发出点不同的声响，一顶帽子就戴上了，这厂筹建时，他也顶了个名额，只身到此。

他高高的个儿，宽宽的肩，四方脸，高高的颧骨上架着一副眼镜，遮挡着从那心灵的窗户里流露出的五味杂陈。流水般的岁月无情地在他那绛紫色的脸上刻下了一道道皱纹，那原来乌黑的头发也变成了灰白色，他的手粗糙得像老树皮，指头上裂开了一道道小口子，经常缠着胶布，手掌上磨出了厚厚的老茧。

每天清晨，他推着那带着铁皮翻斗的垃圾车不紧不慢，扫扫停停，有时嘴还一张一合，不知是哼着小调还是自言自语。由于个子高，推车时往往半蹲着，像练矮子功。冬天他常穿一件黑色的长过膝盖的棉大衣，推车时这大衣几乎罩住脚后跟。他喜欢下象棋，棋桌前一坐，他才觉着跟别人平等了。他棋下得不错，人称棋王，可惜人生的这盘棋没下好。

本来他只要当好他的“马路天使”就得，可他非要管到马路下边去，本来他只要眼一闭，铁锹一铲，送到他的小翻斗车里，啥事没有，可他不忍心，尤其想到那对男女作乐时不顾一切，结果又不负责任，他就恨得牙根发痒。于是他不怕费事，回宿舍东翻西找，整了这么一个像样的纸盒子，还毕恭毕敬地捧着。

“哪儿来的?”科长有些紧张。“今早扫地时，我想把单身楼前的下水道清一清，一掀盖板，这孩儿就用这毛巾裹着面朝下趴着，真造孽!”他长叹一口气说。

科长略一沉思，很神秘地交代说：“找个地儿埋了，别声张。”

老阳有些失落，看来科长没把这当件了不得的事，于是讪讪答道：“噢，明白，你放心。”他捧着个小“棺材”去了，嘴里还念念叨叨：“天黄黄，地黄黄，这个小儿真凄惶。”像是抚慰这个一落地就被扼杀的灵魂。

刘科长赶紧向厂党委林书记汇报，书记很震惊也很气愤，说：“这简直是践踏生命。如果生下来活着，那就是谋杀。”他让保卫科先暗中调查，摸一下底。

保卫科干事小李找到了老阳，又查看了弃婴的具体地点，问老阳：“那东西呢?”就觉得不对劲。改问道：“那小孩呢?”老阳说：“埋了。”“埋哪儿啦?”老阳朝着厂大门口方向一指说：“埋在对面山崖下的一棵松树下了。”

小李想了一下说：“你去把他再挖出来吧，什么都看不到，这怎么调查呀?”老阳站着不动，低头小声嘟囔着：“珍爱生命，尊重逝者，珍爱生命，尊重逝者。”小李也悟到自己这做法有点掘坟的意思，心里觉得膈应，就说：“算了。”

小李又找了总务科、行政科有关人员开会。经研究分析，基本认定跟住在单身楼的男职工脱不了干系，也就是说单身楼的房间是临时产房。因为住在别处的人没必要跑那么大老远到这个人流密集的大门口来，其他地方垃圾堆、排水沟也不是没有。如果是那样，那房间里必有血迹，而且是最近几天的，应该还能够看得到。于是以查线路和用电安全为名，总务科派人拿着钥匙和电工一起在单身楼挨个房间查看，遗憾的是并没有查出蛛丝马迹。

“奇怪了，难道这小孩是从天上掉下来的，穿过了石板，这石板还又合起来了?”小李无奈地自嘲了起来。

“这不已经过了几天了嘛，可能也已经都清洗了。”有人答。这条线索断了。

再从女方入手，第一种情况是外面的女子进来住在单身楼。他们又查了最近几天的门卫登记，两位看门师傅仔细回忆后肯定地说：“最近几天绝对没有外面的女人进来。”而且在清一色男人的单身楼里，一个女人几天关在屋里不出门好像也不太可能。于是小李又发动群众，挨门挨户让大家回忆最近有没有见过陌生的女子出现在单身楼，依然毫无所获。

“外面的女人为什么一定要到厂里来生孩子?这厂子光进门就要先过一关。”有人不解地问。那最后剩下的一种可能就是本厂的女职工了。这种可能性好像也不大，因为一个小孩孕育要10个月的时间，这又不是大冬天，一般还是遮不住的。有人立刻反驳说：“有人怀孕就是不显身，再说谁整天盯着别人的肚子看。”这么说本厂女职工的可能性反倒最大。

刘科长将情况汇报给林书记，林书记立刻觉得这是一个非常严重的问题。既然不想要，肯定是非婚生，这更是一个作风问题了，而且是严重的道德败坏。

下午一上班，厂部就召集各单位书记开会，刘科长简要介绍情况后，林书记拍着桌子说："看看，看看，孩子都生出来了，你们在座的竟全然没有觉察，你们的责任心哪儿去了？作为一个工厂，工人不学技术，满脑子乱七八糟，一天净干些个偷鸡摸狗的事，这生产还搞不搞了？再说，还有那么多青工，人家父母把子女托付给厂子，出了事怎么给人家家长交代？"林书记在义愤填膺地发了三问以后也没了词。于是沿用开会的老套程序说："现在大家结合本单位的实际情况谈谈。"

因为事儿来得突然且又新奇，人们还弄不明白它的来龙去脉，当然也就提供不了什么线索，甚至还来不及对它评说，自然拿不出一套以后阻止类似事情发生的办法，所以没人轻易搭话，气氛有些闷。

不知道任书记是不是看冷场了出来救场的，他大声地问："怎么结合？要我们做啥事？"林书记心中不悦，面有怒色，狠狠地瞪了任书记一眼，说："今日这事是一个非常危险的信号，国有国法，厂有厂规，这个男婴不能死得不明不白。"

"怎么死的？"下面有人问。"我怎么知道？"林书记没好气地顶了一句。他也意识到这么说不合适，于是更正道："噢，不是那个意思，是要把他爹妈这种道德败坏的人揪出来。"有人插话道："这还不好办？拿出来大家看看，看长得像谁不就一下子知道了嘛。""是啊，拿出来看看。"有人跟着附和。

林书记顺从民意说了句："我看这个办法也好嘛，嗯？"这个逐渐升高的尾音基本封杀了不同的声音，他看着刘科长问："咦，人呢？"想想不对劲又改口说："那东西呢？"人们又是一阵嗡嗡声，对这个称呼发表着各人的看法，有人说应该叫"罪证"。

刘科长显得很焦急，他事先没有告诉林书记这"罪证"已经下葬，此时又不敢提出异议，正在为难之际，倒是任书记的一句话救了他："能看出个啥？刚生下的月娃子。"

大家又不作声了，有些人认了这个理，可林书记却反感透顶，他大声说："唉，我说老任，你今日个是怎么了？这也不是，那也不对，你是不是对厂子抓这个事根本就有抵触情绪？"

"没有啊？我为什么要抵触，嗯？"任书记也用了一个反问，还两手摊开，耸耸肩，扫视一圈，没人出声，他才意识到自己今天的异常。

他为什么要抵触？林书记还真说不出个所以然，当着众人又被呛了一下，他也只好调转话头说：“喂，喂，大家注意力集中了，今日个叫你们来不是来听新鲜的，这个事要一查到底，不能让这样道德败坏的人逍遥法外。各单位回去要仔细排查，回想这一段时间以来，有没有职工有异常的表现，有情况报告给保卫科。”停顿一下，环顾四周。林书记又清了清嗓子说：“大家要以这个事为警钟切实抓一下职工的思想教育，正一正厂子的风气，你们回去把自己单位的人排排队，分分类，谈对象的有多少？交往过密、有危险倾向的有多少？周六前把结果报告给保卫科，情节严重的要给予严厉的厂纪处分。”

嘀咕声变成一片嘈杂声：“这怎么统计？结婚有一张纸，而这谈对象和交往过密有什么标准？你说他谈了，他说没有，怎么分得清嘛？”

听着大家的议论，林书记也觉着自己刚才的要求确实欠妥，又补充说：“总之，这个问题是要提到议事日程上来了。各单位还要制定加强职工思想道德教育的具体措施，一并报上来。”

老头上房

会上唱了半天的对台戏，会后执行却极其认真，这就是任书记。他马上召开了车间党支部会议，并吸收了少数几个入党积极分子，把车间的可疑分子和潜在的嫌疑人排了队，安再文和成建国这两对自然名列其中，但建国这一对是什么时候好起来的？好像没几个月，按时间算还结不出果，而且最近听说又吹了。经过排查，最危险的还是安再文和娄庆云，因为安再文三十几岁，老婆在老家，现在一天眼前晃着个大姑娘，这时他脑子里浮现出庆云大方、热情的形象，一时把持不住也在所难免，人又在单身楼住着，具备了作案条件。

可这事咋说呢，安再文是维修班班长，全车间应急的模具、工具的供应少不了他，这要说不好会影响情绪，而且还牵扯着个大姑娘，又是个泼辣女子，这要是闹起来会不好收拾。可是不管呢，如果万一是真的，让其逃之夭夭，法理不容，再说安再文还带着一班人，让这么个思想肮脏的人带班，坏了班风，当然话又说回来，如果真没事，那整天背着这么个思想包袱也不是个事，疑团莫释，于是他决定深入调查。说“深入”是因为他去年已经“调查”过一回。

那是在冷彩莲发布消息的当晚，他把安再文叫到了办公室，开始了两个男人之间，而不是以领导和员工之间的身份进行的谈话，所以如此，是因为他觉着那事有些滑稽，听着像两个小孩玩过家家，安再文总不至于幼稚到这种地步吧，所以这可信度就大打折扣。

安再文下午一上班就感受到了人们异样的眼光，现在书记又召见，知道有事，可有啥事他还真想不出。一进门他先是伸展一下身体，而后不请自坐，还跷起了二郎腿。任书记那双不大明亮的眼睛射出异样的光，在他周身上下移动，又小心翼翼地迎碰他的目光，然后递上一根烟，自己也点上一根，两人对着抽了一会儿。

还是任书记先开了口：“省计划生育办应该给你颁个发明创造奖。”“如果有的话也该发给你，天天守着老婆可真该好好计划计划。”安再文丈二和尚摸不着头脑地回应着。“我用得着吗？大不了叫婆娘跑趟医院就完了。”“合着我用得着？我倒是想用用可隔着几千里地……”安再文话说了半截，似乎意识到了什么，陷入了沉思。

“几千里地的是够不着，身边不是有个天天围着转的嘛。”任书记说。

安再文的脸上有了些微的变化，他品出点味儿来了。他“啪”地拍了一下桌子，站起来说：“书记，你到底要说啥？快说，不说我可走了。”说完就往外走。

“兔子还不吃窝边草，我就是提醒你一下。”书记对着他的背影撂下一句。现在回想起来，安再文当时的态度有些猴急，没准还真敲到点上了，当时人们说的是“计划”的那一回，那“没计划”的还不知有多少回，再算算时间也有年把了，于是他顺藤摸瓜，先找到冷彩莲，再找到王师傅，王师傅供出了他们总务科维修班的邢师傅，说是有一天科里开会他俩坐一块时听他说的，说是单身楼楼顶渗水，邢师傅趴在楼顶修房时从窗户里看见的。

可是，当任书记问到邢师傅时，邢师傅却一口否认说：“没有，哪有这事，我吃饱了撑的，管人家那事？可我告诉你，我这辈子就没吃撑过。”在他转身要走时却听到邢师傅又嘟囔一句：“这老王头的嘴，就得给个锅贴子封上。”

听了这含含糊糊的话，任书记觉得，没准，可又一分析，干那事谁会开着门？他住四楼，楼前是大操场，别人怎么看到的呢？唯一的可能就是王师傅说的，是上到楼顶平台，趴在平台的边缘上，从窗户往里看见的。

他的犟劲又上来了，不顾当时人已到中年，眼神又不好的危险，打算亲自上楼侦察，由于上楼顶的小门是锁着的，他找到邢师傅要钥匙，刑师傅先是推三阻四，转念一想，不给钥匙那不说明自己以前是造谣吗？那安再文知道了岂不要撕了我？于是配合地说："书记对工作的责任心令人佩服，只是你年纪大了，要当心。"

说完他也跟着来了，站在楼下不停地喊："再往左点，差不多了，再往前就危险了。"有人走过问："你升官了，有人替你爬楼顶了？""对的，是官在替我爬楼顶。"邢师傅把头一昂还有一些得意。"咦？"有人诧异。"是任书记在破案。"邢师傅郑重其事地说。"破的什么案？"于是人们驻足仰望，议论纷纷。

总务科周科长听说上了年纪的任书记上楼顶了，惊出了一身汗，一寻思，这万一有个好歹的，不行，他赶紧跑到维修班找邢师傅，王师傅说他跟任书记走了，他一手握拳在另一只手心捶着说："坏了，坏了。"接着对坐在那儿的两个人说："快，快跟我去抬两个垫子。"

他们到库房抬了子弟小学上体育课用的软垫，又从另一间屋里搬出些麻袋和冬天防寒用的草帘子和棉门帘，统统装到手扶拖拉机上，"嘟嘟嘟"向单身楼开去。楼前的操场上人越来越多，看到拖拉机马上闪开一条道，人们帮忙对准那扇窗户把防护用品一一摆好，现在人们已经不在意这老任上楼顶干啥，而是关心他会不会从上面掉下来了。

总务科长气喘吁吁赶到就仰脸大喊："老任，你给我下来，你不要命了?!"

旁边一位推推他说："你疯了，你要他跳下来?"科长意识到自己说话的纰漏，赶紧举手向上扬，边喊："快退回去。"

任书记正趴在楼顶平台的边缘上，从窗户往里看，看到下面一大片人和那阵势，他茫然了，听到"快退回去"的喊声，他要真往后退那不成缩头乌龟了，他只有硬着头皮往前探。

因为楼顶的边缘向前伸出不少，把脑袋勾回去看，视线所及也极其有限，除非是不要命了，他为了"要命"，只是急匆匆往里瞄了一眼，反正当时里面没人，太阳一照，只看到明晃晃的窗户玻璃。他突然想到，谁干那事又会亮着窗户不加上点遮掩呢，所以基本可以肯定是看不着。

任书记下来后径直走到周科长跟前，拍拍他的肩膀说：“谢了，劳你费神。”

“你个二货，以后少干点叫人给你擦屁股的事。”周科长没好气地回了一句。

看到操场上一大片人在看热闹，或是在等他的结论，任书记突然悟到了点什么，如果说能看见，那就是说是真的。这一真，关乎两个人，那后果……说太危险没敢往里看，那一定会在一片笑声中让自己颜面尽失，他甚至有些后悔自己这个愚蠢的行动。可转念一想，爬这一遭也不白爬，至少让林书记知道我是在用实际行动落实他的“指示”，也算是对会上自己过嘴瘾图一时痛快的一种补救，于是他选择了一种左右逢源的说法：“啥也看不见，谁不信，自己爬上去看看。”

人群“哗”的一下散去了，可有人还是小声嘀咕：“就你那眼神，等你看见了，那小孩都会叫爸了。”

任书记一转身，安再文黑着脸站在他面前，他是在听说任书记爬楼的事之后，手里捏着请调报告从车间匆匆赶来的。

任书记不自在地笑笑：“我已经当众宣布了，看不见，什么也看不见。”“我谢谢你了。这报告你还是批了吧。”安再文将那张纸塞到任书记手里，扬长而去。

娄庆云相亲

任书记的老头上房，像在一湖池水中扔下了块大石头，把庆云那已经沉入湖底的陈年旧事又给翻腾了出来，那动静的影响远远盖过了他当众宣布的“看不见，什么也看不见”那无凭无据的苍白结论。加上安再文风风火火地当场请调，“娄庆云”这三个字就成了当时厂区内议论最多的话题。

就在任书记初步调查的那晚，娄庆云的师傅从书记办公室里出来，嘴里骂骂咧咧地回来了，当时她正在床子上干活，师傅坐在那儿，一脸的怒气，她赶过来，师傅却自己上车床干起活来。她满含泪水，低着头在工具箱前磨磨蹭蹭，好不容易挨到下班，回到宿舍趴在床上，抱头痛哭一场，她时而痛苦、时而甜蜜、时而脸红心跳地回顾着入厂一年多的来时路。

从小在农村长大的她，对生活没有宏图大略，具体的目标就是日子要过得比别人强，尤其要比那些过去瞧不起自己、和自己有过过节的，或是一天在眼前晃的人强。儿时幻想王国里那些以小取大、以弱胜强、灰姑娘遇上白马王子的故事常在脑海里翻腾，到了这个年纪，她当然不会奢望天上掉馅饼，但捷径还是有的，那就是“干得好不如嫁得好”，她在进厂那天萌生的“找坐小车的爹”的想法越来越强烈，也越来越迫切。

可那件事在厂里搞得沸沸扬扬，师傅动不动就甩脸子，搞得她心烦意乱，后来任书记的“老头上房”更是把她推到了绯闻的风口浪尖上。这“嫁得好”一时半会儿怕是没门了。说实在的，师傅帅气的模样常常让她心动，和师傅待在一块她神清气爽，下了班她会傻傻地坐在那儿回想师傅的音容笑貌，有时会情不自禁地笑出声，可是要嫁给他，她没想过，师傅也没这个意思，有一次她刚开口说：“你老婆”，师傅立刻打住，说：“这关你啥事?”

这天庆云回家眼睛红肿，随便扒几口饭就回自己房间去了，继母进她屋说：“你今日咋吃那么点，哪儿不舒服?”

“没有。”她继续面壁而卧。继母坐在那儿似自言自语，又像是说给她听，说成衣柜张阿姨的弟弟是大学毕业生，30多岁，在规划局工作，人长得可以，就是显老点，头发也欠缺点。

庆云先是有点伤心，但转念一想，毛少可以搽生发水，实在不行干脆戴个发套呀，不管怎么说，人家也是干部呀，还在那个大院里。对那个大院，庆云以前没有在意，但在万晓阳从汽车上下来的那一刻，她动心了，想把自己的命运也和那个大院联系起来。心想这可比找爹强多了，跟爹只不过能沾沾坐小汽车的光，找个坐小汽车的丈夫那可等于拥有了两个汽车轮子，就是离了婚还能分一半家产呢，她甚至有点想以此来点小炫耀，以回击厂子里的那些流言蜚语。

见面安排在庆云家里，晚上在阿姨的带领下，那位男士来了，他西装革履，戴副眼镜，发际线生得很后，露出颇大的一个智慧脑门，为了让庆云看个仔细，继母特意换了个大灯泡。

人落座，庆云给男士倒上一杯茶，他站起来接住，手竟然有些抖，水洒到了庆云手上，他忙将杯子放到桌上，殷勤地问庆云：“烫着没有?”倒也像个体贴入微、知冷知热的大哥哥。

男士局促不安地坐下，借着正巧打在他头上的电灯的光芒，庆云细看他的眼角反倒没发现有什么细纹，可能真的只有30多岁。男士涨红着脸做起了自我介绍，有点啰嗦，倒也诚心诚意。

庆云避开男士锃光发亮的脑门，盯着他的蒜头鼻和没了头发显得突兀的耳朵，想象着留着童花头的他会是什么样子，不由得自觉好笑，竟含笑默默。

也许是鲜有年轻女孩能在和他相亲过程中那么长时间地保持笑容，男士一下子激动起来，热切地跟她讲述起他毕业于哪个大学，当年考上多不容易，他是刚从企业调到局里，将来前途必定无量。庆云保持着微笑但有些迷惑地听着，偶尔也皱一下眉。

男士可能也感觉到了些什么，掏出香烟，在几句含糊快速的句子间猛烈地吸着。不久，白烟缭绕，庆云便看不清他的模样了。

隔着白雾，庆云在朦朦胧胧中注视着反光的“大灯泡”，在隔壁电视机音响混着弟弟妹妹们说话的嗡嗡声中，男士说话的声音越发显得不真实，庆云尽力前倾，趴向桌上听，男士有些误会，发抖的手伸过来想捉庆云的手。庆云立刻坐正，她宁愿听不清了。

男士有些郁闷，更努力地吸烟，仿佛咬住的不只是烟头而是她。在他痛苦地吸了四支烟并准备点燃第五支时，庆云说：“太吵了，我去那屋看看。”然后夺门而逃。

这次相亲使庆云深切地体会到：找对象，是找人，其中人的长相、体魄，即视觉冲击绝对占到百分之七八十，这一条过关了，再谈性格、收入等等，与这些相比，坐小汽车的爹或丈夫似乎就显得虚无缥缈、无足轻重了。

这实在怪不得庆云，因为在人类社会生活中喜欢长得好看的，这既可以说是一种本能，同时也是源于一种心理需求，古今中外基本如此。最典型的例子就是“东施效颦”。当西施胸口疼痛的时候，她就手捂胸口一脸痛苦状地从街上走过，人们看见了，会充满哀怜地说：“天啊，她多么的可怜啊，真叫人心疼。”然而一旦换成了东施，有人就会恶狠狠地想：这个婆娘，她怎么会有这么恶心的神情？

以貌取人的世界就是这么残酷。有一年陈技术员一行到欧洲几国考察引进设备，其中有一位同志只是在看人时眼露冷光，有点凶相，过海关时别人的行李都是仪器过一下就行了，但到他时就要把行李箱打开，有的还把箱子提起来，“呱唧”往地上一扣，一件一件地查。坊间更是有一种理所当然的说法：长张鞋垫脸，就别怪人踩着。

夜的呼唤

炉子烟囱用“咣当”一声响击醒了建国，他飞一般朝屋外冲去，他的心如四分五裂，羞愧难当，身体的欲望折射出思想的肮脏，他懊恼做出如此卑劣的行径，他不敢看万晓阳的眼睛，他想象着那里面一定写满了鄙夷。

两人干活时戴着面罩，倒也心安，休息时，就不自在了，如果建国先坐在长条凳上，看到万晓阳走来，他就“噌”地站起，靠到工具箱那边去抽烟。建国打了退堂鼓，打算回到母亲给他设计的轨道上来，给他提亲的也不是一个两个，相亲的事也去了不止一两回。

这一切当然逃不过冷彩莲的眼睛，这天下班后，冷彩莲追上建国开了口：“咋的了，你惹着那妮子了？”“没有。”建国停顿了一下又若有所思地说：“也算有一点，我想碰碰她，她发脾气了。”对师傅他还没学会撒谎。

“咋了，还真把自己个当黄花大闺女了。洪湖水浪打浪，长江后浪推前浪，死了张屠夫还能吃带毛的猪？”“师傅，你说啥呢？”建国觉着这些话有些刺耳。

“趁早收摊，跟她扯你图个啥？”这个“啥”字里就包含了他依然哽在心头的那根针。“赶明日师傅给你找个好的。”“不用麻烦师傅，我妈撵着我见了这个又见那个，不是我人能耐，是我这铁饭碗吃香。”建国说。

“也好，别在厂子里扯，现在不正在查那死孩子的事嘛，避着点好。”略一沉思，冷彩莲又接着问：“有中意的么？”“中意个啥？我根本就不抱什么希望，虽然每次遇到这样的事还是有点莫名的兴奋，不过就是满足一下好奇心。”建国应付着师傅。

“这怎么行，你也不小了，要当回事，男的还要主动点。我告诉你吧，这女孩子的正经大多是装的，这男的吧，要学会看眼色行事。这男女关系学问大了，没结婚的，这女的愿意了吧，叫爱，基本上就算定下来了，谁也不想带着个破身子再去找别人，要是不愿意那就叫强奸了；这两人一个已婚，一个未婚，搞不得，已婚的算道德败坏，这在厂子是要受处分的，未婚的那个叫破坏别人家庭，要被别人打的，打死都没人可怜。如果给家人抓到了，叫捉奸，这个家人就有证据在手，上法庭都占理。”这“谆谆教诲”印在了建国的脑子里，为他后来干下的蠢事埋下了伏笔。

接下来冷彩莲就不断地在车间里叨叨，说建国又去相了一个，样样都好，就是眼睛小点，要我说，小就小点，大眼睛又不能当饭吃。人们议论说：“建国和他徒弟成不了了。本来嘛……”那没说出来的话里包含着的内容大家都懂，连任书记也将他们从他的整顿花名册里删除了。

晓阳那一记“莲花掌”将建国推出去二里地，也将自己一段时间以来享受到的暖烘烘的感觉给推走了，她不时也会回忆那段时光，她想，那就是幸福吧，现在，她把自己的幸福给弄丢了，也把众人施予的温暖给推没了，人们的目光似乎冷了许多，她也像那时的苟爱琴似的，像块烧红的烙铁给塞进了冷水里，她失落、迷茫，看到建国尴尬的样子她更不自在。建国对她好，一直都好，包括那段倒霉的日子，她这样伤他，于心不忍，她有了一种歉疚和期盼之情，她想找个机会和解，至于和解以后是如何发展，她还没想清楚，也不知从何去想。

这一天下了二班，已经晚上十二点了，建国冲着隔壁工位的张义喊：“喂，带了几个碗？借一个，吃完饭碗放宿舍了。”“都想什么呢？没把脑袋忘宿舍里，拿去，我回宿舍煮挂面去。”张义开玩笑地说。“算了，拉倒吧，你累不累呀，有你煮面条的功夫还不如我回宿舍去拿一趟呢。”建国赶紧回绝。

这“煮挂面”提醒了晓阳，她那儿不也有挂面吗？于是，万晓阳连想都没想，就顺嘴溜出了一串话：“师傅，到我那儿去吃饭吧，我下午做得多，还剩了一大堆，帮我打扫打扫战场。”

后来万晓阳曾多次回忆，自己是怎么想起撒这个谎的，此前，关于做饭的事在她脑子里连个影儿都没晃一下。其实这也没什么可奇怪的，她虽没想过具体采取哪种方式，但潜意识里急于和解的愿望却是无时不有、无处不在，所以在某种诱因下会顺势而为。到底是想缓和气氛呢？还是想进一步发展，当时连她自己都说不清，就是在往宿舍走的路上，她只是感到欣慰，他居然来了。再下来她满脑子想的都是怎么圆这个“谎”，想想自己那里还有些什么东西可以把这个“战场”给装备起来，因为她实在不像一些勤于持家的女孩那样，平时总有些东西预备在那儿。

建国盼这冷战结束的一天也盼了很久，所以他宁愿相信她撒的这个谎，因为上二班，中间只有一个小时吃饭时间，她如何做饭？所以这绝对是一个谎言，一个美丽的谎言，但他喜欢，他把这理解为一个最终判决，可到底是喜是忧，仍难预测，他像怀里揣只兔子似的跟在万晓阳后边。

应该感谢这深邃的夜扯起隐秘的帷幕，使建国无须刻意布置自己脸上的表情，只需绞尽脑汁去猜：要摊牌？明说啊，其实不说也成，那天的“莲花掌”已经不言自明了，但是想想又不对，要摊牌，什么时候不能说，还非得找个黑咕隆咚的大半夜？莫非……

夜赐予了建国无边的想象力，赋予他旺盛的生命力，激起他神奇的欲望，他在夜的抚慰里向一种最纯美最崇高的境界升华。不由他细想，这全身的血都涌到了腿上，在夜的呼唤中颠巴颠巴地跟着她，兴冲冲走进那五彩缤纷的“宫殿”去了，就是此时有人告诉他，那前面是火坑，他也收不住脚。

到了万晓阳宿舍一看，谈何战场，连挂面也是她现从一个一个抽屉的搜查中找到的，刚刚滋生的欲望在这个青年身上汹涌地膨胀起来。

万晓阳先揭开炉盖，又弯腰打开炉门，用一个带钩的铁棍从下面往炉子里捅，把炉灰捅出来，一股灰直往她眼里扑。

建国爱怜地说：“我来。”说着他蹲下身，万晓阳给炉子加了几块煤，由于下面堵死的炉灰清掉了，火苗呼呼地往上蹿。可晓阳在屋里打转转，她有些茫然，四周静悄悄，在这两个人的空间里，下面会演哪一出？或许压根儿就是自作多情，他不是已经去相亲了吗？

建国问：“你找什么？”“锅。”万晓阳木讷地顺嘴一答。“那不就在你眼皮子底下嘛。”说着建国就拿起钢精锅从旁边的桶里舀了些水，然后将锅放到了炉子上。

看到万晓阳心不在焉、痴痴呆呆的样子，建国感到了不断散发的某种气息，像汩汩流出的水漫延开来，幻化为无边无际的大海，向他汹涌袭来，他感到周身的细胞都在跳跃。

水开了，建国放入面条，用筷子拨着。万晓阳从后面抱住了他，建国感到了她身体的温热。万晓阳的脸在建国的后脖颈上来回蹭着，痒痒的，她嗲嗲地问：“你真的去相亲了？”“你听谁说的？”建国问。“你师傅天天在车间里念，生怕人不知道。要想人不知，除非己莫为。”万晓阳用低沉而严肃的声音说。

“是啊，应付我妈的。只要有你在，我谁都不要。”建国说得很坚决。

晓阳松开手，转身对他甜甜一笑，她得到了爱的承诺。

建国将面条捞到碗里，加了点盐和酱油，又回头问：“有醋吗？”“没有，醋有什么好吃的，我们那儿的人都不吃醋。”晓阳像在说一件天经地义的事。

“那好啊，以后跟你在一块就永远没‘醋’吃了。”建国一语双关地说，晓阳不置可否地笑，想不到几年后，她给他弄了一大坛子“醋”，不吃也能把他酸死。

今晚的面条只是个道具，两人心照不宣。膨胀的渴望和浓浓的爱意碰撞在一起，悄悄地爆炸开来。他伸出胳膊环过她的脖子，她向他靠过来，他感觉到她那柔软而富有弹性的头发摩擦着他的脸，她感到和他已经亲密无间。

任书记探案

第二天早上，开天车的小石在上班路上看到任书记，他正在积极入党，自然积极靠拢党组织，前几天，车间开整顿厂纪厂风骨干会，也叫了他，他自信已被纳入“预备”之列。小石赶上前，和书记并排走着，给书记递上一根烟，书记就顺嘴一问：“最近车间有啥新情况没有？”

小石没有思想准备，可又不想辜负领导的期望，让领导觉着那天参会的荣耀是白给自个了。于是大脑皮层下记忆细胞里刚更新的一条信息浮现了出来，说：“建国和万晓阳和好了。”“咦，真的？你咋知道？”任书记惊奇地问。“我昨晚在向师傅那儿玩，出来回宿舍时正碰上他俩一前一后进了万晓阳的宿舍。”“你没看错？”书记疑惑地问。“当然没有，我亲眼看见建国进去了。”说完看到书记关注的目光，小石觉着自己这鼓敲到了点上，他为自己在关键时刻的灵机一动而欣喜若狂，可仅仅两天后，他就为自己嚼这没味的舌根而狠狠地扇了自己几个嘴巴子。

“后来呢？”书记追问。“后来我就回去了，总不能去扒人家的窗户吧。”“你这不跟没说一样嘛。”小石有些扫兴，但转念一想，背后说人也不是什么光彩的事，于是说：“就当我啥也没说。”

可任书记没有当他啥也没说，到了车间，他没有像往常那样在车间里转悠，而是坐在办公桌前发呆。那个星期六，厂里开汇报会，自己没发言，没话说，林书记还问："老任，你怎么一言不发？是没事呢？没发现呢？还是压根儿对厂子开这个会有看法，我知道你一向是见解独到。"

他知道这是上次开会他唱对台戏的"丰硕回报"，尽管自己有爬楼顶的亡羊补牢之举，但并没有发现什么情况给林书记的整顿厂风厂纪工作添彩，所以现在看来还是没有消除积怨，因为还有好些人没发言，为啥却单单盯上了自己，于是说："我对厂子开这个会没看法。"想想不对，赶紧接着说："不对，咋能叫没看法呢？看法，有啊！很及时，很正确，但我们车间没有发现什么问题，以前在厂子里传得沸沸扬扬的安再文之事，经过实地调查基本可以排除。"

"你这不是说厂子没事找事嘛，还什么很及时，很正确。"林书记生气地说。

任书记意识到自己实际上又跟厂领导拧着干了一回，他傻眼了，可他又不愿意见风使舵，来个180度大转弯，违心地进行自我批判，因为他还没弄明白：我何错之有？嘴上说没错，可这心里却老噎着，万万没想到，这车间里还真有事，都已经快要发展到"洞房花烛夜"了，而自己这当书记的竟全然不知，这可是厂子当前抓的重中之重，他产生了一种渎职的自责。

孤男寡女在一块干什么呢？这要放在前几年，就凭"半夜男女独处一室"这一条就可定性为不正当男女关系。可令他心中不悦的是：这事咋会发生在建国身上？他看起来是那么的老实、憨厚、正派，工作能力又强，他一直把他当成车间的台柱子，刚提拔当班长不久，还想培养培养放到梯队里去，可现在偏偏是他出了问题，他就有了一种被欺骗、被愚弄的感觉。可是他又自我否定了，不能吧？他人是那么老实，这事还得弄弄清楚，这关系到一个人的品质问题，更关系到今后对这个人的使用问题，再说，去年干警问话时万晓阳表现得那么单纯幼稚，难道都是装的？又一想，这不又过了一年了嘛，学也学会了，再说，自从苟爱琴结婚后，万晓阳一人住一间房，这不"万事俱备，只欠东风"嘛。

顺着这个思路想下去，任书记意识到了问题的严重性。一个老实巴交的人都有这动静，那这车间里一百几十号人，男男女女的，没准哪天也会在车间后面的废料堆里冒出一个粉嘟嘟的"东西"来，想着想着，自己都吓出了一身冷汗。所以，这事不能掉以轻心，再说，也要对每一个职工负责嘛，他在心里给自己上劲。他当过侦察兵，对事情的判断依据是

“据我侦察”。

好不容易等到了下午二班上班，任书记没有惊动任何人，而是亲自前往，他先到建国的工位上，背着个手，建国正在往外拿工具，万晓阳在旁边摆料，任书记站了一会，建国居然头也没抬，他蹲下身，装作看干好的活，手摆弄着工件，可眼睛却一直往建国脸上瞟，建国低着头，脸上红一阵，白一阵，任书记心里有数了，于是对万晓阳说：“你到我办公室来一下。”

万晓阳跟在任书记后面，建国的目光跟了一路，直到她拐了弯看不见了。万晓阳进了办公室，任书记神秘地关上了门，回身坐在办公桌前，万晓阳倚着办公桌站着，低着头，手搭在桌沿上。

“昨晚你师傅到你那儿去了？”任书记开门见山。“嗯，去了，他没带碗，到我那儿煮了点面条吃。”对一个未婚女性，好一阵书记不知道怎么开口，可他的侦察任务就是要搞清事情的来龙去脉，好判断建国的品质到底怎样？这事儿它成没成个事儿，他煞有介事地说：“可不只是吃碗面条的功夫，人家可都看到了。”见万晓阳低头不语，他更加确认了自己的猜测，他用关切的口吻说：“你还是个学徒，不能有点什么，可他就不同了，都二十几的人了，三更半夜，孤男寡女，干出点什么很正常啊。”

现在，万晓阳已经明白了任书记说的“干出点什么”是什么意思了，任书记说建国干出点什么很正常，这不就是说这“点什么”本来就没什么嘛。在一次吃饭时，她听宋军说：“男人在20岁的时候，什么都没有，女人在20岁的时候，什么都有；男人在40岁的时候，什么都有，女人在40岁的时候，什么都没有了，所以20岁的小伙子，要想拴住人，必先占其身，是恋爱‘胜’经。”事实上，这“胜”经在当时还颇为流行，就是利用了中国人“女子从一而终”的传统观念，捷足先登，以确保最终能走向婚姻的殿堂。

万晓阳想任书记当然应该知道有这一“经”。既然书记也认这个“经”，那今天叫自己来是要干什么呢？可能是因为我是学徒，提醒我千万不能干出点什么。她庆幸自己的机智和灵活，昨晚幸亏没“干出点什么”，在就要“干出点什么”的时候，她想起了庆云的事。这么想着，她不那么紧张了，说：“书记说的话，我都记住了，以后我会注意。”她以为没事了，说：“那我先走了。”

书记说：“别急，还没说完呢，这事光你注意没用，得你师傅管住自己才行，昨晚他对你动手动脚了吧？”任书记把这事看作是“敌情”，他要继续侦察，这是当书记的职责。

万晓阳依然低头不语，她的目光锁定在了桌子角，使任书记的目光插不进去。任书记依然期盼，不过不是翘首以盼，而是将脑袋斜着压向肩头，用眼睛去捕捉万晓阳的眼神，沉默持续了一分钟、两分钟……其实，任书记从万晓阳的眼中是读不出什么信息的，但他用侦察兵的机智、人事干部的智慧和耐心最终打败了她，她幽幽地说：“他是想要来着，我用手一挡……”

任书记的嘴角撇了撇，但他很快就意识到自己的失态，正好电话铃响，他赶紧抓起了电话，是叫他去开会，一个临时通知的会。

这属于一个抓革命的会，上面紧急布置下来，在国庆前夕，各单位要提高警惕，密切注意阶级斗争的新动向。

林书记传达完上级精神后，也没有具体的部署，就要大家结合本单位实际谈谈，因为没有事先准备，大家一时也想不出有什么新动向，会场沉默着。也不知道是任书记的责任心起了作用，还是想挽回前面两次会上给领导留下的欠佳印象，或兼而有之，总之，他把这事讲了出来，引得许多人哄堂大笑。

正赶上国庆前夕市里搞整顿，到各单位摸底，厂子也实在没有发现什么阶级斗争的新动向，又不能说一切安好，于是就把这事说了，真是立竿见影，第二天，警车就开进了厂。

祸从天降

那是一个阴沉沉的下午，云压得很低，一块一块慢慢聚集，又翻滚着涌向天边，给人以压抑之感。下午一上班，一辆警车进了厂，径直停在了保卫科门前的马路上，车上下来三个穿警服的人，后面紧接一辆吉普车，车停，下来两个便衣，其中一个是市社会治安整顿办公室的干事。

人们想凑上去一看究竟，但走了几步，腿就迈不动了，赶紧返身往生产区大门走去，但都三三两两，交头接耳，询问着：“咋了？啥事？”时不时还把头往后拧，怕漏掉了背后的风景。但谁也没有把这跟成建国联系起来，尽管在昨天下午开完会后，那事成了不少人家晚餐桌上的笑料。

保卫科刘科长赶紧迎上来，心里七上八下，咽了口唾沫，牙齿把嘴唇上下交错着咬了好一阵，才小心翼翼地冲那个治安办的干事问：“领导，阿么事搞这么大动静?”

这位干事昨天刚来过厂子，他不急于回答刘科长的问题，而是指着身边一位紧绷着一张阶级斗争刚毅脸庞的高个男人说：“这是新来的市治安办的干主任。”“干，干什么的主任?”刘科长一时没反应上来，结巴着问。“人家姓干。”干事用眼角对着干主任夹了夹，把个“干”字拖了个长音，还用手在刘科长的大腿上碰了碰，意思是你说话注意点。

刘科长尴尬地笑笑说：“头回听说，还有这么个姓。”随即热情地伸出手，一边说：“欢迎，欢迎，请坐。”

干主任不耐烦地提醒干事：“赶紧说事，扯什么淡。”

李干事拉开桌边的椅子，依次请他们落座，刘科长对小李耳语几句，小李出去了，片刻他和林书记走进来，林书记伸手和几位握过手，就听治安办的干事站起来说：“我们今天来，是想借贵厂一方宝地，开个地区厂矿整顿社会治安大会。”

“什么时间?”林书记问。“过一会，下午三点半，整个南川地区的厂子都会派代表来。”治安办的干事回答。“在哪儿开，多大规模?”刘科长问。“就在这后边的露天电影院。”治安办的干事用手指着房间的后窗户。“时间这么紧，怎么不早通知，来不及准备吧。”林书记为难地说。“没什么要准备的，开会用的横幅我们已经带来了，谁跟着去拿一下”治安办的干事说完，一个穿警服的人站起来，小李也起身，干事对警察说：“你不用去了。”说完和小李一前一后出去了。

“早通知，人跑了，谁负责。”一个警察站起来，亮了证件，说：“我们要逮捕你厂的成建国。”接着亮出了一张纸。林书记愣住了，他心里有点数了，扭头气恼地问刘科长：“怎么回事?”

刘科长尴尬地四处张望，不知如何回答，看到治安办的干事正好进门，就对他说：“昨天你来了解情况，说实在的厂子治安还是不错的，没话找话就说了那么个事，你当时还笑了。”

“我笑了吗?”干事看样子也就30来岁，在他那黝黑微胖的脸上，长着一对好看的大眼睛，不论是那鼓鼓的腮帮，还是那薄薄的嘴唇，或者那微微翘起的鼻尖，都使人感到滑稽。此时他眼帘忽闪忽闪得像一个机灵、淘气的孩子，又像是在暗示对方。

只可惜刘科长没能会意，或者他根本就不想会意，只顾继续他的发言，因为他此时才意识到那个笑话的沉重代价，当然想轻描淡写，大事化小，于是执拗地说：“笑了，还哈哈……”

“你说我笑了？”治安办的干事突然提高声调，眼睛里一道寒光直逼刘科长。刘科长赶紧赔笑说：“不，不，是我笑了，你当时打，打了个哈，哈欠。”说完站起来小声嘟囔：“我去会场看看。”

林书记已从他们的对话中明白了大半，他权衡利弊，用讨好的口吻对面前的几个人说：“你看这事闹的，误会了，他们的那事没办成，没犯罪。”

“杀人没杀死就能说不算杀人了吗？”一个警察甩出一句冷冰冰的话。

林书记给人抓了话把，赶紧换个角度说：“不，不是这个意思，只是这个人平时表现很好，是班长，生产离不开，又是初犯，看能不能……”他把“能”字的音拉得很长，下面的词他还要斟酌。

一个警察扬扬手中那张纸说：“你以为这是开玩笑呢？”说完重重地把那张纸拍到桌上。治安办的干事趁机反手还击：“这还不犯罪？难道还要等到排水沟里的死孩子凑成一个排、一个连？”

屋子里一下子安静下来了。林书记愣了半天才回过神来，憋出一句：“你们也知道了？”干事立刻答话：“你以为我们是吃闲饭的？我们虽不能眼观六路，可也能耳听八方。”

“这么重大的事件都不汇报，可见你们思想上阶级斗争的弦都松到哪里去了。”一直绷着脸、两个嘴角紧紧闭着的主任，那张严肃的长方形脸上戴着一副黑宽边眼镜，两只不大的眼睛在镜片后边闪着亮光。他一张嘴就上纲上线，那些事儿像一只断了线的风筝，瞬间就飘上了云端。他声音洪亮，说话时激动得脸上泛着红光。

林书记觉着像有台鼓风机在飞快地转，这屋子里的一切都在迅速膨胀，马上就要爆炸了，他嗅出点为何要在厂里开会的味道来了，便顺杆往上爬，装作那事早已被列为厂里头等大事的神情说：“噢，你说的那个事，我们很重视，一直在查，大张旗鼓地查，地毯式地排查，有一个车间书记为了落实一个情况，爬到四楼楼顶，险些没了命，不信，你们可以到职工中去问，只是暂时还没有查出结果，或者根本就没有结果，是外边的女人生的，所以没法向你们汇报。”

“那男人该是你们厂子里的吧？外面的女人生了孩子还专门跑到你们

厂，掀起那么重的水泥板扔到排水沟里，扔到外面的野地里不更方便吗？再说一个生人抱个孩子进厂，门卫不查吗？”几个“吗”字把林书记问蒙了。

“我们是来逮人的，不是来听你评功摆好的。”一个警察不耐烦地说，然后站起来对着布置完会场回来的刘科长说：“科长，带路。”

林书记无奈地闪身。干主任把一个一直把玩着的白瓷烟灰缸在桌上敲得啪啪响，说：“敲山震虎，杀一儆百，杀鸡给猴看，防患于未然。”

滴血的心

两位干警匆匆赶到车间，扑了个空，建国上二班。任书记呆若木鸡，惊得说不出话，半天才回过神来，用央求的口吻说：“我一定好好教育他们，其实这算个啥事，愣是我给问出来的。”“问出来的就不算事？哪个案子不是我们问出来的？”一位警察瞪他一眼回怼道。

任书记气急败坏，死死抓住一个警察的衣袖讲法律：“他们在谈爱，这算什么，你们乱抓人。”“真是上梁不正下梁歪，阿（什）么样的书记带出阿么样的兵。”公安人员义正词严，使劲掰开他那只紧抓着人家衣袖的手。

警察们返回到单身楼，同屋的人说建国今早回家了。时间已经毫不留情地向三点迈进。刘科长极不情愿又无可奈何地叫人事科查了建国家的地址，一个警察把电话打回去，另一辆警车呼啸着奔向了建国家。

建国家就在城东的一条巷子里，两扇大黑门上钉着两个已经发乌的铜环。闪烁的警灯和尖锐的警笛声唤醒了一条街，行人驻足观望，不少人家都开门探出头来。建国家只有母亲一人在家，这个本分的女人，在家相夫教子，两耳不闻窗外事，门外的骚动丝毫没有引起她的注意。

两个警察站在门前，一个警察上前拍着门环，和着大门的震动，门便咣啷啷地响起来。

母亲惊恐地走到门前，拉开木门闩。随着门扇往两边急速打开，母亲闪身，警察快步进了门。母亲赶紧关上门，问：“阿么了？”“成建国呢？”一个警察问。

母亲头晕目眩，险些栽倒，一个警察扶住了她。“上班去了。他阿么了？”母亲急切地问。没人回答她，他们径直往上房走去。

母亲右手半握拳，一下一下地砸在左手的掌心上，在散发着恐怖气息的天井里匆匆忙忙地转圈，嘴里不停念叨着：“阿么了？阿么了？这是阿么了？”她知识范畴里杀人越货的犯罪名词和情景在她脑子里翻腾着。

警察们挨个把房间看了一遍，确信人真的走了，一个警察问：“走多长时间了？”母亲看看墙上的挂钟，说：“近半个钟了。”“走，追上去。”一个警察说。“不认识，怎么追？”另一个警察反问。“你，跟我们一块走。”先前说话的警察指着母亲说。“他是骑车还是坐汽车？”一个警察问。“骑车。”母亲答。

一个警察给母亲说：“你坐在车上从窗玻璃往外看，看到了说一声。”

母亲跟着警察走出家门时脸色通红。

开始警车开得很快，闪烁的警灯和嘶鸣的警笛声，像一阵风把街上的人和车统统刮到了路边，行人或驻足或放慢了速度。马路上的骑车族异常清晰地从车窗前掠过。约莫着时间差不多了，车速慢了下来。母亲又一次小心翼翼地问：“建国犯啥事了？”“强奸。”一个警察答道。母亲诧异道：“这咋可能？你们弄错了，给他介绍过多少好姑娘他见都不见。”“这我们就搞不清了。”警察说。

片刻母亲又自言自语地说：“该不会是她？如果真是她，那也太没良心了。”“成阿妈，你别在那儿瞎嘀咕了，到里头都说得清楚，你现在集中注意力，和我们配合，在街上抓到他，省得到厂子里当着那么多熟人抓。”一位警察说道。

是他，从背影母亲一眼就认出了儿子，她心头一阵发紧，鼻子发酸，眼泪涌出，喉咙像堵了一团棉花。车慢慢往前爬行，母亲脑子里翻江倒海，她想大声呼喊，让儿子快跑，可两轮哪跑得过四轮？“他在后面。”她并不想说的四个字嗫嚅着从她嘴里溜出。

“紧急通知，紧急通知，今天下午三点半，在露天影院召开南川地区厂矿社会治安整顿大会，每个车间安排 2 人参加，机关科室由政工科组织，各单位务必于三点二十分前到达会场。”

大喇叭急切的吼声叫醒了万晓阳，昨天下午任书记谈话时，她留意到任书记嘴角那一抹不易觉察的笑意，她认为这是书记对这个事的最后裁决。除了有些羞涩，她没觉着别的，一颗悬着的心放下了，今天午饭后她像往常一样睡午觉，如果不是喇叭的叫声，她此时可能还在梦周公呢。

任书记跌跌撞撞地走出车间，他找到林书记，说建国是生产骨干，少了他，国庆献礼的任务就要泡汤，让他给公安说说，放建国一马。

林书记也正在办公室里转圈，说：“你看，这事闹的，这事闹的。”任书记央求道：“你别光转圈，想想办法嘛。”“我能有什么办法，人家这是法律。”林书记无奈地说。“建国又没犯法。”“现在犯不犯法就不是你我说了算的事了，”忽然他白任书记一眼有些嗔怪地说，“这不是你汇报的嘛！”

任书记像无头苍蝇似的又跑回车间，放下他的自尊打电话给在公安局当科长的战友，对方显然办公室里有人，他刚说了两句，对方就说：“我这里现在有事，你过一会再打来。”

任书记放下电话，撒腿往厂大门跑，坐上汽车去市里找这位科长去了，他要跟时间赛跑，在他们没抓到建国之前。

警车在前面调了头，然后慢慢滑行，一位警察用手按着母亲的后脖颈，让她的脸几乎贴着车窗玻璃，说“你仔细看，错过了，耽误了大事那就麻烦了。”“那个，穿咖啡色夹克的。”说完母亲就向后倒去，她的心在滴血。

警车停下，两个警察迅速跳下车，站到马路的人行道边，待建国骑车过来时一个箭步冲上去，车向一边歪倒，建国双脚落地，问：“阿么了？”一个警察扭住建国的胳膊，另一个亮了证件，同时把一张纸在建国眼前晃了晃，说：“到时你就知道了。”说完扶正了自行车，推到人行道上，顺手锁上。

建国上车看见母亲，大惊失色，问：“妈，你阿么在这里？”“儿呀，你糊涂呀，是妈带警察来抓你的啊！”母亲带着哭腔说出了这句伤心欲绝的话。

“成阿妈，谢谢你。”一位警察说。同时把自行车钥匙交给了建国母亲，指着窗外说：“车在那边。”

“到里头好好跟人家说。”母亲泪眼婆娑地说着下了车。

“挠没事，妈你莫担心。”

警车开走了，母亲站在路边目送着，直到警车消失在马路的尽头。

社会治安整顿大会

长方形的水泥台子上摆着两排桌子，前排是一张长条桌，上面摆着麦克风，后面一排并排摆着五张桌子，干主任和治安办干事稳稳当当地坐在正中那张桌前，外厂矿的领队依次坐在两边。

大会开始了，林书记讲了在我厂开会是对我厂治安整顿工作的促进，欢迎兄弟厂矿的同志们云云，他便熄火了。台下人们交头接耳，东张西望，然后愣愣地望着台上，不解其意。

干主任两眼放光，一遍一遍地扫视着台下的群众，不时看看手表，和身边的干事耳语一下，干事就起身走到场外，一会儿又回来，他不走台阶，而是两手一撑就跳了上去，还主任一个耳语。

警车进厂停在保卫科门口，进行了交接。两个警察一边一个扭着建国的胳膊把他押往会场，会场上人声哗然，原来重头戏在这里。人们让出一条道，建国被押上了台。

建国腰弯着，头垂得很低，像在找一条地缝欲钻进去。一个警察扯着他的头发，又往后一拽，那脸就冲前，下巴冲天了，另一个警察从口袋里摸出一张纸，念道："成建国，引诱少女进行流氓犯罪活动，准予逮捕。"念完从后腰间掏出手铐。

"我是自愿的。"一个女人声嘶力竭地喊着。"你个贱人，你自愿你告什么状。"和着一声清脆的耳光声，另一个女人大叫，她是冷彩莲。

一副"银镯子"戴在了建国的手腕上。"是谁？上来说。"那位完成了拷人任务的警察走到台前，用目光在台下搜寻着。

"你的氧气瓶还开着，会爆炸的，还不赶紧去关。"红梅说着拉着万晓阳就往会场外挤，人们让开道，她们过去后又堵上，就这样曲曲折折，她们从会场入口的反方向，拐到冷彩莲家那排房的房头出了会场。

她们跑进生产区大门，万晓阳往车间拐时，红梅说："你到车间干什么，你上班了吗？还不赶紧到后门的羊毛沟躲躲。"说完红梅就转身往回跑，跑两步又回头喊一声："别急着回来，等我叫你。"

建国被押到了台子前面的一角站着，他给这个会场制造着一种威严的气氛。几个单位的代表发言后，林书记说："欢迎市社会治安整顿办公室的干主任给我们作指示。”他带头鼓掌，台下响起稀稀拉拉的掌声。

干主任慢吞吞地站起来，走向麦克风。他清清嗓子，猛吸一口气，像上了膛的炮弹，等待发射。他说：“现在形势空前严峻，阶级敌人伺机反扑，他们躲在阴暗的角落里，散布流言蜚语，寻衅滋事，企图推翻我们的无产阶级政权。他们传播色情出版物，用腐朽的资产阶级思想侵蚀群众，引诱人们男欢女爱、卿卿我我，泡在温柔乡里，舒服了，愉悦了，天塌下来也不顾了，还有激情为革命去挥舞旗帜，去振臂高呼，去投身革命吗？”说着右手举起在空中挥动。

治安办干事马上站起来振臂高呼：“严厉打击形形色色的流氓犯罪活动！”台下有人附和着喊起来。

干主任用手示意安静，继续道：“这不但消磨了我们的革命意志，还扰乱了社会治安，滋生出许许多多的社会乱象，有个单位在排水沟里发现了死孩子，有个单位职工谈对象谈崩闹到要杀人等等，这是我们绝对不能容忍的。”说到最后一句时他的手五指并拢，有力地从空中劈下。

干事及时呼应，振臂高挥：“大力整顿社会治安！”当喊出“严惩一切反革命分子”时，台下的人大都战战兢兢地举起了手，从牙缝里挤出些声音，好像不如此，那干主任手下劈的就是自己。

看到现场气氛已经热络，干主任双手在空中来回地往下按着，好像他的手下是看不见的弹簧，他提高声调说：“安静，安静。”台下立马鸦雀无声，好像人们不情不愿张开的嘴巴立马就被人按下了闭合键。

“各单位回去后，”干主任继续他的发言，“要对本单位的治安情况进行全面调查摸底，采取自查和集中排查的方式，在摸清底数的基础上，将存在的治安问题分门别类，列出重点，制定整改方案，比如，谈对象只能用嘴谈，谈到胳膊、手的时候就要警惕了，就亮红灯了，谈到下半身就出界了，看看，看看，这就是反面教材。”他指指建国，说：“一副‘银镯子’就在那儿等着你。”

众目睽睽下，建国被押上了警车。他的脑子一片空白，不由自主尽可能把头压得更低，那些不认识的人中，他害怕有人会记下他的容貌，保不准哪天突然在大街上把他认出来，在身后戳他的脊梁。猛然他又勇敢地抬起头，在人群中寻找万晓阳，他想看到她又怕看到她，怕把她也捎上车，当确信她不在时他松了口气。他整个人仿佛被阳光晒化的雪人一样，哗啦啦四分五裂，胳膊一处腿一处，肠子遍地爬，如蠕动的蛇，他的眼睛已经没有光芒，看不到车外的任何围观者。他的内心像火山爆发前翻滚的岩浆。

车窗外的世界已经彻底与他无缘，他终于明白原来自己在这个世界上竟是如此渺小，稍一疏忽就会被碾成尘埃，他成了一头任人宰割的羔羊。

在战友迈出办公室前的最后一刻，任书记闯了进去，他简要地讲了事情原委，最后说："这倒算个啥嘛。"

战友站起来说："我回头问问，今晚还有任务，就不留你吃饭了。"然后他砸任书记一拳说："都啥时候了你还惹火上身。"

任书记所做的努力也许起了作用，但又没起什么大作用，建国以强奸罪被判劳教一年零六个月。

撕心裂肺

万晓阳出了后门，往远处走了点，又走回来，在一堆炉渣边坐下来，双手抱着蜷曲的双腿，眉宇间凝固着伤心与悔恨，脑子里翻江倒海，心乱如麻：我那一嗓子他们听到了，他们还会逮他吗？会的，因为她没上去，说不定现在他们正在找她呢，我应该回去，但是红梅为什么让我跑，她看事是极准的。于是她又站起来害怕地往远处走，直到拐过厂子围墙的墙角。

万晓阳呆呆地靠墙坐着，眼前尽是建国戴着手铐被人推搡着塞进警车、被打的情景，突然一个可怕的念头跳出来，他会被枪毙吗？不会，她摇摇头，我都说了我是自愿的。片刻她又否定了这一结论，这要看在什么时候。她不寒而栗，肠子都悔青了，连五脏六腑都似绞在了一起。后悔、哀怨、揪心、愤怒抑或悲伤在她心头轮番轰炸。

那天是我叫他去的，怎么就走到这一步了呢？万晓阳想起来了，开始真的就想煮碗面，后来多了一个吻，又多了一个拥抱。两碗面摆到桌上，热气腾腾，整个屋子沉浸在温暖的海洋里。

万晓阳坐到床沿上，建国并不坐下而是定定地看着她，她说："师傅，那天。"建国凑上来，说："别说了。""你不怪我？"她抬头看着他。"不，我们何苦互相折磨，我知道你心里有我。"师傅的眼白开始泛红，出气也粗了起来。

万晓阳赶紧扭头把目光对着墙壁。师傅走过来扶住她的肩膀，抱紧她，低头，嘴唇在她的脸、脖颈和耳根间来回蹭着。

万晓阳的脸色潮红，洁白的牙齿轻轻咬着一点唇，嘴角上翘闪过妩媚的微笑，这微笑是蜂蜜，让他沉醉。她想，我们还要相互折磨吗？上次推了一掌，令两人难受了这么多天，我现在还有什么？没有家，没有亲人，在我孤独无助时是他伸出援手，在我寂寞时是他陪伴，我为什么还要这么折磨他？我现在还有快乐吗？有人给我快乐并且他也从中获得愉悦的事，我为什么要抗拒呢？神使鬼差，她倒在了床上。

晓阳猛然惊醒，是我叫他的，我不能让他一个人背，我要去公安局说清楚，她跑回小门，铁门从里面闩上了，可能看门的师傅有事走了。她把门摇晃了一阵，无奈地扒在门上。

天色渐晚，这里本来就没什么人，此时更显荒凉。对面的岩石、土坡镶上暗色的边，像一个个怪兽。不时传来狗吠、牛哞哞叫和一些说不清是哪种动物的叫声，好像就是从对面的怪兽嘴里发出来的，越分不清就越害怕，总觉着正有一只野兽在附近虎视眈眈。

有砍柴人猛然站起，从沟里露出一个脑袋会吓得她一个激灵，她总怕那是狼或狗。偶然有人走过，看她一眼，吓得她双手抱肩，紧紧靠着铁门，她对着门缝不断地喊："有人吗?"

下午开会陈技术员是急不可耐跑到会场的，看到红梅拽着万晓阳往外跑她捏了一把汗，看到红梅又回到会场她才舒了一口气。

文昌德今天上白班，他没去开会，下班回家时听说建国已经被抓走了，万晓阳跑了。直到做好饭，他才跑到万晓阳宿舍去，没找着人，又到车间找，也不见影，他急得在原地打转。

红梅过来小声说："你是不是在找万晓阳，她在羊毛沟，这么晚了，应该不会有事了吧。我给她买了饭在她宿舍里，你快去把她找回来。"

"上班时间在那儿嘀咕什么?"冷彩莲阴阳怪气地朝他们这边喊。

文昌德匆匆忙忙赶到厂后门，拉开铁门闩，门从外面被推开，万晓阳倒在了他怀里。她一惊，站定，看是文昌德，竟靠在他肩头哭了起来。文昌德轻轻推开她说："没事了，快回去吃饭吧。"

任书记回厂时已经八点多了，到车间没见着万晓阳，站在建国的工位上手足无措，红梅过来简要说了下午的情况，任书记也惊出了一身冷汗，叹息道："唉，她比我还能惹祸上身。"说完又接着说："你去通知万晓阳，让她今晚不要上班了，好好休息。我准备让徐师傅带她，但还要先和徐师傅商量一下。”

第二天一早，厂部开会专门研究了对万晓阳的处理，没有让任书记参加，没人问为什么，大家都懂。研究的结果是：行政记大过处分，延期6个月转正，调到下料房。

下午一上班，人事科长拿着两张纸来到车间，一张处分通知，一张调令。任书记对于把万晓阳调出二车间，提出异议，说既已处分，就不应该调动工作。人事科长说：“这处分算是轻的了，按规定这是要除名的。昨天要不是她跑得快，没准也进去了，那更是自然除名了。”任书记略作沉思点点头说：“也是。”

“你这破事搞得厂子很被动，厂里不得拿出点姿态堵堵上面的嘴嘛，你们车间开个大会宣布一下，给那爱耳听八方的市整顿办送点风。”

任书记不吱声，人事科长见他还是不开窍，进一步说：“再说，她师傅走了，谁带她?”“徐师傅带。”任书记立马回答。人事科长一愣，真服了这个榆木脑袋，略带挖苦地说：“亏你还是搞政工的出身，连这点道理都不明白，事都到了这个份上她还怎么面对车间这些熟人，把她调到下料房那个僻静的地方，我们也是慎重考虑了的，其中还包含了你的因素。”

“咦?”任书记显出惊讶状。“你以为你干出这事她不恨你？去年她不就举着焊枪喊要杀人嘛。”人事科长说话缓慢而沉稳。

万晓阳昏昏沉沉地往车间走，就听旁边两个女工小声嘀咕：“快看，就那女的。”“还算有良心。”另一个搭话。她们走到前面后还回头瞄她一眼，那目光像锋利的刀锋，削过她的头顶，在她的脸上左一刀，右一刀地划着。她赶紧低下头加快脚步。

万晓阳走进车间，人都围坐着在开班会，就听冷彩莲骂红梅：“你吃里爬外，让她上去说说，也许你师兄就不会被抓了，你拉着她跑什么?”

徐师傅把烟从嘴边拿开说：“妇人之见，她上去说说就说进去了。”

任书记快步迎上万晓阳，说：“你跟我来。”接着就拐进了他的办公室。

万晓阳很敏感地想到大前天那个下午，她也是这样跟在他的身后，结果就出了那么大的事。一进门她就站在门口不肯往里走了，站在那里窘迫又难堪，当然还有气愤。任书记从抽屉里拿出人事科长送来的两张纸，迟疑半天不知如何开口，唉，尴尬人尽遇尴尬事。

任书记捏着那张调令纸来到了万晓阳的面前说：“意想不到，意想不到啊。”他仰脸望天，把那张纸递给她说：“权宜之计，厂子也是做给上面看的，过了这阵风，我再给你调回来。”

万晓阳接过那张纸，草草扫了一眼转身就往外走，全然不顾她手里拿着的是通天的梯还是下地狱的路。任书记原以为她会大哭一场，见此情景倒有些意外，也愣在那儿半天没挪步。

万晓阳行尸走肉般地挪到了供销科，钱科长端坐桌前好像专门在等她。

人事科长在下调令前已经和钱科长商量过，钱科长给予了坚决的反对，说：“把这个惹事生非的弄到我这里干啥？”“干啥还不你说了算，又不算你的指标，白给一个人还嫌多？”人事科长说。

任书记在接到调令的第一时间也来找了钱科长。他掏出一支烟递上，抓耳挠腮半天才开口。钱科长无奈地说：“老任啊老任，你一天净弄些没名堂的事，让别人给你擦屁股。”

“老钱啊老钱，你要骂就痛快骂吧，我也恨不得抽自己两巴掌，唉，工作失误，谁承想弄成这个样子。只是这娃怪可怜的，别难为她，算我欠你一个情。”任书记边说边双手合十做作揖状。

“老兄啊，放心吧，看在你的面子上我也不会难为她，过了这阵子，合适的时候给她换个轻松点的工作。”钱科长很随意地说。

“那敢情好，不过也别太费心，她迟早还是要回焊工的，一个女娃娃。”任书记说。“但愿。”钱科长不置可否地笑笑。

都是嘴巴惹的祸

钱科长还得接着把这个烫手的山芋往下传。他找来准备和万晓阳搭班的梁师傅。这梁师傅，四十多岁，山东人，人高马大，膀大腰粗，可那心眼却比针鼻儿还小。他原是加工车间的车工，按这块头，自然安排在大床子上干活，梁师傅说：“我在上海干过活，在上海，人家就是按出力大小给钱，开车床，床子大一号，不但钱多，那粮食定量都要长一级。”车间领导无权给他加定量，闹腾了半天最后才弄到这下料房。

梁师傅干起活来缩手缩脚，倒不是怕什么，而是他相信：千年的王八万年的鳖。退一步说，不求千年万年，就说当下，他这么大一架“机器”，需要很多粮食供养才能正常运转，这马力开得越足，消耗越多，他舍家撇口，接受高原洗礼，可不是为了挣钱就地消化的。

下料房是供销科下属的一个班组。坐落在厂生产区最里面的一个角落，编制很小可占地很大，有大块的场地用来放料。料堆旁边有张破钢丝床，上面铺了个破席子，那是梁师傅摆在那儿的。上三班时偷空躺一下，有时上白班上完料后也抽空躺那么一会儿，有一次钱科长看到了说他，他还理直气壮地说：“反正又不影响干活，怕啥？我在上海干过活，在上海，人家就是按出力大小给钱给定量，干这活这么辛苦，每月就那么点定量，不省着点消化，这马达没准哪天就熄火了。”

钱科长没有办法给他的定量升级，所以只好忍着，但这心里却像扎了根针一样。原先和他搭班的是一位民工，换这么一个小娘们使老梁同志觉着吃了好大的亏，他给予了坚决的抵制，带着不屑的语气说：“她抬得动吗？活干不了啥，还带着股腥味。”“只要你别像猫似的寻腥去。”钱科长无所谓地说。“俺可不好这一口，俺媳妇俊着呢。”老梁同志不屑地说。

“那你还怕啥呢？”钱科长问。“怕俺力气不够，她抵半个人用，那请科长打个报告给加点定量也成。”梁同志说。“我没这本事，要不你跟车当搬运工吧。”钱科长这么说才堵住了他的嘴。

可梁师傅的不情不愿只好由万晓阳来买单了。他坚守着“王八不动活千年”的理念，干活时跟她这个女同志也讲平起平坐，甭管多轻多重的料，也一定要她和他一起抬，因为万晓阳独自一人是扛不起一根料的。

厂房里平行安装着三台锯床，三班倒，每班两个人，人的工作就是把长长的圆钢抬到料架上，定好位，机器的任务就是按定好位的尺寸把料锯成工件的毛坯，料摆斜了就锯歪了，这个铁疙瘩就废了，锯床没一点责任，全由人吃不了兜着走了。虽说没什么技术含量，但卖大力气的同时也万万不能掉以轻心。锯钢时发出的巨大的啸叫声整日整夜充斥着车间，并传出去很远，整天人脑袋里都好像嗡嗡直叫。

万晓阳对着梁师傅那张不阴不阳的脸，伴着尖锐的噪声和繁重的体力劳动，解脱之感瞬间就消失得无影无踪了。她反思将自己推到这万劫不复境地的祸根，嘴巴当仁不让地拔得了头筹。从此她没事就琢磨起嘴巴的功能，当然吃饭是第一，靠它人才能活着。第二，它作为五官之一，但对模样的贡献率却达到了100%，一个蛤蟆嘴配上再漂亮的眼睛也白搭。人说看那副嘴脸，嘴被放在了五官之首。第三，她发现嘴能表达人的内心，噘嘴表示生气，嘴角微微向上挑起，好像在微笑，别人看着舒服，自己心里也溢满着喜悦。第四，对于它的语言功能，恐怕就要毁誉参半了，巧嘴舌簧，能把死人说活，有人就指着这嘴活着。“病从口入，祸从口出”这句人们常挂嘴边的话现在时常出现在她的脑际，她突然发现自己长这么大全毁在嘴这玩意儿上了。

万晓阳记起初一那次“拖堂事件”。那是一个冬天，下午最后一节课，下课铃响了，数学老师还一个劲地在黑板上写字。她的同桌平时就好恶作剧，有些不耐烦了，把一块正在手里玩着的硬橡皮扔了过去，可巧的是它不偏不斜正好砸在老师的后脑勺上，后又顺着她的头发滑落到衣领和脖子之间。

老师抬起胳膊用手去掏，这手一撑开衣领，那橡皮又顺着衣服往下溜，她就缩着脖子把右手尽可能地往下伸，有手在开道，这橡皮便继续往下掉，这手实在是无能为力了，有一会儿她的手竟捂在衣服里不知何去何从，背后笑声大作，老师迅速抽出手，愤怒地转过身来，笑声戛然而止。她怒目圆睁，先是讲此行为对同学听课效果的影响，再讲对老师讲课情绪和积极性的打击，继而上升为对师道尊严的大逆不道，最后，她慷慨激昂地说：“一定要把隐藏在同学中的害群之马揪出来。”

教室里立刻鸦雀无声，老师把双手抱在胸前，沿着过道转圈圈，目光在同学们的脸上扫来扫去，她目光似剑，她相信在她的目光威逼之下，肇事者一定会因心虚而有异常表现。可同学们全是一副“任凭风吹雨打，我自岿然不动”的神情。

窗外传来姥爷一连串的咳嗽声，万晓阳想到姥爷这两天一直感冒，天这么冷，他怎么又来了呢？姥爷是来接她回家的，这学期刚上这所中学，路远。这时万晓阳看到前排的一个女同学扭动着身子，她猜想那是想上厕所的表现。于是偏过头，用手挡着脸，对同桌说：“你还是招了吧，别让全班同学跟着受罪。”“不能招，时辰已过，现在说了也白说，你可不许多嘴。”同桌晃了晃拳头，威胁道。

老师锐利的目光及时捕捉到这一“敌情”，问：“万晓阳，你们在嘀咕什么？是不是对老师有意见，有意见就大声讲，好让老师知道。”

万晓阳一下子慌了神说：“不是，不是，我对老师没有意见，我是在劝方超。”啊！同学们舒了一口气，老师的脸上也浮现出一丝笑意。

万晓阳这才意识到方超要大祸临头了，他一定不会放过自己，于是赶紧补充：“他是想上厕所，想让你早点下课。”

老师脸上的笑容瞬间消失，说：“你什么意思，方超打老师还有理了？是老师拖堂了，挨打活该？”万晓阳急得快哭了，说：“不是，不是，我不是那个意思。”

“他要上厕所，还先告诉你，一个女孩子，也不害臊。”老师一脸鄙夷地说。

万晓阳羞愧难当，趴在桌子上哭了起来，脑袋晕晕的，直到人都走光了，姥爷才到教室里把她叫走。事件的结果是姥爷得了肺炎，住进了医院；方超的家长被老师叫到学校训斥一通，方超本人则被记大过；带给她的是方超骂她是叛徒，而同学们背地里则说他俩好上了。

万晓阳陷入了极度的苦闷之中，觉着人都是自私的，包括自己尊敬的老师，而同学们都把别人想得那么龌龊，这样的同学不交也罢，从此，在万晓阳的眼中呈现的是一个灰色冰冷的世界。

在对自己这不长的一生进行经验教训的总结后，万晓阳决定对嘴的第四功能即语言功能严加管制。人得靠本事吃饭，嘴不过是个工具，吃饭时动一动，不吃时千万关上，别乱开，搞不好它会变成刀子，不是毁了自己，就是伤着别人，这一理念彻底改变了她的性格，万晓阳从此变得沉默寡言，彻底关闭了与外界沟通的渠道，只有红梅时不时到她屋里找一点别的话头给她解解压，没想到晴天响霹雳，红梅也被打入了万丈深渊。

心牢

建国坐了牢，万晓阳、任书记和建国的家人，还包括万晓阳的父母也在坐牢，所不同的是他们坐的是四面没有墙壁的牢房，是心牢。

万晓阳的父亲和小马的父亲是一块参军的同乡，又在一个部队，一块入朝，一块回国，现又在同一个院里上班，两个男人算是老乡、战友加同志，但两个女人的差距就大些，一个是派头十足的领导干部，另一个是紧追时代潮流的时尚达人。马夫人从头到脚与时俱进，从满头羊毛卷到大波浪再到高高挽起的美人髻，穿着色彩鲜艳的蝙蝠衫在舞场里翩翩起舞。

尽管两家时常会聚聚，但万夫人打心眼里是一百个瞧不上浑身上下散发着低俗和浅薄的马夫人。自打两家的小孩也变成了同一个车间的同事后，万夫人一改往日的矜持，尤其是在女儿离家后，她时不时就到人家办公室瞅瞅，想从人家嘴里得到点女儿的信息，毕竟是当妈的。

国庆节休假，老马两口子来串门，马夫人坐立难安，几次欲言又止，话在她肚子里扯出了几个头，终于还是说出口了："你家阳阳真聪明，在她师傅就要那个时，她手一挡……""你个怂婆娘，一张臭嘴咋啥都往外喷。"老马狠狠地捏了夫人的胳膊一把说。

老万两口子就不淡定了，沉思片刻，老万装作满不在乎地在老马肩头捶了一拳，说："老马，你这就不够意思了，嫂子也是好心，说说咋回事?"

老马想挤出点笑容，但又觉着此时笑是最不合时宜的表情，他脸上的肌肉奇怪地抽搐着，半天说不出话来。过了好一会儿才从牙缝里挤出一句："阳阳没事，她师傅被抓了，这事肯定不怪阳阳。"说完就推说有事拉着老婆走了。

屋子里的空气顿时仿佛凝固了，夫妻俩对坐无语，过了许久母亲说："这孩子真不叫人省心。那个男的也真不是东西，还师傅呢!"

"一个巴掌拍不响，害了人家的孩子。"父亲接话道。

父亲当即给厂政工科打电话，开了免提，当听到对方说"对不起，万局长，我们尽力了"时，母亲挂断了电话。啪的一声，母亲重击了一掌茶几，吓得电话机也跟着跳起来，听筒从机身上跳下，吊在空中，发出"嘟嘟"的哀鸣声。

母亲大骂："什么破厂，什么破师傅，整个一浑蛋!""什么破书记，办出这事，简直是个二百五!"父亲接上茬。"什么不要脸的破孩子，还理直气壮地不要脸，转着圈地丢人。"母亲接力。

"我帮你骂，这祖宗八辈的脸就算让这浑蛋给丢尽了!"父亲骂完又火上浇油地骂："什么破父母，只管生，不管养，不管教，猪狗不如!""你怎么连自己也骂上了?"母亲诧异。"难道不该骂吗?"父亲平静下来，说："骂够了吧? 我们也是打年轻过来的，现在想想下一步怎么办才是正事。"

"原来打算等晓红下了乡让她回家来住这条路是行不通了。"母亲叹息一声说。"为什么?"父亲问完又自答道："你不用说了，怕人家唾沫星子淹死你，怕人家戳断你的脊梁骨。都什么时候了你还顾得上这些。"

母亲话头一转说："唉，我突然想到，也许这是坏事变好事。别说，这个二百五书记没准还办了件好事，及时制止了他们滑向更危险的深渊。从现在的结果看，晓阳没被侵害，男的坐一年半牢，晓阳顶多过一年就转正，给调回老家去，这一页就翻篇了。"

"你什么时候变得这么心狠，人家的孩子就不是孩子？这一辈子就这么毁了？"父亲说。"唉，有什么办法呢！"母亲叹息道。

两天后父亲让司机带给任书记一个信封，里面装着二百元钱和一张纸条，写着：事已至此，作为万晓阳的家长，我们不知道该说些什么，这一点点钱送给那个男孩，并向他的家人表示我们深深的歉意。

任书记也陷入了深深的自责中，他唯一可做的就是想办法去看看建国，找找关系，让他在里面不要太受罪。他忽然想起陈技术员说过，隔壁厂她校友的同班同学分到监狱当管教干部，当时陈技术员还说想想也好笑，一个工科大学的毕业生分到监狱管犯人。

任书记找到陈技术员，又顺藤摸瓜联系到了那位管教干部。算老天恩赐，建国正好在他所在的监狱服刑。

礼拜天一大早，任书记用报纸包了两条大前门，叫上陈技术员和隔壁厂她的校友，到了那位管教干部的家里，落座后任书记先开口说："这成建国是我们厂一位很优秀的工人，只是闹了些误会，给抓进来了，慢慢会搞清楚的，希望你们在政策允许的范围内给予照顾。"说完就看看表说："那就拜托了，我今日个还有个事，先走一步，你们慢慢聊。"

陈技术员一愣，马上就反应过来：书记人来了，这显示了这个人在单位受到的重视和书记对屋主的尊重，再往下谈事就太尴尬了。

事发之后任书记就想去建国家一趟，要不这心里老不是滋味，可想来想去都觉得无颜面对，于是叫宋军代他去一趟，说："去看建国之前你到他家去一趟，看看他家里能给他带些吃的和用的不，另外你也代我安慰一下他的父母，说单位正在想办法，让他们不要太着急。"说完又把万晓阳父亲的信和钱一并交给了宋军。

第二天宋军一早就到了建国家，就听建国的父亲大骂道："这个不争气的东西，阿么样的女人弄不到，非要去招惹那个妖精。"

母亲一脸憔悴地从里屋走出来打断了他说："他爸，这怪不得他，人的姻缘天注定，要不咋那么多姑娘他都看不上。""依你说这是老天的安排，那就让他在里头吃苦受罪吧，家里什么都不给他带。"父亲说完又加重语气说："你也不许给，都是你惯的。"

母亲点点头，说："嗯，知道了。"一边就用一只手帕擦眼角的泪。

宋军转交了万晓阳父母的信，并委婉地表达了任书记的歉意。临走时，母亲说："小宋，挠送送你。"走出大门，母亲从口袋里掏出100元钱，说："你把这钱拿上，看看要打点的你就用去，剩下的给他，让他吃好，心宽些，千万不敢想不开。你看他爸那样子，我一个女人家一是不会办事，再者他爸也不让，挠就全靠你了，有啥情况你还要来说给挠听，挠先谢谢了。"说着就双手合十鞠躬。

宋军赶紧拉住她的衣袖说："婶，你见外了，我跟建国是好哥们，你放心，我会把事办得妥妥的。"

当天下午宋军买了烟和酒来到监狱，他见人就一盒盒地散烟，又放了两瓶酒到探视室的门口。看到建国佝偻着腰，腿一撇一撇走来，他似乎明白发生了什么，在临走时宋军小声说："别那么面，在里头没人可怜你。"说着还用两手握拳，两臂弯曲，频繁晃动，做出拳击的动作。

囚徒

建国收监是在一个晚上，这座监狱位于城南20多里地，四周空旷，布满荆棘和沟壑。监狱四周耸立着5米高的厚墙和架在墙上2米高的防护网，给人一种凄凉与绝望之感。建国被带到男监区内，看守过来，对他搜身，然后将他带进楼道。楼道里灯光昏暗，牢门打开，他被推了进去。

这监舍很高，只有一个小小的窗孔可以透光，窗孔开在高高的、囚犯举起手来也够不到的地方。从那窗孔里透进来的一束亮光里看到，门右手边是一个贯穿整个房间的大通铺，左边是一米多宽的过道，最里面是一个茅坑。铺上、过道上躺着和坐着的都是人，人挨着人。

建国站在那里还弄不清东南西北，躺在铺上最前面的一个大块头开口问："阿么犯事儿了？""不知道。"建国随口一答，到现在他真不明白他犯了哪条哪款。"还在那儿嘴硬。"说着大块头"噌"地一下子起身跳到地上，用脚在建国腿弯处一勾，建国就一腿跪地，接着往一侧一倒，大块头顺势在建国的屁股上踢了两脚，说："哼，会让你知道的，滚，滚到最里头去。"

后来建国知道这个家伙是这个监舍的牢头，负责管理整个监舍。

到了睡觉的时候，前面三个人睡觉的地方最宽敞，可以平躺，越往后越挤，后面的都是侧着身子睡，牢头把最里面的人踹了一脚，建国才塞在了两个人的中间。

置身于像尸体一样贴在一起的躯体中间，建国睡不着，四周静悄悄，听不到犬吠，他知道这是在一个远离闹市的地方，不知道是在哪个荒郊野岭。听着楼道里不时传来的脚镣哗啦声和偶尔的一声嚎叫，孤独和恐惧一阵阵袭来。

建国知道身陷囹圄是因为那个晚上，他不知道接下来还会发生什么。劳动，往死里干，干死拉倒，可一想到父母、弟妹和亲戚因此而受牵连，蒙受耻辱，就像铁锤击打着他的心。自己的祖上当年就是被株连，而从江南的富庶之乡来到这不毛之地，从他记事的时候起，就知道自己是南京人，他身材纤细，皮肤白净，很有点江南小生的模样，内心时不时还有那么点小优越，只是现在栽在人家的园子里总有那么点气短。

建国的家族枝枝蔓蔓，苦心经营几百年好不容易积攒下的好名声就要毁在他的手里了。他高中毕业，思想开化不少，但骨子里还是深深地打上了当地人的烙印。他想不明白，他谨言慎行，以善待人，可老天爷为什么还要这么捉弄他，他不过是做了哪个男人都会做的事，却引祸上身，而这一切的祸根是万晓阳，你不愿意又为啥半夜三更把我叫，建国恨她，可总恨不起来。她不是有意的，她不过太傻，那天她不是喊了一嗓子嘛，算是个有情有义的女子，也不知道现在把她阿么样了？

建国心痛得几乎窒息，这时才发觉身体被挤压得气都有些喘不过来，于是趁别人睡着后他悄悄地抽出身躺到了过道上，慢慢睡去了。

忽觉好像下雨了，建国还没弄清自己是在哪里，就觉得不对，这雨咋是热的，赶紧边往起爬边喊：“喂，你往哪里尿？”那人一惊，“水龙头”立马关上，可照着他的腰部就是两拳，说：“谁叫你挺尸挺到这儿，老子这玩意儿要是给吓出病来，老子饶不了你。”

“谁在那儿咋呼，活得腻歪了？”牢头一声呵斥，对方马上收声。

几天后的一个下午，管教干部通知建国，说有一个叫万晓阳的女人来看他时，他说：“不见。”而当被告知“她一直在等着”时，他一瘸一拐地来到了探视室。

他们隔着桌子相对而坐，看着建国黑瘦的脸、熊猫眼似的黑眼圈和呆滞的目光，万晓阳两手捂着脸哭了。建国冷冷地看着她，一声不吭，管教干部退了出去。万晓阳的手从脸上滑落下来，往门边瞟了一眼，问：“他们打断了你的腿?”“不是。”建国皱着眉，咬了一下嘴唇，他内心的伤痛岂是断条腿所能比拟的，他用手指往桌下一指。

建国的右腿盘起，搭在左腿膝盖上。万晓阳看到那肿胀的脚，紫青色的脚板，上面星星点点闪着光，那是扎在肉里的玻璃渣在光线昏暗的桌下依然发挥着它的光学特性。皮肉外翻的小血口子，往外渗着血，周围结着血痂，密密麻麻，像印刷电路板的一个个焊点。

万晓阳抬起头，泪扑簌簌往下掉，说：“怎么搞的?”“修水渠，光脚干活。”建国以极不情愿的口气敷衍她。建国站起身，转身要走，迟疑一下，又扭过头来说：“你以后不要来了，听到没有?”说到最后几个字，他提高了声调，甚至有点咬牙切齿。

万晓阳看着他一瘸一拐的背影从探视室门口消失了。两天后，她带来了消炎粉、紫药水、四环素等在她医学知识范围内的药物，还有纱布、绷带和一把医用小镊子，一双特大号的煤矿下井工用的高腰胶鞋和几包点心，交给管教干部，她没有要求见他，她有太多的愧疚。

捧“鼠仔”

这天掌灯时分，建国干完活回到监舍吃饭。这里都是由牢头带人拿个铁桶到楼道里把全舍人的饭菜打进来，然后再分给每个人。轮到建国时，牢头突然把菜勺往桶里一扔说：“你就该饿死，有工作，有钱花，有饭吃，还去勾引人家丫头，强奸犯。”

听到末尾的三个字，监舍里一下子炸了锅，人渣也分个三六九等，强奸被列为下下等，于是这个捅他一拳，那个踢他一脚，有的还在他面前用手指做着下流的动作。这时建国咬着牙，一股切骨之恨油然而生，他开始恨那个女人，发誓永不见她，他更恨他自己。

同监室有个瘦猴，身高不超过一米六，小鼻子小眼，一对龅牙把上唇顶得老高，腮帮子吸了进去，真是尖嘴猴腮，皮肤黝黑，具体看不出他的年龄，嘴巴周围没几根毛，但右腮那颗黑痣上，几根黑毛长了出来，硬硬地撑着，一说话那硬毛便上下抖动，再配上一副贼溜溜的小眼睛，让人一下子就能想起贼眉鼠眼这个词，于是得了个“鼠仔”的雅号。

可能为了引起别人的注意，刷刷存在感，这“鼠仔”常贱兮兮地干些无聊事。比如同室一个犯人是基督徒，吃饭前必先祷告。一天人家正对着饭碗闭眼在胸前划着十字，感谢主赐饭给他时，“鼠仔”悄悄把人家的饭端走了，藏起来，人家睁开眼，他说你的主把饭收回去了，因此少不了挨人家的一番拳打脚踢。

建国的到来使“鼠仔”觉着自己不再垫底，一天晚上临睡前，“鼠仔”坐在过道上突然一条腿跷着，咧着嘴喊：“噢，噢，腿肚子转筋了，哥们，快给我扳扳。”

建国正坐在他对面，起身蹲下在“鼠仔”的腿肚子上捏着、揉搓着。突然这家伙脸上浮现出一股邪气，怪腔怪调地问：“是不是跟捏女人屁股差不多?”

建国不吱声，用手使劲捏“鼠仔”的膝盖关节，这家伙痛得“啊”地大叫一声，然后用另一只脚蹬在建国的胸口上，建国往后倒去，旁边的人又一脚踹着建国的背，使他往斜前方扑去，一头撞在了正在往起爬的“鼠仔”身上，顶得他像射出的球撞在了身后的墙上，弹回来时一脚掉进了茅坑里，人就卡在了蹲坑口，屋里一片喧哗和笑声。

走廊里传来狱警的训斥声和铁门锁链哗哗啦啦的响声。牢头大骂：“消停，消停，烦人精，咋不掉茅坑里淹死你。”

第二天早上他们的工作是修理操场，把地上裂缝和坑坑洼洼的地方敲掉，填上地坪料，就是石灰、沙子还有一种煤渣，按比例混合在一起，填平，再补上水泥，多数人都是运料，建国被分配扛水泥。

“鼠仔”个头小，被分配拌料。建国扛着一袋水泥弯腰码在水泥堆上，刚想直腰，“鼠仔”铲起一铲地坪料往建国的脸上一扬，建国眼一闭，头一扭，大部分料打在他的脸颊上，然后顺着脖子灌进了衣领里。

建国站定抖抖身子，脸色铁青，拳头攥得紧紧的，甚至能听到发出了“格格”的响声。他紧紧咬着牙根，感觉太阳穴隐隐作痛，似乎所有的血都涌上了头顶，他跨前一步，一手握着“鼠仔”的脖子，然后弯腰另一手托着“鼠仔”的屁股，猛一使劲，把他横着举过头顶。“鼠仔”嗷嗷叫着，手脚乱动，想挣脱但使不上劲。

那天站在会场上的耻辱、目送他踏进警车时那些鄙夷的目光、进监狱后肉体的痛苦和精神的折磨，汇成一个愤怒的海洋，惊涛骇浪般冲撞着建国的全身，建国的脑袋里像是有东西在跳动，他真的想杀人！围过来的人越来越多，有人喊："摔死他。"

建国慢慢转过身，面前是一片水泥地，他咬着牙，从牙缝里龇出："你个贱人，还贱得不安分，让别人也跟着贱得不安宁。"他的声音听上去幽幽的，好像一股从山谷里刮过来的阴风。他眼前浮现出这个贱人躺在地上，和着鲜血的脑浆在地上横流的情景，他哈哈大笑起来。

不远处，站在高处的岗哨卫兵举起枪准备对空开枪以示警告，正好来巡视的领导按下了他的手说："不要开枪，他还在犹豫，一惊动他可能就真摔了。"

渐渐地，建国停止了笑声，恍惚中他仿佛看到母亲翩翩而来，哭喊着："儿呀，你不能啊，不要让我们白发人送黑发人呀！"弟弟妹妹痛彻肺腑的哭声和那个女人不顾颜面喊出的"我是自愿的"的声音飘然而至，终于建国慢慢清醒，转动身体，双手垂下，让这个家伙滚到了水泥袋上。

这时管教干部已经来到了跟前，他上去扇了"鼠仔"一记耳光，说："这灰扬到脸上会把眼睛搞瞎的，我看你是不想出去了，你不想出去我还不想看管你呢，万人嫌。"他又转向建国说："进来了脾气就别那么大，做事想想后果，如果你今天把这家伙摔下去，我这个饭碗都要给你摔砸了。"

建国赶紧点头答："是，是，以后不会了。"

"鼠仔"捂着脸爬起来，扑通一声跪到建国面前，磕头如捣蒜般说："爷，谢谢饶命之恩。""滚，离挠远点。"建国怒吼道。

牢头过来拍拍建国的肩膀，翘起一根大拇指。

"摔鼠仔"的消息在高墙内转了几圈，就发酵成一个事件，被当作当天例会的头号议题，有人提议应予严惩，给建国加长刑期，最轻也要给予禁闭处分。管教提出了异议，他详细说明了当时的情况后说："这事不怪成建国，他入监以来，为人老实，劳动卖力，能发生这等事实在出乎意料，为了避免再有下次，建议给他换间监室。"

那位已经当上了监狱领导的工科生不紧不慢地说："这事儿给我们提了一个醒，鸭子赶急了能上架，狗急了能跳墙，这人逼急了会发狂，这一狂什么事都干得出，到时我们大家可都……"他意味深长地环视一圈。

有人问："领导的意思是？""把他调到维修班。他在原单位是焊工班长，我们维修班没有焊工，每次干活要到外面请，不但要花钱还经常请不到，我们何必捧着个金饽饽还讨饭吃呢?”

在一片赞同声中建国荣升了，他搬出了原来的监室，可以在监狱内自由走动。想不到他一个假摔还为自己摔出了一片新天地。

食堂更换供水系统，一节节铁管被切下，当就要被拉走送到废品收购站时，建国的主人翁意识复苏了，他说：“这些管子当废品卖了太可惜，你看这满地散放的自行车，只要再加一些铁皮，或是石棉瓦，就能建个车棚。”

几天后，一个宽敞的单车棚出现在院内，使管教干部们的“坐骑”从此不再寄人篱下，不再经受日晒雨淋。有的干部还来料加工，让建国帮焊个鸡笼子什么的，建国的人气一下子旺了起来，以至于万晓阳来送东西时，管教人员还给她做思想工作，说建国是个好人，老实、能干，找对象就要找这样的云云。

红梅摊上事儿了

当美酒飘香，祝酒歌唱遍祖国大江南北，亿万民众群情激奋，对祖国、对自己的未来满怀憧憬时，红梅却迎来了当头一棒，砸得她眼冒金星。

那是一个下午，一上班，红梅就被“请”到了厂保卫科，里面已经坐着两位公安干警，靠边的一位是个女的，她亮了一下自己的证件，问：“你叫谢红梅?”

“是的，怎么了，有事吗?”红梅环顾四周，看着干警，疑惑地问。

女公安用执法人员特有的威严，指着身边的男干警说道：“他是K省的柯警官，因为涉及一起案件，向你调查，你要讲实话，否则后果自负。”说完她向男警官点点头。

柯警官会意，手里拿着一个信封从桌子后边走出来，到红梅面前问：“这是你写的?”“是的，怎么会在你们这儿，他怎么了?”红梅顿时失去控制，用带哭腔的声音大声问。

柯警官没有回应她，而是从旁边拉过一把椅子，对她说：“你先坐下，冷静点。”然后，他回过头，用眼神和同伴打了个招呼，意思是找对人了，一定有事。接着说：“好，现在你告诉我，他是谁?跟你什么关系?”

“他叫史德龙，那信封上不都写着呢嘛，他是我高中时的班主任。”红梅不以为然地说。她忽然打了一个激灵，大概还是调查那件事吧，我什么都不说，别像晓阳那样，没事也说出点事来。然后，她扑闪着一双大眼睛，在两位干警的脸上扫来扫去，再不肯多说一句话，思绪却飞到了那遥远的陇西乡村。

1971年，春寒料峭，红梅从公社中学毕业后，来到了当地的最高学府——文曲县一中。她去报到那天，刮着风，那风吹得她脚步轻盈，身上冷飕飕的，但心里热乎，精神亢奋，尽管她的亢奋对于那个世界来说或许有些微不足道，可是，对于她来讲，能够进入这所学校，就真是梦想成真了，因为班里还有20多位同学想进这个学校而没有这份幸运。

学校门朝南，门两旁墙上用红漆写着欢迎新同学的标语。红梅走进校园，校园里的柳树、杨树还在残冬的深睡里没有苏醒，校舍是瓦房，正对校门有三排教室，每排两间，方方正正排成一个长方形。每个教室门框旁的墙上都贴一块纸，上用毛笔写着班号，门都大开着，门里一张长条桌横着挡住门口，桌前的长凳上并排端坐两个同学，接待报到新生的注册和收费。

红梅一排一排地找过去，高一（2）班在第三排。她走过去，一位高个的年轻人就迎了上来，问：“你是高一（2）班的?”“是啊，我叫谢红梅。”

“我是高一（2）班的班主任，叫史德龙，欢迎你。”说着就帮红梅从肩上卸下行李的背带，然后提在手里向教室走去。红梅提着网兜跟在他后面。放下行李，史老师又转身向外走去。

红梅看着史老师的背影傻站着，这人一走神就迈不开腿。正好桌子前围着几个学生，她更不急于上前。

史老师的身材不太魁梧，文质彬彬，人长得清清爽爽，标准的国字脸，说话声音浑厚，他下身一条黑咔叽布裤子被里面的棉裤撑得很饱满，上身的棉衣外罩一件洗得发白的深蓝色的三贴袋两用衫，脖子上围着一条蓝白两色相间的长围巾，猛一看有点像某位电影明星。

红梅心底的某个角落突然颤抖了一下。这是一个少女对未来另一半设定的款型，那是看了电影《野火春风斗古城》后在脑子里形成的，当时同学们说她长得像银环，红梅很是高兴了一阵，还特意剪了短发，额头留了厚厚的一层刘海，脖子上围了条白围巾，到县里的照相馆拍了照，同学们争相传看，让她很是风光了一回。

“喂，看什么呢?”是红梅同班的一位女同学。红梅信口溜出一句：“你看史老师像不像王心刚?”“像，你别说，还真有点像。”女同学端详了她有那么一两秒钟，突然笑着说：“快去报到吧，银环同志，我在宿舍已经给你占了个铺位。”

红梅立刻发现了自己的失态，赶紧说：“你怎么还蹦出个‘银环同志’，在这儿可别瞎叫。”红梅心想我要是真能当那个银环就好了。

史老师睿智自信，很少笑，是冷峻款的，但他风趣幽默，凭借着他的博学多识，可以把平淡寡味的语文课上得鲜活有趣。

在学生的眼中，老师如天空一样，博学，成熟，有魅力，学生们便一直仰视着他。老师可以像父亲一样宠爱自己的学生，像天空一样包容自己的学生，当然让学生神往不已。对于女同学，这喜欢里还有另一层含义。

面对史老师这么个帅哥，见了他小心脏“怦怦”跳的可不止红梅一个，想要读懂他的也不止她一个。有关史老师的信息，很快就从不同的人那里收集起来：他是邻县文水县人，于去年从师范大学毕业，一毕业就结了婚，爱人是小学老师。但这丝毫无损他在她们心目中的美好形象，就像王心刚属于银幕一样，史老师属于课堂。她们乐于打扮得漂漂亮亮，找机会在他眼前晃，享受被他的目光关注的愉悦。

当时刚复课不久，教材短缺，语文课也和政治读本差不多，于是，史老师就自编教材，油印发给大家。红梅是学习委员，负责交作业本，刻钢板，在日复一日的交往中，红梅的小心脏经常会非常规地跳一下。

女孩在青春萌动的时候，会爱上一个自己意识里理想的类型。有时候是高年级的男生，有时候是自己的老师，但都是比自己强大的类型。因此女学生爱上老师是非常普遍的心理现象。这感情本身没有错，但是，要清楚，这种父亲般宠溺的感觉其实是海市蜃楼，是不现实的幻境，女孩爱做梦，但它只该是一个梦而已，不能把它当成生活的目标，更不要想着把梦变成现实，应该把这种梦幻引发出的能量放在学业上，好好学习，会有更好的男生在前方等着，但是有多少人会如此地通达。

16岁的红梅，正处在一个用愉快而得意的梦境来麻醉自己的年龄。她时时刻刻想着史老师，那种浓厚的兴趣与好奇心，要不是因为她懵懂无知，简直不能说是无邪的了。渐渐地，她整个人发生了变化，脑子里好像有一台导航仪，目标永远都是指向他，对于史老师的一切都感兴趣。对语文课从反感变成了喜欢和企盼。每天一睁眼，就盼着上语文课，下了课去食堂的路上也总是用目光搜寻他的身影，下了晚自习回宿舍路上还要远远追寻史老师宿舍那小屋的灯光，猜想他现在正在干什么。红梅的语文成绩节节高，史老师对她的关注度也日日见涨，她的作文常被作为范文在全班朗读。

踩上悬崖

转眼一年多过去了，红梅在自己幻想的爱情王国里艰难地跋涉着，有兴奋，有甜蜜，但更多的是痛苦，于是她想找一个宣泄的出口。她鼓起勇气给史老师写了一封信，具体地说是一张纸，夹在作文本里，下课后看着史老师把那一叠本子抱走，红梅才放心了。

回到宿舍这心又提了起来，史老师是回办公室，还是回宿舍？他会看到吗？它会不会掉到地上，给其他老师捡了去，红梅又一次回想着信的内容。

信的标题是“我不想要求你什么”，信中写道：

一年多了，你不但教会了我们知识，还教育我们树立正确的人生观，但不知怎么回事，我觉着我的人生离不开你了，因为我终于明白，像你这样有知识、有内涵的人才是我这一生所要追寻的。当然，我知道你有家室，我不想要求你什么，只想你在精神上永远不要抛弃我，因为我的心早就交给你了。

心动，是第一眼看见你时；心扉，在认识你之后敞开；心跳，则因你的出现加速；心迷，关于你所有的事物；心情，随着你而喜怒哀乐；心痛，是为了你眉目深锁；心声，是对你的娓娓倾诉；心碎，就在你真正忘却我时。时光飞逝，很快就要毕业了，不知没有你的日子我将怎样度过。

越想越不放心，吃完晚饭，红梅拿了本书，往史老师宿舍去了。到了门口她傻愣着，那门应该是关着的，估计还上了锁，那里面是令我感到陌生的东西，是我似乎永远无法理解的世界。红梅无奈地站在门外，僵硬的手举起又放下，放下后又生硬地举起，仿佛是一个提线木偶，重复着相同的动作，牵扯着踌躇的思绪。她终于鼓足勇气敲门。

门开了，房里昏暗的灯光顷刻间洒在了红梅的身上，打下一个个没有温度的光圈。她看到了桌上那一叠本子，心里一块石头落了地。她不知老师有没有看到那封信，她的目光大胆地在老师的脸上扫描，但没有捕捉到异样的信息，她心一横：爱咋咋的。于是红梅打开了手里的书本，站在桌子旁，翻到了《孔雀东南飞》这一课，装模作样地跟老师请教起来。

忽然红梅弯腰手捂着肚子，嘴里“哎哟哎哟”地叫着，脸色也变得苍白。史老师赶紧问：“怎么啦?”“我肚子痛，有开水吗?”

史老师给红梅倒了一杯热水，扶她坐到床边，关切地问：“要不要到医务室看看?”说着就去开门，一股冷风夺门而入，不知什么时候天上飘下了雪花。

红梅说：“不用，躺一下就好了。”说着就靠在了史老师的被子上。史老师又拿出热水袋，灌上热水，说：“你捂在肚子上，我还要到教室去一下，你走时把门带上就行了。”

红梅爬起来，在那一摞本子里翻出了那令她胆战心惊的作文本。那纸条不见了，史老师看到了它，他收起来了，他没有斥责她，也没有看到他责怪的眼神，红梅打算撤了。可是肚子一阵绞痛，她复又躺下。

史老师看到了那封信，感受到了一个少女懵懂的爱，他纠结，忐忑不安，他想给她讲明，我有老婆，可她说了，我知道你有家室；告诉她，我不能跟你结婚，可她说了，我不要求你什么；难道能告诉她，把你的心收回去吧，不许你想我，这将给她造成多大的打击，想就想吧，毕业就在眼前，就当什么都不知道。

当史老师再回来时，看到红梅还躺在那儿，脸痛苦地抽搐着，他把热水袋又换了水，递给她，将自己的被子拉开，给她盖上，说：“那你就再躺会儿，我还要看一下明天的讲稿。”

看到史老师合上了备课本，这个还不足十八岁的轻佻而温柔的姑娘，被她自己那英勇的决心改变了，她心中藏着一股献身的热忱和勇气，不但谁都没想到，可能连她自己也没料到。女子在这个烦闷的年龄，有如万物骚动的初春，爱的力量充塞着整个身心，她急切地哼着：“啊，啊，我痛得厉害，史老师，快帮我揉揉。”

史老师走到床前，不知所措，红梅将史老师的手拉过来。四周一片寂静，仿佛这世界只剩下他俩，史老师感到有点不自在，好像他有明显的非分之想似的。他想抽回手，但那手被她柔软的手抓着。

史老师的体内好像有一阵台风刮起，旋转着，绕着一根轴越转越快，好像永远也不会停止。那一刻，他和她什么感觉都有了：甜蜜的浪漫、扣人心弦的冒险、惊心动魄的恐惧以及那勾人心魂的愉悦。

扑朔迷离

两位干警对视一下，柯警官沉思一会，语气也持重了许多，问：“你认识一个叫宋福生的人吗？”一声问话打断了红梅的思绪。

“不认识，他是谁？”红梅把一双大眼睛睁得圆圆的，神态上显得比较平静，心想也许是弄错了，天底下叫自己这么个俗气、亲民还带点革命意味的名字的人，不知有多少呢。稍许，她的眉头就拧到了一起，那信封是自己写的，千真万确，看来他肯定是有事。

柯警官眼前浮现的却是那具血淋淋的无头尸。今天清晨，在两省交界处不远，K省一方的一个小车站，出站不远处的铁轨旁发现了一具男尸，脑袋已经不知去向，身子趴着搁在那儿，凝固的血斑黑红黑红的，在朝阳里泛着光，惨不忍睹。

铁路派出所的干警分析，不是意外事故，初步认定是卧轨。但不管是哪种情况，都得先弄清死者的身份。从死者的穿着看，不像当地人，于是他们叫车站仅有的两家旅店的店主来认，其中一位中年女人一下子就叫了起来：“住我店的。”“你怎么这么肯定？”干警问。“他这蓝棉衣很好看，也很扎眼，他住店时，我想能穿得起这么好的衣服的人肯定有钱，想多收点钱，可后来看他慈眉善目的，就没忍心。”

他们随即来到了旅店，先是查了此人的介绍信，介绍信上的名字写的是宋福生，盖的公章是K省文水县东上关公社。这介绍信无疑是警察当时掌握的唯一信息。公安人员依据介绍信展开调查。他们在死者住宿的房间查看，桌上放着牙具，据此和死者的衣着推断，死者可能是县或公社一级的干部。

这时进行尸检的公安人员拿来了一封信，确切地说，只有一个信封，收信人：史德龙，发往地址：K省文曲县一中，这更加重了他们的猜疑，是不是牵扯到什么政治问题，现在被安排到亲戚或朋友处避风。于是，根据信封的寄信地址，派柯警官紧急赶往海天机械厂，到厂里一查，没费多大事就找到了红梅，只是是个姑娘，倒叫人有些意外，这个案件的神秘面纱似乎已经揭去了一半。

柯警官没有告诉红梅这些，只是轻描淡写地说：“不知道，名字是介绍信上写的。”停了一下，他说：“那就说说你认识的这个人吧。”这样笼统地说，是想从红梅的话语中判断死者的身份和她与死者的关系，或许从中能发现一些有用的线索。

“谁？我认识的人多了。”红梅怕问到那个事，想糊弄过去。“你知道我们指的是谁，还用我们提醒吗?”警官的口气也生硬了起来。

“不，不，对不起，我知道是史老师，只是不知道你们想要知道什么?”红梅用一种很诚恳的态度，讨好地说。

“你给他写信做什么?”干警问。“他是语文老师，我在看书时有不懂的问题，向他请教。”“咦，你们这师生关系不错嘛，你离开学校多长时间了?”干警继续问。“四年多了。”红梅答。“四年多了，还一直联系?”干警进一步问。“不，不，这是我来这儿后第一次给他写信。”红梅认真回答。

分别四年第一次写信却是请教学问，这似乎有些不合情理，可也并非绝无可能，柯警官觉着他们之间可能有事，会是什么事呢？也可能压根儿就没有事，或者是跟案子不沾边的事。他觉着被引到了岔路上去了，于是又很认真地问：“你认识宋福生吗?”然后很仔细地观察红梅的表情，红梅几乎连想都没想就摇摇头说：“不认识。”

柯警官根据经验判断红梅说的是实话，从一个不认识的人口袋里得到这信封，顿觉这事有些蹊跷，莫非死者就是这个信封上写的史德龙，而非介绍信上写的宋福生。可从哪儿入手才能逼近主题呢？于是从“她”入手。“你怎么会想到这儿来呢？这儿可不是人人向往的天堂。”柯警官问。“我家在农村，不想毕业后回乡种地，我伯伯就托人把我办到这个厂的知青点上了。”红梅用故作轻松的口吻答道。沉默片刻后，倒是红梅憋不住了，问：“这信封咋在你们手上?”

“这个宋福生出了车祸，在他身上发现了这个信封。”柯警官以一种很平静的口吻说。“咦！怎么会呢?”红梅的嘴张开半天没有收回去，眼睛也睁得溜圆。“可能是你老师托他来看你的吧。”柯警官故作心不在焉地答着。

“噢，是这么回事。”红梅脸上的神情立刻发生了戏剧性的变化。看着姑娘脸上迷惘的表情和起伏的情绪，柯警官觉得这个看似单纯的姑娘，那忽闪的大眼睛后面似乎有种深不可测的东西。该不会真是他吧？柯警官有了一种不祥的预感，他在案件一开始脑子里曾闪现过这个念头，现在他几乎可以肯定了，即：这个史德龙是现实的，而宋福生是虚拟的。

公安干警来到文曲县一中，因学校已经放假，在学校里找不到一个管事的，只在传达室有一个看门的，经询问查清了，史德龙和宋福生都是文曲县一中的勤杂工。

公安干警又来到文水县东上关公社，追踪到介绍信的源头，公社文书说宋福生申请开介绍信的理由是外出办年货回村做点小买卖，给大家办点好事。于是柯警官试探性地问："你认识一个叫史德龙的吗？""知道，是本公社人，现在文曲县一中教书。"文书麻利地查到了他家的地址。

在大雪封道的陇西乡村，柯警官在一名乡公安的陪同下艰难地来到史德龙家，妻子说他写了些东西到省城找他同学发表去了，说他同学在省城的一家杂志社当主编。按说，找同学用不着介绍信，可能持介绍信的就是宋福生，他往西去的理由也简单，去弄点牛羊肉，回来大赚一把，至于信封，因为两人在一块工作，可能是怕到了那边人生地不熟，知道史德龙在那边有认识的人，要个地址以备万一，但一细想也不对，一个想发大财的人怎么会去卧轨？柯警官的脑际又闪过那个问号，一个能写文章的人怎么会当勤杂工？种种疑点浮现，案件又变得扑朔迷离。

柯警官问史德龙的妻子："你丈夫出门时上衣穿的什么颜色的衣服？""蓝色的短大衣。"妻子答，然后好像发现了什么似的，急切地问："他怎么了？""那就不是他。"柯警官一口否认，赶紧把话题岔开，但他心里有数了。

他们又来到了宋福生的家，他不在家，老婆说他进城办年货去了，柯警官又问："你丈夫出门时上衣穿的什么颜色的衣服？""黑棉袄。"再加上"办年货要过省城往那荒凉的几乎没有年货的西部跑吗"的疑问，柯警官基本肯定卧轨的就是史德龙。至于他为什么要用宋福生的介绍信，同"一个教高中语文的老师怎么会是勤杂工"的疑问一样，这里面定有一段鲜为人知的故事。

绝唱

当柯警官二人还在文曲、文水两个县之间艰难跋涉的时候，红梅收到了一封信，确切地说，是厂保卫科按公安部门的指示截获后还给她的，而且不是一封，而是躺在同一个信封里的两封信，其中一封就是那个惹出祸端的信封的原配。

史老师：

你好！到这里已经三年多了，这儿的师傅和领导对我挺好的，但越是稍有欢乐的时刻，伴随而来的便是揪心的痛，我曾固执地不想，也不敢承认那就是爱，但无力抗拒命运的捉弄，我也曾千万次地恨自己，我甚至想过自己是不是狐狸精变的，天生就是来害你的，我对不起你。

经过四年多的考验，那颗心仍然不能平静，现在，恋爱已经不再是一种罪过，而且我明年二月就转正了，所以我敢大胆地向你表白，顺从命运的安排。

原本我是带着“学好数理化，走遍天下都不怕”的信念和美好的憧憬进入高中的，从小对语文就没有多少兴趣，可渐渐地，你渊博的学识和精彩的课堂令我和同学们折服，上课时教室里安静极了，你英俊的仪容、儒雅的气质和在课堂上潇洒的举止更是吸引着大家的眼球，也使我心里升腾起对你强烈真挚的爱意。我从此喜欢上了语文，尤其是以前令我头痛的作文。

我上课极其认真，专注于你的每一个微笑、一个手势或是一句玩笑，也倾心于接受你赞许的眼神，看着你那深邃的目光和棱角分明的脸庞，我恍惚得仿佛是在梦里，我隐隐约约地感觉到自己无忧无虑的日子到头了。从此，上语文课成了我每天的企盼。从你走进教室那一刻我的心就突突直跳，我睁大了眼睛盯着黑板，我突然惊觉自己的记忆力出奇的好，你说的每一句话，只要我听到了就都清晰地印在脑海里呼之欲出。

作为学习委员，每次交作业、取作业，每一次和你接触，我都会有一种莫名的激动，说话都有点颠三倒四，上课时，我希望你有意无意地看我一眼，走出教室，我就四处张望，捕捉你的身影，希望看到你从我身边走过。就是看到你的背影，心也会咚咚直跳。直到有一天，我看到你的目光长时间地停留在我的脸上，若有所思的样子，我感到了你对我的关注，心里流过一股暖流。

但那天的事情，我真的不是有意勾引你。那天，晚饭后，我到你宿舍问问题，其实真实用意是想拿回那张纸条。突然，我肚子痛起来，我手捂着肚子，弯着腰，嗷嗷直叫，那是真痛，我痛经，每次月经来的前两天，就开始腰酸背痛，有时突然就像有人用手把五脏六腑绞在一起拧一样，痛得都想自个撞墙。

当时我就歪倒在你床上，你端了一杯热水给我，喝完后，我好多了，迷迷糊糊地似睡非睡，我曾想你一定认为我是一个不正经的女孩，我也想过要走掉，但手脚像被捆绑了一样动弹不得。到后来，当你站在我面前那么近距离地看着我时，我完全沉溺于一种幸福美妙的感觉中。

当那件事发生的时候，我觉着挺幸福的，有一种把自己奉给圣坛的感觉，你就是我的圣人。我要感谢你使我的生命得到了升华，但我同时也很难过，如果说那个夜晚有什么罪过的话，那么罪魁祸首应该是我，可它却给你的工作和生活带来了巨大的灾难，还有你精神上因为愧对家人而背负的沉重的十字架，想到此我就常常自责，悔恨不已。

几年来，男男女女见多了，但我脑海里依然只有你，在这塞外寒冬的长夜里，一幕幕往事不停闪现，我的心底深处一阵阵绞痛，泪水涌出打湿了枕头，我也曾强迫自己忘记你，甚至用指甲深深地掐进肉里，希望肌肤的疼痛可以代替心灵的折磨，但是没有用。

现在，我已经二十二岁了，我有爱一个人的资格了，我知道你有家庭，还是那句话，我不要求你什么。你一定看过《怎么办》那本书，我很欣赏他们那种生活，甚至要求更低，只要让我时常看到你就满足了，如果今后你有什么意外，伤了、残了，现在我甚至希望这样的事发生，好给我一个心甘情愿照顾你一辈子的机会。我打算今年春节回家，非常想见到你，希望你不要拒绝我。

你的学生：谢红梅

1976 年 12 月 21 日

另一封可以说是一封遗书。

红梅：

你好！你没有恨我，我已经很感激了，没想到，我居然带给你那么多的痛苦，相思之苦就像插在人心上的一把刀，这让我非常不安，说真的，我不值得你那样。

你是一个好女孩，一定能够找到属于你的幸福。对于那件事，虽然已经过去四年多了，但我还是要向你道歉。我是学中文的，真心讲，没有一个中文系毕业的学生会满足于仅仅当一名中学老师，多多少少都在做着文学梦，于是我平日里就在脑海里塑造着各种人物形象，写成一段一段的小文章，像达·芬奇画鸡蛋。

忽然有一天，我发现你就是我想要塑造的青春少女形象，大大的眼睛，漆黑的眸子，脸上阳光灿烂的笑容，以及你身上的灵性。于是看到你时，我脑海里就在搜寻词语，像画家看模特，所以有时会长时间地看着你，至于你信上说的上课的情景，我当然意识到了，我把这理解为少女青春期某种意识的萌动，而老师，因为是你最初接触到的，而在你眼中又是有知识、令你钦佩的人，自然成了你情感流露的对象，这是正常的，但也是危险的。

我本想找个机会和你好好地谈一谈，但是，越是想跟你说明白，就越觉着它是怎么也说不明白，而且在脑海里你的影子也越来越挥之不去。那天你躺在那儿，闭着眼，长长的睫毛沾着泪水，使我产生了一种爱怜之情，你的勇敢激发了我。

后来，你走了，其实那时连启明星都还闭着眼，但我有一种深深的负罪感。我坐到天明，早上一上班就迫不及待地向校长忏悔，但学校没有饶恕我，将此事定罪为资产阶级“臭老九”迫害贫下中农子女，给予我开除党籍、留校察看一年的处分。

我的心情异常沉痛，世上最大的悲哀莫过于圣徒受骗，我的心凉了，过去许多美好的东西在我的眼里从此不复存在。我被罚做勤杂工，使我的家人蒙羞，迫你远走他乡，现在四年多了，学校也没有让我复课的意思。在劳动的空隙，我也写了一些东西，但一个有前科的人写的东西，哪家刊物又会给发表呢？你想想，一个这样的人还值得你眷恋吗？

其实，在每一个夜深人静的晚上，我的心灵也被同样的思念撕扯着，但是，我明白，我没有承载这份感情的能力。我是有家室的人，妻子是我的高中同学，现在在双河镇上教小学，人很贤惠，就是我犯事后，她遭受别人的白眼，也从未向我发难。我有一双儿女，看到他们，我恨不得找个地缝钻进去。因此，每天我都在欲望、良心和道德的夹缝里挣扎。

收到你的信，激活了我深埋在心底的那份情感，经过了反复的考虑，我决定见你一面，我下定决心，只见一面，而且是最后一面。考虑到在家乡见面有诸多不便，加之春节车挤，听说去年你们那儿还出了事，把车厢都挤散了，所以，我一放假就过来了。

但是，当车就要进入你省的时候，我改变了主意，下了车。在这个小站上，我转悠了大半天，在列车疾驰的铁道旁徘徊，在陌生人的目光间穿行。阳光依然灿烂，却怎么也温暖不了一颗落寞冰冷的心。经历了仿若长如一个世纪的时间，我恍然大悟，见了面又能怎样？我能够给予你什么？古今中外，多少这样的恋情，有一个能有圆满的结局吗？没有的，所以，这一面留给你的只能是更大的痛苦。

当夜晚来临的时候，我想明白了，我不想再在这夹缝里挣扎了。再说，一个大男人，上不能报效国家（我是用国家的助学金读的大学），下不能孝敬高堂、赐福发妻，更不能福荫儿女、被及弟妹，还留着这七尺之躯做什么？

作为承载着太多的社会和家庭责任的人，我不敢承认对你的爱，可现在，当这一切都将卸去的时候，我可以大胆地向你表白，经过几年的回味，我发现对你已爱到极致，我当然知道，爱到极致是不会有结果的，因为没有退路，只能燃成灰烬。因此，当你收到这封信的时候，我已经离开了人世，我的灵魂会随着那隆隆驶过的列车向西飞去。

希望你能够理解和尊重我的选择，而且千万不要有什么自责和悲伤，因为，你没有做错什么，如果非要说错的话，我想是命运错了……

最后，作为老师，如果你还认我这个老师的话，我劝你，不要轻信地老天荒，那是写在歌里，飘在风里，挂在天上，够不着摸不到的东西。以后的路你也不要一个人踽踽独行，独撑一片天空的日子很苦也很冷，尤其是对一个女人来说。但是，千万不要再和有家室的人发生这样畸形的恋情，找一个爱你的小伙子，好好爱他。我相信，一定会有一个让你称心的人走进你的世界，伴你走这人生路。我在天国为你们祝福，求上苍保佑你们岁岁平安。

一纸平安信，见字如面，一语平安，偿你岁岁月月魂牵梦绕之思念。

冬日的夜，寒冷幽深，旅社房间的窗外一片漆黑，想再看一眼繁星满天和月光洒进窗棂的情景，怕是今生的奢望了。

你的来信，本想毁掉，但考虑再三，还是寄还与你，这样你心里会踏实些。

别了，小梅!

一个不值得你留恋的人：史德龙

1977 年 1 月 9 日

这封信是由人事科长转给她的，同时还下达了离厂通知，她进厂还不满两年，没转正，处理反倒容易，其理由很简单：你在进厂前就有作风问题。

小姨子遭难

苟爱琴的妹妹爱萍肩负着圆父母落叶归根之梦和养老送终的使命，几年前随父母回到老家山西，后在当地下乡当了知青，父母还是托了关系才把她下到这个离县城不太远的村子，因条件不够艰苦，所以没有集中建点，就六七个人，散居在老百姓家里。

爱萍脸上的零件长得总体不如爱琴，但有特色，一双丹凤眼，看人朦朦胧胧，倒增添了些妩媚，鼻梁挺挺的，那鼻子也像被工匠精雕细刻过般精巧，一下子就提升了那张脸的耐看度。个子虽矮些，但相同的 DNA 使姐妹俩神韵相似，惹得一些无聊的异性在她的周围团团转。

爱萍下乡那地儿，一入冬，就更显荒凉，公路两旁的杨树从树梢往下已经黄了一大半，寒风吹过，伴着一阵阵的沙沙声，树叶哭泣着飘向大地，很快，山顶枯黄的树林变得光秃秃的，山鸡、乌鸦、野鸡飞走了，天开始怒号、悲鸣。几场大雪过后，冰雪填满了这里的沟壑河床。

在过去“一亩地，一头牛，老婆孩子热炕头”的小农经济时代，人们早开始猫冬了，可在“人定胜天”的人民公社时代，人们战天斗地，修水利、围梯田、整田地，给知青分的活是往地里送粪，要一锹一锹地把粪铲到箩筐里，还要挑着，踏着冰雪茬子走上那么一里多地，真是苦不堪言。

如久旱遇着及时雨，大队长亲自通知爱萍，让她做记工员，她的那份感激打心眼里往外冒，大队长看在了眼里。

这大队长三十出头，复员兵，肤色微黑，浓眉乌发，一双大眼睛流露出睿智和狡黠。他大高个，有着匀称的腰身、宽厚的肩膀，走路昂首挺胸，健步如飞。他文化程度相当于高中，说相当，是指经过在部队的补课。他说话铿锵有力，条理清楚，乡亲们称之为“有水平”，在部队大熔炉里锻炼了几年，这气质也就从他原生的“农”门里跳了出来。

大队长常年穿得干干净净，浑身上下收拾得利利索索，一天到晚，他东走走，西看看，把全队人的活动尽收眼底，时不时从口袋里掏出个小本，写写画画，然后经过大脑的处理，显示到这张脸上，对号入座反馈给每个人，所以他管事这几年队上生产搞上去了，人际关系也处理得不错，即使个把人有意见，他也能让你放在肚子里憋得发馊了，也绝无摆到桌面上说道说道的勇气。

他可称得上是春风得意，但这心里总有一点隐隐的痛，他的媳妇当年在十里八乡也算个“乡花”，如今虽风韵犹存，但和这些城里来的知青一比，就觉着土得掉渣。

人常说：“队长笔一伸，够你忙一春，队长笔一划，够你忙一夏。”大队长把决定这笔头子勾画的基础工作交给了爱萍，除了不干活、工分高，还提高了她在群众中的威信，如果爱萍后来能够就范，那无疑将是为她走出乡村铺就了一条金光大道。

那是一个飘雪刮风的日子，风雪搅得天昏地暗，下午临收工前，大队长走过来对爱萍说：“吃完饭把工分表送到大队部去。”“晚上队部有人吗?”爱萍疑惑地问。“没人叫你送谁去?”大队长说，然后不耐烦地加上一句：“叫你送，你就送，哪来那么些话。”

“好，好的。”看到队长有些生气，爱萍赶紧赔着笑脸。

冬季日短，又是雪天，晚饭过后也就是掌灯时节了，许多人家怕冷，或是为了省油、节电，早早地上了炕，整个村子很早就寂静了下来。雪花落在厚厚的雪垫子上，听上去瑟瑟有声，使人更感到沉寂和荒凉。

爱萍不由得加快了脚步，心想，大队长这么急着要工分表，可能是要搞年终决算了。下乡两年多，自己从来没有挣够口粮钱，不知道今年能给算多少工分，希望能够口粮，老向家里伸手也挺难为情的，想着想着就走到了队部。

大队长正端坐在他的办公桌前。爱萍为自己迟到而显得有些不自在，于是赶紧把工分表拿出来，摊在桌子上，翻到第一页，恭恭敬敬地推到大队长的面前，然后就在一旁站着，一只手搭在桌边上。

大队长胡乱地翻了翻面前的几页纸，然后站起来，捉住爱萍那只搭在桌边上的手，看着她的脸说："我也是人呀，白天已经忙了一天了，晚上还要看这些东西，我看得进去吗？"

"这，这，这不是你叫我来送的嘛！"爱萍以为自己做错了什么。

"不错，是，是，是我叫你来送的，难道你除了送这几张纸就没点别的？"大队长的眼神有些异样。"别的？"爱萍抬起头突然看到大队长温柔注视的眼神，不由心里一惊，有点感觉了，于是往后退。

大队长则继续抓住她的手，轻声地问："我对你好不好？""好啊！"爱萍脸上写满了感激，带着含羞带怯的笑点点头。"那让我们交个朋友吧，我也是进过大城市，见过大世面的人，一天对着那么个瓜婆娘，有啥共同语言。"大队长看着爱萍的眼睛一字一句地说。

"那当年也是你看上的，人家也给你生了几个娃娃，你咋能那么说。"爱萍小心地回应他。

"当年她也不这样，这有文化和没文化就是不一样。你看你，这么一张精致而美丽的脸，淡红的嘴唇，高挺的鼻梁，光滑的脸蛋。"说着大队长站起来，两只手虚捧过来，手指从她脸颊划过，指尖触碰着她的皮肤，不说话，就那么定定地望着她。

一瞬间，爱萍突然觉得自己好像变成了他的一件物品，正被他捧在手心里把玩。爱萍不安地抓住了他的手腕，轻轻扯开，伸手就去收桌子上的工分表，准备走人。

"别急着走，外面那么冷，你回去还不是一个人，咱们说说话。你今年 21 岁了吧？"大队长平心静气地说。"嗯。"爱萍轻声回答。"在农村像你这么大，娃早都满地跑了。"大队长诱导着说。"可我们现在连自己都养活不了，还要靠父母，哪能想那些事。"爱萍不屑一顾。

"咋能不想，你哄别人哄不了你自己，这是人的本能。在前些年，一天嘴上喊着抓流氓，抓破鞋，把有些人整得丢了半条命，可中国的人口不减反增。人甭管白天在外头吃多少苦，受多少气，一到夜晚，便脱鞋上炕，吹灯造小人儿，寻求快乐以消除疲劳和思想压力。"大队长平静地陈述着事实，不带一丝情绪色彩。

"你有家，有老婆，本来就很快乐嘛。"爱萍说话也很平静。

"这只怪你自己，漂亮的模样，完美的身材，浑身上下散发出来的是一种让男人无法拒绝的吸引。两年来，我竭力抵制着这种诱惑，自认因此可以傲立于众兽之外。不过现在，我不得不承认，我就是个人，跟一般野兽没有多大区别的人。”大队长那一双咄咄逼人的双眸流露出的邪魅让人心慌。说着他靠近爱萍，修长的手臂搂上了爱萍的腰身。

“你放手。”爱萍推开大队长的手想要避开他的怀抱。

“我喜欢你。”说着大队长又一把把她拉过来。爱萍挣扎，说：“别，别，我把你当叔叔看的，你怎么能这样。”说着她从他怀里挣脱了出来。

大队长站在原地一动不动，慢条斯理地说：“我就比你大了十来岁，哪就能差了辈，你刚说了，我对你好，你当上这记工员，工分随你写，口粮钱还用朝你家里要吗?”“那我就代我爹妈谢谢你了，下次回家一定给你买好多东西，你家里需要什么?”爱萍用充满感激的语气说着。

“我家里还缺东西吗？只是我在外头逛了几年，在这农村里憋屈，看到你这心里就舒坦了许多，可当画看这不更难受。”大队长轻笑一声，长臂一伸。

爱萍惊呼道:“色鬼！色鬼!”

“你说对了，色鬼有错吗？我看没有。街头春意，山间秋色，哪一样没有颜色？再说那众美女构成的一道道风景线，哪一样不想有人去欣赏。遇上美女，有才之色鬼必称赞沉鱼落雁，无才之色鬼也敢怯怯地说你好漂亮啊。我无奈只能说你美若天仙，让我看看，好好看看。”大队长定定地看着爱萍，下一刻，他的唇便凑了上来。

爱萍怯怯地说:“你知道你在干什么吗?”大队长面露邪恶，说：“我在干蠢事，你有这个神通。”爱萍奋力挣扎着说：“不要，不要，你怎么能这样?”

“我怎么就不能这样？我也是个文化人，长得也不差，就是没托生好，生在这农民家，好像是比你们城里人低搭了，实际上，现在咱俩到底谁高谁低，还很难说哩!”大队长带着挑衅的神情说。“你高，你高啊!”爱萍赶紧说。

“那就是了，我要你，是看得起你。”大队长一手揽着爱萍的腰，另一只手兜着她的屁股，像扛一袋面似的把她扛到里屋，扔到炕上。

爱萍爬起身，耳边鬼魅般的声音幽幽响起：“你今天要是走出这间屋子，就会一辈子走不出卫家堡。”说着大队长猛虎扑食般一下子跳上来。

爱萍尖叫着：“别，别，我喊了，我真喊了。”说着爱萍挣脱出来，想要逃离这个无情的恶魔。

“喊呀，喊破天也没人听到，书记到县上开会去了，这阵还没回来，就是回来也是先回家吃饭，大队会计老婆生孩子，一天都没照面了。”大队长说着加大力气在她的颈间啃了一口，粉红的痕迹瞬间跃上她白皙的颈项。

大队部设在村东头的两间房里，是一个五保户去世后留下的，因为在村头，又离铁路太近，后来分宅基地时，没人愿意要，所以成了队部。在这大晚上，本来过往的人就少，再加上时不时有火车驶过时的轰隆声，那真是喊破天也没人能听到。

想到“一辈子走不出”的警告。爱萍不敢硬顶，只想找机会跑，说：“等等，我想上厕所。”忽然又提高嗓音喊：“哎呀，不行了，快！快！要不我就尿你这炕上了。”说着趁其不备，手脚并用将大队长推到地上，起身就往屋门口跑。

大队长猛地站起来一把把她拉回来，指着里屋墙角的一扇门说：“茅房在那边，你往哪儿跑?”

爱萍这才发现这里屋的墙角还有一扇门，她走过去，拉开门闩，推开门，冷风吹来，灯光首先照射到的是一道围墙，墙角有个半截墙挡了一下，应当就是厕所了，中间隔着一大片菜地，黑乎乎的，她犹豫了，觉着是插翅难飞了。她脑子里突然浮现出一个装着被肢解的尸体的包被扔上火车的情景，她没有向黑暗中走去，站在那儿打了一个寒战。

大队长把她拉进门，把门关上，强行把她推到炕上。爱萍瞪着他，心中的恐惧瞬间被怒火代替，她咬牙切齿道：“我就是死在卫家堡，你也休想。”说着就要翻身下炕。

爱萍挣扎着，推打着，而这一切却都是徒劳的。她的周身被一阵阵惊恐压迫着，脑袋轰轰作响，心口早已被熊熊的仇恨火焰焚烧得生疼。

这个流氓似是疯了，疯狂地掠夺着她的身心，她的尊严。末了看着被蹂躏得毫无人样的爱萍，大队长撂下一句话：“本来就那么一下子的事，还给你弄出那么多幺蛾子。”

告状

苟爱萍木然地瞪着屋顶，麻木得甚至感觉不到那恶魔已经离开。恍惚中，她似乎看到了父母慈爱的笑脸，姐姐关切的目光和姐夫清爽的身影，还有同学和众乡亲们看她时总是带着羡慕的眼神，这一切，也许都将离她远去，她已经脏得透彻。

她双眸似能喷出火般，泪水不自觉地涌了出来，她不能哭出声音，在这大半夜里，没准会把“狼”招来。爱萍终于动了动身子，艰难地从炕上爬起，草草穿上衣服，冲向那风雪交加的无边无际的黑夜。她拖着虚脱的身体，恍恍惚惚地回到了她的“家”。

天空是灰蒙蒙的，爱萍心里是空洞洞的，她感觉自己被人从正常的人生轨道上给扔了出去，好像全世界都抛弃了她，孤独、寂寞、失落、无助……将她压得喘不过气来，她好想逃，逃到另一个世界去。

爱萍在床上趴着哭了一会儿，她觉着自己脏了，于是到灶屋里，想烧点水洗洗。风箱一响，房东大婶搭腔了：“你半夜三更弄啥去了？这下雪天，柴烧光了明日个做饭烧啥?”

爱萍只好在洗脸盆里舀了些冷水，又将热水瓶里仅剩的一点热水倒进去，一遍遍地擦洗着痕迹斑斑的身子，希望能借水的清亮洗去她身上那些见不得人的红紫，洗去那一身的屈辱。她用香皂狠劲搓了一阵，甚至擦出了一条条血丝。突然她又觉得自己好傻，这一身的肮脏，又岂是清水可以洗去的?

爱萍不记得自己是怎么回到床上的，她眼前浮现出母亲气愤的模样和父亲的责骂：“你要是正正经经的，他会找你？他咋不找别人?”还有周围的人鄙夷的神情，以及揪心的痛——自己最最宝贵的那个东西没有了，它现在深深地植根于她的脑海里，因为张旺财的媳妇这一阵子天天在念叨这个玩意儿。

前不久，公社放映队到村里放电影《地道战》，加演了一段生育知识宣传片，说女人第一次，处女膜会破，会疼痛、会流血，所以民间用“验红”的方法来鉴别女孩的清白。

张旺财看完电影，回去先和老婆回忆了当初的情景，说我没见着你的红，老婆想了一下，因没做过亏心事，于是大大方方地说：“是没有。”接下来这男人就不依不饶了，问:“那哪个见着你的‘红’了?”

这老婆也纳闷，她明明是清清白白嫁给张旺财的，觉着委屈，于是在田间地头，见人就问：“你说这是咋弄的？我就是第一回没见着，我家那个二球天天问我。”直到后来，一些男人听到就打趣地说：“给了我呀，你忘了，咱俩在那儿……”这女人才恍然大悟，这话越说越乱，真是不能再说了。可这事却深深地烙在爱萍的脑海里，一点点地向她的伤口上抹盐。

仇恨在爱萍心中猛烈地燃烧着，这一夜她都睡得恍恍惚惚，连续的噩梦无情地纠缠着她。她只能瞪着窗外的天际发呆，守望着黎明的到来。

第二天爱萍没出工，一早就坐在房东家的门厅里。房东大婶在她身边转来转去，嘴巴一张一合的。爱萍却一句都没有听清她在说什么，她不看也知道房东大婶那脸上的一抹鄙视是真真切切的。

看到大队长从大队部所在的村东头往西头去了，爱萍才像疯了一般跑到大队部，一见到书记就急切地说："书记，我要告人。""告谁？"书记不解。"告流氓。"爱萍气愤地说。

"谁是流氓？你怎么骂人呢？"书记更加不解。"告大队长。"爱萍义愤填膺。"你告，告他什么？"书记也有点吃惊了。

"他强奸我。"爱萍气昏了头。

书记愣了一下，到底是城里人，说这种事也像吃炒豆那般干脆利落，可这事非同小可，当然他不希望这是真的，于是说："这事可不是说着玩的。"

"谁拿这种事来说着玩，神经病啊！"爱萍愤怒地咆哮着，声音在房间里回荡。"真的？"书记的脸上开始有了凝重的神情。

这位书记是大队的元老，从合作化时干过来的，面对特殊时期那样的暴风骤雨，他能岿然不动，宗族关系是一个重要因素，大队长就是他的亲侄子。

书记慢慢地从上衣口袋里掏出一支烟，先用手指捏着，横放在鼻子底下，旋转着，似乎在闻那烟草的香味，脑子里却翻江倒海。这期间，他的目光一直没有离开那支烟。让他意外的是：对这件让人羞于启齿的事，这个姑娘竟然那么利落地将它倒了出来，这就保不齐她会把它扬成多大个事。

书记首先想到这事传出去对大队的影响，尤其是牵扯到知青，有许多政策问题；他进一步想到，如果这是真的，大队长犯了事，蹲了局子，大队长的小孩还小，那他一家老小就得由队上背着；最重要的是，自己年纪大了，队上大小事都是大队长撑着，这大队长还是自己培养的接班人，现在提倡干部知识化、年轻化，自己指不定哪天就给"化"掉了，那自己一家老小往后的吃、喝、拉、撒……这些里哪一条不比你一个临时在这儿落户的外姓人重要？

于是书记慢慢点着烟，然后猛吸了一口，用一种威慑的口吻说："爱萍姑娘，你听我说，你刚才跟我说的事，把我也闹糊涂了，按说呢，大队长是复员兵，以前从来没有这毛病，可要说完全没有这事，我也纳闷，这也不是什么好事，会有人愿意把屎盆子往自个头上扣？这样吧，我看这事这么办吧，你有什么要求，队上能做到的都尽量满足，告人的事就先搁一搁。”

“我的要求还用得着说吗？哪一个知青不是盼星星盼月亮，只盼能早日把工招。”

“这就对了，你想，你要告他，能告得倒吗？人家会说是你送上门勾引大队长，刚才你不是说了嘛，你们知青一门心思就是想回城，人家更能联想到是你用这种手段来达到回城的目的，还先咬你个用色相拉拢腐蚀革命干部的罪名，到时你吃不了恐怕还得兜着走。”书记把爱萍的话，做了一个反面的解读。

“胡说，他敢说是我送上门的。”爱萍的脸都快气歪了。“那我问你，时间，地点？”书记问。“昨天晚上，在大队部。”爱萍答。“那我问你，你晚上到大队部干什么去了？”书记又问。

“是大队长叫我去核对工分。”爱萍答。“当时他叫你时有人在场吗？”书记抬眼看了看爱萍又问。“没有。”爱萍有些泄气。“就是有，会出来为你做证吗？你用脚后跟想想都想得明白。”书记理直气壮地说着。

“胡说！他敢说不是他叫我来的。”爱萍气愤地说着，眼中闪烁着泪花。“他有啥不敢，你能把他咋？人嘴两张皮，一开一合你知道他说啥？”

爱萍咬着嘴唇，气得脸发青。

书记步步深入说：“你，你要告他强奸，在农村男男女女打打闹闹是家常便饭，抱在一起在地上打滚，起来拍拍土，没事人一样。”

“可他，不光是抱我，还，还……”爱萍结巴着说。

“还，还什么？到时候你说得出口吗？你有证据吗？大队长一口咬定没有，你有啥法子？再说，这事传出去，你还咋见人？这样，你告他告不倒，反倒把自己的路堵死了，将来有了招工指标，给谁不给谁还不得大队讨论嘛，大队长这一票能投给你吗？再说，到时恐怕不用大队长做什么表示，你们知青内部早就内讧了，他们会在招工人员的面前把你说得很难听。你想想，这划算吗？”

爱萍不吱声了，书记换了一种关切的口吻说：“如果这事你不声张，大队长就有短处捏在你手里，派工呀，包括以后的招工，他能不先罩着你?”

爱萍闭上了嘴，可“有短处在她手里”的大队长却全然没有服软的意思，他见了她经常是仰脸而过，偶尔还恶狠狠地瞪她两眼，把个记工员的差事也给“照顾”丢了，人们见了她还用怪怪的眼神看她。

爱萍被莫名其妙地换了一家房东，原来的房东两口子四十多岁，人挺随和，爱萍待人也热情，一直相处得不错。这件事后这家大婶跑到队上，说怕爱萍把她男人勾搭坏了，要求把她换到别家去。新房东是孤苦伶仃的老两口，六十多岁了，别说跟他们一块吃饭，每天耳闻目睹老头没完没了的咳嗽吐痰，就让人吃不下饭了，再后来，来了一个招工指标，连把她“涮”一下都没有，就直接给其他人了。

爱萍气愤至极，气呼呼地找到书记，说：“你不是说，只要我不说，就怎么怎么照顾我吗，你就是这样照顾的吗?”

“是啊，我是说了，让你不说，可是你说了，而且是给我这个支书，全大队的一把手说了，人都说‘民不告，官不管’，可是民告了，我这个官还能不管吗？要是那样，那不就真的成了戏里唱的‘当官不为民做主，不如回家种红薯’了，所以我就开了个支部会，让大队长进行了自我检讨，大家又进行了批评教育，我在会上可是一再强调大家要保密的，谁传出去的，我们再查一查，至于说到指标的事，我们也是开会征求了群众意见，我们也走了群众路线嘛!”书记说得很平淡。

爱萍气得脸发青，嘴唇发紫，说：“我要告你们，连你一块告，你们穿连裆裤。”就这样，她什么招呼都没打，收拾了东西就往家赶。

回到家爱萍才猛然醒悟，这事能让父母知道吗？爱萍想起了姐夫，姐姐结婚时他来过，一看人就很精明，见多识广，一定能帮着打这个官司。于是她装出若无其事的样子，说队上农闲给知青放假，连着年假，有好长一段日子，她要到姐那儿去玩，还连带看看过去的同学。

父母欢欣鼓舞地给她弄了顿好吃的，还买了一些礼物，叫她带上去看看过去的街坊邻居，就将她送上了西去的火车。

不速之客

又是一年春节到，文昌德去年抱得美人归，今年则要迎接小生命，自是兴奋不已，更令他兴奋的是，老天眷顾，让他的造人计划如此完美，这小人儿将在正月面世。因他已结婚，已无探亲假，正好利用春节休假再加几天倒休，护送夫人回沪待产。就在他们准备动身的前几天，突然接到爱萍的电报，要人去接站。

火车到达这个熟悉的城市，爱萍有些怀旧，更有些伤感，一别几年，她已从无忧无虑变得伤痕累累，泪水模糊了她的双眼。

文昌德在出站口挥着手大声喊："爱萍，爱萍。"她赶紧用手背擦了一下眼睛。

爱萍这一来打乱了文昌德两口子回家的完美计划。姐妹相见，自是欢喜不已，妹妹说是放年假来玩玩，玩玩就玩玩吧，难得来一次，但这小人儿是不管哪一套，他是要按时出来看看这个世界的。于是他们决定，文昌德将一张火车票让给一位没买到票的上海老乡，让他和苟爱琴结伴同行。行程安排妥当，一家人欢欢喜喜准备过年。

一到这里，爱萍先是好好地睡了两天，接着就先了了父母的心愿，把托她带给当年朋友的东西散出去，看到别人眼里流露出的羡慕，她的眼泪直往肚子里流。离开了那个环境，死死盘踞在脑海里的那件事暂时不用多想了，她整个人放松下来，去看了看过去的几个同学，回来后就很少说话。

姐姐、姐夫还在上班，有时爱萍也准备一点简单的饭菜，吃完晚饭就坐在那儿发呆。妹妹天生是那种性格开朗之人，笑起来经常"咯咯"发响，因是家中老小，自小被宠坏了，有时也胡搅蛮缠，心直口快，反正有事都是一吐为快，从没见过她这么安静，这引起了姐姐的注意。

既说是来玩玩，姐姐问："打算到哪儿去玩？姐这样是不能陪你了，让你姐夫陪你去玩玩。""有什么好玩的，都住了十几年了。"爱萍一点兴趣都没有。"你们放假多长时间？"姐姐问。"没说。"爱萍敷衍道。"怎么会呢？"姐姐疑惑。"没说就是没说，有什么会不会的。"爱萍没好气地说。

妹妹小爱琴三岁，爱琴从小让着她，看到她动了气，她觉着妹妹是怕艰苦，想在这儿来躲清闲，便好言相劝："姐姐不是赶你走，现在你踏实在这儿住着，过完年还是要按时回去，你想想，爸妈做了那么大牺牲，提前退休，不就是想在内地养老，这可全靠你了，姐姐是过来人，你要是成天不在队上，将来招工哪会有你的份？""我就是整天待在那儿也没有我的份。”爱萍生气地说。

“怎么啦?”姐姐吃惊地瞪大了眼。“我跟他们闹翻了，我要告他们。”爱萍很大声地说。“告谁？什么事?”姐姐的一双眼睛睁得大大的，神色也变得凝重起来。

“告大队长，告书记，他们强奸了我还要坏我名声。”爱萍咬着嘴唇愤愤地说。“什么？什么？你说什么？怎么还他们？到底是几个人强……”姐姐的脸色变得煞白，呼吸也明显地粗重起来，憋了半天也没把后面那个字憋出来。

“怎么？一个还不够，你还几个?”妹妹没好气地说，她从小就这么胡搅蛮缠惯了，看到妹妹动了气，姐姐一时不知说什么好了。

“只有告倒了他们，让招工的人知道我是受迫害的，我才有出头之日。”爱萍把那个悲惨的夜晚发生的事简要说了点。

“爹妈知道吗?”姐姐小心地问。妹妹把头扭向一边，泪水在眼眶里打转，强忍着才没有让自己哭出来，说：“咱爸那脾气你又不是不知道，他要知道了，很可能会以为我在农村偷奸耍滑，不好好劳动，勾搭人家，干出丑事，败坏门风，还不打我个半死。还有一种可能是他会拿把刀去找那个浑蛋，你说，我敢告诉他们吗?”

姐姐当然知道父亲的脾气。父亲原在隔壁一家厂子当车间主任，一天，管教一位工人时，话重了些，那工人竟冒出一句：“说话留点口德，老绝户。”父亲一生无子，本已自觉愧对祖先，矮人三分，心里老哽着，现在这人竟把这话甩在他的脸上，他愤怒的火山爆发了，上去扇了那工人两个嘴巴，把自己的主任也给“扇”掉了。一气之下，打了个提前退休报告，就这么“冠冕堂皇”地回家养老了。如果父亲知道这事，定会更觉家门不幸，还不知会做出什么事，于是爱琴说：“是不能让爸妈知道。”

对于知青发生这样的事情，姐姐是太清楚了。1967 年中央要求“复课闹革命”，但是高考制度废除了，高中毕业的学生形成了积压，1968 年在校的初中和高中生约 400 万人，当时城市中无法安排这么多的青年就业。一时间，全国上下总动员，1966、1967、1968 年这三届的初中和高中毕业生，也就是所谓的“老三届”，大部分都从所在的城市被动员上山下乡。在一年里，中国十分之一的城市人口来到了乡村，这是人类现代历史上罕见的从城市到乡村的人口大迁移。

对于所有的知青来说，上山下乡都是一段刻骨铭心的经历，1600 多万的知青进入了农村，他们经受了前所未有的考验，得到了弥足珍贵的锻炼，也饱受了前所未有的磨难，在70年代初，中央开始了解到个别女知青遭受侵犯的情况，还展开了专项打击。

爱琴能想象妹妹受到的伤害，她没有理由埋怨妹妹，也不好细问，只是无奈地说："要告也得回去告，在这儿怎么告。""是要回去告，可怎么个告法，父母不能告诉，就是告诉了，他们也不懂，你我也不懂，姐夫是见过大世面的，文化高，懂得多，所以我才到这儿来，想叫姐夫帮我，你跟他说说吧。"爱萍用央求的口吻说。

爱琴将此事告诉了丈夫，最后还满怀希望地说："昌德，你帮帮她，要不，她这辈子可就完了。"

家里的气氛一下子沉闷了起来，开始的几天，大家都不提那事，不知是怕爱萍伤心不愿说，想不出辙没法说，还是那个话题羞于说？或兼而有之。眼看苟爱琴行期已近，她问丈夫："爱萍的事怎么办？"

"现在能怎么办？马上要过年了，农村里不过完正月十五，连个鬼都找不到，我想等过了年送她回去，再到队上看看情况，找找关系，看能不能给她转个公社。"丈夫说。

"你能找到什么关系？在当地又不认识人，再说，你一回去，我爹妈不就知道了，要不找找孙队长，给转到咱厂的点上。"爱琴说。

"隔着省，更难办，再说你爹妈不是冲着在内地养老去的吗？划个圈又回来，这不是有病嘛，这事急不得，你容我想想，你现在还是一门心思安安稳稳地给我把儿子生下来。"丈夫打趣地说。

"你怎么知道是儿子？"爱琴怪嗔地说。

"女儿更好，像你一样漂亮。"于无奈中两人斗起了嘴。

温馨小屋

苟爱琴走了，屋里就剩下姐夫和小姨子。前面说过，这屋是文昌德用野蛮手段抢占而得。这屋子的特点是前后特长，长10米，宽4米，所以一般都是把10米按2米、4.5米、3.5米横着隔成三间，最前面一间是厨房，墙上开了个小窗，除了采光，窗台还兼具壁橱之功能，摆些个油、盐、酱、醋等调味品。中间用作客房或小孩房，最里面的一间是主卧。

主卧的外墙上开了个大大的窗户。屋门靠左手边开，里面又对应着开了两道门，只要人在家，天又不太冷，一般人家都是三道门洞开，既通风又敞亮。他们当时还没有小孩，中间那块地儿平时就当客厅使，爱萍来了之后它就变成了客房。

文昌德搬进来后进行了装修，刷墙时在涂料里加了些黄色，那墙壁就呈奶黄色，在灯光下显得柔和而温馨。

客厅贴卧室那面墙立着组合柜，贴屋顶是一排挂柜，下面一分为三，两边是大衣柜，中间部分，下面80厘米高的台面下做成抽屉，中间一个空框，里面正好放电视机。贴右边墙摆着一张写字台，一水的水曲柳，漆得贼亮。组合柜对面是木制三座沙发，摆在靠厨房这面墙的墙根，这是一张可折叠沙发，打开可以铺展成一张床。沙发前面摆着上下两层的玻璃茶几，茶具就摆在下面一层，热水瓶立在脚边。这茶几还兼具餐桌之功用，可以边用餐边看电视，甚是惬意。

写字台上方的墙上挂着镶在漆黑镜框里的一幅画，酷似梵高有名的作品《向日葵》。蓝、绿、黄色混搭的底子上，一棵绿色茎、叶的顶端，一株大大的金黄色向日葵大放异彩，左右各画了一株小的向日葵陪衬。这是去年结婚时文昌德从父亲的藏画中选的，装在那只大红箱子里，所以在回来的路上他总关照人搬运时要小心。

爱琴回沪以后，为了起居方便，爱萍住主卧，门锁在里，她的安全自己掌控。两人不太熟悉，气氛自然有些尴尬，正值过年放假，姐夫在家时间多，就有点别扭，于是文昌德就出去找人玩，可爱萍的事从没离开过他的脑际，他同情、爱怜她，听老婆说她本来是一个活泼开朗的女孩，可现在整天这样闷闷不乐，少言寡语，如何才能尽快帮她消除那件事造成的心理阴影是他思考的关键。

这天，爱萍正跷着二郎腿，坐在沙发上惬意地看电视，看到姐夫进来立刻放下翘起的那条腿，双手放在膝上，身体挺直，像听课的小学生。爱萍想：不知姐姐给他说了没？她脸上浮现出淡淡的红晕，他会不会歧视自己？自打去年他们结婚时姐夫到家见第一面，她就喜欢他的潇洒、睿智和幽默，现在她倒希望姐姐没告诉他，省得他看低了自己。

文昌德坐在写字台前，一抬头，他看到了墙上的画，他站起来，指着那幅画问爱萍："你知道这幅画吗？""《向日葵》，好像是梵高画的。"爱萍若有所思地说。

"是《向日葵》，但肯定是赝品。甭管是不是真品，但画面所表达的意境都是一样的，积极、向上。我第一次来这里的时候正值秋天，一路过来，最美的风景就是从火车上看到的大片的向日葵，大大的花盘和金黄的花瓣在微风里摆动，像一张张笑脸向你点头，那场景也是很壮观的，这是这么多年来我到这里看到的最绚丽的色彩。"文昌德说得情真意切。

"可是，我过来时看到地里满是小石子，怎么长东西?"爱萍好奇地问。"那些向日葵就是在这石子地上长出来的。现在是冬天，只能看见石子，这才叫好地，这些石子是由人专门从其他地方运来给地当被子的。"

"咦?"爱萍瞪大了眼睛。

"这里是沙土地，一下雨，不仅水存不住，而且还把土壤和肥料一块冲走了，铺上一层石子，下雨了，雨水通过石子渗透到地里，流不走，冲不走肥土，出太阳也不容易蒸发，下面老是一片湿润，可不就像被子嘛。"姐夫解释道。

"哇，要铺一层那要铺到什么年头?"爱萍发出了感慨。

"你学过《愚公移山》吗?就跟他们做的事一样，一天一天、一年一年，从很远的地方把石子背来，日积月累，所以才有'背死爷爷，吃死孙子'的说法，也就是说从爷爷辈开始背，到孙子辈才能见着效果。"说完又感慨地说："人就是这样，一生都在挣扎，有幸运也有挫折，人也要学会忘掉一切阴暗的东西，让阳光照进你的内心，像向日葵，它向着太阳，纯正的金黄像炽热的阳光，这也许是一种生活态度。"文昌德真情地侃侃而谈，爱萍脸上的表情开始生动起来。

后来姐夫出去的时间少了，尽可能多陪陪她，带她看电影，用电唱机放当时的流行歌曲，营造一种温馨的家庭气氛。

看着爱萍的情绪有了好转，文昌德慢慢地引向那个话题说："听你姐说，你的性格原来不是这样的，遇到了一点事，想不开，才会这样郁郁寡欢，对吗?"

爱萍意识到她的不幸已经被他不幸地知道了，心想，他懂她，没有鄙视自己，是一个值得信任的人，于是说："是啊！我这一辈子完了，成了一个残缺不全的人，别人瞧不起我，连爸妈可能都会怪罪于我。"

"你自己不能这样想。你有什么错?犯罪的是那个浑蛋，你为什么要这样作践自己，为他人背黑锅。"文昌德说。

"我不想背黑锅，所以我要告他，姐夫，只有你能帮我。"爱萍的表情不再凝重，话也多了起来，继续交流的意愿明显，可是面对一个年轻的男人说那种事叫谁都有点难以启齿。等了片刻，她还没有先开口的意思。

“你要告他什么呢?”还是姐夫先开了口。“就是那个嘛!”爱萍扭扭捏捏地回答。

“那个是什么?”语一出口顿觉不妥，这是一个女孩子不好开口的话题，于是文昌德赶紧补充说:“噢，我知道你的意思，可是要告人你必须有真凭实据。”“人家怎么好说嘛!”爱萍有点撒娇地说。“你不好意思说，那就算了。”姐夫心里沉甸甸的但又想挤出点笑容，脸上的肌肉奇怪地抽搐着，无奈地做出起身要走的样子。

“那不便宜了他，我就是死也要拉个垫背的。”爱萍恨得咬牙切齿，并给了他一道灰飞烟灭的眼神。这眼神刻进了文昌德的眼睛里，刺进他的心里，他才意识到这是一个不可回避的问题。

“所以我就来了。”爱萍这样结束了她的讲述。

文昌德有一阵没有说话，脸上也毫无表情，停了一会儿才挺为难地说:“你说了一大堆，事情的来龙去脉我基本上弄清楚了，但有几个关键的情节你还得确定一下。”他仰脸想了一下自言自语道:“强迫是肯定的了，但……”文昌德有些兴奋，问:“你那短裤还在吗?”

“都那样了还怎么穿？当时我爬起来穿上棉裤就跑出去了。”爱萍不明就里地说着。姐夫的眼神一下子黯淡了下来。

爱萍觉察到了，问:“怎么？告不了了?”

“不，不是，你让我想想，怎么个告法。”姐夫这一想就没了下文。

一晃就过了正月十五，爱萍的情绪已经恢复了常态，甚至是超常态，脸上绽放出平和的微笑，俨然以家庭主妇的姿态热心地为文昌德端茶倒水，做饭洗衣，文昌德有了些许的感动，他们一起聊天，文昌德说话和风细雨，娓娓道来。谈文学，他出口成章，谈时下的流行歌曲，他什么歌都会唱，聊时事，他什么都懂，爱萍对他佩服得五体投地。

他们成双入对，进进出出，一块乘厂子的交通车进城，走在路上，爱萍有说有笑，有时还会像头调皮的麋鹿，不安分地跳跃着，文昌德也就挺直了腰板，好像又往回活了好多年。

文昌德觉着这日子比和爱琴过得还惬意、滋润，有时文昌德也犯迷糊，觉着旁边走着的就是自己的老婆，这时他会猛然惊醒：记住，这是小姨子。这不是逼着自己犯错误嘛，她的事不能再拖了。

文昌德用委婉的语气说：“爱萍妹妹，我听你说的情况，告倒大队长有难度，时间也会拖得很长，我们拖不起。现在我们的关键是考虑自己的事，让他继续作恶，不是不报，时候未到，我想现在最好的办法是给你调个地方。”

“这当然好，我一天都不想回那个地方了。”爱萍脸上流露出掩饰不住的兴奋，可只一瞬，那目光就黯淡了下来，说：“往哪儿调？怎么办？”“不好办，可也不是不能办。我估计，现在的生产队放你不成问题，他们害怕把事闹大，但接收方就有点难，你把你知道的你们公社大队的名字和地址写下来，我们先联系联系看。”文昌德说。

于是文昌德一封封地写信、发信。晚上他写信到很晚，爱萍陪着，一会给他披件衣服，一会给他泡杯茶。多数的信都如泥牛入海没有消息，但爱萍还是很感动，说：“姐夫，你这也是在愚公移山呢吧。”

“但愿能感动上天。”姐夫无奈地说。

上天感动得了感动不了，不知道，但它一次次地感动了小姨子，这感动化作了一池秋水，积聚于爱萍的眼底，反射着频频秋波。渐渐地，他们说话的热情高涨了起来，饭桌前、沙发上他们边吃边聊，边看边聊，既赏心又悦目，双方心里都有了感觉。偶尔对视，能看出他眼里的火焰和她泛红的脸庞，这时，文昌德会起身，他总觉着，苟爱琴冥冥之中化作了一只眼，不舍昼夜地盯着他，所以尽管文昌德的眼中迸发出了火一样的光芒，却依然克制着，不敢向前跨越一步。

爱萍这边却时不时说些莫名其妙的话，比如说：“姐夫，你知道女人对男人动了心会有什么表现吗？”姐夫想了想，问她：“是不是像个花痴，两眼放着弱智的光，经常会没有来由地傻笑？”

“我没有吧？”爱萍问。“没有，嗯，没有。”姐夫摇摇头。又说：“不过你有些花痴症状还是掩盖不住，被我敏锐的观察力所捕获。”“你就臭美吧。我有没有动心我自己还不清楚吗？”说着马上在姐夫的肩头捶了一拳。

“没有没有，你如果对我动了心，怎么还那么聪明呢？眼中怎么还会冒出智慧的火花呢？充其量是遇着点事找个人帮着解决一下。”两人都不想触及雷区。“不是帮着解决，我现在只有靠你了，全权委托。”爱萍甚至把身子靠了过来。

终于，山西那边有回信了，一个大队来信说，只要能给他们解决两台电机，新旧都行，只要能用，就保证解决苟爱萍的转入问题。

文昌德给他在上海某厂当厂长的哥哥写信，哥哥回信说：“因为是支农，符合政策，可以解决两台到了折旧年限但还六成新的电机，800元钱。”

侠骨柔情

这样一个温馨的小屋里住着孤男寡女，开始他们还恪守着各人的地盘，但脑子却屡屡抛锚，猜想对方现在在想什么。其实，在那遥远的晋西乡村，每每凄厉的寒风扑打着窗棂，爱萍于半夜惊醒时，往往会想起姐夫，他是她这一生见过的唯一让她心动的男人，所以受伤后她身不由己地就跑到这儿来了，当然那时她还没想着会发生什么。

办理电机的回信是爱萍从传达室拿回来的，文昌德下班一进家门就看到苟爱萍浑身上下，每个细胞都往外跳跃着快乐的因子。

文昌德低头看信。爱萍站在他的身边，也把脑袋伸过去看。忽然她对着他的耳际说：“啊，太好了，姐夫，我爱死你了。”文昌德愣了一下，抬起头，瞅她一眼笑着说：“你胡说什么，你不怕你姐听见?”

爱萍低头用脚在地上划了一下，猛地抬起头看着他的眼睛说：“只要你不怕我就不怕。”

文昌德的心狂跳起来，那句话从爱萍的嘴里说出来好像是一个宣言。他忽然觉得他们之间似乎有了某种默契，一种同谋式的默契，这种默契令他向往的同时又让他胆战心惊。

渐渐地，他们会在夜里聆听一墙之隔的那边发出的叹息声、咳嗽声，或是翻身引起的床板的吱叫声。

这一天夜里，苟爱萍哼着，姐夫问：“怎么啦?”“头疼。”爱萍答。

姐夫穿着宽松裤和长袖T恤衫向里屋走去，他抬手敲门，门晃了一下，那门原来没锁，里面应答：“进来”。接着灯被拉亮了。

文昌德弯下腰摸了摸爱萍的脑门，又在自己的脑门上试了一下，没有感觉到异常，就在他转身要走的时候，爱萍把身子往里挪挪，叫道：“姐夫。”

“怎么，有事?”这时他有点感觉了却还装作不解地询问着。

“给我倒杯水。”爱萍看着他，本来想说“坐会”，可话到嘴边还是变了样。他退回客厅倒了一杯水递过来。爱萍说：“烫，先放那儿吧。”

文昌德把杯子放到床头的桌子上，他不知道自己应不应该从这块领地撤出，于是说：“真没出息，这会儿倒想抽烟了。”他回到客厅，顺手从桌子上拿起一包烟，却又鬼使神差地进了里屋，他抽出一根，才发现没有打火机，本来作为一个烟民他是火不离身的，他外衣口袋里常年必备，只要走几步回到中间屋就能拿到，可是不知为什么这腿就泥在那儿迈不动，只是动动嘴问：“火机呢？”

爱萍睁大眼睛看着他，半天不说话，那眼神似乎在说：笨死了，没看见我眼里的火花已经快把烟点着啦，还用得着找火机吗！

文昌德当然感受到了爱萍灼人的目光，说：“算了。”说着他把烟又装进盒子里，扔回桌子上，把水杯递上说：“你快喝水，完了我好收走。”爱萍坐起来靠到床头上，接过水杯。

“好冷。”文昌德两手搓着在房间里踱步，尴尬地笑笑。他瞥爱萍一眼，一件大红的圆领套头衫挺扎眼，领口处的皮肤因冬天缺少阳光的照射捂得雪白，在灯光下竟有些晃眼。

爱萍往里挪了挪说：“坐会儿。”文昌德顺从地在床边坐下。

爱萍靠过来喃喃地怪嗔道：“你怎么不理我，是不是嫌我脏？”

文昌德没有推开她，深深地吸了一口气，说道：“不是，怎么会呢，又不是你的错。”他的心头浮动起一股甜腻的暖流，这样的缠绵，已经很久没有过了。新婚时的如漆似胶似乎只是一片轻柔的云，一阵小风便将其吹得无影无踪，随之而来的便是与诗情画意相差十万八千里的生活的重负，压得他们气喘吁吁，砸得他们焦头烂额，再想体会甜蜜的爱恋，只能靠偶尔翻一翻蒙尽灰垢的那些小说了。

文昌德何时被人这样爱恋过，他追荀爱琴追得好苦，终于追到了，可追到的是一个“女皇”，荀爱琴高高在上，她觉得她是文昌德千辛万苦追到的，她理应享受特权，文昌德在这段感情里，从来也没有得到过平等。活到今天他才领悟到原来男人应该是这么个活法，他觉着上天安排爱萍来是在给他以补偿，他就应该接受这份上天的馈赠。

今夜的月亮真大，照在雪地上，反射出珍珠般的熠熠光影，那光影如袅袅琴韵，灵巧地穿过玻璃窗，映得室内四壁生辉，一派柔和。借着昏暗中那轻纱般迷离恍惚的亮色，文昌德注视着她，心境好像屋外的雪夜那样宁静平和。

爱萍撒娇般地朝文昌德依偎过来，嫩润的脸色、朦胧的泪眼光艳醉人，文昌德贴着她的耳垂说："我会做你的保护神。"他们不再说话，两颗心紧紧地贴在了一起。不该发生的终于还是发生了，于是爱萍就麻烦了。

文昌德找了一哥们，这哥们的姐姐在K省省城的一家大医院工作，哥们挺讲义气，专门请假回趟家，带着她，在他姐姐工作的医院里，把孩子给做了。

电机的事正在办理的过程中，那事儿露馅儿了。

一天，给他解决麻烦的哥们喝高了，洋洋自吹，当着一帮人拍着胸脯说："做朋友就得讲义气，"接着顺嘴溜出了一句，"那谁，谁的小姨子，有麻烦了，我给解决了。"

人们的注意力一下子集中起来了，问："谁？谁的小姨子？""这，这不能讲，讲了还叫什么哥们。"他摇着头说，还用右手伸出食指在脸前晃着。

"要他讲个啥？算算不就明白了，这厂子还有几个小姨子住在这儿。"有人提示道。

"快说，你是怎么解决他小姨子的？"有人起哄。"我是替他解决麻烦，不是解决他小姨子，本人还没那个艳福，再说，别看本人光棍一条，可'朋友妻，不可欺'这咱老祖宗定的规矩还是记得的。"这哥们继续吹嘘。"朋友妻不可欺，可朋友的小姨子是可以讨来做老婆的呀。"有人回应道。"哎呀，你们这帮浑蛋想哪儿去了。"这时他的酒已经醒了一半，赶紧补救道："我刚才是胡说八道，各位出去可别乱说。"

这解释简直是欲盖弥彰，有人就在私下里议论这事肯定是真的。他们自然想到了文昌德和小姨子。

文昌德住的这片平房区，夹在生产区大门和机关科室之间，两排房均与主干道垂直，文昌德住的这一排其中有两间房是小卖部，又和医务室毗邻，一天到晚人来人往，熙熙攘攘，这地段算得上是厂里的"黄金码头"了。

本来，孤男寡女同住一个屋檐下，就给人以无限遐想，两人出出进进，在光天化日下还时常出双入对，甚是扎眼，引得那么多人惦记着。住这一排的人天天看着，住前一排的人天天从后窗户瞄着，时不时都还活动活动心眼，这两人在屋里是咋睡的？人们私底下早就预料到、猜测到甚至是肯定的认为两人会发生点什么，现在总算是发现了蛛丝马迹。

厂子授意车间主管领导找这哥们谈话，经过一番政策攻心，他说出了事情的原委，再由厂工会女工委员会的温主任顺藤摸瓜，到K省那家医院里查了当时的人流记录，那位“助人为乐”的大夫受了处分。取得铁证后再找这位小姨子问话，温主任对这种事的调查处理绝对够得上专业水平。

这天一大早，文昌德上班一走，温主任就来了。

爱萍正在客厅里收拾桌上早饭后的杯碗盘碟，沙发床上的被窝折叠得整整齐齐，温主任心里有数了，这俨然就是小两口过日子，自己闯进来都觉着有些唐突，于是顺嘴溜出一句：“你姐不在，你顶上了，这小日子过得挺滋润嘛！”“差不多吧。”这小姨子脸不红心不跳，很平淡地说。

这话倒把温主任吓了一跳，见过不要脸的，但还没见过这么不要脸的，于是直接摊牌，拿出人工流产记录的复印件，指着问：“这是你的吗？”

“是的，如果不是顾及我姐的感受，我不会去做，我会把他生下来，一辈子守着，守着一个爱的结晶。”她说得那么自然，好像在说一件天经地义的事。

“你这‘结晶’的父亲是谁？”温主任真算开眼了，身为女工委员会主任的她也头回遇着这么个厚颜无耻的痴心女子，于是带点挖苦地问。

“你这不是明知故问，如果不是我姐夫的，你就管不着了。”爱萍回答得很硬气。

温主任听出了话里叫板的味道，于是用很官方的口气说：“是文昌德的，对吧？他是我们厂的职工，所以我们一定要管。”

“你们别难为他，是我主动的，我找他的，我姐走后，他就一直让我住里屋，如果我不愿意，他进得了屋吗？”她看着温主任的脸，很认真地说。

这位主任二次开眼了，过去遇着这种事，女孩子们都是千方百计把责任往男方身上推，还头回碰上这么一个往自个身上揽的，她一时词穷了。

“去年我姐夫一到我家，我就感觉他挺好，他们在家待了两天，我感觉越来越好，对他的感觉渗入灵魂，温暖着我的每一条血管，跳动在我的每一次脉动之中。可是，去年冬天，我被下乡当地的那个大队长糟蹋了，我死的心都有了。我到这儿来，是想找姐夫帮我打官司告队上，只有他有这个本事，可是，姐夫说当时没留下证据，告不了了。”爱萍沉思片刻，忽然用铁勺子把盘子敲得“叮叮当当”地响，杀气腾腾地说：“告不倒他，我就杀了他，把他碎尸万段。”

温主任感觉后背一股凉气直往上蹿，忙说：“有问题解决问题，不能走极端。”

“当时不知道我姐会回上海。后来，有这个机会，我就有想法了，我要真真正正地爱一回，真真正正地做一回女人。开始姐夫是抗拒的，但真正能坐怀不乱的男人能有几个。这事从头到尾都是我主动，你们别难为他，否则我就死在你们厂里，反正我想得到的幸福已经得到了，我这一辈子注定也不会有好的结局了，我的命也不值什么钱了。”爱萍说着眼中竟泪光闪闪。

温主任惊呆了，嘴巴张得大大的却说不出话来。

“我很清楚自己已经无可救药，最后的结局就一个字——死，把那个浑蛋碎尸万段，我自己也会死得很痛苦。”她用手指在自己脖子上一划，配上“咔嚓”一声，翻了一下白眼诈死，然后兀自笑了起来。接着正色道：“总之，在意识消失前看着自己的身体破碎，听着自己的血呲呲地喷出来，你想象得到那种恐怖吗？你知道什么是生不如死吗？你知道心痛的尽头是什么吗？你知道人被逼到绝境会干出什么吗？”爱萍用气势磅礴的排比反问，思维的跳跃速度也让人匪夷所思。

温主任听得毛骨悚然。接着，爱萍又用手背抹了一下脖子，昂头伸脖像赴刑场般豪迈地说：“如果现在让我去死，我也死而无憾了。”

温主任几乎是战战兢兢地从这间屋子里退出去的。

这小姨子也有几分姿色，于是有的男人就羡慕嫉妒恨地说：“文昌德真是艳福不浅，只是喝了一瓶‘二锅头’。”

在给人们茶余饭后增添谈资的同时，厂子还是没有忘记给予文昌德一个小小的处分，时值特殊时期以来的第一次调资，他被取消了调资资格。

电机的事办好了，那边大队来信热情洋溢地说欢迎她去，只要她人去，一切的手续由他们派人去办。据办事的人说，原来大队的书记肠子都悔青了，说早要是知道她有这能耐，一台电机就啥事都给她办了。

小姨子走了，一切又恢复了平静，像一道流星划过夜空，转瞬即逝。文昌德这天上二班，午觉醒来，躺在床上犯迷糊，春日里的阳光透过宽大的玻璃窗照射进来，刺得他眼睛酸酸的，他一边犯迷糊，一边沉浸在生活对他的宽容里，他感谢她的担当，更感激她给予了他一个男人的自尊，让他体会到了一个男人的驾驭与征服的感觉。

残局

荀爱琴回来了，带着她那漂亮的、洋娃娃似的女儿，一切都那么平静，没有人告诉她什么。她永远都是那么自傲，年轻时因貌美而清高，当青春流逝后就只有炫耀了，她每天不厌其烦地给人讲着上海如何的繁华，江南的山山水水如何秀美，那家里是何等的荣华富贵，还讲她公公待她如何如何好，家里请了专门伺候月子的保姆，每天吃什么多么讲究等等。而且在神采飞扬地讲完后也像当年收获“秋天的菠菜”那样等着人们的赞赏，弄得人家不知该说什么好，有的勉强抖动一下脸上的肌肉，极不情愿地“哦哦”两声，但心里那不屑恨不得马上爆发出来。

这天发工资，荀爱琴发现他师傅的工资比文昌德多了8元，原来他们俩拿的钱是一样多。她到厂劳资科去问，才知是调资所致，至于原因对方原先也不想给她说白了，但她盛气凌人，说劳资科都这会儿了你们还在搞唯成分论，在万般无奈之下，劳资干部道出了原委。

一股冷气从后脊梁骨“嗖”的一下往上蹿，一阵天旋地转，荀爱琴脑子里一片空白，她像疯了一样，回家第一件事就是把厨房案板上的一个大瓷碗拿起，朝着正在客厅里饭桌前摆碗弄碟的文昌德扔了过去。碗“砰”的一声壮烈牺牲。

文昌德没有跪下求饶，也没有头捣蒜般地说“我错了”，只是俯下身去捡那些碎瓷片，叹息一声后说：“你都知道了？”

看着他这么平静地亲口承认，荀爱琴整个人都崩溃了。她定定地望着他，突然觉得他很陌生，脑海里又突然浮现出一些他和妹妹男欢女爱的画面，眼泪就扑簌簌地流出来了。

文昌德喃喃地说：“孤男寡女日久生情，这很正常。其实我很在乎你，开始我一直控制着，控制着，但我没控制住，当她扑到我的怀里时，我能把她推开吗？她又是那样一个受过伤的女孩，她还那么漂亮，‘美女绝对是上帝送给男人的最精致的花朵’，这是西方人说的，‘几个月不见女人，看见老母猪都觉得秀气’，这句话是林语堂老先生说的，瞧这老头，说得多幽默，‘天生丽质难自弃’，这是白居易发现的规律，‘男人好色，这是没有例外的，不分阶级、种族、贫富、文化背景，自古皆然，举世无别，莫不以一享美人香泽、肌肤之亲为生命之最高奖赏’，这是什么人说的，忘了。”

“这是文昌德说的。”荀爱琴冷不丁插一句。又接言道：“你的好色是血液里的，是长在骨头里的，是与生俱来的，真不愧是大姑娘生的。”

“你真没良心，我们结婚时的费用是她出的，结婚的酒店是她订的，她专门从美国回来就住在那家酒店里，你的那块表是她买的，你穿的衣服是她叫人定做的。”文昌德很后悔把自个的身世告诉了她。

“你当时怎么不说，也可让我认认这个洋婆婆。”荀爱琴不知是为之所动还是觉着没看到稀奇而遗憾。

“我也是在她走后父亲才告诉我的，父亲不想让我惹上什么麻烦。你也不想想，当时父亲就是有钱又敢明目张胆地办那么张扬的婚礼吗?”

荀爱琴不那么激愤了，文昌德就嬉皮笑脸地哄她说：“造物主的设计，总是很不美满，好色的男人多，自己长得帅的却凤毛麟角，谁让你老头我，长得讨女人喜欢呢?”他还臭美上了。

消停了没几天，心头的针又扎得荀爱琴生疼。有一天文昌德倒水喝，给荀爱琴也倒了一杯。荀爱琴望着杯子想象着那上面有爱萍的唇印，而且是与他——她的丈夫，热吻过的唇，她就觉得恶心。“啪”的一声，她把杯子摔到地上，水溅了文昌德一身，文昌德默默无语，收拾着残局。

晚上睡在床上，荀爱琴问：“她哪儿好，勾得你都不知廉耻，做下那种不要脸的事。”“她那么温柔，体贴，她让我感觉到自己是个男人，不像你总是凶巴巴的，我一天总是提心吊胆的。”文昌德说话很平静，好像在讲一件天经地义的事。他好像一点都没有负罪感，这令荀爱琴大怒。

荀爱琴立刻跳下床，当时是四月，晚上仍然很冷，她穿着单衣手足无措地站在那儿，仿佛是她自己犯错而不是他一样。看看床上的小孩，她又无奈地上了床，她的泪往肚子里流。她觉着那张床也很脏，早上一起来她就揭下床单用剪刀剪。

文昌德说：“别剪了，怪费劲的。等我买回了全套新铺盖再拿出去扔了，新的不来旧的还得留着。”

荀爱琴气愤地在家里摔盆子砸碗，估计如果爱萍在这儿，她会撕了她。她找出爱萍的新地址，发了电报：“你给我说清楚。”爱萍立马回电报说：“你别怪他，我找他的。”她写了一封长长的信，把爱萍骂了个狗血淋头，宣布与她断绝姐妹关系，规定了三不政策：不许和他通信；不许和他见面；不许告诉父母。这第三条是觉着太伤她这个美人的自尊了，当然她也害怕父亲知道这件事后的可怕后果。

苟爱琴跟文昌德大吵大闹，虽然嘴里说的是这个事，但那说不出口的还是想到自己在人前炫耀时，人家在心里还不定怎么笑话自己呢，更是让她恼羞成怒。她觉着光在家里闹没人知道，光在纸上跟爱萍闹更看不见个动静，她这么个高贵的公主就这么给人欺负了，哪能咽下这口气，于是还真打了个离婚申请，到车间找任书记批。

任书记先是给她好言相劝，劝她想想孩子，她越发闹得厉害，任书记就不吱声，看她还没完没了了，任书记突然提高嗓门，说：“这不是你自己走了，专门把你妹子留下给他用的嘛，你还闹个啥?”一语道破天机，别说，这一招还真灵，苟爱琴先是愣了一下，然后就悄没声地拿回了那张纸。

事一出来，冷彩莲有点幸灾乐祸，她私下里对人说：“我还真没看错，这文昌德果然是资本家崽子。”随着时代的进步，她也与时俱进，去掉了个“狗”字，“就不是个好东西，那时我就看出来了，好心劝她，还当成了驴肝肺，她今日是自作自受。”但看到苟爱琴当前的状况冷彩莲还是动了恻隐之心，前来相劝。

苟爱琴先是哭着说：“都是我当时鬼迷心窍，不听你的劝，跟了这畜生，我要跟他离婚。”但一转念，马上换了一副冷脸：“你该不是来看笑话的吧？我们家的事不用外人管。”冷师傅这回真是“热脸又蹭了个冷屁股”，这心里的疙瘩也就越结越大。

苟爱琴从此静悄悄地，像被霜打了的茄子似的，缩头乌龟般悄悄地打发着日子。人一旦家丑外扬，平时再趾高气扬、昂首阔步，脑袋也会耷拉下来，这文昌德也像换了个人似的，再没见过他夸夸其谈、指手画脚，更不要说对万晓阳的感情之事说三道四了。

走出高墙

一个假摔，使成建国成了监狱里的自由人，为自己捞回了一点尊严。他感恩监狱领导的宽容和大度，甚至感谢“鼠仔”给了他犯浑耍横的契机。他每天拼命地干活，除了焊工，只要有空，什么木工、电工，他能干的统统的都包了下来，实在没事干了就去打扫卫生。他的良好表现，使他得到了减刑的机会，经过两次减刑，1977 年 3 月 27 日，成建国将结束 180 天的铁窗生涯。

当在大会上宣布这个消息的时候，成建国并没有意想中的兴奋。他已经习惯了高墙内的天空，习惯了一抬头就看到高墙上的岗哨和铁丝网。他突然想到出去了他将是一个无业游民，要遭受人们鄙视的目光，还有亲人们的尴尬和痛苦。当然他也意识到法律并没有还他一个公道，就是说他还是有罪的，只是改造积极，这个污点他是一辈子都洗不清了。

在最后一次走出监室的那一刻，成建国双腿颤抖，浑身发麻，望着那似乎看不到出口的漆黑走廊，他内心一片恐惧，害怕狱警在背后突然又喊他回去。他想飞快地走出去，却感觉怎么也迈不开腿，那到监狱大门的短短几十米，他像走了一个世纪那么漫长。

在大门口没有看到一个亲人，成建国激动的心情骤然冷却。站在街头，他看着来往的车辆，匆匆的行人，舞动的小草……世界的美好依旧，可是他已不再是半年前那个青年。看着宽敞的马路，他却不知该如何迈进这个世界。

衣襟在风中舞动，成建国有一种冲动，他想走回监狱的大门，因为现在的他找不到这个世界的入口了，他感到了无助与恐惧，甚至宁愿再回去守那四面高墙，他回头望着身后，一幕幕痛苦而酸涩的情景浮上心头。

建国出来的日期是万晓阳去给他送东西时，管教干部告诉她的，万晓阳又告知了任书记。他们匆匆赶到时，建国正在马路边徘徊，因他已无班可上，任书记只好在监狱门口对他进行了一番鼓励：“人生哪能总是一帆风顺，一点小挫折很快就会过去的，你这不提前出来了嘛，一定会还你公道，迟早的事，我要想办法给你恢复厂籍，这也是迟早的事。”说完任书记拉了拉万晓阳说：“你也鼓励他几句，人在这个时候是最脆弱的。”

万晓阳走上前，小声说："出来了就好，出来了就好。"

建国深深地给眼前的二位鞠躬说："谢谢！这半年全仗你们的关心和温暖撑着了。"

早春的高原，晴朗的天空，阳光照耀万物。建国贪婪地呼吸着新鲜而自由的空气，归心似箭，他脚步匆匆往家赶，家里有他日夜牵挂的家人。他想念他们，又怕见到他们。

家门虚掩，建国轻轻推门，他们虽然没有去接他，但他们盼他回家的急迫心情却是按捺不住的，父亲今天都没去上班。父亲、母亲各自端坐在一张方桌两边的木椅上，目光凝重地盯着家门等他回来。

建国的心一阵抽紧，急切地叫了一声："爸，妈。"父母都未应声，只是用眼睛上下打量着他。他感到心慌，像被施了定身法，刚进厅房两步就停住了。

父亲看着他的眼睛，大声说："你为了一个女人，毁了你自己，也毁了全家的名声。今日里，挠要跟你说的是，丢了工作不要紧，挠养你，只要求你从今以后再不许和那个女人来往。"

一种前所未有的耻辱感向他袭来，建国五脏俱焚，一时不知如何应答。

母亲上前一步，对着儿子"咚"的一声跪倒在地，说："儿啊，挠知道她对你好，管教干部给挠说了，可是命中没有不能强求啊！要不为啥遇着她就遭这大难呢。妈今天就在这里求你，听你阿爸的话，噢，再不要理她了。"

建国对着母亲跪了下来说："挠听二老的，挠现在这个样，连一个工作都没有，人家谁还会来找，请爸妈放心，儿从今往后一定好好做人。"

"建国出来了，搞错了。"这消息像长了翅膀似的，在厂子里传得比风还快，这是任书记在厂里的各种会议上不厌其烦絮叨的结果。

没有人接他半个字，人家怎么接？说搞错了，那是谁搞错的？还不是你个二百五干的；再说，也没必要接，这个人现在已经跟厂子没有半毛钱的关系了，只是你心里愧疚，嘴上念叨念叨找点心理平衡。

任书记的唠叨如同空气，没有给建国的处境带来一丝丝的改变。那天接建国出狱时看到他黑瘦的脸庞、深陷的眼窝、单薄的身板，任书记心如刀绞，他下定决心要给他恢复名誉。

建国的归来使有关各方在处理治安问题时多了一个备选对象，东家的东西丢了，首先把他叫去问一问，好在他提供了没有作案时间的有力证据。隔壁家的小女孩被人奸污了，首先怀疑他，好在通过检测，科学还他以公道。

建国羞愧难当，他想，死也死不得，他得为父母活着，有时会突发奇想，最好来场火灾，他扑进去，消灭了肉体，高尚了精神，家里蒙受的耻辱也能一阵风吹散了。

当时，市场经济的大潮也波及了这塞外都市，人们已经开始认识到，摆地摊赚的钱和工资单发的钱一样好使，内地探亲的人回来带来了内地时尚的衣服和用品，满大街都是摆地摊的，形成了“马路市场”。经常看到城管撵得提着大包小包的摊贩满街乱跑，时不时还发生摊贩之间为争地盘的格斗。还有一些想着不劳而获，一夜暴富的社会渣滓出来收保护费或干脆明着向摊主要钱。

建国无所事事，也经常在其间穿行，他也想做点小买卖。

这天天色将晚，风起，两个家伙对着一个小伙，一个伸着手，小伙捂着他那用皮带扣勒在腰间的鼓鼓的钱包，说：“我早上已经交过了。”“那是开市的份子钱，谁叫你的生意火，这么快，你的货都走光了，有财大家一起发。”这个家伙说着，手进一步伸向小伙腰间，小伙弯腰双手死捂着钱包，大声喊：“抢钱啦!”这时另一个家伙抡起手里的酒瓶，砸向对面的小伙。

说时迟那时快，建国跨步上前，举手抓住了那个握着酒瓶的人的手腕，拇指和食指像老虎钳的钳口。他本来就是一个工人，加上他在高墙里高强度地操练了180天，力大无比。他使劲一捏，那个家伙“哎哟”一声，酒瓶落地，“啪”的一声闷响，酒瓶应声而裂，酒液流淌，酒香四溢。

建国顺手从口袋里摸出两元钱，塞到对方手里说：“不好意思，洒了你的酒，再去买两瓶，挠也是怕兄弟喝醉了酒干下傻事。”

那家伙回过神来，赶紧双手抱拳，冲他摆了摆，又对他的同伙一摆头，一前一后地走了。

建国上前搭话，原来这是一个浙江小伙，只有十七岁。建国关切地对他说：“你还太年轻，以后遇事冷静点，什么时候命都比钱重要。”

小伙连声道谢，忙不迭地从包里往外掏钱准备答谢建国，建国一摆手说：“不用，真的不用，你挣两个钱也不容易。”说完扭头就走。

小伙紧跟其后，说：“大哥，算帮帮我，和我一起做生意，你是当地人，他们欺负外地人。”“我没做过生意，刚从局子里放出来，你不怕我把你坑了？”建国说。“我不怕，现在好人坐牢的多着呢。”小伙连想都没想一下就脱口而出。

就这一句话说得建国热泪盈眶，他搂着小伙的肩膀说：“就凭你这句话，你这个小弟哥认了。走，跟哥回家去。”当晚，小伙就连人带货搬到了建国家中。建国没有入伙，只是有时帮他看着摊子，帮着搬运一下货物。

小伙的货走得快，是他的货时尚，他主要卖三种货：一是女人的上衣，面料新颖，式样新潮，色泽鲜艳又不失高雅；二是男人的夹克衫，那腰身短短的，下摆一条宽宽的松紧带，束于胯部以上，显得两条腿贼长，那颜色艳艳的，有大红色、紫红色、姜黄色、天蓝色、咖啡色等等，颠覆了过去男装黑、蓝、灰的传统；三是女人的健美裤，当时刚在社会上流行。女孩子腿型好的都很喜欢穿，当时的新材料尼龙以它的高弹性，把女人整个腰部到腿部，特别是臀部的圆滑曲线给精细地勾勒出来，你看那穿着健美裤的女孩，个个都像骄傲的公主般昂首挺胸。再有就是他的货是从厂家直接拿货，价格便宜。

两个女人的战争

1977年，时值改革开放的萌动期，加强管理要经验，投资办厂要资金，开发产品要技术，唯有这“性”，与生俱来。这东西原本是一个纯粹的原始生理需求，跟吃饭、喝水一样。它是人类的一个快乐活动，当然它也是物种繁衍的需要，不过这后代往往是快乐活动的副产品，正如哈姆雷特说他老子那样。

在中国，天翻地覆的变化来了，电影刚刚从清一色的样板戏中解放出来，在放《地道战》《铁道游击队》等革命历史题材的电影时，还不忘加演一些性知识教育片。但性道德却像那个压迫了喜儿多年的黄世仁似的被一棍子打死。

深刻的社会变革产生了多元的道德标准，社会前所未有的宽容使每个人可以自由选择生活方式，人们开始大大方方地谈论着诸如此类的话题，不用再藏着掖着，但是，谁能说得清什么是对？什么是错？

对于苟爱琴来说，一段时间以来，她承受的压力超过常人的若干倍，人的心理承受力也像一根弹簧，压得过紧，释放时就打破了自身原有的规律，所以她的这根弹簧已经不会按原来的轨迹复位了，而是一蹦大老远，把周围的人弹得目瞪口呆。

真是造化弄人，打得头破血流的冤家，偏偏路窄，做了邻居，还是文昌德“抢”着做了人家的右邻。

这片平房区，两排中间隔十几米距离，每间房宽4米，于是，除去门前3米多宽的走道，余下的与房宽相当的那块面积就是各家的领地。这房的正面是一整面墙，在上面开出各家的门和窗户，界墙在里面，各家领地的地界在哪儿，自个清清楚楚，别人从外面却看不大清，所以这地界就由各人的良心去划定了，但每间房宽度基本是相等的，所以这地界不用划，各人心里也清楚。

本来，因为有“黑枪事件”的过节，这两家的关系基本上就是没有关系了，开始苟爱琴两口子总觉得欠人家什么似的，见面有时还勉强点个头，而人家爱搭不理的。自从出了“小姨子”事件后，冷彩莲就把文昌德一竿子打到“地富反坏右”之坏分子堆里去了，见了就躲得远远的，但对人家门前那块领地却情有独钟。

冷彩莲把自家门前的空地用冲压件的长条边料围起来，靠左前角，也就是紧贴前排的墙根盖了一个鸡窝，还围了一个园中园，常年养几只鸡，剩下的空地在开春季节就种些油菜，不仅丰富了饭桌上的菜式，而且在满目苍凉中那一片嫩绿也愉悦了人们的视野。在油菜开花的时候，那金黄色的花朵散发着令人振奋的甜蜜和馨香，招引着一些蜂儿蝶儿在屋前飞来飞去。串门的人们常站在园子边上赞美几句，这令冷彩莲越发上了心，过上一段时间，就把围栏整修一新，而且每次都把右边的围栏向右扩张一点，她想反正他们也不种地，空着也是空着，其实在她的潜意识里，还是有那家人名声不好，软柿子好捏的成分。总之，每一次她的领土扩张都成功了，没有经过战争谈判，就轻而易举地勾勒出了新的疆界。几次下来，她竟将边界向右推进了半米之多，文昌德一家人只得耷拉着脸，忍气吞声，谁叫自家人干下那种不光彩的事呢！

可慢慢地，苟爱琴这气它就吞不回去了。一个礼拜天的下午，冷彩莲又在进行她的围栏整修工程，她又悄悄地将边界向右推进了一沟，大约

10厘米，苟爱琴正坐在门前织毛衣，她看着看着就眼睛冒火、胸部起伏，她尖利的叫声像天空中响了一个炸雷：“文昌德，你快出来，把这鸡赶走。”

文昌德跑出来，左顾右盼：“什么？鸡？在哪儿呢？”女人将脑袋冲冷彩莲扬了扬：“那不是，你瞎了？没看到那老母鸡正在那儿刨着呢。”

冷彩莲此时正在用小锄头刨埋条子的地沟，她似乎悟出了什么，于是站起来，环视四周，没发现有鸡，那就是说自个了。“鸡”是破鞋的代名词，怎能安在自个这个安安分分过日子的正经女人身上，她摆出清白人的理直气壮，一手叉腰，一手指着苟爱琴问：“你说谁是老母鸡？”她用山东话，按着抑扬顿挫，把个“鸡”字用二声调拉了个长音，步步升高的音调像刀刃一样切割着空气和阳光，她眼睛死死盯着苟爱琴，意在提醒对方别忘了自个的身份。

“谁知道呢？”苟爱琴不紧不慢地说完，又提高声调说：“不是鸡在那儿刨什么？”她加快了语速，让肚子里憋了那么长时间的气顺流喷发，末尾还重重地加了一个词：“下三烂”。

许多北方人对这个“下三烂”还不太明白，冷彩莲就把它理解成“破鞋、烂货”之类的了，于是，她像是掐住了这家人的软肋似的，拉长腔调说：“是啊，谁是谁心里明白，不但有母鸡，还有公鸡。”

苟爱琴像一支刚点着火的火箭，“嗖”地跳了起来，这么长时间被压抑、被歧视的屈辱和愤怒一起涌上心头，她要把自己这一段受的“不白之冤”统统做个了结。“冷彩莲，”苟爱琴大叫一声，箭步朝冷彩莲扑去，对着冷彩莲的胸膛给了一拳，放出狠话，“我要打死你。”她的发丝在空中扬起柔软的弧度。

冷彩莲身体向后一飘，倒退几步，闪身躲开苟爱琴的攻击。

苟爱琴一击不中，她跨步向前，一手抓住冷彩莲的头发，另一只手在刹那间变成了一张大耙子，就在那脸上一下一下地抓，嘴里骂着：“你家没公鸡，你的崽子是哪儿来的？”

冷彩莲连退两步，左右闪躲。苟爱琴咬着牙，红着眼，每一下都是下了重手。

冷彩莲猛然目光一横，行云流水般的以退为进，不但成功地避开了苟爱琴的攻击，还趁机打出一掌，刚才事情来得太快，她没反应过来，现在她要正式出手了，冷彩莲狠狠地又是两拳击出，一拳打在了苟爱琴的脸上，那血从鼻子里流淌出来。论打架，无论是从吨位还是泼辣劲来说，苟爱琴还真不是冷彩莲的对手，这两拳击出，苟爱琴差一点摔倒，她正了正身子，有点晕头转向。

她们像两只斗鸡一般手臂挥舞、胸部起伏，盯着对方，寻找着下一个突破点。

突然苟爱琴跳跃着向对方冲去，两手抱着冷彩莲的腰，脚下使着绊儿，她想将冷彩莲放倒，骑在她身上好好揍她一顿。两个人缠斗在一起，身形飘移，衣带飞舞，一个狠如虎狼，一个柔若谪仙，打得风生水起。

周围已经围拢来不少看热闹的人，好像有点比武的味道，这两人更是谁也不肯当众认输。只见冷彩莲双手抓住苟爱琴围攻过来的手臂，猛地向前一推，苟爱琴身形不稳，连退数步，文昌德本来就站在苟爱琴身旁，这打架是因他的丑事而起，他已不知如何是好，看到老婆打趔趄，他赶紧上前扶住，他不知是怕老婆吃亏还是怕她再伸手，总之，他马上拉住了她，趁这当儿，冷彩莲一手扑上去，在苟爱琴的脸上抓了几条血印，文昌德又扑过去推冷彩莲，冷彩莲见文昌德在推搡自己，这气就不打一处来，“呸”，她狠狠地往地上吐了一口说，“谁知道呢，谁家的公鸡不止搞老婆还……”

这时，冷彩莲的丈夫老熊从屋里跑出来，一边拉住自己的女人，说：“回屋去。”一边操着山东腔冲苟爱琴说：“有胜（什）么事好好说，干胜（什）么动手呢?”谁知这苟爱琴不分青红皂白冲他来了一句：“你有本事也搞你小姨子去!”

这句话令所有围观者一下子开眼了：原来这是“本事”? 人们的眼睛睁得大大的，张着嘴，眼神也是呆滞梦幻般的，双手松弛地耷拉在腿边，他们过了好一阵子才恢复了常态。有人顿悟，似乎自己早就有这个意识，只是这么赤裸裸地提出来，还是头一回听着。于是开始叽叽喳喳，有人说：“小姨子的一半本来就是姐夫的。”有人说：“这么说，你有一个半老婆了。”“理论上说是的，只可惜本人没‘本事’，那半个捞不着。”说话者有些泄气。

“一时捞不着不当紧，那总是自个的一小块自留地，咱老百姓不像皇帝，三宫六院；不像富商不比官僚，天天新郎夜夜洞房，有块自留地心里踏实，没准哪天长‘本事’了，这小姨子就自动送上门来了。”人们边议论边散去了。

听说后来男人们茶余饭后也常辩论，说着说着这姐夫和小姨子的事它就不是个事了，理论根据是，小姨子似妻，又比妻年轻，很容易让做丈夫的回味初婚，由此及彼；姐夫如兄，也很容易让当妹妹的顿生爱慕；而男人喜欢年轻女子，女子倾慕成熟男性，是人之本性。小姨子完完全全是“口边的一块肉”，“窝边的一把草”，吃掉是“理所当然”又“顺嘴”的事。至于它最后能不能成个事，那还真要看看这姐夫的“本事”了。

当然，主流意识还是占着上风，这种事像高压线，谁碰谁触电，事情迟早要败露，伤害的是三个人，心痛的是一群人，因为这姐妹是真正的家人，打断骨头还连着筋，如鲠在喉，咽不下又吐不出，要想落得清静，最好的结局还是一拍两散，各奔东西。

苟爱琴今日这话可不是顺嘴溜出来的，这是经过文昌德洗脑后的新思维。原来那件事败露后，开始苟爱琴还想对文昌德审一番，闹一通，晾一阵再收场。一天晚上睡在床上，她突然袭击问：“你跟她有过几回?”

“我说一回你信吗?”说着爱抚着她接着解释：“都过去了，你又何必纠结，你想，孤男寡女同处一室，还那么长时间，死人都能擦出火花，何况我这个大活人，更何况她还是小姨子。”接着他洋洋洒洒，高谈阔论：“中国男人的‘小姨子情结’是有历史渊源的，中国历史上第一才子皇帝李煜的皇后，因娘家姓周而名为周后。周后有大小之分，两姐妹都是钱塘美女。”接着，文昌德声情并茂地吟诵起来：“春花秋月何时了，往事知多少？小楼昨夜又东风，故国不堪回首月明中……这是词史上最感人的千古绝唱——《虞美人·春花秋月何时了》”。

苟爱琴猛不丁插了一句：“他是皇上。”“你把自己看成皇后，那我不就是皇上了嘛。”文昌德嬉皮笑脸。“那你也等我死了以后，像那个李什么皇帝一样。”“当时你不在，”文昌德心想还不和死了差不多嘛，没敢说，缓缓的话语从他嘴里流淌出来，“这又没碍着你的什么事，她又受过那么大的伤害，我能残忍拒绝她吗?”

一番话下来，听得苟爱琴人都傻了，似有“恍然大悟、茅塞顿开”之感，好像这等事已不再丑恶，而变成了“千古奇缘”被人传颂，这乡规民约没有被列入世界文化遗产都觉着遗憾，要不厂子咋对文昌德处理得这么轻呢，因为调资本来也不是100%，自己不就是因为生孩子休假多也没调成嘛。

文昌德看到自己的忽悠初见成效，接着忽悠道：“如果你男人谁都看不上，就你一人看上了，你觉着脸上有光吗？你妹妹能上我的床，说明本人太有魅力。”“有个鬼力。”苟爱琴说。从此那件事就算翻篇了。再遇着有人对她嗤之以鼻时她竟高昂着头，心里嘀咕，你以为你家男人不想，只怕是你妹子不肯吧。

深情的绝情

建国兑现着对父母的承诺，万晓阳已经成为一个既贴心又遥远的梦，说贴心是因为她如影随行，无时无刻不驻留在他的心间。在那些日子里，她省吃俭用，用自己微薄的工资一次次给他买东西，那不只是一些日用品，那是她的一颗心。在里面的人谁都盼望亲友的理解和探望，不要带什么东西，只要有人来，就够他们激动好几天了。说遥远，是因为她现在已经变成了天边的一片云，可望而不可及。可感情没有闸门，不是一拉就能关闭的。

娄庆云在街上神游，一女子从身边快步走过，大红的呢料上衣一下晃了她的眼，宽大的下摆，连肩袖，宽松的衣襟随着急速迈动的双腿前后摆动，这就是刚兴起的蝙蝠衫吧，她三步并作两步赶上去问：“同志，您这衣裳哪儿买的？”女子友好地回答了她。

娄庆云兴致勃勃地直奔目的地。一堆人把个摊子围得水泄不通，人们疯狂地挤进去，叫喊着、拉拽着，根本不问价就一手交钱一手接货。然后同样疯狂地往外挤，一出了人群便立刻展开衣服用下巴夹着在自己身上比画着，也不顾身后涌来涌去的人群的碰撞，或窃喜或沮丧或自我安慰或没了主意。

娄庆云费了好大劲才挤进去，说：“师傅，给我拿那件大红的。”想想刚才那女人穿过红色，不新鲜了，又改口道：“桃红的。”又想想自己这么大一骨头架，这年纪穿粉色有装嫩之嫌。售货小伙刚直起腰递过桃红色，她又听到旁边一姑娘说：“我觉得翠绿的好看，穿上衬得皮肤白。”于是她没接衣服又道：“拿件绿的吧。”

“你到底要哪个色儿的？”售货小伙不耐烦地说：“往后面点，想好了再买吧。”于是摆摆手示意她往后退，将头转向别人。

从里面往外给小伙递衣服的建国从一开始就看到了娄庆云，但他出来后对厂子的人是回避的，于是猫腰躲在小伙后面假装翻衣服，眼见娄庆云被冷落，才直起身招呼道：“刚才谁要绿的，给。”

娄庆云喜出望外，惊呼：“成师傅，是你!”她接过衣服，看了看，犹豫了一会儿又递回去，建国说：“还有鹅黄的，穿上显干净。”“湖蓝的呢?”旁边一位姑娘问。“湖蓝的穿上显宁静，但不耐脏。”建国答。

“成师傅，看不出你还真有品位。”娄庆云惊呼道。“挠有啥品位，跟我这兄弟学的。”建国说着将头朝小伙摆了摆。“那你说我穿哪个色?”庆云问。“还有深蓝色，深蓝色显大气，你人长得大气，配你。”“那就来件深蓝色的吧。”当庆云把钱交给小伙时，小伙少收了她十元钱，笑笑说：“你是我哥的朋友，不好意思，刚才怠慢了。”

讨了个便宜，买了个称心，挤出人群娄庆云就迫不及待地换上新衣，一路上还真收获了别人赞叹的目光。

娄庆云和万晓阳住斜对门。一进四合院，万晓阳刚打了一盆水，转身往回走，看到娄庆云，站定说：“庆云姐，你这件衣服真好看。”

娄庆云两臂伸展低头看着自己的衣服，凑上前神秘地说：“是吗?你猜，谁给我买的?”“你对象，你有对象了?”万晓阳试探地问。“不，不对，是你对象。”“谁?我?”万晓阳疑惑地睁大了眼。

“你师傅，成师傅。”娄庆云看着万晓阳一字一句地说。

“啊?”万晓阳一惊，脸盆落到地上，水洒了一地。

“看把你吓的，是在你师傅摊上买的，你师傅帮我选的。”说完抖抖脚上的水，说：“看你，打湿了我的皮鞋。”然后又盯着万晓阳的眼睛说：“怕我抢了去?”

“不，不是，你哪儿会看上他，是他出来后我一直没见过他，问过宋军他家的地址，但我不敢去，我师傅的摊在哪儿?”万晓阳认真地问。

今天万晓阳下夜班，大休一天，于是风风火火按着庆云所说的地点向她的希望奔去。

建国背朝外猫腰在收拾摊开的衣服。万晓阳从正在叠衣服的建国的背影一眼就认出了他，惊喜万分，叫道：“师傅”。听着这熟悉的声音，建国一愣，转过身，想着自己当前的窘迫相，自嘲地来了一句：“什么师傅，还八戒呢。”稍一沉思，说：“你是不是看到小娄买的衣服好看，你也来一件?”

“我不是来买衣服的，再说我也没带那些钱。”万晓阳小声说。

“挠送你，可惜只有湖蓝色和鹅黄色了，你喜欢什么色?”

“挺贵的吧？不要吧。”万晓阳说着就要往外走，小伙一把拽住她的胳膊，脸转向建国说：“哥，选一件吧。”

万晓阳纳闷，怎么会有操着南方口音的兄弟，就见建国转向里面拿了两件不同颜色的衣服，说：“选一件吧，你送我那么多东西，也给我个送你的机会吧。”

万晓阳用手摸着衣服的面料，眼中流露出欣喜，调皮地一笑，说：“那我就不客气了。”说着把衣服在身上比画着，问：“哪个色好?”

浙江小伙说：“你人皮肤白，穿湖蓝的吧。”说完对建国竖起大拇指说：“哥，你真有福气，有这么漂亮的女朋友。”

建国赶紧摆手道：“别乱说，不是你想的那样，是徒弟，还是以前，现在已经过时了。”

“那我就不客气了。”万晓阳笑纳。

建国对小伙招呼一声，跨过当柜台的桌子，拉着万晓阳来到街对面的榆树下，说：“以后你少到这乱糟糟的地方来。”

“不来这儿，我到哪儿去找你，还不如关着的那会儿，啥时想见都能见着。”万晓阳委屈地说。

“那挠再来个二进宫，如何?”建国开玩笑说。

“你想死啊!”万晓阳说着就用手打他的胳膊。

建国后退一步说：“开玩笑。”脸上的表情随之凝重起来，说：“挠知道你对挠好，在那些痛苦的日子里是你一次次地来看望，给了挠支撑下去的力量，如果说你觉得有什么歉疚的话，你已经偿还了，加倍偿还了。现在是挠欠你的了，可挠又无能为力了，一个连生计都解决不了的人哪还有资格谈别的。”

“任书记正在厂里造舆论，要给你恢复厂籍。”万晓阳看着他说。

“谈何容易。”建国泄气地说。

沉默片刻，建国的脸痛苦地扭曲着，低着头，几乎是从牙缝里断断续续地把这绝情的话吐了出来：“挠爸的一个朋友，做买卖的，要挠给他做帮手，同时把他女儿许给挠，挠这不正在地摊上学做生意呢嘛。”

万晓阳大脑一片空白，两年来这个男人已经成为她生命的一部分，猛然割舍，那种茫然让人心碎，她死死盯着这个男人，沉默半晌，问：“你说什么?”她深吸一口气，忽然右手举过肩头来回晃着大声说：“不要说了，你找别的女人了，你不要我了。”说完把衣服塞到建国怀里，说：“给你的女人去吧。”然后冲向马路。

建国大步追去，一把拉住她说：“你不要命了？”她挣扎着：“不要你管。”“我还非管不可。走，先吃饭，你回去也没饭了。”

建国拉万晓阳进了路边的一个饭馆。他们在靠墙角的桌子边坐下。服务员过来，建国点完菜说了句：“要快点上菜。”然后就表情淡定地默默点上一支烟。眼睛却不住地往万晓阳脸上瞟，心里念叨：让我再看看你，在分手的日子里我无法忘记你，无法忘记我们的过去，每天陪伴着我的是一段段难忘的回忆，那些事总是浮现在我的眼前，我在痛苦中艰难度日，我曾为这段感情吃过多少苦，为何我要如此虚伪，对自己最爱的人痛下杀手？

“你为什么要这样对我？”万晓阳开门见山，双手交握，一手长长的指甲差不多掐进了另一只手的手背，看得出她在努力控制自己。“我没有办法。”无视万晓阳的愤怒，建国依旧慢条斯理地吐出一串烟圈淡定作答，然后又将烟叼回嘴上，心里却想着：我爱你，我愿意看见你幸福，虽然我的心在滴血。

只见万晓阳愣了一下，然后站起来伸出手，直接抢过建国嘴上的烟，丢在地上喊道：“你说话啊！谁逼你了？你个懦夫。”建国伸出一只脚将烟踩灭说：“是我自己逼迫自己必须这样。”

“那我们这两年来算什么？”悲愤的泪水涌出眼眶，万晓阳提高声调说：“你说话啊！你为什么不说话！”然后掩面痛哭。

“别哭了，先吃饭吧……”建国叹息一声。

饭菜已经上桌，他将一碗米饭送到万晓阳面前，碗上搭着一双筷子。他自己则开始用筷子一下一下地扒拉着自己面前的米饭。

“你说话呀！”万晓阳起身夺下他的筷子开始了新一轮的逼问。

“我也不知道我们这两年来算什么。”建国依旧淡定。

晓阳发出了惨绝人寰的哭声，然后开始用会让在场所有人皱眉的尖锐嗓音放声哭喊：“不知道你就对我那样！”

“我错了，我该杀！”建国在自己脸上重重扇了一巴掌。

万晓阳抽泣着，瘦削的肩膀有节奏地抖动着。“别哭了，快吃饭，晚了赶不上车了。”建国伸出手隔着桌子想要拍拍她的肩膀却被她一巴掌打掉。万晓阳直接不客气地指着建国的鼻子大喊：“你不要碰我！”

建国轻轻地叹了一口气，终于露出了淡定以外的表情，那是深深的无奈……

突然，一个人风风火火跑进来，像一阵风从桌旁刮过，然后直接扑上来，指着万晓阳的鼻子大叫：“你还有脸来找我哥，你还嫌害他不够?”

建国赶紧上前拉住来人说：“你来做什么?”

“怕你没血性，记吃不记打。”来人挣脱建国的手，又转向万晓阳，说：“你害了我哥，还害惨了我们全家，逮我哥那天，我妈受惊吓，病了俩月。”

建国拉开妹妹，说：“是哥对不住全家，你莫要怪罪她。你在这儿慢慢吃，挠要送她上车回厂去了。”

“你还和她扯，你别忘了跟爸妈是怎么说的。”来人说着就扯住建国的衣袖。

“这就是你那生意人的女儿吧，真快呀，这么快就来护着你了。不对，都叫妈了，你们早就扯上了。”万晓阳咬牙从牙缝里挤出这几句话。

“你胡说什么，这是我妹。”建国道。“阿哥阿妹情义长，歌里不都这么唱的嘛!”晓阳面带嘲讽地说。

“知道了你还在这儿丢人现眼。”泼女子紧盯着万晓阳的眼睛，单手敲着桌面，一字一句说着。她要将计就计，让万晓阳彻底死心。当浙江小伙一说是建国的徒弟来了时，她便有冒充建国女友吓退万晓阳之意愿，没想到与建国先前的话不谋而合。

“你疯了？也在这儿胡说。”建国又转向妹妹。

原先还是一直低声啜泣吸鼻子的万晓阳，突然就歇斯底里地大哭着说：“不要演戏了，去找你的妹妹去。”然后向门口跑去。

建国想去追却被妹妹一把拉住：“不许去，你给爸妈保证过。”然后拉建国坐下说：“这么好的菜，我还真饿了，一块吃。”

建国迟疑了一下准备要站起来。

妹妹胸有成竹地说：“长痛不如短痛，你找她干什么？你能把她娶进门?”“那也用不着这么伤人。”建国生气地说。

“既然明知不会有什么结果，何苦要摆出什么深情款款、无怨无悔的痴心嘴脸。”妹妹的话尖酸又刻薄。

“你，你，什么时候变得这么刁蛮。”建国指着妹妹，倒退着说，然后转身向外跑去。跑出门外，却已不见万晓阳的人影。他匆匆跑到汽车站，没见着人，一辆车刚走，他想她一定坐上车回厂去了。

夜遇

万晓阳冲出门，她没有往回厂的方向走，而是漫无目的不停地走，不停地走，她需要发泄。她漫不经心地走在马路中央，一辆卡车在她身后急刹，司机从车窗伸出脑袋大骂："你找死啊！"

"我就是找死，你压啊！"万晓阳竟平静地说。司机瞪大了眼，吸口冷气，小声嘟囔："你找死别害我呀！晦气。"一踩油门走了。

过了马路，万晓阳发现方向错了，又掉头往汽车站跑去，到站前的岔路口，她跑累了不想跑了。微风中她小脸通红，撕心裂肺地对着停车场狂吼："老天爷，为什么这么对我？"引来一片异样的目光。

有人小声说："疯了，这人疯了。"

"我就是疯了，关你什么事？"她回一句，头也不回直奔汽车上去了。

上了车，她头脑里全是刚才那不可思议的一幕，那个女的也许真是妹妹呢，他有妹妹吗？跟师傅这么久还真不知道他家的情况。反过来一想，连他家有几口人都从没关心过怎么可能考虑跟他结婚，难道师傅不会这么想吗？现在在这种处境下做这种决定有什么错？猛然一抬头，才发现车上的人寥寥无几，她问："现在到哪儿了？"

"北坡头。"售票员答。"哪有这站？"万晓阳不解地盯着售票员问。"你要到哪儿？"售票员诧异地问。"到海天厂。"万晓阳答。"这车不去那儿，那你坐错了。"售票员答。"这是几路？"她问。"3 路。"

"呀！错了，错了，我要坐 7 路。"万晓阳几乎要哭了。

"你方向坐反了，7 路是往南的，这是往北的。到站，你赶紧下，坐回去看还能不能赶上 7 路车。"售票员着急地说。

下了车，天色已晚，凉风习习，吹醒了她。站在公交站牌下，万晓阳等得心急如焚车却一直不来，无奈之下万晓阳快步向下一个站走去。走了不到半站路，公交车幸灾乐祸般从她身旁飞驰而过。于是走到下一站她开始静下心来等。后来来的人等一会儿嘴里就念叨着："没车了。"就走了。当这样的情景重复几次后她才真切地意识到，没车了，这回是真的了。万晓阳环顾四周，一片陌生，这地儿她从未来过。

路灯已经睁开了眼，街上行人稀少，万晓阳似乎又回到了遭难的那个夜晚，一阵恐惧袭上心头，她加快脚步往前走，回厂的车肯定没有了，她只好硬着头皮回家去了，即使不进家门，在大院的门岗前蹲一晚也安全。可怎么走？她想找个人问才发现这地儿来来往往没有几个人。即便看到也不敢随便上前搭讪，终于看到一个她认为是好人的人，问："到省政府怎么走?"人家顺手一指："那边。"又疑惑不解地说："这大黑天的，人家早下班了。"她又不敢将实情相告。

走到前面路口万晓阳不知道该往哪边拐，她想起售票员说这是北边，那现在反着走就对了，岂不知刚才跟着人家手指的方向她已经转了弯。越走越荒凉，她觉着不对劲，心里顿生恐惧，不禁加快了脚步。

一个白衣女子手捂着胸口从对面走来，那袍子的下摆还被风吹得飘了起来，但经过她身边时竟没有一点声息，像一个影子飞了过去，她惊出了一身冷汗，忍不住回头看，竟什么也没有，她吓得全身的汗毛都竖了起来，又返身往回走，她想起了警察叔叔，她要尽快走到十字路口。

看看左右黑漆一片，手表已经指向十一点，万晓阳真想大哭一场，不由得加快了脚步，一团火球却跟了上来，有白兰瓜那么大，高度差不多过她的肩头，就那么在空中飘着，她走得快，那火球也快，像用一根线拴在了她的身上。

万晓阳吓得低头往前跑，忽明忽暗的灯光给了她一线希望，她一口气跑过去，一户人家的大门半开着，夜归人推着自行车刚进院，还没来得及关上门。她突然冒出个想法，也许这是建国的家。但停完车转身面向她的却是一位四十多岁的中年人，惊奇地问："你是?"

"我迷了路，我要找一个有警察岗亭的地方。"万晓阳急切地回答。

"你是要找警察吧，岗亭里现在也没有警察，我送你到派出所吧。"中年人说。一听到派出所万晓阳又生出莫名的恐惧，连忙说："不用，不用，你只告诉我到西大街怎么走。"

"远着呢，我骑车送你一段。"中年人说。

"不用，不用。"万晓阳连连推脱想逃出院子。

"姑娘，你不用怕，我也是有单位的。"中年人说着掏出一个小本，写上：古海轴承厂。接着说："再说，这是我家，你记下这地方，我跑不了。这大半夜你一个女孩在路上走倒不安全。"

"回来了咋不进屋，跟谁说话呢?"一个女人的声音从上房里飘出。

“一个姑娘，迷路了。”中年人仰脸儿，对着上房回答。

女人出来，上下把万晓阳打量了一阵，万晓阳只说坐错了车，回不去了。女人叹息一声说：“怪可怜的，按说屋里也有地方，可一个姑娘家在外过夜名声不好。这样吧，你送她一段吧。”女人对中年人说。

这位善良的汉子用自行车带着万晓阳，她还在牙关打颤，说：“刚才我见到了鬼，一个穿白衣服的影子，还有一团火。”

“你不要害怕，你刚路过的地方是一个乱葬坟，是处决犯人的地方。我以前在这里当兵，一天晚上在站岗的时候也看到过穿白衣服的女子，向我走来，我对天放枪以示警告，可明明是对天放，但子弹却打到了我的脚背上，至今还留有伤疤。有些事想不明白就别去想，这世上我们不明白的事多着呢。”中年人说着以示安慰。

他们一路狂奔，在一家旅馆门前停下，男子说：“这是我朋友开的，你要住尽管放心。不住，前面一拐就是西大街，我不送你了。”

万晓阳一看，这里离她家住的大院没多远，可她却没有了在门岗前蹲一晚的打算。就说：“我住，只是……”说着掏出口袋里的钱：“就这些，够不够?”

中年汉子进到店里，跟柜台前的男人嘀咕几句后转身对万晓阳说：“你还要留一些车票钱和明早的饭钱。”说着他将几张票子放到柜台上。

店主又推回来说：“算了，给点意思一下就行了，那床空着也是空着。”

一颗紧张的心终于放下了，旅馆房间里已有一人睡得香甜，鼾声不时传出，万晓阳无法入睡，直到拂晓才朦朦胧胧睡去。她梦到自己在一条条大街小巷中穿行，看着不同的门楼和院落，找谁？建国？好像也不是。

“喂，喂，起床了，什么时候了，还睡。”服务员手拿扫把和抹布站在床前。万晓阳这才睁开眼，问：“几点了?”“九点了。”“晚了，晚了，我要走了。”说着就往外跑去，她昨晚是和衣睡的。

娄庆云知道万晓阳去找建国了，晚饭时见她没回来，替她买了饭。可到下二班回来发现晓阳还不见人，饭菜没动，心里就有些紧张，别再出什么事，那不更害了建国，别又给弄进去，就说她自己，要是让厂子的人知道了那不更要倒霉。

“啥时候了还不起床，还上不上班了!”一阵“砰砰砰”的敲门声伴着梁师傅的粗喉咙大嗓子从对面传来。

娄庆云赶紧上前说：“万晓阳不在，她家里有事，昨天下午回家去了，可能事还没办完，走时还说要是她赶不上上班，让我给梁师傅说一声，我这正好要去，您就来了。”说完大眼睛一忽闪，讨好地笑笑。梁师傅摇摇头走了。

庆云站在那儿正无计可施，看到文昌德抱着女儿往这儿走来，她迎上前问：“文师傅，你知道成建国的家吗？”

“去过，怎么啦？”“万晓阳，你老乡，昨天去找他一夜未归，别给人知道了又连累建国。”

“也连累她自个呀！这样吧，我写给你地址，你悄悄去把她找回来。”文昌德说。

“这事要快，刚才梁师傅已经来找过她了。”庆云说。

“那还是我去吧，你替我抱会儿雅雅（文昌德的女儿大名叫文雅，昵称雅雅），十点钟苟爱琴会回来喂奶，这是房门的钥匙。”文昌德急切地说。

文昌德下车时正看到万晓阳要上车，他一把拉住她：“你昨晚跑哪儿去了？班都不上了，建国呢？”说着转头四下里找。

“他没来，他怎么会来呢！成建国他找别人了，他不要我了。”万晓阳的泪水泉涌而出。

文昌德拉着万晓阳跨上汽车。“你怎么又上来了？”晓阳问。“我专门来找你的。”他们坐在一起，都用手把着前排的椅背，把头埋在臂弯里小声说话。

“你是找建国去了？”文昌德问。“是的。没想到他这么狠心。”晓阳气愤地说。“哈哈，我当什么事呢。”文昌德说。“你怎么这么说呢？你还记得当年被苟爱琴甩的痛苦吗？我现在正经历的就是那种痛，难道我的伤痕和痛苦，在你的眼里就是免费的戏？”万晓阳说得有些感伤。

“什么戏呀？我可没兴趣看，也不希望你继续演下去，赶快收场。”文昌德不以为然地说。“什么？收场？”万晓阳抬头突然提高嗓门，但很快就又垂下了头喃喃自语：“是的，不收也得收了，人家不演了。”

“落幕了，是吧，要我说就三句话，好事，大好事，天大的好事。”文昌德说得很轻松。“你，你，你们男人都一样狠心，幸灾乐祸。”“还幸灾？为你的这个灾我都快愁死了。”文昌德说。

“哎，那你为什么说是好事？”万晓阳紧追不舍。“因为你还小，对自已的将来把握不准，现在建国替你抉择了。就是你长大了也不合适，因为你们不是一路人，所以必须一刀两断。”文昌德解惑。

“既然他早就不准备永远和我在一起，为什么要对我那么好？要为我做那么多的事？”万晓阳问。“以前建国还有幻想，一场牢狱之灾彻底把他打醒了。现在他已经打算了结你们的关系，你为什么还要死拽着不放呢？难道你愿意让那件事的阴影永远笼罩着你们，你永远欠他的？”文昌德的话语简单直接，很有说服力。

从车上下来的时候万晓阳忽然有了一种轻松的感觉，从今往后，我不欠他的了，扯平了。

灰姑娘做梦

娄庆云小时候生父在这边当兵，母亲一人带着她在老家农村生活，那些年，天灾人祸不断，家里常吃了上顿没下顿，加上一些农活、重活非男人干不可，一个外来的木匠在她家修了两天农具后就常来常往了。后来，娘把她支出去就和那人关在屋里了，再后来，爹回来了，就不要娘和她了。

娘带着她来到了木匠住的村子，用身子给她换了个吃饭的地方，同时搭配来的还有一个“雅”号——拖油瓶。她一出门，一帮小孩就对着她指指点点，有的还喊着：“拖油瓶，拖油瓶，不要脸。”她上去抓他们，他们一闪，她跌了个大马趴，搞了一身一脸的泥，娘给他洗着，一边掉泪，一边说：“以后别跟他们玩了。”

于是娄庆云生活在自己的圈子里，翻弄着娘给她弄来的小人书，美丽善良的姑娘总有高人指点智斗地主老财；那些狐呀、仙呀总是帮助穷人打败恶霸；苦命的女孩关键时刻一个跟头就翻它个天翻地覆，由灰姑娘变成了白雪公主……这些东西充斥着她幼小的心灵，在她脑子里有了一个稀奇古怪的幻想王国。

那一年，娘被拉出去游了街，她恨娘，她下决心要找亲爹，她跑回原先住的村子问亲爹的地址，没人告诉她，那一年她十一岁。后来她就经常往那村跑，有一次打听到爹的战友回家探亲，她跑到人家家里，哭着央求说：“叔叔，求求你带我去找我爹吧，我不要跟这破鞋娘在一块。”

那人再回家探亲时带回了娄庆云亲爹给她买的书包、衣服、一支新钢笔和一些钱，还写了一张纸条，要她好好念书，将来好出来工作。

后来娘死了。在娘病重的时候，爹回来了，娄庆云看到爹掉了眼泪，再后来她长大了，懂得了娘，可是越懂这心里就越难过，她发誓一定要混出个人样，给娘正正名，让那些从小欺负她，也整过娘的人后悔死、羡慕死。

娘死后，娄庆云和奶奶一起住，爹寄钱供她上学。可爹在这边已经成了家，又有了弟弟妹妹，钱时常供不上。她就一个人下地、养鸡，日子一天一天拱着往前过，时光就这么一天天挨着，在不知不觉中她已经出落成一个大姑娘了。

娄庆云的寻情路算不得坎坷，但也历经曲折。经过上次相亲，娄庆云知道了自己到底想要什么，不知不觉，四车间赵姓车工闯入了她的心田。这一天在回家的班车上，她看似凑巧实则有意地坐在了小赵的身边，一路上暗送秋波。前面说了，娄庆云那双眼睛绝对称得上漂亮，大而有神，似乎眸子里有水波荡漾，仿佛无时无刻不在默默倾诉着什么，而且眼神活泛，可以脑袋不动而眼珠滴溜溜地转。可以这么说，她撩起眼皮看你一眼，就像在钢琴的高音区猛击一键，你的心就会跟着一颤。

这会儿她微侧着身面带微笑，眼看对方，现出很认真的态度问："赵师傅，你说车细长轴是用白钢刀好还是用合金钢刀好？我今天车根轴怎么都车不光，你是老师傅，肯定有经验。"小赵受一女子如此抬举，心里颇爽，也就滔滔不绝地说："这要看轴的材质、长细比，如果是碳钢……"

这时坐在娄庆云前排的一个小伙子猛回头说："什么呀？他是什么老师傅，哪有你师傅老？有不懂的回去问你师傅去。"说完刚转过头去又转回来说："记住，别在八小时之外扯上班的事，人干一天活了，下班坐个汽车这耳根子都没法清静。"娄庆云这才意识到自己的马屁真是拍到马蹄子上了，小赵年龄比自己大，但进厂却比自己晚，他在广阔天地里操练了两年。

小赵的话被噎了回去，但娄庆云话里讨好的味道他还是听出来了，他伸了一下舌头，两人对视一笑，娄庆云将身子向小赵靠了靠，脑袋向他偏了偏，小赵看着她的头发，乌黑发亮，闻到很清爽的洗发水味儿，心里泛起了浪花，产生了一种想亲近的念头。

下车后两人各进了自家家属院的门，等车一走，两人又都探出了头，娄庆云眼睛一忽闪，小赵就走出门，往马路这边走来，他高大、帅气，一路走来好不风光，在那一瞬，娄庆云认定就是他了！但她却闪身进了百货大楼的家属院，她要“端”着点，不能在男人眼中被看“贱”了，这是她多年在农村从那些大姑娘、小媳妇处取来的经。

小赵尴尬地一愣，在街边的小摊上买了包烟就转身回去了，他甚至都没有把头往这边探一探，这令娄庆云真有些失落，还有点担心。

第二天下班后，娄庆云早早地上了交通车，还用包占了个位子，然后那一双活泛的眼睛四处流盼，看到小赵上车，她拿起了包并用眼神招呼他，但小赵却视而不见，径直朝车尾走去，心想，昨天近距离接触，已使他的心悦指数直线上升，如果不是她在关键时刻“急流勇退”，他可能真就上“贼”船了。这个“贼”字是他昨晚反复思考后下的结论，所谓“贼”，是说一不留神，被人偷了心。娄庆云从外表到气质都没有过人之处，倒是有股子“乡”气，以他的家庭和自身条件犯不上招惹她，但那双眼睛会说话，能看得你心里发痒，昨天她绝对有那意思，等把你撩拨起来了，她还拿起架子来了，我还就不吃这一套。

等了两天，小赵仍没有一点想联络的意思，娄庆云开始反省自己，这小伙绝对是叫她一见钟情之人，她知道这一结果必是“端着”惹的祸，想想也是，和他比起来，自己好像还没有可“端”的资本。漂亮、家世好、会来事、在人前吃得开，这些自己都没有，还这么“端”着，怕是要被他耻笑和唾骂了。

一天中午，在食堂买饭排队，那天在汽车上打断娄庆云说话的小伙子小柯从她身边走过，她身子往后退了退，说：“站这儿。”小柯点头致谢，小柯和小赵同一个班，是好哥们，当然知道他们的恋爱还没开始就已结束，但受人一点恩惠，还是要有所表示，于是小柯没话找话地说：“对不起，那天打断你们谈情说爱了。”

“你胡说什么？”娄庆云嘴里否认，心里却不知道有多惬意。“我一点也没胡说，你敢说你当时真的只是问什么车长轴的事？”

“这……”娄庆云脸一下子红了。

“喂，买什么？快点，谈对象也不挑个地儿。”窗口里大师傅不耐烦地说，前面的人早买完走了，小柯只顾脸冲后说话，他赶紧递上饭盒，买完说了句客气话：“先走了，以后再聊。”

其实在小柯的心里也有一点好奇，还有一点向往，知道小赵看不上她，不要紧呀，有我呢，我的条件比他差点，可不正好和你“般配”。后来庆云和小柯，两人怀着不同的心态，却都有一种接触的愿望，都有意无意地制造着机会，娄庆云到小柯宿舍借个东西，或是叫他帮干个泥炉膛之类属于男人干的活，还真碰到过小赵，还在一起玩过牌，娄庆云又时不时地瞟小赵一眼，小赵偶尔也会不经意地看她一眼，但两人都没有再接触那个敏感的话题。

这天，小赵和小柯蹲在楼前的操场边修理自行车。娄庆云走上前问：“小柯，车坏了?”“不是我的，他的。”小柯头冲小赵一摆说。然后站起来把腿往前伸了伸说：“腿都蹲麻了。”

小柯也是想和娄庆云说说话，肯定比捣鼓这老修不好的自行车有趣，看着自己满手的油污，也许是为了消除尴尬，也许是为了佯装豪爽，说：“这个破车还修它干什么，扔了算了。”因为小柯在乎她，不想让她看到自己的邋遢相。

娄庆云没搭腔，看着那辆被肢解的自行车，那是一辆飞鸽牌“二八”型自行车，车斜梁上的飞鸽图标已经磨去了大半，似那鸽子已经飞走了。

20 世纪，自行车作为代步工具，绝对是生活必需，又是男士所爱。骑上一辆崭新的名牌车，后面再带上个美女，那别提有多拉风了。

娄庆云笑笑走了，几天以后，她拿着一张“二八”型的永久牌自行车购车票，要父亲给搞票时还专门交代要永久，不要飞鸽牌，这也许是一种心理暗示。娄庆云来到小赵的宿舍，说：“你那辆车也该退休了。”

小赵一下子眼睛放光，这是他期盼的，交通工具的解决让他不再为下二班后不能回家在厂子里干挨一个白天而烦恼。他不是没有钱，父亲也不是搞不到票，只是那票承载着太多的“廉政”色彩，局里十几号人都盯着它，况且有个旧车也能对付。

后来两人的来往就多了起来，坐交通车自不必说，小赵赏脸坐在娄庆云的包原先“坐”过的位子上，娄庆云向他抛个媚眼，他还以一个微笑，娄庆云把身子向他靠靠，大腿紧贴着他的大腿，一种微妙的情感在小赵心底隐隐地跳跃着，升腾着，让他感到心慌意乱，但他依然不置可否地岿然不动，他不能动，因为他实在还没想好该不该接受这份感情，他现在这么难受不过是因为接受了人家一张自行车票。

关于小赵的家娄庆云问了许多，尽管这些她早已从小柯处了解得一清二楚，还这么不厌其烦地问，只不过是想更明显地向小赵传达“凰求凤”

的信息，而小赵的回报也就是探问“你妈贵姓”之类，绝不向前再迈半步，两人就这么耗着，一晃半年，这就是套牢，可惜都是散户不是庄。

吃砸了的饭局

这天娄庆云穿着那件时髦外套，在厂门口晃悠，想让更多的人一睹她的风采，当然最想见到的还是小赵。当小赵进厂门时，娄庆云迎了上去。小赵飞身下车，把她上下打量一番，脸上露出欣喜之情，说：“你今天这么早就来了。”

娄庆云则含情脉脉地瞅他一眼，手在自行车那锃亮的把上来回抚摸着，又按了一下车铃，铃声悦耳，吸引着人们的目光，娄庆云感觉挺好，可小赵就有些尴尬，觉着该给人家点表示了。于是说：“星期天去逛街吧，别太早，还睡个懒觉，十一点吧，在你家百货大楼门口等。”

那一刻娄庆云激动得差点落泪，她的付出终于有了回报，这一晚，娄庆云翻来覆去睡不着，眼前尽是小赵的影子，他伟岸的身材、白白净净的皮肤、温文尔雅的气质、聪俊的面庞、矜持的神情，她统统喜欢。小赵约她了，他们的关系要有突破性的进展了，娄庆云情不自禁地笑出了声。

带着这种愉快的心情和甜蜜的微笑，娄庆云进入了梦乡，梦中她和小赵手牵着手走在她家乡的小路上，只可惜路上没人，一处处农家小院升起缕缕笔直的炊烟，空气里弥漫着乡间特有的烧柴草味，小赵在田埂上跑着，娄庆云在前面骑着自行车，她不知道小赵是在追她人呢还是在追自行车。天色已晚，他们在小山坡上坐下，远处有狗叫和蛙鸣，近处的鸟发出梦中的啼鸣，仰头看是满天星斗。“十五的月亮爬上了山坡哟，妹妹你为什么还不到来哟……”小赵轻轻地唱着。娄庆云奇怪地问：“我不就在你跟前坐着吗？你还在找什么妹妹?”小赵淡然一笑，慢慢地隐去了。

这个梦什么意思？后来娄庆云一直睡不着，尽管心头掠过一丝凉意，但她不愿往这一方面想，而是不断地重复着：“梦是反的。”

第二天，娄庆云早早起来，把自己的几件衣服轮番上身，在镜子前比较着效果，当终于选定一套比较满意的，在镜前摆弄着各种姿势时，却发现这脸色灰不溜秋的，于是从抽屉里拿出一盒粉，还是她几年前在农村的集市上买的，像痱子粉，她在脸上擦了一层，像掉进了面缸里，她又去洗了，镜前一照，灰不溜秋还外带黑眼圈，要不得，于是她又在自己认为需要修饰的部位抹了抹，又擦了点腮红，镜中的自己看起来鲜亮多了。

终于等到小赵出现，两人站定，有一阵都没说话，因为是小赵约她的，应该他先开口，可小赵此时只管一个劲地抽烟。娄庆云问："到哪儿去?""随便。"小赵随口一说。"那就进去看看吧，我也有好一阵没来了。"娄庆云说。因为就在百货大楼的门口，这"进去"自然指的就是它了。

一进去，娄庆云就紧贴着小赵走，靠门口柜台的营业员一眼就认出了她，说："庆云，来了。"然后意味深长地瞥一眼小赵说："朋友?"娄庆云得意地点点头，旁边有这么个帅哥感觉真好，她一路走着一路点头，后来干脆两手抱着小赵的胳膊把身子靠着他走，一楼逛完，她要上二楼，小赵问："你累不累?""不累，这样挺好。"娄庆云回答得很痛快。"你当然不累，可我累死了，这里面也挺闷的。"小赵说。

出来后，庆云说："那我们上公园，怎么样?""不了，我饿了。"小赵说。"怎么？你没吃早饭?"庆云问。"没有，一觉醒来，就十一点了。"娄庆云想想自己昨晚那么折腾，他居然能那么踏实地睡大觉。她猜错了，小赵昨晚也是折腾到了大半夜，对要不要赴这个约会进行着分析、论证，天快亮才睡着。

他们进了紧挨着百货大楼的佳运饭店。这饭店坐落在这热闹地段，生意想不火都难。

小赵进门后就站在柜台前仰脸看着那玻璃镜框，里面镶着文明服务公约：1、微笑多一点，态度好一点；2、做事勤一点，谈话轻一点；3、效率高一点，行动快一点；4、办法多一点，理由少一点。时而看看旁边的饭菜价目表，在心里盘算着这饭咋吃。

一楼大厅的中间摆着十来张方桌，此刻座无虚席，有坐着吃的，还有站着等的客人。娄庆云一进来，朝一正端着盘子的男子瞅了一眼，也确认他看到了她，但见他无反应便说："怎么，才几天没给你送银子就不认识了?"娄庆云此举只是想显摆一下她的熟人多，好办事，而且还想立竿见影地体现在这一餐的账单上，尽管她知道买单人不是自己。

那男子一愣，然后满脸堆笑地说："噢，是你，有一阵没见了，到哪儿发财去了？还记得我们这小店，快，那边请。"说着把脑袋往里扬了扬，送完餐后他赶紧跟过来，还把靠里面的一张桌椅又仔细擦了一遍，说："想吃点么哩（什么）？全部八折。"他如此巴结，不是真的盼她送银子，而是她爹常在此请客，她常打着爹的旗号在这儿白吃，但看到今天她身边有位体面的男子，她脸上堆满了幸福，断定不会白吃他就放心了。他从上衣口袋里掏出纸和笔准备点单。

娄庆云一一点着，有糖醋鱼、小笼汤包、拉皮儿和砂锅鸡。时不时还站起来凑到男子的耳边，小声说着，不时还用眼睛瞟小赵一眼，令小赵好不自在。

小赵抬头往坐在不远处的一位中年妇女看了一眼，她面前摆了一碗面条，却迟迟不见她动筷子。

服务员过来说店里没鱼了，你点的糖醋鱼做不出来，庆云大声说："那不行，你去外面买一条回来，我们就是来吃糖醋鱼的。"

服务员说："今日楼上有酒席，现在去买，中饭也不赶趟呀。"许多人将头扭了过来，小赵难为情地说："算了，换道菜吧，别为难人家了。"

庆云马上说："什么为难，我们点菜的时候他怎么不说没有啊，反正今天我们就要吃糖醋鱼。"服务员央求道："姐姐，换糖醋里脊吧，味道差不多的。"小赵忙答："好，好，我最爱吃糖醋里脊了。"庆云才应允说："好吧。"

上菜了，先上一个拌拉皮儿。一大盘面皮儿端上来，接着是几碟配料、酱汁什么的。庆云端坐，朝女服务员一瞥说："拌上。"

只见女服务员麻利地把几碟儿配料、酱汁儿一股脑倒在面皮儿上，一手拿筷子，一手拿勺子，唰唰几下就拌好了。庆云忙给小赵往碗里拨。

小笼汤包端了上来，小巧玲珑，卖相很好，十个冒着热气的小笼汤包紧紧地簇拥在一起，好像春天那活泼可爱的小桃花。透过外皮儿，你能清清楚楚地看到里面那纯美的汤汁儿。

庆云对小赵说："怎么样？想吃了吧，别急，看到了吧，里面还有一颗如翡翠般润滑的牛肉丸呢。"

小赵饿了，望着那么美味的小笼汤包，口水早就"飞流直下三千尺"了，他抓起汤包就往嘴里塞，顿时，汁儿涌进了他的嘴里，好醇，好润，好香，他沉浸在美味的世界里，突然猛叫一声："好烫"。

庆云笑道："吃这汤包还有口诀，轻轻移，慢慢提，先开窗，后喝汤。"说着还示范起来，咬了一口后用手在嘴边扇着叫了起来："啊！真烫。"

小赵难为情地低下了头。

砂锅鸡上来了，一只砂锅架在暗红色的炭火盆上，里面有小半锅鸡块，鸡汤却更少，还没有没过鸡身一半，上面一层金灿灿的鸡油封住，不见一丝热气，用汤匙把鸡油拨开，热气便涌了出来，同时一股鸡肉的特有香味便向鼻端袭来。

最后上的是糖醋里脊，色泽鲜亮，庆云用筷子不停地指点说："这个菜是甜的。""知道，甜不甜的一吃不就全知道了。"小赵有点不耐烦，对她刚才的过分表演有些反感，说着夹起一块糖醋里脊，里脊吃到了嘴里，汁却滴在了衣服上。娄庆云一看不得了了，大声喊："小溜（刘）子，快拿点纸来。"

许多人扭过头来，旁边桌上那位中年妇女却把头调转到一边去。刚才那位跑堂的赶紧送上一块抹布，小赵有些尴尬。

庆云却站起来很夸张地扯着他的上衣为他擦衣襟上的一片油渍。

后来小赵既不跟人说话也不抬头，只是埋头吃汤包。庆云说："你别光吃包子，点这么多菜不吃浪费了。"说着还不停地往小赵碗里夹菜，小赵狼狈地用筷子挡着说："够了，够了。"然后庆云开始拿着筷子在盘子、锅子间飞舞，直吃得满脸泛油光。

小赵坐着看她吃，而不去结账，他心里打怵，不知这一桌要多少钱，自己的腰包够不够，但娄庆云也没有买单的意思，她听说男女一块吃饭都是男士付钱，自己抢着付又会给人看贱了。

倒是跑堂的不耐烦了，一五一十，算了几十块，小赵尴尬地说："没带够，这样吧，我家就住斜对门的大院里，待会儿给你送来。"

跑堂的一点面子都不给，说："大家都像你似的白吃不给钱，我这店不早关门了？"

邻座的中年妇女起身，把凳子往后推时发出巨大的响声，小赵往那边看看，只见那女人正在往外走，他跟了上去。片刻后他回来时见娄庆云正在跟跑堂的吵："你不是说打八折吗？"娄庆云气愤地说。

"对你打八折，凭么哩对他打折？打肿脸充胖子，没钱请女人下么哩馆子。"跑堂的趾高气扬地说着。小赵把钱一甩扭头就走。

被甩的女人

和文昌德从汽车上下来的一刹那，万晓阳有过一丝轻松，但当下班回来，她就觉着不是那么回事儿了。她眼前的世界一下子变得虚空了，两年来，她几乎是拽着建国的衣襟走过来的，她倒霉时，建国万般呵护她；建国落难时，她一个姑娘，一次次地往监狱跑，她没有感到丢人或是勉强，心里时时有一份牵挂，这是不是爱，她不知道，只觉着这就是自己的一个亲人，而现在，她被拒之千里之外了。他们曾经朝夕相处，曾经那样亲密，他说结束就结束了，这真像是一个梦，一个发生在阳光下的梦。

下了班，万晓阳没吃晚饭，和衣躺在床上，天色渐渐黑了下来，万晓阳半睁着眼睛，整个人沉浸在一种又眩晕又朦胧的光晕里。在建国坐牢的日子里，她时刻把他挂在心上，盘算着什么时候去看他，要带些什么东西，像在履行职责，万晓阳从中得到过欣慰，心头有过一丝舒畅。现在，她的愧疚没有了，也不要尽什么职责了，人却像一下子被掏空了一样难受。

万晓阳开始恨建国，她要去问他，为什么会这么绝情，为什么他可以这么快就忘掉她。她甚至怀疑他根本就没有喜欢过她，而一切仿佛只是一场骗局。接着她又恨起了自己，她心想，曾经有一段真挚的爱情摆在我面前时，我不当回事，没有去珍惜，甚至觉得他很烦人，可一旦他主动地离开我，我会觉得原来他就是我的阳光，离开他我会生不如死。

万晓阳开始苦思冥想自己究竟做错了什么，隔了这么长时间第一次见面，好像还来不及做错事。她又回想了那个下午的所有细节，发现了破绽，做生意的小伙子是南方人，来闹事的女子是本地人，也许真是他妹妹，也许他真有苦衷，迫不得已。

第二天早上一起来，万晓阳就来到冷彩莲家门口，屋门开着，冷彩莲在厨房做饭，她背对门在案板上揉面。

晓阳怯生生叫了一声："冷师傅。""是你呀，胜么风把你给吹来了？"冷彩莲转过身惊得不轻，声调逐渐升高。

晓阳小心地说："冷风。""胜么？俺可没有那大的威力，刮得动你这个大小姐。"冷彩莲带点挖苦的味道说。

“冷师傅，不是，不是你的姓的冷，是冷酷的冷。”“这妮子，到底在说胜么?”冷彩莲沾了一手的面，愣愣地站在那儿。然后她弯腰到身后的火炉边，准备去拿火钳夹煤。

万晓阳一步上前说：“我来，你别把手搞脏了。”“你还拇回俺的话呢。”

“冷师傅，我也不知道咋说，我只想问，我师傅有没有妹妹?”万晓阳小声地问。

“有咋着，拇有又咋着，你可不能拿这个说事，我知道你师傅现在拇工作了，你嫌弃他了，可别忘了你师傅是为啥坐的牢。”

一听到“牢”字，像捅了万晓阳的心窝子，她拔腿就走，只听到冷彩莲的话从门里飘出：“哎，现在的人啊，连人家家里几口人都弄不清就敢跟人那样。”万晓阳还是听出来了，那个妹妹大半是真的。

万晓阳火急火燎地进了城，她悻悻地来到那个铺面前，人依旧熙熙攘攘，没看到建国，更没看到昨天的那个女子，只有小伙一人在打理，她突然就有了一种放松的感觉，好像那天真的就是一出戏。演给谁看，给她呀！像冷彩莲所说，建国没有工作了，成了无业游民，自惭形秽。可我不嫌弃呀！我养活你呀！晓阳心里这样想着，她放松心情开始逛街，一家商店进，一家商店出，像脚底生了风。

当小赵把钱一甩，拔腿就撤的时候，娄庆云傻眼了。她回家躺在床上，眼望天花板，回想着这顿饭局的一些细节，自己都难为情地用手捂上了脸。自己热情过头，过度殷勤地向对方示好，把个恨嫁写在脸上，她自个都觉着自个贱。如果高高在上地“端”着故作矜持，什么都不说，脸上挂着笑，随他安排，那多省事啊，但她马上否定地摇摇头，主动出击都这熊样，等着别人主动死缠烂打，那要看这“别人”是什么人，放在小柯没问题，放在小赵压根儿没门。

继母走过来问：“咋了？病了？吃个饭还吃病了?”手就去摸娄庆云的脑门。庆云一把推开她的手，说：“没病，困了。”

“这往后日子还长着呢，别一开始就把劲全使上，这男人都是贱皮子，你越上赶着追他，他越不搭理你。”继母在传经授道。

娄庆云现在挺后悔，昨晚一得意嘴巴不把门，什么都说出去了。她怕继母没完没了，就说宿舍还有一堆脏衣服要洗，匆匆出了门。她突然迁怒于那个不给情面的饭馆伙计。

娄庆云重回饭馆，一进门就大叫：“小溜（刘）子，你给我出来，狗眼看人低，这么多年我爹白拿钱养着你了。”

小溜（刘）子正端着托盘走来，冲庆云扬起下巴说：“庆云姐，你没搞错吧?”又点头示意手中的托盘，说：“我可是靠这个吃饭的，没拿过百货大楼一分钱。”他还把个“一”字拖长了又提高了声调说。

“你……”庆云指着他说。“我，我什么，倒是你，貌美如花犯得上找一个连饭钱都掏不起的穷光蛋。”饭馆伙计说。

坐在桌前等餐的一位妇女把头偏过来说：“这端的是哪桌的？你吵架唾沫星子四溅，我可不要吃你的口水。”

里面走出一位中年人对小溜（刘）子说：“这盘端回去，留着你晚饭吃。”“我晚饭哪吃得了这么多，再说我也吃不起呀!”他小心翼翼地说。

“叫你端回去就端回去，还犟嘴。”中年男人厉声喝道。当然这一托盘的菜，不会由小溜（刘）子买单，它不过被换了个人端出来而已。

庆云气呼呼地来到汽车站，刚一脚踏进车门就被后面的人一推，膝盖跪到了车厢底板上，她回头嘴里骂着：“你急着投胎呀!”接着一愣：“晓阳，是你呀，你也回厂啊?”

晓阳今天这趟城进得值，建国没在摊子上做生意，说明那生意人是子虚乌有，那女儿更是无稽之谈，那天出场的是他妹妹，演戏要吓退她是他家里的意思。

“庆云姐，你哭过?”万晓阳惊异地说。“没有啊，别乱说。”娄庆云不好意思。“眼泪都把你脸上的粉冲花了。”万晓阳说。

庆云突然想到小溜（刘）子说的“貌美如花”，她还是第一次被人安上这个词，当时还真脸红心热了那么一会儿，原来是这么个“如花”呀，她躺在床上时确实流过泪。

娄庆云狼狈地掏出手绢，在脸上擦起来。“别擦了，干擦很痛的，回去再洗吧。来，你坐里边，把头埋下，我们说说话。”晓阳说着站起来让座。

“这男人没一个好东西，你师傅不是另找了嘛。”人在自己不开心的时候总喜欢拉个垫背的，昨天娄庆云还说这是建国的大度之举，不想连累晓阳，现在她宁愿晓阳跟她一样站在被甩的队伍里。

“你有对象了?”晓阳小心地问。“就兴你有？我比你大一截呢。”娄庆云说。“谁呀，是咱厂的不?”庆云沉思了一会儿，说：“四车间的赵新天。”

晓阳想了半天，摇摇头：“不认识。”她在厂里的那个旮旯上班，时间和大多数人不同步。

“就是那个，”那么帅气的小伙晓阳居然不认识，这让庆云有些失落，于是她一边用手比画着一边说，“高个，国字脸，皮肤挺白，在全厂的男职工里长得数一数二，跟我同行，车工。”

“噢，是他呀，四车间的，对不对?”万晓阳似乎若有所悟。“对，对，对。”庆云一个劲地点头，看来她安在小赵头上的“数一数二”被人认可，她产生了一种莫名的兴奋。

“庆云姐，你真有本事，找那么帅的对象。”万晓阳说。“光帅管啥用，他今天做事就让我很不高兴，我还在考虑要不要甩他。”一股愉悦和报复的快感从娄庆云的心底升腾，而这种愉悦是万晓阳给的，她要回赠她一些安慰的话，于是说：“你师傅另找人了，好事呀，这样你就解脱了。他现在连个工作都没有，不想拖累你。”

不想拖累我，这就是师傅演这出戏的目的。晓阳心头的阴霾也一扫而光，回厂时两个女人都挺轻松，难怪坊间有“话疗”一说。

那天晓阳走后，冷彩莲挺紧张，这妮子要是变了卦，那建国这对象到哪儿找去。周一一上班她就找到宋军，说：“你说这人要是黑了良心，是不是要天打五雷轰?”

宋军眨巴了半天眼，不解地点点头问：“嗯，阿么个意思，谁惹着你了?”“拇人惹俺。”冷彩莲说。“我想也是，他不想要小命了。”

冷彩莲捅宋军一把，说：“你别拿俺寻开心，俺是说万晓阳那妮子黑了心，变卦了，跑到我这儿问建国是不是有个妹妹，人家有没有妹妹关她个啥事，还不是嫌建国丢了工作，没了饭碗。”

宋军点点头说：“一般人会这么想，可万晓阳不能啊！她可不能忘了她师傅的饭碗是怎么丢的。”“所以我找你，你先给建国通个气，叫他有点思想准备，知己知彼，百战不殆……”冷彩莲说。

“打住，打住。”宋军用右手的食指顶住左手的掌心，说：“我知道了，你看，我这儿炉子还开着呢，今日个就不听您的谆谆教诲了。”

宋军想这件事的关键在晓阳。晚饭时，他叫女友叫来晓阳，还有魏星和他女友，桌上摆着几个打开的铁皮罐头，几样小菜。宋军开口：“今日小聚，建国不在，晓阳代替。我们大家一起努力，让建国尽快回厂。可不许有人掉链子，半路打退堂鼓。”

魏星接着说：“国企职工，听着好听，工资就那几十大毛，干活没白没黑。”宋军更是火上浇油说：“工作辛苦工资低，有事请假很难批。”魏星接上：“上班苦，上班累，上班就想打瞌睡，同事欺、领导骂，费尽心、伤尽神。”宋军接言道：“辛苦多年没挪窝，不知何年才出头，唉!”说完还耷拉下双手，摆出一副垂头丧气的模样。

萍萍和玲玲全都怔住了，玲玲说：“你俩今日个是咋的了，把个上班说得那么惨，怎么不把工辞了摆地摊去?”宋军一边挤眉弄眼，一边说：“摆地摊怎么啦? 挣的钱一点儿也不比咱们少。”

万晓阳这才明白了他们的良苦用心，忙说：“你们都别争了，我没有嫌建国没工作，是他自己告诉我说他另找了人。”“啊?”屋里的几人面面相觑。

小柯的调侃

礼拜一上班时娄庆云没见着小赵，一打听，他改上二班了，他主动向班长要求调了班。第二天也没动静，可周三一下班，娄庆云刚进宿舍，小柯就拿着一张永久自行车票找到了她，说：“完璧归娄。”

“什么意思?”娄庆云不解地问。“小赵让还你的，他妈好像不中意你，那天吃饭时他妈就坐在你们旁边。”

庆云想起来了，她这几天还在纳闷，小赵那天结账的钱怎么那么快就拿来了，想想自己的过分表演，实在是恨无地缝可钻，可在当时怎么一点都不觉得呢? 真是恋爱中的女人都是傻子。她恼羞成怒，拿起自行车票就要撕。

小柯一把夺过去说：“别，这票多金贵，他不要我要呀。”说完还看着娄庆云的眼睛说：“我还想连人一块要呢，因为他妈说的那些个‘不是’正对我胃口。”

“她说什么?”娄庆云当然想弄明白这事它砸在哪儿了。

“她说你眼神带钩子，对人见面熟，像个风尘女子。可我喜欢呀，风尘怎么啦，也是一种岗位技能，也要经过上岗培训的呀，所以找风尘女子还要花钱，找一个不花钱的养在自己家里多好啊，只是以后抛媚眼只能对我一个人抛，知道不?”小柯说得好像煞有介事。

“呸，狗嘴里吐不出象牙。”娄庆云气愤地说。“是她说的，你骂我干啥?”“你和她，统统都不是好东西。”庆云说着就起身做出要走的样子。小柯拦住说：“别，别，还有好听的呢!”

娄庆云又坐下，倒不是真想听什么赞美之词，是因为还有张自行车票在小柯手里，这票现在倒成了烫手的山芋，自己买吧，没钱，再退回给父亲吧，怎么说，当初是说任书记要的，这票是有日期的，过期作废多可惜，她想向小柯借钱自己买，所以只好耐着性子听着。

“她说你不像媳妇倒像个蛮好的管家，只可惜管的是别人的钱，但有节约之美德，把点的菜统统都吃进肚内，没有浪费的恶习，可我们家找的是媳妇不是管家呀!”“这个婆娘说话够毒的。”庆云嘀咕一句。

“人家又没说你什么坏话，你骂人家干啥，经她这么一说，我倒觉着我们俩蛮合适，我们家正好要找个媳妇兼管家，我们家我妈不管事，只喜欢出去跳舞，我爸管事吧，只管大事，所以就有好多事没人管了，正好你管。”小柯继续说。

“你痴心妄想!”庆云不假思索，脱口而出。

“别那么早把话说绝。”小柯看她如此看轻自己，他决定做一个小小的还击，因为他不仅对那张自行车票，还对人都有那么点“痴心妄想”。他接着说道：“他妈还说，还说……”小柯看着娄庆云，引而不发。

娄庆云以为还是什么“赞美”之词，倒不是真想听，而是想着这事说完了就该说票了，于是说：“还说，还说，还说什么?”

“还说你丑人多作怪，抹脸像刷墙，可惜没刷匀，把个耳朵根漏了一大片。”“你浑蛋!”庆云破口大骂。

“不，是，是她浑蛋，怎么能这么说人家一个姑娘家呢，以后我帮你刷，咱保管刷得漂漂亮亮的，气死她。”小柯用戏谑的口气安慰道。

“你皮真厚，比城墙拐角还要厚，机关枪都打不透。”娄庆云愤愤地说。“彼此彼此，要不怎么说般配呢!”小柯说着就去捉庆云的手，接着说：“开玩笑，我真的喜欢你这种性格。”

“喜欢可不是光嘴说的，得有点实际行动。”庆云说。

“是吗，我巴不得呢。”说着就去搂庆云的腰。

“你要死啊!”庆云说着一掌将他推出去好远。“怎么像母夜叉似的，凶巴巴的，而且说翻脸就翻脸。”小柯小声说。

“谁让你的思想那么肮脏。”

“那咱们怎么样才算来点卫生的呢?”小柯阴阳怪气地说。

“借我点钱，我想把这票用了，我不能让我爸知道，所以我不能问家里要钱。”庆云说。“借什么嘛，我买了还不跟你的一样，你啥时候想骑拿去就是。”“想得美。”娄庆云回一句。

“不是我想得美，这实在是成人之美。你想，既然你家里不知道，你这车肯定不能往家放，平时你不在时放在宿舍里你放心吗，万一丢了，你不但没了车还欠了债，岂不落个财物两空，你说是吧?”小柯说得头头是道。

“是你个头哇!”娄庆云说。

娄庆云强压住心头的怒火听完了这些“赞美”之词，是小柯的调侃，降低了那些话的杀伤力，使她脸上还能勉强挂得住，貌似满不在乎地听他调侃，但一转身，眼泪就扑簌簌往下掉。

小赵是娄庆云这一生最中意、最向往，她原以为可以走进婚姻殿堂的人。虽然他和她没有擦出过电闪雷鸣般的火花，没有心灵撞击的一个个瞬间，甚至没有几次单独的约会，他们的约会就是在上下班的交通车上，坐在一起，说说小话，拉拉手，交流一下眼神，就这么一点点地熟悉，一步步加深着爱恋。她知道小赵还没有完全接受她，小赵还在等他的那个仙女出现，也就是说她只不过是个备胎，可在当时，甚至于相当长的一段时间内，尤其在机械厂，女的少得可怜，这仙女迟迟不会下凡来，于是她这个备胎还就派上了用场，听听异性的声音，感受感受异性的气息，尤其是娄庆云这么一个妩媚、风情万种的女子。

这交通车就像一个爱情孵化器，小火煮、慢慢熬，随着时间的推移，让这感情的温度慢慢升温，娄庆云觉着很受用，每次近一个小时的汽车约会给予她心灵的愉悦，使她这一天都无比的兴奋，脑子里回放着一个个甜蜜相处的画面，嘴里不停地念叨着说过的话，有时不由自主地会笑出声来。

走在路上她眼前满是小赵的影子，想着现在他会在哪里，在干什么，她下一次见他要说点什么，她甚至想象着如果他和她结婚生出的小孩会长什么样。这一段时间以来，她就是在这种回味、向往和幻想的甜蜜中快快乐乐地生活着。而现在，一张自行车票就将她这个备胎给甩了，小赵如风一般消逝得无影无踪，只把刻骨的疼痛和铭心的思念留给了她。

娄庆云仔细回味那天的饭局，自己的每个细节都充满了爱，他不应该反感，至于他妈说的“风尘”“管家”，只是性格泼辣的体现，像小柯所说，不同的人会有不同的解读，既然他妈不喜欢，我今后学矜持些不就行了，多大个事。

对了，娄庆云突然悟到，可能他妈最不满的还是那天让他花了钱，她后悔那天自己没有掏腰包。细想一下，这些应该还不至于了断一段姻缘，况且现在他不会这么快就找到正胎了，她这个备胎应该只是放在车库里，而非扔掉，她要挽回。

娄庆云设计着一个个方案，首先是还那天吃饭的钱，她觉着那是他妈最心痛的。因两人不上同一个班，又不在同一车间，连擦肩而过的机会都没有，于是一天在小赵上白班的时候，她对那天的买单进行了再买单，她拿着钱来到小赵干活的车床前，小赵停下床子，尴尬地笑笑说：“你来了，有事?”

这时班长过来说：“干活，干活，谈情说爱下班谈。”

庆云不好意思地拿出钱说：“还钱。”说着就伸手给小赵。“算了。”小赵没接。“那天菜是我点的，理应我付。”娄庆云态度无比真诚，说完将钱放在工具箱上，快步走出了车间。好像把钱扔出去了，切断姻缘的罪魁祸首就清除了。

娄庆云确实轻松了几天，她等他回头，可那钱打了水漂，连个响都没听见。娄庆云又想可能是小赵没时间，没机会。于是在一个刮风下雨的日子里，快下二班了，娄庆云早早地等在食堂旁边的马路边，好不容易盼得小赵出现，可他却走到另一条岔路上去了，然后贴着食堂的墙根，绕进食堂去了。

那一刻娄庆云彻底地绝望了，这男人的心真比石头还硬，他连一点让你慢慢冷却的恩赐都不给。娄庆云感到脸上无光，无地自容，当初是她把事情尽量地公开化，生怕别人不知道，现在这么跌份，是被对方“涮”了、“玩”了，可想想小赵并没有想“玩”她的意思，那就只有一种可能了，不爱，没看上，这不能算错吧。可能是我高攀了，她产生了自卑感。

娄庆云这颗受伤的心需要抚慰，不知不觉，她投向了小柯，试图用恋爱来治疗失恋的伤痛。正好这张自行车票快过期了，小柯如愿以偿买了车。一开始他叫娄庆云骑，娄庆云没骑，她不想让小赵知道她这么快就移情别恋。现在这自行车是两人的共同财产，你来我往，她感到小柯也不错，但这成色就差了不少，如果搭上“他爸有小汽车坐”这个砝码，这分量应该就差不多了。

牛奶事件

在1976年12月一个阴冷的日子里，厂里四位女同胞在同一家医院产下三个女婴和一个男婴。当一声洪亮的哭声从产房飞出时，陈技术员的丈夫在产房外有预感似的大叫一声：“坏了，又是个臭小子。”真是点背，这臭小子还真就砸在了他们的头上。

老三的到来使陈技术员日子更加艰难，上天赐子于她却又不给带口粮，加上老二，两个小孩儿的吃食成了大问题。丈夫经多方打探，终于在离厂子十几里路的一个生产队找到了奶源，而且是牦牛奶，煮开后上面一层黄黄的奶油，清香扑鼻。丈夫早上五点多钟骑车去，用一个塑料桶打回五斤，够两个小孩吃一天。

厂子的托儿所规定小孩半岁就可以上，所以老二白天就放托儿所。陈技术员又找了一位师傅来探亲的爱人帮忙。早上上班以前，她来把老三抱走，本来说好下午一下班就送回来，可这位农村大妈心眼儿好，每天都到吃完晚饭再送过来，有时还帮他们洗洗碗、做做家务，所以这日子也还过得去。可是一场意外打破了他们原本平静的生活。

这天早上，陈技术员的丈夫照常去打奶，半路碰上了平时卖奶的农村大叔，他开着手扶拖拉机，上面用一个铁桶装着一大桶牛奶正向厂子方向驶来，丈夫又陪他返回来。到厂门口，这位大叔卸下奶桶说：“我有事到市里去一趟，完了空桶就放传达室。”

丈夫有些纳闷儿，管他三七二十一，自己先装了五斤，然后就喊：“谁要牛奶?”自是有不少人又回家取容器去了，有的就干脆用带的饭盒或碗来装。

上班的大喇叭响了，一些人拿着打印得很正规的订奶月卡来了，有的一天一斤，有的一天两斤，丈夫这才知道原来是厂子和生产队搞了关系，组织科长出面搞的，订奶的多是一些头面人物，生产队直接把牛奶送到厂里。他们指定了一个打奶员，每天由他对接生产队的送奶员，这个送奶的农村大叔可能没搞清楚，以为丈夫就是那个打奶员。

负责打奶的魏师傅看到奶已被别人先接了，还卖出去不少，这意味着他辜负了领导的信任，没有尽责，气急败坏地指着陈技术员丈夫骂道：“你抢牛奶，简直是强盗。”剩下的牛奶他也不接，这牛奶砸丈夫手里了，最后只好半卖半送地处理了。

一堆人拥到了厂大门口，有看热闹的，有骂骂咧咧的，这是一个庞大的群体，还是些有头有脸的人物，这无异于摸了老虎屁股。老虎可不是吃素的，尽管这位组织科长是丈夫的老乡，平日里还少不了有些往来。丈夫是这厂建厂来第一个也是唯一一个入党的知识分子，在丈夫刚被批准后，这位组织科长找他谈话时说：“吸收你入党我没有后顾之忧，即使将来出了问题大不了是个认识问题，它不会是立场问题。”

没过两天，海西蒙古族藏族自治州要建一个毛纺厂，不知跟厂子有什么关系，丈夫却被派去筹建。

人事科长找丈夫谈话。他强忍住气愤，说：“我走了，小孩还那么小，怎么办?”科长在他脸上看了一会说：“那你和小陈一起上去吧，上面不缺牛奶吃。”

丈夫义愤填膺，说：“你怎么不带着你老婆孩子上去呢?”“人家要政治可靠的技术人员，我不够格。再说，你们又不是调上去，户口又不上去，厂子建好了，还是会回来的。”完了又接着说：“你说说看，咱厂政治可靠的技术人员还有谁? 再说还要省里认可。你可是厂子建厂以来唯一一个入党的大学生，厂子是很看重你的。”

丈夫的气管里像是被人塞进了一团棉花糖，那股无法控制的愤怒情绪，在胸腔里翻腾一阵之后，竟渐渐地消失了，这个善良、单纯的农家弟子有了一种被器重的感觉。

两口子经过商量，决定把两个小孩都送回西安，哪怕大人吃咸菜也要把小孩养好。于是请好假，回到西安。母亲多方打听，找了几个人。人家对老三都乐意接受，可是看着瘦小、柔弱的老二，都摇摇头说怕养不活。

最后就给老三找了一个老太太。这个老太太，大脚、高个、宽身板。人很能干，可是个苦命人。她是河南人，丈夫当年从河南农村出来当兵，在西安升了连长，就找了外面的女人，成了家。

这个女人带着两岁多的女儿千里寻夫。这个男人给她在西安买了一院房就把她娘俩打发了。她靠给人做保姆、打零工养大女儿。女儿上了学有了体面的工作，有了幸福的家庭，她又帮着拉扯大了4个孩子。当外孙们稍大些时，她就帮人带孩子，总想给女儿多挣点钱。

这个老太太看小孩很有一套，她要求每个月给她交8斤粮票（当时小孩定量只有6斤），此外，每个礼拜接送时还要带两斤点心，她说小孩不能吃馒头，吃馒头影响消化。每天要喝两斤牛奶，在西安订牛奶很容易，到牛奶公司的营业点，谁都能订。陈技术员就纳了闷了，在西安这个百万人口的大城市，而且是跟草原不沾边的地方，牛奶随便订，而在风吹草低见牛羊的古海，牛奶却那么金贵。

小孩倒是养得不错，很壮实，厂子有人到西安出差的，陈技术员都要请人家到家里去代她看看孩子。看了的人都说养得很好，母亲说："一个二级工的工资都打不住，当然好了。"

小孩该学说话了，老太太教他说的第一句话是，她问："有爷爷没？"小孩用河南话答道："木牛（没有）。"这老太太就高兴得手舞足蹈。

陈技术员心里一阵苦涩，可能这个苦命人教她看过的那些孩子说的第一句话都是这个。几十年过去了，那个负心的男人始终深埋在她的心里。

陈技术员很感激这个老太太，后来每年回去都要去看望。他们离开古海准备调往南方去的时候，又去看望了她，她已经上了大学的外孙也在家。

老太太说："你们两口子人好，我和你们一块去，我身体还好，能把你几个孩子都给你带大。我什么都不要，我自己的衣服到死都够穿了。"说完又对着她外孙说："外婆跟着这阿姨走好不好？"那个身材高大的大学生居然坐在那里笑一笑，一声不吭。

陈技术员当时心都凉了，她体会到了这老太太在这家里的卑微。她还真动了心，有这么一个能干的老太太，那真是家里一宝啊。可母亲却说："不要掺和这个事儿，她有闺女，还有一院房。"

这老二就惨了，找了几个人，人家看看都摇头，只好又带了回来。父亲从西安给买了一些奶粉和炼乳，暂时可以对付一阵。陈技术员每天都是战战兢兢的，天天担心这些东西断供了怎么办？脑海里天天都是白花花的牛奶。

陈技术员走在路上看到人家打牛奶，就在想这个牛奶是他们家的男人喝呢还是女人喝，还想象着男人跟女人说："你喝了吧，这牛奶喝了对皮肤好。"女人对男人说："还是你喝了吧，男人喝了身体强壮有精神，活得长。"后来他们达成共识，还是给儿子喝吧，他在长身体喝了长得高。

丈夫到草原上去了。工装车间调度员的位子，被一个昨天忆苦思甜说他父亲是要饭的被狗咬，今天又说他父亲是被资本家剥削到吐血的人顶替了。又过了几天，陈技术员也以厂子要生产新产品为名又被调回二车间当技术员。

陈技术员霎时感觉乌云压顶，一向在厂子里颇受尊重的她感到了压抑和窒息，甚至到了不愿出门害怕见人的程度。她不解地问任书记："牛奶对他们就那么重要吗？他们都是大人，喝不喝的有什么关系？"

"你们藐视了他们的权威，触碰了他们的个人利益，没有办法，只好慢慢地熬，过一段时间就好了。"书记答道。

离水磨商店不远、四中旁边有一家部队后勤的奶牛场。任书记不知找了什么人，后来同意每天给陈技术员两斤牛奶。

那里一共有十来头荷兰奶牛，大概在晚上九点挤奶。一个壮汉嘴上叼根烟，戴个白色的大围裙，坐在一个小板凳上，两手有规律地在牛的两个胀鼓鼓的乳房上，上下捋着，一股股奶汁呈喷射状射到下面的白铁皮桶里，发出"啪啪"的响声。

十点左右，内部来取奶的人用四轮小车推个搪瓷桶来了，根据各自单位需要取奶，所以没准，有多，就有你的，否则，白跑一趟。陈技术员每天晚上要把小孩锁在家里，早早地去等着，眼睁睁地看着那牛奶"哗哗"的射入桶中，听着那"啪啪"的响声，心里也是一紧一紧的。打奶了，眼巴巴地看着那奶桶，耐心地等着，期盼着今天运气好，别拎个空桶子回去了。

按规定丈夫一个月回来探亲一次。这个老实巴交的男人每次回来都带着公务，在家待几天，几乎天天到局里办事，他还兴致勃勃地给你讲建厂现在到什么阶段了，他在厂子参与搞多头钻、双面铣的经历，对他现在搞生产流水线的建设有多大帮助。妻子挖苦地说："看来厂子派你是派对了，简直就是人尽其才嘛。""那是，派别人去，还不一定搞得了。"丈夫还有些自鸣得意。

看来丈夫是乐不思蜀了。陈技术员只好想办法往内地调，父亲给他们联系好了西安热工研究所。有一天林书记来到车间，笑嘻嘻地问陈技术员："最近工作怎么样？有什么困难？"过后厂人事科的干事悄悄告诉她："西安的研究所向厂子发了商调函。"陈技术员去找人事科长，科长对着那位干事问："有这事吗？你查查。"干事只好装模作样地在一堆文件里翻着，说：“没看到啊！”

后来终于找了一家霸气的单位，对方直接把商调函发到省人事局，函告：我厂是中央企业，有直接调动权，不需要通过本省人事局。厂子还是拖着，久久不给办理，陈技术员两口子来到省人事局，干部处处长说：“你们要走就赶紧走吧，上面有精神，说给你们分个人不容易，你们怎么还能把人往外放呢。这样吧，我先给你们办手续，你们人先去，档案后面再寄。”他们感激涕零，拿了两瓶酒去谢人家。处长说：“不用，你们去了要好好干，不要给咱们省丢脸就行了。”

文昌德告状

陈技术员调回二车间没几天就接了个“大活”。

这天一大早，天蒙蒙亮，起床广播刚一响完，文昌德就敲开了任书记的家门，任书记披着衣服站在门口问：“啥事么，你这么日急慌忙的？”

“她不让我睡觉，请领导给我做主。”“谁呀，谁不让你睡觉？”任书记纳闷。“就她嘛。”文昌德声音渐小，到后面基本没声了。

任书记恍然大悟似的说：“噢，我知道了，是不是又让你跪搓衣板跪了一夜？”自打那件事之后，据说，他们两口子时常吵架，文昌德有过跪搓板的历史。

“不是，哎呀，你咋还不明白？”文昌德显出焦急而又无奈的神情，还外加挤眉弄眼，任书记突然像大彻大悟似的笑了，说：“噢，噢，你先回去，叫你老婆起来，我过会儿就到你屋去，看看是弄啥呢么，真是一天没事做了。”

“任书记，你可得来呀，我现在只有靠组织了。”文昌德真是拉下了脸，不管书记嘴里嘟囔啥，转身要走时，还又扭头叮咛了一声。

现在，为了照看小孩，文昌德两口倒着上班，文昌德这礼拜上白班，昨天晚上，他给小孩喂完牛奶，抱着转了若干个圈，这小孩总算哄睡着了，他又洗尿布，洗完又去厨房收拾，把屋里零乱的物件一一归整，桌上的摆设擦得一尘不染，地板拖得锃光发亮。完了坐下抽支烟，环顾一番，自认可以博妻子一笑了，刚躺下看看已经十一点多了，怕睡着就又爬起来，他今晚的服务要完美收官，他要为她煮碗鸡蛋面条，先暖暖她的胃，当然希望也能温暖她的心。

自打生完孩子回来，苟爱琴变得很冷淡，晚上要是几个星期不碰她，她会幸福得不行。在床上跟你回忆过去，畅谈现在，展望未来，滔滔不绝。只要你稍有动作，她立马换了个人似的，愁眉苦脸，长吁短叹，就像大病在身，死期将至，不是猛一转身，就是给你一脚。

如果被文昌德软磨硬泡，不得已而为之，苟爱琴就如同一具僵尸，挺在床上，嘴里还一个劲儿地催："快点，快点。"完事后还啰啰唆唆，抱怨你当天什么事没做好，明日什么事必须做，这事不做你会死呀等等，有时还对着痰盂干呕，发出"喀、喀"的声响，搞得你一点兴致都没了，怪谁呢，还不是怪自己做下那事让她心里不爽呗，文昌德这么想着，真是心字头上一把刀，只能"忍、忍、忍"。

妻子回来了，看到热腾腾、香喷喷的面条，屋里整齐干净，喜上眉梢说："今日挺勤快，雅雅没吵吧?""没少吵，当然她还是想要妈妈，不过最后还是被我拿下了，你快吃，完了我好收拾。"文昌德讨好地说着。

文昌德兴致勃勃地上了床，苟爱琴则一动不动，他的手开始有动作了，不料被她一把推开，说："累死了，你还能不能让人安安稳稳睡会儿觉。"刚刚燃起的激情被一盆冷水浇灭，文昌德羞愧难当，抱了一床被子就出了里屋，身后"呼"的一声，门关上了。

文昌德辗转反侧，想起他们相爱的漫长和壮丽，一路相携走来的艰辛与激荡，而现在随着社会环境的改变，他自身的价值应该是升值的，她之所以如此，可能还是那个事的心结打不开，唉，这女人真是一时清醒一时糊涂，现在都什么年代了，你以为只有管饱肚子的快餐店，这满大街明的、暗的、雅的、俗的，管身心愉悦的快餐多了去了。

文昌德想起了爱萍，那个让他销魂也带给他痛苦的女人。他老丈人来信说爱萍已经招工到县上的汽车修理厂了，挺好的，让他们放心，还特意感谢他，说是他的电机的功劳，看来那事他们至今不知，那就当它没发生过吧。可触景生情，那床、桌子、灯光甚至空气都曾流淌过浓浓的爱意。还不如离婚算了，可想想小孩那么小，让她一个人怎么办，要不送回上海，找个人带，她肯吗？再说她除了这个，其他方面也没什么大毛病，我凭什么就为这个让小孩将来失去爸爸或妈妈？他决定还是找组织给她做做工作。

文昌德走后，任书记想自己一个大老头子对着一个年轻媳妇，这话咋开口，于是他找到陈技术员，简要说了情况后，要她到文昌德家去一趟。

陈技术员就比文昌德大一岁，对着一个年轻男子说这种事实在还是有些拗口。可使命在身，现在就是装也要装出个成熟女干部的形象。

陈技术员跨进中间屋，看到沙发床上被子还没叠，里屋没有动静，苟爱琴应该是还在里屋睡觉。“分床了?”陈技术员冲跟着进屋的文昌德问。“同床不能同房还不是一样。”文昌德没好气地大声回答。

苟爱琴突然从里屋冲出来，手指着文昌德大声喊：“文昌德呀文昌德，什么文昌德，叫蛮缺德吧，你，你也真，真，真不要脸，这种事也好意思往外说。”

看到有车间干部在场，文昌德似乎腰杆子也硬了起来，他指着苟爱琴说：“你不好意思，我也不好意思，那就太没意思了。你是我老婆，我就有这个权利，这是受法律保护的。”

陈技术员以为苟爱琴还在为当年的事在报复，于是说：“都过去的事了，文昌德也为此付出了代价，怎么还没完没了了，你看你们现在小孩都这么大了，长得又这么可爱，好好地过日子吧，一天还瞎折腾个啥!”

“我一个大男人能不折腾吗?我娶了老婆，天天睡在我身边，可我还要过和尚清心寡欲的生活。”文昌德据理力争，一副公事公办的架势。

“哎哟!他实在太贪，一天把那事当吃饭似的，我就像那被追的羊羔，时时提防。”苟爱琴说话也不含糊。

陈技术员纳闷，她用了“贪”字，为什么不用“色”字?也可能是怕伤及妹妹，或许她真的把那当“本事”了。

“噢，合着我是那，那个什么狼。”文昌德反驳道。“你以为你是个什么东西。”苟爱琴破口大骂。这两人像乌眼鸡似的斗红了眼。

“别吵了，要是吵得清楚，那你们自个吵吧，我走了。”陈技术员转身做出要走的样子。

“别，别，陈师傅，”苟爱琴拉住陈技术员的一只衣袖，她像是在心里给自个鼓了劲似的说，“既然他不要脸了，我也豁出去了。”

陈技术员听出苟爱琴是有话要说，于是对文昌德说：“上班了，你还不走?”文昌德悻悻地走了，临走还冲陈技术员说：“拜托费心。”

规定

里屋传出雅雅稚嫩的“啊啊”叫声。苟爱琴快步进到里屋，陈技术员紧随其后。苟爱琴上了床，坐着抱起雅雅，小孩红扑扑的小脸惹人疼爱，陈技术员站在床边，忍不住用手指轻轻在小脸上划了一下，小孩就冲她笑起来。陈技术员不无感慨地说：“这么可爱的小孩，不为别的，就单为孩子想想，唉，这文昌德也真是的。”

“你坐吧。”苟爱琴把身子往里挪挪，手拍着旁边的一块空地儿说。稍停片刻，她又接着说：“这也不能全怪他，我也是没办法，没生孩子前吧，基本还行，生了孩子后，忙工作，忙小孩，哪有时间和精力想那事，而且是厌恶，要么没感觉，要么就是不舒服的感觉，完事后有时还想吐。所以，一看出他有那个意思，我就一个人在外间看电视，直到半夜，让他那火慢慢平息。如果他执意等我，我就像一个木头人，闭上眼，任他折腾，有时实在忍无可忍，我们就在夜里又为这事吵。唉，真不知这日子何时到头。”苟爱琴表现出一脸的无奈。

陈技术员不解，有人为了这事，付出了一生的代价，有的人却在为此痛苦，她想可能还是那事的阴影挥之不去。她又有些糊涂，这到底是心理刺激生理，还是生理影响着心理？问：“你感觉是不是身体有病？有没有到医院看过。”

“没有，这怎么看嘛。”苟爱琴想想又补充道：“有时小便带血丝，这是病吧？”说完突然她把雅雅放到床上，下地对陈技术员说：“你来，把鼻子捂上。”说着往屋角走去，那里放着那个高高的画着水仙花的痰盂，她慢慢把盖子往一边移，从月牙形的豁口看进去，淡黄色的液体表面漂浮着一条条血丝。

“这不行，你这是有病，这文昌德……”陈技术员突然感到了一种做女人的悲哀，一股维护妇女权益的意识油然而生。

陈技术员来到了厂医务室，刚上班，看病的人还不太多，她来到女大夫翁大夫身后，对着她的耳朵耳语一阵。翁大夫转头仰脸说：“这可不行，不行就是不行，我跟你去看看。”

她们来到文昌德家，门虚掩着，她们径直走到里间，陈技术员说：

“我叫翁大夫给你看看，有病治病，其他的都是扯淡。”

苟爱琴连忙起身，忙不迭地对着面前的两个人点头致谢说：“谢谢，真不好意思，麻烦你们了。”

翁大夫对苟爱琴做了问诊，然后她打开她的出诊箱，戴上医用手套，陈技术员抱着小孩退到中间屋，过一会儿只听她对苟爱琴说：“你到医务室来一趟，我给你开医疗单，到人民医院好好检查一下。要搞清楚是尿道出血还是阴道出血，或是肾脏方面的疾病，先查个尿常规。”

“好的，谢谢。”苟爱琴边起身边致谢。

“你对自己太不负责任了，这么久了，赶紧抓紧时间治疗吧。”翁大夫边说边从里屋走了出来。陈技术员把小孩交给苟爱琴，赶上翁大夫和她一起走出来，陈技术员问：“你看是?”

“肾病、尿路感染、阴道炎症，都有可能，反正那个事现在是不能干了。”她转身回医务室去，嘴里嘟囔着：“这男人真是不管女人的死活。”

陈技术员将情况给任书记汇报了，不料他却不以为然地说：“你们这城里的女人就是娇气，见点红就不能了，乡下的婆娘不管那个，人家不是照样活得好好的。”

“这是翁大夫的意见，我们是不是得尊重科学。”陈技术员郑重其事地说。“这事得以男人为主，都尊重科学去了，那男人咋办。”任书记不以为然。“那你说咋解决?”陈技术员问。要他做决定时，政策意识又回到了他身上，

任书记沉思一会儿，说：“你通知一下，下午四点，交接班的时候把他俩叫来，再叫上医务室的大夫和厂工会的温主任，一块商量个解决办法。”

陈技术员来到医务室，翁大夫不去，说：“陈大夫你去吧，情况我不是跟你说了嘛，要我去，我非得把文昌德大骂一顿不可。”陈技术员又来到厂工会，将女工委员会的温主任请来。

陈大夫来了，任书记很高兴，说：“正好三男对三女，公平。事儿嘛，陈技术员已经给你们说了，我们车间也是头回遇上这么个事。”

“你这老革命遇上了新问题。”陈医生打趣地说。

“是啊，所以才请你们这些权威部门来出个主意。”

陈技术员到苟爱琴家通知的时候，苟爱琴大发雷霆，说：“我不去，这事也有上会讨论的，丢死人了。”陈技术员回来一说，书记也有些为

难，略一沉思，也意识到两人在场确实尴尬，说：“干脆让他俩都别参加了，我们讨论完了把结果告诉他们就行了。”于是说：“那文昌德你也回去吧。”文昌德心有不甘地出去了。“这就对了，他俩坐在这儿让我们怎么说嘛。”陈大夫说。

讨论结果形成决议：根据《中华人民共和国婚姻法》的有关条款，充分考虑了苟爱琴的身体状况，经三方协商，特做如下规定：两人平时分室而居，文昌德住中间屋，但夫妻生活还是要过的，一个月至少三回。

按规定基本也就一旬一次，想想也好笑，搞得像安排生产任务似的，还分个上中下旬，真是稀奇。可在那个万象更新的年代，谁又能料到还会有什么更稀奇的事发生呢。

为了增加这个“规定”的权威性，任书记先签字，然后要他们两个签。陈医生拿起笔在眼前晃了晃，说：“我这个大夫只有在处方上签字的权利，这……”“这也是处方，治的是人的心病。”任书记说。

苟爱琴嘴上说不来开会，可急切想知道会议结果的心情，使她抱着小孩早早地就来到了车间，在外面等着。会议结束，她和文昌德两个就赶紧到了办公室。任书记向他俩宣布了这个“规定”，还郑重其事地要他们两个在上面签字。

苟爱琴草草地看了一眼那张纸，就签了字，然后她把小孩塞给文昌德，就出去了。刚走过车间办公室门口不远处的铣床旁，就听到两个女工在嘀咕，一个说：“还不是小姨子的事闹的。”另一个说：“她不是说那是本事吗？”这个说：“嘿，还不是煮熟了的鸭子嘴硬。”

苟爱琴气炸了肺，恨得牙根痒痒，心想，哼，让你一次也捞不着。

文昌德倒是还在那儿咬文嚼字。说搞了半天就这么个结果。任书记拍着他的肩膀说：“先按这个办吧，女人要哄，老是干仗可不行。”

后来的日子，文昌德从任书记说的这个“哄”字上入手。他每天都要琢磨，怎么从白天站着一步一步地做起，以达到能够晚上到里屋躺着的目标。

文昌德扳着指头算着日子，还要察言观色，做好吃的，又讲好听的，制造气氛，女方就是不买账，到了晚上，里间依然房门关死。有一次当文昌德坐在里屋床上，用嘴在苟爱琴的后脖颈上轻轻蹭着的时候，苟爱琴猛地站起来，指着他说：“你出去，按规定你是住外屋的。”

文昌德则理直气壮地说：“你搞搞清楚好勿啦，我现在是坐在里屋，而不是躺在里屋。”这个规定也真是好使，谁都可以拿来当尚方宝剑。

揽工程

由于街边摊位已满足不了经营者的需求，为了便于管理，市政府划出地块，决定建立集中的轻工市场，平整土地，铺设水泥，架设钢架，顶上盖玻璃瓦棚顶，200个摊位，预算投入50万元，欢迎个人投资。公告出了不几天，浙江小伙的父亲从浙江赶来，对建国一家千恩万谢，说本来是想让儿子出来闯闯社会，没想到差一点闯了祸。他这次来呢一是当面感谢你们全家，二来呢也想看看投资的事。

建国带着小伙的父亲在相关部门之间跑来跑去，总算没白跑，浙江人带资承包了这个项目，委托建国具体管理。一揽上这活，建国就想到了厂子，确切地说是钢结构这一部分的活，他想到了车间。

建国不好意思到厂里去，他找到宋军，宋军高兴得像天上掉下块馅饼，屁颠屁颠地找到了任书记。当时社会主义的企业能不能干“资本主义”的活，还是个原则问题，任书记半天不作声，猛吸一口烟，眼睛瞄着天花板，过了好一阵才说：“我看可以，不过得先跟厂子打个招呼，你叫建国来一趟。”

林书记听了任书记一番兴致勃勃的描述，末了来了一句：“你们自己定吧。”

任书记明白这是要他风险自担。他表现了大将风范，说：“干，书记你放心，我们会把账算得清清楚楚。决不会把社会主义的水流到资本主义的田里去。”

建国来到厂子是在一个晚上，一进厂门，他第一眼望见的是保卫科门前自己被塞进警车的那片耻辱地，他赶紧移开目光就看到了万晓阳的二排五号，灯是黑的，她可能上班去了，他倒有一种轻松感。

到了书记家，建国说：“钢架这部分由车间做，车间外面废料堆里许多材料都能用上。土建这部分挠的亲戚想干。”

“填个坑，抹个地，我们车间多少老师傅都是农村来的，砌个墙，上个房哪个不是好手。”任书记挣钱的欲望被激发起来，迅速地膨胀着。“那就全由车间做吧，我也做一回六亲不认。”建国爽快地说。

运输问题，任书记不再找厂里，而是直接找到供销科钱科长，钱科长痛快答应并打趣地说：“这一不留神还让我们跟着喝回汤，只是这汤别太稀了。”“痛快，一点就明，没对不住这姓。放心，兄弟，给你捞稠的。”为了不影响生产和将来给人留下话柄，施工多放在星期天和业余时间。

市场就建在万晓阳那晚经过的一片乱葬坟上，市政府想以正压邪，用人气压鬼魂，所以这块肥肉才落入浙江人之口。有人开玩笑地说：“本地的鬼不认得外乡人，所以他才敢接。”

小伙的父亲知道这情况后为难地对建国说：“要不就算了吧。”“我不怕，闯过鬼门关的人我怕啥。”建国用低沉而严肃的声音说。“你不怕我怕，到时找上门咋办。”浙江人故意说，想试试建国的诚意。“你只出钱，连面都不照，那鬼到哪儿去找你，莫非鬼还会顺藤摸瓜？踏踏实实把心放肚子里吧。”建国说。

建国很慎重地将这个情况告诉了任书记，说：“你得找些身强力壮，胆大的。”“我当兵在战场上杀了那么多人，这些年连个鬼影都没见着。”任书记说。为了少惹麻烦，他还是采取了自愿报名的原则。没几个人退缩，看来有钱还真能使鬼推磨。任书记进而又考虑到工伤怎么算，“自个倒霉呗！”来报名的人异口同声说。看来人们还是不愿因为这1%概率的风险而放弃那99%生财的机会。

建设施工大幕已经拉开，业余时间施工，多数是在白天，有时也加个夜班，主要是图供销科的车辆方便。刨几个坑，埋几根木杆子，挑几个大灯泡，和着天上的星星，也将这片荒地照得影影绰绰。

入夜时分，“噹噹噹”的敲击声均匀有力，连续不绝，运渣土的汽车来回穿梭，荡起滚滚烟尘，如水的月色与汽车灯光对峙，提着灯盏的流萤在空中飞舞，蟋蟀抱起五弦琴弹出优美的低吟，感受到这巨变的狗吠声满溢在初夏的夜晚，这交响曲慢慢融入即将进入的凌晨。人们扬臂于其中，使劲挥霍着胆量，耗费着气力。

枯萎的草儿、零星的白骨心事飘浮，它们并不理睬什么，任凭铁器在身上打磨勤劳的磨痕，有时它们也发发脾气，刷刷存在感。“快看，快看。”有人喊，一边把身子往别人身后躲。只见一团亮光从渣土堆上方升起，是球形的，散发着金色的光，光很柔和，不刺眼，没有任何声音，看样子就像一个大气球，它有近一尺大。

人们吓得赶紧往一块凑，有的往路边跑，那光团也跟着往这边一起飘动，向师傅跑得最快，那火球就跟着他，有人喊：“老向，你停下。”老向一收脚，那火球居然悬在空中停住。

“啊！”人声哗然，然后就像听到撤退命令似的撒腿往外跑。等站定，回头一看，啥也没有，像做了个梦。有人问向师傅：“真有鬼火跟着你？莫不是我眼花了？”“我也巴不得是你眼花了。早知道就让那鬼去跟你了，反正你也看不见。”向师傅自感晦气哆哆嗦嗦地说。

带队的徐师傅在农村听说过鬼火，可还真没见过，看着大家都快吓瘫了，只好收工。一听说收工，汽车司机叫人就地将车上装了一半的渣土铲下车，人们争先恐后爬上车，只有建国留在原地，徐师傅叫：“建国，你还不上来？我让司机拐个弯把你送回去。” “不用，我有自行车。”建国说。

望着汽车远去，建国立马感到阴森森的。他也想撒腿就跑，可又犯了难，这木杆子、大灯泡，还有这上千米的电线，可是从附近一个部队的施工队借的，建国白天找了哥们帮忙才运过来，一起给安装起来的。建国想，这要是走了，这些东西给人偷了怎么办？我得在这儿守着，可看看手表才一点多，人家再放个火球还不吓我个灵魂出窍，可现在把杆子挖出来要是施工队没人，那不正好给贼预备了一盘好菜。他纠结着不知如何是好。

最后建国决定先到施工队看看，于是他骑上车到施工队，大门紧锁，传达室传出看门人均匀的鼾声，他放心了，开始规划他的收尾工程：先让看门人把传达室里的电源插头拔掉，然后再用手电筒照着。但一想自己还要折腾很久，耽误人家瞌睡。于是他又回去，准备带电作业，他来到最远的一根杆子跟前，小心翼翼地摘下灯泡，依次进行，直到灯泡们都躺在地上，他又把一根根杆子挖出来，轻轻地平放到地上，他始终低着头，心想管你有没有鬼火，我不看不就完了。

怎么把杆子运回去，空手一次可扛两根，但那样，等我再回来时自行车也许就会不翼而飞，于是他用左肩膀扛着杆子，右手推着车气喘吁吁慢慢地走，终于送到施工队门前。当他运到第三根的时候，看门的关大爷已经起来正在把杆子往里面收，说：“小伙子，咋不用了？”“有鬼火，好大的一个火球，把人吓跑了。”建国说。“搊事，我见多了，我年轻时是工兵，现在年纪大了来看门。”他打量一下建国说：“你咋不叫醒我，带着电挖杆子多危险。”

“大半夜的怕打扰你。”建国说。“多好的小伙，你把车推进来。”然后关大爷拔掉传达室里的电源插头，拿上大号的手电筒，锁上大门说：“走，我和你一块去，你一个人得干到猴年马月去。”

深夜灵异事

凌晨四点多钟，建国终于回到了家门口，他使尽了全身的最后一点力气，敲着门，门一开，他像根木头桩子似的直直地倒向门里，两腿挂在门槛上。出来开门的父亲吓了一跳，忙叫：“建国，建国，阿么了？这是阿么了?”

只见建国双目紧闭，牙关紧锁，不省人事。父亲与闻讯从屋里跑出来的母亲一起把他弄到房里，平放到床上。母亲急得直打转，嘴里不停念叨着：“这咋的了，神仙奶奶，我儿有啥得罪了你，挠来担着，你放了我儿吧。”

父亲一把推开她说：“在这儿瞎念叨个啥，赶紧上医院，我去推车，你先给他嘴里灌点水。”母亲拿碗盛了水，没给建国喝，却拿了三根筷子，顺手从桌子上拿了一块饼，掰下两小块，一并放入碗里，然后把三根筷子放入水中，那三根筷子竟齐齐地立在碗中。

母亲惊呼：“快看，他爸，国儿是给鬼捏住了。”然后她对着碗双膝跪下，念念有词：“求你大神显神灵。”此时父亲已经回到屋里，看到筷子立于碗中也大吃一惊。

建国渐渐睁开眼，慢慢坐起问：“挠这是阿么了?”母亲爬起又双手合十，大幅度地对那三根筷子拜了又拜。父亲说：“他可能是饿了，你给他弄些吃的，别光拿个馍馍，把那羊肉汤也热上。”

母亲端上了热气腾腾的羊肉汤，建国坐在厅房的饭桌边吃着。父亲坐在桌边问：“咋半夜回来了?”建国简单说了一下，母亲一下子从房里冲出来说：“真把鬼给带回来了，你看那筷子还立着。”父亲和建国同时把头转向里屋，父亲“啊”了一声，母亲说：“你看到了吧，它还没走。”建国打趣地说：“现在时间还早，没有公共汽车，它走不了。”

母亲“啪”地在建国脑袋上拍了一下，说：“你胡说啥？神仙还用坐汽车，它想走咋都能走，它来时不也没有公共汽车嘛。”说完又像是恍然大悟似的自己惊呼："是附在国儿身上来的!"然后她又跪下，双手合十，大幅度地摆动着念叨："天清清，地灵灵……"

"许是刚才咱说羊肉，它听见了却没给它吃，它不肯走。"建国饶有兴致地说。

母亲立刻从建国的碗里夹了块大的羊肉放到立着筷子的碗里，说："大神大量，挠刚才怠慢了。"一会儿，三根筷子一齐倒下，母亲从里屋出来说："走了，总算走了。"建国问："你咋知道?它走还跟你打了声招呼?"

"你个臭小子，别打岔，你看，筷子是倒向门口方向的，说明走了，要是倒向屋里方向说明没走。以后还会出来闹腾你。"母亲煞有介事地说着。

"还来个中场休息。"建国不以为然。

父亲沉思片刻说："你还别不当回事儿，咱不干了，谁爱干谁干，你明天就去说。""不干我吃什么?"建国反问。

"再干就不是你吃，而是鬼吃你了。"父亲狠狠地瞪了他一眼说。

第二天建国向市场建设方反映了这一情况。这位工作人员也吓了一跳，略一沉思说："你们先停下来，这个事我要向上反映一下，这要建个市场，鬼老来捣乱，那谁还敢去。"

市场办找了公安局，公安局派出侦查人员查看了现场和周围环境，排除了人为破坏的可能。他们又请了古海化学研究所的研究人员，和古海大学的老师一起开会研究。给出的科学解释是：人体的骨骼里含有较多的磷化钙。尸体在坟墓中腐烂以后，产生磷化氢，磷化氢是一种气体物质，会沿着地下的裂痕或孔洞冒出到空气中。它燃点很低，一旦释放到空气中，就同氧气发生反应，燃烧起来，发出闪闪的光芒。同时质量很轻，几乎没有重量，风一吹就会移动。走路的时候会带动它在后面移动，当人停下来时，由于没有其他力量来带动空气，"鬼火"自然也就停下来了。这种现象就是民间所说的"鬼火追人"。

那位研究所的人员又有所感慨地说："这是骨头在发光，是不是每个人的骨头里都有一盏高贵的灯，许多人屈辱地活了一辈子，死后，才把灯点亮。"化学老师感慨道："你好像一个诗人。"市场办的工作人员说："在你们这些有文化的人眼里，这不算个事。""本来就不是个事嘛。"研究所的人轻松地说。

浪漫终归要归于现实。对于要不要在这里继续建市场，分歧颇大，政府方面坚持，这块地就在市区边上，就因为它，人们众说纷纭，连公交车都不愿意往那边去，这城市要发展，不能死人往那儿一横，活人就不敢动弹了。

研究所的人进一步介绍称，尸骨分解含磷气体的高峰是80至100年，此类现象一旦集中出现一段时间后，便不会再出现。

最后决定，市场照建，而且要加大投入，说原来没想到工程量有这么大，问题这么复杂。另外由市政府方面出面，就近请那个部队的施工队负责前期工作，请他们将土地浅层的骨头清理，挖深坑掩埋，平整土地。验收合格后再交给建国，而建国原承建费用不变。建国喜出望外，心想还真有天上掉馅饼的事，还偏偏砸中了我这个倒霉鬼。

夜闯荒郊野岭

晚饭时，庆云端着饭碗往晓阳的宿舍走来，一边喊：“晓阳，晓阳。”

晓阳赶紧出门，问：“怎么了?”“好事。”庆云说。“太阳打西边出来了，我还能遇上好事?”万晓阳边说边让庆云进屋。

“建国揽了工程，把活给车间干，那天车间许多人都去了。”“啊!”晓阳一愣，心想，他真在做生意，还有那生意人的女儿？他可能答应做那生意人的女婿了。她有点失落，但没有怨恨，反倒有些欣慰，随口道：“他终于可以摆脱眼前的困境了。”

“那你可得抓紧，你师傅能挣钱了，可不能便宜了别人，你为他付出的可不是一星半点。”庆云说。

万晓阳闭目沉思片刻后转身说：“那我怎么办，死皮赖脸地去找?”

“该去就得去。”庆云把饭碗往桌上一丢，咣当一声响，她拉住晓阳说：“走，现在就去。”

晓阳迟疑地问：“到哪儿去?”“我问地方了，我知道。”庆云毫不犹豫地说。

晓阳换了一件干净衣服，想想又脱了，庆云笑说：“见师傅还用得着精心打扮，看来在你心里你师傅早就不只是师傅了。”“你瞎说啥。”晓阳不好意思地说。

她们坐公交车来到汽车总站，已是夕阳西坠，鸦噪黄昏。

下车后，庆云逢人便问：“到白庙坡怎么走?”多数人以摇头作罢，当有人告知说要3路车坐到终点时，晓阳一下子头皮发麻，她抓住庆云的袖子往后拽说：“不对吧，那儿怎么能建市场，你再问问别人。”当第二个人给出同样的答案时，晓阳立马反对：“我们不去了吧，太远了，你看天都快黑了。”

“天黑正好你俩说悄悄话。”庆云说。“大白天都没话说还说悄悄话，再说回来就没车了。”她说话时声音已微微发颤。

“没车住我家。”庆云说完拉着晓阳依然往三路汽车走去，到了车跟前，晓阳拽着她不让上，小声说：“那儿有鬼。”

庆云当即扭头走出人群，惊异地看着晓阳：“你说什么？鬼？咋回事?”

晓阳沉默不语，只一刹那，她的思想来了个180度的大转弯，拉着庆云转身上了车。

“神经病。”庆云小声咕囔道。坐在车上，庆云一直问怎么回事，晓阳只说没事，可明显感到她的身子在抖，庆云问：“你冷?”“有点。”万晓阳答。

“那我们回去吧。”庆云看着晓阳的反常也有些纳闷地说。

“不，都走到这儿了。”万晓阳说。“看，想你师傅都想疯了吧，嘴上还不承认。”庆云说。

下了车，俩人傻眼了，东西南北往哪儿走？两人面面相觑。晓阳东张西望一番说：“既是晚上干活应该有灯火辉煌的大场面。要不再往前走走?”庆云有些犹豫，却又不好意思打退堂鼓，是她捅咕人家来的，现在陷入这样的境地她当然不好意思开溜。

“走吧，走吧。”晓阳鼓劲道，这是那晚她走过的地方，再往前走会遇到什么她有预感，但有庆云在，她胆壮了，她现在急于要见到建国，让他不要为了钱去干这个事，会惹祸上身的，她要告诉他，她会自力更生，她能养活他。

春夏交接的高原，风吹过还是冷冰冰的，太阳下班了，月亮才羞答答地缓缓升起，冷月森森，凄凄寂寂，悄无声息，脚下只有一条坑坑洼洼的土路蜿蜒向前，碎石垃圾堆于路边。无须思量，顺道前行就是了，越往前走越黑。

“还是回去吧，”庆云用微微发颤的声音说：“看来今晚他们没干活。”

晓阳正想说点什么，但要说出的话却被远处的亮光硬生生地给堵了回去。

“快看，亮光。”一束光在前方的一片黑暗中移动，晓阳说。

“鬼火。”思考片刻后庆云作出了这个恐怖的判断。

“真是怕啥来啥。”晓阳小声自语。在这种情景下庆云就那么赤裸裸地喊出了那个字眼，让晓阳浑身一哆嗦，不寒而栗，她不由自主拉起了庆云的手，两个人的手全都冰冷如铁。

“快跑！”庆云拉着晓阳就往回跑，后面的亮光竟追了上来，晓阳浑身的汗毛一下子炸了起来，下意识地加快了脚步。渐渐地竟听到了那亮光的方向传来的脚步声。

“不对，是人。”庆云停住脚步说。然后又说：“听说鬼走路是没声音的。”“不要回头，还是走吧。”晓阳央求道。她脸色苍白，眼里竟然闪现了莹莹的泪光。

“走，你有鬼走得快吗?”在这种情景下，庆云反复地提及那个字眼，着实让人毛骨悚然。

“晓阳。”说时迟，那时快，一个黑影站到了她们身后，竟然还叫了晓阳的名字，一道亮光照到了两人前面的路面上。

“妈呀！真是怕啥来啥。”庆云也不由自主喊了一句。她们想跑，可腿已经不听使唤了，于是站在原地，大气也不敢出，闭上眼睛听天由命。

黑影慢慢转到两人前面说：“还真是你们，刚才你俩跑的时候我就认出来是晓阳，黑灯瞎火的你们跑这儿来干什么?”建国大惊失色。

“是你呀！吓死人了。”庆云一边大喘气，一边用右手猛拍自己的胸口。看到晓阳傻站在那儿，庆云一把拉过她往建国身上推，说：“你千里寻夫，找到了却哑巴了?”

晓阳站不稳打了个趔趄，倒在建国身上，建国伸出双臂揽住她。手电筒旁若无人地用光记录下这一幕。“关灯，继续。”庆云夺下建国的手电筒，将它熄灭了。

“别闹了，也不看看这是什么地方。怪吓人的。”晓阳夺过手电筒，复又打开。庆云转身问建国：“怎么就你一人干活，他们呢?”

“不是那天遇着鬼火了嘛，平地的事就不让我们干了，也是怕大家满大街嚷嚷，影响以后市场的经营，就包给部队干了。但跟市场办那边联络还是我负责，我反正没事，就跟着一起干，今天下午我帮那做生意的小伙到火车站提货去了，提完货跑过来看看，就到这会儿了。”

“啊！你们也遇着了？”晓阳惊呼道。“怎么，你也遇到过？”建国问。

“那天被你那女人骂糊涂了，搭错车跑到这儿来了，一团火球飘在身边陪着走，对面还飘过一个白衣女子。”

“晓阳你说什么？你明知这儿有鬼怎么不早说还拉着我来。”庆云不满地嘟囔着。“咦？怎么是我？不是你来找的我吗？”晓阳小声说。

“那我后来不想来了，是你硬要……”庆云说。

“我是担心他被那女鬼缠住。”晓阳看建国一眼，小声说。

“我还真被缠了一回，是男的还是女的不知道，不过一块羊肉就打发了。”建国说。

“你们说什么呢？我怎么越听越糊涂。”庆云一脸疑惑。

“没说什么。噢，时间不早了，我送你们到汽车站，晚了没车了。”建国看了看表说。

“别，刚见面就分别，好像不好吧，我走，你们俩好好谈谈，我可不在这儿当电灯泡。”庆云说。“说什么呢，”晓阳扭捏一下。

建国“嘿嘿”一声，稍一沉思说：“你俩在这儿等等，我去工地推自行车去。”然后建国推着车，她俩伴其左右，建国讲了给鬼吃羊肉的事，两位女士沉默不语，忧心忡忡。建国突然哈哈大笑，仰面朝天道：“世间可怕的不是鬼，是人。”

庆云感受到建国心灵的痛，知道这是揭晓阳的伤疤，忙打岔道：“是的，是的，都过去了，你现在当这个包工头，不比我们这些个穷工人强多了。”

到了车站，晓阳要和庆云一块等车，庆云说：“你急着回去干啥，好不容易来一趟，把话讲清楚，别老在心里憋着。”“那我怎么回去？”晓阳问。

“建国那儿不是有俩车轮子呢么？”庆云说完又否定道：“别，别，别俩车轮子又惹祸，干脆就在这儿把话说明白。”

这时汽车来了，晓阳一边上车，一边扭头大声问：“那天真是你亲妹妹吗？”“是的，千真万确。”车开了，建国的声音一直萦绕在晓阳耳边。

“你怎么不问关键问题？”庆云问。“什么是关键？”晓阳问。

“跟我还装糊涂，你要问他还要不要你。”庆云说。

“这我怎么说得出口。”晓阳不好意思地说。“不用问，我看得出，他心里有你，我好羡慕你。”庆云说着自己眼眶先湿润了。

重续前缘

这天收工了，建国还在工地上徜徉，看到哪里的地不平整就用铁锹铲铲，牛班长问：“怎么还不回去?”

“等一会儿运渣土的车回来了，挠反正没事，帮着装装车。”建国答。

“那你跟我回队部，先吃了饭再说，如果能等上就等，太晚了就回去吧。”建国感激地说：“不用，我等会儿回家去吃。”

“不吃饭哪儿来的力气。”牛班长以命令的口气说。

建国把饭端到传达室，看门的关大爷正在桌前吃饭，立刻站起来热情地说：“坐这儿吃。”“关叔，你坐，我站着就行了。”建国感激地说。

“客气什么，你快点吃完我好一块把碗送回去。”关大爷说。

建国顺从地坐下。关大爷说：“你是个好小伙，那晚收电线时我就看出来了，这些日子你干活卖力，管理现场有经验，不像是街上的，你原来是?”

“原来是职工，没管住自己，谈对象谈出了问题，蹲了局子，出来就成无业游民了。”建国不好意思地说。

关大爷不解地说：“咋的了？伤了人家，人家告了？我说现在的女人，你不勾引人家，人家怎么会犯错误?”“不是你想象的那样，她对我很好，我在里面时，她还时常探监，给我送东西。”建国赶紧说。

关大爷关切地说：“唉，我越发搞不明白了，不过现在的事不明白的太多了，不管咋说你出来了，那事就过去了，通过这些日子在一块，大伙对你印象不错，回头我给领导说说，看能不能先在我们这儿干着，等有了指标再把你招进来。”

“不，不，挠有前科。你们这是部队，挠阿么能进来。”建国赶紧阻止说。

“我们这是工程兵，艰苦，危险，我就是在开山放炮的时候炸断了几条排骨。”关大爷说着又手抚腰部上方自嘲道：“要不我咋会见谁都点头哈腰的。”

"好悬啊！只炸肋骨，不炸心肝肺，真是命大。"建国说。

"我这人心眼好，所以飞沙走石都绕着走。我看你人实诚，心眼不赖，厄运也不会找上你。"关大爷说。

"我不是怕那个，贱命一条，只是平白无故给你添麻烦。"建国委婉地谢绝了关大爷的好意。

"你是怀疑我没那本事，我不是吹，我从朝鲜战场上下来也是立过战功的，只是这几根排骨不给劲，组织上多次劝我转业回家享清福，我舍不得部队才留下看材料守这个传达室的。现在这儿在位的领导当年可是我的兵。"关大爷说话很自信。

"不，不，不是这，是我这人麻烦大，不好弄。"建国说。

"麻烦倒不怕，怕是你舍不得那个姑娘吧?"关大爷说。

"舍不得有啥用，我已经答应家里老人跟她断了，跟她也把话说绝了。"建国说话有点垂头丧气。

"答应断就断得了吗？都是过来人。"关大爷看着建国的眼睛说。

"我进局子已经对不起家人了。"建国为难地说。

"婚姻大事是你一辈子的事，你也不能跟你父母过一辈子。该自个做主还得自己有主见。像我，当年在这里看上一个姑娘，她也愿意，礼拜天我就和她约会，可我父母不愿意，怕我一辈子回不了家，硬是要我在老家找一个，我遂了他们的愿，孩子也有俩了，除了回家探亲热乎几天，回来就忘了，她在家养孩子伺候我爹妈，有时也觉着挺对不住人家的，唉，感情这东西。"关大爷说着眼眶竟有些湿润。

建国一夜无眠，他辗转反侧，关大爷的事他想了又想，他之所以宁愿在这里一个人孤独寂寞，也不愿意回家老婆孩子热炕头，还不是因为没有感情，看来感情这东西真是玄妙。

晓阳那楚楚动人的倩影，和带着些许幽怨的神情不断地在建国眼前浮现，渐渐地晓阳变成了一只风筝飘走了，而扯断这风筝线的正是他自己，那风筝飘呀飘，飘上了天，而他自己则慢慢地往下坠落着，他又一次体验到了什么是真正的失落感，那不是失去了一个普通的东西、物件，而是失去了一份最最珍贵的情感。因为衡量一个人是否值得你穷尽一生去爱，绝不能只看你顺风顺水时她对你的好能有多好，而是要看你在低谷时，她对你的差能有多差。

建国心想，挠是不是剃头挑子一头热？现在可以肯定地说，不是。挠落难时，她一个姑娘家，一次次地往监狱跑，出来后明知自己无业游民一个还跑来找，前几天更是夜闯工地来找他。在我如此潦倒的时候，她依然不离不弃，我却这样无情，我还算个男人吗？建国想到这里心如刀绞。这些天心灵的纠结让他体会到：许多事的结局大不了一死，可感情的折磨却让人生不如死。挠是如此，可能她也依然。

第二天一收工，建国就骑车飞奔到厂里，直奔二排五号去，但到了门口却只在窗外徘徊，不敢叩门，他猛然想起我要对她说什么，答应爹妈的话还算不算数。

听到窗前的脚步声，晓阳开门探出头来，她先是一惊，后又故作平静地说："是你，进来吧。"然后指着旁边的一个方凳说："坐吧"。

"不敢，挠今日是受罚来的。"建国答。"何罪之有?"晓阳问。

"负心罪。"建国说着看晓阳一眼，见其面色无改，便又说："罪加一等，黑心罪。"

晓阳"扑哧"一声笑出声来。"你原谅我了，挠说呢，就咱这认罪态度，政府也会宽大处理，给个重新做人的机会。"建国风趣地说。

"你别光贫嘴，饿了吧?"晓阳问。"有点。"建国答。

"我给你煮面条。"说到此正拉抽屉的手却停住了。建国也像是意识到了什么，连说："不用，不用，我坐会儿就走。"

晓阳带点酸味地说："恭喜你，生意做大了。"这"生意"里显然包括了那生意人的女儿。

"哪有什么生意，挠当时处境那么惨，不想连累你，胡诌的。那天真是挠妹妹，她是按照父母的意愿来提醒挠的。"建国说完，拿出200元钱，又说："挠现在承包工程，也挣了点钱，这点钱你收着，你在那么艰苦的条件下还资助挠，一点心意，说不上还，你的那份心思是没法用钱衡量的。"

"谁要你的钱，不定哪天又变了。"晓阳斜瞄他一眼，给他一个俏皮的眼神。

"本以为可以轻易地忘记，可经过一夜辗转挠才知道，挠对那份情仍不离不弃，不会再变了，实际上挠从来也没变过。只是人活在这个世上真的好累，为了生活去拼搏，有些事不顺心，有些事太突然，为了面子活得太累，但是男人几乎都在乎面子。为了很多事挠背着沉痛的包袱，现在的挠不是为自己而活，是为所有的人活着，因为挠给家里丢过脸，挠现在要给他们挣回来。”建国缓缓道来，似乎每一句话都经过深思熟虑。

“你要给他们挣脸面，就先得拿我开刀呗。”万晓阳说。

“不，挠是拿自己开刀，往心窝里捅刀子。”建国用右手的食指猛地戳向自己胸前，说：“没有人能理解挠的心，说实话，不论什么时候，挠的思绪里总会有你，挠可以不想你吗？事实上办不到。”

万晓阳静静地听着，轻轻起身，绕到建国的身后，两手环住他的脖子，脸贴在他的头发上，建国感受着她的呼吸，他握住了万晓阳的手，万晓阳的泪水滑落到他的手上，他一把将她拉过来，按坐在自己腿上，双手环绕着她的腰身。在建国的臂弯里，万晓阳感到了安全和踏实。

离婚

当围城里多了“规定”那张纸，这个家庭的气氛就变得有些怪异了。往往在狼烟四起中双方都拿那张纸做盾牌，可是慢慢地觉得它不灵了。于是文昌德又一次一次地到车间、到女工委员会去告状，陈技术员和温主任又一次一次地上门做工作，依然收效甚微，因为这实在也不是一个可以依赖“思想工作”来维系的事情。

陈技术员问苟爱琴：“如果他提出离婚，你愿意吗？”

“不会吧，就为这个？说实在的，他在家做饭、洗衣、看孩子，给我做好吃的，我们的感情还是有基础的，他当年那么死皮赖脸地追我，哪能说变就变了。”苟爱琴不以为意地说。

“小苟，还真不是我吓唬你，你的观念要转变，你必须明白，为人妻这是你应尽的责任。除非你不再需要婚姻，否则，你就要给他一个站得住脚的说法，还要给他一个大致可努力改变的方向和期限。感情的基础当然应该有多种形式，比如生活的体贴关怀，精神情绪的共融等，但离开彼此身体的缠绕，这样的感情是极不稳定的。”陈技术员很郑重地说。

“大不了他再去找别的女人，现在这也不算什么了。”苟爱琴说。

陈技术员愕然，这个女人真的心死了，她连一个女人的尊严都不要了。

文昌德突然觉着找组织找得坏菜了，这个“规”一定下来，十天里捞得着捞不着那还没准，可自己只能睡外屋，原来还有个热被窝，还能做点小动作，可现在连这点待遇都取消了，可不真当了和尚。文昌德提出了离婚，女的死活不离，于是文昌德就不依不饶、不厌其烦，到处去找，到处去告，还那么理直气壮地告。

陈技术员自认上通天文下知地理，但说这个问题还是词穷，只能劝文昌德忍耐，让苟爱琴看病，恢复心理健康，说到生气处她鄙夷地说："别忘了，你是人，不是单纯的动物。"

没想到一竿子打翻了一船人，招来不少男同胞的白眼，坐在对面的卫调度就理所当然地说："找个老婆不能睡觉要她干啥！"

陈技术员就不懂了，多少两地分居的夫妻，每年12天探亲假，一过就是几十年，人家不也过下来了嘛。

文昌德正式向车间打了个离婚申请，附上一张表，有日期、结果，任书记拿着这个表找了陈大夫，答曰："这关键是要看年纪多大，35岁以下这样的频率肯定是有问题的。"

于是任书记又找来苟爱琴，给她看了这表，苟爱琴想想说："差不多。"突然她提高声调，暴躁地说："真是不要脸到家了，这种事也往外说。"

任书记则郑重其事地说："依据法律，你是有这个义务的，我问过医务室的大夫，也认为你这样是有问题的，如果他长期得不到，到外面找，不但毁了他自己，对你，对小孩都不好，你看是你自己改呢还是干脆离了算了，你小孩当前还不到半岁，我给托儿所打个招呼，破个例。离了后车间调你上长白班，生活上的困难，比如拉煤、打煤砖、买冬储菜这些重活找车间。文昌德也提出要小孩。"

"做梦，小孩我肯定不给他。"苟爱琴气愤地大声说。

"那这样吧，为了争取主动，这个协议由你来写，我叫陈技术员帮你。"一番话谈下来，苟爱琴的思想已经不在离不离上打转，而变成了怎么离。

苟爱琴主动找到陈技术员。陈技术员受此宠幸也挺卖力，要给她争取利益最大化，写了：1、房子归女方；2、文雅由苟爱琴抚养，文昌德每月出20元抚养费，陈技术员还加上一个括号，以后随工资上浮调整，基本保证达到工资的40%，直到孩子满18岁；3、文昌德有探视权，但只能在托儿所内，不许带出托儿所等等。

这个离婚协议还挺正规，是厂工会领导授意，办公室打字员打出的正式文本，一式三份，二人各一份，厂工会留一份。签字那天还挺隆重，安排在厂工会办公室，出席的有工会主席、温主任、任书记、陈技术员和他俩，这是建厂十多年来厂子发生的首例离婚事件，厂子也是摸着石头过河。

文昌德看完协议内容，说基本同意，只是在小孩抚养这一条再加上：如果女方有困难失去抚养能力时，可随时变更。经同意后他趴在桌子上，工工整整地把他的名字写在离婚协议男方的冒号后面。他们各人揣着那张纸走出来，不约而同地站住了，心里想着这就结束了。

文昌德来到总务科，掏出了那张纸，递上一根烟，堆上一脸的笑说："请科长给安排个房。"

科长揶揄着嘀咕："当初为抢房搞得乌烟瘴气，你值吗?"

"不值，不值，早知如此何必当初。"文昌德嘴里这么说，心想不值才怪呢，没房子我女儿住哪儿?科长拍拍他的肩膀，说："先打个报告，我尽快安排。"说着从桌上拿了纸和笔给他。

文昌德刚回到车间不久，任书记就通知他可以搬家了，原来他也去找了总务科长。他交代文昌德要速战速决，姿态要高。

文昌德回"家"动手收拾东西，只拿了自己的衣服和必需的用具，放进了一只皮箱和几个大纸箱子里。

苟爱琴抱着女儿，脸上毫无表情，她不知道应该为摆脱了文昌德的纠缠而庆幸呢，还是为今后这家里少了点什么而失落。

文昌德抱过女儿，脸轻轻地贴着女儿的脸，嘴里念叨着："生而不养，真是一种罪过。"眼中闪着泪花，他赶紧用手去擦。

小马来了，文昌德将女儿还给苟爱琴，苟爱琴为他的父爱所感染，也动情地说："以后什么时候想女儿了就来吧。"

"谢谢，你也照顾好自己。"文昌德伤感地说。

没有了那张纸的束缚，这两个人一下子都变得平和了。真不知道这个婚姻到底是个好东西呢，还是个坏东西。

文昌德和小马搬着东西出了门。房门轻轻地关上了，文昌德并不急于走，而是转身看着那房门。

小马说："师傅，舍不得，是吧?你们好好的，离什么婚呢?""你不懂。"文昌德回了一句。

从此文昌德时时嘴上挂着五个字——都是我的错，高姿态地回到了单身楼。但苟爱琴就没有这么豁达，不时传来文昌德找了女朋友的消息，但这消息在厂子流传不会超过一周就过期了，据说是苟爱琴动用了她在本地强大的关系网，很快就给搅黄了，许多人不解，开始骂苟爱琴。

陈技术员开始也觉着苟爱琴不仗义，但想想有点明白了，这就是婚姻的后遗症：不管曾经的那张纸还在不在存续期，对方都是自己园子里的一棵树，女人尤其如此，在存续期内你不用怎么管它，更用不着小心伺候，那树在她眼中根本算不上是一道风景，还常常看着不顺眼，但就是过了存续期，也不能让别人砍了去，它已经根植于对方的灵魂里，婚姻啊！这就是婚姻。

替代品——小柯

“他来了。”建国一走，万晓阳就迫不及待来到庆云宿舍跟她说。

“谁呀？谁来了？”庆云不解地问。

“还能有谁？”万晓阳扭捏一笑。

“噢，你看我这猪脑袋。”庆云拍拍自己的头说：“这回可得抓牢了。”

“那你的小赵也得抓紧啊。”晓阳说。

真是哪壶不开提哪壶。尽管那晚食堂门口的遭遇已经明白地表达了小赵的冷酷与决绝。可痴心的女人不会回头。庆云曾仔细回味过去交往中小赵的每一个动作，每一句话，总想证明一点，他会回来的，在他找不到“仙女”的时候。觉着虽然小赵对她还说不上爱，但结婚的人有多少是爱得死去活来的，只要自己有耐心。庆云伤心但充满希望地等待小赵回头，只要他没有结婚，我就有希望。建国的回头又一次燃起了庆云的痴情之火。

“我不急，晾晾他，别让他觉着自己模样漂亮就了不起，模样能当饭吃啊？”嘴上说这模样不能当饭吃，可小赵对她来说，比吃饭重要多了，饭可以几餐不吃，可小赵却时时印在她的脑海里，撞击着她的心房，时刻幻想着和他邂逅一回。庆云找小柯玩不过是想看到小赵，有时在路上看到小赵，庆云就跟着他，可他头也不回。庆云像幽灵一样游荡在小赵周围，却不知自己到底想要干什么。万晓阳再傻也能看出这是口是心非。

前天晚饭后，建国悄悄来到万晓阳宿舍，塞给她一张隔壁电机厂电影院的电影票，就匆匆走了。到了电影院才知道是墨西哥电影《叶塞尼亚》。当时对这部电影人们都传疯了，但也只在嘴上过瘾，真正看过的人并不多。

电影讲述了一个吉卜赛女郎叶塞尼亚和白人军官奥斯瓦尔多的故事。奔放而美丽的叶塞尼亚一头浓密的栗色卷发，眼神中带着纯真和野性，仿佛一匹难以驯服的野马。她的身影，她的舞姿，她的微笑，她的眼泪，谜一般地让人神往。他们饱尝甜蜜和苦涩，最终有情人终成眷属。他们彼此以血相融，在婚礼上许下永恒的誓言："除非世界上有那么一天，小麦、面包、酒和盐都不存在了，我们的爱情才会终止。"这个场景和这句台词成了经典被人们传诵。

也许这部电影就隐藏着建国他们当时的梦想和对爱情的憧憬，所以在影院里他们的手是紧紧握在一起的，互相在心里给对方也给自己鼓劲。至今万晓阳还沉浸在电影的意境中，这么好的电影一定要与好友分享，还想借此成人之美。

这礼拜万晓阳上白班，昨天一下班她就去排队买了两张票，一张给了娄庆云，说是报答庆云陪她夜闯鬼魂地的壮举，庆云欣然接受，说："一张电影票就想把我打发了，不过，这电影我喜欢。"

另一张怎么送出去让万晓阳颇费脑筋，说是庆云送的，有违庆云晾晾他的意思，跌份。在下午6点小赵上了通勤车后，万晓阳紧随其后，在他旁边坐下，突然万晓阳站起来，举起捏着电影票的手大声说："谁要《叶塞尼亚》的电影票，今晚七点的，我临时有事看不了了。"

几只手伸过来，包括小赵，万晓阳顺势塞到了他的手里，就转身下了车，小赵喊："多少钱？给你。""不知道，别人送的。"万晓阳头也没回地说，像是完成了一项重大使命般浑身轻松。

庆云急匆匆吃完晚饭，还特意洗脸收拾收拾，就早早来到电影院，看到小赵她愣住了。她想，是小赵回心转意了？不会，除非太阳打西边出来。

小赵进来低头看座号就摸到了庆云的身边，一抬头大吃一惊，说："是你，好巧啊。"很快他心里就有数了，巧个啥，明明是有意安排的。

这部电影里有激情的场面，坐在他们前排的一对男女看着看着脑袋就凑一块儿去了，庆云也慢慢地将身子靠向小赵，而小赵却自动将身子偏向另一边，在这个猪看了都会发情的镜头前这个男人竟如此冷漠，娄庆云彻底死心了。她恼羞成怒，气急败坏，猛地用手把前排女子的头往旁边一拨说：“你们这么贴着，别人还看不看？”附带着也给自己刚才的愚蠢找了个说法。

电影散场，小赵掏出2元钱给庆云说：“谢谢，真好看。”

“你别自作多情了，我可没闲钱请你。”娄庆云说完扬着头径直走出了电影院。

“万晓阳呀万晓阳，我说你一天瞎操心个啥，你叫了他去，也不事先说一声，搞得人一点思想准备也没有。”一回来庆云就对着晓阳抱怨。

“看个电影还要啥思想准备？”万晓阳说完又神秘地笑着说：“是不是他要拉你的手？”“没到那个阶段，哪能就到那一步呢，我晾他还没晾够呢。”庆云煞有介事地说。

“当心别晾干了，晾黄了。”万晓阳道。“黄了就算了，我现在倒觉着找人就要找一个一心一意对你，非你不娶的人。”庆云给自己找了个台阶下。

为了向小赵表示他是自作多情，向万晓阳表示要找一心一意对她的人，娄庆云加快了和小柯的恋爱进程。两人的来往逐渐密切，在他们公有的自行车上小柯搂着娄庆云的腰，从城北到城南，进行着他们的浪漫之旅。之所以是他搂着她，是因为娄庆云的吨位比小柯大。

但坐在后架上也不错，因为除了在这部车上，娄庆云是绝不让小柯碰的，她心里还是忘不了小赵，她往小柯宿舍走时眼前浮现的总是小赵的影子，她频繁地往小柯宿舍去也想在那儿说不定就能碰上小赵，还真碰上过，小赵对她不好意思地笑笑，就说有事先走了。

娄庆云的目光追随着小赵，那一刻，她真想追出去，可看到小柯瞪着眼直勾勾地看着自己，只好作罢，没好气地说：“你瞪着我看什么？当心眼珠子掉出来。”

“不知道谁的眼珠子会掉出来呢，没用的，你就是眼睛看出血人家也不会回一下头。”小柯眼睛望着天花板慢悠悠地说。

“我也想看你看出血，可也得有叫人看的地儿，看哪？大大的烧饼脸、塌塌鼻、黑黢黢的皮肤还是矮墩墩的个儿？站那儿比人家高不了一指甲盖，本人穿一高跟鞋都能高出你半个头去。”

“打住，打住，叫你再说下去，本人只好从这窗户钻出去了，你以为你自己长得很漂亮吗？要不要我也来给你描绘一番。”小柯反唇相讥。

“不用，如果我以为自己长得很漂亮，对了，就是不要加‘很’字，我会和你在这儿扯吗?”娄庆云很冷静地说着。

“这就叫蛤蟆看绿豆，看对眼了。”小柯悠然自得地说。

“你就是那蛤蟆，一只癞蛤蟆。”庆云接话。“只可惜你不是天鹅，所以你这肉我还就吃上了。”小柯说着就用嘴巴往娄庆云的脸上贴。

“去，去，去。”娄庆云用手推开了他，说：“八字还没见一撇呢。”

“那我们现在就开始写这一撇，然后再写一捺。”小柯说着嘴巴飞快地往娄庆云脸上啄了一口。“要死啊。”娄庆云说着赶紧用手在脸上擦了一把。

楼下传来“嘀嘀”的汽车喇叭声，小柯赶紧把脑袋伸出窗外，大声说：“爸，你来了，上来吧。”“上什么，我还有事，你下来，你妈叫给你带的东西。”父亲双手叉腰对着窗口喊。

小柯穿上外衣就出了门，娄庆云往下一看，哇，一辆乌黑铮亮的小汽车旁站着一位健壮的中年男子，正在打开后备箱，往外拿一捆被褥之类的东西，娄庆云也赶紧跑下去，很沉稳地说了一声：“伯父，你好。”

小柯赶紧介绍说：“同事，小娄。”父亲靠着车门，很快把娄庆云上下打量一番，笑着点头道：“好，好，你也好。”

小柯当然看到了父亲的表情，也看到了庆云面部表情的变化，他心里开心极了。

有小汽车长脸，小柯的胆也肥了。这天庆云一进门，他就迫不及待地贴上去，庆云一把推开他，说：“唉，我说你急什么，我对你还一点都不了解，你对我也一样，哪能就进入这个阶段。”

“你要了解什么？我爸你不是已经见过了吗，我爸对你还比较满意，回去给我妈说了，我们家我爸说了算，哪天有合适时间到我家看看。”小柯胸有成竹地说。“也不看我爸对你满不满意?”庆云反击。

“应该还可以吧，”小柯说着对着桌上的镜子把头发往后捋了捋，“看起来怎么也像一个革命青年。”

“真皮厚，我还不知道你爸在什么单位，回去我爸问起来咋说?”娄庆云说。

“自来水公司，牛着呢，看哪个单位不顺眼，水管子一爆，停你个两三天的。”小柯越来越神气。

“是总经理?”庆云问。“不是。”小柯答。“那怎么坐那么漂亮的小汽车?”娄庆云有些诧异。“不是坐，是开。”小柯答。

“什么？在小汽车里不坐还能站着?”娄庆云更加好奇地问。

“不是站着，是坐着，但是坐着开汽车，明白吗？是开。”小柯说着还用两手摆出握方向盘的样子来回比画着。

娄庆云并非真蠢到不知道“开”是什么意思，只是她希望这是一个误解，现在看来这是千真万确的正解了。

“哎哟，我的妈呀，原来是个车夫。”庆云大叫一声说。

“什么车夫，你没听人说现在最吃香的是听诊器、方向盘，就是他总经理坐车不还得给我爸，不，应该叫咱爸，招呼一声嘛，再要想干点私事不还得给点封口费嘛，别看你爸当主任，你爸能办到的事咱爸照样能办。”小柯说着脖子还一挺一挺的，好像他爸真的比总经理还牛。

在农村长大的娄庆云还真弄不明白这里面的弯弯绕绕，她想反正将来会有车坐，当你从铮亮的小汽车里迈出腿来的时候，谁还管你是沾了司机的光还是沾了总经理的光，而且沾司机的光可能还更方便些。

当制约他们关系发展的瓶颈问题解决之后，他们的关系飞速发展，短短几天时间他们已经发展到相互拥抱，庆云说：“不行，我们得有个仪式，在我们乡下叫订婚。”

“那还不容易，叫我爸摆上几桌，大家吃一顿不就完了。”小柯不以为然地说。

可要吃这一顿还真是不容易，而且这一顿没吃，事就完了。

春光乍现

早上十点多钟，一个西装革履，皮鞋锃亮，手提黑色密码箱的人进了厂大门。许多人都愣了一下，有的还凑上前来一看究竟，原来是建国。市场建设完工了，建国是来车间送结算款的。

人们肃然起敬，有的嘴里还发出啧啧的声响，相信如果有条狗站在面前，它也会站起来用两只前爪舞动着以示欢迎。

在那一瞬，建国自己也觉得突然高大了起来，他感叹命运对他的眷顾，一般的包工头，承包工程的款是借的，干完活有的还拿不到钱。债主和讨薪的工人们整天追得你无处藏身。而他，钱是浙江老板送来的，活是政府的工程，干完活立马结账，他这个包工头太幸运了。

建国来到了二车间办公室，人们好奇地追了上来。他已不是先前那个无忧无虑的青年，虽面部轮廓依旧，但充满了成熟的魅力，建国嘴唇紧抿，折射出他在今天这种情况下重回故里的复杂心情。

建国不好意思地对大家笑了笑说："今天刚从市场办提钱回来，没来得及到家换衣服，其实穿着这玩意儿我也挺难受的。"说着抬起右胳膊用手拽了拽衣袖。有人说："现在这身行头才配你。"

这套行头还是浙江小伙的父亲给他置办的。这个密码箱是小伙的父亲来承包工程时带来的，走时就留给了建国，说来回装钱安全些。这一套挺名贵的西装，是他从浙江让人专门定做，然后给寄过来的，并写信告诉建国说："你现在管工程就不是个普通工人了，你和上面人打交道要穿得体面些，办事都容易些。"

建国对簇拥着他的工人们说："你们就别笑话我了。我今天来是跟车间结账的，这么多天辛苦大家了。"

这提起了许多人的兴趣，有人要往办公室里挤。任书记说："都回去，该有的少不了你的，你们都挤在这儿这事咋办?"说完他把人赶出去关上了门。

建国打开密码箱，拿出一个本子，上面把材料费、工时费、车辆运输费等费用列表算得清清楚楚，他一行一行指给任书记看。然后把钱一摞一摞地往任书记桌子上摆。

任书记说："关于工时费这一块，给个人分的你留下，因为他们谁干了活没干活我又不知道，这个由你来发。"其实他是想通过发钱来挽回一下建国在车间失去的威信，为他将来的回厂做些铺垫。

建国又叫来徐师傅，和他一起核对了工时，钱用一个个纸包包好，他叫徐师傅发，徐师傅说："还是你来吧。多了，少了，没完没了。你发完了，屁股一拍走了，没事儿了。"

于是建国挨个把包送到个人手里。别人拿多少是保密的。从他们那眉飞色舞的表情看来，这包不会太小。这颇有点当代私营企业主的味道，建国当时应该是我国最早的一批个体劳动者，外兼工程承包经纪人，他如果一直干下去，没准中国会多一个成功的企业家，至少也混成个大款。可是，在那年头，端上国企这个里面没有多少稀粥的铁饭碗，是身份的象征，生活的保障，因此，当任书记告诉他，给他恢复厂籍时，他千恩万谢，激动得热泪盈眶。

为给建国恢复厂籍，任书记颇费周折，他找到厂里，说建国为厂子创造了多少经济效益（外包活挣的钱一大半归了厂里），是车间不可或缺的顶梁柱；他找到主管局领导——他的老战友，说建国是企业技术骨干，勇于开拓云云。

当初，任书记一次无聊的举动把建国砸进了地狱，后来他的热情和执着最终又将他送上了天堂。

建国回到了厂里，随着社会大环境的改变，万晓阳的生存环境也宽松了许多，对他们那令人啼笑皆非的事，已在人们的记忆里变得无足轻重了。但是，在男女关系上从来都存在着性别歧视，一般对男方更宽容，或许也是因为建国曾使车间许多人的口袋鼓了鼓，总之，他还是他，官复原职，还是班长，而且，按照人们“从一而终”的思维定式，万晓阳铁定就是他的女人了。不过此时的她已经不再是焊工，而成了一名和民工同工同酬的普工，两人在人们眼中的差距越拉越大，建国不嫌弃万晓阳就算不错了。

周日的早晨，建国来到晓阳的宿舍。天阴着，早上还有些凉飕飕的。七月，在内地已是枝繁叶茂，百花盛开，可在这儿还是满目苍凉，人们要从枯黄的干草中，从干枯的树枝上去寻找春天，万晓阳说：“这里的冬天真长。”“也不尽然，今天，我们就一块去寻找春天。气候是没法改变的，可绿色是可以创造的，我们到公园去吧。”建国说。

一进公园，迎面就是郁郁葱葱的树木。“咦，这儿的树怎么这么绿？”万晓阳好奇地问。

“这是耐寒的树种。”建国带着万晓阳奔温室而去，通往温室的小路边已是绿油油一片，一簇簇细长的叶子苍翠挺拔，建国边走边介绍说：“这就是我们平常吃的黄花菜。开起花来也很漂亮，它就不怕冷，我家院里就种了。”

“怪不得它凉起来也慢呢，不是人常说‘等到黄花菜都凉了’。”

“是啊，是啊。”建国说。心想我们的事也能像这黄花菜似的，别凉得太快了就好。不知怎么，建国总觉着他和万晓阳的关系没有根基，似乎随时都会黄掉。

走进温室，一个色彩斑斓的世界呈现在眼前，盆栽桃花那粉红色的花朵吐着金黄色的花蕊；君子兰那墨绿宽厚的叶丛中抽出一根花梗，头上顶着一簇橘黄色的花朵；繁茂的枝头挂满了红色花朵，给人一种火辣辣的感觉的那是月季，在周围苍翠欲滴的绿色世界里格外显眼，还有淡淡的清香飘来，万晓阳情不自禁用手去抚摸，有花瓣落于手中，她就这么攥着，久久不肯舍弃，说："这地方也有这么美丽的花。"

"人定胜天嘛，这里是一个人造的春天。"见晓阳不作声，建国又动情地说："晓阳，只要我们两人齐心协力，我们一定能把日子过得红火起来。"

这时的万晓阳觉得天是蓝的，水是清的，阳光是明媚的，连吹过来的风都是甜的，这些温馨的画面和场景证明了这段悲剧的婚姻，曾经也有过甜蜜时光，并不是从头到尾一片冰冷。

爱的代价

回到厂里，天色已晚，一起吃过简单的晚饭后，晓阳说："我累了。"当时，她是真累了，绝无暗示之意。"你歇着，我来收拾。"建国说。

"不急，你也坐会儿。"晓阳说。"不行，摆在那儿多难看，一会儿你同屋回来，人家会不高兴的。"说着，建国就开始收拾，把该洗的端到外面水管下去洗了。等建国回到屋里时，晓阳已经斜靠着被子躺在了自己的床上，她用手拍拍床边，说："师傅，坐会儿。"

建国挨着晓阳坐在床边，晓阳把一只手递给建国。建国握着它，感觉如此细腻，柔若无骨，说："你真像那温室里的花朵。"

"只可惜没有那么好的一个温室。"晓阳惋惜地说。

"我会全力为你打造一个。"建国爱怜地说。

晓阳很感动，瘦削的建国一下子变得高大起来，单薄的肩膀也宽厚了许多。她想，靠着建国的肩膀那种感觉一定很实在很温馨，她已经在人生的海洋里颠簸得筋疲力尽了，她需要这一块属于自己的港湾。

外面起风了，天色也暗了下来，"咣当咣当"，什么响声？建国环顾四周，发现是没有插销的窗户在风中瑟瑟发抖，于是他站起来，察看了一下窗户，问："有铁丝吗？"又马上说："不用，不用。"他看到窗台上有一颗钉子，把它插到了宽松的插销孔里，窗户不再唱歌了。

建国复又坐下，晓阳坐起来，用一只手攥着建国的手，像怕他跑了似的，她将头依偎在他的肩上，头发蹭着他的耳际和脖子。

风更大了，可以听到它的呼号声，雨也哗哗地下下来了，数个雨滴斜斜地掷过来，打在窗玻璃上，立刻粉身碎骨，汇成一股水流沿着窗缝浸润进来，窗前的写字桌上堆着书和一些常用物品，建国站起来，把桌子往外拉了拉，又找了块抹布垫在窗台上，说：“我该走了，时候不早了。”

“现在雨正大，等会儿小点了再走。”晓阳娇嗔地说。建国会意，作为男人的感觉在复苏。

他们终于走进了夏娃和亚当的伊甸园，偷吃了这颗人类世世代代都向往的禁果。过后万晓阳曾无数次地想，如果没有那个晚上，她的历史会不会重写，答案是否定的，因为那时她确实觉着他是可以照顾她一辈子的人，不会有那个晚上，还会有某个白天，一切都是水到渠成，天经地义，什么道德、廉耻在当时都已经不屑一顾了。

一个女孩长大了，就有一种红色的海浪开始定期拍打她的身体，像钟表一样，根本不听自己的指挥和召唤。那身体也变成了一个流水的物件，那些曾经埋身在雨滴与微风间的成长岁月，全都溶解在了那晶莹冰凉的水里。

万晓阳那晚激情过后，她就盼望着红色海浪的到来，虽然有《妇产科学》的理论支持，但还是整日惶惶不安：我会不会像书上写的那个二战结束后归来士兵的妻子？我那晚上确实很激动。

不久呕吐取代了月经，加上人变得懒散等这些从书上、电影上看来的反应症状，万晓阳知道自己是怀孕了，如遇当头棒喝，她脑袋发闷，自问：“怎么科学也和我开玩笑，还是这么大一玩笑，我明明在安全期呀。”怀孕的打击似天崩地裂，她仰天长叹：“天哪！”

然而，茫茫宇宙，寥廓无声。万晓阳仰着头、屏住气，依然什么也听不到，只感受到了高悬头顶的天体的博大与空灵，真可谓叫天天不应，叫地地不灵。她还能乞灵于谁？到医院去掉这个麻烦，但那时是要结婚证或单位开介绍信的。对她而言，那真不是一个生命，而是一个可将她毁灭的定时炸弹。万晓阳恨那天的雨，如果不是下雨，同屋就会回来，可想想这又怪着雨什么事，事实是雨没留人而人留人，无可奈何之际，她找到了建国。

依偎在建国的怀里，万晓阳感到有了依靠，说：“我有了。”建国显得并不惊讶，既然做过，就有可能，现在居然成真，虽然此前并无思想准备，但负责任是一定的。建国看着她的眼睛认真地问：“是真的?”“八九不离十了。”万晓阳无奈地说。

“我们结婚吧，我会一辈子对你好。”此前，建国从未向万晓阳求过婚，现在是两步并作一步走了，建国的脸上甚至掠过一丝笑意，但很快就收敛了，折射出他内心的沉重，结婚这样的大事恐怕不是他一句话就能算数的，那被他扔在脑后很长一段时间的关于家庭背景、生活习惯的差异及双方父母的态度等等，又像一座山似的横在了他的面前。

“我从来没想过结婚。”万晓阳这才觉着遇到了大问题。

“合着你和我在一起是闹着玩的?”建国觉着自己看得如此神圣的感情在她那儿是如此的微不足道。“那倒不是，我总觉着欠你的，就这么不知不觉地走到了这一步。”万晓阳语气中流露出伤感。

“你别这么说，一切都是我心甘情愿的，就是现在你说不同意，去医院打掉，我也不会怪你。”建国说。“师傅，你真坏，你知道我现在跑不了了，才这么说，你也不为我想想，如果到医院去，还不是搞得满城风雨，我还不给开除了。”万晓阳伤感地说。

“好了，好了，我不能让你一个人背这个黑锅，这个事交给我来处理吧，你的任务就是保护好你自己。”建国把她揽在怀里，脸贴在她的额头上，说：“现在是 9 月，再过几个月显身形的时候，就可以穿棉衣了。”

“可我还没转正。”“按焊工算，两年转正，加上延期的 6 个月，到今年 10 月，就到期了，你现在在下料房，干普工活，按普工算，你也到了转正期了，我们不去要求，还不是想要争取让厂里给按焊工转正嘛。现在，我担心的倒不是厂子的事，我最害怕的还是你家里那边。”建国忧心忡忡地道出了心病。

“家？我没有家，我们家从生下来就把我扔在老家，你什么时候看见他们到厂里来过。”万晓阳愤愤地说。

“那不一样，结婚这样的大事一定要取得家里的同意，至少我要亲自去跟你父母说，当然，我知道这太难了。”建国的语气变得凝重。

“你去，你去，反正我是不去，就当他们没生我。”万晓阳激动地说。

徐会计

四合院一排五号房住进一对老年夫妇，是刚从上面养马场来的老干部。男的已经像70多岁，女的看起来有50多岁，两人都黑瘦黑瘦，尤其那老头，简直瘦得就剩一把骨头，消瘦而憔悴，眼窝深陷，头顶上灰白的头发，好像戴着一顶白毡帽，一脸的鱼尾纹，连脖颈上也有很深的皱纹。腮帮子上有些褐斑，那是高原紫外线所引起的皮肤癌变。褐斑从他脸的两侧一直蔓延下来，爬上了脖颈，因为嘴里没有几颗牙齿，嘴唇深深地瘪了进去。

据说，这老头原在某部委当领导，后来调到上面任一个州的州长，这个州位于中国巴颜喀拉山和阿尼玛卿山之间，平均海拔4200米，高寒缺氧，气候恶劣，大气含氧量仅为海平面的60%，年均气温为零下4摄氏度，全年无绝对无霜期。境内群山起伏、山势雄伟、雪峰耸立、光洁如玉、气势磅礴，适合探险家和旅游爱好者到此一游。

那女的看起来很慈祥，她实际还不到50岁，瓜子脸，前额较宽，鼻子不大，嘴唇薄薄的，眉毛细长而弯曲，杏仁型的眼睛，这些标致的零部件让人想象着这张脸青春时曾经有过的灿烂。而如今，粗粗细细的皱纹爬满了她的额头和眼角，瘦瘦巴巴的身架，更增加了她的苍老。头发梳得十分认真，没有一丝凌乱，可那一根根银丝还是在黑发中清晰可见。微微下陷的眼窝里，一双深褐色的眼眸，悄悄地诉说着岁月的沧桑。她操着标准的东北腔，对人总是笑脸相迎。

搬来那天，有两个小伙子，说是他们的儿子，帮忙卸车，在屋里折腾的时候，那老头咳着喘着，被扶着坐到院里的椅子上，晚上，儿子走了。两张单人床，一张放在靠门边的窗户下，另一张贴里面的墙支着，中间有3米左右的距离。老头一直病着，躺在里面的床上。

女的分到厂财务科，做会计，姓徐，人称徐会计。据说她有四个儿女，有两个在本市工作，但几乎没见来过。她除了上班还要伺候老头，每天忙忙碌碌，有时在院子里碰上万晓阳，徐会计会停下来多看两眼，带着一种温情，晓阳就会意地笑笑，感觉到一股暖意。由于劳累过度，终于徐会计也病倒了。

万晓阳在上班路上，听到后面两个女工在闲聊，一个说：“唉，这如今要儿女有什么用，你看徐会计两口子，病了躺在床上，想喝口水都没人倒。”

下班后，万晓阳提了两个热水瓶，轻轻地敲开了徐会计的门，说：“听说你病了，我来看看能不能帮你做点什么。”说着就把带来的热水倒入了桌子上的两个空空的热水瓶里，然后，又去捅已经“奄奄一息”的炉子，加上煤块，放上拔火筒，炉子里传来了噼噼啪啪的炭块燃烧时的爆裂声，屋子里也一时有了生气，两位老人脸上露出了欣慰的笑容。万晓阳又去拿锅，说：“给你们煮点面条吧？”

“不用，有饼干，也不想吃，喝点水就行了，谢谢你，姑娘。”徐会计感激地说。

后来，徐会计病好了，再后来老头被送进了医院，就再也没有回来。等把老头的事忙完了，徐会计想起了自己脑子里的一个问号。一天晚饭后，徐会计来到万晓阳房中，先是对着她的脸端详半天，然后说：“你母亲姓陆？”

“是啊，你怎么知道？”晓阳好奇地问。“你母亲去过朝鲜吗？”“去过，抗美援朝时去的。”万晓阳说。“你母亲叫陆英兰。”徐会计的惊喜溢于言表。

“对呀对呀，你们认识？”晓阳也高兴地对答。“那是我的战友啊！一入朝我们都在文工团，后来，你母亲先回国，没想到在这儿碰上她的女儿。自打一到这厂，我就觉着你像一个人，长相、说话都像，还真是，你母亲她现在在哪儿工作？她好吗？”徐会计连珠炮似的急切地问道。

晓阳的神情黯淡了下来，简单地说了她不在母亲身边长大，很生疏，因为斗了两句嘴，母亲就不理她了。徐会计气愤地说：“这怎么行？哪有母亲不理儿女的。”她问了晓阳母亲的住址，说：“哪天有空，我去看看你妈妈，劝劝她。”

母亲来信了，信上说：“你徐阿姨来家里了，听徐阿姨讲，你现在已经懂得照顾人了，这算一个进步，回想往事，我们都有错，世上哪有母亲和女儿记仇的，不过，你的脾气还是要改改。你在这儿不习惯，再加上你姥姥姥爷他们老了也需要人照顾，我已经和老家联系好了，只等你转正就给你调回去，你可要好好表现，再不要出什么岔子了，有空回家来，晓红已经下乡去了，再说，她也不能总长不大，她的性格比以前好了许多。”

一股苦涩涌上心头，母亲的这份关爱来得太迟了。

一进食堂，闻到那股味，胃里的东西就翻江倒海往外呕吐，同时也为了规避别人窥视的目光，万晓阳很少进食堂，每天，建国除了上班，还要给她送饭。

徐会计把这一切看在眼里，她本想把万晓阳叫到自己房里跟她谈谈，但仔细一想，不妥，建国人也没什么不好，年纪也不小了，自己有意去拆散人家不是罪孽嘛。徐会计觉着他们不合适，倒不是完全考虑家庭背景，说实话，她对自己、包括对她战友，即万晓阳的家庭也没看得高到哪里去，相反，倒是觉着工人、农民和士兵是纯正的革命派，活得踏实。但她觉着不和谐的是两个人生活习惯的差异，还有就是晓阳年龄太小，还不到该谈婚论嫁的时候。

一天晓阳在自来水管前洗东西，徐会计以一种不在意的口吻说："晓阳，你师傅对你可不是一般的好啊！""你怎么知道？"万晓阳有些紧张。

"我就随便一说。"徐会计听万晓阳妈妈说过，将来要把她调到老家去，所以这事她家肯定不同意，于是徐会计给晓阳的母亲打电话，请她到厂里来玩玩，电话那端流露出为难的口气说："徐姐，说实在的，我早就想去拜访你了，只是这孩子在厂里，去了不得不拜访车间领导，人家还以为你有什么事有求于他呢。这样吧，明天中午下班后，十二点半，在西大街百货大楼旁的那家餐馆，噢，好像叫佳运饭店，我们吃个饭，聊一聊。"其实晓阳的母亲心里想的是：这孩子在厂子里闹得乌烟瘴气，真让我没脸去。

原来徐会计打电话是想让晓阳的妈妈来厂，这样就会见到晓阳，会发现她在谈恋爱，由她来阻止那是顺理成章的事，谁料想她不愿来，但徐会计的目的是一定要达到的，所以，在头一天晚上，徐会计就告诉晓阳说："明天中午你妈妈约我吃个饭，叙叙旧，你陪我去吧。"

"她约你又没约我，再说，你们大人说话，我在也不方便，我就不去了。"晓阳轻易地回绝了。

晓阳把这个事给建国说了，没料想建国显得异常兴奋，说："去呀，咋不去？咱们的事迟早是要给你家大人说的，真要上你家的门，我还真害怕，如果有徐阿姨在，关键时候还能帮着说和说和。"

第二天一早，晓阳就敲开了徐会计的门，说："徐阿姨，我想了想，还是和你一块去吧，我有两年没见过我妈了，连她长什么样都有点不记得了。”

九月份还算是这里的夏季，太阳把整个大地照得金灿灿的，但是吹到身上的风却是凉飕飕的。徐会计身子骨单薄，一件花衬衫的外面依然套了一件铁灰色的涤卡外衣，她早早地在厂大门口等。

晓阳来了，徐会计先是一喜，接着就是一惊：怎么后面还跟着个人？仔细一看，是建国，她脑门上渗出了汗珠子，这下复杂了。又一想，也好，让她妈妈看个真真切切。他们走近了，建国先打招呼，这时一辆公共汽车正好到站。

上了车，晓阳觉着还是应该给徐会计说一声，就说：“徐阿姨，早上我忘了给你说了，我师傅也去，我跟我师傅这么长时间了，他还没见过我妈呢。”

徐会计笑笑说：“好啊，一块去吧，人多热闹。”她心里有底了，这两个人的关系已经进入了实质性的阶段。

一顿噎人的聚餐

这佳运饭店，万晓阳的母亲因公务需要，也常光顾。徐会计一行走近饭店的时候，母亲已经在门口等着了。她穿着一件紫色的的确凉衬衫很合体，把她的胸部、腰身勾勒得线条分明，她头发盘在脑后挽成一个发髻，深紫色的衣领更衬托出皮肤的白净。母亲一看到徐会计，马上迎了上去，伸出手热情地握着，说：“大中午的，把你叫出来，耽误你休息了吧？”

“没有，没有，敲你一顿，我还于心不忍呢。”徐会计说着，晃了晃她紧握着的手说：“你看，我把谁给你带来了。”

其实徐会计一进门，母亲就看到了紧跟其后的晓阳，但一是没有思想准备；二是不知道徐会计带她来做什么，她一时还拿不准该如何应对；三还是想摆摆家长的威风，那么吵过闹过，哪有母亲先向女儿开口的。所以她装作没看见，故意把跟徐会计打招呼搞得很夸张，时间尽可能拖得很长。

“妈！”晓阳终于叫了一声，这是有特别意味的一个发音，憋了两年多的恩怨情仇都通过这长长的一声“妈”迸发了出来。母亲的眼睑低垂了。

母亲拉徐会计拐上了通往二楼的楼梯。二楼有三个包间，一大二小，母亲订了其中的一小间。这包间在当时装潢算是考究的，房中悬挂着名人字画，也有些古色古香。

进了包间，母亲坐在正对门的位子上，她拉徐会计坐在自己的左手侧，然后又抬头看看晓阳，晓阳还站在门口那儿，一声“妈”的能量宣泄以后没有看到效果，她呆在那儿了。

母亲上下打量了晓阳一番，晓阳穿了一件玫瑰红的厚绵绸上衣，做成宝宝式，即领子做成圆角带花边，前身在胸部上方分成上下两段，胸前打了许多褶子。母亲猜想，还是很久以前在老家做的吧，她心里掠过一丝酸楚，两年多没管她，可能经济上挺拮据的吧，过几天带她去做两件衣服，母亲盘算着。事实上，晓阳穿它是因为它宽松，穿着显得随意，可能是心理作用，思想上总有个负担，总觉着肚子在一天天膨胀，于是翻出以前的这件衣服，最近一直穿着，今天出门更要掩饰，所以理所当然地穿上了它。

母亲显出很无奈的样子说：“过来坐吧。”晓阳却并不动，而是转过头，这时母亲才发现，在楼梯转弯处还站着一个小伙子。他穿一件白衬衫，上衣的下摆掖在米色的西裤里，看起来倒也干净利落，人皮肤也白白净净，晓阳向他摆摆手。

这时徐会计小声道：“是她师傅。”“他来做什么？”母亲很是惊愕。“事先没说，可能是想见见……”徐会计话还没说完，晓阳带着建国来到了桌前。

建国恭恭敬敬地叫了一声：“阿姨，你好，我是晓阳的同事。”

母亲极不情愿地说了一声：“坐吧。”她也真有些搞不懂了，原以为出了那档子事，他一定恨死晓阳了，他们怎么还有来往？但她是一个要面子的人，她想也许徐会计来厂时间不长，可能还不知道晓阳的一些事，所以她更不能在今天戳穿。

晓阳坐在了母亲的右手边，一张四方桌，建国只能坐在剩下的一边，也就是晓阳母亲的对面了。母亲对建国不屑一顾，她转向徐会计说：“徐姐，我们还按当年大家的叫法，叫你一声徐姐。”

“现在该叫徐奶奶了。”徐会计打趣道。“一样，一样，大家都老了。”晓阳母亲说。

一位女服务员手持菜单本和一张菜单进来，她将菜单本放在桌子上，念着手里的单子：“松鼠鲤鱼、卤牛筋，还有一个白玉翡翠汤，对吗？”

“对，对。”母亲答道。然后母亲将菜单本推到徐会计面前说：“你再点几个合口味的菜吧，反正今天人多。”说完又对服务员说：“我再加一个红烧狮子头，这算我们江南风味菜。”完了补充道：“别忘了在盘子底垫些小油菜。”这是母亲为女儿特意点的。

徐会计客气了一下说：“已经不少了，赶上过年了。”

“年是每年都过，可我们多少年才聚一次，别委屈了肚子，再点两个吧。”母亲的话中充满了诚意。“那我就再加一个扣碗肉，这儿有个大小伙子。”徐会计说。

“这么多年了，能见面真是有缘，那天来我家太匆忙，今天咱们就边吃边聊。”母亲显出很认真的神情说。

气氛有些沉闷，徐会计此时也是十五个吊桶打水，心里七上八下，她猜着建国来的用意了，她有一种被欺骗、被利用的感觉，别到时候晓阳妈妈还以为是我在从中穿针引线，帮他们来和她周旋，这不全弄反了吗？于是徐会计装作全然不知的样子，把话题一转，发出对昔日战友的赞赏，说：“老陆，你真是保养得好，叫他们看看，我们哪像是差两岁呀，你看，你还能只穿一件衬衫，我到这儿这么多年了，就是夏天也从来没离开过这老厚皮。”说着还用手揪揪自己的外衣。

“你是这么多年在上面，气候不好，把身体搞垮了，以后，你也想开点，儿女的事少管，让他们自己解决去，把自个身体养好才是正经事。”母亲顺着徐会计的话说。

菜依次上桌，炸好的犹如“松鼠”的鲤鱼上桌，随即浇上热气腾腾的卤汁，它便吱吱地“叫”起来，活像一只真松鼠。这道菜有色有香，有味有形，更让人感兴趣的还有声。狮子头下面的小油菜炒得那么嫩绿，嫩绿得就像在田间雨后洗过般充满了生命。那翡翠汤里几棵青白嫩黄的白菜心养在一碗清澈透明的清汤里面，一星儿油花也不见。

母亲指着松鼠鲤鱼对徐会计说：“这是我们江南风味菜，酸甜可口，趁热吃。”说着夹一块放到徐会计面前的碗里。徐会计怕冷落了她带来的两位，尝了一口说：“不错，我来个借花献佛，你们也吃吧。”说着把目光投向了晓阳和建国。

这时，建国正在夹一个有小孩拳头大小的狮子头，手一抖，掉在桌子上了。他犯难了，学城里人的习惯应该扔了，但他觉得那太可惜了，夹到碗里，也不知是否合适，正在尴尬之际，晓阳一下子用手抓起来放到自己碗里，嘴里说着：“我最喜欢吃这个了。”然后嘟囔：“师傅，你也是，真是笨手笨脚。”尔后，晓阳有了片刻的呆滞，猛不丁想起了在家吃饭时扣菜碟的情景，她有些狼狈，她狼狈倒不全是因为觉着刚才的举动不雅，而是因为这不雅的动作里还扯着另外一个人，而且被面前的这两个女人看见了，晓阳不知道她们会做怎样的解读。

这吃相让母亲想起了那次在家里大打出手的情景，怎么至今还没长进，她没吱声，希望她的这个表演快点结束，也希望徐会计没有注意到这个细节。为了转移徐会计的注意力，母亲指着卤牛筋很夸张地说：“来来来，徐姐，我们今天是来吃饭的，你尝尝这个，色泽又好，吃起来香嫩筋道，别看你在上面吃这个不难，但我们做不出人家那个味，不是太烂了不筋道就是咬不动。这个菜是我以前在这儿吃过，觉着好，才特意请你来品尝的，不吃不就糟蹋了嘛！”当然，母亲也觉察出这师徒关系不一般，但这不是什么光彩事情，不愿当着老战友的面揭穿。

徐会计也将此看在眼里，更加坚定了自己当初的猜测，知道了晓阳今天赴宴的目的，她要给她捅开了，于是接着她早先提及的话题，有意识引导说：“说起为孩子操心，这都是各人的命，像你也没少费心，比如在晓阳的工作上，哎，你上次不是说要给她联系老家嘛，联系得怎么样了？”

“关系都搞通了，现在就等她转正了。”说着母亲冷冷地看了晓阳一眼，把“转正”两个字咬得很重。然后转过头对晓阳说：“你姥爷姥姥来信说想你了，他们来这儿不习惯，我告诉他们了，只等你一转正，就请假回去看他们。”然后，母亲又动情地说：“他们老了，日子不多了，你把不把我这个妈放在心上不当紧，可别伤了他们的心啊！”

晓阳低着头，不吭声。母亲发现晓阳碗里的狮子头被捣得稀烂，晓阳用筷子慢慢地扒拉着，然后夹一点中间没有被油炸过的碎肉往嘴里送，母亲的心紧了一下。令她更加纳闷的是：那小油菜不是她的最爱吗？今日怎么筷子都不动一下，她明白了，今日那油菜真成了“油”菜了，那菜叶上油光闪闪，所以它才那么好看。现在晓阳正将碗里的碎肉倒到旁边的一个空盘子里，把那翡翠汤里的白菜心夹到碗里，又倒了些汤，那汤几乎就是白开水，晓阳却埋头津津有味地喝着。

母亲的心开始隐隐作痛。她眉头紧皱，咬着下唇，目光平视，开始注视眼前这个年轻人。自打他坐在了自己的对面，因为他一直低着头，母亲都没有正眼看他一眼，现在，她预感到：最坏的结果可能已经发生了，解决它的若干方案中，他的配合是必不可少的。于是，一副温和的面具立刻戴在了母亲的脸上，说："成师傅，请原谅我说话直来直去，但我想，话不管怎么个说法，问题的实质是不会改变的，你是她师傅，凡事希望你为她想想，也为我们这个家想想。"

建国的脸上泛起红晕，他觉得已被拒之千里之外，无法提及那个话题了，他不停地看手表，以缓解一下紧张的情绪。看到建国紧张的表情，母亲基本上确认了自己的判断，从他不停地看手表即表示他要告辞了，她觉着这话不能不说了，于是用一种平静的语调说："成师傅，我和你不熟，但看来，你和我女儿是很熟了，所以有话我就直说了。"母亲停了一下，放下手中的筷子，看来她的话不是一句两句就能说完的，然后郑重其事地说："过去你们之间的不愉快我就不说了，只说说眼前的事吧，希望你能够理解我的立场，做父母的对儿女都有个期望，有个目标，我的第一目标就是让她顺顺当当转正，第二目标就是调回老家照顾她年迈的姥爷姥姥，你是她师傅，你能帮我实现这个心愿吗？"

建国的脸上显出了为难的神情，但最终还是点了点头。

"看来你们关系不错，我不知道属于哪种关系，但我难得见你们一次，就丑话说在前头，算打预防针吧。"母亲的目光在他们脸上扫视一番，接着对着建国说："晓阳还小，而且很不懂事，她还根本进入不了谈朋友的角色，如果你有什么想法，最后耽误、吃亏的还是你自己。我看你年纪也不小了，找个合适而又相配的对象成家，踏踏实实过日子，像我女儿这样的，别说年龄小，就是再长十年，也长不大，连我这当妈的都拿她没辙，你跟她扯下去，能有什么好结果？"

徐会计觉着母亲的话说得太重了，于是说："老陆，建国是个通情达理的孩子，响鼓不用重锤敲，点到为止吧。"

"你应该听得出，我可不是偏袒自己的女儿，我是在为他着想。"母亲憋着一肚子的气对徐会计说。"听出来了，听出来了，先吃菜吧，这么多好东西，不吃可惜了。"徐会计说着就往晓阳和建国的碗里一一夹菜。

建国如坐针毡，觉着晓阳母亲应该已经发现了什么，于是站起来，礼貌地朝两位长辈点点头，说："徐阿姨，陆阿姨，你们慢慢吃，我先回去了，下午上班还有事。""我也走了，该上班了。"晓阳马上接话。说着，他们一前一后走了。

母亲意识到，可能徐会计早就发现了什么才约自己的，刚才自己的演戏真是多余，母亲脸上和善的面具“唰”地就卸去了，愁眉苦脸地唉了一声说：“冤家，作孽啊!”然后她一脸真诚地面向徐会计，问：“你有事?”

“原来有，现在没有了。”徐会计道。

“明白了，你没有了，可我有了，谢谢你费心。”母亲说。

“谢什么？谢我让你费钱。”徐会计用玩笑的口吻回应了这个大家心照不宣、谁都不愿再提的话题。

锦囊妙计

这顿饭在母亲的喉咙里堵了好些天，她预感到了那个事，猜到建国来见她的目的了。丈夫出差不在家，又不能跟儿子说，当然更不能跟外人说，只能在自己脑子里转。首先，她再一次回忆了那天晓阳用筷子扒拉那些碎肉和喝汤的情景，油菜明明是她爱吃的，却碰都不碰，看来是真的有了。如果真有了，那下一步怎么办？她像在单位里分析一项工作的可行性报告那样，层层剖析，假如是真的，要是让单位知道了，绝对要辞退，那她这一辈子就完了。所以最关键的是不能让人知道，而且，一旦传出去，不仅是她，连全家人都受害，现在，她觉着晓阳身上怀的不是孩子，而是一个毒气包，一旦泄漏，杀死的不仅是她自己，还有一圈人，首当其冲的是我们这个家，所以解决这个问题的前提就是不露风声。

解决的第一方案就是打掉，但做人流要单位介绍信，她想到走后门，但全市就这么两三家正规的大医院，怎能保证不露风，找村野大夫又怕害了她，这是其一。其二，就算这次瞒过去了，可留在她身上的印迹却是抹不去的，她将怎样面对她将来的丈夫？其三，如果头胎就做了，会不会影响到她将来的生育，听人说头胎就刮宫，以后怀上就流产，这不害她一辈子么？所以下下策就是让她这么瞒着，反正也快冬天了，等转了正结婚，她摇摇头，自己对着空屋子叫喊：“不，这不可能，我决不答应。”最后，她想出一个上上策——让晓阳自然流产。

就在她每天在这几个方案里打转的时候，丈夫风尘仆仆地回来了，他放下东西就去洗脸。母亲迫不及待地开口说：“哎，我跟你请教个事，如果晓阳怀孕了，怎么办?”

丈夫正在漱口刷牙，他一手端着杯子，一手拿牙刷，满嘴的牙膏沫，他转身冲到妻子面前，嘴巴一张，“啊”的一声，一口牙膏沫顺着喉管而下，他顾不上将其喀出，脱口而出：“如果那样，我会打断她的腿，让她从此老老实实在家待着。”说完又疑惑地看着妻子，说：“这事有‘如果’的吗？你今日个是怎么啦，怎么想起拿这说事?”

妻子不语，父亲感到有点不对劲，问：“难道这是真的?”“八九不离十了。”母亲答。“你怎么知道的？她回家了?”母亲将那天的情景简要说明了，丈夫的脸立刻阴了下来。

“你现在还能像刚才那样，说打断她的腿吗？别光说气话，过过嘴瘾，想想办法解决才是最要紧的，而且还得悄悄进行，别闹出动静，否则她这一辈子可就真算交代了。”母亲说完又说出了她的解决方案，关于到医院打胎那条虽然她已经觉着不太可行，可还是又拿出来与丈夫商量说：“哎，你那战友老唐不是在红卫医院当书记嘛，找找他，看能不能悄悄给做了。”

丈夫一口回绝，说：“这做人流是有规定的，他怎么去给大夫说，噢，他自个定的规矩，自个破？你这不是让人家为难吗？再说了，这种事，你让我去说，我拉得下这个脸，开得了这个口吗?”

“都什么时候了你还顾你这张脸，你不去，我去。”母亲显然来气了。“你去还不是丢我的脸，你就死了这条心吧。”丈夫生气地说。“那怎么办？难道眼睁睁地看着她把孩子生下来，你好当姥爷?”母亲挖苦地说。

“你胡扯些什么？想想别的办法么，你不是说了让她自然流掉嘛。”丈夫心生一计。“到哪儿去搞药呢？野郎中的方子不敢用，搞不好会大出血。”母亲说出了她的担心。

“这种事也来问我，这是我一个大男人该懂的事吗?”父亲说。“懂点也未必不是好事，没准将来在外头惹出了麻烦兴许还用得上。”妻子于无奈中调侃了一句。“都什么时候了，你还有闲心拿我开‘涮’。”父亲回话道。

“我这不是闲心，是烦心啊!”母亲叹息道。“烦心也是你自己找的。”父亲进一步给她添堵。“怎么？怎么又来了，难道是我让她做出那种不要脸的事吗?”母亲生气地说。

父亲一点不留情面，说：“你是没直接让她怎么样，可是你家里容不下她，把一个不懂事的孩子丢到社会上放任自流，出了问题做大人的就没有责任？”“噢？这宪法上哪条哪款写着，这孩子出了问题当妈的要负责任？”母亲没好气地回应。

“好了，好了，现在争这些有什么用，我倒是想起一件事。”父亲话头一转说。“什么事，你快说呀。”母亲着急地问。

也许是丈夫此时心里有谱了，这才感觉到脸上的牙膏沫粘着挺难受，于是重又走向水池，一边说：“你不能等我把脸洗完？”“那脸洗得再干净有什么用，架不住那冤家一笔就给你画个大花脸。”母亲继续发泄着她的不满。

“哎呀，都什么时候了，你还有心情说风凉话。”父亲搭腔。

母亲又转到正题上，说：“好了，说正经的，你刚才不是说想起一个事嘛，现在想起的事，不会跟这事不沾边吧？”

“我以前从上边带回来的那些麝香还在吗？”丈夫问。

“内地来的朋友说这是这儿的特产，我送了一些给人，还剩下一点。”说完不解地问丈夫：“你问这干什么？”片刻，母亲又兴奋起来，说：“对了，对了，麝香，麝香，有些中药里只要有麝香的成分，就写上孕妇忌用。”

“不用吃，只要揣在身上，嗅嗅味就行了。牧民都知道，从麝身上采集的这东西千万不能让怀孕的女人接近。”丈夫说。

妻子从里屋取出一个纸包，一打开，一股特殊的香气扑面而来，里面有两块大点的麝香和一些颗粒状的麝香。“全给她？”她望着丈夫问。

“那两块大的就够了，告诉她，只能揣在身上，千万不能吃，这量把握不住会出事的。”丈夫说道。“知道，还有一点，就是千万不能让人知道，就是她自己都不能知道这是怀孕，否则还不知道她又会干出什么傻事。”母亲补充道。“是的，这点很重要，要是露了馅，我们现在还费这个心干什么。”父亲有同感。

两天后的一个早晨，以前给万晓阳送行李的司机敲开了她的房门，递给她一个包，说：“你父亲让给你的。”

万晓阳把包打开，一看，里面有两条新短裤，裤子上都做了一个口袋，有一个口袋里还装着一封信，撕开厚厚的牛皮信封，立刻香气扑鼻，一个小小的纱布包掉了出来，原来香气是从这儿出来的，她打开信，是母亲写的，上面写道：“晓阳，上次吃饭，我看你气色不太好，食欲不佳，我向认识的一位老中医请教，说是经血不调，给开了些药，用纱布包着，你只要把它装在短裤口袋里，直到身上见了红，噢，也就是来月经为止，这一次，你一定要听大人的话，否则你会后悔一辈子的。”另起一行，用大一号的字写着：“切记，千万不能吃这东西!”一个大大的感叹号结束了这封信。

晓阳明白，母亲知道了这件事，她的态度很明确，就是打掉，而根本就没有考虑结婚的事，事实上，这也是她自己的意愿。她按母亲的嘱咐，把成包的麝香装在紧贴腹部的短裤口袋里，而且还辅以“运动”打胎，干活时拼命把动作做得很夸张，一个班上下弯腰上百次，都无济于事，真是老天跟她作对，也可能是日子太长了，太大了，总之，肚里的小东西紧紧地拽着她，顽强地生存着。

迟到的临别赠言

1977 年 9 月末的一天早上，任书记正在车间装运零件，文昌德突然拿着一封电报来找他，电报上面写着：父病重，速归。文昌德低着头说：“我父亲病重，我要请两个月的假，回上海。”说着并不显得焦急。

任书记斜眼瞄了他一眼问：“你父亲真的病重?”“真不真的我怎么知道，我这不也是才从电报上知道的。”文昌德装得煞有介事似的说。

“是在上海又找了对象回去相亲的吧?”有人在旁边笑嘻嘻地搭腔。

“本人往十字路口一站，美女如云，哗哗的，还需要回上海找对象吗?”文昌德还吹上了。“你就吹吧，你吹得再响也过不了苟美人那一关。”有人接茬。“打住，打住，本人宁愿打一辈子光棍，也不要过她那个关。”文昌德赶紧制止。

任书记说：“你跟我到办公室来。”接着问：“要那么长时间吗?”“要，人年纪大了，病了一时半会好不了，肯定会越来越重，不能到时候病重了我反倒要回来了，这样，请两个月，我回去看看，到时看情况，没准我还能早回来。”文昌德讨好地说。

“请这么长时间，厂子不会批的。”任书记担心地说。“厂子如果不同意，那我就辞职。”他很坚决地说。这话倒把任书记吓了一跳。

任书记还挺看重这个“人才”这么多年对车间的贡献，怕他真的一去不复返。于是出主意说："你请假一个月，你今年过年没回家，算算还有多少倒休，车间再给你赊点账，算上一个月，回来可是要补的。"

文昌德点头作揖连声说："谢谢，谢谢书记的大恩大德。"任书记在请假条上签了'同意'二字，厂劳资科长跟他商量，说："这人走了，你那儿生产任务咋办?""还不得我们自个担着，可百事孝为先，离这么远，今年过年他又没回去，这事要放到你身上，你会咋样?"任书记说。劳资科这一关就这么过了。

可许多人预感到文昌德不会再回来了，于是平日里对他的看不惯一下子都烟消云散了。往日的同事、好友用他们那微薄的工资和凭票买来的可怜的物质表达着心意，建国和宋军一块请了文昌德吃顿饭，当然两人都带了女朋友。

在临走的前一天，文昌德以回请"我的小老乡"的名义在佳运饭店请了建国和万晓阳。

今天建国二人上二班，他们中午11点就到了，他们在楼梯口靠墙角的一张桌子前就座了。一进到这个地方，建国就浑身不自在，自从上次见过准丈母娘后，他就确信坚冰无法打破，两天前在请文昌德的饭桌上他悄悄求助于他，说只要万晓阳觉着合适，他怎样都无所谓。

文昌德指着桌上的菜单说："你们想吃什么，尽管点，本人今天大放血。""那我可不敢点了，别把你真心痛到吐血。"建国笑着说，说完就起身说："你们点吧，我到前面的药房给我妈买点药去。"

服务员手持记菜单站在桌旁，文昌德说："女士优先。"万晓阳说："有个白菜汤挺好喝。还有个狮子头，底下铺点油菜。"现在她反应期已过，想起那天的菜都流口水。"白菜汤有什么好喝的，点个红妆汤吧，再来一个清蒸鱼和白切鸡。"文昌德说。

两年多来这么单独和他坐在一起还是难得，万晓阳仿佛又回到了那趟列车上，只是各自都经历了一段非凡的人生。

文昌德说："你这个傻妹真傻。"万晓阳说："你这个傻哥真精。""你决定和建国好了?"文昌德言归正传。"不晓得。"万晓阳神情迷茫地说。

"什么叫不晓得?像你们现在这样，全世界人民都晓得了，怎么你自己反倒不晓得了。""那就算是吧。"万晓阳回答得平静如水。

"那你爱建国吗?""不晓得。"万晓阳说。"怎么又是不晓得?"文昌德吃惊地问。"因为我压根儿就不晓得什么叫爱，什么叫不爱。"万晓阳说。

“那你跟他在一起扯什么?”文昌德问。“因为他关心我，照顾我，在我最倒霉的时候不嫌弃我，跟他在一块儿心里踏实。”万晓阳说得理直气壮。

“你这不叫爱。”文昌德说。“你和苟爱琴那叫爱，爱得死去活来，爱得轰轰烈烈，可结果呢还不是散了，现在她一个人带个孩子多可怜。”万晓阳情绪激动地说。“她自找的。”文昌德低声说，眼睑也开始下垂。

“你口口声声说都是你的错，怎么又变成是她自找的?”万晓阳提高了声调气愤地说。

“是啊，我是口口声声说都是我的错，一是让她心里稍有安慰，不会那么恨我；二是也省了她再费口舌去向人说道，她是女人，应该让她赢回一点尊严。”文昌德很平静地说。

“原来你真是挺狡猾的，我真怀疑你当初那样叫不叫爱。”万晓阳疑惑地说。

上菜了，头盘是白切鸡，嫩黄色的鸡皮带了一厘米厚的肉，切成细条，精心码成一片，红油淋过，丝丝散发着热气。衬着绿色的香菜，还未入口，色香已经让人心醉了。

“来，来，先吃。”一尝，果然皮爽肉滑，清淡鲜美，那嫩滑的肉质真是入口即化，只留下了满口的清新鲜味在口中回荡。各人品尝了一阵就又回到原来的话题。

文昌德慢慢抬起头，咬字很生硬地说：“你问我当初那样叫不叫爱，叫，是刻骨铭心的爱。我和苟爱琴，因为爱而结合，我没有骗她，也没有对不起我自己。但是，你记得你和我坐火车那次吗？我带了那么多东西，很麻烦也很累，但是麻烦不就那么一下子的事嘛，那些东西我却可以享用很多天，人活着就是要在现有条件下活得更好，人生苦短，人生苦短呀!”说到这他声音慢慢地低下去，眼睛也移往别处接着说：“可是爱不是光用嘴说，当爱变成一句空话的时候还要它做什么。”

万晓阳的脸上浮起了一抹红晕，文昌德也觉着自己说话欠妥，马上闭嘴了。

其他的菜陆续上齐，鳜鱼的身上切几条刀口，撒上姜丝、葱丝，让味道渗透鱼肉，只要看这蒸出来清淡嫩黄的汁，就让人禁不住吞了一口口水。那一碗清汤，是莲藕、红枣与牛肉，三种朱红色食物配在一起，连汤也是淡红的，他说："这是咱们江南风味，像是红妆艳抹，所以叫红妆汤。"

万晓阳心头一震，她现在最想看到的就是红色，心里想的，嘴里念的，脑子里现的，连梦里寻的都是它，可它为什么却偏偏盛在这么漂亮的一个青花瓷碗里？她一时有些恍惚。

"建国怎么还没回来?"文昌德问了一声，万晓阳没答，两人心照不宣。

"听说你家里不同意?"文昌德看万晓阳一眼，开口道。"要他们同意干什么？他们什么时候关心过我的死活。"万晓阳淡淡地说。

"你是他们生养的，据我所知，你的父母对你不亲但并不坏，从给你安排工作上可以看出来，听我的话，这个事你再慎重地考虑一下。"文昌德说。

"我凭什么听你的？人家说你这次是回去相亲的，是不是你又找到爱了？你的话把我说糊涂了，你的所作所为把我看晕乎了，我甚至不知道你到底是个好人还是坏人。"万晓阳已经由激动变成了气愤。

"是吗？我在你眼中的'精'原来是'坏'的同义词，好也罢，坏也罢，都不打紧，我们今后见面的日子恐怕也屈指可数了。"文昌德抿了一下上嘴唇，语调低沉而伤感，好像要等这情绪扩散似的，他不说话了，而是用一种深沉的眼神望着万晓阳。不知为什么，他一直很在意这位小老乡，自己的坏名声竟如此地深入她心，这使他真有些难过。

"是啊，以后你肯定是不得回来了，到哪儿去见呀！"万晓阳的话于伤感中还夹杂着点风凉。文昌德佯装不知般不理会那意思，接着说："所以，在临走前有些话我还是要说一说，这也是建国的意思，建国是一个好人。"说完，他望着万晓阳。

万晓阳嘴角上翘，笑得有点尴尬。自己到底是好人还是坏人？这个问题是万晓阳提出的，在没有什么东西可以帮她鉴别之前，文昌德确信她是不会违心地讨好别人的，这令他很失望，文昌德目光黯淡，说："很遗憾，连假话都听不到，但这也许正是你的独特之处，让我时常想起你，可我不想在你心里永远留下一个坏男人的印象，所以，我还得给自己辩解两句，我不是一个坏人，否则我说的话你不但不信，没准还会反其道而行之。"

文昌德若有所思地接着说："我承认，我的过去很荒唐，抬不起头，心甘情愿地遭受了那么长时间的白眼。可是走过来以后，我却又觉着这说不上好与坏，好，坏，这两个字都太绝对，安在我头上都不合适，但我做事有我的原则。爱情是精神的东西，通过对对方的思念、向往和相会，得到心灵上的幸福感，我从苟爱琴那儿都感受到了，所以我可以肯定地说，我爱她。你看见了，我是怎样追她的，我爱她就大胆地追，这有什么错？当然，也掺杂了那么一点杂质，比方说，她漂亮，能追到她可以看作一个男人的本事，可以说我追她在愉悦自己的同时也在炫耀自己。”

“所以，你就把事情做得很夸张，生怕人家不知道。”万晓阳带点挖苦地说。“有一点，不全是。准确地说应该归于恋爱的狂热，所谓狂热，只是一种愿意尽量宽恕对方，不计较对方任何缺点的‘热情’，其中真正了解的成分是很少的，当时我对苟爱琴真的不了解，结婚后才发现，她虚荣、骄横、独断专行，什么事都要顺着她的意，稍有不满便拉下脸。就像一朵带刺的玫瑰，只可远远欣赏，一旦靠得太近，就会被刺得鲜血淋漓。”

“有这么严重？别人看着你们蛮好的呀！”万晓阳吃惊地说。

“好不好只有自己知道，比如做饭吧，结婚以来，她基本上没做过饭，我们两人口味不同，经常是做两样饭，但就是她吃的也得我来做，这些我都忍了，因为我爱她。但对苟爱萍则不同，说不上爱，但同情她，另外在当时情况下我也需要。”文昌德喝了一口啤酒，眉头痛苦地皱了一下，用手指把玩着杯子，继续说：“其实在我俩的事情中苟爱萍是主动的，因为她的主动，让我免受‘玫瑰扎手’之苦，我感激她，以后我有了能力还会补偿她。”

万晓阳不说话，但脸上的表情却平和了许多。

文昌德突然意识到，自己光顾着为自己辩解，把今天来的意思全给弄拧了，于是来了个一百八十度大转弯说：“婚姻则不然，在时间和空间上都把两人拴在了一起，是两人的终身契约，时间上一般是几十年，空间上，同睡一张床，那你就要有相伴一生的思想准备，它包含着责任和义务，因此，在西方的教堂婚礼中，神父那庄重的证婚词，不管是贫穷还是富有，也不管是生病和什么来看，不记得了，总之要不离不弃，真是道出了婚姻的真谛。”

“你也配谈责任？你对苟爱琴的责任和义务到哪里去了？”对文昌德那些新奇的说法万晓阳还来不及细想，当然也不会接受，于是仍沿用自己固有的思维模式，带点嘲讽地说。其实万晓阳还是挺在乎文昌德的，尤其是在人家说他是回上海相亲之后，万晓阳心里有一种怪怪的感觉，总想见他，而见了又总想挖苦他甚至是骂他几句。

看到自己费了半天口舌换来的竟是找骂，文昌德不免有对牛弹琴之感，他准备结束谈话时才发现建国怎么还没回来，他领会了建国的用意，越发觉着责任重大，说：“你看我把话扯哪儿去了，我们一开始说什么来着，噢，是说你家里不同意?”万晓阳点点头。

“所以，我今天跟你说的意思就是希望你现实地考虑一下和建国的关系，否则你们前面的路会很难走。因为，婚姻还有其社会性的一面，要受社会伦理道德和世俗观念的考验，涉及双方家庭的利益，就拿你说吧，你父母肯定愿意你嫁一个体面的人家，不光为你，也为了他们自己有脸面。你知道吗？爱情在自己的心里，婚姻在别人的眼中，前者属于自己，后者给别人看！不般配的婚姻往往要经受来自各个方面的非议和责难，因此，历经世代认可的‘门当户对’的婚姻，其牢固度要高得多，当然，这里所说的‘门当户对’，不是单指封建社会的财富、地位相当，而且还包含了两人的文化素养、家庭背景，以及在这一背景下几十年形成的生活习惯和爱好、价值观等等，反差越小，自然日后矛盾就越少。”

“你早干什么去了，到现在才说，有什么用?”万晓阳声音突然大了起来，眼中可见泪光闪闪。

“像刚才说的，早些时候，连我自己都认为自己是个坏人，那在你的眼中就不好说是个什么东西了，我说话你肯听吗？弄不好还会扣我一个居心叵测的帽子。再说，建国是一个好人，他对我那么好，我怎么忍心去拆他的台。”文昌德平静地说。

“那你现在还说出来干什么?”万晓阳用哭腔喊了出来，令旁边桌子上的人投来了惊异的目光。

文昌德的心“咯噔”一下，沉思片刻说：“因为我觉着现在说出来有用。”“为，为什么?”万晓阳问。“因为世道变了，绑在每个人身上的枷锁没有了，真应了那句话，天高任鸟飞，海阔凭鱼跃。”文昌德看着万晓阳的眼睛，一板一眼地说。

“那是说给像你这样的‘精’人的吧。”万晓阳说。“你也可以变‘精’的，多读点书，有消息说就要恢复高考了，我这次回去就是参加复习，准备试试。”

“你不是去相亲？”万晓阳吃惊地问。“相什么亲！年轻的时候总想知道沙漠那边有什么，走过去才发现其实什么也没有，除了沙漠还是沙漠。”文昌德说着有些落寞。

“所以你就退回来了。”万晓阳说。“你也可以退回来。”文昌德盯着她的眼睛，继续说：“你书读得不错，在厂里又这么不顺，听我一句劝，把这一切结束，好好复习功课，准备考试，我给你一个地址，如果你需要什么资料，写信给我，我给你寄来。”他很快从口袋里摸出一张纸，飞快地写完递给她。

万晓阳将纸条很小心地收好，那一刻她曾有过憧憬。

建国一直没有回来，他压根儿就没打算回来。

订婚序曲

娄庆云在与小柯的缠绵中无意说出了“订婚”两个字，过后连她自己都吓了一跳，因为她从未认真地想过，自己是不是确定要吊在他那棵歪脖树上。她心里想的、嘴里念的还是小赵。后来，她听说忘掉一个男人的最好办法就是爱上另一个男人，于是和小柯玩着玩着就玩真了。

小柯回家给父母说了这意思，父亲说：“你急什么，还没转正。”母亲立马反对，说：“他都什么年纪了，好不容易碰到个中意的，让他先谈着，一转正就能结婚，他在乡下晃了几年，都多大了，难道到八十转正你也让他等到八十？”

“你这不是抬杠嘛，他能到八十才转正嘛。”话虽这么说可父亲还是认真起来，说：“这离订婚还差着好几步呢，男女互访、双亲见面，男方提亲，张罗酒席。”

小柯一听，说：“妈呀，这么麻烦，小娄你不是见过了吗？”父亲说：“光我见过就行了？咱家的一把手还没过目呢。”

小柯问：“那是我先去呢还是她先来？”父亲答：“都行，看你们怎么方便。”一想到见面，小柯就发怵，她和小赵不就是吃饭吃砸了。于是说：“还是我先去见老丈人吧，要是人家相不中那还扯个啥。”

“那你准备准备，人家可是革命家庭，你也要打扮得革命点。”父亲指点着。

“怎么打扮才算革命?”小柯呛了父亲一句。“你小子成心抬杠不是，头发理短点，举止稳重点，衣服正规点，工作多谈点，上进的劲铆足点。”

“好嘞，你当年是不是就是这样糊弄我姥爷，把我妈骗到手的。”儿子跟老爸开起了玩笑。“你小子，找抽。”父亲说着，脸上洒满了阳光，毕竟儿子有了女朋友，最后成不成就看这一哆嗦了。

“俗话说丑媳妇迟早要见公婆，我这是赖女婿迟早也要见泰山啊，一想到这，我这脆弱的小心肝就扑腾扑腾地跳个不停啊。”说着儿子还做出手捂胸口的样子。“看你那点出息，平常那贼胆都哪儿去了?”父亲说完又沉思片刻说：“这样吧，财壮人胆，礼重点，到时人不说话礼说话。”

父亲拿出了珍藏的一对山西汾酒，瓶子采用景德镇烧制的顶级工艺青瓷瓶，那瓶呈纺锤形，上面细下面粗，精细的白瓷瓶上面绘有一幅图：一位穿一身绿罗衣、头发以竹簪束起的官人，面对骑在牛背上的一个顽皮的小男孩，男孩手指远处，那儿是杏花盛开的村落，瓷瓶右上角的细部，用黑体字并排竖写着两行诗：借问酒家何处有，牧童遥指杏花村。瓶下方写着出产地：山西杏花村。

只可惜这是一个误解，这瓶子上方诗里的杏花村和下方出产地的杏花村，它压根儿就不是一个地儿，差着上千里地呢。诗里的杏花村乃指安徽省池州市杏花村，位于池州市城西，古时曾有“十里烟村一色红，村酒村花两共幽”的佳境记载，那时，村内茅屋酒帘，亭台楼榭，十里杏花，灿若红霞，是历代仕宦文人赏花沽酒之地。那首脍炙人口的《清明》就是曾任池州刺史的晚唐著名诗人杜牧春游池州杏花村所作。杏花村也由此名扬千古。

母亲拿出了一对压箱底的玉手镯，这是一对洁白无瑕的和田玉手镯，象征着女子冰清玉洁的品质，它晶莹剔透、浑然天成的美让佩戴者灵气十足，戴上它，这女人一下子就显得典雅了，高贵了。

看到父母为他见老丈人如此出血，小柯甚是感动，并顿觉此事之重大，虽说本人这形象不是太拿得出手，但父母给整的这点东西绝对体面，去联络联络未来的岳父岳母大人应该不成问题，而且关键是要搞定岳父大人。为啥？俗话说：“丈母娘看女婿越看越有趣，老丈人看女婿那是越看越有气。”况且他知道庆云的妈是“继”的，只有爹是亲的，继母对这事儿应该是没有太多发言权的。

周日下午三点，小柯带着“彩礼”来到了庆云家。庆云家住百货大楼后面的家属院，有三间平房，其中一间房是带套间的，开门见厅，庆云把他领进门，就出去了。

小柯第一眼就看到了一位穿着深蓝色中山装的中年人，坐在那里慢悠悠地喝着茶，专门等他似的。此人大高个，一头黑白参半的头发梳得整整齐齐，挺拔的坐姿、深邃的眼眸透着一股长者的威严。

就在小柯打量着长者的时候，长者也在打量着他，他发现这个年轻人虽个头不太高，但身板结实，一副气宇轩昂的样子，整个人浑身透着一股子自信。他笑笑说：“过来坐吧。”

小柯没有马上就座，而是走上前对着中年人一鞠躬说道：“想必这位便是伯父了吧，让您久等了。”说着便把东西放到了桌子上。“来就来吧，还拿什么东西，你就不怕我相不中你，东西不白送了?”长者打趣道。“就算相不中也没关系，就当我孝敬伯父了，听庆云说，伯父可是当年战场上的英雄，我从小就崇拜英雄，这酒给伯父喝我巴不得呢。”这个马屁拍得让人心里舒服。

这时庆云和继母说着话就进来了，小柯赶紧站起来叫：“阿姨。”看着这个比庆云大不了多少又打扮入时的女人，他觉着他妈高，实在是高，这对玉手镯定能将其拿下。小柯拿出包里的一个红色的精致礼品盒，打开盒盖，一对白色的手镯平躺在金黄色的丝织垫布上，泛着晶莹的绿光，而手镯环上有一段是绿色的。拿起来时，这绿色在光线下不断地变换着深浅。继母一看就喜形于色，忙说：“真好看。”

小柯大大方方地拿起手镯让她试戴，说：“就是不知道大小合适不。”说完又自我否定：“肯定合适，阿姨长得这么标致，这胳膊肯定也是标准件。”

继母已经迫不及待地接过来，戴到了手腕上，对小柯晃晃说：“你看，正好，你妈真会买东西，要不俺们咋能成亲家呢。”

“这是和田玉的，我妈说，戴和田玉手镯可以避邪赐福，希望阿姨今后天天碰上好运气。”小柯恭维地说。

“真会说话。”继母说完还拍拍他的肩膀说：“今日就在家吃饭，阿姨这就做饭去。”

庆云也是头回看到这宝贝，怎么两句话这就成她的了，早知道还不如给她换个别的，把这宝贝留给自个呢，她在心里怪小柯搞不清状况瞎献殷勤。

小柯心里却越来越爽，丈母娘这关算过了，现在要啃老丈人这块硬骨头了。他亮出了那两瓶酒，准老丈人平时也好这一口，一时兴致颇高，说：“好酒，谢谢你爸费心。”接下来他就问一些小柯的家庭情况等。小柯怕言多必失，他也知道谁都喜欢勤快人，勤能补拙。于是站起来说：“伯父，这么久您也累了，您休息吧，我还是到厨房帮阿姨做饭去。”

“你会做饭?”准老丈人问。“会，还能炒几个拿手菜，到时庆云就等着吃现成的吧。”小柯大言不惭地说着，就和庆云一块出去了。“今日个不会搞砸吧?”他小声问庆云。“不会，你那两样宝贝砸到他们的心坎上了。”后来庆云拜见了公婆，双方家长见面商定了订婚的细节，确定了等他们一转正就结婚。

棒打鸳鸯

发订婚宴的请帖时，小柯的父亲来到了厂里。林书记原是自来水公司的一把手，后调来这厂，小柯进厂还是找人家帮的忙，所以逢年过节父亲总要来拜一拜，让这关系保持着温度，没准哪天有事求人家，而且这种准头还是蛮大的，孩子定亲算个由头。

父亲到厂时林书记正在开党委会，收了请帖，寒暄两句，顺便那么客气了一下说：“来了就再坐会儿嘛，还没见小孩吧，我会一会儿就开完，中午到家吃个便饭。”

“臭小子倒是没什么好见的，经常回家，我就是想再了解了解那女孩的情况。”父亲说。

“噢，还没问，那女孩是哪儿的，你看我都昏头了，肯定是厂子里的，要不你到厂里了解什么，我是问是哪个部门的?”林书记似恍然大悟。

“二车间的，叫……”他一时还想不起来名字了。

“噢，我给你叫个人来。”林书记刚走不大会儿任书记就到了。

任书记当然知道娄庆云谈恋爱之事，连前面和小赵的来来往往他都了如指掌，这一回他真想成人之美，觉着一个女孩家已经被甩了一回就够没面子的了。可是要他猛不丁地对她加以评价，他还真想不出什么词儿，总不能说她长得高高大大，人家已经到了订婚的份上，哪能没见过人呢，于是说些工作积极，思想上进，性格开朗，团结同志，尊敬师长什么的，说到这儿他停了一下，好像觉着自己在给人写什么推荐表，太程式化了，给人一种不真实的感觉，不知哪根筋搭错了，他话头一转说："唉，这人一出众，就会引来一些闲话，比如说她跟他师傅咋样了。"

"咦，什么意思?"小柯父亲像警惕的猎人一下子发现了猎物似的，问："那咋样到底是咋样了?""没咋样，也就是给师傅洗洗衣服什么的。"任书记也觉着说漏了嘴，只好想着怎么往回扳。

"任书记，你这可就不够意思了，话咋能溜到嘴边还往回吞呢，要是光洗洗衣服人家会说什么呢？这可是关系到我儿子一生的大事啊。"小柯父亲说。

任书记沉思中看到了对方专注和期盼的神情，忽然觉着是林书记叫自己来介绍的，就有点组织委派的味道，那就应该实话实说，于是他说了那个事，但接着又来了个否定，说："他师傅住四楼，就前面那单身楼，门前是大操场，在哪儿看去，传的人说是趴在楼顶上从窗户里看见的，我还搭上这老命，爬到楼顶平台的外檐，差一点丢了命，从窗户往里看，看不见，真的啥也看不见。"说着还执拗地看着对方。

"是吗?"对方感到有点莫名其妙，我又没说能看见，你跟我较什么劲。心想：屋里没人你能看见个啥，无风不起浪，人家咋不说别人。小柯父亲的脸色明显地黯淡了下来，说："你看不见不一定他们就没干。""哎，你这位老同志咋这么说话呢?"任书记怪嗔地说。

"你把话都说到了这个份上，把事都整到了这个程度，我还能说什么?"小柯的父亲说。他想象着眼前这个人佝偻着身子小心地在屋檐上移动的情形，下面站着黑压压一片的人，人们不约而同地说着同一件事，本来的传言只是个语音传播，它口口相传不也得一传十，十才能传百嘛，可叫你这一爬房顶，一目了然，光你这"老头上房"的新闻，还有这动静，怕早就搞得路人皆知了。在这一刻他就决定了，于是站起来说："多亏遇到你，我还有事，先走一步，麻烦你告诉林书记一声。"

任书记心里"咯噔"一下，意识到坏了，当他从屋里追出来时已经听到了汽车发动的声音。

两个年轻人的恋情正在高歌猛进，突然头上就泼来了一盆冷水。这天下午小柯一回家父亲问："你碰了她没有?""没有。"小柯说。

“咋的，她不让?”“哪能呢，我就那么没能耐，是还没定下来，哪能跟人家拉拉扯扯。”小柯很正经地说。“算了吧，你小子哪有那么规矩，知子莫如父，你从小就好个偷鸡摸狗，一点点大的时候就追着人家小姑娘扯人家的裙子。”

“爸……”小柯有些不好意思。“老实说，到什么程度了?”父亲认真地看着他的眼睛问。“没怎么，也就是搂搂抱抱，亲个嘴什么的。”小柯答。

“这‘什么’里还包括了些什么?”父亲问。“没什么了。”小柯突然有些来气地说：“爸，你不至于无聊到拿儿子寻开心吧。”

“开心，开个屁心，老子现在是烦心、闹心、堵心。”父亲气愤地站起来，手指着自己的心窝向小柯走去，眼睛死盯着他问：“真的没什么了?”

“没有，真的没有。”小柯不耐烦地喊了起来。“那好，断了。”“为啥?”小柯不解。“这不是个规矩的女孩，跟他师傅有一腿。”父亲说。

接着母亲说着一个个坏女人带来家门不幸的事例，小柯不屑一听，母亲又语重心长地说：“他们老柯家可是三代单传，这要是窜了种，别说你爷爷奶奶不依，就是我和你爸也对不起列祖列宗啊!”

“对得起对不起的，跟我有啥关系?什么列祖列宗，我又不认得他们。”小柯的逆反心理强烈地被激活了。

父亲一个巴掌“啪”的一下拍了过来，这脸上顿时火辣辣的，父亲骂道：“小兔崽子，连祖宗都不认了，告诉你，你要是不断，从今往后别想从家里拿走一分钱，还有这个车钱和那些彩礼钱你还要给倒回来。”

“不给就不给，离了你我还能饿死，下乡那几年的苦我都熬过来了，现在有工资我怕啥。”小柯气愤地说。

父亲气得浑身发抖说：“你个傻瓜，她师傅拉家带口，她跟他扯，说明她并不是你所说的是个老实自爱的女孩子，她能和她师傅，而不和你，说明什么?说明压根儿就没看上你。你再想想，她是什么时候找的你，不是小赵甩了她以后嘛，她不过是在失恋的情况下用你当了个替补。”

这一箭还真射到了靶上，伤自尊，太伤自尊了。一夜辗转，小柯决定摊牌了。第二天，小柯来到庆云的宿舍，说：“你说要个仪式，我爸我妈突然全都反对，说我还没转正，厂子不允许谈对象，搞不好会被开除。”

“你不是说你爸挺满意吗?”娄庆云不解地问。“满意也不一定要订婚呀，说我爸满意那也是我的猜想，再说，他昨日个满意，今日个又不满意了，我能把他怎么样？”小柯说这话时满脸的轻松，连一点留恋的意思都没有，反而是一脸的无赖相。

娄庆云惊呆了，也气傻了，咬着牙说：“柯大头，你，你耍我。”“彼此彼此，你也耍了我，而且，你被那么多人，你师傅、小赵，或许还有不知名的小王、老李耍过，再多我一个，耍耍也无妨。”小柯更加无赖。

娄庆云蒙了，不再那么强硬，说：“你胡说，我跟我师傅是清白的。”

“那你跟小赵是不清白的了？这不是此地无银三百两，不打自招嘛！”小柯说。“你……”娄庆云气得说不出话。

“我，我什么？我知道你跟小赵是清白的，人家不愿意，你想不清白也办不到啊！”小柯想这句话的效果应该等同于父亲给他心里造成的创痛，他学会了通过刺痛别人来给自己镇痛。

“你这人心真狠，竟拿别人的痛苦来取乐，我真是瞎了眼。”庆云恨得咬牙切齿地说。“我才瞎了眼呢，要不然怎么会那么没水准，把个污迹斑斑的女人当宝贝。”小柯说。

“柯大头，你嘴放干净点，谁污迹斑斑？”娄庆云恨得咬牙切齿。

“不是你，是吧？”小柯用一种嘲弄的口气揶揄着说，然后又挑逗性地说：“是，不是，那可不是嘴说的，试一试不就知道了。”他的眼白泛红，像一只饿极了的狼。“你浑蛋。”庆云说着站起身就准备往外走。

小柯一把拉住她，说：“你师傅能，我为啥不能？”

“咚”的一声，娄庆云照着小柯的脸就是一拳。血顺着鼻孔流了下来，小柯急忙用手去捂，满手满脸血红一片。他跑到院里的自来水龙头下，让水从头顶上浇下，水带着血色哗哗流下。他突然想，要是我一直不抬头，就这样流，我会死吗？一种恐惧袭来，他迅速抬起头，用手捏住鼻子，往医务室跑去。

任书记从二道门里出来，正好碰上往医务室跑的小柯，血从他的指缝里流出来，在手背上宛如一条小溪，他凑上去问：“这是咋弄的呢？快，快上医务室。”小柯站住瓮声瓮气地说：“回去问你管教的泼妇去！”

任书记愣了一下，一时还弄不清东南西北，只是愣愣地站着。“快，快，你挡在这儿我快得了吗？真是咸吃萝卜淡操心。”小柯狠狠地瞪了他一眼，绕过他往医务室跑去了。

任书记担心的事终于发生了，他很自责。

娄庆云那天上二班，此时应该在宿舍里，任书记径直找上门。娄庆云正呆呆地坐在床边发愣，说：“噢，任书记，有事吗?”“没啥事。”说没事可腿却迈进了屋。

娄庆云站起来拉出一个凳子，说：“请坐。”书记指着地上已经干了的血迹，说：“你咋能这样呢?”。庆云又坐回原位说：“你说我应该咋样?他满嘴胡说八道。”

“你一个女孩家要斯文一点，不要随便就动手，就你这块头，一失手会弄出人命的。”书记说。“弄出人命我赔上，不过我临死也要拉个垫背的，把那个缺了德乱嚼舌头的也捎上。”

任书记听得头皮发麻，也有一些气愤，他心想：就是我说了，就凭着我是你的领导这层关系你也不该说话这么恶毒。

一拳结束了一段恋情，后来传出的话是：娄庆云和她师傅怎么样了，所以她和小柯就吹了。对于他们的公有财产，小柯在路上截住娄庆云说：“我也让我爸弄张自行车票，你说，那个替补队员是谁，我好照样给你传下去。”

娄庆云“呸”地啐他一口，啐出去了一张自行车票。

转正

自打建国从高墙里一出来，任书记的心上就压上了一块大石头，眼前浮现着万晓阳和建国期盼的神情，背影上缠绕着众人惊叹、疑惑的目光，那件事又成了他回忆中经久咀嚼的一粒苦果。在一个风和日丽的下午，他迈着灌了铅似的腿，走进了人事科。

人事科长指着旁边的椅子说：“坐，老任，有事?”任书记没有就座，给科长递上一支烟，殷勤地点着火，脸上的皱褶始终没有舒展开来，揶揄着说：“建国出来了，平反了，你看万晓阳的事是不是也该重新考虑了。”说着他坐了下来，意指这不是个三言两语就能说清楚的事。继续说道：“万晓阳 1975 年 4 月进厂，按焊工两年转正，到 1977 年 4 月，已经过了，如果加上延期的 6 个月，到 1977 年 10 月……”“现在她已经不是焊工了。”科长毫不留情地打断了他。

“我今天找你，就是看能不能让她回焊工，一个女娃一辈子干普工也不是个事。”他小心地捧上一张笑脸。

人事科长站起来在他的桌前踱着步，说：“这个事嘛……”他拉长了声调，忽然像卸了千斤重担的毛驴子那样，“啊哈啊哈”地开怀大笑起来，不知是笑那件事本身呢，还是笑眼前这个人作茧自缚，像头困兽，或是笑这个一向桀骜不驯的人此时的恭维相，然后就见他耸耸肩，很宽容地摊开粗短有力的双手，说：“是啊，这也真是个事，可这是厂里的决定，我说了不算。”

人事科长的笑声令任书记浑身不自在，他如坐针毡，可还是强压怒火继续坐下去，用祈求的口气说：“你是主管，你得先有个意见，真的，你帮帮这娃，也只有你才帮得了她。”

人事科长坐下，思量片刻后说：“你先打个报告，然后我们走程序。”说完站起来拍拍任书记的肩膀，最后撂了一句：“老任，我真佩服你，不是爹妈，胜似爹妈。”任书记听出来了，他是想让局长来求他这个科长。

任书记还是叫陈技术员以车间的名义打了个报告。过几天，任书记去问，科长答：“最近太忙，我们抽空研究一下。”又过了若干天，建国回厂并当上了班长，他又去问，答：“我们基本同意，可成建国当班长。这两人在一起工作不太方便吧，我们正在考虑是不是给她调到维修车间。”

任书记想想这似乎有理，那就让人家考虑考虑吧。

万晓阳自打怀孕以来，一进食堂，闻到那股味，胃里的物质就翻江倒海往外呕，同时也为了规避别人的目光，她已很少进食堂，每天的饭，多数由建国送来。一天中午，建国送来用保温桶盛着的鸡汤，就上班去了。晓阳一揭开保温桶的盖子，香味荡漾已使她的胃液加速分泌，谁知喝了头一口就顿感恶心，勉强喝了半碗，哇啦哇啦全吐了，她难受得一手撑地，一手捂胸，连黄疸水都吐出来了。同屋的用炉灰把呕吐物给覆盖起来，问：“你怀孕了？”她点点头。这是她第一次对外发布这个爆炸性的新闻。“那你得赶紧想办法，这样下去可不行。”同屋的说完就出去了。

当晚，晓阳翻来覆去睡不着，月光夺窗而入，望着那银白的月牙儿，她的眼睛渐渐模糊起来，嫦娥姑娘飘然而现，看着她说：“姑娘，你不该采摘那颗禁果，我就是偷吃了后羿经过千辛万苦才得来的仙丹，到现在都回不了人间，我后悔啊。” “姥姥说月宫好美啊，你怎么会后悔呢？”她问。

“你知道吗？月宫又叫广寒宫，高处不胜寒啊！”万晓阳打了一个寒噤，从高处坠落下来，她落到一口枯井中，四周黑漆漆，阴森森，她想呼喊，喉咙却被人卡着，她挣扎，手脚却被捆着，隐隐传来沉闷的雷声，一道惨白的闪电映出母亲气愤的脸，周围人嘴角挂着的讥笑，建国从井口俯身伸出手臂，但他够不着，雨哗哗流下来，水从井口冲下来，忽然井壁坍塌，泥沙俱下，从她的下身埋上来，她感到胸口憋闷，呼吸急促，猛烈挣扎，猛醒过来。

原来是一场梦。梦中的影像再现，余悸犹存。万晓阳无法入睡，手下意识地移到小腹，光滑、富有弹性的皮肤鼓溜溜的。黑暗里，她仿佛看到被子被肚子顶起了一个包，胸部也鼓起了许多。她想象着这对山丘不断膨胀，突然从衣服里蹦了出来，不行，她要消灭这个麻烦。眼看要显山露水了，可身上还是不见“红”，她生气地将父母自作聪明送来的那小包扔了，买来一捆医用绷带，把胸部以下一圈一圈地缠起来，好像肺里的空气都被挤了出来，人都有点迷迷瞪瞪的。

建国见了，心疼地替她解下绷带说：“我们马上结婚，我要为你打造一个舒舒服服的‘温室’。”这时他们才认真地考虑起转正的问题。

人事科长书面通知任书记，厂部同意万晓阳可以按焊工转正，但前提是她必须通过技术考核，考核通过后调入维修车间，转正前的技术辅导由二车间负责，转正时间从考核通过之日算起。如果按普工转正，已经过了转正期，现在就可办理。

任书记兴冲冲地将通知转给建国，建国却不见一丝喜气，轻声说：“谢谢书记。”令任书记在不快之余还有些纳闷。

建国怀着忐忑不安的心情把通知摊在桌上，晓阳看了咬着嘴唇说：“我要按焊工转。”“我何尝不希望这样，可你现在能通过考核吗?”

“我现在就去医院做了。”“要能做不早做了，还等到现在，再说已经这么大了，有危险。”建国说。“我不怕，死了算了。”万晓阳恨恨地说。

“只怕是死不了倒给开除了，学徒期怀孕是要除名的。”

晓阳气急败坏地在自己的肚子上狠狠地抓了一把。说：“我恨死他了。”“你要恨就恨我吧。”建国无奈地说。他思考片刻，问道：“回焊工，身体行不?”晓阳迟疑了一会儿，她卷起一条裤腿，一条条紫青色的血管弯弯曲曲，像一条条蚯蚓爬在肿胀的小腿上，她这是静脉曲张，人家有条件的遇到这种情况都会住院治疗。再说，即使她硬撑着，在二车间进进出出，很快就会露馅，她怀的是“贼”胎，是偷来的，是见光死的，倒是在下料房那个被人遗忘的角落要安全得多。

建国心疼地说：“让你受苦了，我不能让你再受罪。”“我不怕苦。”晓阳坚定地说。“你再吃苦，什么时候才能通过焊工技术考核？可能肚子里的等不及，况且没有那‘一张纸’，生产时是没有一家正规医院接收的，搞不好连大人的命都得搭上。”建国说。万晓阳不再说什么，只有服从命运的安排。眼下他们的当务之急就是立马转正，尽快拿到那“一张纸”，跑步进围城。

“按普工转。”晓阳咬了下嘴唇，从牙缝里流出了这几个字，同时两颗巨大的泪珠已滚下了她的面颊。建国默默地替她擦去，接着说：“以后不用再提心吊胆了，专心养身体。”他悻悻地走了。

晓阳起身，用重重的关门声表达了她的愤怒和懊恼。她趴在床上，浑身抽搐着，她的哭声一直隐隐约约地起伏在暗蓝色的夜里。本来，她的头顶悬着一个大大的红苹果，她只要跳起来就能够到，可肚子里的一团肉，膨胀再膨胀，让她坠落谷底，她恨那个欢娱的片刻，现在却将她的人生就此定格，她不甘心啊！从此，在她的心里潜伏下一个深渊，扔下巨石都发不出声响。

第二天中午，下班的大喇叭刚一响起，建国就来到了任书记的办公室，将书记堵在了里面。书记疑惑地看着他，看到他神情沮丧，问：“啥事？”

“按普工转。”建国在书记对面坐下，双肘支在桌上，双手抱头，那脑袋垂得很低，十指插入头发中不停地挠着，小声地说。

“你脑袋是进水了，还是叫驴踢了？”书记站起来，双手撑桌，身体前倾，大声质问，语气里包含了他当“孙子”求人事科长的委屈。

“她怀孕了。”“你呀，你呀，叫我说你什么好呢？”书记用手指在他的眼前晃着。一副恨铁不成钢的样子。

“是挠害了她，挠浑蛋，挠对不起她，也对不起书记你，挠知道你为了那个通知跑了多少腿，费了多少劲。”建国说着右手在脑袋上使劲地捶着。

“这是屎都憋到沟门子上了，你现在打算咋办？唉。”他长叹一声，接着说：“谁都打年轻过来过。”“转正，结婚。”建国无奈地说。“现在也只能这样，你抓紧办，需要车间帮忙的说一声。”任书记说。

任书记扭转乾坤

小柯之事这突如其来的一盆冷水，似乎把娄庆云的生命之火熄灭了，她现在丢掉的不只是一段恋情，还有她一个少女的名声，她终日沉浸在极度的痛苦中，反复咀嚼、品尝人生的苦酒。她不知道应该恨谁，小赵？挨不上，他师傅？沾点边，可那早已是陈年旧账，是哪个浑蛋把它翻出来，对，是柯大头，其实她心里很清楚，她最应该恨的是自己，如果没有那档子事……

当外部的世界冰冷而残酷时，还有什么比缩在自己的茧里更安全呢？从此娄庆云变得性格古怪，形单影只。她很少出门，除了上班就在宿舍猫着，再没见她花枝招展地在人前晃悠。有时门半开着，她在屋子里大骂："你是个彻头彻尾的浑蛋！"有时她突然变得很轻松，觉着这个柯大头一钱不值，他不想要我了，哼，再好不过，我还不想要他呢，早就不想了！他个不高，人不帅，他身上的缺点多如牛毛。想想都滑稽可笑，我怎么能跟他扯那么久，他走得正好，我从此可以解脱了，于是她又一个人在屋里唱歌："雪山上升起了红太阳，翻身农奴把歌儿唱，呀啦嘿。"而且是开着门边唱边跳，打门前过的人站着看一下，摇着头走了。

有天晚上，歌声从窗户里飘出："深夜花园里四处静悄悄，树叶也不再沙沙响，夜色多么好，令我心神往……"歌声中带着一丝丝悲凉。有几天夜里，她屋里突然传出叫声，夹杂着含糊不清的话语，夜半三更，令人毛骨悚然，四合院里许多人都听见了，人们说这丫头疯了。

娄庆云在这个时候抽失恋的"羊角风"实在是太不合时宜，她明年四月份转正，转正的考核迫在眉睫。任书记心急火燎，可也不知如何是好，不知道后头还会上演哪一出。现在，看到她戏越演越真了，任书记认定她在演戏，凭他人事干部的感知，性格外向的人神经哪那么容易出问题，她闹出这么大动静不过是想吓唬吓唬那些"乱嚼舌头"的。他决定给她来个"崩溃疗法"。

这天是星期六，晚饭后任书记来到庆云的宿舍，门开了，庆云将书记请进屋里。书记问："今天怎么没回家?""心烦。"她头也没抬地答道。

"那点破事也值得你心烦，你知道不，你什么时候转正，你有两天没去上车间的培训课了，考试准备了没有？都这会儿了还有心思在这儿装疯卖傻？”任书记质问。

“书记，你咋这么说，难道我就应该叫那乱嚼舌头的肆意污蔑。”娄庆云气愤地说。此时她真的不知道这“乱嚼舌头”的就站在自己面前。任书记却把这看成当面叫板，于是他以毒攻毒，说：“那你能告诉我，你和你师傅那事到底是有，还是没有呢？”末尾他加重了语气，还在“有”的后面来了一个大喘气。说完又像当年审万晓阳那事那样，歪着头直盯着她的眼睛。

在那一瞬，娄庆云脸上的表情凝固了，她眼睛大睁，嘴微张，那一瞬的表情让任书记彻底否定了他曾挖空心思，左思右想，上看下看对外发布的结论，他心里踏实了，即使自己说了什么，也不会造成冤假错案。

只一刹那，娄庆云就闭上了眼睛，咬着嘴唇，把头扭向一边，用很平静的声音说：“没有。”

任书记理直气壮，又有些狡黠地说：“我给小柯他爸也是这么说的，你想，人家是林书记的朋友，林书记叫我介绍情况我能不说嘛，不过，我可是一再强调那是没有的事，还是经过我爬楼顶验证了的，不信你去问小柯他爸。”

娄庆云气得浑身发抖，她用她的大眼睛定定地看着他说：“原来是书记您说的。”她说得有点咬牙切齿，那眼神起初是诧异，很快又平复了，说：“不过，我还得谢谢书记，终于让我摆脱了那个无赖的纠缠。”

“你们不是都要订婚了吗？”书记诧异。“要不咋说我要谢谢您呢，是这件事才让我擦亮了眼睛。开始也觉着他五短身材，黑黢黢的，可只要人好也就将就了，没想到一点流言蜚语就让他原形毕露。”庆云说得很平静。

“咋啦？他对你动粗了？”任书记问。

“岂止是动粗，他撕扯我，要侮辱我，我才打了他。”现在娄庆云倒真有一点解脱了的感觉，所以这话说得自然，听的人心里也舒服。这些天她那么闹腾，就是心里憋得慌，她委屈，自个的贞洁保卫战今日终于得以宣扬。

“所以他就满嘴跑火车，胡说八道，你打得好，一个女孩子就应该自爱自重。不然，像万晓阳，搞到现在这个样，我想帮她都帮不上，你有空也多关心关心她。”书记巧妙地进行了话题转移。

"好的，书记你放心，我看她也怪可怜的。"此刻的娄庆云已经忘记了自己的伤痛，而是准备献身一场伟大的献爱心活动。

任书记甚至有些吃惊，这思想工作就是灵，不知不觉就把刚才那么烈的一匹马给驯服了。他沉浸在自己思想工作成就的喜悦中，说："有道是塞翁失马，焉知非福。"说着竟摇头晃脑，洋洋自得起来。于是进一步发挥说："我倒不是说小柯不好，但和你不合适，你想，走在一块，看着你比他还高，要是再穿上个高跟鞋呀啥的，还不高出半个头去，他要是想亲……"本来他想说亲个嘴，可话到嘴边觉着不妥，改口说："亲热一下，还不得垫个小板凳。"

"是啊，他要是想扇我个耳光还不得蹦高跳起来呀。"庆云顺着书记的话进一步发挥。"这你想多了，估计借他个胆他也不敢。""没准，你没见过那天他那穷凶极恶的样子。"庆云很认真地说。

"这么说我还办了件扬善积德之事。"任书记这么多天的内疚和自责一扫而光。

星期一一上班，任书记来到车工班，机声嘈杂，班长董师傅正在庆云原先干活的车床上车一根长轴，他静静地站在旁边，待车床停下，他给董师傅递上一根烟，说："娄庆云明年四月份转正，她要参加全厂统一的车工转正考核，她一天老车销子，没有技术怎么过关，还是让她再回到这台床子上，你是老高中生，活干得好，理论知识也不差，你再带她一阵，文化知识也给指导指导，到时过不了，人家笑话的是咱车间水平低。"

董师傅迟疑了一下，还是点点头说："好吧。"

下午娄庆云一上班，董师傅就将书记的决定告诉了她，他拿出一本《车工技术手册》说："你抽空看看，有些东西要背下来，转正考核还要考文化课。"

娄庆云顿时热泪盈眶，她抖动嘴唇想说几句感激的话，可千头万绪，不知从何说起。

在下午的车间大会上，任书记在讲到青工的思想教育时说："青年人要把精力放在工作学习上，要树立正确的婚恋观，尤其是女青年，要自爱自重，在这一点上娄庆云同志就做得很好，不屈从一些人的非分之想，被人恶语中伤，我们要敢于和这种不良的社会风气做斗争。"

不知任书记是为自己的过失打圆场呢，还是真的为娄庆云点赞，反正客观上的效果是为娄庆云正了名，这令娄庆云感动得一塌糊涂，坐在那儿脑袋埋在手心里，整个身子就抽动起来了。

从此娄庆云像换了个人，意气风发，上班早来晚走，下班就读书，过去一些技术类的书籍她也看过，可味同嚼蜡，什么钢材型号、几何图形、曲线、函数一看头就大，不一会儿就睡着了，可现在她会钻进去，不懂的她先问人，再不懂就到书店去找书。两个多月，她就赶上来了，在全厂车工考核中名列前茅。

娄庆云回家给父亲说明了真相，从继母的手上取下了她心爱的玉手镯，将东西都“完璧归柯”了。她又被纳入了车间入党积极分子的花名册。有时她也会回想，她既不恼小赵也不恨小柯，她甚至会感谢曾经发生的一些坎坷，正因为有了这些经历，才有了以后自信成熟的她。

坎坷进城路

在那个电闪雷鸣的夜晚，激情过后，建国起身，见到了红，连内衣的下摆也印上了几朵桃花，看到那一坨红色，他愣住了，接着是一阵窃喜：一只金光灿灿的碗，大家都说它是铜的，可你拿去一鉴定，原来是金的，还是四个九的，那你什么心情？当时的建国体会到了。他整理衣服，将那朵朵桃花珍藏进裤子里，爱怜地说：“原来你没被那个？”“被哪个？都是那些人编排的。”万晓阳气愤地说。“我一定会珍惜你。”他抱紧她说。

第二天建国上二班，一大早他赶回家，母亲正在抹桌子，他大叫一声：“妈，你看。”母亲惊讶地转身问：“啥嘛？”“落红，那姑娘的。”接着他大致说了经过，强调是她愿意的。

母亲先是面露喜色，说：“这当然好，清清白白，让人一辈子舒心。”接着就面露难色：“你阿爸不会同意，装在裤子里的事只有自己个知道，闹得你坐监的事那可是路人皆知，这要是你和她成了，亲戚朋友不得笑话一辈子。”最后，她干脆就怒发冲冠地斥责道：“你咋一下子就跳到了这一步，这要是怀上了可沃里（当地话：怎么）是好！”

此时建国脸上也由晴转阴，逐渐阴云密布，他拉母亲坐到桌边的椅子前，按着她的双肩将其按坐在椅子上。然后他正对母亲跪下，抓住她的手说：“妈呀，儿求你，成全了儿，儿今年已经二十四了，再说，儿也要对人家负责啊。”

"搁到今日也是你自个找的，以前介绍的好的也不是没有。唉!"她长叹一声说："一个姑娘。"她起身往里屋走去了。

这天晚上，看到丈夫心情尚好，母亲小心翼翼地问："我说他爸，要是一个姑娘清清白白跟了一个男人，这男人该咋样?""娶了呗，还能咋样。"父亲漫不经心地说。"这个男人就是咱建国呀!"母亲极不情愿又不得不说。"那女人是哪个?"父亲有些紧张。"当然是那个姓万的姑娘，还能有谁，他心里除了她还能有谁?"母亲无奈地说。

父亲一声不吭，母亲央求道："他爸，不看僧面看佛面，就看在她一次次往监狱跑的份上……"下面的话她不敢说了。

"逆子，孽种，睡觉。"父亲用被子蒙上了头。

又一天，建国又是大白天回家，他看着母亲的眼睛，小声说："有了。""你咋知道?"母亲紧张地原地打转。"快两个月没见红了，吐得厉害。"建国说。

"这可咋办呀，你阿爸还没松口。"母亲着急地搓着两手。"爸要再不松口，那就只有等着儿二进宫了。"建国第一次跟家人要起了无赖。

好不容易盼到丈夫下班，他还未落座，母亲就急切地说："有了，有了。""啥?"丈夫大惑不解。"当然是咱儿的，这可咋办?"母亲说。

丈夫思量着，不语。母亲心跳加快，呼吸急促，她生怕从丈夫那紧闭的唇间流淌出半个"不"字，那她就没法张口了。她这前半辈子没违抗过丈夫的意愿，估计后半辈子也不会，于是抢先说："他爸，这姑娘怀的可是咱们老成家的骨血呀，这要是落到外姓手里……"她又把后半截话咽了回去，紧盯着丈夫的脸。

过了好一阵，丈夫那脸上的皱褶渐渐展平了，平静地说："娶了吧，哪天叫来家看看。"晚饭时，丈夫一杯一杯将酒当茶水喝，高度的酒精渐渐染红了他的眼白，不知他这是借酒浇愁还是以酒庆喜。

建国得到父母的恩准，心里一块石头总算落了地，他也只能窃喜，无人可以告知，因为他从未向人说过他家人不同意，那样太伤晓阳的自尊了。建国开始筹办这没有喜气的喜事。

12月的古海，天已经很冷了，晓阳穿着一件中式对襟棉衣，外罩一件黑呢子大衣，也许是这胎儿先天受过太多的虐待，五个月竟不显身，倒是使她免去了许多尴尬。

建国的家离那著名的清真寺不远，整个街景彰显着静谧和神秘，晓阳置身其中竟有些害怕，不敢东张西望，不由自主地加快了脚步，跟着建国向那两扇大黑门走去。

门开着，宽大的门房相当于门厅，左侧一角划出一块做厨房，其他是开放式，前面是一个天井（比周围房子的地面低一砖左右），显然是为了排水方便，左右两边各有两间厢房，过了天井，正面是上房，一道宽大的雕花木头格子门里是一个很大的厅，厅的右侧是一间厢房，门冲左开，厅房的里墙墙角上是一道小门，通往后院。后门旁边与格子门相对靠墙放着一张大方桌。

今天是礼拜天，建国父亲也在家，他和建国母亲一边一个端坐在桌前。

父亲上下打量了晓阳一番就站起来说：“来了，坐吧。”然后就起身进旁边的房间里去了。

建国从墙边拖出一张椅子，晓阳坐下，环顾四周，这家里干净、整齐，成母看着有五十多岁，头发已经花白，记录着她为这个家付出的操劳，脸色略显憔悴，明亮的眸子流露着呆滞，岁月的风霜在她脸上刻下的沟壑却掩饰不住她曾经的美丽。匀称苗条的身材，还能让人想象到她当年的风韵。身上蓝底白花的中式罩衣已经洗得有些泛白，却很整洁，裤子也是那种过时的款式，脚上的布鞋倒是很吸引人，是手工做的千层底，鞋面上绣着单色的兰花，淡雅别致，仿若这是一个由深山而来不沾城市烟尘的女人。

母亲的目光在万晓阳身上来回扫描，偶尔也笑着点点头，她笑不露齿，所谓的笑，也不过是面部肌肉抽动一下，她就那么端坐着，死死地盯着万晓阳看，晓阳有些难为情，缓缓别过去的脸上，带着些许的尴尬、疲倦和凄迷。

这时候，一男一女进来，建国依次向晓阳介绍：“弟弟建业、妹妹建欣。”他们朝晓阳看看就出去了，连头都没有点一下，可能他们也知道这是已经盛在碗里的菜，吃也得吃，不吃也得吃，用不着小心逢迎，他们的出现只是为了走个过场。

母亲看在眼里，她预感到晓阳在这个家里的处境将会挺难的，于是说：“人太生，以后熟了就好了，当大嫂的要担当些。今日就留着在家吃个饭。”

晓阳摇摇头正准备说不用了，建国赶紧捅捅她，她只好点点头。

母亲起身进了父亲刚刚进去的那间房，建国带晓阳往前面的一间厢房走去。晓阳小声说：“憋死了。”一撞进这个陌生的世界，她的头脑混沌了，坚守着不说话不犯错的准则，她今天一个字也没吐，像个物件似的跟着建国移动。一道道冷冷的目光告诉她，前面的路将很难走，可再难走也得硬着头皮往前走，怪谁呢！

一会儿，妹妹掀起门帘叫建国出去，他们一起到厅房去了，晓阳觉着自个就像那待价而沽的商品，等待着买家的发落。

建国进来时，父母正头对头在房里商量。按当地的婚俗，一般程序是：1、说亲，第一次男方托人前去打探，俗称“说媳妇”。第二次，媒人领着小伙并把男家备好的礼物送至女家。2、订婚，女家同意后，由男家择一吉利日子，备上一定彩礼由媒人送到女家。3、通信，订婚后两家相互往来，经双方父母协商同意，男家择1—3个日期作婚期供女家选择。

现在一下子就到了这一步，像天上掉下个七仙女，掉到了他家的炕头上，经过评估，二老一致认为这万晓阳达到了仙女级别。这得是捡了多大一便宜，省了多少银子，去了多少麻烦，可为什么高兴不起来呢？看来这人就是贱，真贱。

二老认真地向建国打听晓阳家的情况，商量来商量去觉着无论如何也要见见人家的父母，之前先托人前去打探，托谁好呢？只有任书记，于是第二天父亲拿了两条大前门亲自到厂里拜托。

星期三中午，没下班任书记叫上建国来到晓阳家，开门的是晓阳的父亲，父亲职业性地叫他们坐，说她妈妈出差去了。

任书记没话找话地说：“万晓阳最近进步很大，已经转正，美中不足的是按普工转的。”父亲插话：“焊工进去，普工出来。”五味杂陈全由这八个字概括了。

“我工作没做好，对不起你们，可事情到了今天，她已怀孕五个月，难道你们家里一点都不知道？”任书记盯着父亲的脸，听建国说过麝香包的事，确信他们知道，而任其发展，他有一些气愤，接着问：“有没有想过采取什么措施？”父亲不语，他狠狠瞪了建国一眼。

任书记显出无所谓的神情说：“现在采取措施也来得及，我今日把人给你带来了，你看看，回头再跟她妈商量商量，给个话，必要的话再叫他家长上门，噢，给你留个电话。”说完不等对方反应就起身说：“也快上班了，不打扰了。”说完和建国快速离开了那个尴尬之地。

母亲回家后，父亲告知了此事，两人忐忑不安，这个结果本在意料之中，而当它真正来临之时还是那样可怕，两人互相埋怨，骂晓阳，骂建国，当母亲知道一切都无法改变，结婚是必然结局时，她选择了用发泄来出出这几年来压抑在心头的冤气、怨气、气愤、懊恼，或许还有悔恨。

母亲风风火火赶到厂里，一改她往日斯文的干部作风，劈头盖脸一顿大骂："我哪辈子作了孽，生了你这么个不要脸的东西，你才多大，就想嫁人，我告诉你，门都没有，死了这条心吧。"万晓阳只是抱着头，蜷曲着身体，偎在床上，呜呜直哭。

这时门外已站了不少人，建国闻讯赶来，他扑通一声跪倒到她母亲脚下说："都怪我，你要骂就骂我吧，我求求你，成全我们吧，我会一辈子对她好的，我也会好好孝敬你们二老。"

"你……"母亲语调拉得很长，停了一下接着说："你有什么资格娶我的女儿。"想想这话有悖革命思想，马上改口道："我不认识你。"她转身要出门，又站住，冲着万晓阳喊："你就是要嫁人，也把眼睛睁大点，别什么猫啊狗啊……"突然看到门口那么多人，她把后半截话咽了回去。但她自大狂妄的气势还是激怒了许多人，似乎他们也都被列入了那猫狗之列。

宋军匆匆赶到，跟晓阳母亲碰了个照面，听着人们的议论，义愤填膺，他以建国的名义，写信给省政府信访办公室，说万晓阳的父母身为政府官员，干涉女儿自由恋爱，嫌贫爱富，满脑子资产阶级思想，讲究门当户对，整个一个封建余孽。

这封信转到了万晓阳父亲的手中，而且这"封建余孽"还着实被大院里的人当作茶余饭后的消遣流传了好一阵子。这老两口恼羞成怒，恨无地缝可钻，他们唯一可做的就是永远不认这个女婿，当然女儿也就被彻底扫地出门了。

认老丈人这道坎就算这么过了。他们在一片狼藉中领了那"一张纸"。

恢复高考

1977 年 8 月 4 日，召开了科学和教育工作座谈会。30 多位著名科学家和教育工作者参加了会议，决定在当年恢复中断了多年的高考。会上提出并决定取消对考生家庭出身条件的限制，明确招生主要看本人的政治表现。

1977年9月21日发表在《光明日报》上的一首《攻关》诗：“攻城不怕坚，攻书莫畏难。科学有险阻，苦战能过关。”打响了国家向科学进军的发令枪。

1977年10月21日，遍布城乡的有线广播在新闻联播时间，播送了国务院、教育部关于全国恢复高等学校入学考试的通知。通知具体细则如下：1. 劳动知识青年可以报名，应届高中毕业生也可以报名；2. 具有高中毕业的文化程度才可以报名，而且必须通过入学考试；3. 政治审查主要看本人表现，破除“唯成分论”；4. 德智体全面考核，择优录取。

许多人屏息静气，一字不落地听完广播，才相信这一切都是真的。在中断了多年后，大学的车轮将重新滚动。之后新华社、《人民日报》等新闻媒体，都以头条新闻发布了这一消息。

这一切突然来临，就像做梦一样，广大群众欢呼雀跃，奔走相告，像成功爆炸了一颗原子弹，震撼了整个中国大地。人们从屋角，从床下把那积满了厚厚灰尘的书本重新找了出来，视若神明，满怀激情地挑灯夜读。

恢复高考带给无数青年一个通过公平竞争成为国家栋梁之材的历史机遇。它带给人们的不只是个人命运的改变，而是在中国大地上掀起了一股尊重知识，重视人才的社会风气。

多年废学，被堵在了大学校门外的知识青年达3000万人之多，这就出现了“千军万马挤独木桥”的独特景观，加上他们的亲人，学校的老师，牵扯其中的有上亿人，可以说，恢复高考这一决策激活了整个社会，使人们的生活方式都为之改变，读书的身影随处可见，书店排起长龙司空见惯。

1977年冬天，中国的高考闸门终于再次开启，这是中华人民共和国历史上唯一的一次冬季高考。这年的高考，积聚了太多的期望，这是民族的觉醒，是一个民族对知识的渴求，是一个国家的时代拐点，更是历史的转折。因为时间仓促，一时难以制订统一的考试规则，所以1977年冬天的考试，并不是全国统一考试，而是各省自考。

这个冬天，570多万年龄参差不齐的应考者浩浩荡荡地涌向考场，录取了的共27.3万人。据说在新生入学后，在同一个班级里，三十几岁的大哥对十几岁的小弟说："我都能把你生出来"。

27.3万，这可能是国家当时大学里所能容纳的极限了。陈技术员参加高考的1965年，即最后一届高考，实际录取16.4万人，后面的十年，大学教育不但没有投入，有些学校的教学环境还发生过改变。

文昌德在临报名前回到了厂里，他就是"老三届"中的一员，知识水平处在第一方阵。他胸有成竹，因此在回来时就带了点离别的悲壮：他给女儿买了四季的衣服、一堆小画书、一个黄头发会叫的洋娃娃和一个铁圈做成的学步车，他指着这车对苟爱琴说："你一个人带小孩挺难的，雅雅快一岁了，要学走路了，越发离不开人了，你以后做事时将她放在这里面，安全些。"

苟爱琴小声说："好吧。"眼睛竟有些涩涩的。

这一年的12月，文昌德在冬日的阳光里参加了那场激动人心的高考，1978年元月份，上海某大学的录取通知书翩然而至。此前他一直担心自己"政审"过不了关，现在看来真是公平竞争，他打心眼里感谢国家感谢党。当天，他花了100多块钱，要好的同事、朋友又凑些饭菜票，大家在食堂吃了一顿。

20世纪70年代末最能牵动国人神经的是什么？谁都会说是上大学，人们用"天之骄子""时代宠儿"来形容那些幸运儿，这录取通知书简直就是一张登上天梯的路条，文昌德一下子被捧到了天上，林书记见了他也主动上前握手，说这是厂子的骄傲，再说上两句鼓励的话，末尾还不忘满怀深情地说："毕了业回来呀，厂子就靠你们了。"他当然知道，他绝对是不会再回来了。

这一次文昌德没有单独见他的小老乡，只是把个人的一些物品送给了建国。

科学的春天

1978年3月18日至31日，在北京人民大会堂召开了全国科学大会。在大会开幕式上，国家领导明确提出"现代化的关键是科学技术现代化""知识分子是工人阶级的一部分"，重申了"科学技术就是生产力"。大会澄清了长期束缚科学技术发展的重大理论是非问题，打开了长期禁锢知识分子的桎梏，迎来了科学的春天。

知识和知识分子受到了空前的尊重，那时流行一句话叫：“落后就要挨打。”坊间流传的一个个故事也在诠释着这个真理。有人说当时我国在建某特大型钢铁企业，引进的生产线却是人家20世纪60年代的淘汰产品，日本人和德国人相互掐，德国人说出真相。会下，日本人抱怨德国人说：“他们现在根本就搞不清什么年代什么水平，现在正是我们一起合伙赚大钱的大好时机，我们又何苦自相残杀呢。”

还有的说有一个考察团，参观法国的一家工厂，人家先问是日本人还是中国人，当得知是中国人后，说：“如果是日本人的话，我们都不会让他们靠近这台设备。”说完领着他们围着那台设备转了好几个圈。考察团的领导连声道谢，为法国人民对中国人民的伟大友谊和他们的无私精神感动不已。后有友好人士道破天机，是他们认定目前中国的技术水平与他们是天壤之别，就是让你再看几圈你也两眼一抹黑。

刹那间风云骤变，“臭老九”变成了香饽饽。

国家在科教兴国方面也采取了一系列的重大举措，其中就包括对知识分子的专业对口和继续教育，叫“回炉”。陈技术员一块分来的一对同班同学，智商高情商更高。他们来报到很晚，分到交通局的一个汽车修理厂，百十号人。那位男同学说他有风湿性心脏病，一年有很长时间在内地养病。女同学挺大一个子，一开始分到车床上干活，把轴车报废了，于是转到一个专车小销子的小床子上，她也隔三岔五给出点废品。

厂子到交通局要了两个“回炉”指标，两口子双双到大连海运学院进修两年，毕业后分到内地某大学教书，后到美国。

20世纪末，那位男同学作为美国通用大中华区负责人常驻上海，在长三角地区建了两个汽车配件厂。夜里，美国是白天，他要接收美国总部的指令，白天再跑各个厂落实，他这样连轴转，在为主人赚钱的同时，也为加速我国汽车工业的起步和发展出了一份力。

2009年，陈技术员到上海去看他们，两口子住着两层楼的别墅，但还是满满的爱国情怀，那位女同学说：“美国人的好日子到头了，说他们一个工人都可以住一栋很大的房子，还有游泳池，但那是贷款买的，一夜之间就有可能被赶到马路上去了。”

陈技术员的丈夫从上面的毛纺厂风风光光地回来了，还有厂子和州政府的领导陪同。

林书记和人事科长一头雾水，问怎么回事？我们厂子没有要他回来呀。对方说是接省工业局的指示，已经给他们另派了人并交接了工作。他们是很舍不得的，小刘在那里干得很好，现在生产线刚刚打通，设备要调试，产品质量提高、产量爬坡还有许多工作要做。他们说了许多感激的话，并且上升到支援少数民族地区建设，为民族团结作出贡献的高度，然后把一个牛皮纸信封交给了人事科长。

丈夫回来时一个面包车塞得满满当当，除了他个人的行李以外，还装了厂子给他送的一大包羊毛和加工得粗细不匀的毛线。

“要是能送两只羊就好了，小孩就有奶吃了。”陈技术员说。她确实曾经这样想过，在陕西的农村几乎家家户户房前屋后的树上都会拴上一两只羊，农人们下地回来顺手捎上几把草就喂饱了。她的校友，小孩儿生下来就放在陕西，她说小孩有时就爬到羊的肚子底下去吃奶，真是令人羡慕。

“你怎么不早说？让他们换辆大卡车不就完了。”略一停顿丈夫又疑惑地问：“羊来了放哪儿？”他们当时住在楼房的一个一室一厅的套间里。

“我们和苟爱琴换换，她肯定愿意。”陈技术员说。“拉倒吧，这里冬天寸草不生，你给它们吃什么？”一盆冷水把陈技术员浇了个透心凉。

第二天厂子就通知他们，说接省人事局通知，要给他们两人专业对口的工作，说他们两人一个学反应堆，一个学涡轮发动机，要调到试验基地的核潜艇部门。丈夫这个反应堆专业毕业是在省里挂了号的，几年前在青海湖进行核潜艇下水试验时邀请了地方政府的有关人员观摩，他也有幸参加了。

试验基地在20世纪末期已经整体内迁，现在只在原址矗立了一块刻了“原子城”并涂抹了朱红油漆的三个大字的巨大岩石，成为一个旅游景点。

开始陈技术员两口子还是兴奋了一阵，国家没有忘记他们。但是现状让他们打了退堂鼓，丈夫原本就不是身强力壮的类型，又受到上面恶劣气候的摧残，更加消瘦。最让他们胆怯的还是本来在校时就没学多少东西，这么多年下来差不多全忘了。陈技术员找到当时在农机局当领导的、从厂里调出去的那位厂长，由他带着看起来病怏怏的丈夫到了省人事局，说明了情况，人事局局长疑惑地说：“从来找我的都是想去那里，不想去那里来找我的你这还是头一回。”

和陈技术员丈夫一块分来的那位同班同学，因爱人和孩子都在老家，也是很晚才来报到，被分到水电局下属的一个维修厂，也就百十来人。这位同学根正苗红，积极上进，在厂里表现特别突出，而且人缘奇好，和工人师傅打成一片，他单身一人在厂的那些年，常常带着那些工人师傅的孩子一起吃饭，后来才一家团聚。

在古海，陈技术员两口子和这位同学常来常往。当得知陈技术员两口子联系好了西安热工研究所时，那位同学开始行动了，他的哥哥在贵州某军工企业当人事处长，很快就给他办好了调动。厂子很友好地欢送他，还给了许多上好的木料，让他做包装箱。他把东西都打包好，离厂手续还差一个签字，不巧这个管事的人这天有事没来上班。

就在这天水利电力部的调令来了，说调他到苏州核电研究所，如果在此地能解决住房，可调家属一同前往。这份调令如天上掉馅饼，那份兴奋自不必说。他赶紧给哥哥写信让把他们的档案退回来。厂子也很配合地给他们办理了调动。

他给陈技术员两口子挺不好意思地说了原委，还是在很早以前，厂子在开会时读了一份水利电力部关于我国要发展核电的文件，会后他就给当时的水利电力部部长写了一封信：我是××大学工程物理系反应堆专业六九届毕业生，愿意为我国的核电事业贡献自己的微薄力量。他说："当时怕你们笑话我就没告诉你们，压根就没当回事，写过以后我都忘了，所以听到你们要调走，就感到自己一家在这里太孤单了，才联系调到贵州。"

或许是因为这位同学是党员，政治素质过硬，他被调去就管人事，他也费尽心思推荐陈技术员两口子。可当时的所长是原东北设计院的院长，他原是从上海设计院调去的，而且带去了原上海设计院许多老知识分子。有这个机会他就把这些人又带了过来。在所里你如果问别人学什么专业那就是在挑衅，在打别人的脸。

当时的一位领导与法国签订了引进核电的若干项目，所以研究所一成立规格就很高，还为法国专家建了若干栋专家小楼。后来项目搁浅了，但房子建起来了，同学诙谐地对陈技术员两口子说："你们全家来都有地方住。"

再后来我国自力更生，发展了自己的核电事业，我国的核电当今走在了世界前沿，研究所也发展成了研究院，这位同学也成了我国核电事业的先行者。现在国家在哪里筹建核电站，项目的立项都还要他参加论证。他一直把陈技术员两口子的事情放在心上，1985 年某省组建核电局的时候，他推荐了他们，省里也发了函，可陈技术员两口子考虑到几个孩子的上学和生活问题，主要还是怕业务不能胜任，只好作罢。

那是中国历史上最激动人心的年头，国门大开让人们看到了外面的精彩世界。“攻城不怕坚，攻书莫畏难。”这两句诗回响于祖国大地，激起了全国人民奋起直追的高昂气概，工厂里学技术、搞技术革新蔚然成风，恢复了技术人员的技术职称评定，工人转正、晋级要经过严格的考核。

陈技术员要定期对车间各工种各个技术等级出考核题，然后一个个进行考核，考核的目的是提高，所以晚上还要组织工人进行技术培训，由陈技术员制定培训计划，请厂技术科对口的技术人员，还请了当地的大学老师来上课，各年龄段的人都在给自己补习、充电，陈技术员忙得不亦乐乎，但她浑身有使不完的劲。

已经大学毕业多年的陈技术员，对恢复高考也是热血沸腾，当家长们拿着一张张由学生们带回家的历年高考试卷请她解答时，她那么认真，一边干家务，一边和丈夫商量着解题，一段时间他们居然整理出一本从 1950 年以来的理工科历届高考试题解答，装订成册，又从过去的作业本、办公纸中收集纸张，由陆茵复写若干份，那些有孩子要高考或即将高考的职工们纷纷前来索取，要的人越来越多，陈技术员不得不自己花钱买纸，还要请陆茵复写，最后干脆由陆茵帮着刻蜡板、油印、装订成册，要的人络绎不绝，她也乐此不疲，当然也收获着人们的感恩，有比较熟的师傅还请她和丈夫上门给小孩辅导，一时他们被誉为厂子里的“高考辅导专业户”，但对坐在身边的陆茵却只能看着干着急。

下跪

几个月来，万晓阳在“围城”边上打转，这城门还关得真死，当她历经千辛万苦终于走进去时，才发现留给她的只不过是一座空城。建国家没有办酒，连鞭炮也没有响一声，他们怕人家记住那个日子，因为不久就会有一小人儿面世。建国在厂里喜糖都没散一颗，这一路走来，什么气他都受了，唯独没有喜气。但围城里的光景还是要过的，而且要过得不比别人差，这恐怕是建国这个小人物对这段婚姻所能做的最高承诺。

建国开始了围城里的奋斗，置备那在当时结婚必不可少的“三转一响带咔嚓”，“三转”就是自行车、手表、缝纫机，“一响”是收音机，“咔嚓”是照相机，“咔嚓”属奢侈品，像建国这样的阶层，可不备，但十六条腿（桌、床、柜和沙发）是万万少不得的。建国家倾囊相助，该转的转了，该响的响了，这“一响”是一台我国自产的第一代红灯牌收音机，是当时响当当的名牌，木质外壳，做工精致，清漆涂面，音质极好，三年后，它成了杀人的帮凶。

建国用工人阶级勤劳智慧的双手，一个多月，这“十六条腿”就齐刷刷地站了起来，为了让这十六条腿堂而皇之地登堂入室，他开始了艰难地跋涉。他拿着那“一张纸”到总务科排了队，但他总是压后阵的，因为他没有文凭，因为他们不符合晚婚条件，因为她是未婚先孕。

接下来首当其冲是得给肚子里的小东西弄个名分，否则一落地就是个小黑蛋。

这一天，厂里管计划生育的温主任到二车间办公室跟陈技术员说话，万晓阳和建国跟了过去。他们进来时，陈技术员正坐在陆茵的办公桌前，她背靠着桌子，脸冲着门，温主任站在她对面。

他们一进门，建国冲着温主任的背影，怯生生地叫了一声：“温主任。”温主任一惊，转身的同时往一边闪开，万晓阳只顾低着头，咕咚一声，竟对着陈技术员跪了下来。

陈技术员真切地看到万晓阳挺着沉重的肚子，左腿的膝盖先跪地，可能是用力太猛，身体前倾，两手扶地险些跌倒的样子，心里说不出的难过，霎时眼睛就湿润了，陈技术员赶紧起身走开，但那个场景却长久地留在了她的记忆里。

婚后万晓阳住进了建国家。因为她三班倒，也只有在上白班的时候才能跟交通车回去，刚住进去时全家人对她都还算客气，成母脸上时常也挂着笑，还把全家人的大米省下来，给她一人吃，有时还买点海鱼，端上桌，别人都不吃，反倒令晓阳不好意思，还生出些许的感动。这时，成母会上上下下打量着她的肚子，这眼神给了她吃的勇气。

婆婆特别爱干净，可以说是“洁癖”，家里的地板砖每天都要趴在地上用抹布擦，连大门外的石狮子都要隔天擦一次。每天，她拿块抹布在屋里打转，所有家什一尘不染，井井有条。

万晓阳是要上班要工作的人啊，下班回来已筋疲力尽，可看到婆婆满屋子转，她也不好回屋歇息，又不知干什么好，心里那个憋屈啊！后来她干脆下班回来，除了吃饭等事不得不在公共场合出现，其他时间就钻到她和建国的屋里，婆媳几乎是不说话，成母脸上的笑意也随风而去，于是她回去得更少了。

二月份，春寒料峭，四合院水龙头下边的地上，结了一片薄冰，晓阳接了半盆水，转身回屋时，脚下一滑，“咣当”一声，她一屁股坐在了地上，水盆滚出去好远，水却倒流回来滋润着她的衣服和裤袜。

娄庆云闻声开门，见这情形，赶紧跑过来，从后面把她架起来，扶到屋里，说：“赶紧先把湿衣服换下。”

万晓阳无力地靠在床头，手指着床头地上的一个大包，指点着让庆云给拿出要换的衣服，当她脱下棉裤时，庆云看到了那肿胀的、爬满了青筋的小腿，说：“你都这样了，还上班?”说完就觉着说了废话，她能不上班吗？还是说点现实的吧，问：“你感觉怎么样，要不要到医务室去看看?”晓阳有点茫然，说：“说不上什么感觉，就是屁股痛得厉害。”

“那你好好休息。”庆云说完拿了她换下的湿衣服到外面该洗的洗，不需要洗的就直接晾在屋檐下的铁丝上。

中午建国到庆云的宿舍道谢，说：“今日的事多亏有你，谢谢了。”

“这有什么可谢的，举手之劳，倒是她腿肿成那样，要到医院去看，你这个丈夫怎么当的?”庆云说到后面竟有些生气。

建国不好意思地点头说：“是，是，都是我没本事。”

“要你一时半会儿长本事也不现实，晓阳现在行动不便，一时也离不了人，你们在厂里又没房子，这样吧，让晓阳和我同屋的换，我上白班下班就回家，你来照顾她。”庆云说。“这当然好，你同屋的能同意吗?”建国喜出望外。

“应该没问题吧，谁愿意看着你们天天受难。”庆云说。

万晓阳搬到了娄庆云的宿舍，一排七号，每天打水、买饭、扫地、生炉子这种要体力、需弯腰的差事都由庆云包揽，她很热情，至于原因，说不清楚，她就觉着应该这样，干完就觉着自己好像高尚了不少。

一排五号屋住着徐会计，也常熬个汤、煮些粥给她，徐会计还为晓阳准备了小孩的小衣服，大家都在期待着一个小生命的降临。

“筑巢” 跋涉

终于，这肚子有动静了，这一天一早起来万晓阳就说肚子痛，娄庆云赶紧到单身楼去叫建国。他们来到省人民医院，门诊大夫检查后就收住院。住院大夫进行了例行检查，听了胎心，还好。然后在她的肚子上摸了半天，现出沉思状问：“以前来检查过吗?”“没有。”万晓阳答。

建国凑上前，小声问：“阿么了?”大夫说：“胎位不正，早检查还可以转一转。”建国疑惑地看着大夫，问：“现在咋办？有危险吗?”“到时候现场处理吧。”大夫无奈地说。

万晓阳想这会不会跟自己用绷带缠过有关系，她充满了恐惧，此外还伴有自责和懊悔。

建国风风火火赶回家，向母亲报告了这些消息。母亲收拾了些住院要用的东西，叫建国先去，然后她在家打了8个荷包蛋，用保温桶盛着，脑子里满是胖小子那胖嘟嘟的脸蛋和圆呼呼的小屁股，她赶到医院时，万晓阳已经进了产房，建国在门外的过道里守候。

每次疼痛来临之时，万晓阳就在产房里来回地走，像只笼中的困兽。宫口一指一指地打开，强烈的酸痛像潮水一样，一浪高过一浪地袭来，它狰狞地闪现在母亲和婴儿的对峙间，不时用钢爪抓着母亲的下腹。

万晓阳像是一只等待解剖的青蛙，乖乖地躺在产床上。浑身发冷却大汗淋漓，用手撕扯着汗湿的棉毯，痛到连呼吸都变得微弱了，嘴里断断续续地念着：“建国，建国，你在哪儿?”

建国往产房门口走去，门口的护士拦住了他，说：“你进去帮得了她吗?”成母则站在一旁双手合十，半闭着眼，嘴唇翕动，似在祈求母子平安。

由于胎位不正，主治大夫亲自上阵，带了有经验的助产士，两个人跪在板凳上往她的肚子上使劲，一边念叨着：“深呼吸，往下用劲。”

万晓阳痛的时间太久，体力不支，浑身无力。

在没有力气的情况下还得憋气用力，胎儿在露出宫门后怎么也出不来，慢慢地她就不再挣扎了，产房里的气氛陡然紧张起来。助产士宣布：“胎心转弱”，另一位对着门喊：“万晓阳家属。”

建国母子一齐来到门边，就听医生问：“保大还是保小？”建国毫不犹豫地说：“当然保大人。”接着，又是吸盘，又是产钳，叮叮当当一阵忙乱，终于听到一声婴儿那柔弱的哭声。

护士将脑袋伸出产房门口，喊道：“4床，生了。”“啥？”“女孩。”护士的脑袋缩进了门里。母亲将保温桶塞到建国手里，转头就往外走，建国意识到万晓阳以后的日子将会更加水深火热。

第二天，她出院了，回到了建国家，第四天，她上班了，没有休产假，只休了三天病假，因为她是未婚先孕，没有产假。那天她包了条绿色的线织方头巾，裹了件蓝色制服式大棉袄，两手插在棉袄的斜插兜里，缩着脖子，脸色蜡黄向下料房飘去的影像，久久地留在了陈技术员的脑海里。

老天爷也太欺负人，一个钢镚儿扔正反，按平均概率算，正面的概率也有50%，但万晓阳扔出的总是反面，她生了个女孩，成母的脸一下子就变得冷得渗人。只休了三天病假就上班的她，每天拖着虚弱的身体回到家，不再有米饭，原来那米饭和海鱼，是给成母幻想中的孙子吃的。现在她要和全家人一样吃当地人的主食，一种烙得很厚的大饼。可能是为了追求规模效应，一般人家都是一次加工一个星期吃的，到后来几天，这饼差不多成了铁饼，开始她忍着，谁让自己肚子不争气，后来，不光是要她吃饼，而是要她参与烙饼了，好不容易一个礼拜天就这么在烟熏火燎中过去了。

万晓阳开始怀念她的家，想念母亲，恨这个给自己带来麻烦的小东西，她很少给孩子喂奶，加上营养不好，后来干脆没奶了，多数时间是由建国和母亲给喂牛奶。家里无端增加了一笔开销，成母的脸拉得更长，万晓阳还得忍着，直到有一天，她忍不住了。

那是一个礼拜天，一大早她到巷口自来水管处提了一桶水，把她和建国的衣服泡在盆里，盆放在她屋子里，出去打个转，回来看到屋门口的天井院子里湿了一大片，自己的衣服被捞出来扔在天井的青石檐子上，还在往下滴着水，像在向主人哭诉。回屋一看，只有建国的衣服躺在盆里。

成母走过来，用平静的语调说：“你的衣服不能和你男人的放在一起洗。”万晓阳感到受了莫大的侮辱，在房里号啕大哭，把东西摔得很响，成母竟装聋作哑，她只好夹个包，离开了这个“家”。

其实，这真不算什么事，这里有许多当地的规矩。陈技术员就碰上一回，有一年秋天，建国陪着她到老乡的地里去买冬储菜，她不经意从放在田坎上的衣服上跨过，周围几个妇女跑过来，指手画脚，冲她哇哇乱叫，她听不懂当地话。建国赶紧一边双手并拢做作揖状，嘴里说着什么，算是道歉，一边把她拉开，说她犯了这儿的大忌——从男人的衣服上跨过。他告诉陈技术员在这儿女人的衣服不能和男人的一块洗，即使男人是你很小的儿子也不行。

这个习俗至今未变，2001年，陈技术员重回此地，许多传统和风俗均已流失，但干洗店的门上却明文告示：男女衣服分洗。

建国又开始了艰辛的“筑巢”跋涉。他拿了女儿的出生证，迈进了总务科的门，只可惜那不是文凭，科长瞄一眼就打起了官腔：“我们正在考虑，你们还得克服一段时间。”

任书记来到总务科，对科长赔着笑脸说：“你看，成建国的房子……”“唉，难啊，没有啊，我又不能自己变一套出来。”不等任书记说完科长就打断道。

任书记心里恨出了血，心想你跟我拿什么腔，捏什么调，嘴里却讨好地说：“我还不知道，厂里这几间房子全凭你在那儿规划，我们大家才能居者有其屋，你看我给你出个主意咋样？”

“快说，你老兄鬼点子多。”科长嘴上客气着，心里却反感透顶：看把你能的，好人都让你当了。

“现在万晓阳住一排七号，只要把娄庆云调出来，成建国在单身楼占着半间，成建国出来了，又还回半间，你总体上是平衡的。”任书记说。“有这么平衡的吗？娄庆云能住到单身楼去吗？”话虽这么说，科长还是采纳了这一条。

建国的“筑巢”跋涉总算有了结果，他们终于得到了一排七号这方二十多平方米的“小巢”时，两人都已经心力交瘁。像火车到了站，拖动列车前进的动力已经消耗殆尽。弥漫的炊烟驱走了埋藏在万晓阳心里的阴霾，但它的那点能量也只够驱散最近的一层阴影，新鲜感很快就过去了，一切又归于平静。

建国小心翼翼地经营着这个家，一大早，他要骑车二十多里路，到生产队去给女儿打牛奶，隔天一次，回来后，还要完成当时顺口溜里说的“清早起，开炉门，脚步轻，做好饭，叫夫人”的好丈夫职责。把女儿送托儿所后，他去上班，两个多月了，托儿所的阿姨还没见过几次小孩的妈，他理解她，说她干活累，但他心里却是沉甸甸的，他唯一的寄托就是他的女儿，这是他两年多来含辛茹苦、惊心动魄爱一场的回报。

建国经常长时间地坐在床前，凝视着女儿乌黑发亮的眼睛，微微上翘的鼻子，红殷殷的小嘴，他的脸上会浮现出灿烂的笑容，他就这么呆呆地看着，突然发现，从来没见这孩子笑过。“这孩子怎么不会笑。”他自言自语地说。

“她妈自打怀上她，就没笑过，她怎么会笑呢！”万晓阳绷着脸，没好气地回应了他。

万晓阳不知道自己的情感世界哪里出了毛病，总觉着像置身于灰色朦胧的天空，没有边际，就连自己的心灵也像被灰色的旧棉絮包裹着，胸中的气已经不能畅通，烦恼无处不在，外界的任何一点刺激都会在她心里点燃一股炽烈的无名之火。

独木桥头雨纷纷

上午快下班时，卫调度从外面进来，看到陆茵趴在桌上，把头埋在桌子下面，看放在拉出的抽屉里的书，他猛地从后面喊一声：“喂，陆茵，你在干什么？”陆茵像触了电般，赶紧关上抽屉，几乎是弹跳起来，抬头看着卫调度问：“卫师傅，有什么事吗？”

“事倒没什么事，不过我倒是要提醒你，这是在上班，你是拿工资的。”他以训人的口气很郑重地说。

“知道了，卫师傅。”陆茵毕恭毕敬地回应着，赶紧抱着一本厚厚的工时定额卡出去了。

陈技术员问卫调度：“陆茵看书你管她做什么？反正闲着也是闲着。”没想到他竟说：“到时候像陆茵这样的都上了大学，那我们这些大学生还值什么钱？”

陈技术员心里一惊，知道陆茵的求学路上将会布满荆棘。

自打恢复高考以来，陈技术员看着陆茵那可人的形象、文雅的举止和高雅的气质，总为她书读少了感到遗憾。陆茵那么认真地帮她抄写、油印那些复习资料，见缝插针地下抽屉里看书的功夫，她猜想她有那心思，她几次想动员她参加当年的高考，可是她知道过这独木桥的岂止千军万马，简直是万马奔腾啊！像文昌德那样的“老三届”无论从知识基础，还是社会阅历来看都是站在第一方阵，应届毕业生从未中断过学习，还有学校的全方位指导，应该是站在第二方阵，十年间毕业的高中生虽说所学知识深度上不如以前，但毕竟系统学完了，重新拾起不会有多大困难，而且他们经过农村或其他社会生活的磨砺，阅历丰富，复习时间上也自由得多，算第三方阵吧。而陆茵实际只有初中程度，那些自学的高中课程当初没有明确的目的性，大多一知半解，让她怎么能过这独木桥？她现在在厂里有一份不错的工作、领导的器重和在群众中的好口碑，何必给她增加烦恼呢？所以陈技术员一直是有心口难开。

眼看报名日期临近，她看到陆茵又把头埋在桌子下面时，就走过去把书的封面翻出，见是一份油印的高考复习资料，笑笑问：“今年打算考?”

“想试试，肯定考不上。”陆茵答。

“试试也没坏处，也算是一个学习的动力，反正闲着也是闲着。”陈技术员用不经意的口吻表达了自己的意思，陆茵回以两个好看的酒窝。

陈技术员曾想建议陆茵再回冲床，上二班白天可到中学跟着应届生旁听，可又怕万一她上班时思想不集中出事，到底没开口。

陆茵每天像做贼似的抽空在书上瞅一眼，然后还要若无其事地应付各种事情，甚至还要心不在焉地到闲聊的女工堆里站一会儿，脸上还要摆出职业性的笑容，陈技术员看着都觉着累。她正在辅导两家的应届毕业生，人家那是家庭、学校全方位鼓劲，就像踩着个风火轮，而陆茵却像是背着一袋砂，举步维艰，真是天壤之别，于是她建议陆茵干脆请长假，反正离高考也就剩下一个多月了。

任书记早就知道陆茵想考大学，他是从抄着手到这边办公室看似不经意的一瞥中感知的，是从卫调度那不时打的小报告中得以确信的。他心里泛起一阵酸楚，她是自己一手培养起来的，应该按自己给她设计的道路走下去：统计员、团支委、团支书、入党、提干、进党支部，过几年接自己的班，以保证自己这么多年在二车间开创的革命事业后继有人，也算为官一任，造福一方。

现在陆茵竟然好像全然不知，是对自己这几年对她的培养视而不见呢还是干脆就不屑一顾？也许她平时表现出来的热情压根儿就是装出来的，因此，任书记不仅有一种挫败感和失落感，甚至还产生了一种被愚弄的感觉。

每天，任书记依然到这边转转，他盼陆茵开口，好让自己把心里的想法告诉她，打消她的念头，他又怕她开口，他不能想象一旦自己不同意，后果如何，她还能像以前那样忠心耿耿地按自己给她设计的路走下去吗?可如果同意呢，自己这几年的心血不就白费了，而且一想到此心里还有一种难以割舍的留恋，于是他每天被这种矛盾的思绪撕扯着。

陆茵采纳了陈技术员的建议，准备请长假。头天下班后她没回家，想了一晚上，这口咋开，进厂几年，书记在自己身上没少花心血，自己比万晓阳她们幸运多了，考大学明摆着是要走，这是不是有点对不住任书记?再说，自己现在的工作干起来得心应手，各方面的关系也都处理得不错，一走那不都前功尽弃了嘛?而且一旦考不上，别人的目光、脸色、自己心里的落差承受得了吗?而这种结果出现的可能性几乎是99%，因为她也明白，上大学，是一条通往山顶的布满荆棘的“羊肠小道”，容不下千军万马并驾齐驱。而在这千军万马中她又排在最后，于是摇摇头自言自语道:“算了。”

可心里的一个欲望却倔强地不肯屈服，一个声音说:“陆茵呀陆茵，你为什么要去读书?图好听?是好听，可那时的大学生是变了味的臭豆腐，闻起来香吃起来臭，你没见厂子里早年毕业的大学生还有不少至今还在车间倒班吗?”另一个声音在说:“我这是一种对知识、对校园生活的向往。自从进厂以来，自己一直没有丢掉书本，每天下班再累也要看几页，那时没想到考大学，甚至连做梦都没梦到，只是一种追求知识的兴趣。”

陆茵想了很久，知识是一座宝山，脚下通往这座宝山的路固然有许多条，但比较起来，上大学这条路还是最值当，不要像自己现在这样做贼似的看书，不要为了一个不懂的问题绞尽脑汁，更不会像乌龟似的老是赶不上趟。而且，现在国家允许我考，给了我这个机会，我为何不用?大不了就是挑战、挫败、承受、坚持。我要试试，这也许是人生道路上的一道关口，我试着去闯一闯，就是落下马来也能使自己得到一次锻炼。

经过一夜辗转反侧，第二天一大早陆茵就来到车间，在任书记又照例去拉那板车的时候，她抢先一步抓住车把，说:“任书记，你早啊!”

“我早个啥?你这才叫早，比班车来得还早。”从陆茵一早出现在任书记的视线里，他就在琢磨，她一定有事，昨晚都没回家，再看看她眼圈发乌，那肯定是大事，那，她现在最大的事莫过于那个事，到底是要摊牌了。任书记这才意识到自己话里的挖苦味道，自觉不妥，于是用一种关切的口吻说：“咋的，昨晚没回家?”“嗯。”陆茵小声答。“有事?”书记关切地问。

“没事。”陆茵还是没想好咋开口。“没事就好。”书记心想你还不说，于是就拉开架势准备推车往里走。

陆茵赶紧按住车把，说：“昨晚是没事，现在有事，昨晚没回家就是为了现在说事。”“啥事嘛，还用得着这么磨叽。”书记明知故问。

“我，我想试试。”她看着书记的眼睛说。

任书记像是终于盼来了一个谜底似的，心想：你到底还是开口了。但这心里却又是涩涩的，他不作声，推车前行，陆茵扶着车把在他旁边走着，时不时往他的脸上偷看一眼，那张脸上毫无表情，她不知道他听清了她的话没有，于是又胆怯地小声说：“我，还是想试试。”“试啥？试衣服还是试鞋?”任书记问。

陆茵听出了书记话里的风凉味和它所传达的意思，怎么办？就此作罢？不行，自己昨晚绞了一夜的脑筋，下了半天的决心怎么还没出征就倒下了。于是她笑笑，用女儿在父亲面前撒娇的姿态，声音甜甜地说：“你家任健试啥我试啥。”

任健是任书记的二儿子，应届毕业生，也是任书记的骄傲和希望所在，他在校成绩不错，最近的模拟考试总是名列前茅。随着高考的临近，人们闲谈中时常会提到他，车间有些人为了讨好任书记，也常拿这个儿子说事，这让他争足了脸面，所以一提到任健，任书记就像被注射了一针兴奋剂，这心情顿时好起来了，而这甜甜的一声似乎唤起了任书记的某种意识，他甚至有一些恍惚：是自己的女儿在说话？那儿子能考，为啥女儿就不能考？可要他痛快答应他又心有不甘，毕竟不是女儿，而且回想起她刚才发嗲的声音，他觉着有点阿庆嫂对付胡传魁的味道，因为陆茵从来都是很正派的形象，他知道她的用心良苦，说：“要是任健有你这一碗饭端着，也许我就不让他试了。”说完把自己都吓了一跳，心想：你这么说亏心不亏心呀，要是你任军要考，你能不让他考？于是心烦意乱地说：“还早呢，到时候再说。”说完，他弃车于不顾，到另一个工位上去了，把陆茵晾在那儿。

陆茵有些尴尬，但也有了些许的宽慰，任书记没把话说死，来了个缓兵之计，但她现在要请假，就是要他当即拍板，趁他现在思想上有些松动，一鼓作气，逼他对请假表态，如果同意了，那不是一箭双雕嘛，噢，你同意我请假复习到时候却不同意我参加考试，这道理上说得过去吗？如果他不同意呢？反正还有时日，再慢慢地做工作，她觉着陈技术员出的这个主意高，实在是高。

陆茵又一次调整了自己声带的发音部位，来到任书记身旁，扭扭捏捏地说："任书记，你也知道我那点底子，一试准垮。"

"那你还试个啥劲？"任书记准备再次弃她而去，但忽然意识到她可能是要学文昌德，请长假。他意识到问题的严重性，看来她不只是随便考考，新鲜新鲜，反正考不上也不会有什么损失，她这是下了破釜沉舟的决心，背水一战，这他可要认真面对了。

"试试水深，测测自己的水平，当然在下水以前谁也不想懵懵懂懂地栽下去。"陆茵已经恢复了她平常说话的声调，她现在说的是自己真实的想法，也是无可辩驳的事实，无须再趋炎附势地去讨好谁。

任书记听出她这是在用公事公办的口气在说话，知道她一定觉着这事应是既合理又合法，车间没有理由阻挡。于是问："你该不是也想学文昌德？"她点了点头。

"你跟他不一样，他的家庭搞成那个样子，早晚是要走的人，再说两人离了婚还整天在一块上班，大家都觉着别扭。你就不同，你是车间的重点培养对象，怎么能为了个人的名利。"想想不对又改口说："个人的事，而置工作于不顾？再说，你请了假，你的工作得有人替吧，你要考不上还有这个位子等着你吗？"陆茵悻悻地走了，将这一结果告诉了陈技术员。

陈技术员找到了任书记，说："你就让她试试嘛，年轻人有理想、有追求总比不求上进强吧，你想，你如果不同意她请假，一则，那上班还不是'身在曹营心在汉'，影响工作；二则她也总不甘心，觉着如果怎么怎么样，那也许就考上了，总不死心；反之，如果车间表现出很支持的样子……"说到这里她停下了，自我纠正说："什么叫很支持的样子？车间就是应该支持，考上了给车间争光啊！全厂哪个部门出过新大学生？二车间呀！出了个文昌德，再出个陆茵，人家怎么看？"她带点煽情地冲着任书记的脸说："是任书记你领导有方啊！"

任书记脸上现出狐疑的笑容，那意思是说：你别给我戴高帽子，我知道你是来做说客的，陈技术员意识到自己的发挥有点过头了，赶紧往回圆，说："当然，她考不上自然也就安心了，你儿子今年毕业，那是怎么个学法，像她这样三天打鱼两天晒网的，原来又只有初中水平，考上的希望几乎为零。”

但人也怪，明知是人家给安上的高帽子，可戴着心里舒服，任书记的态度明显有了改变说：“她的工作呢?”“由我来替她这一段，以前没有她的时候，车间那些事还不是我跟卫调度担着。”

任书记采纳了陈技术员的建议，第二天一上班他就把陆茵叫到自己的办公室，说：“你想请假去补习，车间同意，但有一个条件，就是只许你考今年这一回，考上当然好，考不上……”本来他想说：“以后再不许考了。”但觉着这“不许”两字太伤感情，于是用“算了”做了结束。

这无异于要她参加一场赌博，输一次就把一生的机会都输了，于是陆茵说：“我不请假了。”陆茵顺利地参加了当年的高考。

独木桥下浪滔滔

终于熬到了七月下旬。高考以来让考生、家长、学校老师牵肠挂肚的未知数就要解开了。“上线”这个近乎专用的词语在这个时段国人使用频率最高。的确，“上线”负载着一个青年人的梦想，在当时是一个高中毕业生，还包括那么多社会青年初次人生搏击胜利的标志。“上线”者，欢天喜地；名落孙山的，垂头丧气。陆茵的母亲早在第一时间就通过关系打听到了她没“上线”，差了3分。

下午快下班前，卫调度到外面和工人闲聊去了，陆茵又拉开了她的抽屉。陈技术员有了一种不祥之感，她小声地问：“怎样?”“不行。”她淡淡地说。“差多少?”“差3分。”“不错嘛，按你原来的基础能考这个水平已经相当不错了。”陈技术员惊异地说。

“正因为还有点希望，所以我打算明年再考。”

在这个有着一千多人的厂子里，尽管当年厂子里没有几个人参加高考，但人们对这个七月里最牵动人心的话题依然兴趣盎然，加上成绩通知单是寄到厂里的，它的传播速度绝对不亚于红头文件，陆茵成了人们眼球聚集的焦点，人们沿用“胜者王侯败者寇”的思维方式，没有觉着差3分和差30分有什么大的不同，人们的目光开始有些异样，同龄人感到欣慰，觉得她能耐也没高到哪里去，彼此彼此；师傅们那紧绷的心弦也松弛了下来，要是这些后生们都去拿文凭了，这厂子里还不得我们这些人垫底；任书记高兴了，这下她就能安心工作了，我培养个人容易嘛！

有些人有想法了，这天下午局里请从国外考察回来的局长给技术人员做报告，陈技术员和卫调度都去了，陆茵庆幸能安心读会儿书了，不料冷彩莲走进来，关切地问："落了？"陆茵点点头。

"落了就落了，上大学能咋的？你木看到那些大学生分到厂子里还不是到车间劳动，哪有你现在干的这个事舒坦，人掰这山望着那山高，吃着碗里的还看着锅里的。"

"冷师傅，您到底要说什么？"陆茵听着刺耳但还是心平气和地问。

"我是说一个女孩家，读不读书都不当紧，要紧的是嫁个好人家，你也不小了，一天钻在书堆里顾不上为自个的事操心，老冷我看着着急啊！"

"我现在不考虑。"陆茵一口回绝。"别阿！这就是你不懂了，这事得赶机会，现在不考虑错过了后悔都来不及。"冷彩莲说。

看着不让她把话说完她是不会走的，于是陆茵不吱声，冷彩莲以为她默许了，于是挑明了说："你看任军怎么样？"

"哪？哪个任军？"陆茵一时还没反应过来，顺嘴那么一问，可就问出破绽来了，刚才说不考虑这咋还问是谁呢，于是自己感到窘迫不已。

"这厂里还有几个任军呀？不就是任书记的大儿子嘛，你不会不知道吧？"冷彩莲说着还紧盯着她的眼睛。她想陆茵能得到任书记如此的重用，那一定巴结了不少，书记家肯定是"无事也常登三宝殿"，咋会不认得？既然认定人家不是不认识，那就没必要再费口舌了，只需静观其颜就能猜出个大概，可冷彩莲不然，只见她使出浑身解数，继续发挥："你看人家，长得高高大大，正牌的高中生，在厂子表现也不错，听说都快入党了，再说任书记也算是老革命了，跟你家也算是门当户对，还有，他家二小子今年考上了重点大学……"

"冷师傅，我已经说过现在不考虑了。"陆茵打断了她。

"咦？咋一说是任军就不考虑了呢，咋的？看不上？人可是要知恩图报的，人家任书记对你恁好。"她把个"恁"字用四声调还拉了长长的一个尾音，接着说："你在全厂数数，你们这批人有谁像你似的早早地就抽上来了，你想考大学人家又放手叫你去考……"

话说到这个份上陆茵真不好说什么了，你稍一打岔她会说你忘恩负义，不知好歹，要是传到任书记那儿……

见陆茵不作声冷彩莲更来劲了，说：“你听我的错不了，我看人还是蛮准的，我早就看出文昌德忒不是东西，可当年任我咋说苟爱琴就是不听，还和文昌德合着来整我，你看到头来栽了多大个跟头?”

“冷师傅，谢谢你的好意，你说的我都听到了。”陆茵敷衍道。

“光听到了有什么用？你得有个主意吧。”冷彩莲进一步施压。“冷师傅，我真的没主意，我从来没想过这事。” “那你好好想想，我等你的信。”

冷彩莲终于转身走出了办公室。小马又登场了，其实他已经登了若干回场了，他得空就往办公室跑，一会儿查个工时，一会儿问个事，问完还要天南地北地扯一通，陆茵总是耐心地含笑听着，或是职业性地给予回答，他觉着有戏。今天他知道办公室里就陆茵一人留守，看到冷彩莲出去他就进来了。

小马进来时陆茵正坐在那儿发愣，他误以为她也在想心事，没准是想着同一桩心事，于是眼睛愣愣地看着她说：“查一查后盖板放样的定额。”

陆茵站起来转身从文件架上去找所要零件的那本工时定额本。

一件浅蓝色的紧身衬衫裹着陆茵纤细的腰身，之所以“紧身”，并非刻意而为，只是因为这衣服已有些年头了，不但紧还短了一截，显得两条腿格外的长。凸起的胸、纤细的腰、微微突出的臀，沐浴在从窗口射进来的阳光里，映出一个镶着金边的长“S”，把女性的曲线毫无保留地衬托出来，在这个一年四季穿着直筒式工作服的地方本来就难得一见，再加上她平日里明显的不打扮，衣服穿得太宽松，根本看不出身材，裤子也太肥，臀部的性感几乎被埋藏在宽大的裤腿中了，可以说，这是一个被家教约束得很严，同时也被家教埋葬了全身美丽元素的漂亮女孩。

陆茵找出那本定额本回到办公桌前。小马不由自主地盯着她看，长长的睫毛、甜甜的酒窝、文静的神情，真是太美了。他的心跳得厉害，呼吸也变得急促，脸发烧，脑袋晕眩了，神情恍惚了……

当陆茵从那厚厚的一本定额册里翻出那一页指给他看时，两人几乎头碰着头，少女的气息弥漫在周围，小马不能自已，竟用手捏住了她指着字的手指，而且连压在纸上的其余手指也没有幸免于难。

有一刹那，陆茵愣了，就在这短暂得几乎连时间都凝固了的沉默之后，“啊!”她惊愕地叫了一声，用力地抽回了自己的手。

这突如其来的一声“啊”，使小马僵在那儿，这有力地一抽手，使他震惊了，清醒了，他简直不敢相信刚才的举动是自己所为，羞耻啊，他的脸绯红，心里有一种说不出来的恐惧，嗫嚅着说：“对不起，我，我也不知道……怎么……”话没说完他就从办公室里飞奔了出去。

任书记的无奈

这一声“啊”穿墙破门，向车间里传播，传到了冷彩莲的耳朵里，而且是第一时间被她的耳朵逮着，因为此刻她就站在离车间办公室门口不远处，正和钻床上的师傅说话。她想给人家做回媒，必先弄清楚人家有没有主，包括来往过密者，就发现小马常往办公室跑，今天她刚出来就看到小马进去，好奇心使她又尾随其后，还把头往里探了探，但听到人家在问工时，就没趣地转身离去，没过多久，就听到了那喊声，又看到小马红着脸、低着头，快步冲出的情景，她就展开了想象的翅膀，马上拦截了小马，带着极大的愤慨问：“你把陆茵怎么了，人家发出那么吓人的喊声?”

“我，我没有。”小马两手下垂，眼睛在地上乱瞅，他在找条地缝，准备钻进去。这时已围拢来几个人，在小声互相打听啥事。“没有？你以为俺没听见？你没有，为么忙不迭地说对不起?”冷彩莲不依不饶、胸有成竹地问。

小马差一点就晕倒在地，心想刚才的一幕肯定是让冷彩莲看见了，觉着自己成了一个偷偷溜出洞穴的老鼠，人人喊打的场面随时都会发生。

人围得越来越多，人们交头接耳，看到小马羞愧难当，无言以对，冷彩莲认定她猜得没错，又看到来了这么多人，好像是来听她讲演似的，于是她情绪激昂地说：“你一天缠着陆茵干什么？你能比得过人家任军？当初任书记把她调上来就是那意思，你插这一杠子不是给自个找不自在么?”

人们似乎恍然大悟，噢！原来如此。

听到门外的嘈杂声，陆茵在办公室里慌了神，她意识到这一切皆因自己的那一声不理智的“啊”声而起，现在冷彩莲快把它演成了一部戏了。怎么办？忽然，她灵机一动，急中生智，将桌上的墨水瓶放倒，当然她把重要的文件已经收起，摆了一些被墨水浸润的废纸，又草草地擦了一下，很沉稳地走出来，面带笑容对冷彩莲说：“冷师傅，您误会了，刚才小马碰翻了我的墨水瓶，才说对不起的，不信，你去看。”

冷彩莲居然还真进去看了一眼，好像是眼见为实，心里踏实了，临走还不忘嘱咐一句：“我给你说的事你想想，好好想想，俺等你的信。”

“啥信？”人们簇拥着冷彩莲，一边走，一边问，又像那年说娄庆云那事一样，有人答：“这不明摆着，当任书记的儿媳妇嘛。”

于是人们围绕这个话题，各抒己见，各人按照自己的价值观，有的说：“这两人还算般配。”有的说：“配个屁，人家父母是干什么的，哪能看上这个车间书记。”有的立马反对：“现官不如现管，不是任书记，她能干上那么个舒服的工作？”

冷彩莲突然截住话头，说：“你们在那儿瞎议论个啥，人家还没表态呢。”突然看到任书记进了大门，人们“哗”的一下作鸟兽散。

陆茵的出现给小马解了围，小马理解了她的用心良苦，他不敢看任何人，闷头回到工位就重重地跌坐到板凳上。她对他是抗拒的，今天当众解围，并不等于她原谅了他肮脏的思想和龌龊的行为，她会向书记汇报，或是向书记的儿子透露。

从此小马不再去办公室，他不敢看她，偶尔遇到她也迈着匆匆的脚步闪身而过，就这还像心里揣着只兔子似的怦怦跳，然而，过了几天，他想象的一切都没有发生，看来她没有对人讲，更没有向组织汇报，他感激她，真诚地感谢她，甚至对她肃然起敬。

但这个事情却像一粒草籽一样争先恐后地撒进了人们的耳朵，好像晚一点都会误了季节，并在每个人的心里发芽成长，演绎出种种情节，比如，某年某月，她看到陆茵到任书记家去了等等。

直到有一天在上班路上，向师傅讨好地对任书记说：“书记有福气，找了那么好的一个儿媳妇，啥时间请俺们吃喜糖呀？”

“儿媳妇，谁？”任书记丈二和尚摸不着头脑。“陆茵啊，也只有书记家才配得上这样的好闺女。”向师傅若有其事似的说。

“谁说的？哪有这事？”任书记差不多喊了出来。

于是向师傅一五一十地讲了那天的事情。

任书记脸都气歪了，关键的两点：第一，把陆茵调上来就是那个意思，意味着他是假公济私，这性质就变了，这玷污了他这个革命干部；第二，人家还没同意，太没面子，太伤自尊了。

其实冷彩莲在车间办公室门口演的这出闹剧纯属多余，那一声“啊”已经明白地表明了态度，估计你就是借他个胆，小伙子也不敢有什么奢望了。

这出闹剧里受伤最重的莫过于任书记，尽管在他心里也不止一次闪过这个念头，但理智告诉他这是不可能的，这女孩心大着呢，咱这穷家小户装不下，所以他从未表现出来过。但现在给冷彩莲这么一嚷嚷，他觉着就像陆茵参加高考一样，不去考，没人敢说你考不上，可考了又没考上，这不明摆着给白“涮”了一回嘛。

任书记气急败坏地找到冷彩莲说：“冷彩莲呀冷彩莲，我说你一天吃饱饭没事干在那儿胡说啥呢，我啥时候叫你给我娃寻媳妇来着?”“你忘了，那次，就是俺不当班长后你到俺屋里那次，俺说了这个意思你没反对。”

任书记似乎想起来了，他闭了一下眼睛，脑袋往一侧摆了一下，十分懊恼地说：“你是猪头啊，你那么说了，我能反对吗？噢，到时候你告诉陆茵说任书记看不上你。”

冷彩莲好像一下子灵醒了，她用手在自己的嘴上扇了一下说：“这臭嘴。”然后她真诚地说：“任书记，我可真是好心，你看俺犯了那么大个错误，你都给包下来了，俺也忒想做点啥报答报答你，后来听说她要考大学了，就没说，现在没考上，眼光就不会像以前那么高了，不正是提这事的好机会嘛!”

任书记打断她说：“谢了，谢了，你以后只要把自己的事儿管好，千万别再到处去帮倒忙了。”

冷彩莲又体验了一回“热脸蹭了个冷屁股”的滋味。她迁怒于陆茵，从此见了陆茵就把头一扭，有时还冷冷地瞪一眼，陆茵觉着像是心上扎了根针。

陆茵见了任书记更不知如何面对，她后悔当初怎么没有多想想为什么好事会落在自己头上？她想任书记一定有一种受欺骗的感觉，甚至会恼羞成怒，她更有一种受人恩惠无以回报的歉疚，弄得一天天心慌意乱，有时就呆呆地坐在那儿发愣，那些书也被死死地关在了抽屉里。但出乎意料的是，任书记反倒表现出了异乎寻常的热情，他每天一上班必来这边办公室看看，而且必和陆茵打招呼，说些：“小陆，忙啥呢?”之类不甜不咸的话，而陆茵却从不敢看他的眼睛，总是低着头小声回答：“没忙啥。”

但陈技术员看得出任书记眼睛里射出的是冷光，于是私下里开玩笑说：“任书记，我觉着你对陆茵是不是太关心了？”她把“太”字拉了个长音。

任书记无奈地说：“你叫我咋办？噢，我对那丫头说我没有那个意思，是冷师傅好心，想帮个忙，这“有”还是“没有”有啥证据？她会怎么想？如果和她疏远，不，就是保持原来的距离，但人们的感觉上会认为是远了，他们会想，人家看不上你儿子，你就打击报复了，这让我这个书记还咋干？”

“但你有没有想过，你这样会让她无地自容。”陈技术员说。

果然，没过多长时间，陆茵就绷不住了，在任书记又例行公事似的问她“忙啥呢”时，她却答非所问地说：“任书记，其实我那天真不是那个意思。”

任书记愣了一下，心想我都不提这事了，你还没完没了了，于是没好气地说：“那你是啥意思？”陆茵傻眼了，一时不知如何对答，只好说：“我，我没啥意思。”“那你还说这末（没）意思的话干啥？”说完他一转身走了。

陆茵趴在桌子上哭了，卫调度不屑地出去了。陈技术员过去拍着她的肩膀说：“那个‘没意思’的事以后不要再提了，任书记真没有那个意思，他儿子条件不错，用不着老子替他张罗，是冷师傅自个的想法，在厂子里，女工们特别热衷于这种“穿针引线”的事儿，为这事任书记还批评了她。”

陆茵抬起头来说：“怪不得冷师傅见了我凶巴巴的，我这是怎么了，一竿子打翻了一船人。陈师傅，这叫我咋办？”“别理会，该干啥还干啥，继续看你的书，一钻进去就顾不上去想那些烦心的事了。”

这是一个聪明的女孩，她主动找冷彩莲搭话，买了水果上门道歉，说因为自己而使冷师傅挨批，于心不忍。

冷彩莲给弄糊涂了，她仔细一想才发现自己真是吃饱饭撑的，没事找事，于是挺感动地说：“是我多事。”

陆茵看到她家外屋床上的枕套已经破旧不堪，两天后她送给冷彩莲一对绣花枕套，说：“这是我送露露的，女孩儿喜欢个花呀啥的。”

围城外的光景

苟爱琴离婚已有一年，出围城转了一圈，那风景真的不怎么样。离婚是前一种痛苦的结束，却是后一种痛苦的开始。那时雅雅还不到半岁，每天，当第一丝晨曦还隐藏在夜幕中时，她就不得不把自己从那么留恋的床板上硬扯起来，掀开炉盖，弯腰用炉钩通掉炉灰，加上炭，炭块在炉膛里发出“哔哔剥剥”的声响，屋子里暖和了，也有了生气，有时她竟不烧水也不做饭，让炉子上就那么空着，她会发一会儿楞，静静地看一会儿，看红色的火苗往上蹿，炉子不再寂寞，她也不再寂寞，两个寂寞的物体在一起，多少就没那么寂寞了。看青烟缥缈，苟爱琴就让思绪如青烟般释放，哪里是我的家，哪里能看到心的依靠……

瞄一眼腕上的手表，那长针短针走到了一条直线上了，苟爱琴没有时间发愣了，赶紧给自己煮碗面，拌点儿头天的剩菜，靠汤汤水水填饱肚子，这时她会想起文昌德在时早餐那热腾腾的馒头、煎鸡蛋和放着红枣的稀饭。端出堆得冒尖的一盆尿布，到自来水管处提一桶水，本来她可以到水管下面去洗，但不能离开房间，怕雅雅醒了哭，或是从床上滚下来。过去这洗尿布可是他的专利，往往洗完她还要指着布片上那黄色的“花朵”大声嚷嚷：“看看，看看，你洗的。”唉，俱往矣！

当这些五颜六色的布片挂在院里的铁丝上，像万国旗似的在风中飘扬时，苟爱琴快速冲进屋里，往往女儿已经醒来，有时哭得上气不接下气了，她心疼地一边念叨：“宝宝，不哭，妈妈来晚了。”一边给小孩热牛奶或是冲奶粉。活见鬼，没离婚时，她奶水够够的，衣服一撩，往那小嘴里一塞就行了，可现在，离个婚把奶水也带走了。这牛奶可就没那么方便了，它来得艰难，也是从任书记给联系的那家部队的奶牛场搞来的。她小孩太小，任书记就叫小马上二班时，利用上班时间去取，也常常空手而归，所以不得不添加奶粉和辅食。

今日个小家伙肚子饿了，等待时间久了，看把她给急得，哭得是一声比一声厉害，怎么都止不住，小脸憋得红红的，嘴巴张得大大的，时不时还会被自己的口水呛到。当奶瓶放进嘴里，就“咕咚、咕咚”狼吞虎咽，喝得上气不接下气，有时也因来不及吞咽，下巴上全是白乎乎的奶粉，看得她心疼又怜惜。

苟爱琴曾想把母亲接来，可到现在她还没有告诉父母她已离婚。她也怕母亲来后爱萍的事迟早要败露，那堵心的就不是她一个人了，她知道，现在也不是她一个人，爱萍不只堵心，还伤心、痛苦。

家里来信说，爱萍已于年前招工到县上。这么快就能招工令人羡慕，可没见她高兴过，也一把年纪了，可任人家介绍的什么靓仔帅哥、成功男士，统统油盐不进。只有苟爱琴知道个中原委，却又不能道破，她不能想象如果父母知道这事，如果父亲再闹到学校，那后果……所以，那事她这一辈子都不想再提了，只能让它烂在肚子里了。

苟爱琴就这样死要面子活受罪，可父母来信却一次次要他们两口子写信劝爱萍，这“两口子”已不复存在，可父母的嘱托却不能置之不理，于是只好回信撒谎说：“我们写信劝了她，她回信说还没碰上可心的，还想趁年轻在工作上努把力，让爸妈少操心。”她是含着泪写这封信的，她知道爱萍的可心人这一辈子怕都不会出现了。

作为夫妻，偶尔出轨也许可以被原谅。但如果是不伦之情，那就直接会让夫妻关系破裂，即使出于某些原因勉强维持着，像苟爱琴曾想找出那么多理由原谅他：他那么聪明能干；他追她追得天昏地暗；他给了她令人羡慕的婚礼、富足的生活；他那样地体贴入微、善解人意，但都无济于事，那个阴影已经烙在骨头上，长出了骨刺，一动就痛，也融在了血液里，使她在心理和生理上做出种种反应，尽管她一再想维系，那种扭曲的夫妻关系最终还是走向了瓦解。

离婚后苟爱琴好像又焕发了青春，实际上她当时也只有26岁，感觉自己还是那么的美，还是那样的动人，情爱还是时常袭上心头，可是她没有男人，她没有勇气为雅雅找一个继父。

给雅雅喂完奶，看看腕上的手表，她已经没有时间愣神了，她要抓紧完成早上的功课：赶紧给小人儿穿衣服、洗脸、洗刷奶瓶，找出当天要换的衣服和干净尿布，还有奶粉、奶瓶，一股脑儿塞进一个包里，抱起她飞一般地往托儿所跑。上午十点钟有40分钟喂奶时间，她要小跑回家给女儿蒸鸡蛋羹或是煮面条，还要加上剁得细碎的青菜，然后送到托儿所，喂完饭，领件换下的脏衣服和湿尿布什么的，她再回车间干会儿活，中午她拖着疲倦的身躯回到家，第一件事是先跟床板来个“亲密接触”，然后起来随便对付点吃的就又上班了。

转眼小孩一岁多了，她皮肤白白的，摸上去圆润光滑，眉毛淡淡的像两条小月牙儿，她的睫毛又长又密，眼睛又黑又亮，眉眼间洋溢着苟爱琴的影子，她的头发又密又卷，黑带点儿棕，棕带点儿黄，像玩具店里大个的洋娃娃，她站在那涂着大红漆的学步车里横冲直撞，可精神了。

过生日时苟爱琴带女儿到市里的照相馆拍了照，文昌德走后来信说想看看女儿，她把照片寄给了他。

本来寡妇门前是非多，可对她这个寡妇，由于众所周知的原因，门前是非还真不多，建国和小马频繁出入她家，也没人说什么。这天，建国上二班，得知粮店来了好面粉，赶紧到车间找到苟爱琴，又一块回家拿了粮本，替她买回来。刚出她家门没多远，又听说商店来了肉，他又找她拿了肉票，可那队伍排得很长，因为这个月没几天了，可这肉还是第一次见着。

眼看到上班时间了，建国给前后排队的人打了个招呼，跑回车间找到任书记，书记径直走到娄庆云车床前，她已经脱了套袖，准备下班，就问：“你下班后有事没?”

“没，书记有事?”“你到水磨去排队给苟爱琴把这个月的肉给割回来。”说着就把手里的一卷票和钱交给了她。

庆云现在可是车间的入党积极分子，她力气大，也不吝啬力气，干活卖力，还勤于思考，在一次上党课的讨论中，她提出，得把工人的利益和厂子的生产结合起来，现在搞的定额管理，好是好，可也有毛病，有的人一上班开足马力地干，干完定额有的在那儿聊天，有的干脆溜出车间办私事去了，还不如搞计件制，多劳多得，出了废品照样扣钱。

车间采纳了她的建议，并决定在车工班试点，庆云被任命为车工班的副班长，顶替了原先的一位老师傅，当然冠冕堂皇的理由还是他每年回家探亲时间太长耽误生产。

在车间开会宣布任命的那天，一散会，冷彩莲就走到庆云的面前，酸溜溜地说：“哟，进步真快，赶上坐火箭了，别说俺没提醒你，别把胜么帽子都抢过来戴在自己个的头上，让老同志那脑壳光着。”不等庆云搭腔，徐师傅阴阳怪气地接上了话：“别这么说，老同志谢了顶，长不出毛来了，那脑壳光着，戴顶帽子也会掉下来，是吧?”说完还冲冷彩莲挤眉弄眼。

庆云这点好，她不在乎人家说什么，只是一个劲地往前冲。工作时间以外庆云也乐于助人，尤其是荀爱琴，一个人带小孩，她常去帮忙，好像有一种吸引力，是小孩的可爱，还是别的，她也说不清。

任书记没少表扬她。今天她二话没说，接过票和钱就去了。

庆云回来时荀爱琴正给小孩喂饭，屋里乱七八糟，她站着看了一会儿，一股怜惜之情油然而生，她蹲下对荀爱琴说："我来喂，你去做饭吧。"她用筷子把面条夹起，那小嘴却随着那学步车走了，庆云一把把孩子抱起，放在膝盖上，像一股电流袭过心头，不由得对着那小脸亲了起来，她从心底升腾起一股母爱，从此，她一有空就往荀爱琴这儿跑。

母爱如天

一天半夜，荀爱琴起来喂奶，感到雅雅出气变粗了，伸手一摸她的额头，滚烫滚烫的。开灯一看，吓了一跳，雅雅满脸通红，双眼紧闭，胸部一鼓一鼓地起伏着。她急忙光着脚跳下床，踢倒了凳子，她赶紧往奶瓶里灌水，手发抖，水洒了一桌，回头一看，小孩的呼吸变得急促起来。荀爱琴急忙穿衣出门就往医务室跑，翁大夫跟她来到家里，一看，马上说："赶快送医院，我去派车。"车来了，翁大夫拿着退烧药说："先给她吃上。"

一到医院，急诊科人满为患，荀爱琴抱着孩子排队，好不容易挨到医生跟前，医生一看，给个体温表，说："下一个。"她被拨到一边去了。5分钟后，医生一看体温计脸都变了，惊愕道："40.6 ℃。"飞快地开了处方，说："赶快去打针。"

荀爱琴把小孩紧紧抱住，翻过来压在腿上，把那小屁股露出来，护士用蘸着酒精的棉签优雅地一圈一圈地擦着，那小人儿开始哼起来，一针下去，"哇"的一声大哭，那小屁股也像触了电似的往上一跳。护士大叫一声："压住!"

荀爱琴的泪唰地就掉下来了，看到药一点点推进去，总算那针拔出来了，不想一转身那护士又来了。荀爱琴说："还打?"

"那一针是防抽的，这一针是退烧的。"护士答。现在护士手里还有一张单子，是抽血化验单。

荀爱琴生气地找到医生说："还抽，还抽，你抽我的吧。"

“她是急性扁桃体炎，嘴里还有疱疹，不化验怎么知道是细菌引起的还是病毒引起的？炎症都到了支气管，搞不好都到肺上了。”医生说。

苟爱琴无奈地垂下了头。

医生开了住院单，但手续办不了，苟爱琴出门着急没带多少钱。苟爱琴着急啊，想去打个电话，可小孩吊着水呢，离不开，再拖下去，那床位可能就没有了。她感到了无助，她忽然觉得，有那个人的时候不觉得，现在想起来，文昌德的怀抱是那么温暖、那么有诱惑力，只可惜再也找不回来了！

第二天一大早，冷彩莲一上班就找到任书记说：“书记，昨晚上苟爱琴的孩儿病了，大半夜送医院了，肯定病得不轻，到现在都没回来，哎，也怪可怜的，当初就是不听俺的话，报应啊，报应。”

任书记不耐烦地说：“说啥呢，人家都那样了。”

稍一沉思任书记就来到了小马的工位，说：“你师傅的小孩病了，你今天的活先搁一搁，到医院去帮个忙。”“哪个医院？”“你到医务室问一下，再开个记账单。”说完他又想一下说：“你先跟我到家去一趟，带些钱，估计她晚上走得急一时想不到。”

小马使尽全力蹬自行车来到医院，到小儿科找到苟爱琴，把记账单交给她说：“任书记还让我带了些钱。”

苟爱琴两眼放光感激地说：“真是太及时了，我这就去办手续。”

雅雅倒安静，睡着了，平时一双圆溜溜的大眼睛，睡觉时，却眯成了一条比棉线还细的缝。鼻子小小的，像透明的三角形果冻，熟睡时的小嘴还不停地在动，好像在吃奶。

小马看着挺新鲜，于是对苟爱琴说：“师娘，她饿了，想吃奶了。”

“是啊，大半天了，我回去拿吃的，你在这儿看着，别让她乱动，当心针头拔出来，吊针快完了，就叫护士。”苟爱琴交代着。

“我行吗？”小马犹犹豫豫地问。“不行也得行，要不怎么办？”苟爱琴无奈地说。邻床的一位中年女人搭了腔说：“放心去吧，我帮你看着。”

苟爱琴一出医院，就一路小跑来到汽车站，排队上了公交车，又倒了一趟车，终于上了往厂子去的车，她不断地看表，恨不得这表能停下来。汽车终于晃晃悠悠到了站，她又一路小跑到家，拿了东西匆匆赶回来时已快到中午，小马要回厂上班了，这时她再一次意识到还是围城里温暖。

早上任书记给小马交代去医院的事时，庆云知道雅雅住院了，下午看到小马上班，她焦急地问了情况，好不容易到下班，她径直到了医院。

雅雅已经打完吊针，脑袋上的针眼清晰可见，苟爱琴正抱着给她喂牛奶，看到娄庆云来，欣喜地说："你来了，刚下班吧？"

"是啊，怕你一人忙不过来。"娄庆云说着端起床下的两个盆，一个盆里是尿布，另一盆是污物，问："肥皂呢？""在那儿呢。"苟爱琴指指床头柜，又推让着说："还是我去洗吧，你来喂吧。""不用，我去洗，你也累一天了。"

洗完东西回来，娄庆云坐在床边陪雅雅看已被撕过又粘好的识字书，她指着上面的一个苹果问："这是什么？""苹果。"稚嫩的声音从那红红的小嘴里流淌出来，庆云故意逗她，说："不对，是橘子。"

"嗯，不是，是苹果。"雅雅小手摆着，脑袋摇得像拨浪鼓。"我们雅雅真聪明。"说着庆云将她抱起，高高地举过头顶。

当娄庆云将雅雅放下时，一个人走了进来，是小马，他高个，方脸庞，白皮肤，浓密的头发，身形、步态太像小赵了。但是，他太纤细了，没关系，小赵25岁，他还只有21岁，再过四年，他也会强壮起来。

小马手提饭盒走上前来问："我师娘呢？"

"找医生问小孩病情去了，你给你师娘送饭来了？"

当娄庆云把雅雅重新抱在怀里时，心里忽然产生了一种从未有过的美妙之感，它像一缕阳光，让你的心灵豁然开朗，像一泓清泉，让你的情感即使蒙上岁月的风尘依然清澈澄净。庆云喜欢这种感觉，她意识到，这就是母爱，母爱是无由的牵挂，她一次次往苟爱琴家跑，怕是已远远超出了助人为乐的范畴。

注定的姻缘

一对枕套补偿了冷彩莲的精神损失，可小马的精神损失却无人也无从补偿，冷彩莲导演的那出闹剧把个精神的小伙子给打垮了，他一举三失啊！一失：狼子野心大暴露，小马在家是独子，天性懦弱，性格内向，从一进厂就对陆茵有了好感，可看到她步步高升，他仰脸望着，心急如焚，不知从何入手，只能默默地陪着她走，在她高考落榜后，他勇敢地站了出来，先是碰了一鼻子灰，撞得他胆战心惊，再是冷彩莲当头一棒，打得他眼冒金星，今后怕连到办公室看看她，感受一下她的气息也不敢了。二失：给任书记添堵，顿觉自己在别人眼里原来不过是只癞蛤蟆，却偏偏想去吃那天鹅肉，而且还是书记早已暗中观察着的那只天鹅。三失：脸面，“你把陆茵怎么了，人家发出那么吓人的喊声?”冷彩莲的斥责声不绝于耳，和陆茵打的圆场相比，他相信，人们更愿意相信前者，他感觉好像每一张脸上都写满了鄙夷。

小马懊恼啊，由于自己的鲁莽导致他的生活从原来的轨道上甩了出去，他失魂落魄、茫然无措，他怕见一张张熟悉的面孔。他从此躲着人，上班只顾埋头干活，在厂区走路也是低着头，食堂这种不得不去的公共场合，也是挑人少的时段去胡乱买点，没多久日子人就明显地消瘦了许多。

这一切娄庆云看在了眼里，她有点心痛又有点心动。

小柯的事情已经过去了大半年，娄庆云早已从那件事的阴影中走了出来，而且她现在是光环绕身，有一阵子她已经忙得忘了那些事，什么小赵，什么小柯，统统见鬼去吧，她从忙碌中得到了充实，从助人后别人的感激中得到了满足，从任书记那一次次的表扬中得到了愉悦，她的眼前已经铺开了一条金光大道。她在心中充满感慨地想着：十八岁以前，想着我这个灰姑娘也会有一个执鞭策马朝我奔来的王子，满脑子都是甜蜜的幻想，来古海当无业游民的两年里，满脑子都是生存，进厂第一天许下了宏愿，我努力了，也爱了，爱得情真意切，结果呢?我不要爱了，干脆找个人结婚，结果又怎样呢?

娄庆云心灰意冷，对感情远远观望，但不管她承认不承认，小赵在她心里依然活着，不过这个影像附着到了小马身上。

那天小马到医院给他师娘送饭的时候，庆云有些恍惚，当时她还没发现他有什么好，可他在注定的时间、注定的地点出现，注定在她要爱的时候翩翩飞入了她的梦境。后来她频繁地往苟爱琴家跑，想雅雅，也想他。

以前看到小马常往办公室跑，陆茵出现在车间里，他也总凑上去，娄庆云知道他想啥，那天的闹剧应该彻底击碎了他的梦。庆云看到小马现在的样子就想起了自己刚被小赵甩了时的情景，她也最了解小马现在的心情，她决定用恋爱来治愈小马失恋的伤痛，娄庆云可还没有高尚到只为他人疗伤，这个决定最主要的影响因素还是受伤的鸟儿飞不高，自己情场上接二连三的失意，她还就不信这个邪。

两人正好上同一个班，过去也常同班，但因为一个在过道之左，一个在右，所以不刻意去“碰”，还真难碰面，这天中午下班后，小马又在工具箱前磨磨蹭蹭，娄庆云走过来用不容置疑的口气说：“把碗拿来。”

小马抬头愣了一下，随即把碗递上，眼中闪出了感激的光芒。

娄庆云买了两份饭菜端回来，她大方地坐在他身旁吃，他虽说不习惯，但受人恩惠总不好太过冷淡，所以他也装作很熟悉的样子回应她。吃完饭，庆云又麻利地去洗了碗。

小马不好意思地接过碗说：“你干吗对我这么好，人家会说闲话的。”

“什么闲话？你也不看看自己，瘦得都快成麻秆了，你把自己折腾废了，到时候想听闲话都听不着了。”庆云以一种大姐姐的口吻说着，说完用她好看的眼睛很温柔地看着他，他的心里顿时有一股暖流。

但小马从没把这个热心体贴的大姐姐纳入考虑之列，母亲安排他相亲时他痛快地答应了，一则因为心中所爱反正是得不到了，找谁都一样；二则也遂一回母亲的愿，母亲已经求他多次了。其实打他心眼里最有说服力的理由是：这是妈妈的同事的朋友的女儿的朋友，拐了九九八十一道弯，如果相不中，说过再见以后就再也不会见了，绝对不会再出现他现在面临的尴尬。

这女孩是省歌舞团从南方招来的，据说想找一个家境好的，感受一下家的温暖。她人长得纤纤细细的，相貌一般，但气质高雅，说话轻声细语的，很文静，坐在沙发上，左手两指弯回托着下巴另三指翘着成兰花指状，喝茶时也是用兰花指捏着茶杯把，只不过换了右手，把个小拇指翘得高高的，留得长长的指甲修饰得很好看，还涂着红红的指甲油，所谓喝茶也不过在茶杯边上抿了两口。

母亲热情地包了饺子，可端上来人家竟不动筷子，母亲不好意思地问：“怎么？不好吃？”姑娘抿嘴笑笑，摇摇头说：“不习惯吃。”

“你尝尝。”母亲夹起一个举到眼前，水晶一般透亮的面皮都能看到里面的馅，母亲晃晃筷子，睁大眼欣赏着，推荐着。

姑娘依然抿嘴笑着摇头说：“吃面食发胖。”

母亲像泄了气的皮球，片刻又给自己打好了气，屁颠屁颠地赶紧去做米饭，可这边人家已经要走了，说晚上还有演出。

她一走，小马长长地出了一口气，说：“哎哟妈呀，快把我憋死了。”

母亲也松了口气说：“这哪是找媳妇，比找个婆婆还难伺候。”

经过了两次失败，娄庆云从中也琢磨出一些道道，比如说，这男孩子找对象，那真是“找”，最终能不能对上那还得是“父母之命”，还有至关重要的一点是，不管是男人还是男孩，对女人都一样“色”，所以女人要被相中，那就要让自己先“美”起来。

娄庆云近水楼台先得月，买来当时时尚而又不费多少银子的化妆品，每天化上淡淡的妆，对着镜子将原来黑粗的眉毛画成细细的弯月形，用小镊子将那不幸长在了弯月以外的眉毛，毫不留情地一一剔除，配上一对活泛的大眼睛，人看起来鲜亮了许多，也秀气了许多。

这天吃完饭娄庆云在收拾时，小马定定地看着她。她不好意思地说：“看什么？不认得了？”小马现出深思状，说：“咋看咋像。”庆云接话：“像什么？”“像继承了咱劳动人民优良传统的模范媳妇。”

“这有什么不好，未必你还想找一个资产阶级小姐？”庆云说。

“你可别说，人家还真给介绍了一个，就是前两天，哪个阶级的不知道，但绝对一小姐坯子，她端茶杯是这样的。”小马说着也做成兰花指状学着那女孩端杯子的样子，两人都哈哈笑起来了。

庆云从他说话的态度判断出这事没戏，于是逗他说：“那还不抓紧，小心人家飞了。”

“压根儿就没打算落在咱这平民百姓家，‘飞’字从何说起。”小马说完，然后他拉着庆云的手说：“其实找媳妇还是要找你这种类型的，干活麻利，善解人意。”庆云甩脱他的手，但眼睛却异常明亮，用怪嗔的口气说：“谁要当你的媳妇？”“我说过要娶你做媳妇了吗？”小马开玩笑说。

“我说过要做你的媳妇了吗？”庆云说完，两人又都哈哈大笑了起来。

男女搭配，说说话这两人心里都痛快，小马仿佛又回到了人群中，不再孤独，有时见了陆茵他还故意和娄庆云走近些，这令娄庆云有些伤心，突然觉着自己不过是一个他用来和陆茵赌气的活道具，她有些伤感，随之而来的就是自信，她有自信能让自己变得不再是“道具”。

后来娄庆云不再到食堂买饭，而是经常在宿舍做饭，小马也大大方方地去吃，她问：“你不怕别人说闲话？”“听闲话又掉不了块肉，可吃你做的饭能长块肉。”小马满不在乎地说。

“你就光长肉，不长心啊！”庆云调侃道。“哪能呢！”小马答。

火红的年代火热的情

到了深秋季节，厂子有大动作了，要鸟枪换炮，原来造手扶拖拉机，现在要造汽车了。当时流行“要想富，先修路。”修路干什么？跑车啊，那得有车跑呀，于是，想买车的人走私、走后门等五花八门的招都使上了，可还是一车难求啊！厂子大胆转型，用生产手扶拖拉机的原班人马，现有设备就仓促上马了。

但厂子没有大型高精尖设备，也没钱买，于是也赶了回时髦，搞了个挂靠，挂在隔壁一家劳改工厂。别看人家名字不好听，可里面藏龙卧虎，设备高端，职工的“责任心”特别强，比如有一工人上二班加工废了一批曲轴，不等第二天检验员发现，他自己在当晚回宿舍后就自我了断了。

这厂的产品“盐湖牌”大卡车在西部地区也是响当当的名牌，厂子与人家“联姻”也像傍了个大款，除了沾点好名声的光以外，更多的是显出了差距。

林书记心里火急火燎的，不过他的火不像以前那样对着各部门的一把手发，而是冲着技术人员发。试制工作中的任何问题，林书记一律拿技术人员是问，这时那些大学生大多晋升为助理工程师了。林书记走在路上会猛不丁地拦住某个问：“某工，你那个问题怎么还没有解决？”这些“工”们在被责问的同时也感受到一种信任和器重，当然还有压力，于是挑灯夜战，冥思苦想……

那是一个科学技术被捧上了天的年代，同时也是一个思想解放、多元文化蓬勃发展的时代。上下班时段，厂里的大喇叭加进了娱乐节目，近一段时间就反反复复播放电影《黑三角》的主题曲：边疆的泉水清又纯，边疆的歌儿暖人心，暖人心……那圆润甘甜的歌声正如那又清又纯的泉水一般，在人们的耳畔欢快地流淌，同时也把人们带回到电影《黑三角》的意境中。

该影片讲述了我方公安人员侦破和劫获“110号人防工程机密”情报密码的故事，体现出我国公安人员的勇敢机智和广大人民群众的革命警惕性，同时也揭露了国内外反动派处心积虑颠覆社会主义的企图，是一部地地道道的革命影片。

这部影片让人耳目一新，一是在影片中首次有了不再脸谱化的特务，连特务接头时的暗号都透着点文化气息，比如“曲径通幽处”对“禅房花木深”；二是女主角身穿鲜艳的泳装在松花江边嬉戏的镜头，影片上映时女主角17岁，青春、阳光、清纯，还穿着泳装在江边走了一溜儿，她身后是一大群年轻的女孩，每人都穿着鲜艳的游泳衣，一个个鲜活的美女佳丽强烈地冲击着人们的视网膜，颠覆着传统观念。因为在那个年代，别说泳装，女孩子连穿无袖衬衫都少见，而在西部高原，更是连穿短袖衬衫的都看不到。

据说当时的电影票价是一角五分钱，观众称女主角“一角四”，意思是说看这场电影有“一角四”是冲着女主角去的。

下午四点还没到，向师傅几人就开始换衣服，任书记走过来说：“喂，你们几个可是老模范了，咋还没下班就脱工作服，这是要赶着到哪儿去呀?”“嘿嘿，看漂亮丫头去。”向师傅大大方方地回答。

建国此时正站在工具箱前吸烟，笑着搭腔：“都看三回了，还看不够。”大家都知道这说的是电影《黑三角》中的女主角。

“漂亮有啥用，又不能抱着啃两口。”任书记一说完就觉着不合适，因为这几位都是家属在内地的“单身汉”，当了十来年的牛郎织女，于是又讨好地说：“去吧，去吧，饱饱眼福也好。”

“晚上去看电影吧。”庆云的心提到了喉咙眼，试探性地问。“什么电影?”小马不经意地一问，她的心又搁回了肚子里。“《黑三角》。”庆云答。

“那当然去了，百看不厌啊!”

他们来到电影院，进去时正在放加演片，里面的光线凝滞而晦暗，只见黑压压的都是人，隐约可辨过道上找座位的人猫着腰，低着头，不断走走停停，时不时就和后面的人撞个满怀。

娄庆云知道找座位已经不容易了，她就径直往后边空的位子走去，小马跟着她走，不时地扭着脖梗子往后看，银幕上在放一个女人的子宫，浑厚的画外音“这是孕育生命的摇篮”在空中回旋。

庆云拉他一把说：“快点，一会后面的位子都没有了。”“这也太快了点吧？咋还没结婚呢这就要生孩子了?”看着画面，小马以为又是科教片，而且认为娄庆云事先知道，有意叫他来看的，于是一语双关地说了出来。

“你想什么呢？这是加演，计划生育宣传片。”

“是该计划计划，要不然这电影院里连站的地儿都没有了。”

他们在后面的一个角落里坐下，小马张大嘴仰着脖在看，不由自主地还咂巴了一下嘴，发出的响声令他自己都觉着有点不好意思，扭头一看娄庆云，她好像没有听见似的正聚精会神看电影，娄庆云头向小马这边歪点儿，再歪点，在看他的一刹那，脸上艳媚的笑，还有那目光，像水一般溢出，在小马的周身流淌。

小马把身子向庆云靠了靠，庆云将手放到了他的大腿上，他捉住了它，她的手很柔软，指头细长，他不知道下一步怎么办，就那么轻轻地捏着，但庆云的手指不安分了，一个指头在他手心里不停地划着圈，让他有了一些温存的感觉，这种接触让小马禁不住心神荡漾，迷迷糊糊地奇思怪想了一个晚上。

欲望的重量

电影散场，他们手牵手回到了厂里，小马送娄庆云回宿舍。一进门庆云没有开灯，而是站在原地，用双手抱住了小马。

小马知道门是开着的，关还是不关？他当时内心斗争极为激烈，碰还是不碰，关门就是个关键问题，自己从没认真地考虑过娶她为妻。

“咣当”一声，庆云用脚踢上了门，小马内心的战斗也随之结束，这种黑暗里的激情把两个人烧得浑身发热，两人几乎是不约而同地挪到了床边。最终激发了他强烈的征服欲望，在她的鼓励下，他完成了从男孩到男人的转变。

小马有些云里雾里，不知所措，摸起一件衣服就往身上套，觉着不对劲才拿在手里借着窗外的微弱光线仔细端详。

庆云用命令的口吻说：“去，打开灯。”“不用了，我这就穿好了。”小马手忙脚乱地完成着收尾工程。“我让你开，你就开，别像做贼似的只想开溜。”她的声音有些急躁，还有点威严。

小马心想，怎么就这一下子自己就从将军变成了奴隶？她以前什么时候对自己这样吆五喝六过？他心里没底了，胆怯地去开了灯，准备接受她的讨伐。

她没有讨伐的意思，只见她脸上挂着幸福的笑容，麻利地穿好衣服，指着床单说："你看。"雪白的床单上一片殷红的血迹像盛开的花朵，由里向外浸润着布的纤维，他甚至能感觉到那红色还在向外扩散。

小马傻眼了，说："你不是……""怎么样了，那些烂舌头的，这一下你可以给我做个证明了。"娄庆云脸上带着笑，还有些得意。

"我，我，我刚才真是昏了头。"一股凉风"嗖嗖"地顺着小马的脊梁骨往上蹿。

"你后悔了?"娄庆云带点挑衅的语气说。"我有什么后悔的，只要你不后悔就行。""我不后悔，其实我早就喜欢上你了。"庆云现在也只有把这事往圆了说。"那你还和那么多人好?"小马倒信以为真。

"那时我想到你比我小，好像老长不大的样子，我跟他们从来都没动过真格的，我跟他们扯也是想引起你的注意，可你把心思都用在陆茵身上了。"

"快别提那档子事了，我求你。"小马一边说，一边摆着手。"好，不提，可你不能光是嘴上不提，得在心里把她清理出户。"

娄庆云这么说是因为小赵在她心里始终无法扫地出门。

"嗯，当然。"小马说得没有底气。庆云忽然觉着这是一个诚实的人，因为嘴皮子动一动，随便什么话都能说，可它管不住心啊，如果他信誓旦旦，她反倒觉着有些恐怖，可能先前的一切只不过是一场游戏而已。

不管是不是一场游戏，现在玩过了火，小马才有些后怕。这事还没跟父母说，再说连自己都还没有认真地考虑清楚，它咋就走到了这一步？回过头想来想去，他也不知道是出于一种什么样的心理，也许是娄庆云身上散发出的野性让他着迷吧。但这正是母亲所绝对不能容忍的，她太大胆，人长得太粗，尤其要命的是，她的籍贯正好是母亲不喜欢的，看看这娄庆云，进厂三年，东拉西扯没消停，可见母亲的话不无道理。但事已至此，他骑虎难下。

娄庆云找小马越来越勤，小马却越来越冷，他觉着是该给她说说清楚了，不能在房间里说，一到那个环境，两个人除了黏在一起，什么也做不了。

在一个礼拜天的下午，小马约娄庆云到公园。小马在公园门口等，娄庆云款款走来，她上身穿一件大红绣花细羊毛衫，下身穿一条八片的黑色呢裙，脚上是一双锃光瓦亮的紫红色半高腰靴子，两条裸露的小腿，躲在一层薄薄的单丝袜里，散发出一股青春的活力。头发高高地扎成一个马尾，刘海卷成波浪，唇线显然是被勾勒过的，加上描过的眉毛和修饰过的眼线，整张脸就时尚了起来。

“你早到了?”娄庆云挺直丰满的身子，一股脂粉香扑鼻而来。

小马有一些恍惚，觉着这个人离他很近却又十分遥远，在肚子里转了大半天的那句话“我看我们两个的事还是算了”却始终吐不出来。

进了公园，他们沿着湖边走，柳树叶已经枯黄，在秋风里起舞，娄庆云在这剪刀一样的秋风里时尚得瑟瑟发抖。小马穿着风衣，他想脱下给她披上，又怕让她误解，他就更没有勇气说出他的决定了。

小马点着一根烟，吸一口，又掐灭，抿了抿嘴唇，咽一口唾沫，终于开口了:“我配不上你，你都快入党了，我还闲人一个。”“我不在乎，我只在乎你这个人。”娄庆云声音嗲嗲的，说着身子就往他身上贴。

小马哪里经得起这般柔情，他差不多想要伸手去揽她的腰，这时他的父母在他心中勇敢无畏地站了出来，无可奈何之际他找了一个突破口说:“是我不好，对不起你，我年龄上也配不上你啊！你今年多大了?”

“你装什么傻，你真不知道?”娄庆云突然转身站定，两眼死盯着他问。

“我当然知道。”小马很淡定。“知道还问，什么意思?”庆云很气愤。

“没什么意思，就是觉着这不合常规，俗话说女大一，不是妻，那女大二，就更不能当妻了。”小马说得理直气壮。

“你早干什么去了，把人玩够了找这种借口来搪塞，俗话还说女大三，抱金砖，那女大二，起码也能抱个银元宝了呢。”庆云说着眼里都能看到泪花。

小马心软了，只好跟她实话实说:“不是我怎么样，实在是我妈她太拗，我是独子，简直就不是我找媳妇，是她在找闺女，你看，我们能不能商量着解决，你有什么要求提出来，我想我们家都会满足你的。”

“商量个屁呀，我跟你见了红，活着是你的人，死了是你的鬼，你想溜，没门，回去告诉你妈，别把事儿做得太过分，你那宝贝东西我还留着呢。”庆云手指着小马的鼻子，脖子一梗一梗的，咄咄逼人。

小马觉着这简直就是要刺刀见红了。

娄庆云说完最后这句话就仰着头很悲壮地走了，“咯噔咯噔”的鞋跟儿敲打路面的声响把小马的心敲得生疼。

小马吓呆了，这女人不但泼辣，而且狡诈，这是他始料未及的。在他那个年代，泼辣往往是革命的同义词，他没把它看作贬义，可“狡诈”无论如何也不能给它穿上漂亮的外衣了，他心里不好受但又有一些轻松，毕竟这件事就这么轻而易举地给她提出来了，但怎么解决？他现在的心情就像眼前这一排被风吹得东倒西歪的柳条，无助又无奈，他的鼻腔开始发酸，他意识到自己是作茧自缚，靠自己是再也蹦跶不出去了，他只能求助于家里了。

母亲先跳了起来说：“不行，这种母老虎不能要，我们赔些钱给她，要是真有了，生了孩子我们养着，就是不能让她进门。”

“你净说没用的，家里不明不白地养个私生子，她家就在对门住着，这可能吗？除非咱们这一家子什么都不要了，躲到深山老林里去，喝西北风呀，一个妇道人家说话也不过过脑子。”父亲制止了她。

“你能耐你想辙。”母亲生气地噘着嘴，不再吱声。

把问题交给父母后，儿子像没事人似的在看电视，从小到大，都是这样，还没有过不去的坎儿，此时他正兴致勃勃地看球赛。

父亲更来气了，“啪”地将电视关了，说：“真是皇上不急太监急，你好像已经心里有谱了，说出来听听。”

“我有什么谱？有谱还来找你们？”儿子反倒不耐烦了。

父亲转向儿子，猛然大声说：“瞧你那点出息，做出这等叫人坐蜡的事，到现在还不动动脑子，你是要等事烂包了让全家好看。”“那，那，要不干脆结婚算了。”小马想，把底牌一摊就没他什么事了，你们不同意你们想辙。

“不行，这绝对不行。”母亲立刻反对。“不行，你使出锦囊妙计呀！这不行，那不行，要不是你左拦右挡，早早给他定了，哪会有这事？”父亲反驳道。

“你又怪我，我就知道啥屎盆子都往我头上扣，你问你儿子，以前人家提的他当回事没有？”母亲说着用手指着儿子。

“咦，以前的你见都不见，这个能发展到如此地步，必是这女孩有过人之处，说说看，你自己到底是啥想法？”父亲恍然大悟似的说。

“哎呀，没想法，有想法还来找你们，烦不烦呀！”儿子说着就往里屋走去。

“臭小子，你给我站住，你倒还不耐烦了，告诉你，现在可不能乱来，她那种人是什么事都做得出来的。所以绝对不能草率行事，得先稳住她，容我们再好好想想。”父亲说。

引火上身

娄庆云对小马的送温暖活动当然逃不过任书记的火眼金睛，任书记看在眼里，喜在心头，对娄庆云，上次捅黄了她和小柯的事，总觉着有些亏欠，看到娄庆云一段时间以来不要命地追求进步，他知道她这是在躲避什么，她都多大了。对于小马，他有一种莫名的尴尬，最近小马见了他老是绕弯走，眼睛里时不时还射出一束冷光，像一门当头将的“炮”，他突然想到，让这娄庆云当一回“士”，撑上去，这一盘棋就活了，于是他想加把火，让温情变成恋情。

传统限制了他的想象，人家早就打得火热。

那天，厂里要发展一批党员，任书记想到了娄庆云，但觉着考验时间太短，这人思想波动太大，先搁一搁，正在冥思苦想之际，娄庆云走了进来，交她的思想汇报。任书记接过来，扫了一眼，关切地说：“你一天也别光顾着工作、进步，个人问题也该考虑了。”“谁要啊！”娄庆云扭捏了一下，嗲嗲地说。

“哎，怎么这么说，我说凭你的条件，什么样的好男孩找不到，都不用出咱二车间。”“咦？谁呀？”娄庆云轻言轻语地说。

“就是你现在帮扶的小马，你是没注意，人长得白白净净，文文雅雅，家庭条件不错，又是独子，他父亲是统计局的，我们是老战友。”说着说着他情绪高涨了起来。

“书——记。”庆云发嗲的声音里含糖量又升了一级。

昨天娄庆云从公园出来，“咯噔咯噔”直接回了厂，她蒙头大睡，却怎么也睡不着，她作为女人最宝贵的东西没有了，现在她考虑的已经不是小马的条件，就是个猪八戒掉到她被窝里，她也只好接着。她想起任书记说过跟小马的父亲是老战友。

礼拜一娄庆云上二班，晚上九点多钟，她绕到车间外面，从窗户里看到就任书记一人坐在桌前看报纸，门是闭着的，于是她推门进来，又神秘地将门带上，任书记抬头说：“是你，有事？”她不语，脸上带着妩媚的笑，走进来，站定在他身边，一只手搭在桌沿上，忽闪着一双大眼睛，看着任书记。

忽然娄庆云用发嗲的声调说："书记，你可得给我做主呀！你给介绍的那个人，你把他说得这好那好，我听了你的话，跟他好上了，都这样了，他突然说他们家不同意。"庆云眼神黯淡了下来，好像受了莫大的委屈。

"都哪样了？"话一出口，任书记的心突然紧了一下，那次无聊的问话致建国牢狱之灾的教训使他的心甚至被刺痛了一下，但现在这个女子也太皮厚了，文雅点说也算有伤风化，自己作为车间领导还能装聋作哑不闻不问吗？说是我介绍的，肯定是小马，我还真插了一杠子，加上前面小柯的事应该是两杠子，他有一种被套牢的感觉，于是说："你知道你在说啥吗？"同时眼睛盯住了她，任书记在观察，在分析，在判断。

"我来找书记交心。"娄庆云嫣然一笑，眼睛飞快地在书记脸上瞟了一眼。"我是车间领导，只有工作上的事和你个人解决不了的问题才可以向我反映。"书记说话很严肃。"任书记，我说得还不明白吗？"庆云的态度有些收敛。

"如果没有理解错的话，我感觉你这是在自首。"书记的语气变得凝重起来，关切中含着严厉，严厉中含着劝导，劝导中含着警告。

庆云脸上的表情顷刻间就凝固了，书记用了"自首"这个词，无疑将她所说之事与犯罪挂上了钩，娄庆云突然想起了万晓阳，想起了建国，她不寒而栗，但也看到了希望：这种事怎么说都是男方不对，这不正好压压小马的风头。她急忙说："我不是自首，是要告状，告小马。"

"告什么？"书记用低沉而严肃的声音问。"告他乱搞。""你有证据吗？没准他还告你勾引他呢。"书记慢条斯理地说。

"胡说，我撕烂他的嘴。"娄庆云气急败坏地说。

"撕烂他的嘴有啥用，说出去的话泼出去的水，你收得回来吗？你和他现在是一根绳上拴的两个蚂蚱，跑不了你也逃不掉他，你现在有事说事，没事赶快回去上班去，别瞎扯。"任书记义正词严。

"我从来都是听您的话，在您介绍小马后，我就一下子对他上了心，我是真心的，也是认真的，可现在他又抬出他妈，什么意思嘛？"庆云也端正了态度，认真地说。

"这点我可得纠正一下，你跟小马要好在先，我说话在后，别搞得像我包办似的，老实说我连我儿子都包办不了。另外，你真的不知道他啥意思吗？如果你真不知道你问他呀，你找我干啥呢？”书记威严地说，声音低沉而严肃。

“你不是跟他爸是老战友嘛!”娄庆云现在只想将这已经做熟了的饭赶紧正大光明地端到台面上，说着她还扭动了一下身子，声音又有些嗲嗲的。

“噢!”书记茅塞顿开，说：“是这么回事，你先回去干活去，我这还要到车间里去看看。”

第二天早上，任书记安排完车间的事，看看表快十点了，他出了车间，直奔单身楼，他推门进来，见小马正往包里收拾东西，他坐到凳子上，用一双睿智而和善的目光稳住他，慢慢开口问：“这是准备上哪儿去呀?”

“噢，书记，你来了，我这是要回家。”小马说着，神情有些慌张。

“怎么？不找小娄了？也不吃人家做的饭了?”书记脸上洋溢着亲切的笑容。“嗯，我今天家里有点事，再说老吃人家的怎么好意思。”小马低着头回避着任书记的目光，有些不知所措，嘴里一边说着：“书记，喝水吧。”一边拿了杯子又拿起热水瓶，这才发现里面空空如也，他还是晃了两下，其实只是想稳定一下情绪，然后不好意思地说：“还没来得及去打水。”于是从口袋里掏出烟，递上说：“书记抽烟。”看得出小马的脑门上已经渗出了汗珠。

“我看你小子是吃饱了，吃腻了，想换口味了。”书记的话语简单直接，不留情面。“书记，你说什么呢。”小马的脸开始发热，昨晚娄庆云往书记办公室去，他看到了，所以今天想赶紧回家去讨主意。

“我说到你心里去了，想甩了人家搬出你父母来，我问你，你父母连人都没见过凭啥不同意？我也是当父亲的，你知道我对未来的儿媳要求是什么吗？第一是喜欢我儿子，第二是身体健康，第三是吃苦耐劳，结婚以后那是要过日子的，一天三餐，穿戴家用就那么几个钱，全凭一个女人去安排，说到这儿我还想顺便提一下，你说，以我这样的思想我会想找陆茵当媳妇吗？可冷师傅她不懂，在那儿瞎起劲，搞得大家都不自在，包括你。”

“书记，其实我的不自在是我自己个找的，跟您没关系。”小马说话轻柔，几乎像是在耳语。

“哎，我刚说什么来着？怎么扯到陆茵身上去了？”书记停了一下，其实他是有意扯过去的，看到小马见了他尴尬的神情他早就想找个机会把话说开，听到小马这么说他感到了欣慰。

峰回路转

关于陆茵那个堵心的话题说开以后，任书记全身心地投入对小马的心理疏导上了。他假装突然醒悟似的把话题又转了回来，说：“噢，是说你父母凭什么不同意来着，那你说说你父母要找什么样的？”“这……我一时还说不出，就是觉着小娄不合适。”小马说话闪烁其词。

“有啥不合适？我先问你，这模样？刚才我忘说了，不管这男的，女的，都把个模样看得挺重，所谓一见钟情嘛。”此时任书记已经放下了架子，像朋友似的和他拉家常，一下子就有了亲和力。“还行，就是人长得粗了点。”小马说。

“啥叫粗？人长得高高大大，健健康康的，有啥不好？再说你自己，就是个高，细溜溜的，风一吹都能倒，将来这屋里的重活不得人家干吗？再说你们个人的条件，论文化，一般高，都是高中，人家的字写得多好，看你那笔烂字狗啃的似的，论职业，都是工人，论政治，人家小娄要求上进，写了入党申请多年，可你一天净跟些个不求上进的在一块混，我看人家小娄能看上你是你的福分。”书记侃侃而谈。

“书记，你也别把我说得一无是处，这么说，是我配不上她了，那正好算了。”小马想就坡下驴。“你小子别想溜，这事它不是做算术题，要不从古到今咋会有那么多离奇的故事，现在的问题是她看上你了，很痴心，而你也接纳了她。”任书记直言不讳。

“可我还是觉着……”小马欲言又止。“觉着啥？是不是思想上还有阴影？嫌她以前跟她师傅，还有小柯来往过？”任书记小心地问。

“这倒不是问题，嘿嘿，实践出真知。”小马不好意思地笑笑，突然神采飞扬，流露出一种第一个尝了鲜的自豪感。

“噢，要知道梨子的味道就得亲口尝一尝，是吧？你真是个坏小子，你尝过味了，又想溜，往轻了说是品德恶劣，往重了说是犯罪，人家可以告你。”“书记，你可别冤枉好人，是她缠着我，说是要我来证明她的清白，等于我帮了她一个忙。”他说得满不在乎。

“咦，稀奇，有这样来证明的，那你到底证明了个啥?”任书记意味深长地看着他。

“我也不知道，她给我看了床单，我妈说，床单上印桃花，这人是清白的，要是印梨花，这人就不清白了。”

任书记愣了一下，忽然哈哈大笑道：“有意思，你妈真有意思，那你到底是交了桃花运呢还是梨花运?”“当然是桃花运了!”小马有些自鸣得意。

任书记却像幡然醒悟似的突然提高声调说：“哎，我说，你简直是个浑球，她难道会傻到用你来证明她的清白吗?这就像一个贼跑到人家屋里，拿走了人家值钱的瓷瓶，然后说，我可以证明他家原来确实有一个瓷瓶。那这瓷瓶他家现在还有吗?”

“这可是她说的。”小马说得理直气壮。“你小子装傻，她这是破釜沉舟，把自己一辈子交给你了，你却这么不负责任，现在搬出你妈来，如果年轻人都像你这样，这厂子不乱套了吗?这社会不更乱成一锅粥了吗?我告诉你，事情发展到这个程度它的性质就变了。”

“有这么严重?咋的?它还变成敌我矛盾了?”小马依然满不在乎。

“你还别不在乎，不是只有敌我矛盾才犯法，谈对象谈到床上去了这就是犯法。”他本想说建国的事摆在那儿，但一种苦涩使他终究没有说出来，而且为之一怔，突然觉得自己真该做件功德圆满的事，来减轻一点那件事带来的愧疚感。娄庆云的清白没有了，弄烂包了，这女娃的名声就臭到家了，以后咋办?再说两个人都是他的职工，车间里尽出这等事真是邪门了。所以最好的办法还是把矛盾就地消化，息事宁人。而现在解决问题的关键是男方。于是他决心攻下眼前这个男孩的心理堡垒。

任书记点上一支烟，猛吸一口，看着小马说：“这个事的利害关系我都给你说明白了，事情到了这一步你就是那过河的卒子只能往前冲，没有退路。”“我冤哪，真是一失足成千古恨。”

“你冤啥?我刚不是分析了嘛，人家的家庭、本人条件都比你好，你有啥理由在哇（那儿）尥蹶子?我看你是叫福烧的了!”

“可我还是觉着。”小马咂巴了一下嘴。“你觉着啥?”任书记抢了他的话。

“跟她在一块要是能觉着啥就好了，要命的是，就是啥也觉不着，感觉和跟任何其他人在一块没啥两样。”小马喃喃地说。

“这也难怪，你们一块进厂，又在一个车间，抬头不见低头见，熟了没有新鲜感了，可这好啊，知根知底呀，我问你找对象干什么？”书记停住看着小马的眼睛问。“结婚啊。”小马回答得干脆利落。

“那不就是了，结婚，要厮守一辈子，你就是从天上找个仙女来新鲜劲过了还不是一样，再说你找得到仙女吗？你小子现在之所以还能够在这儿挑肥拣瘦，都是她太主动，送上门来，你得来全不费功夫，自然不知道珍惜。可人一辈子不是总有好运，有些事错过了就永远不会再有，不是我吓唬你，我们这种机械厂本来女的就少，你掰着指头算算，能跟你年龄相当的还有谁？”

小马想想说：“是啊，是这个理，可我妈那儿？”

“你把这些道理给她说说，再说，也别拿你妈当挡箭牌，只要你自己态度明朗，别人谁挡得住？”任书记提高音调，显得非常激动。

“不行啊，光她的籍贯这一条我妈那就通不过。”

“你不会一开始不说她是那地方人，等将来处得熟了，互相有了好感那就不重要了，再说，哪家父母不是盼儿好，如果你自己认为满意，你妈还会硬挡？所以这事还得慢慢给你妈做工作，不能硬来，要有耐心，小风轻轻吹，小雨慢慢淋。”

“那能慢慢来吗？我爸妈都像热锅上的蚂蚁，好像马上就要把孙子给他们生出来了。”“噢，你还不把它当回事，看到了吧，这还是个耽搁不得的事，回头我再到你家去跟你爸说说，可你咋的也得让她先在你家亮个相。”

“噢，知道了。”经过任书记这一番开导，小马变得轻松了。任书记走时他拿起了包说：“一块下去吧，我回家。”

“都这会儿了还回去干啥，你不去看看人家，人家可还在那儿伤心着呢！”

于是小马来到了娄庆云的宿舍，她正无聊地斜靠在床上，给天花板相面，门没有关。当他推门进去的时候，娄庆云像被针扎了一下似的从床上跳起迎了上去，随手关上门，从后面抱住他的腰说：“我还以为你再也不来了呢。”

“我本来是想回家，可任书记把我骂了一顿，还不是你告状有功。”说完他掰开她的双手，面对着她问：“你都跟任书记说什么了？”

“没说什么。”她低头小声说。“哼，没说什么。”小马先是小声重复一句，忽然提高声调说：“没说什么才怪呢！”说最后的两个字声调又提高了八度。

“你凶什么？我什么都说了。”娄庆云也高调回应。

“你知道你这叫什么吗？”小马停了一下，继续说：“叫家丑外扬，除了给外人留下谈资、给自己带来烦恼之外还能得着什么？”“喂，你把问题搞清楚啊，是家丑吗？是你先不愿意给我一个家？我不得已才外扬的。”娄庆云说完仰脸想了一下，慢悠悠地说：“还能得着什么？还能得着你。”

“你这个骚女人。”小马说着就把嘴按在了她的脸上。然后说：“世界上没有无缘无故的恨，也没有无缘无故的爱，你为什么对我这么好？”

“我乐意。”娄庆云说得很轻松。

“哎，我有什么好？值得你这么死乞白赖地扯着？”

“我贱，找踢挨踹有瘾，行了吧！”庆云的野性又上来了。

“是啊，我也琢磨着是这么回事，可能有时候这受气也是一件挺过瘾的事！”小马回应。“那你也来过过瘾吧！”娄庆云的话语中带着挑衅。“行啊！你就骂我或打我都行，来，来，往这儿打。”小马把半个脸偏向她。

“你当我不会打，还没到时候，如果你敢甩了我，看我不把你打得叫你把这一辈子的瘾都过足了。”娄庆云说得斩钉截铁。

“好了，打住，我怕了你了，看来你是非我不嫁了，本人竟然有这么大的魅力，这是始料未及的。”小马开始自鸣得意起来。

“有个屁魅力，还屎尿未及呢。不过是我这傻瓜看走了眼，没有好的赖的也将就。”娄庆云调侃道。“那你可别委屈了自己，还是把眼睛睁大点，这厂子里比我好的小伙可多了去了。”小马说。

“可敢这么踹我的还真没有，说，什么时候见你父母，要不赶明日当了爷爷奶奶还不知媳妇是何方神圣呢。”娄庆云说话咄咄逼人。

一提到这个敏感的话题，小马的心情就又有些沉重，他无奈地说：“我回家跟他们商量商量。师傅领进门，修行可全在个人，成不成可就全看你的本事了。”

无奈的红娘

任书记从单身楼出来就直奔这边的办公室，其他人都不在，陈技术员正趴在桌上徒手画一张模具的修理图，任书记关上门，说：“你跟我到小马家走一趟。”“啥事?”她头也没抬地问。“这俩人都睡了，男的突然说不干了。”

“是和娄庆云吧，这娄庆云折腾到这会儿，再让他跑了，那她以后还咋找人，她都多大了。”陈技术员停住笔，有点气愤又有点同情地说。

“小马说他家不同意，所以我这才着急要上他家去。”书记说。

“咋说呢?”陈技术员犯了难。“是啊，说啥呢?”任书记抓耳挠腮，说：“这还不能从正面进攻，好像我们在把一个烂黄瓜硬塞给他们似的。”

陈技术员又低头画她的图，说：“那就照反了说，理由自撰。你等一下，我这图得赶紧送到维修车间去。”

任书记和陈技术员坐上了往市里去的汽车，任书记用惋惜的口吻说：“其实这娄庆云是个好工人，培养培养当个班长挺不错，可惜在生活上不够检点，女娃最怕这一点，这次的事，我们帮她圆了，也算是成就了她的终身大事，以后她就能安心干工作了。”

“是这个理，可强扭的瓜不甜。”陈技术员说。

“想想过去，哪个瓜不是强扭哈（下）的，不都照样过得好好的，像我，从朝鲜回国，一回家，家里就张罗着娶媳妇，以前连见都没见过，这不也过了半辈子，不像你们洋学生，搞自由恋爱。”任书记说得挺实在。

“其实我们也一样，各人都有一本难念的经，就拿我来说吧，本来在学校没想解决这事，可有一天中午，父母匆匆赶到学校，很神秘地将我叫出来，到学校对面公园里的一个假山后面，母亲说了家里的变故。说我和你爸这是请了假出来的，只有一会儿时间，你的个人问题要赶紧解决，等我们定了性就不好解决了。”陈技术员紧皱着眉头，语气低沉地说。

“我看刘工（陈技术员的丈夫）不错嘛，人家还说他跟着你分到这地方来不值呢。”任书记说。“是啊，他学的那专业，学生都是查了五代的，不光我，还有好几个女同学找他们，也可能都是冲着他们系楼前那站岗的解放军去的。”陈技术员说完停顿一下，突然若有所悟似的大声说：“咦?

他那些同学都过得不错呀，也没见哪个离了婚，看来这强扭的瓜也甜啊。”

“那咱今日里就把这瓜给扭牢了。”任书记踌躇满志。

两人心中顿时升腾起一种使命感。

午后，小马的父母正在休息，听到咚咚的敲门声，母亲匆匆地，脸上带着狐疑开了门。父亲在里屋问：“谁呀？大中午也不叫人休息。”

“老马，是我，老任。”

父亲一个箭步从里屋跨出，在门外都能听到里面沉重而急促的脚步声，就听说：“是任书记呀，什么风把你吹来了？”又一愣：“这不是小陈吗？你这是？我以为还是下面那些办事的，最近要开全省统计工作会，下面常有人来，都想争个先进什么的。”

二人落座，任书记介绍道：“陈工，现在是我车间的技术员，我的左膀右臂。”陈技术员也赶紧回应道：“马科长，原来是我的上级领导。”明知他不是科长还是在口头上给他提了一级，暖暖场子。

老马同志连忙谦虚地说：“不敢当，不敢当。”

“吃饭了吗？”母亲说着就往厨房张望。“刚在街上吃过了，不用客气。”陈技术员忙答道。

“我一直说去看你，这不是忙，分不开身嘛，刚从北京回来，到国家统计局去汇报，这可关系到全省经济工作的成就，不能出一丁点差错，真是忙得晕头转向。”老马又开始喋喋不休，一则显得热情，二则也在猜测对方的来意，他已经有了点来者不善的感觉，他要想想对策，当然他已经预感到是儿子干下的叫人坐蜡的那事。

“知道，知道，要不我们咋会大中午跑来打扰你。”任书记截住了他的话头。父亲心里有数了，他疑惑地看着任书记，明知故问地说：“你无事不登三宝殿，大中午跑来肯定有事。”父亲递上了烟，殷勤地为其点上火。

任书记狠狠地抽了一口，显出挺难开口的样子，长叹了一口气，气氛变得有点沉闷。母亲又端了苹果出来，用刀削皮，禁不住问：“出什么事了？”

任书记不正面回答却指着陈技术员对小马母亲说：“陈工，兼管女工工作。”然后他又不说了，只抽烟。

母亲将一个削好的苹果递给陈技术员，迫不及待地问：“小孩出什么事了?”

父亲早就猜出任书记的来意，他不开口想等对方先说以揣摩一下任书记对这事的态度，但老婆读不懂他的挤眉弄眼，接二连三地发问，令他反感，于是他一语双关地说:“出什么事任书记自会说的，你急什么?”

“不只是他妈妈急，我这当领导的更急。”任书记看似不经意，却口气很郑重地说。然后冲陈技术员一努嘴说:“你说是吧?”

“这还用问吗!”陈技术员调头看着小马的父亲问:“小孩谈朋友了，你知道吗?”“听说了，具体不太清楚。”父亲怔了一下接着摇摇头。

“你知道谈朋友谈得上了床会有什么后果吗?”任书记看着老马问。“知道。”父亲的脸上闪过一丝难为情。

“这个叫娄庆云的女孩说是被，被，被……”陈技术员不知道在此该用个什么词，所以她就用拖长的声调表达了。接着说:“女孩说是没脸见人，一天到晚神情恍惚，她干的是车工，车间怕出事，已经不敢让她上床子了。具体情况就是这样。”

“这事要分析呢好像就分析到你儿子头上去了。”任书记接茬说。

“好像?这事也有好像的?得有证据。”父亲使出遇事不慌的神态想赖一把。

“不落实怎么敢贸然登门，老马呀，这种事的证据要给谁看呢?怕是要给法官看啦。”任书记吐了一口烟圈，不紧不慢地说。

这位老马显然被触动了，他皱了一下眉头说:“没那么严重吧，年轻人谈对象也有过头的时候。”

“你们家里知道他在谈对象，那怎么不事先给打打预防针，那样就不会闹到现在这样不可收拾了，现在女孩情绪极不稳定，她家里也不答应，找到厂里，这事我想包都包不住。但包不住也得包，谁让咱是老战友呢!”任书记说得很真诚。

“谢谢，谢谢!”这两口子几乎是异口同声地说，父亲还欠起身子又去握了握任书记的手。

“谢啥呢?我这不还没想出咋个包法呢嘛。”

“就按谈朋友处理吧。”老马急忙搭话。

“谈朋友不能谈到床上去，弄不好都有收获了。”

“这个龟儿子，做事一点都不过脑子。”父亲搓着两手，在地上踱步。

“你儿子又不傻，他不但过了脑子还走了心，所以才走到这一步。从外人看来，这是个蛮好的姻缘，你们人都没见过，不知为何要反对?”陈技术员接话道。

“那女孩说话挺横，怕我儿子降不了。”母亲不情愿地说。

“看来你们对这娃还是不了解，我是书记，说话是要负责任的，她工作积极，思想上进，现在是副班长，这都是套话，我想你们肯定是担心模样长得不好，这你就真不用操心了，一个丑八怪你儿子能看上?”任书记说。

“咦，是这么回事啊，我们这是抽哪门子的风，在那儿瞎搅和。”老马对老伴说。“你说得在理，不行干脆让结婚算了。”母亲回应道。

“这不还没谈到那份上嘛，而且据我们分析……”任书记又不说了。

陈技术员接着说：“怕女孩家不同意，女孩本人长相可以，家境不错。”

“能看上你儿子是你儿子的能耐，可她家里就不好说了，所以我这得先稳了你这一头，可别按住了葫芦又浮起了瓢，两人都是我的职工，真到了那一步……”任书记说了半句话就又熄火了。

“唉，我说书记，这本来挺美的一桩事，咋叫你说得这么栖栖惶惶的。”陈技术员故作惊异状。

“是这个理呀，我们咋都弄拧了。看来只有请任书记给她的家人多做工作了。”父亲也似恍然大悟。

看着火候已到，任书记看看腕上的手表说：“哎呀，耽误你上班了。”

“没事，没事，耽误你们休息了。”父亲显出很激动的神情拉着任书记的手，使劲摇了两下接着说：“真的，这事还请二位多费心，日后必将重谢。”

走出家属院楼门口的时候，陈技术员忍不住笑了起来说：“任书记，你真会演戏!”

“你演技也不差，要不咋办?”书记无奈地说，像做了贼似的脚下生风，说：“快，找个地方吃饭去。”

闪亮登场

小马带着戏谑的口气说：“丑媳妇终于要见公婆了。任书记和陈技术员到家一顿乱喷，我爸妈只好就范了。”“你说谁是丑媳妇，我可不丑。”

“那你还是丑点儿好，别像那天在公园似的，搽脂抹粉、描眉画眼、前凸后翘，男人爱看，我妈就未必看得惯了，还有啊别穿裙子露着腿。”小马很认真地说。

“知道，你个小屁孩太低估本人了。”娄庆云趾高气扬地说。

“还有啊，别说你是哪里人。”“他们要问呢?”“就说是湖南人，以后日子长了就说他们当时听错了。”

礼拜天的下午，娄庆云如愿被请进了省政府大院。那一刻她有了一种成就感，在经过门岗的一刹那，她想起了那年摆地摊被轰的情景，一股劲直往上冲，像有人在屁股上狠狠地甩了一巴掌似的，忽地就挺拔起来，昂首挺胸，像趾高气扬的母鹅，渐渐地觉得自己高挑了，淑女了，妩媚了，像天鹅就要飞起来了……可是，在进家门的一瞬，一种卑微之感油然而生，这天鹅能不能落到这扇门里还要打个大大的问号，因此脸上的微笑也就变得谦和起来，行为也拘谨了许多，活泛的眼神也明显地收敛了。

她小心地坐在沙发边上，目光锁定在茶几的一个角上。

小马父亲打了个招呼就到里屋去了，他想这已经是盛到碗里的饭了，你吃也得吃，不吃也得吃。母亲坐在旁边的沙发上目光来回地在她身上扫，偶尔问些父母做什么工作，家里有些什么人，哪年参加工作等问题。

小马不耐烦地说：“你查户口呢!”母亲一甩手也走了。经过那天的家访，二老已不再抗拒，但对未来儿媳却已经没有过多关注的兴趣了。

看到父母的态度，小马生气地对娄庆云说：“走，我们出去看电影去。”“电影什么时候不能看，好不容易礼拜天有点空回来，也不多少干点活。”庆云说。“这屋里有什么活好干的?”小马不解地问。

“你看看，这屋里这么温馨的布置，有什么地方不协调?”“没有啊!”小马摇摇头接着说：“我看不出。”

“确实，这屋里真的蛮好，也挺干净，只是几净还差个窗明，去，拿个抹布来，再搞点水。”庆云说着就自己到屋角搬了个凳子。

母亲赶紧从里屋出来说：“使不得，使不得，第一次来怎么能让你干这脏活。”“阿姨，您养儿子干什么，这爬上爬下的活不让我们干难道能让您老两口干?”一句话说得母亲心里暖暖的，脸上也漾起了甜蜜的微笑，屁颠屁颠地到厨房备餐去了。

一会儿母亲又回房跟父亲嘀咕一阵，出来的时候看到娄庆云在阳台的玻璃窗前，站在凳子上，儿子正把洗过的抹布递给她，就客气地说了一句："小心点。"又觉着人家第一次上门就干活打主力不合适，可自己的儿子在家什么时候干过活，现在那么顺从，心想这儿子天生就是给人家管的，转念一想，儿子是自己生的自己养的，凭什么给人家管？心里不免有些失落，可再一想有个人管着学点好有什么不好？所以带着这种复杂的心情又礼貌性地加了一句："怎么让人家客人干？"说完母亲就进了厨房。

父亲似乎不大容易脑筋急转弯，不同意刚才母亲一百八十度的态度转变，只觉着看外表也就一般，但根据儿子原先的描述，这应该是个刁蛮、泼辣、工于心计的女子，那今日的表现十有八九是作秀，既能秀出这么个成色，越发表现出这女子的心计，以儿子那点本事，那哪是她的对手，他又想起任书记那条件不错的话，心想看得上看不上随便，但不能怠慢了，叫对方挑理，于是殊途同归，按着母亲的嘱咐，他又上街进行了大手笔的补充采购。

"快，洗洗手吃饭。"母亲一边喊着一边小心翼翼地将一大碗鸡汤端上桌。"阿姨，别急放。"娄庆云立刻拿着一个湿抹布走过来放在桌面上，母亲赞许地点点头说："嗯，真细心！"

午餐还真够丰盛的，煲得软烂的酱猪肘，几只螃蟹通体透红地躺在盘子里。令人振奋的是还有各种时令蔬菜，黄瓜、西红柿、青椒、芹菜等搭配在一起，色泽鲜艳，不禁令人食欲大增。老两口先是在对面坐下了，年轻人自然也就坐另一边了。

父亲以主人的身份致辞说："小娄第一次来我家，也没什么好吃的，就吃个便饭吧。"

"谢谢伯父、伯母。"娄庆云站起来朝二老点点头说："这么丰盛，怕把你们全家一个月的票、证都吃光了吧！"

父亲三句话不离政治："应该的，应该的，光谢我们没用，这还得感谢现在的政策好。"

"别什么事都给戴个政策帽子。"儿子怼了父亲一下。

父亲闭着嘴干咳了一声，儿子不作声了，父亲接着说："以前，餐桌上有现在这么丰富吗？一年四季除了萝卜、白菜和土豆那'老三样'，偶尔有一顿时令蔬菜，那也是朋友从内地捎来的，蔬菜比肉贵啊！你小子一天不读书不看报，怎么进步？"然后对娄庆云说："以后在一块你要多帮助他。"

“他这是在您二老面前‘倚小卖小’，在单位他可不这样。”娄庆云腼腆地笑着说。这句话母亲爱听，在外面知道给男人留面子，就是个不错的女人，满意度随之提高。“好，好。”母亲满意地点点头说。

父亲也心潮逐浪高，接话道：“但愿如你所言，听你们任书记说你很上进，多帮帮他。”

像是家宴已经进行完初级阶段，父亲进行了战略转移，他用筷子把猪肘捣烂，夹起一块放到母亲碗里，然后又回头对娄庆云说：“你伯母牙不好。”

就这么一个简单的动作就把娄庆云感动得稀里哗啦，小马父母间浓浓的爱意让她着迷，这位父亲举手投足间散发的男人的威严和对夫人的温柔，让娄庆云的心“怦”地跳了一下。

娄庆云奇怪，面对这父子两人，自己的感觉为什么是完全不同的，她看小马一眼，他正在低头啃螃蟹，全然没有关照自己的意思，心想这父子俩的差距咋会这么大呢？回味刚才的心动她甚至有些害怕，自己为什么会产生对小赵曾有过的那种感觉？她的脸有些发热，不敢抬头看任何人，自顾自低头用筷子拨弄碗里的黄瓜和粉皮。

母亲看娄庆云一眼说：“吃东西这么斯文，可别把自己个饿着。”

“一回生，二回熟，这屋里也没有多余的人，噢，就有他的一个妹妹，下乡去了。”父亲说。

“妹妹怎么能是多余的人，有个妹妹在家我还有个伴。”娄庆云抬眼看了一下大家，脸上的潮红让母亲误认为这是一个本分、胆小的女孩，她甚至怀疑儿子原来说的那些泼妇形容是他编造的，可他为什么要瞎说呢？噢，可能是嫌她不够漂亮，男人都一样，受用就行了要那么漂亮干啥。

父亲的认同度也不断提高，只见他将一只螃蟹夹起放到娄庆云的碗里，说：“听说你是湖南人，我专门为你买的，在这地方吃到这东西可真不容易，是古海大厦招待贵宾的，给我匀出了这几只。”

庆云感动得不知说什么好，心里荡漾着幸福的暖流，只是这“湖南人”让她心里不踏实，她怔了一下，考虑着要不要来个更正，小马的一只脚狠狠地踢了她一下，这一脚把她家的祖坟往南迁了上千里地。

娄庆云默不作声，看着那只红红的螃蟹，想起了酒桌上猜拳时唱的：一只螃蟹八只脚，两只螃蟹一十六只脚……一边用筷子夹起螃蟹翻转着，琢磨着从哪里下嘴，抬头看见小马已经将一只螃蟹肢解，正用嘴吸那腿里面的东西，她也学着用手往下扯一条腿。

“蟹黄是很补的东西。”母亲说道。

蟹黄在哪里？娄庆云还真不知道，于是借花献佛说：“那就给小马吧，他那么瘦。”同时用脚踢了一下小马。

伴着“好啊，我爱吃”的话语，小马用一只手毫不留情地将其掠走。

母亲脸上堆起了笑说：“你倒不客气！”可心里别提有多舒坦，这女孩真会疼男人，于是大胆放权，带着半客气半恭维的口气说：“从今往后，我这儿子就交给你了，你可得管好了。”

得到了父母的首肯，两人的关系突飞猛进，已俨然以准夫妻的姿态来来往往，但娄庆云的热情却不见高涨，有时还显得心神不安，有时莫名其妙地会问一句：“什么时候回家？”

“回家干什么？两个电灯泡照着，多不自在。”小马说。

是啊，回家干什么？娄庆云不会说去看你父亲。但他父亲的影子总在脑子里晃，她甚至把这一老一少去比较，更显出少的莽撞、浅薄和苍白，娄庆云在心里对小马开始了否定，不是不爱他，而是在见到他父亲后，她才体会到对他，自己只是把他作为一个弟弟来欣赏、关心和爱护，却无法使她产生强烈的“爱”的欲望。看来自己真正喜欢的是像他父亲这种成熟男人的沉稳、深邃和笃定，甚至就是他父亲本人。

“我的天哪！我这是造了什么孽啊！”娄庆云对天长叹，一种羞耻感在心间升腾，她又为自己辩解，这和感情是两码事，作为女人谁都想找个肩膀来靠一靠，儿子太单薄了，当然要借老子的臂膀来支撑一下，再说，也可能是自己这一生中都没有看到过父母间的亲情，更没有感受过父爱，因此从心里产生了一种渴望，就把他当作自己的亲爹看吧，这么想着，这心里就平静了许多，怕邪念再生，娄庆云由主动转而变成推诿，有好长一段日子没到他家去了。

心如止水

就在人们急迫地学习文化知识的时候，万晓阳却置身事外，一则她干的普工没有什么技术含量，二则所在的下料房只是供销科的一个附属班组，没有系统的考核，或者说压根儿就没必要考核，再则三班倒，有些与世隔绝的感觉，当然最重要的还是她自身的万念俱灰。

建国知道妻子心里郁闷，都怪自己没能耐，他每天都在给自己鼓劲，要把日子过得红火起来。

几年来，万晓阳一直生活在人们蔑视或是同情的目光里，现在，她感觉到了人们的友善和平和，没有了外界的刺激，她反倒感觉麻木了，她像一架机器，每天在家和下料房间穿行，三天里，一个中班，一个夜班，三分之二的时间都和别人岔开，甚至像生活在另一个半球似的。

本来两口子同上一个班的机会就不多，就是在这不多的同处时间里，也没什么好说的，过去几年里，为了解决一个个的麻烦而不得不说的话全说完了，现在谁也不愿再提起它，现在各人心里想的、明知道说了也白说的，没必要说。能说的就是问："这个月你们车间发了多少奖金?" 说完心里又后悔了，他不是刚刚给交了一笔吗，又显得自己太抠门，你没看他的烟都抽到了毛把钱一包的黄金叶了。

再剩下能引发话题的就是那个在屋子里移动的物件：女儿。她从来没有长在万晓阳的心里，万晓阳没有因为她的成长而产生丝毫的喜悦，但像屋子里的家什要擦，地要扫一样，围绕着她，每天的功课还是要做的。早上，要嘴巴冲着她，哄她快起床，手忙脚乱地给她穿衣服，连喊带唬地往那极不配合的小嘴里塞食物，下午回来，建国会问："今天在托儿所吃了什么?"女儿话还说不利索，对那些吃的东西只能连说带比画地表述，建国有时会有意说错，这时女儿的头会摇得像拨浪鼓，建国会高兴地叫起来："你看，她能分清稀饭和鸡蛋羹了。"建国的辛苦有了回报，他有了成就感，不料万晓阳却冷冷地回一句："我还以为你捡了个大元宝呢，这么大呼小叫的，这还用问吗，你没看到，吃的什么不都明明白白地摆在衣服上呢嘛。"

建国刚刚升腾起来的成就感一下子就被噎了回去。

建国能干，晓阳会过，他们经济上过得不比别人差。厂子登记买电视机，说是日本进口的，"咱们也买一台吧。"建国说。

"买那干啥，你没看谁家有电视，屋子里跟戏园子似的，弄不好还得罪人。我可不想下了班回来还要给你扫满屋子的烟头。"晓阳一下子就给怼了回去。

工厂里的新闻永远都是"花边"的多，而且传播极快，一天中午下班，建国一进门，晓阳就大声说："哎，你听说了吧，汽车大修厂咬掉了鼻子?”

“阿么了?大修厂还长嘴?”建国当然知道她说的是什么事，只是他心里膈应，不想听。

隔壁厂一位年轻的采购员常年在外，听说老婆跟别人有染，前几天他又出差，昨天提前回厂，在门外发现了屋里的动静，他不动声色，一进屋就佯装跟老婆亲热，一口咬下了她的鼻子。

今早一上班，人们像见了外星人似的亢奋，扎堆叽叽喳喳，有的还找个借口溜出去跑到隔壁厂去采集第一手资料回来发布，建国听着，想象着那血腥的景象，他心里有一种说不出的滋味，于是说:“这男人太残忍了，简直就是一头狼。”

有人回了他一句:“赶明日你老婆偷人，你就当个小绵羊。”

建国这心里就添了一回堵，再加上叫人干活像轰苍蝇似的，刚赶散一堆，那边又凑了起来，翻来覆去就是那个事，他耳朵都听出茧子来了，一回家，这老婆又说，他心里那个窝火，真想大发一通脾气，可和晓阳在一起这么多年，他从没发过脾气，仔细想想，自己好像没有理由把班上的火引回家来烧，况且，就是真找到什么发脾气的理由，他还不知道面对这个女人要如何发脾气，但这气总是不顺，不知道是对这事的残忍感到不适，还是因为人们的津津乐道，或是怼他的那句话。

老婆今日个上三班，平时这时还睡眼惺忪地在床上赖着呢。这新闻成了起床号，看她那个激动劲，合着平时是有意发懒，就说:“咦，这今日个阿么了?合着你能早起呀，没那么多瞌睡了?”“什么呀，我早起上厕所，听人家在院子里议论，听说了那么个事，我睡得着吗?”

“行了，行了，做饭，做饭，看把你兴奋的，我又没把你的鼻子咬掉。”说完建国自己也吓了一跳，我凭什么要咬她的鼻子?果然，晓阳不依不饶，说:“你凭什么要咬我的鼻子?是不是你希望我也干出点……”

“我开玩笑，开玩笑，胡说，像我们这样久经考验的夫妻阿么也走不到那一步。”晓阳话没说完，建国就给堵了回去。从此，此类新闻在他们家没了传播市场，对其他的事，建国要么不吱声，要么不置可否地“嗯嗯”两声，他的兴趣是和宋军那帮哥们打牌、下棋、喝酒。

晓阳不喜欢这个伴随着片刻欢愉而来的女儿，看到她，她首先想到的是那些心酸、不堪回首的日子，她看这小人儿的目光是冷冷的。

女儿惧怕这目光，她总像个小尾巴似的跟着建国，建国出去，这小尾巴总跟着，所以，建国出去连看孩子也承包了，万晓阳也不好说什么，而且还落得清闲。

清闲，清闲得叫人发慌，尤其是在和建国不同班的日子里，晓阳除了白天睡觉，还有就是做一点简单的饭，其余时间就在家里耗着，对着屋子发怔。出去走走吧，没地方可去，她不是没有家，可家门不开；车间，不是现在该去的地方；上菜场和商场吧，还要坐公共汽车，一出去就是半天，白搭车钱还不定能买到什么合适的东西。

有个人聊聊天也好，姥姥姥爷自打她结婚后就再也没写过信，他们是向理不向人，当然站在母亲一边；晓阳能记起同学甲、乙、丙、丁等的名字和音容笑貌，可那些人在千里之外，早已断了联系；她时常想到红梅，非常想念又为她难过，如今已不知去向；唯一可找的就是徐会计，但她上常白班，白天也不是去找人家的时间，再说这年龄的巨大差异，加上母亲这层关系，她总觉着徐会计的眼睛老在盯着自己，像母亲委托的监护人，她现在的一切，是违背母亲的意愿自己一手造成的，跟人家去说，不管人家面子上如何表示，但心里恐怕只有两个字“活该”。

作为女人，缝补、编织也是一项本职工作，经常看到有的女同胞上厕所的路上两根针还在飞舞，直到解决问题的那一刻才肯罢手，真可谓争分夺秒，而且用的多是白色的手套线，手套是劳保用品，月月发，而在那个几乎没有夏天的地方，这织物又有极高的使用频率，因而人们乐此不疲，还织成各式花样，染成各种颜色，穿在身上像是进行时装展示，在那个并不富裕的年代，人们用勤劳的双手装点着生活。

人心情好时，干什么都有兴趣，而万晓阳，这些活从小就没学过，不会干，小孩和建国的穿戴基本上由建国的妈包揽了，无须干，自己的衣着嘛，几年了，她没在意过，在车间和家这两点一线上，短短几分钟的路程，穿了给谁看?

万晓阳也常常想起文昌德，知道改变自己命运的唯一途径就是像文昌德那样考大学，但很快就打了退堂鼓，我在学校里学了点啥呀，现在又成了家，像陆茵那么费劲都考不上，更别说我还有这么个拖累，从此这件事在她心里画上了句号。

人的心气没了，万事皆空，平淡的生活让她感觉婚姻像是闷罐车，所以有的夫妻会在争吵中稳固关系。她有时会突然感到迷失，我怎么会在这里？我当初为什么要来到这里？于是回想、懊悔、无奈，周而复始。当然想得最多的还是建国，这个把她带入这种境地的人，怎么想都觉着他是一个好人，大好人，对什么人都好，对她更好，好得让她没了感觉，好得让她总想找个茬跟他大吵一架，像在一根管子里，她总想给它捅个洞。她甚至讨厌建国无处不在的好，讨厌他的宽容，讨厌他像救世主一样处处为别人着想，而又常常因力不从心而表现出的无奈。

渐渐地，“讨厌”成了万晓阳生活的主基调，她讨厌周围的一切，夏天不热的高原气候，人们脸上迷茫的表情，生涩的语调，单调乏味的工作，简单的饭菜……有时她也不甘心在这种令人窒息的环境里耗掉自己的青春，但马上又会摇头：我还有青春吗？几年的风风雨雨，她已心如止水。这心里空落落的，像穿了一个洞。

大男孩

一年一度又年关，1978 年召开了党的十一届三中全会，拉开了农村改革的大幕，但它传达出的信息却鼓舞了各行各业，因此这一年也被认为是改革开放的元年。

年底厂里的新年联欢晚会，各部门都使出了浑身解数，办得更是喜气洋洋、热闹非凡。

晚会会场设在翻砂车间，砂子清理到车间外面，砂箱沿墙壁码整齐，车间四角的墙上临时安装了喇叭，又加上了几个大灯泡，车间顶头搭了一个舞台，从屋顶上垂下两层幕布，前面一层是墨绿色的丝绒，后面则是紫红色的。大灯一盏接一盏亮起，强光使空气变成另一种质地的东西，黏稠，沉重，像液体一样呈现出淡黄色。

这时后台已经进来了一些乐队、演出人员和舞台工作人员，乐队的乐手们纷纷找椅子坐下。开始调试乐器，响起一片吱吱呀呀的琴弦声，工作人员打开大灯往幕布上投射。

人们自带凳子，兴冲冲而来，后来的人就坐在垒得高高的砂箱上。晚会晚上七点准时开始，由厂工会干事小何主持，一束追光斜射在他的脸上，他是个很漂亮的小伙，讲话也挺有风度。节目一个一个往下演，台上轻歌曼舞，台下叽叽喳喳。

一曲哀怨优美的乐曲响起，令人耳目一新，轻盈柔和的琴声演奏着千古不变的爱情主题，节奏明朗、欢快，表现着梁祝真挚纯洁的友谊和互相爱慕的深情。运用跳音的演奏方式，使旋律活泼、激荡，生动地表现了梁祝同窗三载、共读共玩的愉快生活。

台下一片掌声响起，万晓阳一下子振奋起来，身子也随着乐曲摆动。她的思绪飞扬，那是1966年夏天，正在音乐学院上学的表姐，放假回来，受姥爷之托包揽了她的课外时间，教她拉小提琴，表姐说她的手指修长，适合拉琴，她还拿来了一把儿童小提琴，是她小时候用的。

每天晚饭后，表姐来到姥姥的小院里，站在她的身旁，手把手教她指法和弓法。夕阳照在琴上，也映红了表姐秀美的脸庞，这个场景作为万晓阳少年时代少有的一段美好回忆，至今保留在她的脑海里，这首曲子的片段，作为教材，她练习过。

万晓阳看着台上拉小提琴的小伙子，那一招一式，颇有些专业水准，标致的身体正随着琴弦的节奏晃动着，同时，一只脚的脚尖轻快地点着地面，那激越悠扬的乐曲声从那白色的弓弦上流淌出来，像是在吐露爱情，倾诉衷肠。万晓阳似乎看见了彩蝶双飞。

想起自己学琴的半途而废，她为自己惋惜且对小伙子有了些许的钦佩。

一曲终了，掌声不断，主持人拦回了向后台走去的小伙。

他回到台前，可能是他一时还没有想好他哪首曲子的演奏效果会更好，所以他将琴交给主持人，自己报幕："我给大家唱一首苏联歌曲《三套车》。"他一鞠躬便开始演唱，那浑厚的男中音优美动听，那声音在空气中像水波纹那样一波波地扩散开来，他咬字清晰，歌声嘹亮，引来了阵阵掌声，一些人跟着哼起来，把晚会气氛引向了高潮。

他是供销科刚分来的，万晓阳在科里开会时见过一两次。

年后一上班，钱科长带着这个小伙子来到下料房，万晓阳眼一亮，这不是那天晚会上出尽风头的小帅哥嘛。

科长介绍说："万师傅，这是小向，去年分到科里，帮计划员搞了一阵台账，字写得不错，青工进厂嘛，都先要到基层锻炼锻炼，最近，生产任务大，下边车间已停工待料了，你这班的梁师傅回家探亲，说身体不好，一时半会来不了。"然后，钱科长又转向小伙子说："小向，要加油干啊！"显然，这"加油干"也是说给万晓阳听的。

待钱科长一介绍完，小帅哥就一步跨上前，两腿并拢，立正，右手捧心，笑盈盈地点了点头，身体还向前探了探，显示了他的毕恭毕敬，说道："万师傅，我叫向天雁，请多关照。"这标准的普通话，使万晓阳感到又回到了她的国度，这新奇的礼数，让人觉得好像他刚从国外留学归来。后来，这个动作成为明星、艺人登台的必施之礼，但在当时足见他的新潮。

"多大了?"万晓阳顺嘴问了一句。"十八岁。"

"噢……"万晓阳一边给他交代操作要领，一边用眼睛不断地在他脸上、身上扫描，他身材修长，一张俊美稚气的脸，如刚从树上摘下的桃子般鲜嫩欲滴，鼻梁高挺，嘴唇饱满，下巴微尖，大而明亮的眼睛深嵌在浓眉之下，多疑的眼神充满了叛逆和稚嫩，一头乌黑浓密的头发，理成留着中分缝的小分头，整个人散发着水仙般精致绝伦的光泽。

向天雁身上的新潮和时尚诱发了万晓阳潜意识里对新生活的追求，她觉着像有一只蚂蚁轻轻地爬在手心里，带给她一种细细的痒，有那么一点动心，还有那么一点向往。有一阵她竟呆站着，就那么直直地看着他。

"师傅，我干活去了。"向天雁向料堆走去，走路还一跳一跳，头发也一甩一甩的，似胯下有一头坐骑，配以健康的肤色和矫健的体魄，浑身上下散发出青春的气息。

他只有十八岁，还是个大孩子，万晓阳想，可她当时也只有二十岁，只是坎坷的经历放大了她的年龄。

下料房很大，紧挨着钢材库，靠两头和四角堆放着准备加工或已加工好的材料，中间列队式安装着三台锯床，每班两人操作，两人各看两头的一台，所以，在不装料或是卸料的空隙，各人都是坐在两头的床子边，中间那台机器的工件下好了，谁有空谁就去操作。

向天雁像蝴蝶在花丛中飞舞般在几台机器之间穿梭，除非是料大，要两人抬，一般情况下，他总是嘴里说着："我来，我来。"抢先一步就把活干了。

由于生产规模的扩大，三班倒，连轴转，还供不上生产的需要，整天整夜就听到锯床哼哼哼的呻吟声和锯钢铁那嘎吱嘎吱的啸叫声，万晓阳在这种环境中度日如年，熬过了两年，可今天，看着这个高大健美、阳光感十足的男孩，光是他的笑容，就能扫除人心头的阴霾，跟他在一起，心底会生出非常纯粹的快乐，万晓阳的心情空前的好，似乎这空旷的大车间也变得灿烂起来，这呻吟声和啸叫声也变成了音符。

真是男女搭配，干活不累。班产量一下子就上去了，钱科长又以此为例，狠狠地批评了另外两个班。榜样的力量是无穷的，另外两个班的产量也上去了，厂调度会上表扬了供销科，钱科长不免为自己的高明决策而得意起来。

他一抬头，正对着墙上的一幅临摹水墨画，裱糊得很精致，是小向春节来拜年送的。画的下方还装模作样地盖了个戳，当时，向天雁还有些不好意思，说画得不好，不成敬意，只是略表心意，还说："请科长笑纳。"也不知从哪儿学来这些文绉绉的词，想到这儿，他笑着摇了摇头。后来，来串门的都挺欣赏这幅画，他就干脆说是朋友从内地来看他送的，好像是某位画家之作，这么一说似乎他的身价也跟着见涨。

画上重峦叠嶂的峡谷，陡峭的崖壁上苍松横空，一只成年老虎卧于松下的岩石上，圆睁着双眼，张着血盆大口，虎须一根根竖起来，虎虎生威。一只小虎蹲在它的背上四处张望，另一只小虎则趴在它正前方。它用一只前爪抚摸着小虎的小爪子，题为《父子图》。

钱科长常对着画沉思，这幅画的寓意是什么呢？是说我威风凛凛而不施淫威，关爱下属，还是寓意他自己是一只乳臭未干的小虎，视我为父，希望得到我的爱护和栽培，想着想着，他晕乎得有点云里雾里。

"这小伙子真是块料。"这是当时他云遮雾罩的心绪中唯一清醒的思维。

心里的空洞被男孩填满

向天雁一声声的"晓阳姐"把万晓阳叫得心里痒痒的。在班上，有时候万晓阳会长时间地凝视他，望着那明亮的眼睛和那张总是快活又漫不经心的笑脸，以至于向天雁擦着脸问："有脏东西？"

"不，不。"她为自己的失态感到不好意思。

万晓阳喜欢向天雁白白净净、温文尔雅的样子，喜欢他聪俊的面孔，喜欢他阳光的微笑和活泼好动的性格，这些都深深地吸引着她。这种吸引像一股电流，把她平淡困顿的心一下子激活并照亮，一种微妙的情感在心底隐隐地跳跃着，升腾着，常常让她感到心慌意乱。当然，在她的内心深处也有一种深深的不安和隐隐的自卑，她不敢奢望自己能真正得到他的那一份感情。

上完了料，万晓阳拍拍自己坐着的凳子另一边说：“来，坐会。”

向天雁小心翼翼地坐下，面向她把身子转过来。

“家是哪儿的？”“红光机械厂。”“那是个大厂，不比这厂好，怎么到这儿来？”万晓阳随意地说着。

“初中毕业那年正好赶上厂里办技校，家里想这是进厂的一条路子，所以要我报考了，后来省里把学校收了上去，学生全省分配，家里想着咱厂是在市里，分配时就同意了。”

万晓阳欣赏着向天雁那双说话时闪动的大眼睛，心里浮现出一丝丝的温柔，这是她多年没有体验过的了。

向天雁的目光渐渐地黯淡下来，说：“如果不是上技校，我去年正好高中毕业，可以考大学了。”“后悔了？”她看着他的脸，想找几句安慰的话。

“搁谁能不后悔。”向天雁回答得干脆。

“没关系，现在大学什么时候都能考，只要有本事。”万晓阳终于想出了安慰的言辞，话虽这么说，但心里却产生了一丝幸灾乐祸的快意。

“我也是这么想，但靠自学去考，谈何容易。”向天雁说得有些凄凉。

万晓阳心想，知道不容易就好，好好安心在这儿干。

万晓阳突然觉得气氛不那么好了，于是首先站了起来，隐隐约约产生了一种他随时都会从她身边飞走的失落。

同样，万晓阳身上自然而然流露出来的那种掩饰不住的妩媚，温顺柔情的笑容，眼睛里那种淡淡的忧郁和时而流露出异样的眼神，也同样强烈地吸引着向天雁。

这里烧煤可以买现成的蜂窝煤，但不少人还是直接到70多里外的一个煤矿，一次拉一汽车煤回来，解决一年的能源问题。因为拉煤的车多，往往是头一天去排队，要两三天，甚至更长时间才能回来。

向天雁家离煤矿近，有同学在矿上工作，于是他自告奋勇，带车前往，自然省时而且货好量多，令建国感动不已，忙不迭地对万晓阳说：“快把小向弄脏的衣服洗了。”这是他当时所能想到的唯一回报方式。

从此，万晓阳就名正言顺地帮向天雁洗洗涮涮，由于他们住的平房，水龙头在外面，洗衣服要在院子里，冷且不方便，向天雁住的楼房，于是万晓阳也常到向天雁的宿舍去洗，这又成了她找他的一个顺理成章的理由或借口。

一天休班时间，万晓阳到他宿舍，向天雁给她让座，倒水，然后就热情地打开电唱机，挑选出时下流行的歌曲唱片，放了《三套车》那首歌，说：“我那天是学唱的。”万晓阳的眼前又浮现出那天晚会的情景，她为自己能够这么近距离地独享这个被众星捧月般推崇的人儿的风采而感到幸运，接着是一首萨克斯演奏的《回家》，那悠扬的乐曲使人心旷神怡，也激起了万晓阳对音乐的向往和对自己半途而废的惋惜，她站起来，抚摸着那摆放在柜上的，她早已生疏了的小提琴。

向天雁马上上前将弓递给她说：“晓阳姐，你也喜欢拉小提琴?”

万晓阳摆好姿势，用弓在弦上拉了几下，就摇摇头，说：“不行，早生疏了，而且还觉着挺痛。”说着还用手揉着被琴托硌过的左下颚。

接着他们开始聊天，向天雁说他生在青岛，长在海边，五岁随家人来到这里，万晓阳说她是长在江边，为了这么个破工作而来，看着她有些黯然伤神，向天雁马上话锋一转，摆出一本正经的模样，说：“我们来自五湖四海，为了一个共同的革命目标，走到一起来了。”逗得万晓阳也笑了起来。

向天雁也时常买些好菜，端着饭碗到万晓阳家一块儿吃饭，他给她女儿买了玩具，还说将来要教冬冬拉小提琴。

正处于敏感年龄的小伙子感觉到了万晓阳身上的变化，但他没有别的想法，只是本能地主动和她接近，甚至在她套上工作服时，他还从后边帮她翻出衣领，有时也会长时间地看着她，万晓阳的脸上就浮上了一层红晕，向天雁自己也会有快乐和心灵撞击的迷人感受，于是他们感情的交流由单向变成了互动。

一天下午，晓阳又到向天雁屋里洗衣，她两手在冷水中泡的太久，手背发红，向天雁蹲在旁边，向天雁看着万晓阳的胸部随着一下一下的搓动而起伏，他的脸发热，目光呆滞如梦幻般，万晓阳感受到了这火辣辣的目光，温情地看着他，这目光在鼓励他，于是向天雁捉住了她的手，但头却低了下去，他怕她会猛抽回去，甚至还会伴着斥责，但没有。

向天雁像研究什么物件似的摆弄着这双手，这双手纤细、小巧，手指修长，他说：“你的手很适合拉小提琴。”

“我表姐也这么说，光适合有什么用，现在还不是天天搬铁疙瘩。”万晓阳说着眼神又黯淡了下来。

向天雁感觉到她情绪的波动，觉着是自己说话不小心碰到了她的痛点，于是带点抱歉的意味说："彼此彼此，别小看这铁疙瘩，你我现在可全指着它吃饭呢。"然后，他把她的小手紧紧地攥在自己的大手里说："真凉，别洗了。"

向天雁就这么握着她的手，似乎在用自己的体温温暖着它，异性肌肤的接触如一阵冲击波震撼着他，他只是握着，有这种感受就够了。然后他马上倒了一大杯开水端到万晓阳面前，说："快喝点热水暖和暖和。"

虽然什么事也没有发生，但万晓阳心里已是充满了期待，她的感情总算有了回报，她觉着向天雁已经在自己实现那个美丽童话的道路上迈出了一大步。

一点点的陌生，一点点的熟悉，一点点的欣赏，一点点的爱恋。一见到甚至是想到那张俊美的脸，万晓阳整个人都开始鲜活起来，久违了的笑容又回到了她的脸上，像歌里唱的：风儿呀，你吹呀吹，吹开了我的红蔷薇。从此，她心里的空洞被男孩填满。

万晓阳整个人也变得勤快起来，把屋里那几样自打搬进来就没挪过地儿的家具不断地在屋里倒腾，以期产生一种新鲜感。每天把家什抹得一尘不染，好像他随时都会登门造访。

她开始注意修饰打扮，原来她每天穿着宽大的、沾满了铁锈和油污的工作服，混迹于上下班的人流中，是那么不起眼，而现在，她总是穿着入时的衣服，到班上才换工作服，衣服的色泽衬托着她白皙细腻的皮肤和脸上的和颜悦色，俨然一个充满了春天气息的少妇，令那些已将她从视线中剔除了很长时间的男人们忍不住回眸一笑。

万晓阳突然发现，在遇见向天雁之前，她在所有人的面前是那样的平淡，平淡得几乎没有人愿意多看她一眼，而她对什么事情都那么厌倦，厌倦得什么都不想说，每天，她只是茫然地扮演着生存的样子，生命对她像是一个幻觉，活着只是为了消磨死前的时光，而现在她觉着每一天的阳光都是那么灿烂，她的每一天过得都是那么精彩。

本来，看着这个大男孩，消费他的俊美、健康、阳光和聪慧，愉悦自己的身心不失为一种理智的选择，但是……

这时的两人在情场上的步调还有相当大的距离，在向天雁，这只是一个大男孩对异性，或是对姐姐的那份喜爱，但万晓阳已到了魂牵梦绕的地步，上班时她享受着他带给她的激情和快乐，下了班，她眼前满是他的影子，重温着他的每一个神情，回味着他说过的每一句话，时时都在等待着他的出现，只要一出门，她总要在马路上驻足，有意无意地朝向天雁住的单身楼三楼那个窗户张望，期盼着。

这天晚上，万晓阳来向天雁的宿舍，走到楼道里，就听到屋里传出女孩子的说笑声，声音此起彼伏。万晓阳站在门外，听了一会，她胸中翻江倒海，她想，他怎么这么快就将我忘了，他还在恋着别人，她沮丧失落，开始往回走，这时屋里没有了动静，她忽然妒火中烧，她将爱意酿成了醋味。

万晓阳迫不及待地回转身，“砰砰砰”地敲门，门开了，是三个女孩和向天雁一起在打牌，向天雁站在门口问：“师傅，出什么事了？”另外那三双眼睛也诧异地看着她，她有过一刹那的尴尬，但马上自我安慰，这里面肯定有对他有意思的，我要及早断了她这个念想，这门敲得值。

“出什么事了？”向天雁又一次不安地问。

万晓阳一时语塞，突然想起当年建国作为师傅时常对她说的话，于是摆开师傅的架势，说：“你晚上只会玩，也不抓紧时间学习学习。”

三个女孩依次丢下手中的牌，极不情愿地走了，有一位在临出门时还撂下一句：“这师傅管得可真宽，八小时之外都不放过。”

向天雁愣愣地站在那儿，丈二和尚摸不着头脑，但凭男人的直觉，他悟出了这是嫉妒，她怕是真对他有意思吧，他有点害怕，心想那样就麻烦了。但万晓阳却说：“我走了，没事多看点书。”向天雁笑自己自作多情。搅了局，万晓阳就心满意足了。

越是想要就越怕失去，从此，万晓阳给自己树立了一个假想的情敌。这天上班，万晓阳半天不说话，向天雁感觉不对劲，小心地问：“师傅，有事？”“也不算什么事，有人托我，打听打听。”晓阳漫不经心地说。

“什么事？”向天雁疑惑地问。“你有对象吗？”

“算有吧，还没确定，是我技校的同学，现在在红光厂上班，哪天我带来给师傅看看，帮我参谋参谋。”

后来他真把那女孩带来了，这女孩眉清目秀，很端庄，他们在她家里吃了饭。万晓阳暗自庆幸，幸亏离得远。

人之初

温暖、潮湿的土地从雪花下面袒露出来，它们休养了一个冬天，现在正饱含着新鲜的汁液袒露在人们的面前，向天雁感觉到了土地解冻的气息，那种清新惬意而又浓郁醉人的春的气息，撩拨得他心里痒痒的。

一种思绪也在他像玉米棒一样唰唰窜高的身体中成长，眼中时常流露出莫名的渴望。其实，在遇到万晓阳之前，向天雁对异性懵懂的情感还处于初涉世事的少男的天真阶段，他看他那位小女友，很美，是因为她大眼睛，白皮肤，好看，那姑娘出身于知识分子家庭，阳光、单纯，家教很严。

这一天他们上二班，万晓阳到了班上却不急于换工作服，她穿了一件新做的中式红色小碎花棉衣罩衣，腰身掐得很紧，两肩溜溜的，两脚一前一后交叠站着，斜靠在工具箱上，眼睛静静地看着他。

太阳的余晖从窗口照进来，斜射到她的脸上，胭脂般红红的晚霞洒满了她一身，那脸上洋溢的笑如此妩媚，那身影是如此的迷人。

向天雁顿觉眼前一亮，全身一个激灵，原来这妩媚与迷人来自那曼妙的身姿，不得不感叹这女性特有的身体曲线真是上天最美的杰作，他注意到她的胸部在不断急促地起伏着，脸上浮现出桃花般的红晕。

万晓阳问他：“我这件衣服好看吗？”“好看。”向天雁低头回答。

“你用手摸一摸我这件衣服的料子。”说着她拉起他的手轻轻搭在自己身上。向天雁顿时浑身一颤。“感觉怎么样？”万晓阳看着他的眼睛问。

有一种力量和欲念让向天雁想抓住眼前的一切，然而，青春期的目光永远是慌张而胆怯的，唯一没有退缩的是蠢蠢欲动却不知就里的欲望，他的手指动了动。

“怎么样？软软的，是不错吧！”万晓阳轻声地问。

向天雁不知道应该做些什么，赶紧抽回了手，慢慢转过身去。

那张失望至极的脸和飘逸甚至有点诡异的身影却留在了向天雁的记忆里，点燃了少男心中的干柴。

那是一个躁动的年代，国门洞开，“砰”地迎面撞上了充满好奇和青春骚动的年轻人，而那时中国人的生存环境又极易满足这种好奇。

这里的五月，天还挺冷，下二班后乱哄哄的嘈杂声刚刚安静下来，已是小一点了，向天雁已浅浅入睡，一个黑影轻声推门进来，他刚想问："谁?"只见同屋的汤师傅已起身张开双臂，将来者拥入怀中，嘴里说着："好凉啊，你咋才来?"他用他那个地方的方言，把"才"字读成四声调，并拖了长音，表达了他的期盼之情。

向天雁吓得赶紧闭上眼。

"那儿咋还睡着个人?"来者是个女的，用同样的乡音回应。

汤师傅是老师傅，原先住单间，向天雁是最近调整宿舍时才加进来的。"木（没）事，他还是个孩子，瞌睡多，早睡着了。"汤师傅说。

"俺不得先把他安顿停当喽!"女人的回答理直气壮，而且不容置疑。她是谁呢？这女人还脚踏几只船？真不要脸，向天雁在心里对这个女人发出了呸呸呸的唾弃声。他想，他现在要是弄点动静出来，会怎么样呢？那两个人一定会吓得灵魂出窍，那太令人难堪了，他在心里抱怨，汤师傅也真是的，你今晚要办事，说一声，我到别人宿舍挤一宿，也比现在这么憋着强，现在不是老鼠怕猫，倒变成了猫怕老鼠了，算了，现在他能做的，就是成人之美了，于是他屏住了呼吸。

他们这两张床并排摆着，中间只有3米多的距离，向天雁靠窗户这面墙，头冲着里面的墙角睡，那张床贴门边那面墙，人是头冲门睡的。

月光透过玻璃窗，洒满一室的光辉，路灯的微弱光芒也夺窗而入。屋子里的一切清晰可见，他大气不敢出。向天雁觉得那个被"先安顿停当"的男人挺可悲。半夜里老婆跑到了别人床上，难道他不知道？这就是说他是知道的，而且是许可的，也就是说是自个找了一顶绿帽子戴，所以只有一个解释：汤师傅是花了钱的，他们是在做生意。他又觉得汤师傅也挺可怜，他不应该给他们搅黄了。

事实上，向天雁的猜测也差不多，那个被"先安顿停当"的男人叫王守仁，这女人叫汪桂花，是王守仁的老婆。这王守仁和汤师傅都来自中原那个大厂，王守仁带着不带口粮的老婆和四个孩子，汤师傅则将老婆孩子留在了遥远的中原乡村，在这种厂子里，一个地方来的人都扎堆、抱团，汤师傅和王守仁原来不认识，现在也像在海外遇到了祖国同胞般那么亲热。

汤师傅30多岁，高大魁伟，王守仁要大他几岁，脸上有些坑坑点点，人称王麻子，汤师傅常到王守仁家吃喝玩耍，当然，汤师傅工资的一部分也贡献给了这个家。据说，在中原乡村，因为穷，有些男人娶不起老婆，也因为穷，一些娶得起老婆的男人养不起家，于是再招一个男子进家。不知他们这是不是继承了那个古老的遗风，反正厂子也是睁只眼闭只眼，民不告官不管，省得惹来没完没了的生活困难补助申请和请调报告。

正处于青春萌动期的向天雁觉醒了，对异性充满渴望了，这时他想起他那个可人儿，和她交往，最高层次也就拉拉手，她还扭扭捏捏地说："别，别，小心给别人看见。"说着还赶紧抽回了手，再说，即使她现如今有了点开化，可那也是远水解不了近渴啊。

从此，向天雁变得沉稳起来，尽量摆出成年人的架势，走路也不再一跳一跳，称呼也把"晓阳姐"三个字中的"姐"字去掉了，直呼其名。现在，在他的眼中，这万晓阳首先是一个女人。

月光下的浪漫

在一个风清月明的夜晚，在厂区一角的下料房，已是凌晨一点了，万晓阳坐下休息，向天雁走过来，站在她坐的凳子边，她身子往一边挪挪，他会意，坐下来。在男性和女性之间，无论他们找怎样的借口，甚至没有借口，也不管他们认识的早与晚，相互了解的深与浅，只要他们能够有意识地坐在一起，敞开长谈，绵绵细语，这就足以说明了他们之间具有相互吸引的条件，显示了他们之间的特殊关系和超乎常情。

行伍出身的钱科长，他的老婆是父母包办，一顶花轿抬进门的，他没有经历过浪漫的恋爱，他不懂，或是不在意这一点，本来梁师傅回来后他可以给他们把班调开，但没有，却是为了拔掉扎在他心头上的针，以梁师傅春节回家晚归为由将他调去跟车当搬运工了，相反，他还在为自己这"男女搭配，效益翻倍"的安排而沾沾自喜。

万晓阳倒一杯水送到向天雁的手上，他把茶杯端在手里，心照不宣，两人几乎同时侧转身，向天雁明亮的眼睛一动不动地凝视着她。在他的眸子里，万晓阳看见了一个青春焕发的自己，多少天的期待和渴望，如干柴遇烈火，她用灼人的目光勇敢地回应着。

跟她目光交汇的刹那，有种狂乱的心动很彻底地击中了向天雁，他不再正视她灼人的目光，假装喝水，试图把脸埋进茶杯里，但是他的眼神却没有从她脸上移开过，当万晓阳向他瞟去时，她和他的目光数度撞个正着，像接通了连着两颗心的一根导线，幸福的暖流瞬间流过心房，但这是高压电，谁碰谁触电。

咣当一声，一截锯完的料从母体上落了下来，把向天雁从梦幻中警醒，他放下水杯快步向召唤自己的锯床走去。这咣当声是一种警示，如果他冷静下来……但是没有，背后那双热辣辣的眼睛盯得他的周身热烘烘的。

当他上好料坐到凳子上时，他看到万晓阳这边已经关了机器，她正在用棉纱擦手，他意识到她要干什么，自己倒先有些不自在起来，他不再看她的眼睛，而是目光下移盯着她的脸。

万晓阳觉得那目光是一股燃烧的欲念，这个男人正害怕自己无法自控。她不要他控制，她要它燃烧起来。一股罪恶感在心中一闪而过。她挨着他坐下来，几乎是同一刻，两人又都同时转向彼此。向天雁慌乱地说："你的皮肤真好，灯光一照，好像是透亮的。"

万晓阳微微一笑，用一个热吻回报了他的赞美。那一刻，整个世界仿佛都静止了，他们只感到彼此的温热。

突然，向天雁猛烈地将她拥入怀中，在那一瞬，万晓阳看见这个大男孩眼角有泪光，就像孤独的夜空中坠落了一颗闪亮的流星，凄美而短暂，她知道这是幸福的泪，是一种久久企盼而终于如愿的泪。

万晓阳也激动得热泪盈眶，第一次体会到爱一个人和被一个人爱的感受，前不久她才发现原来活着就是幸福，而今天她就上升为爱人和被爱才是幸福之最，享受恋爱的感觉才是真正地活着，于是她把身体紧紧地贴向他，动情地谱写着爱的进行曲。

这时她的脑子里闪过一丝阴霾，有了羞耻感，觉着自己是一个坏女人，可是马上，心里的一个她，实际是文昌德的化身开始说话了："爱情是一种感觉，我感到快乐，他也快乐，我们就该享受，这是我们个人的事，人生苦短，人生苦短啊！前几年的青春白白地耗掉了，是因为我没有碰到让我快乐的人，现在我再也不撒手了。"另一个我又说："你是有家的人。"这个我马上应对："我并不打算毁掉这个家，我们也没有在家里怎么样。"于是她心安理得地拥着他，感到了他的兴奋，像跳华尔兹，他们慢慢转到了那张破钢丝床前。

他们的浪漫往往伴着不浪漫草草收场，比如正在拥抱的时候突然风起，刮得窗子“啪”的一声关上；正在接吻的时候突然下好的料“咣”的一声掉在了地上；或是突然听到外面的说话声，他们如惊弓之鸟，在惊慌失措中，在警惕张望的眼神中身心感受着巨大的快乐。

但月光是阴冷的，它是见不得天日的，太阳一出来它就应该消失得无影无踪，可惜上天给人造的却是一颗“日月同辉”的心。闭上眼睛就是天黑，激情荡漾就去拥抱，像演外国电影。

这电影还真有了一个看客，一天，另一班的小于想到工具箱拿东西，一掀门帘（这里天冷，车间大门都挂上厚厚的棉门帘），见此情景，马上缩回了腿，但解放了舌头，他跟同一个班的张师傅说：“原来他们的活是亲嘴亲出来的”。

现在下料房已全部是正式职工了，他们对钱科长的批评耿耿于怀，张师傅是个老师傅，他说：“别乱说，会惹出事的。”私下里，他却悄悄地告诉了钱科长。

钱科长脖子一扬说：“不可能，小向的对象我见过，模样挺好，怎么会看上那婆娘，回去跟小于说，不许乱讲。”

“知道，我也是跟他那么说的。”张师傅悻悻地走了。

钱科长的脑子里还是闪过一个念头，这事没准是真的，可是再仔细一想，用他的价值观一衡量，男女恋爱是奔着结婚去的，向天雁，一个那么帅气聪明的小伙，放着一个黄花大闺女不要，会跟个婆娘扯。

张师傅向小于传达了钱科长“不许乱讲”的指示，但嘴长在小于身上，他也在“不许乱讲”的告诫中说给同伴听，同伴又在同样的告诫中说给他的同伴听，于是这个从人们视线中消失了好几年的女人，一下子又成了人们眼球追逐的对象。

人们惊奇地发现，这个曾经卑微如尘土的女人又再度光芒四射起来，心满意足的微笑，含情脉脉的目光，神采飞扬的神情，姣好的身材，炫目的华服。令他们更加吃惊的是，这女人竟能迈着敏捷而轻盈的步子，旁若无人般从他们身边走过，大大方方地奔单身楼而去。于是男人们忍不住的回眸一笑就有些意味深长，女人们的脸上就现出了复杂的表情：为她的“本事”而嫉妒？为自己的相形见绌而羞愧？还是为她的不守妇道而鄙夷？或兼而有之，谁也说不清，但他们投向建国的目光却都是异样的。

独木桥头再蹉跎

陆茵又将迎接她第二年的高考，自打报名日期开始，她就忐忑不安，她每天都要对所有的人捧上笑脸，比平日更勤快地到各个班组问这问那。那时人们已经有了“知识改变命运”的认知，但谁也都知道这改变的是陆茵个人的命运。

陆茵每天小心翼翼地察言观色，想等感觉任书记心情好了，周围没人了她再把申请表递上，她每天都在给自己鼓劲，说今天一定要把这个事儿办了，但每天都觉着不合适。

陈技术员看在眼里急在心里，这天看到任书记心情不错，就试探性地说：“我看陆茵今年可能还要考。”

“啥可能？肯定的，连这都看不出来，我这书记不是白当了。”他脖子一扬说。“那你同意吗？”陈技术员小心地看着任书记的脸问。

“你说呢，你去年不是说她考不上就死心了嘛。”他看着陈技术员，把皮球又踢了回来。陈技术员说：“要我说呢，你把她从一个刚进厂几天的毛丫头培养成一名车间干部，你顶着多大的压力，花费了多少心血啊！她现在在车间里又管着一摊子事，你不放她于情于理都说得过去。”

书记笑得有些异样，心想，你识弄（糊弄）我，去年你就是这么识弄我，看你今年还能识弄出啥花样。

陈技术员猜出了他的心思，如果不说这“但是”及后续语言，那意思不就全拧了，但要逆着书记的意愿，她这话说起来就不那么顺溜了，她叹了一口气，现出很为难的样子说：“但是，你想过没有？如果你不同意，单说工作离不开，人家会怎么想？噢，去年你不是同意了嘛，那工作就离得开了，说到底还不是人家不同意做你的儿媳妇，你就泄私愤，有意卡人家。”

“把他的，这屎抹到身上还跳到黄河里都洗不清了。”任书记看着她，后又带点风凉的味道说：“照你的意思我现在只有同意了。”

“基本是这样，你别无选择。”陈技术员说得理直气壮。没想到这个弯就这么顺溜地转过来了。

任书记的脸色转阴，显得很不耐烦地说：“皇帝不急太监急，你操的哪门子的心。”说完要转身走人。

“书记，咱俩是老乡，其实性格上也有好多相似之处，好管个闲事，干些个‘皇帝不急太监急’的事，我每天坐在这娃对面，”她故意用陕西话把小孩叫成娃以套近乎，接着说，“看着她一边高调地在所有人面前表演，一边见缝插针地学习，我都觉着累，这娃就是天生爱读书。”说完看着任书记问：“你知道她当初为啥进厂比别人晚？”“为啥？”

“她就是想把高中读完，其实当时谁都知道高中毕业后只有一条路——下乡，进厂后她没有放松，当时也没有很明确的目的性，可就是坚持学习，所以干起工作来才能得心应手，书记一贯关心车间职工，善解人意，何不成全成全她，况且这只是给她一个机会，结果咋样那还两说呢。”

“走了那一摊子事谁干？”“还怕找不到人干，有多少人盯着那个位子呢。”“是啊，强留住人留不住心啊！”任书记长叹一声。

直到报名截止日的前一天，陈技术员问陆茵：“你的表报了吗？”

“没有。”陆茵无奈地说。“怎么？”陈技术员问。

“不好开口。”陆茵拿出报名表，很为难地说：“我怕任书记一开口说不同意，那以后就不好说了，陈师傅，你和任书记熟，帮我递一下吧。”

“这事还就得你自己去说，表示你对他的尊重，如果不顺利，我再……”陆茵似明白了什么似的，脸上立刻露出笑容说：“好，我就去。”

任书记正在看报，陆茵进去把报名表往任书记眼前的报纸上一放，站在他的椅子旁边一动不动。任书记看了一眼，明知故问：“啥嘛？”

陆茵知道他看到了，于是难为情地说：“反正也考不上，但就是心有不甘，还想试试。”任书记说：“明知道考不上，还试个啥劲。”

“像参加体育比赛一样，明明知道冠军只有一个，可还是有那么多人参加，重在参与嘛，任书记总不会不让参与吧？”说完她调皮地瞟了任书记一眼。

这一眼还真管用，任书记说：“放这儿吧，我们商量商量。”主任本来就是个说了就“算了”的角色，一个下午，实际上任书记是在跟自己商量，终于他极不情愿地在推荐意见一栏写上了“同意”。

陆茵又捧上小心的笑脸到厂人事科，干事小景接待了她，收下表后还是那句话：“放这儿吧，我们商量商量。”

他们商量的结果是尤科长来到了车间，找到任书记说：“想不到你居然同意了，我想你也不会是真心诚意地同意，只不过是把矛盾上交吧。”说完他怪怪的笑着。

本来任书记可以来个顺水推舟，就说厂里不同意，不仅遂了他的初衷，还两头做了好人，何乐而不为？但不知为什么，是陈技术员的游说？陆茵那期盼的一瞥？还是自己天生的好与人拧着的性格，或者干脆就是对尤科长那诡秘的一笑产生了反感，总之他把自己完全置于了来人的对立面，他看了一眼来者说：“我还就是真心诚意地同意，国家政策允许的事，我有啥理由不同意？”

“你要不同意有的是理由，比如说，工作离不开，车间培养个人不容易，车间已经把你作为骨干培养了几年了，还有，如果你走了，厂子不给人等等。”科长递上话，等他改变主意。

“看你说的，好像我车间离了个统计员就天塌了，这也太高抬她了，明说了，别说一个统计员，就是我走了，这车间照样转。”任书记用一副“君子坦荡荡”的语气说。

“老任，你这不是抬杠嘛，厂子离了谁都照转，但并不等于就可以随便放人。”科长已经是苦口婆心了。

“怎么叫‘放人’，对我车间来说叫‘放人’，对厂子可就不是了，现在的政策是‘哪来哪去’，即使她考走了，几年后不还得回来？回来后你还会分给我当统计员吗？何况还有一半的可能是你想放，她还没地儿去呢。”

“什么意思？”“这不明摆着，考不上嘛。”

“可不管考上考不上，她的心思都在念书上，这不等于两年来厂子花钱养了个中学生，如果一开了头，一帮年轻人学样，这样下去，厂子可背不起。”

“背一帮高中生总比背一帮初中生强，现在厂子不是要求我们车间成天办这个班，那个班，提高职工的文化素质，花了我车间不少的银子，现在她有本事到外面去学不是更好？”任书记越发理直气壮。

看着任书记反常的心态，尤科长傻眼了，一开始他以为他这是有意在掩饰，以消除人们在他的“不同意”之后的浮想联翩，可话说到这个份上，他觉着这人是“入戏”了，而且从自己扮演的角色里出不来了，他是假戏真做了，现在是在有意跟自个对着干，他知道他的二杆子脾气，这是他的性格弱点，也是他的可爱之处，要不然就凭他在军工企业干过那么多年人事科长的资历，这个“科长”能轮到自己头上？换个角度思考，或许他压根儿就是想彻底地让陆茵走，反正是吃不上的葡萄，总之这个结果是不可改变的，于是说：“好，好，你有理，既然是你真心实意同意的，那我可先把招呼打在前头，她要真考走了，你可别再问厂子要人。”

“行，成交。”任书记站起来拍了一下对方的肩膀，像是刚谈成了一笔买卖。

黑七月

转眼又到了焦急难耐的日子，陆茵的母亲今年已经不好意思再去早早查分了，她心里急但面上却假装平静，她尽量不在人多的地方露面，她实在受不了人们过多的“关心”，诸如：女儿今年考得不错吧？多学了一年这分它咋的也不能往回长呀等等。既然人家认为“咋的也不能往回长”，那如果它愣是“往回长”了那该咋办？她一天满脑子想的都是这个问题。

“老齐，还不去查查你女儿考了多少分!”坐对面桌的同事说。她的女儿是应届毕业生，查了分是543分，这两天她穿着色泽鲜亮的花衬衫，像一只大花蝴蝶般在各办公室间穿行，这会儿是终于飞回窝了可还不舍得歇会儿。

“考得又不好有什么好查的。”母亲今年很低调。

“不会吧?”同事故作神秘地笑笑，接着说：“咋的她也多学了一年。”

母亲听出来了，这已不单单是一种猎奇，而更含有一种攀比和按捺不住地在人前炫耀的成分，对这，母亲倒是能够接受，人家有炫耀的资本，但怎么谁都是“咋的”这个词，倒令母亲紧张了，那岂不是成了“自古华山一条路”了，母亲倒抽了一口冷气。

陆茵抬起头，看着陈技术员说：“我不知道一向自尊心很强的母亲是如何熬到下班的。在我推开家门的时候，母亲呆坐在沙发上，表情木然，见我一进门，她‘蹭’地站起来说，还是打个电话问问吧！快发榜了，还问什么？父亲从里屋走出来说。早知道结果也好早有个思想准备嘛！母亲无奈地说。要打到外面打，我这电话是系统专用，不好打私人电话。父亲态度坚决。外面就外面，走，茵茵，到我办公室去。母亲赌气地接话。那还不是一样嘛，再说被人看见更不好。父亲坚决予以制止。走，我们到邮局去。母亲说。”

“我和母亲往离家不远处的邮局走去，一扭头发现父亲也在不远处跟着我们，显然在表面的沉稳下他的内心也是同样的焦急。母亲掏出一个小本，一圈，一圈，小心地拨着电话号码，拨完后，她像扔掉一个炸弹似的把话筒递给我说，你问。听筒里传出了‘嘟、嘟、嘟’的忙音，我有了片刻的宽慰，我甚至希望这声音一直响下去。父亲用手按了一下说，占线！这时我才发现父亲不知什么时候已经来到了我的身边。母亲再一次拨动那转盘，依然是‘嘟、嘟、嘟’的声音，当终于听到长音的时候父亲的身体开始颤抖，我的胳膊肘贴着他的胸部，隔着一层布料都能感觉到他心脏的跳动，它在不断地加速，这令我越发的紧张，像只受惊的兔子一样跳到了一边。”

“电话那头传来了熟人的声音，明天就公布成绩了，你今天还查它干什么？这熟人在招生办是统分的，她早就知道了我的成绩，倒是没‘往回长’，可它也只‘往前长’了1分，还差了2分，没上线，所以她没好意思向我们透露。母亲明白了，今年是‘没路’了。那一刻她脸上沮丧的表情令我始终难忘。那是一种自尊被击溃后的绝望，也隐含着对女儿处境深深的担忧。刚才，我跑到羊毛沟，坐在一个碳渣堆旁边大哭了一场，现在心里好受多了。”陆茵这样结束了她的讲述，对陈技术员道出了憋在心头的委屈。

在往后的一个月里，媒体、社会在把聚光灯都打在“状元”等高分学生身上的同时，也没忘了他们的家长，围绕着高考成绩，教子秘籍也到处流传，高考那些事儿自然也就成了茶余饭后人们最好的谈资，厂子里被提及最多的名字无疑就是陆茵了。令人们更感兴趣的还有这“长1分，还差2分”，怎么那么巧？一些妇女甚至迷信地说：“这是天意，这丫头天生没有上大学的命。”

冷彩莲又跑过来，心痛地对陆茵说：“闺女，你也尽力了，明年再甭考了，咱好好的一个女孩家干胜么叫人家说来说去的，人生有命，富贵在天，要不为啥就差那么点总是叫你考不上呢！”

“冷师傅，‘差那么点’说明她在进步，水涨船高嘛，这考试题一年比一年难，学校也在总结经验教训，考生的质量也一年年在提高，这很正常呀！”陈技术员不失时机地反驳道。

陆茵笑笑，拍着冷彩莲的肩膀说：“没事的，冷师傅，反正我是聋子，他们说什么我也听不见。”

冷彩莲走后，陈技术员用疑惑、同情甚至是崇拜的目光看着陆茵，一个这么大点年纪的女孩竟能如此洒脱。陆茵微笑着用眼神回应了她，说：“陈师傅，没事的，就当我上了回高四。”

不和谐的音符

娄庆云到小马家亮相初获全胜，第二个礼拜天，小马“回门”来到庆云家，知道小马没有小柯人灵活，怕搞砸，庆云事先没跟父母说是对象且已到了谈婚论嫁的阶段，只说是同事来玩玩，待人走后庆云才和盘托出。

父亲惊愕不已地说：“他明显比你小，怕不牢靠吧?”继母倒是兴奋不已地说：“住对面大院里，体面，跟咱们家也算门当户对，你还挑剔个啥?”

父亲想想也是，女儿已到了这年纪，于是撒手说：“你自己拿主意吧，只是以后吃了亏可别说我没提醒你。”

“不会的，我们已经来往了好长时间了，他那点小伎俩早在掌控之中。”

“一个女人要贤惠，把日子过好就行了，别在男人面前逞强。”父亲说。

“哎，知道了，那让他爸上门来提个亲吧。”庆云征求着家人的意见。

“算了，都是共产党的干部，还搞那些名堂干什么，哪天两家大人一块吃个饭就行了。”父亲说。“是啊，这样好，别像上个似的，拿了来又送回去，那对玉镯真好。”继母至今还念念不忘，依然流露出惋惜之情。

到了这个份上，小马才意识到这中间还有一个结未解：即籍贯的问题，说：“这两家大人一见面，你这‘湖南’籍不就一下子穿帮了嘛。”

“我不管，你编的谎，你去圆。”庆云说。“我就照直了说，他们爱咋的就咋的。”小马有点豁出去了的味道。

“那你还是先别说了，让我等合适的机会再亮底。”庆云想她要亮的不只是籍贯，还包括她的身世，别到时继母来点不着调，再把事情弄砸，她实在“砸”不起了。

又是一个礼拜天，庆云来找小马，老马开门，说："他陪她妈到医院去了。""那我就先回厂了。"说完转身要走。"等等就回来了，你坐会儿。"突然老马脑子里冒出一个问号：大礼拜天的，她家就住对面怎么不回家，回的哪门子厂呢？于是问："小娄，礼拜天也不回家？你爸妈要挂念了。"

"没人挂念我，从小到大都没人牵挂。"娄庆云喃喃地说，说着将眼睛闭了一下，嘴唇紧闭，像要把什么东西强咽进肚子里。

没人牵挂？怎么会搭上当年突击招工那班车？她强咽进肚子里的是什么东西呢？看来这个女孩的背景不简单，那会是什么呢？如果盘根错节，那不仅会影响到儿子的前途，而且对自己的可持续发展也会形成障碍，于是老马试探性地问："怎么会呢？他们牵挂你，只是你不觉得。"

"我爸倒是想牵挂我，可是他被那个女人牵住，挂不到我了。"面前的这个人似乎有种魔力，能让人产生倾诉的欲望，庆云瞥他一眼，用一种无奈或者叫无所谓的口气说。

"你父亲有婚外情？"老马顺嘴问了一句，即刻就觉着自己问了不该问的问题，所以又用平缓的语气给自己打圆场说："即使有，那也是长辈的事，做小辈的不要过多干预，况且从那年招工的事上看你父亲对你还是不错的。"

"他们是婚内情，可我这个女儿却是他们的婚外女。"娄庆云垂下眼睑，那明亮的眼睛一下子暗了下来，好像乌云的阴影顷刻笼罩了水面。她再抬起头时，那眼神中充满了忧虑、悲戚和苦涩，她本想岔开话题或就此打住，可面前的这个人却能让人走火入魔，不管不顾地将自己的内心敞开。

私生女？老马脑中闪了一下，却不敢参言，也不好拍屁股走人，他知道她此时需要一个听众，于是安静地听。

"打记事时起，我的名字就叫'拖油瓶'。"娄庆云看着老马一脸平静地说，似乎这"拖油瓶"已经不再是什么不光彩的称谓了。

女人再嫁所带才称得上"拖油瓶"，这里面必有一段悲伤的故事，老马知道她的故事自会讲下去，尽管他抬腕看了一下表，做了一个要她结束、不要揭开伤疤的暗示，但她却依然没有闭嘴的意思。说："小时候，我爹在这边当兵，我娘一人带着我在老家，噢，我是河南人，小马说伯母不喜欢那地方人，叫我说成湖南，等将来熟了以后就说听错了。"她勇敢地看着他，有一种“老子就这样，你看着办”的味道。

看来她现在就认为“已经熟了”，老马想起了她给螃蟹相面的情景，看到她现在的坦诚，说：“不当紧，哪儿人不是大问题，关键是要人心好。”本来他想说那你也不该骗我们呀？那你还有多少事是说了假话呢？可话卡在喉管里就是吐不出，说出来却成了充满关切加谅解的话了。

“伯父，您能这么想，那我这颗悬着的心总算放下了。”娄庆云妩媚地瞅他一眼，继续说：“您知道，农村很苦，我娘一个人里里外外顾不过来，一个外来的木匠常来，爹就不来了，娘带着我来到了这个木匠住的村子，我就得了这个外号‘拖油瓶’。一出门一帮小孩就嘻嘻哈哈地叫着，每每这时，我就像犯了罪似的怯怯地皱着眉头，眼眶里婆娑着眼泪，茫然无措地呆呆站着。”她抬起头，眼睛睁大又使劲闭上，好像要把已经涌出的泪水收回眼眶里去。

老马心里一阵酸楚，掏出手绢递给她，说：“都过去了，你娘也是被逼无奈。”

对面的他是个很好的听众，恰到好处的回应，发表自己的见解，给人以开导，含蓄地诱导和发问，让人产生一吐为快的冲动，这真是一个开明的长辈，娄庆云对他越发产生了亲切感，多年从未向人揭示的、怕被人当作伤疤来揭的秘密，在这个人的面前揭开了。

“你娘也真不容易，她现在在哪儿？”老马已经进入了她的故事里，开始关心起故事中人物的命运了。

娄庆云低头不再说话，忽然用脚跺跺地板，说：“在地下。”片刻又用右手食指向上指着说：“不对，在天上。”说到此她竟嘤嘤地哭了起来，说：“现在你知道我为什么没有人牵挂了吧。”

小马父亲委婉地向母亲透露并消除了籍贯之惑，双方家长见面谈了结婚的事。在金秋季节，庆云终于踏上了结婚的红地毯。老马在古海大厦请了两桌，请了任书记和陈技术员，还给安了个红娘的名分。

房子只领了排队的准排证，好在娄庆云的宿舍一度只她一人住，她把它当成婚房，支张双人床，摆上锅碗瓢盆。

小马的父亲突然给任书记来电话，说小马的母亲住院了，初诊为子宫肌瘤，是恶性还是良性还没确定，要他们下班回家。因为父子两人在家从来都是当甩手掌柜的，母亲这一住院，这个家只好靠娄庆云来支撑了。

车间同意娄庆云上长二班，白天做饭，由父亲送饭，小马上常白班，晚上在医院陪护。下了班，庆云全无倦意，跑菜市场，甚至自己贴钱买来她认为的营养好菜，回去后马不停蹄地洗菜、切菜。本来父亲说好只让她买，加工由他完成，总要给她留点休息时间，可她连中饭也做了，父亲吃完饭送饭回来还可以闷一小觉。庆云在下午上班前将晚饭的菜备好，该煮、蒸、炸等费工费时的都事先做熟，由父亲再稍事加工即可，小马吃完后给母亲带上，在那儿住一晚，第二天直接去上班，这个家因为她的加入，被料理得井井有条。

母亲的肌瘤经诊断为良性，正在消炎，准备做手术。母亲的身体恢复得也挺快，逢人便说："多亏了我们家小娄。"看来她的病是为显示庆云的能干而生。

伴随着其乐融融，父亲觉着不和谐的音符开始出现了。这一天午饭时他们两人相对而坐，父亲正在埋头吃饭，忽觉一道目光从头顶掠过，抬头，见娄庆云正扑闪着一双大眼睛盯着自己看，竟有些不好意思，说："是不是我吃太多了，今日早上没来得及吃早饭，饿了，再说谁叫你的饭做得这么好吃呢！"

"好吃你就多吃点！"娄庆云依然看着他，眼中充满了柔情。

老马放下筷子拿起给老伴准备好的饭就匆匆出了门，又扭回头说："小娄，这么多天辛苦你了，连家都顾不上回，你爸妈肯定有意见了，你现在就回家去看看吧，下午的饭我来准备吧！"

等老马送饭回来，发现娄庆云还没走，坐在沙发上看电视，他就坐在了茶几另一边的沙发上。"妈的情况还好吧？"她看着他，心不在焉地问。

"还好。"老马例行公事般回答。

娄庆云往这边靠，本来他只要进里屋去就啥事没有，可腿却动弹不得，50厘米宽的茶几实在起不了界河的作用。老马也不知怎么搞的，或许只是顺势伸了个懒腰，胳膊就自然地搭到了娄庆云身后的沙发背上，她的头已经有意无意地碰触到他的胳膊，他觉得神经开始一阵紧绷，心想：我发誓，我真的不是有意想破坏我们中华民族几千年男女授受不亲的传统美德，可是请你们饶恕我，我真的不是故意的，只是那么顺势，她的头就不小心地靠到了甚至是完全落在了我的臂弯里。这时，他的意志力告诉他：这是你的媳妇，现在她把自己看作是你的一个女儿，她可能太缺少父爱了。于是他拍拍她的肩膀，说："时间不早了，你抓紧时间休息会儿，我也要上班了。"

觥筹交错

国庆节的假期和节前的物资发放终于让老马夫人痛下决心，出院了。九月三十日下午，小马和娄庆云回到了家，母亲做了一桌子好菜，说要好好谢谢小娄。晚上机关食堂里有舞会，吃完饭，母亲就说："快去吧，今天我守家，给你们放假。"

"一块去吧，这家里有什么怕偷的，还劳神你看着。"最近父亲心里时不时会有一种既向往又害怕的感觉，所以，打心眼里还是希望老伴去。

"不了，反正去了也跳不成，想馋死我呀！"母亲一口回绝。

小马父子和娄庆云一块来到机关食堂，本来这食堂建造时就兼具礼堂的功能，此时，桌子已被堆到角上，只在进门右手边保留着四张桌子，桌上放了些瓜子、糖果，几位老同志坐在那儿说话，有一中年人在来回跑着照应，显然坐在那儿的都不是一般人，所以一般人去了也不往那儿去，要么下到场子跳舞，要么站在边上看热闹。

其实老马平时爱跳舞，舞也跳得不错，但平时的舞伴多是老伴，今天老伴没来，又当着媳妇的面，他不好意思邀请别人，于是一行人自然站到了看热闹之列。

"哎，你小子最近忙啥呢，咋老见不着人？"两个年轻人走过来，其中一位拍了一下小马的肩膀。"忙我妈呢。""嗯？"对方眼睁得倍儿大。"我妈住院了。""噢，好了吧？""当然，要不我还有闲心思站在这儿？"

"怎么，你对这玩意儿还有兴趣？"一个年轻人头朝场上扭了一下对小马说。同伴捅他一下，说："你没看到，有拽腿的呢。"说着朝娄庆云瞥了一眼。

"怎么，有女朋友了，这么快就妻管严了！"

"去！"小马冲他不好意思地笑笑，为了表示他的大男子气概，一扭头说："那走，外头喝两杯去。"

"你也一起去吧！"父亲看着娄庆云说，他的脚早就发痒了。

"他们男同胞喝酒，我去干什么？""那你就在这儿陪陪爸。"小马像甩掉了个包袱似的跟着那两人走了。

"爸，我们也下去活动活动吧。"庆云定定地看着他，语气是征询，眼神却是命令。“好吧。”父亲说。

庆云将手先搭在了他的肩上，他用手轻搂着她的腰，她先迈出舞步，和着音乐，他们旋转着向场内移动。这一招引来了不少的目光。

她舞步轻盈，老马带着她，因为她个高，腰细，他带着她很轻松，如鱼得水，很快就引来了人们赞赏的目光，当然还有好奇。

感受到人们欣赏的目光，两个人都兴致很高，老马说：“你的舞跳得真好!”“什么，你说什么?”表面看是音乐声很大，实际只是她为自己找了一个彼此说话时不得不靠近点的理由，庆云问。

老马真的把头靠过来，又说：“你的舞跳得真好!”嘴唇就在她的耳边，她可以感觉到他嘴里的热气，心里的那几只小鹿开始快速奔跑，庆云将头靠着他的肩说：“从来没有一个人对我这么好!”

“怎么会呢? 卫东这小子他对你不好吗?”老马的头又贴向了她的耳际。

如此这般几次心知肚明的亲密接触，最终庆云完全赖在了老马的肩头上，不得不承认，这种感觉好极了，难怪书上说女人受了伤都想找个肩膀依靠一下，不信你去试试，甜蜜、安心、幸福，什么好的感觉在那一刻你都能感觉到，特别是他转头时你的鼻尖不经意碰到他的脸颊，那感觉好极了！可是和他儿子在一起却体会不到，于是庆云说：“是，是不怎么样，我们俩在一起是我对他好，千方百计讨好他，可他好像全然不知，我对他百依百顺，稍不如意他还发脾气。”庆云说着眼中浮上了忧郁。

老马的感觉也不错，从来没有的新鲜感，平日自己面对的不是老伴那张审视过无数遍的脸，就是女同事那失去水色的面皮，怀抱着“一览无余”的腰身，像搂着个水缸。而今天却脚下生风，说不清是他带她还是她推着他，随着舞步飞快地旋转，老马感到了被人关注的快感：让身边的年轻时髦攀附着你，你也就变得年轻了、时髦了、有派头了，立马就昂首挺胸，脚下生风。

过去人们说到老夫少妻通常往床第之事去想，这绝对是一个误区，这种精神上的愉悦和它留在人们视野里的辉煌才是弥足珍贵的。老马实在是前卫，在那么多人还把这看作是过去地主老财、王公贵族的专利，并作为剥削阶级的腐朽标志的时候，老马就把它提高到了精神的层面上。

改革开放后先富起来的男男女女都先搞个靓女俊男做“秘书”装点门面，不但助了事业一臂之力而且愉悦了自己，这是多好的事。可是难啊，有多少人能把它始终束缚于精神层面上，包括我们这位老马同志。

老马很绅士地对庆云说：“对不起，让你受委屈了，卫东被我和他妈宠坏了，本来就是个生活的低能儿，再加上你对他过度的痴情、宽容和纵容，”接着他又将嘴贴近她的耳际，带点挑衅性地说，“从某种程度上可以说是你，”他停顿一下继续说，“进一步谋杀了他的智慧，让他变得更加欠缺或不健全，这能怪谁呢？”

庆云突然有一种感觉：不健全的男人是被女人培育出来的。他们是被像我这样善良又愚蠢的女人宠坏的，他们还将继续用他们的不健全伤害我们这些女人，形成恶性循环，最糟的是我们却浑然不觉，还很乐意继续被他们伤害。想到这儿，她几乎哭出来，前方的路，她自己也不知道怎么走下去。离开，对眼前这个男人的迷恋令她舍不得；留下，将是无穷无尽的猜疑甚至是伤痛。她栽倒在剪不断、理还乱的烦恼里，于是脸上愁云密布，她相信一定是愁云密布，因为接下来的事情，她理解为是他在替儿子还债。

老马开始在跳舞的时候用手指在她的背上轻轻抚弄，他做这些动作的同时，一直用一种温和的目光看着她，嘴角带着笑，有一些温柔，又有一些难为情，庆云没有对他的动作产生反感，相反，好像她的身体里涌出一股股的暖流，轻缓地在胸间流淌，随着缠绵的乐曲，她居然感到了陶醉和愉悦，她不仅没有阻止他，相反还妩媚地回应对方，他们就这样含情脉脉地注视着对方。

老马的脸上挂着心满意足的微笑，在觥筹交错和翩翩起舞中领略了女性对自己的倾慕。突然他停止了动作，说：“对不起，这舞场绝对是个可以让感情升温的地方，不是我意志薄弱，只怪这灯光太暗，音乐声太缠绵，酒不醉人人自醉啊！”

“那就让我们一块醉吧！”庆云生怕失去这种美妙的感觉。

老马却放开她说：“我们这种人只能玩玩精神体操或感情太极拳，伸出去就得赶紧缩回来，回去吧！”

老马终于承认了感情，承认了他对她有感情，庆云感到了满足和欣慰。

幽灵

经过那个轻歌曼舞的晚上，老马精神焕发，神清气爽，睡在床上，他仰脸对着天花板发愣，嘴角还不时地撇一撇，掩饰不住的笑意跃然而现。

“什么事？那么高兴？”老伴不经意一问。“我高兴了吗？”

“连高兴都不敢承认，可见心里有鬼。高兴就高兴嘛，干嘛还藏着掖着，是不是这高兴有点不那么对劲？”

“怎么高兴才叫对劲？”说着他一把把老伴拉进怀里说：“是不是这样高兴才叫对劲？”“啊！”老伴的刀口一阵剧痛，说：“你轻点，我的刀口还挺痛的！”“扫兴！”老马扭头转身，一晚不再理她。

马夫人又发现媳妇也是喜形于色，不时还向老头瞟上两眼，她似乎看出一点什么来了，她向儿子调查了那晚的活动情况。

早上到办公室，因是病后第一天上班，加上经过一场虚惊又活着回来了，同事们纷纷前来问候、道贺。因她那不祥物长的那个地方有些叫人避讳，男同事点个头或打声招呼就完了，剩下女同胞们欢聚一堂，七嘴八舌。

有好事者说：“你真是个模范老婆，自己生病还给老头找个替代品。”

旁边有人捅了她一下：“你胡说什么呀？那是人家儿媳妇。”

“噢，对不起，对不起，我还以为是那回事呢，不过，你没见他们那个亲热，抱得那么紧，肚皮都快贴一块了，也难怪叫人误会。”

“是吗？误会，哦，哦，是误会，我住院期间全靠了媳妇在家张罗，过节了，是我叫老头去陪她玩玩的。”马夫人装出宽宏大量的模样说。

“看我们杨姐的心胸，堪称女中豪杰。”说话者不知是恭维还是挖苦。那一刻马夫人真想哭。

好不容易挨到下班，回家她也不做饭，没精打采地坐在沙发上，一脸的苦大仇深。老头一进门她这气就不打一处来，劈头盖脸地问：“那一晚你跟谁跳舞来着？”“我说跟你你信吗？你又不去，还不许我找别人？”老头满不在乎。

“你要是找别人就好了，谁让你专门找自家人呢，还肚皮贴肚皮，兔子还不吃窝边草呢！”她无奈地说。

“谁那么无聊，专嚼这没味的舌头。”老马一边脱外衣一边就往里屋去了。“她的舌头有味，甜的？酸的？特刺激？”想不到老伴这么怼了他一句。

“你什么意思？是不是你特希望我这样？那我求之不得呢，老实告诉你，要不是披着这身干部皮，要不是……”老马揪着自己的衣服说。

“你还是人吗？你连自己的儿媳都敢……”老伴气愤地从沙发上站起来，手指颤抖着指着他的鼻子说。

“正因为我是个人，还是个男人，所以才会有感觉，有冲动，而你又大半个月不在家，我已经够坚强了，不就跳个舞嘛，众目睽睽下哪能肚皮贴肚皮？再说还穿着那么厚的衣服。”老马看着老婆一板一眼地说，显得那么真诚，突然他又提高了声调说：“谁说的，该不会是有意挑拨吧？我可知道，看上你老头的可是大有人在，谁叫你老头我长得排场呢！”老马装出很气愤的样子，实际上已经开始嬉皮笑脸了。

老伴觉着问题没有那么严重，否则他哪还敢这么理直气壮，再看看老头的浓眉大眼，魁梧身材，忽然觉着可能是他说的那么回事了，于是以一种委婉的口吻说：“你真的没跟她怎么样？”

“你说呢？如果我真想怎么样，用得着到大庭广众中去表演吗？这大半个月经常就我跟她两人在家，你也不用脑子想想。”

“没有事就好，这事可出不得。”老伴自言自语，这时才想起还没做饭，于是从桌上拿了一个桃子到厨房替他洗了，递给他说：“你饿了吧，先吃个桃子垫垫，我这就做饭去。”

老马接过桃子，面无表情地吃起来。桃子汁滴下来，顺着他的手指流，老伴赶紧拿条毛巾给他，他接过来，擦了污渍，感慨了一句：“老婆才是最好的。”换作平时，她一定会取笑他：“酸不酸呀，也不怕让人倒牙。”可这会儿她心里却不是滋味：为什么说老婆才是最好的？莫非他真的……没有比较怎么能说是好、不好还是最好呢？可此刻她已经不敢再提起那个话题，难道我非要自己抢个“秦香莲”的名分不可。

虽说心里不想当这个“秦香莲”，可这思路却是奔着这条道去了。一家人吃饭她会闷头半天不动筷子，用余光在那两个人脸上不停地扫，看他们有没有眉目传情，好在没发现什么情况。在屋里，当那二人说说话或是仅仅同处一室时，她不知从什么地方一下子就冒了出来，搞得大家好不尴尬，可谁都不捅破，于是大家就这么尴尬地过着。

真是无巧不成书，娄庆云到医院查出怀孕了。小马高兴地把这个消息告诉了母亲，但奇怪的是母亲却没有表现出他意料中的惊喜，只是平淡地说了一声：“哦，知道了。”

母亲这脑子里开始折腾了：此前儿子和她在一块那么长时间，总怕怀上，可始终也没怀上。这前一阵子他俩几乎不照面，这咋就怀上了呢，可看老头那泰然自若的神情，好像不像。要不问问庆云，可怎么问呢？说：“你肚子里的孩子是谁的？”一般情况下她肯定会说当然是你儿子的，可一般的女孩子谁受得了这种侮辱，如果她一生气故意说：“你说呢？”那怎么办？那不是要了儿子的命吗？万一传出去，老头的一切也就都完了。所以不管她怀的是孙子还是儿子，打掉最好，可再一想这头胎就刮宫，人说会造成习惯性流产，他们老马家单传，这不要落一辈子的亏欠。打掉后让儿子和她散了，她会善罢甘休吗？她更要给你外扬，没准还要去告，那结果更惨。

那怎么办？就这么认了？“我咽不下这口气啊！”她大声地叫了出来。于是她开始做功课，她要通过观察分析自己来判断。从此，在这个家里，她变成了一个幽灵，两只眼睛变成了监视器，经常一声不响地跟在老头后面，猛一回头会吓人一跳，吃饭的时候她眼睛在两个人的脸上来回扫，想捕捉他们相互交汇的眼神，所以这两个人只好低头扒饭，整个家里气氛压抑，让人窒息。

母亲曾旁敲侧击地点拨儿子：“你听到没？外人可有议论，说你媳妇跟你爸怎么怎么。”“妈，你什么意思嘛，我看你是神经了。”开始儿子十分反感，说完扭头就走，把她晾在那儿。

可是后来小马发现院里的人看他的眼神不对，想到他妈说的那个怎么怎么，于是问媳妇：“你说我好还是我爸好？”

“当然是你爸好，你爸是干部，还是党员，没准哪天还能升个处长什么的。”“那你看上我爸了？”小马眼中射出冷光。

“是啊，如果没有你妈，也许我还想嫁给你爸。”自打跳了那场舞，娄庆云越发觉得这儿子是个低能儿了，而且现在还这么直接地问这么弱智的问题。

“现在有我妈你都敢犯贱，怪不得人家说，你说，你跟我爸到底咋样了？”“咋样了？你问你爸去，看你爸不打死你！”庆云说话腰杆子很硬。

“嘿嘿，那就是说没那事。”在儿子这儿，这一页就算翻篇儿了。

“有，我跟你爸跳舞感觉不错，那天晚上在舞场上出尽了风头，哎，你爸的舞跳得真不错。”庆云笑嘻嘻地说。

“那是，在这大院里谁不知道，我爸可是这机关里的舞星啊，那些年轻女的都愿意当他的舞伴，特殊时期说他和一个经常一起跳舞的阿姨有作风问题，我妈还出面作证予以坚决回击，才保住老爸没挨批。”说着还带点自豪。

冷彩莲发飙

建国感受到了人们关注的目光，而且这目光的密度越来越高，他有感觉了，他想，是不是有消息要提拔我了，他自嘲地摇摇头，净想美事。想着想着他笑了，是为我老婆的青春再现，他有些得意了，谁叫你们在人家倒霉的时候躲得远远的，可再想想，又觉着不对，好像那目光里没有羡慕，这时候他的脊背有些发凉了，莫非……但很快又摇了摇头，她不是一个风骚的女人，现在兴跳舞，厂子里有的女人跳舞都跳疯了，不管孩子不顾家，可她从来不去。这么多年，她从没主动要求什么，就是睡在床上，也像摆在身边的一个物件，自己想用了，拉过来用一下。不对，可能还是“红眼病”，人只要一扎眼，闲话就来了，所以他决定不管怎么样，还是要提醒一下她，衣着上要注意一下。

万晓阳今天上三班，建国回来时，她已将饭菜做得差不多了，他挺感激。吃完午饭，建国出门去上班，出了门又想上厕所，平时如果吃饭晚，时间紧，他会三步并作两步走，先到车间报个到再解决，可今天时间早，他就上了四合院拐角的那个茅房。当他站在茅房门口那砖砌的挡羞墙背后系皮带的时候，猛一抬头看见一个人闪进了自家的门里。

建国走到门口，门是关着的，听了听没动静，他一下子理解了人们目光的含义，他利索地掏出了钥匙，迫不及待地打开门，只见万晓阳坐在床边，手里正拿着一件深蓝色的劳动布工作服，向天雁站在炉子旁边，正对着床。

门一打开，向天雁就罩在门口的光影里朝他笑着，红红的唇，白白的牙，一件宽大的红白相间的格子衬衫，下摆装在牛仔裤里，一双白色的运动鞋，样子潇洒得让人心动。

看着这个青春的大男孩，建国首先想到的是他和冬冬在一起搭积木的情景，接着是那个靓丽的女孩，他笑自己的敏感，此时站在门口的他不知道是该进去呢还是该转身而去，万晓阳先开了口，问：“咦，你咋回来了?”

“噢，拿个东西。”建国尴尬地说，可一时还真不知道要拿什么东西，于是往屋子里乱瞅，看到桌子上有一支钢笔，脸上立刻现出了站在房顶上的人看到有人递梯子时表现出的兴奋，一个箭步跨进去拿起来对老婆晃了晃说：“噢，我就是来拿它的，下午要算工时。”然后，他才装作刚发现向天雁似的说：“你来了。”

向天雁大度地笑笑，指着万晓阳手中的衣服说：“破了个口子，请师傅给缝缝。”“噢，那你坐呀，我上班去了。”建国像是闯进了别人的家，难堪地退了出来，还不忘把门给带上。

上班后建国的脑子就没停地转，那衣服该补完了吧？他走了没有？如果没走，那他们现在在干什么呢？说话？他们俩天天一个班，有多少话上班时间还不够说？“红杏出墙”这个成语勇敢地钻进了他的脑子里，想想老婆的眉飞色舞、容光焕发、青春再现，红杏，绝对是红杏，亭亭玉立，茁壮成长，但红杏就一定要出墙吗？他想，出墙要胆量，可跟他这么多年，她基本是拽着他的衣襟走过来的，她是一个胆小的女人，借她个胆她可能还得考虑一下。

可是，刚才，建国感到一股危机感袭上心头：既然他可以在大白天拿衣服来补，而且还专挑我不在的时候，为什么不可以干其他的事呢？很有可能，极有可能，简直是完全可能。

现在离出墙应该还有一段距离，我要让她就此止步，所以我要再回去看一下。可如果回去，或是向天雁已经走了，或是像刚才一样那又怎么办，那晓阳就会认为自己不信任她，刚刚活跃起来的家庭气氛又会消失，说不定还会和自己吵闹一番，这个家维持到今天容易吗？哪一天不是自己小心翼翼像捧着个瓷瓶似的挨过来的，如果因为这点事心里结了怨，那也太不值了，可是回想一下人们的目光，他又觉着可能还是有事。于是他想用最简单的办法，告诉她，让她注意一下影响，他不在的时候不要让向天雁到家里来。对，我还真应该回家去看一趟呢，建国这么想着，然后灭了焊枪，脱下手套，锁上了工具箱。

突然，“咣啷”一声响，建国抬头一看，被人一脚踢开散在过道边的零件有的还在颤抖，只见冷师傅雄赳赳气昂昂地向苟爱琴的工位走去，那脸阴得可怕，一边走还一边指着苟爱琴的鼻子，声音沙哑（可能是此前声带已经超负荷工作过）地喊：“你说我偷了你的手表？你凭什么说是我偷的？你还到领导那儿去告，你看我不撕烂你的嘴！”冷彩莲身子向前一挺一挺的，那胸部也像一个大气囊似的跟着一鼓一鼓的，说话间就冲到了苟爱琴跟前。

建国见势不妙，也赶紧往这边赶。

苟爱琴左手掐着腰，右手指着冷彩莲，大声地问：“你偷了没？你说，你偷了没？”此时的她，并不是想羞辱冷彩莲，她是打心眼里就认定是她拿了，所以她现在是理直气壮地说话，而且还有一种想借人多势众逼迫冷彩莲就范、讨回手表的奢望，那声调就出奇的高，那口气也咄咄逼人。

人们从车间的各个角落往这边挪着，有人小声说：“真是穷疯了。”这话像一根刺扎在冷彩莲的心上，她气得浑身发抖，抓起一个焊好的手把抡起来，说：“看我不砸烂你的狗头。”

今日一大清早，苟爱琴起来准备洗脸，顺手把腕上的表摘下来，不知是因为晚上要起来照看女儿，看时间方便，还是因为它承载着太多的记忆，总之她对这块表是爱不释手，除了洗东西，一般情况下，她总是戴在手腕上。

早上苟爱琴提个桶到自来水管接水，没关房门，就几步路，平时也不关，她提回水，自己迅速地洗完脸，把小孩从床上拉起来，穿戴好，拉个湿毛巾把那小脸给擦了一把，喂完奶就匆匆送托儿所了。

然后她就飞快地赶到了车间干活，估摸着快到喂奶时间了，她抬手一看，手表没戴，这心里就一惊，她想起是放在厨房案板上了，于是她没去托儿所而是直接奔了家，房门是锁着的，可打开房门一看，斜对着门的案板上没有那闪闪发亮的手表，她惊呆了，赶紧又到里屋，把床上及她所能想到的可能放表的地方通通翻了一遍。

当确认丢失之后，她到保卫科报了案，说她提水前放在案板上，上班走时关上了门，就提趟水的功夫，表就没了，这一会儿，她只发现冷彩莲一个人上了趟厕所。

前面说过冷彩莲和苟爱琴是邻居，厕所在房子的一头，水管在这排房中间，苟爱琴住的是靠厕所那边，所以冷彩莲上厕所来回都要经过苟爱琴的家门口。苟爱琴提水回来时，看到冷彩莲正从厕所出来往回走，但她往厕所去的那一趟她没看到，应该是她正背对这边在水管接水的时候。

因为是那么金贵的一只表，厂子报了案。派出所的干警很快来到了厂里，他们在屋子周围查看，窗玻璃用画报贴着，他们又站在窗台上斜着身子扒着门框透过门顶上的两块玻璃往下看，还是看不到。

刘科长说可能是身子斜着的缘故，干警说莫非贼还到隔壁家去借个凳子或是自带梯子？说得大家都笑了，然后他们又屋前屋后地检查，门窗没有被撬的痕迹，据失主的说法，上班走时关了门，所以认为是内部人作案。

这也正对了苟爱琴的心思，她想，如果是冷彩莲拿了，领导做做工作，说不定她还能给还回来，如果真是犒劳了外面的贼娃子，那可就真的是泥牛入海了。

对刘科长来说，他当然希望是外面人作案，这个皮球就可以踢出去了，所以尽管在听了苟爱琴的报案后，他也认为有可能是内部人所为，但考虑到苟爱琴和冷彩莲有过节，觉着有泄私愤的嫌疑，所以认为是外面人作案的可能更大一些，但现在派出所有了这样的结论，他就不好再说什么了。但他还是比较慎重，没有大张旗鼓地到车间去找冷彩莲，而是在中午下班前他就坐到了生产区大门的门卫室里，等冷彩莲一走近，他就叫住了她，让她到保卫科去一趟，然后他快步在前面走。

冷彩莲在后面跟着，脑子里也闪过不祥之感，但她心想身正不怕影子斜，没做亏心事你怕啥？要不就是臭小子在点上惹了事？不会，自己的儿子老实着呢，莫非让我当个什么官？不对呀，这是人事科的事。可当个治安员什么的也不是没有可能，所以突然就脚下生风，见了人还时不时地打个招呼。

一进保卫科，看到刘科长那张严肃的脸，冷彩莲觉着不是那么回事了。刘科长让她坐，可见不是一言半句就能说完的事，而且还半天不开口，她纳闷地看着他。

科长终于艰难地开了口："你今早上班前上厕所了吗？"

冷彩莲更加疑惑，说："咋的？这上厕所也要跟你个爷们汇报？"

刘科长被呛了一下，心有不悦地说："正常情况下当然不要，可在特殊情况下……"刘科长看她一眼又说："你打人家门前过，而人家门又大开着，手表就放在门口的案板上，人家人又不在，就那么一会儿工夫，人家的表就没了。”

冷彩莲一下子怔住了，好像失足从悬崖上掉下去了，只觉得身子发飘，眼前发黑，气愤地说：“谁，谁，谁这么烂舌头的?”

“你先别管是谁，组织上有权保护当事人。”刘科长用官方的语言说着。“谁来保护我这个受害人?”冷彩莲带着哭腔喊了出来。

经过近一个小时的政策攻心，好话说尽，硬话说绝，冷彩莲依然不承认，刘科长也觉着不那么对劲，眼看着到了上班时间，只好叫她先回去。

“人活脸，树活皮。”从古到今，人们都很看重脸面，那些骂人的话“丢脸”“死不要脸”“厚颜无耻”“撕破脸皮”“邪恶的嘴脸”“打人不打脸”等等，都在这个“脸”字上做文章，可现在命运却嘲弄了她一把，把个最最“丢脸”的“偷”字安在了她的身上。冷彩莲气鼓鼓地回了家，家里人已经吃完了饭，老头问她，她说了个大概，老头叹息一声上班去了。

冷彩莲拿起桌上的一个冷馒头，咬一口，恨得咬一下嘴唇，满脑子想着怎么对付那个狗（苟）东西。自从那次打架后，她就人前人后都把她叫狗东西了，因为两人已不说话了，所以不存在当面称呼的问题。她就这么边想边吃，一个冷馒头在不知不觉中被胡乱地啃光了，连口热水都没喝她就匆匆赶到了车间。

建国正好赶过来，他跨前一步想制止冷彩莲，但已经获得了动量的物体并没有因为打击对象的改变而停止运动，而是按着它自身的运动轨迹完成着“砸烂狗头”的使命。只是这是建国的头，好在他反应还算快，脑袋往旁边一躲，手把重重地砸在了他的肩膀上。他“啊”地叫了一声，捂着膀子就蹲了下来。

冷彩莲呆住了，人们嘈杂起来，车间干部也往这边赶，此时冷彩莲已经拥着建国走到了车间中间的人行道上，后面还跟着徐师傅。

任书记问：“砸得咋样?”建国咧着嘴摇摇头说：“不要紧。”任书记回过头大声喊：“干活，干活，在车间里打架，成什么体统。”然后他也赶到了医务室。

机缘巧合助纣为虐

建国的肩部红肿一片，陈大夫正在给他擦药，一边嘴里说着："这多悬，差一点就打到脑袋上了。"

冷彩莲拿着建国的衣服，站在旁边，嘴里不断念叨："俺该死！俺真该死！"没人理她。

陈大夫上完药又横七竖八地给建国缠着绷带，完了他开了一张单子，说："明天到人民医院去拍个片子，看有没有骨裂。"

任书记说："不会吧，那手把是铁皮做的，不太重。""亏得是铁皮做的。"陈大夫自言自语地说。

"就是铁疙瘩做的，也打不坏俺建国，有老天爷保佑，俺建国是个好人。"冷彩莲接话，这是她的期待，也是她的祈祷，当然还包含着对自己过失的减压。

"老天爷保佑你不保佑有啥用，几十岁的人了，做事也不过过脑子。"任书记生气地说。

建国忙说："没事，没事，我师傅也是生气，那事搁谁能不生气。"

一帮人簇拥着建国出了医务室。万晓阳赶来了，问："这是怎么啦?"

"回，回，回去再说。"建国拉住她，不让她再问下去。

整个晚上，建国痛得皱着眉头，咬着牙，他不得不控制自己，就这万晓阳还不停地唠叨，说他这是自找的，没事找事。建国时不时还要装出不要紧的样子，拖着受伤的胳膊帮着做饭。

到了半夜，他更痛得难以忍受，好在万晓阳上班去了，他不用再掩饰自己，在床上翻来覆去哼着。这时他已经顾不上想下午这个屋里有没有秘密，整个心思都花在他的胳膊会不会有事上了，他担心的是，要是这个胳膊坏了，今后这日子怎么过?迷糊中，有人敲门，是冷彩莲，她是来陪他去医院拍片的。

第二天建国拍片的结果是肩胛骨骨裂，好在没有粉碎，不用开刀，进行了固定，并开了一个月的病假条。

任书记说："你就放心休息吧，给你算工伤，工资奖金照发。"

"这，这别人会有意见吧?"建国小心地说。

“谁有意见，谁来替你挨一下，那天是你躲得快才没造成更严重的后果，否则还不知道会出啥事，车间把冷彩莲和苟爱琴的班调开，就不会再闹了，但对冷彩莲的事不能不闻不问。”

“你还问她手表的事?”建国问。“不，说她偷表，打死我也不相信，所以这个事，现在我不说，没法说，不能说有，可我也没有办法证明她就没有，我是说她抄家伙打人的事还是要处理的。”

“算了，我又没怎么样，而且经过这个事，对我师傅也是个教训，估计她以后也不会再做出什么出格的事了。”

回家后，建国把这个“休假一个月”的好消息告诉了妻子，原以为她会乐疯了，没想到她却说：“你待在家里干什么，不憋得慌?反正你又能走，就是坐到车间，看着那些人干活也行，领导也高兴，家里的事就我来做吧。”

建国很高兴，觉着妻子真是变得懂事了。

那天，当门“咣”一声关上的时候，万晓阳和向天雁同时把目光投向了对方，他们都以为对方会因为刚才的行为得体和从容应对而发出会心一笑，甚至会伸伸舌头，表达“好悬啊”的意味。可是没有，此刻向天雁表情生硬，眼睛望着天花板，像是在思考如何评价刚才那一幕。

万晓阳则低着头，那个用作挡箭牌的工作服还拿在手里，两只手一并搭在腿上，说：“你这人真行，说谎都不带脸红的。”这件工作服上没有口子，当然不存在缝补的事，而且它压根儿就不是别人的，而是那个被愚弄的屋主的。向天雁来了以后，万晓阳见屋子太乱，就将刚晾完堆在床上的衣服一件件叠起来，建国开门进来的时候，她手里刚拿起这件衣服。

建国走后，向天雁并没有坐，而是歪着头，一声不响，定定地盯住万晓阳，思量着怎么开口。自从他们向前迈出这一步后，向天雁感到身上的压力陡增，首先他想到的是他那个可人儿，他有一种羞耻感；当然想得最多的还是眼前这个大好人建国，他有一种负罪感；尤其是面对那个一岁多的小女孩，当她流露出好奇的眼神，扯着童音，甜甜地一会儿叫他大哥哥，一会儿叫他小叔叔时，他更感到难堪，甚至有一丝心痛。记得有一次他曾偷偷地瞄了万晓阳一眼，而她的脸上竟没有一丝的愧疚，那么平静，平静得让他害怕，他忽然觉着这份感情过于沉重，也很累。

万晓阳近来热度越来越高，她频繁地在单身楼进进出出，向天雁要随时应付汤师傅疑惑的眼神，还要听着哥儿们东一榔头西一棒子的调侃，他几次想提醒她，她是有家的人，可是一到班上，当适合他们谈此话题的氛围形成的时候，也是他们拥抱的时机，有一次他想抽身，可是甜蜜的感受让他又打了一次退堂鼓。所以他今天到她的家里，在这样一个空间里，让她深深切切地明白这才是她的情感归宿，于是接着她的话说："你这是夸我呢还是骂我呢，你说的'行'应该是卑鄙吧？卑鄙的人会脸红吗？"

"你这不是明明白白地骂我卑鄙吗？"万晓阳看看他，觉出他也并不轻松，想象着是不是他也意识到不该把这把火烧到家里来，于是接着说："既然如此，那你为什么还要到家里来？"

向天雁本想说让你意识到你有一个家，可说出来的却是："你应该知道。"

晓阳对他嫣然一笑，并带着这微笑看着他说："我不知道，我只知道你不该在他不在家的时候到家里来。"

向天雁还她一个微笑，他本想说的是我们的事情只能在他不在家的时候说。可是说出来的却是："你觉得现在……"他把"现在"两个字咬得很重，然后停顿一下，两眼死死地盯住她接着说："在他面前我们还有话可说吗？"

"你这是在埋怨我，难道这是我一个人的错吗？"万晓阳低下头说。

向天雁想说，你知道错就好，让我们就此止步吧。可是，看到万晓阳头垂得更低，渐渐地，两个肩膀也耷拉下来，整个上身都跟着向前弯曲，上身穿的一件花衬衫也随着这身体的弯曲在胸前鼓起了一个包，本来就不高的衣领下面，第一颗纽扣的扣眼张开，扣子竟轻松地溜了出来。他紧盯着她脖子下面的那片白，说："我不是那个意思，没有我的纵容，你一个人想错也错不了。"说着他走近她，蹲下身，握着她的一双手，看着她的眼睛说："既然已经错了，错一次是错，错十次也是错，那就让我们再错一次吧。"

万晓阳抬头看着他，跟刚才一样的那双眼睛，现在却充满了温柔。

向天雁蹲下抬起她的手，把脸埋入她手中，把头枕在她膝上。他的姿势做得这么自然，仿佛演戏已演过多次。

万晓阳小心翼翼地捧起这张脸，因为这个局面得来太辛苦，因为没有料到他会以这种状态出现，她的眼睛立刻亮了起来，还带了一点意外之喜。她抬起头，接着头向旁边一摆，示意他坐到她的身旁。

他和她并排坐着，当习惯了做罪人之后，一切似乎又上了轨道。

向天雁用右臂揽住万晓阳的脖子，他感觉到万晓阳体温在升高，他用眼睛的余光斜瞟她一眼，虽然他不能真切地看到她的眼睛，但他确信从她眼中读出的是渴望，或许还有羞愧，但绝对不会是拒绝。于是向天雁将她拉过来坐在他的腿上，但在此时，万晓阳却轻轻地推开他说："你就不怕他突然又回来了?""不会的。"向天雁似乎胸有成竹。

"你怎么知道?"万晓阳不解地问。

"他走时的神情告诉我的。"话是这么说，可向天雁也有一种做贼似的心虚。

"你真是个坏东西。"万晓阳怪嗔地说。

"彼此彼此，我不坏怎么能到你这儿来呢。"

像做贼的人一样，在他还没有进入人家屋子的时候，他会犹豫，要不要进去？可当他一旦进去了，就要偷，甚至不惜杀人。

他们各自怀着又羞愧、又快乐、又恐慌的心情，沉醉在无比幸福的欢乐里。

和建国这么多年，万晓阳已经麻木了，经常是建国半夜才回来，然后就呼呼大睡，等到什么时候来神了，三下五除二就完事了。她感觉活到今天才体会到了做女人的快乐。

一个历经磨难的少妇，尝尽了生活的酸甜苦辣，唯独没有经历爱情的波澜，当她第一次接触男人时，她不懂爱情，还来不及体验浪漫，就被这样那样的因由推上了婚姻的战车，到了真正热情奔放的年龄，她已为人妻，那种新鲜的迷恋早已丧失，柴米油盐的生活琐事早已打磨掉情爱中那惊喜与新奇的光华。

而此刻她心中升腾的稀奇微妙的感觉，对于她来说，都是崭新的，她沉浸于这幸福之中，没有半点忧愁来冲淡她的热情，反而用文昌德的理论宽慰自己：爱和婚姻是两回事，我不会想到要嫁他。这时的她忘掉了或是有意不去想她的丈夫和女儿，事实上，她连眼前的这个人也不怎么去想。

一个女人，当她表现内心的狂野之时，她心里只有她自己，现在她只为自己而狂。因为，觉醒的她感到自己过去失去的太多，她再也不想做树荫下的小草了，要做就做草叶上的阳光，蹦蹦跳跳，热热闹闹多好。

每一朵花都应该绽放在属于它的季节，就像爱情，或迟，或早，都再碰不到那个最合适的人。只可惜爱情不是花，最浓烈的爱情之花，往往开错了季节。

恋爱的疯狂，充满激情和幻想，折射出婚姻的平淡和无聊。万晓阳把这两个男人放到一块去比，显出建国的木讷、乏味和老土。以前，建国当她是身边的一个物件，想用的时候还可以拿来用一下，现在，他因为胳膊受伤，自然不好做动作，只是用手摸一下，万晓阳也会猛一侧身，让他的手僵在那儿，好一阵无所适从。

建国觉着她可能还是嫌自己管闲事，惹祸上身而生气，于是打消了想温存一下的念头，拖着一只受伤的胳膊尽可能地多做些家务，以减少自己的“罪过”。

没有亮光的曝光

冷彩莲自打那天陪建国去了医院回来后，就让她丈夫给建国送了两天的倒休条，说家里有事她不能来上班。建国知道她是怕面子上不好看，或许是在等手表的事情有一个说法，当然也有怕车间追究她打人之事这个因素。

可是没有人给她一个说法，因为谁也弄不清，没法说，这等惹是生非之事，人们不敢说，或许还有对冷彩莲的同情而不忍心说，但不管怎么样，这事儿越不说，它的分量似乎就越重，不是有句话叫“不在沉默中爆发就在沉默中灭亡”嘛。

眼看两天过去了，事态没有任何进展，冷彩莲这心火就越来越大，感到上腹部不适，间或有膨胀、沉重感，心窝部隐隐疼痛，自认是因气而起，但她觉着，这“气”它不是病，所以不能开病假条，不上班还拿社会主义的钱，她觉着挺不地道。

事实上这“气”它还真能致病，科学的依据是：忧郁或激愤的情绪抑制了胃肠蠕动和消化液的分泌。据说慈禧太后就懂这个理，把光绪皇帝的爱妃——珍妃打入冷宫后，每天三次饭前派太监去数落一阵子，这些太监用手指着她的脸，毫不留情地痛骂、讥笑、挖苦她，这珍妃得跪在那里像接诏书一样，恭恭敬敬地静听，数落完后才允许吃饭，所以即使端上来的是美味佳肴她也难以下咽，真可谓是从心理上折磨人的一种酷刑。

这心理惩罚在冷彩莲身上应了验，这心口痛得厉害，胃里更难受，打臭嗝，开始她还有了一点窃喜，看来是真病了，她可以理直气壮地去开病假条了，于是到了医务室，陈大夫认为她也就是面子上过不去想要张假条，于是没怎么仔细盘问，就开了三天病假，当然还开了胃舒平和藿香正气水这种“万金油”胃药。

班上出了这个事，冷彩莲又几天不上班，活一下子堆了起来，领导也不再劝建国休息了，好在他伤的是左肩膀，所以在别人的帮助下，他用右手一只手干活，下了班还时不时地到冷师傅那儿去看看。

当三天假满之时，建国来到了冷师傅的家里，见她真的躺在床上，脸色发黄，人明显地消瘦了，那眼窝也陷了下去，问她怎么了，只说是胃痛，吃不下东西，劝她到医院去看，她说明天是星期一，医院人多，等后天吧。磨蹭两天后，她到了医院，诊断为胃溃疡，说要做手术，于是她住进了医院，班里实在无合适之人派去陪护，任书记就找到了冷彩莲爱人老熊的单位，提出由老熊去，工资奖金由二车间支付。

这个办法看似挺合理，还挺有人情味，可是这个家就抓瞎了，两口子把医院当家了，可三个孩子最大的只有十四岁，还是个男孩子。建国上二班的时候就白天到医院，上白班的时候就晚上到冷师傅家里照看几个孩子。

手术后，冷彩莲的病依然不见好转，后来医院怀疑可能是胃癌，那年大成就是死于癌，大家都很紧张，人都说癌由气而生，人们自然将其和丢表之事联系起来，人们对她抱以同情，对苟爱琴产生了莫大的积怨，厂子也很重视，决定送其到上海去治病。

厂里派了广州籍的翁大夫护送，认为她见多识广，有办法，还有家属老熊陪同。可这翁大夫只在广州有办法，到上海也是两眼一抹黑。一个多星期了，人还没有住上院，只能住在旅馆里，到医院做一些常规检查，医生留下一句话：“等我们有床位了你再来。”于是他们换了一家医院，依旧如此。

每次检查，冷彩莲忍受着巨大的痛苦，用虚弱的声音对医生说：“求求大夫，救救俺吧，俺孩儿还小。”有的大夫会面无表情地看她一眼，在他们眼里，这是司空见惯的事，有的也会怀着同情安慰道：“会好的，会好的，你只要按时吃药。”

于是她每天的任务就变成了吃药，不要别人提醒，此时她吃饭已难以下咽，而且吃完又会吐出来，所以劝她吃饭成了难事，她总是说：“白瞎了，吃它做什么。”但药她是一顿不落的，有时刚吃完，迷糊一阵醒来就又要吃，只是这药挺对不住人的，人日渐消瘦，每况愈下。消息传回来，大家着急、感慨一番，但没有什么办法。

建国回家说了这事。建国想起了文昌德，虽然知道这是一件很别扭的事，但还是想试试看，他东翻西找，万晓阳问他干什么，他只说是找个东西。

文昌德上大学后来过一封信，当时建国想咱和人家已如天地之隔，还联系什么，就随手把那信丢了，现在他支支吾吾，没敢说想要文昌德帮冷师傅联系医院。

万晓阳问："你是不是找文昌德的地址?"

建国点点头，但想她一定又要骂他多事了。可是出乎意料，她什么也没说，就从抽屉里翻出了一个小本，里面夹着那封信，她是从扫地的簸箕里捡回来的。她迅速地把它摆在桌子上，从一个本子上撕下张纸，又翻出当年文昌德写给她的纸条，她工工整整地把两个地址都抄下来，交给建国，说："给。"完了还补充一句："看你会不会有好运气，说不定任书记会让你去找文昌德联系呢，你还可以去上海玩一趟。"

那一瞬，建国看到她眼中流露出了掩饰不住的兴奋。

建国顾不上细细琢磨这兴奋的意味，自己就被找着了地址和老婆突然变得通情达理的双重兴奋所冲昏，而万晓阳自己反倒一惊，像露出了什么马脚似的，假装泄气地说："有这等好事也轮不到你头上。"

正如万晓阳所预言的那样，那好事没有轮到建国的头上，也没有轮到其他什么人的头上，因为它压根儿就没能构成一个"好事"。建国把记有地址的那张纸条交给了任书记，任书记一个电话就告知了翁大夫。

自打冷彩莲两口子去了上海，这家就不成家了，左邻右舍的看着几个孩子可怜，经常给送些吃喝，建国则除了上班和家里必须做的家务事外，其余时间基本在冷彩莲的家里，后来干脆就住在她家，因为几个孩子上学早上要叫起床，还要给弄早餐。

万晓阳表示了支持和理解，还感慨了一句："一日为师，终生为母啊!"

建国则满心欢喜地调侃道："错了，是终生为夫吧。"岂不知，从此，他"为夫"的地位就开始摇摇欲坠了。

几年来，万晓阳从来没有在意过身边这个人，可是现在，这床突然空了一大半，她有想头了，终于，这半边床在空了三天后，第四天就被人占据了。

当你凌晨3点从一个女人的家里出来最怕见到的可能就是一缕亮光，这已经是第三次了，向天雁居然没有碰到，他曾暗自庆幸说：“天意，这真是天意啊！”这不是天意，是睡在一条马路之隔的建国的大意，更确切地说是倦意，他太疲倦了，每天上完班，照顾完几个孩子的生活，就已经过了12点了，第二天早上要给几个孩子张罗早饭，叫起床，不到6点就又得起来，他一倒下就睡着了，他睡得很死，连梦都没做一个，否则，说不定在梦里会有点预感，梦游回趟家呢。

俗话说“事不过三”，终于，在第四次的时候给人看见了。

向师傅住在建国隔壁靠厕所那头，隔两个门。他起夜上厕所，一出房门就往厕所去，听到身后有急促的脚步声，他回头一看，一个人影快步往四合院那头走去，他原以为是建国，知道他在照看冷彩莲的家，想着是不是他突然想起诸如炉子没封好什么的紧迫事，半夜起来往家去，可是看到黑影上马路后往右拐，而冷彩莲的家应该是往左拐的呀，好奇心使他原先处于半梦游状态的神经一下子清醒了，他纳闷了，是不是打牌刚散伙的回单身楼？再看看，周围没有一家是亮灯的，再细瞅瞅，建国家的门开了一条缝，可能是怕关门声惊动四邻，要等人走了后才由屋里的人轻轻关上，他心里有数了。

由于他没有打手电，所以那个人没有看见“亮光”的红灯信号。这真是没有亮光的曝光啊！

第二天一上班，向师傅就凑到了建国的工位前，靠在工具箱上，递给建国一根烟，他自己先点上，猛吸一口又从嘴边移开，递给建国。建国接过来对上火点着，他看着建国，想说又不忍心说，不说又觉着对不住他，于是问：“昨晚又住你师傅家了？”

建国点点头说：“要不咋办呢，几个小孩要人管。”

向师傅本来想说，别光顾别人，让自家院里着火，可看着建国眼里布满的红血丝，想想冷彩莲家目前的处境，他什么也说不出来了。

恻隐之心

当冷彩莲知道翁大夫要去找文昌德时，她大吃一惊，立马反对，说：

“我宁可死了也不要去求他，好让他看笑话。”

翁大夫不置可否地笑笑，她的职责决定了她必须去找他。

在一个星期天的早上，翁大夫怀着忐忑不安的心情来到了文昌德的家，她本想到学校找他，觉着到学校就有点公事公办的味道，可学校那么远又那么大，找人不易，于是硬着头皮登门。她觉着这真是件挺为难甚至有点滑稽的事，所以进屋后就不那么自在，她先是大夸文昌德有出息，将来前途无量，给咱们厂子争了光，厂里的人现在说起你来没有不竖大拇指的等等。

文昌德听着，脸上毫无表情，没有因为翁大夫的抬举而喜形于色。

翁大夫摸不透他的心思，不敢贸然开口，可也不能空手而归，于是她在客厅里坐着，忽然两手压着沙发面，屁股上下颠了颠，说：“这沙发坐着真舒服，是真皮的吧？”

“可能是吧。”文昌德疑惑地看她一眼，敷衍道。

翁大夫又指着电视说：“这彩电真大，是20寸的吧？”“不，是18寸。”

然后翁大夫环顾四周，还抬头看了看天花板，说：“这房子真大。”

“噢，一般般，是老房子。”文昌德又丈二和尚摸不着头脑地敷衍着。

再后来，翁大夫不坐了，站起来，文昌德以为她要走，客气一句：“怎么刚来就走，不再坐会儿了？”她心里想：谁说我要走。可不走，这下面的话还没想好该咋说，这时她有些恨冷彩莲，怎么偏偏摊上个主是她呢。于是她又向客厅一头的玄关走去，一边说这里面还有这么大，一边东张西望，文昌德在后面跟着。当她向右手一间开着的房门里张望的时候，看到一个老头正坐在一张写字台前看书，文昌德说：“我父亲。”

老头没有抬头，只是将低着的头向门口方向侧转了一下，从滑落到鼻梁上的眼镜框上沿把来人瞟了一眼，那目光是冷冷的，翁大夫赶紧赔着笑脸，点头哈腰。文昌德拉她一把，说：“年纪大了，别介意。”

他们又退回到客厅，文昌德先坐下，看着翁大夫说：“你有什么事吧？我想你这么大老远跑来，该不是专为告诉我厂里人怎么夸我有出息，也不是来看我家房子的吧，有什么事就说吧，大事办不了，小人物就办点小事吧。”

“噢，是这么回事。”翁大夫终于可以言归正传了，但一想到这事的滑稽，就又犹豫地停了下来，看看文昌德的脸色，他正在很认真听的样子，这鼓励了她，接着说："唉，真不好意思开这个口，谁叫我当这个破大夫呢，这也就是对你文昌德，大人有大量，要是换别人，打死我也不开这个口。"

"既然现在没打死，那你就开开金口吧。"文昌德用开玩笑的口吻说。

她这才把事儿一五一十地说了，当然不会落掉事因苟爱琴丢表而起。

文昌德一开始还是不说话，翁大夫心里又没底了，她想，如果他此时脸上露出嘲讽的表情或是冷笑一声，她会顺茬补上一句："这也许是报应。"可现在匪夷所思，她不知该怎样操纵自己的面部表情了，只是呆呆地瞅着文昌德。

没想到文昌德只是轻轻地叹了一口气说："要说冷彩莲偷人东西，打死我也不信。"说完看着翁大夫的眼睛说："你该不会学我，说打不死就信了吧，我就明确地告诉你，打不死我更不信。"显然这件事给他带来了震撼，他站起来，给翁大夫的水杯里续了些开水，复又坐下，做出了留客的表示，开始阐述他那"打不死我更不信"的理由，说："她为了追求进步，瞎积极；她干活不甘人后，争强好胜，不惜得罪一大片，为什么？就是要脸上有光；她为了多占一块地，可以和人大打出手；为了多打一点开水弄到把小孩烫伤。她确实穷，穷得什么都没有了，就剩下一张脸了，可现在苟爱琴撕破了她这张脸，这叫她怎么活?"说完他长长地叹了一口气。

翁大夫如释重负，还带着些许的感动连连点头说："是，是，到底是新时代的大学生，看问题就是不一般，其实我也挺同情她的。"

"她现在不就是要住院嘛，我嫂子就是大夫，我回头就去找一下，尽快给你答复，估计没什么问题。"

星期一下午上完一节课，文昌德就赶紧按翁大夫留下的地址往冷彩莲他们住的旅馆赶。他转了三趟车，天气闷热，车上的拥挤、汗臭令他恶心，刚换上的一件富绅牌短袖衬衫被汗水浸透，贴在身上，平时时尚的发型此时也按着汗水的流向分成了一撮撮，贴在前额上，他想自己现在的样子一定很滑稽，他用手拨弄一下头发，触到了那道月牙形的疤痕，现在它凹进去处还未填平，他的心猛不丁地颤抖了一下，求嫂子费那么多口舌，自己还要受这份罪，这到底是为了什么？是情操高尚？连自己都不敢苟同。让这个当年对自己张口不离"狗崽子"的人看看自己今日的神气。好像也犯不着，况且自己现在的形象也实在说不上神气。是对苟爱琴的

“过失”进行弥补？有一点，但还不足以给他这么大的动力，可当他走近这个旅馆的时候，他明白了，这是恻隐之心。

这是一家单位办的旅馆，有一栋楼，从外面看还可以，一进去就原形毕露了，由于过往旅客的糟蹋，墙壁划得乱七八糟，不少地方粉刷的墙皮都脱落了，最让人受不了的是那股从厕所里散出，又经过高温处理后刺鼻的气味。

文昌德屏住呼吸一间间找过去，终于找到了这个房间。

因为他中午已经电话告知了下午要来，所以他们几个人都在等着，翁大夫和老熊赶紧迎上，翁大夫搬一个方凳放到门口请他坐，老熊还把事先准备好的一瓶汽水递给他。

这间房是他们夫妇包的，屋里并排放着两张单人床，床头柜上放着吃剩的食物，食品的馊味和着汗味扑鼻而来，也引得苍蝇唱着歌儿前赴后继，文昌德不由自主地皱了一下眉头，但很快就意识到这种表情不合时宜，于是马上换上一副平和的面孔说：“反正是公家报销，怎么不换家条件好一点的旅馆?”

“她不让，说来上海已经花了厂子很多钱了。”翁大夫说。

老熊也赶紧补充道：“行了，行了，出门在外能这样就不错了。”这使得文昌德在怜悯之余还有了些许的感动，他突然觉得为这个人做些事是值得的。

当面前的两个人挪开的时候，文昌德看到了冷彩莲。她躺在靠里墙的那张床上，在他刚才出现在门口的时候，他看到冷彩莲的两只眼睛一直盯着门口，显然也在期盼着他的到来。而当他进门的时候，她却转过身去，把脸冲墙了。看到冷彩莲的转身，文昌德没有生气，他知道她这是不愿意让人看到她这张被撕破的脸，于是在问了一下简单情况后，他走到了她的床边。

冷彩莲盖了一条被单，上身穿着一件长袖衬衫，可能是因为热，将袖子挽到了胳膊肘以上，她面朝里侧身躺着，贴床的一条胳膊平展展地伸着，手臂上的青筋凸起，像扒着几条蚯蚓，骨骼的轮廓清晰的勾勒出来，腕、肘和肩关节非常夸张的连着细棍一样的骨头，很容易让人想起出土的古尸那摆在地上的骨架。她下身穿一条蓝色长裤，两只脚光着露在外面，脚背上也露出蚯蚓似的青筋。文昌德真切地看到了什么叫骨瘦如柴。

可能是因为疼痛，冷彩莲的身体蜷曲成虾米状，整个身体看起来比文昌德的印象里短了许多，那脑袋也像缩小了一圈，难道骨头也能缩水？文昌德的心里一阵酸楚，现在躺在这里的还是那个从来都争强好胜的人吗？他第一次意识到生命之脆弱，感到了面对死亡的恐惧。

文昌德轻轻地叫了一声："冷师傅。"

冷彩莲依然没有转过身来，却用蚊子哼哼般虚弱的声音说："我这一辈子咋就跟你们家给杠上了呢？临了临了还蹦不出这个圈。"

老熊赶紧把文昌德拉过来，捧上想笑又笑不出，实际上比哭还难看的一张脸说："她痛得厉害，心里又难受，对谁都发脾气，你大人不记小人过，看在几个孩子的份上，你帮帮俺吧。"

"没关系，我不怪她，是我们不好，荀爱琴太过分了。"文昌德说。然后他看了一下手表说："赶快，现在还来得及，床位已经联系好了。"

龚教授

文昌德带着冷彩莲几人来到他嫂子给联系的医院，这家医院有全市最好的治肿瘤的设备和大夫。一位四十多岁的女大夫接待了他们。她微笑着，满脸真诚地说："我和费医生（文昌德的嫂子）是大学同学，你们大老远跑来不容易，来了就安心治病。"

不时有人来跟她问个什么事，他们叫她龚教授。她是特殊时期以来第一批晋升的教授，以其精湛的医术和认真的工作态度在她这个年纪被破格提升，也因此，同班同学的费医生在她面前就有些相形见绌，如果不是弟弟的好言相求，她是绝不会来找她的，所以她在请这位同学帮忙时只说："是我弟弟多管闲事揽了这个事，你看着办吧，不要太为难。"

可龚教授没有在意她这"不想欠人情，只是敷衍一下"的意思，在回答完那些请示工作的问话后，她回过头来耐心地问冷彩莲的病情，看以前医院的检查报告，开出检查单和住院单，然后她迅速地看了一下手表说："赶快去办住院手续。"又把一大堆单子分门别类地交给翁大夫和老熊，指手画脚地交代着相关的划价或交费地点，一边说："这些项目都是要预约的，今天交了钱明天才能看上。"

两人要走时边对龚教授点头致谢边去搀扶冷彩莲，龚教授却摆摆手说："就让她先待在这儿吧，我等你们回来，你们快去，看还有什么问题没有。”

住院手续终于办好了，就在龚教授的三病区，她是这个病区的主任，该病房是四人间，比较干净，冷彩莲的床位又靠窗，人一下子觉着舒服了许多，自然想起了文昌德，于是对老熊说：“蚊子真是个好人，俺以前也忒不是东西了，那么说人家，这回你咋的也得去谢谢人家。”

老熊“嗯嗯”地答应着，一会又犯难似的小声嘀咕说：“咋去啊?”这不只是说不认路的事，关键还是怎么表达这个“谢”字，冷彩莲着急地说：“叫你去，你就去，支吾个啥?”翁大夫赶紧说：“我去，我去。”她这才放心地躺下了。

第二天先做了胃镜检查，虽然胃镜检查可以使胃癌的诊断率达到90%以上，但它还有一定的漏诊率，所以又进行了X线钡餐检查，确定了病变的发生部位，又通过活检，确定为恶性病变，诊断结果为：胃癌晚期，癌细胞已扩散。手术已错过了最佳时机，只有采取明知起不了多大作用，只能延缓那一刻到来的保守疗法——化疗。当然，这些写在冷彩莲本人永远也看不到的住院病历上，只给老熊和翁大夫进行了口头传达。

龚教授临下班前来看了冷彩莲，她那么和颜悦色，手在她腹部的一些部位按着，一边轻声地问：“痛不痛?”一边安慰道：“既来之，则安之，到了这儿，我们这些医生护士就都是你的家人，有什么不满意的或是有什么要求尽管给我们提出来。”

“挺好的，挺好的，不能再要求什么了。”老熊忙不迭地说。

“不，有要求。”冷彩莲突然用最近少见的大嗓门说。翁大夫和老熊都愣住了，只见她又恢复了蚊子哼哼般的声音说：“快点把俺的病治好吧，俺孩儿还小啊!”

龚教授一边说着：“好，好，我们一定尽力。”一边就转过身去，她的眼角湿润了。

龚教授一走，冷彩莲就问：“啥时候开刀?”

“开啥刀？你在古海不都开过了嘛。”翁大夫强装镇静地说，此前谁也没在她面前提过“癌”那个可怕的字眼，只说是胃溃疡术后愈合不好。

“你也掰哄俺了，要光是那，厂子也不会让到上海来了，你给大夫说说，俺不怕开刀，只要能把那癌割了就行。”冷彩莲用乞求的目光看着翁大夫，说话的声音又是那么的平静，令眼前的两个人先是一惊，接着都难过地转过头去，谁也不忍心把实情告诉她，翁大夫编了一个善意的谎言，用故作轻松的语气说：“你现在身体太虚弱，先恢复一阵，等好点了再动手术。”

从此，她一门心思想着上手术台，为此，她克服着身体上的巨大痛苦，只要病情稍事平稳便要求进食，由于癌变位于贲门附近而侵犯食管，引起打嗝，咽下困难，常常是一口饭在嘴里含了半天，好不容易咽下去，没吃几口又哇哇地吐了出来，伴着一股难闻的气味，使得病房里的其他人都显出难以忍受的神情，于是她不再要吃饭，而是不停地要吃药，有时刚吃过打个盹又要吃，吃着，吃着，她气色好了，进食也较以前容易了，但奇怪的是她的头发依然结结实实地长在脑袋上，这令翁大夫不解，化疗脱发，这是常识，任什么样的美女、明星或其他公众人物一概不能幸免，所以不得不在媒体前亮相时都要戴一顶极考究的帽子。

翁大夫悄悄地问龚教授，她先是不作声，然后长长地叹了一口气说：“你还能要求她怎么样呢？你是医生，应该知道，胃癌晚期，广泛转移，大伤脾胃，气血皆虚，或五脏六腑衰败，此时虽命活不久，但若调治恰当，气血双补，就有可能缓解衰败之症，使其痛苦减轻，延长生命，所以在所谓的化疗药物中我用的主要还是调理肠胃的药物。”

当这么紧俏的一张病床每天只能产生一点床位费和少得可怜的药费的时候，有关各方开始不能容忍了，先是护士在打点滴时紧绷着脸，接着值班大夫就跟翁大夫说：“你看她现在又不做什么治疗，还有必要住在这里吗？”

翁大夫当然知道个中的原委，当一个疗程将近结束的时候，她跟冷彩莲说：“你看你现在已经比较稳定了，住在这里也挺贵的，我已经在这医院不远处找好了一家旅馆，咱们取药看病都方便，打吊针就由我来打。”

“那敢情好，你们也不用来回地跑了，可你不是说等身体好点了开刀嘛。”冷彩莲说着。泪水在老熊的眼眶里打转，翁大夫只好说：“你现在的情况做手术危险大，不如吃药保险。”

人生最后一公里

任书记打来了电话，说偷表的小偷抓到了，是该贼又一次作案时被抓获，自己交代的，但表已被卖掉。说完还像他的伟大预言终于得以证实似的，激动地说：“我早就说过，说冷彩莲偷东西打死我也不信。”说完他自己又悻悻地说：“我早干什么去了，现在说这还有啥用。”

这个苦命的女人终于找回了自己的尊严，只是它太昂贵了。

接完电话，老熊两手捂着脸哭了，嘴里喃喃地说：“一块表要了一条命啊！”当把这个消息告诉冷彩莲的时候，她好长时间没说话，牙齿咬着嘴唇，隔着衬衫还清晰可见的由肋骨支撑着的胸腔剧烈地颤抖着，许久才慢慢地吐出一句：“我总算跳出了这个圈，要不，到了阴曹地府阎王爷都不收啊！”

第二天，冷彩莲的病情明显好转，吃东西不那么吐了，人的气色也好多了，趁着这件事带来的短暂好情绪，翁大夫安排她出了院。

由于在肿瘤医院住过一阵，这老熊也成了半个大夫，知道有化疗还有放疗，于是跑到医院的放疗科了解情况。一进诊室，看到是一个挺老的老头坐诊，赶紧跑回旅馆说服翁大夫和他一起带冷彩莲去就诊，还特意挂了个专家号。

这老头是专家不假，可在眼下政策好了用人时因年事已高又过了气，所以这心气总不太顺，对病人也没有那么多的温暖可送。看过病人和本院的检查报告后，他说：“胃癌细胞对放射治疗并不敏感，而正常的胃肠道粘膜上皮细胞……”说完又自己嘀咕：“说这么多你也不懂。”他停了一下，又说：“就是说，胃里好的组织容易被放射线损伤。因而目前尚不宜对胃癌进行单独的放射治疗，也就是说只对手术的病人才适用。”当然，最后他还是不忘进行人文关怀，对翁大夫和老熊说：“既然来到上海了嘛，就好好玩玩，她想吃什么就让她吃，想干什么就让她去做。”

老熊知道这是大夫下死亡通知书的特殊语言，他的眼睛湿润了，在把冷彩莲安排到走廊上的凳子上靠好后，他说忘了拿东西就又返回诊室，毕恭毕敬地问：“专家，你看她还有多少日子？”

这老头没好气地说：“我是看病的，又不是算命的，我连我自己明天还能不能坐在这儿都不知道，我怎么知道她还有多少日子！”

老熊碰了这么个钉子，不，是这个钉子一直扎在他的心里，他这才清醒地意识到：快结束了，活着回去已是不可能了。于是由现在想到未来，重又缅怀过往，一阵难过涌上心头，不禁涕泪交流。

老熊和翁大夫商量后，翁大夫把情况向厂里汇报了，在任书记的力争下，厂子承诺如果她走了，儿子可以顶职。接完电话，翁大夫将这一消息告诉了老熊，老熊就要告诉他老婆，翁大夫赶紧制止，说：“你这不等于告诉她，她不久于人世了吗?”

老熊点头称是，于是他们在旅馆里住着，等着她的生命之火慢慢熄灭。

老熊想起了医生那“好好玩玩”的话，可怎么去呢？挤公共汽车根本不可能，翁大夫想起了文昌德。自从安排上住院后，文昌德来过一次，后来在来电话询问病情时，翁大夫委婉地流露了这个意思。

在一个星期天的下午，文昌德找了一个在单位开面包车的老同学，一起载着他们到外滩去看看。

翁大夫和老熊一边一个架着冷彩莲慢慢地向前挪着，大家的心情是一样的沉重，谁都知道冷彩莲现在迈出的每一步都可能是最后一步，因此每个人都故作兴致很高的样子来完成这一次特殊的观光，文昌德更是尽心尽力。

这天天气半阴，空气里有黄浦江潮湿的气息，云层压着江两岸宏伟的建筑，冷彩莲抬头看着眼前外形各异的建筑群说：“这房子是咋盖的?”

文昌德说：“这是近百年来欧洲殖民者侵略我们的见证。”为了迎合冷彩莲的革命思想，他在讲话时尽量多带了一些革命色彩，说：“这些房子都是当年的洋鬼子按照欧陆风情建造的，那个挺高的就是海关大楼。”正好海关大楼钟声响起，在这个阴晦的天气里，有一种震撼，让人感到心里沉甸甸的。

文昌德赶紧扭转话题说：“从艺术上讲它把不同时期、不同风格的欧洲建筑搬到了中国，还是很有价值的。”

然后他们去了黄浦公园，文昌德指着门口的一块空地说：“你们都知道吧？旧社会外国人在上海的公园门口立了块‘华人与狗不得入内’的牌子，就是在这个公园的这块地方，说着还用脚在地上画了个圈。”

翁大夫点点头，说：“知道，每个中国人都忘不了当年外国列强挂的那块臭名昭著的牌子，让当时的中国人民蒙受了多大的耻辱!”

老熊和冷彩莲也跟着点了点头，冷彩莲突然觉着这文昌德还挺革命的，过去自己咋没看出来。

这个阴沉的天气却无法掩盖上海的旖旎奢华：不时有一对对的男女相拥而过，那样的缠绵温柔；有着高雅的气质、修饰着时尚的发型、身材小巧而精致的上海女人款款走来；涂着红唇，施着淡妆的老太太悠闲地散步，时不时地还碰上个把被身旁的老头挽着；有一些穿着随意的老外和面部矜持世故、穿着考究的上海男士穿行其间。

冷彩莲看在眼里，想着文昌德，甚至想到了他的资本家爸爸，觉着这是个连空气中都弥漫着资产阶级气息的城市，可是她又觉着资产阶级也没有什么不好，像文昌德，像龚教授，于是嘴里喃喃地自语道："好，真好，这上海人的日子那才叫日子。"文昌德赶紧说："现在全国人民的日子都好过多了。"

突然，冷彩莲困难地抬起头，看着文昌德的脸问："蚊子，你还恨俺吗？俺过去那样对你，也忒不是东西了。"

翁大夫赶紧说："不恨，不恨，要是还记恨，人家能这样对你吗？"

老熊也赶紧转身对文昌德深深鞠了一躬，说："太对不住你了。"

想起那些不堪回首的日子，文昌德鼻子一酸，但随即就心生慰藉：终于让一个将死之人放下了她背了那么多年的思想包袱，消除了对人世间那么多的积怨，轻轻松松地升入天国，也许能算是积了一份德吧。

最后的日子，冷彩莲还是住进了医院，她已完全不能进食，点滴已无处可扎，连脚面上的血管都扎满了针眼，她遭受着巨大的疼痛折磨，她觉着床硬、枕头硬，一切都硌着骨头，脖子痛、肩膀痛……老熊抚摸着她说痛的部位，揉着，也无济于事。叫来大夫，他站在那儿，双手插在白大褂的口袋里看了一会儿说："打杜冷丁吧。"

在药物作用的时间里，冷彩莲开始和老头谈家中事，一次，老熊劝她："你安心养病，组织上都考虑到了，安排萍儿招工。"

冷彩莲流着泪，说："总算顶职了，只可惜俺看不见了。"

两天后，她因肠穿孔而去世，在去世的前一天，她曾清醒了那么一会，她眼睛盯着床那头的地上，嘴不停地张，翁大夫赶紧去看那已经滴得很慢的点滴皮管，老熊把耳朵凑到她嘴边，几秒钟后他直起腰，对着她使劲地点着头，说："知道了。"翁大夫问："什么事？"

老熊不好意思地说："她说，走时别忘了把那个便盆带上，那是自个花钱买的，自个家用不着让捐给厂医务室。"

几天后，老熊抱着她的骨灰盒回到了厂里，她的萍娃子终于顶职进了厂。

自从丢表的真相大白以后，苟爱琴的日子就更不好过了，人们冷冷的目光、闲言碎语加上自责搅得她心神不宁，原来是她自己早上上班没把门锁上，因为她用的不是挂锁，是暗锁，所以小偷拿了表以后把门带上了，或许是顺手，或许是为制造假象转移目标。反正它使办案人员对案情的分析产生了误判，偏差之大，大到搭上了一条人命。

老熊回来后，人们表示了极大的同情和对苟爱琴更大的不满，有人说："苟爱琴一定会遭报应的。"有的还给老熊出主意，让他把骨灰盒摆到苟爱琴家门口，好让冷师傅的魂去报仇。

老熊没有那么做，什么话也没说，他把骨灰盒放到厨房和里屋隔墙上原来放酱油醋的一个壁龛里，那骨灰盒上的照片正冲着门，白天只要家里有人，那房门就大开着，而正值暑假，小孩们天天都在家，这房门也就天天大开着。吓得苟爱琴不敢打她家门前过，可又不能从天上飞过去，于是她很快找了个比自己大若干岁的男人嫁了，又很快调到了对方的厂子里。

赢自己一把

陆茵又在那令人焦虑的7月里苦熬，这是1980年的7月，今年她的报考没费什么事，任书记说："天要下雨，娘要嫁人，这是没有办法的事。"他痛苦地意识到他给她设计的那条"金光大道"在她的眼里原来一文不值，所以他果断地取消了她入党第一候选人的资格，上党课也不通知她了，消退了她身上所有的光环，称："为支持她考学。"

人这种动物很奇怪，过去陆茵因为干这些工作占用时间也曾想到过甩掉这些负担，可当这种沉重突然卸去时，她依然感到了失落，这令她在好长一段时间里不能集中思想去学习，她觉着自己成了一个车间的弃儿，这种感受还不如前两年任书记那强词夺理的阻拦。为了减少人们的冷落，她甚至不敢在车间看书，没事的时候也凑到人堆里没话找话地聊，以显示自己"和群众打成一片"。

对过去工人有争议而一直就那么执行的定额，她又重新到现场测定，以示虚心听取群众意见，只是这群众也挺势利，知道她失宠了，没有人罩着了，他们玩点小花样，使原先强行执行的定额变得无法执行，于是计算原先定额下他流失的奖金，要求回补，这又是她管不了的事，她得向车间汇报，让人觉着她一天真是没事找事，当然也得不到满意的答复。这些费尽心机也白搭的人，不敢找别人吵，她正好成了个出气筒，说出诸如

“你一天测这个、测那个，把你自个测测，不也是年年不合格嘛”之类的话。

任书记没有想到自己的冷落会使陆茵陷入如此的窘境，他在车间大会上宣布：“以后关于工时定额上的事，不要找陆茵，她只是个统计员，制定定额不是她的事，要找就找陈技术员，奖金上的事找我，她参加高考是得到车间支持的，你们不要说三道四，年轻人么，就是要多学点知识，不要一天下了班韩（闲）得声唤（难受），要不就谈情说爱、喝酒打牌。”

陆茵感动得热泪盈眶，会后她坐在任书记的办公室里，一句话不说只是哭，像是受了委屈的孩子终于见到了爹娘。

任书记感受到了自己这个书记的分量，他为自己在处理问题上的欠妥而内疚，以他做人事工作多年的经验，树一个人不易，而倒一个人简直是不费吹灰之力，这一点他应该知道，怎么就没在意呢，他现在是真心实意地盼她考上，另去开辟一片天地，他一直认为她是一棵好苗子，遇到合适的土壤会长成参天大树。于是一边抚摸着她的头发一边说：“离考试也没几天了，考试前你就别来上班了，算倒休，今年好好考，可别再差一分。”

命运可真会跟人开玩笑，陆茵真的就差了一分。

高考成绩单发到厂人事科，也没发红头文件，可它霎时就传遍了全厂。

人们目瞪口呆，觉着真是冥冥之中有一只手在操纵着人的命运。有人说是任书记的臭嘴念咒给念出来的，有人说她是命中不该有的还强求，惹得老天爷不高兴了在逗她玩，有好管闲事者还在预测她明年再考的结果，有人说明年就该上线了，有人说那会违背老天爷他老人家的意愿，所以最大的可能是差 0.5 分，又有人接茬说，在老天爷受教育的年代还没有发明小数点，所以还得是差一分。

因为陆茵的身上已经没有了光环，人们确信她已被从干部梯队里剔除，不再担心有朝一日她摇身一变成了顶头上司，所以说话也放肆了许多，而且还当她面嘻嘻哈哈地用这“差一分”开玩笑，说得多了，连她自己都觉着像是那么回事了。

陈技术员今年则一句话没说，她不知该说什么，怎么说？如果再像她第一年落榜后那样说：“不错呀，才差一分。”她听了心里肯定是酸涩的，不知道你这是安慰她呢还是嘲笑她，所以只好每天看着她。

陆茵则极不自然地装成若无其事的样子，没事找事地忙活着，只是再没见过她做抽屉里的功课，所以少了埋头桌下避免与人照面的幸运。在一个办公室里这么面对面的干坐一个上午或一个下午，大家都别扭，于是陆茵找出些“今年这天气怎么还不热”“好像雨也比去年多”之类不说挺别扭、说了更别扭的话说，这话她昨天刚说过。

陈技术员开始佩服这女孩身上的定力，她能把失落、沮丧、遗憾、尴尬、自卑，再加上沉重的社会压力这些个外人难以想象的包袱一个人扛，而不向人倾诉，真是了不起。

倒是陈技术员憋不住了，在一天下午她刚说出“今年夏天这天气”几个字后，陈技术员紧接着说：“怎么还不热?”

遮羞布被人掀去，其实陆茵自己也知道，这块布下面的东西别人早就看得清清楚楚，只有她自己还紧紧地拽着这个道具不肯放手，可面前这个大姐姐一样的人却这么无情地要从她手中夺下它，她紧咬着嘴唇，眼泪在眼眶里打转。

陈技术员起身关上了办公室的门，说：“想哭就哭吧，别自个憋着难受。”

“光哭有什么用？进厂五年了，现在弄成这个样子，我以后的路要怎么走？再考吧，可往日的课本和厚厚的复习资料让我难堪，我甚至碰到它们心里也特别不舒服，而且预感结果可能更糟，不考吧，又总不甘心。”

“那就再考吧。”陈技术员很真诚地看着她说：“我不记得什么人说过这样一句话，我不知道怎样定义成功，但我知道怎样定义失败，那就是放弃。分析一下这句话，特有道理，因为坚持下去，你至少有一半成功的希望，可你放弃了，那就是100%的失败。”陈技术员说得很动情，希望在她情绪如此低落时，说出来打打气，其实到现在为止，对于陆茵明年再考的前景她也不觉着乐观。

“陈师傅，你说得真好，其实我心里也是这么想的，可有时又觉着像人家说的是命中没有，要不怎么每年都差那么一点点。”

“什么命？进厂这几年，学工艺、学统计，哪件事不是你自己苦学，而是命运恩赐给你的?”突然陈技术员像想起了什么似的站起来，用右手打着拍子，和着《国际歌》的旋律轻声唱着：“从来就没有什么救世主。”

陆茵点着头和着节拍跟唱着，陈技术员有了成就感，还有了一种要将自己的豪情发挥到淋漓尽致的冲动，摆出一副诲人不倦的架势说：“过去你不曾有过幸运，将来也永远不要指望碰运气，你每年都差那么一点点，这很合理，也很正常，我还是那个调——水涨船高嘛！”

“可那船它老是越摆越高，我这水怎么涨也到不了它的吃水线。”

“这是必然的，每年都有新一届的毕业生，而前几届落榜的复读生也越积越多，这分母急骤膨胀，而国家的教育投入有限，招生名额不会大增，高考的难度必然越来越大，学校的教学围绕着高考做文章，有那么多的‘高人’在猜题、押题，对学生进行强化训练，家长们也全力以赴，应届生、复读生在学校和家长的全方位关怀下，这水涨得肯定比你这半工半读的快。”

说到这儿陈技术员突然觉着哪儿不对劲了，真是站着说话不腰疼，自己刚才为安慰别人只顾说些冠冕堂皇的大话，发一通豪言壮语，这不等于明知前面是血淋淋的战场，还要用鞭子赶着让她再去经历一次残酷的搏杀吗？她停顿下来，让思路在脑子里转个弯，她低头沉思片刻，猛抬头，话头一转，说：“是啊，你这样太吃力了，你参加高考除了在学习装备上比不上别人，还要背着沉重的思想包袱，这水平的发挥肯定受限。”

不想陆茵的脑筋已经来了个急转弯，说：“说到思想包袱其实大家都有，复读生和我面临同样的压力，而应届生还要面临会变成无业游民的难堪，我考不上，我的现状不会有什么改变，有班上，有钱拿，不像许多人考学是为找一个饭碗；而万一考上了，我是说万一，我的生活环境、人生道路因此会有大的改变，我也可以去做一些我想做的事情，能为国家做的贡献也肯定比现在大。”她已经完全从最初的茫然中解脱出来，脸上又现出了坚毅的神情。

陈技术员觉着这才是她的真实想法，只不过自己的一席话给了她一个发泄的通道，现在她们两个人的立场在不知不觉中换了位。

陈技术员觉着她有点为“学”而狂，她不能再火上浇油，于是说：“事不过三，这三年里，你确实付出太多了。”

“而要不考，我将付出更多，这三年来所学的东西慢慢遗忘，花的心血全部化为乌有，而今后的日子我也会感到很无聊，我已经习惯了这种有压力的日子，不看书，时间也照样流过去了，所谓岁月无痕。而再来一回呢，考试也就三天时间，不要我再花费另外的什么，人总要有再试一次的勇气。”陆茵站起来，离开座位，手抱在胸前，朝门口踱着步，一边说：“人一生要经历许多事情，很少有像高考这样可以重来一回的机会，你可以不断地总结，找出不足，提高，再去接受考验，大不了就当是又上了一次高四。”停了一下，想想说：“不对，我这都高六了。”

“不，是高四，因为你原有的水平是初三，经过这三年，才到高三。”

“对，没错。”陆茵转头对着陈技术员，那脸上又有了光彩，她用右手一下一下地上下挥动，嘴里念道：“下定决心，不怕牺牲，排除万难，去争取胜利!”陈技术员也豪情万丈地回应道：“世上无难事，只要肯登攀。”

两个人都笑了，心照不宣，都知道对方的笑声里有一丝苦涩。

于是后来有好事者再问：“还考吗?”陆茵会很大方地笑着面对说：“考，为什么不考，不就是再上回高六嘛。”她不说“高四”，因为她知道只有陈技术员会那么想，并把它做成一个安慰的甜饼递过来。

陆茵发现这一招还真灵，人们除了目瞪口呆之外，好像不知该说什么了，当然也有无聊之人硬是要再算一算，她这到底应该是高六还是高七。

陈技术员越发觉着这是一个了不起的女孩，她在逆境中依然微笑，她学会了幽默，使那些尴尬的谈话和窘迫的场面在笑声中一一化解。她不敢奢望明年能上线，但她依然努力，她要赢自己一把。

午夜风云

在浓情夏日里，娄庆云生了个儿子，全家人表现迥异，老马高兴，也不避讳，庆云住院三天他就去看了两回，抱起孙子那眼中的兴奋按捺不住。他越是这样老伴就越怀疑。几个月来，这种猜疑在她肚子里不知转了多少圈。

经过大半年的折腾，马夫人头发白了不少，人瘦了一圈，眼圈经常是乌青的，同事们常关切地问：“不舒服？上医院看看?”

“不，没事，没恢复好!”她还要装作若无其事地回答。

要命的是这孙子的长相也添乱，老马膀大腰圆，小马纤纤细细，而这孙子却是大块头，这点像娄庆云还勉强说得过去，可马夫人还是从眼皮上发现了问题，老马是单眼皮，她和小两口都是双眼皮，儿子的双眼皮肯定是随了她，那这孙子的单眼皮是哪儿来的？不只自己烦，还要把这个烦传染给别人，动不动就问人家：“父母都是双眼皮，这小孩会是单眼皮吗?”

有谨慎者答："说不好。"然后意味深长地一笑；有好事者道："不会，可他的单眼皮是哪儿来的？"说到"哪儿"音调还拐个弯，现出思索状。有人偶尔见到小孩往往看似不经意地说上一句："这胖小子长得真好，像爷爷。"每见于此，马夫人的心就跟着抽搐。

这一天晚上，她又问老头："你跟那小妖精真的没什么？"自打有了这块心病，马夫人已经很少跟媳妇说话，在背后就以"小妖精"相称了。

"有，有什么，你满意了吧！也不嫌无聊。"老马翻身面朝里不再理她。

"怪不得那小崽子是单眼皮。"马夫人自言自语，忽然声音高了起来："你还是人吗？连自个的儿媳妇都敢动，还结出个大硕果。"说着就哭着对老头连打带撕。

老头一惊，马上就去捂她的嘴，说："小声点，别让小孩听见。"

"你做贼心虚，我还是说对了，敢做还怕人说呀！"说着声音更高了，几乎是喊着说："我就是要让那小妖精听见。"

"啪"的一声老马一个耳光扇过去。女人就往老头的怀里撞，说："你打，给你打，打死了好跟那小妖精做你的鸳鸯梦。"

"哇……哇……"隔壁房里传出婴儿急促的哭声。

老头穿上衣服，急匆匆地开了门，发现娄庆云就站在门边，他看她一眼，原以为会看到她怒狮一般的愤怒，那样他会收住脚，怕两个女人会发生战争，但是，没有，娄庆云看上去是那么平静，只是眼中流露出愠怒，他纳闷，但不用想也知道，隔离是当前的上上策，说："小孩在哭，你听不见？还站在这儿干什么？"娄庆云看他一眼，脸上甚至还露出了一丝笑意，转身回房去了。

老马大惑不解，但直觉告诉他，家里不会发生战争，于是他开了家门，发出沉重的下楼梯的声音，但下了一层后，他又蹑手蹑脚返回，站在自家门口听了一会，什么也没听到，连小孩的哭声都没有了，他更坚信了此前的判断，就轻手轻脚地下了楼，迎着满天的星斗向办公室走去。

听到男人重重的关门声和沉重的脚步声，马夫人如大梦初醒：我这是在干什么？男人如果有这种事他还敢打我？再想想这妖精人长得也不算漂亮。那这单眼皮？她猛地想起，儿子一岁前也是单眼皮，只有在感冒发烧时才明显变得双起来，哎，特殊时期人家那么说，自己都能顶过去，而现在却自己往老头脸上抹黑，我这到底是干什么呀？真是吃饱了撑的，她羞愧难当，一头钻进了被子里。

一墙之隔的庆云，听到这边吵闹时，轻轻走了过来在门边偷听。一段日子以来，她已很少回家，可这女人仍像防贼似的处处盯着她，而最让她不能容忍的是老头子对她的态度也变得冷淡、生硬。生孩子后自己不得不住在家里，可这女人天天说话夹枪带棒，但她忍着。她来到门外，当听到老马说“有，有什么”时，她像听到了爱的承诺，还巴不得他再说点什么，好再气气那个多疑的老女人。

老马到了办公室，睡到值班的沙发上，他想起老伴的神经质，很后悔那天在大庭广众中表演，原以为正因为是媳妇人家才不会说什么，这个蠢婆娘也不好好想想，我但凡有那心，在自己家里扯什么，何不跟她离了婚好好找一个，又不是找不着，这时跳舞时的感觉又袭上心头，他又有了一个男人的自信，恍恍惚惚中仿佛又踏入了那华丽的舞场。

办公室的故事

一阵吵闹声传来，老马睁开眼，处里的几个人都齐整整地站在沙发旁，他赶紧爬起来，揉揉眼睛。处长说：“你把办公室当公寓了，怎么？给老婆赶出来了？”老马站起来说：“让我先方便方便，完了再向领导汇报！”说完就冲出门去，他想借机溜走，他可不想给人们当开心果吃。

那年头，有问题找组织几乎成了人们的思维定式，多事的婆娘好不容易盼到天明，一上班就找到机关工会，说出了昨晚老头打她和离家出走的事，以及她心里的郁闷和疑惑，希望组织出面劝劝老马。

工会主席问：“你到底要说什么？你怀疑？到底有没有？”

“不知道，人家都那么说，再说那小孩的单眼皮……”这个问题她否定过，但很快就又否定之否定了，否则自己就一点都不占理了，那你还跑这来说什么。

“老杨啊！都老夫老妻了你还信不过他？信不过在特殊时期你还为他挡箭，他这个人也太不够意思了，摊着你这样的老婆还不知足，人心难测，人心难测啊！”

“吴主席，我不是这个意思，其实我们家卫东小时也有单眼皮的时候，但我总是不放心，你想这一家人，门一关，就只有我两只眼睛，哪看得过来，所以希望组织出面跟他谈谈，要不我安不了这份心啊！”马夫人说得情真意切。

“我理解你的心情，你看你，最近明显老了，都是给这事儿闹的。”主席关切地说。

马夫人心里热乎乎的，这主席就是组织的化身，给组织交心那是多么正常且革命的行为，那话就迫不及待地从喉咙眼里爬出来了，包括她住院那阵她儿媳妇和儿子几乎不照面，可后来儿媳妇莫名其妙地就怀孕了。

“组织”的脸变得严肃起来了，说：“老杨，如果这么说的话，这问题的性质就变了，都有了非婚生子女，就是私生子，这就不只是个一般的生活作风问题了，很好，你的立场站得对，对这样道德败坏的人就是不能姑息，你放心，这件事组织上不会不管。”

一股凉气终于使老杨同志清醒了，组织上的管法她已经领教过了，那一回要不是她力挽狂澜……她不敢往下想了，马上换上一副笑脸说：“吴主席，我不过是猜测，也没什么证据，也可能根本就不是那回事儿。”

“组织上也没说就是那回事儿，你放心，组织不会冤枉一个好人，当然也不会放过一个坏人。”主席看看手表，然后就拉开抽屉，等于封杀了她再开口的权利。

马夫人现在傻眼了，原来她可以在家里一千遍地怀疑，一万遍地骂老头，过一过抓住了老头小辫子的瘾，啥事没有，可现在才说了一遍，还是怀疑，它咋就成了“私生子”了呢？这让老头，更重要的是还有儿子可怎么办，她真想大哭一场。

后来马夫人回到办公室满脑子想的都是怎么才能把这个案给翻过来，她想起了有一出戏叫《三滴血》，说拿一盆水，把两人的各一滴血滴到水中，如果是亲生，血就会凝在一起，可是又一想，就算这是真的也不行。你想，父子的血会凝在一起，也就是说，老头和儿子的凝，儿子和他儿子（不知为什么，现在她已经不怀疑了）的也凝，像粘浆糊似的，那老头的血和小崽子的没准就真凝到一块去了，那老头……她不敢想。

你还别说，这真是个世纪难题，二十世纪，人类发明了DNA基因鉴定，以它99%准确率的权威性不知制造了多少家庭的悲欢离合，导致了多少亲情的复合和撕裂，但对这个个案，恐怕这1%就属于它了，你想，两个99%是确定的，那就保不齐会出现第三个99%，老马同志的冤假错案怕是注定的了，它的纠正只能靠生物学家在二十一世纪的努力了。

老马在厕所方便完了，用手帕洗了脸，看看表，估摸着走廊里的人还没走，就又站在那儿抽支烟，抽完一支，又点上一支，把全身的注意力都吸引到这个兴奋点上，排解一下那些理不出的烦恼。他打算出去买点吃的，刚跨出厕所门，就看到有的办公室门口探出的脑袋“嗖”的一声缩了回去，他想到了伸出的弹簧刀，所以好像听到了“嗖”的响声。

处长迎了上来说：“你是吃了辘轳拉井绳呢，来，片（聊）一片。”处长是陕西人。

老马跟着进了处长的办公室，处长客气地让了座说：“你个大男人咋瓜（陕西话：傻）了，耍娘儿们的把戏，动不动还往外跑，睡办公室，一来影响工作，你看，到现在还乱哄哄的，别的处室像看耍猴似的，下面办事的来看见像什么样子？再说，你想，你跑出来还咋回去？”

“我本来只是想等她消消气，天亮以前就回去的，没想到睡过了。”老马说。

“现在你怕是回不去了！”处长的眼神有点复杂。

“咋了？我犯了哪条哪款？还给拘了？”“别人咋知道，只有你自己心里明白，你老婆把你告了，工会吴主席让我先跟你谈谈。”处长说。

“谈什么？她能告我什么？”老马理直气壮。

“还不是公公媳妇的事。”处长抬头看着面前的这个人，竟显出了一些真诚道：“我说，老马啊，你咋越活越抽抽（方言，表倒退之意）了，那年温碧玉那事你处理得多漂亮，在那么大的风头上，你都能把老婆哄出来给你当挡箭牌。”

“哎，处长，你啥意思？当年组织上做了结论的事情你还扯出来干啥？”老马截住了处长的话。

“是啊，要不咋说你越活越抽抽了呢，当年那么大的动静，你都能摆平。”

“这么说，你还是认为是那么回事，这在当时可都调查得清清楚楚。”老马再一次打断了处长的话。

“你别跟我嘴硬，什么调查？那年头什么事能调查得清清楚楚，还不全仗你老婆在那儿挡着，要不你今日个还能坐在这儿人五人六的。”处长按着他的思路继续说。

“你这么说我真是没啥说的了，但我还是不知道你到底要说啥？”老马现在是认真对待了。

“我是说现在，你自家炕头上的事反倒要我这个处长来管，是不是看我闲得难受。”“哎，处长，你把话说清楚，别往炕头上扯。”老马显得有些激动。

“别不好意思，常在河边走，哪有不湿鞋，按说呢，这公公穿错媳妇鞋也是常有的事。”处长旁敲侧击地说，然后就眼望天花板，显出沉思状。

老马要对处长头脑中的思绪进行空中拦截，不能任其自由发挥，立刻抢言道：“鞋太小，穿不上，再说谁都知道穿小鞋的滋味不好受。”

“试过了？不试咋知道小不小，嗯？”处长这个重读的音节和拉长的尾音透着一股子寒气和一种不可抗拒的威慑力。

老马这一下清醒了，处长是代表组织在跟他谈话，于是耷拉下脑袋说：“处长，我原以为你没把这当回事，现在看来不是那么回事，我知道这不是你的意思，那你现在说，你想知道什么？”他一脸正气。

处长一时倒不知道怎么说了。老马接着说：“不过，我现在也以一个共产党员的党性向组织保证，如果真的有什么事，我愿接受组织的一切惩处。现在我饿了，要先出去吃点东西，你要是还有话要说，就等我回来。”说着他就往外走，搞得处长愣了一下。

看老马的表情和最后那几句话，再加上他男人的直觉，处长觉着应该没事，都是娘儿们多事，自己也是有儿媳妇的人，怎么会那样？那怎么面对儿子，他打算就这样向上汇报。

小马受伤

小马昨晚上二班，现在当了父亲，他有了责任感，不再像以前那样睡懒觉，他急切地想看儿子，还要给媳妇热汤弄吃的。对于母亲曾经的猜疑，他认为是母亲更年期的神经质，压根儿没往心里去，但他已经明显地感到母亲的刻薄，所以怕媳妇受委屈，伺候月子就更上心，不到十点就到了家。

四十多岁的工会女干事已经抢先来到了他家，跟娄庆云像拉家常似的谈着话，女人间的谈话就没有那么直白，干事先是关切地说女人一辈子坐月子是个大事，月子里得病可不得了，再夸小孩长得可爱，当然不忘自言自语一句："像谁呢?"一番审视后还真像那么回事似的说："像爷爷。"然后还发扬民主似的问一句："你说呢?"

"像爷爷当然好，他爷爷长得多有派头，对人也知冷知热的。"娄庆云抑制不住的幸福感从她的话语间流淌了出来，还洋溢到了她的脸上。

干事看在眼里，觉着这事它不是空穴来风，于是问："昨晚你公公和婆婆好像闹意见了，你公公半夜跑到办公室去了，你知道是为什么吗?"

本来她只要说一句"他们长辈的事，我怎么知道，再说他们半夜吵架，我到哪里知道去?"基本就可以封杀对方进一步的试探，说不定还会弄得对方来个大红脸，可娄庆云不，她偏偏知道，而且还知道得那么离奇，说："还不就是吃醋呗，老嫌我公公对我好，哼，也不撒泡尿照照自己。"语气那么的肯定，还带着深宫怨妇那种喷薄欲出的积怨，声调也跟着高了起来，令对方为之一震。

如果她把"老嫌"换成"可能是觉着"，那人家还要想一想这会不会是老太太的一种错觉，可用了这个词，那"我公公对我好"就成了板上钉钉的事实，那怎么个好法？人家可就要想象了，而更要命的是，她用了"吃醋"这个情场上的常用词，把原本两个层面上的人摆到了一个平台上，当然，还有最最不巧的巧合，就是小马正好进了家门，已经把她口吐的真言听了个真真切切。

小马冲进里屋，对着媳妇大叫："你怎么说我妈呢?"

"你妈把事儿做到那份儿上还怕人说？你不是也那么想的么，还不是你妈挑唆的，自己没本事看不住老头，一天就想在别人身上找茬。"娄庆云毫不示弱高声地说。

"啪"的一声，小马抡起胳膊给了她一耳光。娄庆云扑过来，脚差一点踩着这个引起祸端的小生命，他抗议似的大声哭了起来。

女干事赶紧抱起小孩，插在了两个人的中间，用手臂肘把娄庆云往床里边推，一边嘴里喊着："你们不要命了，也不要小孩了？有什么问题跟组织好好谈嘛，为什么要大打出手呢？这今天亏得我们来得及时，要不真怕会闹出人命来。"她用了"我们"而不是我，那就是说她是代表组织来的。

干事将小孩放回床上，把小马按到床前的一把椅子上说："现在你们都冷静一下，然后一个一个的说。"

当两人真正冷静下来的时候还真不知道要说什么了，娄庆云也觉着自己刚才有些过分，于是不语，哄着孩子。

干事还是本着女士优先的原则说：“小娄，还是你先说，你们之间到底有什么问题?”

经过刚才那一阵闹哄，干事也有些糊涂了，这个“你们之间”到底是指哪两个人：翁媳？婆媳？还是面前的这一对夫妻？娄庆云的理解当然是眼前的当事人，其实小马一直是维护着她的，这一点她清楚，可现在给眼前的这个人一掺和，就成了一锅粥，所以她没好气地说：“本来我们之间什么问题也没有，叫你一问就问出问题来了。”

干事“腾”地从坐着的床边站了起来说：“你这话是什么意思？你跟你公公的事不是你做出来的，难道是别人问出来的吗？哼!”说着就往外走，嘴里嘟囔着：“怪不得你婆婆去告状!”

小马一下子傻了眼，跟着干事往外走，一边忙去拉人家的手臂，嘴里忙不迭地叫着：“阿姨，阿姨。”阿姨甩脱了小马的手，摔门而去。

娄庆云将自己关在了房里失声痛哭。

小马在外间坐着抽了一支烟，然后收拾了自己的几件衣服，出了门。

工会干事气呼呼地出了小马家的门，冷静下来才意识到自己作为工会干事应确保以中立、公正的态度介入，避免在未经事实核实的情况下做出任何判断。应该给予儿媳充分的时间和空间来表达自己的观点和感受，了解她的家庭背景、夫妻关系以及她与婆婆之间可能存在的误解或冲突。

回想着庆云的话，这些话是什么意思呢？我怎么向领导汇报？得有事实吧。于是她又敲响了小马家的门。

门开后，映入眼帘的是庆云那张略显疲惫且带着些许自责的脸庞。小马已经走了，只有庆云一个人，脸上布满了泪痕。

干事坐下，安慰道：“别难过了，小马一时生气，气头过了就好了，我是工会的，是来协调你们家的矛盾的，你婆婆为什么怀疑你?”

庆云不假思索地说：“不就是跳了一回舞嘛。”

干事用怀疑的眼光看着庆云的眼睛问：“就没有别的事了吗?”

“你想还能有什么事?”庆云一本正经地怼了回去。

工会干事沉思了一会儿，问：“你和婆婆关系不好，一个人带小孩多累，你家里不搭把手吗?”

“我有家也和没家差不多，我从小父母离婚，我跟着母亲在农村，母亲早亡，直到工作我才来到父亲身边。父亲在这边早成了家，你说继母会帮我带孩子吗?”庆云说得情真意切，眼中满含着悲伤。

“是不是你从小就缺少父爱?”干事同情地问。

“什么缺少，压根儿就没有，所以我对公公觉得很亲切，心想就把他当爹看。把公公当爹不行吗?”庆云抬头看着干事，眼中满含着期盼。

干事似乎恍然大悟：她这是在寻求父爱，可能有时会有过头的时候，难怪老太太多心。于是说：“公公和亲爹毕竟是不一样的，所以你以后说话、做事的时候，还是要注意一下分寸，尽量不要让你婆婆反感。否则搞得一家鸡飞狗跳，你觉得值吗?”

庆云感激地说：“我听您的，谢谢!”

“这样吧，我再找你婆婆谈谈，可无论如何，你也要做出点姿态吧，尽快把误解消除。否则，你想过你将来上班孩子怎么办吗？不要你公公婆婆帮着带吗？你不和他们搞好关系怎么行。”干事说话缓慢而沉稳，每个字都咬得很清楚。

“是的，等婆婆气消了，我再好好跟婆婆沟通沟通。”

马夫人回到办公室，想了想那个可怕的后果，又心烦意乱地返回到吴主席的办公室，可怜巴巴地说：“吴主席，我收回我刚才说的话，都是猜疑，还不是那次跳舞别人说东说西，把我气糊涂了，其实，老马平时跟多少女人跳过舞？我在乎过吗？这跟儿媳跳一次咋就有那么大的反应?”

这时老马的处长，也来到了吴主席的办公室，看到马夫人就说：“弟妹，你神经了吧？这种事你也敢随便怀疑。”

马夫人不好意思地对处长说：“对不起，给你添麻烦了，我也没想到这事会弄成这样。”说完就要离开办公室。

吴主席当即问：“你这是不是撤诉了?”

老杨赶紧点头说：“对，对，白麻烦你一回。”

“我巴不得是白忙活呢。”吴主席不紧不慢地说。

处长对吴主席说：“我跟老马谈过了，看神情，不像有那回事，老马用党性担保，态度很严肃，都是婆娘多事。”

吴主席语重心长地说：“这个猜疑不可能一下子就烟消云散，你还是要费心做做老马的工作，解决一下他老婆心里的谜团。”

这会儿工会干事也回来了，说她和娄庆云谈过话，说就只跳舞那点事，没有别的了，了解了他家媳妇的家庭情况，她从小缺父爱，可能对老马热情过头了，而且老杨这婆媳关系原本就处理得很不好，才导致了她的猜疑。

工会主席又对干事说："你要做做老杨的工作，看看她们婆媳的矛盾到底在哪？背着这么个包袱，怎么干工作？"

处长回到处里，老马已经在办公室了，处长说："我刚从吴主席那里回来，你老婆已经撤诉了，你就放下这个包袱吧。但是，听余干事说，你老婆的婆媳关系处理得很不好，这可能是这件事情的导火索，你要从中协调，否则，这家里老是后院起火，你哪还有心思干工作？"

老马感激得连声说谢谢。

中午回到家，大家还是那么尴尬，倒是老马兴致挺好，不断地说些"今天的饭菜真好吃"之类的话。

庆云也感到自己做事有些过分，对婆婆态度也有所好转，帮着张罗饭菜。

老杨同志也因自己过去的猜疑感到不好意思，这时她也想到了自己生病期间，庆云为这个家的付出，于是态度也慢慢好转。

当然，他们不知道庆云两口子发生的战争，直到礼拜天小马都不见回家，老两口才不淡定了，问庆云，她说不知道。

这时庆云才发现出了大问题，于是赶紧抱着孩子回到了厂里，可小马不在自家屋里住，到好朋友那里去蹭睡，看到谁回家了，就蹭一晚。

再后来，在戈壁荒滩上修铁路，要从各部门抽人，一个厂也就那么几个指标，摊到几个车间，一个车间一个，三个月一换，各部门的领导都急得挠头，只有任书记轻松了，小马自愿报名。任书记还劝他说你走了，娄庆云一个人怎么带小孩？小马态度很坚决，说有人管。小马回家给父母说要去修铁路，收拾了一些东西就走了。

小马是戴着大红花走的，就是冬天停工期间他也要求留守看材料，被评为当年的修路先锋。任书记又到厂里争取，当年给了个厂先进。

看着庆云产假期满，要上班了，小孩咋办？庆云跟公公婆婆商量，老马从老家找了一个侄女，来帮忙带孩子。

任书记还是觉着小马有些反常，找庆云谈话，庆云说出了事情的原委。

任书记找到老马，说现在该是一家之主说话的时候了。

老马找了一辆车，带着好酒和好菜，和任书记一起在年初二到工地，看望小马。

任书记提高音调，显得非常激动说：“一个男子汉一点气量都没有，你娶进门的是一个人，你现在丢掉的可是两个人，你亏了。如果娄庆云上班干活不专心，出了事故可不得了，她可是你儿子的妈呀!”

老马也说：“都是我和你妈不好，儿子，你是这个家的顶梁柱，你的离开让我们心痛不已。我们愿意消除过去的一切误会和成见，重新开始。家里需要你，我们都需要你。”

父亲还带来了母亲写的一张纸条，上面写道：“卫东，妈错了。妈对不起你们，我被猜疑蒙蔽了双眼，伤害了你和庆云，在此向你道歉，请你回来，我们一起来维护家这个幸福的港湾。”

临走时，任书记对小马说：“你准备准备，过完年换人的时候，我另外派人替你，你就回去吧。”

败露

自从老熊回来后，建国就回到了原来他那半边床上，在美美地睡了两天后，他有想法了，却发现身边的那个物件不听使唤了，他用手去摸那光滑的肌肤，万晓阳把他的手扒拉下来，转身说：“我累了，睡吧。”她也知道自己这样做不地道，可心中的厌恶使她不允许建国再碰自己一下，现在她真真切切地感到了身边这个物件的存在，像插在心上的一把刀，让她真正地懂得了什么叫心痛。

万晓阳回家如入无人之地，听建国说话就反胃。“阿么了”可以理解为“怎么了”，实际上寓意范围还要广得多，几乎涵盖了什么时候、到哪儿去、什么、为什么等意思，因此，人们就把“阿么了”作为当地人的代名词，比如问某某是哪儿人，只要说句“阿么了”，就清清楚楚地表明了是当地人，不是“土著”，起码也在此地居留已久。每天建国一进门，一声“阿么了”，万晓阳感到越来越刺耳，后来简直就不能忍受，她不耐烦地说：“你不要‘阿么了，阿么了’的行不行，想说什么就照直说。”

建国一时还真不知道要说什么，家中的空气变得越发沉闷，于是他不再说话，打开收音机，这是一台我国自产的第一代红灯牌收音机，他的思绪随着电波飞扬，心情也会放松许多，后来就养成了一进门就开收音机的习惯。

建国开始有感觉了，回想起别人异样的目光，老婆的青春再现和最近的“魂不守舍”，他还回忆起，有次向天雁来家进门时，站在门口的万晓阳眉毛上挑，媚眼频抛的情景，当时，他心里掠过一丝不快，但很快就被其乐融融的气氛所淹没，他甚至为妻子的开心而高兴，他也想起，开始是他叫老婆给向天雁洗衣服的，他很后悔，这简直是引狼入室，绝对的引狼入室。他当然想起了那个下午，猛然悟到妻子手里的工作服没准原本就是自己的，那还是他下班回来时从院子里刚收回来和其他衣物一起扔在床上的。不是缝衣服那他来干什么？关键是有什么事不能明说还要撒这个谎，他感到了问题的严重，他决定要跟她谈谈，以制止事态的进一步发展。

今天两人都上白班，吃晚饭的时候他几次偷看妻子，见她的脸上时不时会浮现出一种按捺不住的微笑，他想现在她心情一定不错，此时谈这一类话题应该不会吵起来，可是谈什么呢？他想：第一，从女儿的角度，让她为女儿将来的名声想想。另一个他立刻反驳：如果她说她怎么毁坏了女儿的名声？我该怎么说？他痛苦地摇摇头，想想也是，她做了什么？也可能什么事也没有发生，于是他想算了，别没事找事。

可是建国一转身准备带女儿出去时马上又坐了下来，不对，有事，一定有事，就在那个“缝衣服”的下午，对了，他想起两个多月来自己断断续续在师傅家里住了不少日子，他既然在光天化日下都敢入室，那夜里……他不敢往下想了，他觉着这事到了非说不可的地步了。于是他又从“第一，从女儿的角度”开始组织他的语言，可是再想想，她什么时候在乎过女儿？那就从第二条说：要为她自己的名声想想，这两年人家刚刚正眼看你，你就弄出花花事来，人家会说你是骚到骨子里去了，但如果她问：我弄出什么花花事来了？我该怎么回答呢？如果她又哭又闹，我该怎么办呢？不行，他摇摇头。那就从第三点来说，就是我，一个堂堂正正的男人，不愿意戴绿帽子，另一个我说话了：不愿意戴你离婚呀，他自己都吓了一跳。不，不，这事儿不能随便说，这时他又怀疑自己是不是过于敏感，也许本来就没什么事，不是现在人都说：不管是男人还是女人，要是在外面做了对不起对方的事，回家后都会内疚从而对对方加倍地好。照此理看，现在她对我这样那就应该是没做什么事了，他的各种想法在头脑中这样兜了一圈，心境反倒平和了。

今天向天雁上白班，是自打从那半张床上下岗以后的第一个白班，晚上八点多钟他就躺在了床上，有了片刻的安宁和欣慰：半夜做贼这么多日子居然平安无事，莫非上天也罩着我？是的，一定是的，因为我是在玩着他老人家给男人女人编排的游戏，那感觉新奇而美妙，所以才会有那么多痴男怨女披荆斩棘、百折不挠、前赴后继，演绎出千奇百怪的爱情故事。爱情，我这是爱情吗？我有权利爱她吗？她可是有夫之妇，孩子的妈，我能承担起对那个孩子的责任吗？而建国又是那么一个大好人，夺他妻你良心上亏不亏？再说，父母知道了说不定会惊得连眼珠子都蹦出来，所以，即使给它冠以爱之美名也是不会有任何结果的。

向天雁忽然觉得自己有点看清事情的本来面目了，那就是他和她其实什么都不是，既算不上崇高，也谈不上神圣，他们寻求的不过是男欢女爱，他只不过是个不合法的入侵者，他又有些自责和内疚，一个人为了减少内疚感，总要在心里寻找各种借口来平衡，于是他又想，我不过是在她丈夫不在的时候去补个缺，也没妨碍他什么，而又使她获得了快乐，你情我愿，有什么不对？想想还是不对，那是人家的老婆，算了，不想了。

贼本来就是在人家主人不在的时候去偷的，现在既然主人回来了那就算了，也该休息休息了，做贼的日子也挺难受的：从一吃完晚饭就谋划着什么时候闪进那道门最安全，然后就是不时到楼下转，观察有什么人往四合院去了，猜测他们是去干什么，大概什么时间会离去，当然最担心的还是睡在马路那边的主人半夜突然回来。那点快乐和其中的艰辛相抵也就所剩无几了，想想还是现在这样睡得踏实，他决定以后再也不去做贼了。

万晓阳在外遇中品尝到从未有过的愉悦后，便再也无法甘于婚内生活的平淡了，所以她无法忍受“假面夫妻”的生活。真爱是无罪的，有罪的爱不是真爱，所谓有罪，是因为，这爱里面有着别人的牺牲，别人的痛苦，有时，她也有一种罪恶感，但是很快就被电影《叶塞尼亚》里那个吉卜赛老太婆的“去，去把属于你的那个男人夺回来”的声音所淹没。她也总在憧憬，前方那个更美好的站台在等着她，她每天都在期待，期待着时刻可以和他在一起。一旦回到现实中，她感到一种强大的压抑和心灵上的自责，于是每天都在经历这种内疚与渴望的内心冲突，使她在这种困境中煎熬，狠命寻找着一条可以自圆其说的通道。

文昌德的爱情观为其提供了依据，而苟爱琴的“本事”言论及其引起的社会反响，让她心里反倒生出些许的欣慰：“红杏出墙”也该算一种“本事”吧，自己能被一个帅气的小伙子相中，也算是一种幸运吧，进而产生了一种怕失去他的危机感，在不知不觉中，将爱情进行到底的决心越来越坚决。

万晓阳魂不守舍，晚上触到身边那个人，心里就堵，一会不见心上人就发无名火。上白班，晚上还要找机会见面，但天地之小，竟找不到合适的时空，汤师傅和建国是二班倒，而又不上同一个班，她和向天雁是三班倒，每逢上白班，她脑子里就在排序，寻找夜晚时间的契合点。

就在这一天晚上，万晓阳知道汤师傅上二班，见建国上车间去了，她就领着女儿来到了向天雁的宿舍。

万晓阳一进门，看到向天雁是从床上起来给她开的门，她的心一下子凉了半截，在她的想象中，他应该一直在窗口守候或是在房里焦急地转圈，而不会是像现在这样悠闲自得地睡觉。

这男人真是无情，于是她呆站在那里，眼泪就不由自主地掉了下来。向天雁以为她是因为自己作为有夫之妇，做出这等事，怕他把她看贱了，因而故意装出一种她这种女人早已消失殆尽的自尊，或者干脆就是认为他向天雁是个敢作不敢当的小人，她觉着受了欺骗，伤心落泪。

女人的泪总能唤起男人盲目的冲动，激起男人献身的崇高感。向天雁又激情澎湃地扑上去，他们缠绕在一起，像水中的鸳鸯引颈厮磨，女人破涕为笑，像猫一样在他的怀里扭动着，说："有时候我也觉得挺对不起他的，这些日子我都没让他碰一下，我把自个全都交给了你，你可不能说变就变呀。"

向天雁为她的痴情所感动，感动得心里发酸，感动得压力陡增，刚才不再做贼的念头顿时消失得无影无踪。

刚才晓阳进门时，为了装出那点自尊，她不好意思把门锁上，向天雁因为先前的思考本已准备金盆洗手，没想着要把门锁上，后来只是顺便用脚把门踢了一下，门锁只是碰了一下，又弹了回来。

年仅一岁多的女儿可能是以为两个人在打架或是什么的，她悄悄走出去了，还把门拉了一下，她那点力气肯定是锁不上门，但也只留了个缝。

汤师傅回来拿包烟，一推门，只见两个人扭成一团，那么专注，以至于他在门口站了有1分多钟，他们居然还未发现。他心里"咯噔"一下，莫非这小子看到了自己夜幕下的表演？他一时脑袋"嗡嗡嗡"地叫了起来，没了主意，退出来竟习惯性地带上门，关门的响动和门外的脚步声终于惊醒了两个人，如一盆冷水从头顶泼下，把俩人浇了个透心凉。

汤师傅怀着忐忑不安的心情，将这个发现和他的担心告诉了汪桂花。

他们的花花事厂子都不管，可现在一不留神给这个毛头小子尽收眼底，心里总不是滋味，汪桂花说："咱先把他们的丑事扬出去。"

"人家连衣服都没脱，你哪能往那事上扯。"汤师傅迟疑了一会儿，不安地说。

"你咋恁较真，管她脱没脱衣服，你就往那儿扯，这种事，真真假假，虚虚实实，都是捕风捉影嘞，谁还去调查她脱没脱衣服？只要咱把他们的事先扬出去，就等于堵住了他们的嘴。"汪桂花摆出一副造谣老手的架势，胸有成竹。

汤师傅有点生气道："这也忒毒了，平时小向对俺挺好，总是客客气气，屋里卫生一概包揽，有时俺错过了饭点，还替俺买饭，凭良心咋也不能害人家，俺跟你说这事，是叫你以后小心点，以后你再别到俺这儿来了。"

这汪桂花回想自己在夜幕下的表演，脸皮再厚心里也不是滋味，于是，在她工作的家属工厂，她绘声绘色地给那些婆娘讲着，当然，她不说是在汤师傅宿舍，而是改在了她男人工作的翻砂车间，说是在摞得高高的砂箱后面，在砂子上铺了个花床单，完了还煞有介事地说："他们真会找地界（河南话：地方）儿，那细砂多软和。"

向自己的尊严告别

万晓阳本来就名声不好，现在又出绯闻，以前就撞上、看过这情景的小于，像被纠正了冤假错案似的，逢人便不断地讲，这事简直像长了翅膀，传得比风还快。

下午一上班，建国一进车间大门就看到人们三五成群在那儿嘀嘀咕咕，自认为最早发现目标的一位女工翻了两下眼球，向同伴们递个眼色，他从中间的过道走过，就像一阵风似的把人全吹散了。他们立刻分开各做各的事，有的神秘兮兮地向他看一眼，有的脸上挤出点笑容向他点点头，只是那样子让人觉着比哭还难受。

建国脑子里有了不祥的预感。果然，一到班上，向师傅就拍拍他身边的凳子说："坐会。"然后他不说话了，他在琢磨，早就搁在心里的那事怎么让他知道。

建国看得出，向师傅说话这么吞吞吐吐，一定是有事，他装出若无其事的样子，故作镇静地问："向师傅，有事?"

"也不算啥事，你还记得冷彩莲在上海那阵，有一天我问你是不是住在你师傅家了。"建国点了点头，不再说话。向师傅一时还吃不准这话该怎么说，他把头昂起，在脑子里搜罗着不那么令人难堪的话语。

建国十指相扣的手开始握成了拳头，偶尔张开来时，可以看见手心攥出的汗珠，他咬了咬自己的嘴唇，然后站起身来说："你不用说了，我都知道了。"

没等到下班，建国打了个招呼，就出了车间，他一生中最好的年华全给了这个女人，他为她忍辱负重，经过了多少的坎坷，才走到了今天，虽说日子过得并不富裕，可到底是一天天好起来。所谓"家和万事兴"，夫妻俩正是在这看似吃苦受累的一天天中，品出苦中作乐的幸福。眼看着上了正轨，偏偏又出了这档子事，贫贱夫妻倘若连最后的这个底线也守不住，就真的是百事哀了。

建国出了厂大门，就这样漫无目的地走在马路上，不知不觉竟进了城。清凉的晚风，川流不息的人群，热闹的街道，跟他的寂寞和孤单形成了鲜明的对比。他的心被痛苦撕扯着，眼泪止不住夺眶而出，天下起了大雨，天地灰蒙蒙的一片，没人看得出他在哭，大雨挽救了他最后的一丝尊严，却把他浇了个透心凉。

饥肠辘辘，他不自觉地拐进一条巷子，才发现前面不远处就是家，但他没有脸回家。只好又走出来进了一个小饭馆，坐在一个角落里，要了一瓶酒，一杯一杯又一杯，他要把自己灌醉。浑浊的空气，嘈杂的人声将他淹没了，他开始觉得世界在他面前旋转起来。他闭上了眼，将脑袋耷拉到桌子上。

店家观察到这一情况，客气地将他"请"出了门。

雨已停了，建国跌坐在饭馆门旁的台阶上，双手抱着头，手指痉挛地扯着头发，一个男人隐忍的、极度压抑的哭泣声低低地传了出来。

街道上仍然熙熙攘攘，街灯亮起来依然闪烁着它忽明忽暗的眼睛，远处依然传来城市的喧嚣声，仿佛不知道有一个男人正在向自己的尊严做最后的告别。夜是适合悲伤和眼泪的，只有在夜色里，在陌生的人群中，人才会放松自己，让奔腾的感情之水放肆地泛滥。

像开闸放水后堤坝就会减压一样，经过这一番发泄，建国的心里不再那么堵了，脑袋也开始转圈了，无数个应该离婚的理由和无数个不应该离婚的理由，在他的大脑中交织碰撞，殊死搏杀，不分伯仲，难解难分。在这个男权至上的地方，想要找回一点体面只有一条路，就是休了她，他下不了这个决心，几年来她已经成为他生活的一部分，况且，最重要的还是他的女儿，他不能让女儿因为大人的婚变而不幸。好像是为自己的这个想法找些理由似的，他又懊悔和自责起来：如果那个下午自己果断一点，回家一趟，让事情败露在自己的眼皮底下总比在外面丢人现眼强；如果不是冷师傅的病；如果不是自己几个月常不在家……想着想着忽然觉着这也不能全怪她。而且建国想出了一个奇怪的逻辑：既然已经出事了，他们肯定会收敛的，他决定悄悄吞下这个苦果。

已经是晚上十点多钟，等建国东倒西歪地走近家门的时候，看到万晓阳站在门口，东张西望，一看到他便迎上来，扶他进门，到床边坐下，给他冲了一杯浓浓的伏茶，又拿盆打来水，还特意加了些热水，让他洗脸。

然后万晓阳宽衣解带，临上床前脸上还挤着笑说："你也早点睡吧。"这令他有了些许的感动，甚至产生了一种幻觉：这就对了，合了人家说的"在外干了亏心事，回家必对对方出奇的好"的逻辑，这么说，只有这一回是真的，以前不过是人家猜的。

建国终于上床躺下，万晓阳轻轻掀开他的被窝，拉开他的胳膊，把头枕在他的臂弯里，脸埋在他胸前，一副小鸟依人状。一股酒气熏得她头晕眼花，可她因为愧疚，极尽体贴缠绵，她要用那躯体（不是身体，因为它不包括灵魂）去滋润丈夫那受伤的心田。建国则嘴里喃喃地说着："是真的，这回是真的。"

"什么真的，假的，我们现在这样才是真的。"当面对这个人的时候，万晓阳还是不忍心直接伤害他。她一边说着，一边就动手去扯他的内衣，这可以说是自打结婚以来她最主动的一次。

借着酒劲，建国克制住内心的厌恶，猛然想到那个人正是顺着这个山坡往下溜的，被欺骗和侮辱的感觉一齐袭来，就像有无数小虫迅速爬满他的肉体和灵魂。他第一次对这个女人说了如此恶毒的话："这水平见长，是不是那个小白脸教的，咦，给咱也介绍介绍，让咱也学着点，省得你一天跟做贼似的往人家那儿跑。"说完他在她的胸上拧了一把，一骨碌滚了下来，转过身背对着她说："一上这个床就会不自觉地想到你和他在一起的情景，就感到恶心，你的身体是肮脏的，让我厌恶，当初我找你的时候，不知道你到底还是不是个姑娘，我妈也唠叨，可我能忍受，那不是你的错，可现在，你自己作践自己……”说着他喘着粗气。

万晓阳第一次见这个男人如此模样，吓得穿上衣服下了地，贴门站着。建国转过身还在那儿没完没了，说：“咋的？他那么特别？把你勾得顾不上一家老小，顾不上脸面，当然这也让我妒火中烧，让我痛苦。别人都说我是个好人，可我还没好到那种地步，自己痛苦让别人痛快。”说完又把身子背了过去。

万晓阳知道她在建国的心里已经死了，只剩下离婚一条路了。其实离婚的想法在她心里早就萌芽了，和向天雁的恋情开始的时候，她认为她和向天雁不过是在互相消费，她没有想到要嫁他，因为他会不会娶她都还是一个大大的问号。但慢慢的，她觉着不是那么回事了，女人的心是跟着身子走的，她不爱建国已经到了不能容忍的地步，可也不想用欺骗来维系这段婚姻，但是她又开不了口，因为她知道，她欠他的太多了。但现在建国把话都说到这个份上，使她有机会顺理成章地把这个问题提出来了。

第二天早上，建国照例早起做饭，万晓阳说：“建国，你昨晚的话都说明白了，我们离婚吧。”

“我说什么了？我只是喝多了难受，说什么了连自己也不记得了，所以你也别较真，只是自己检点些，这日子还得往前过。”

万晓阳不知道应该感谢建国的大度呢，还是应该憎恶他的无赖，只是觉着自己像是掉进了一只糨糊桶里，既淹不死也飞不走，可她是下决心想要飞走了。

围城里的战斗

自从上次“咣当”的关门声打破了他们的美梦，也熄灭了向天雁的热情，已经好多天见不到他的笑脸了。万晓阳想象着那个可人儿的心已经回到了那个清纯的少女身边，她焦躁不安，一天大人吃完饭，女儿还在那儿磨蹭，她一把夺过碗，摔在地上说：“不吃，就别吃了。”

女儿“哇”的一声哭了，建国领着女儿出了门，腿不由自主地就走到了宋军的宿舍。屋里几个人正在喝酒，有宋军的现任女友萍萍、前任女友玲玲和玲玲的现任男友魏星，他们两对经常在一起聚餐，有时玲玲做了好吃的，还专门给宋军送来。建国觉得这个世界越来越叫人弄不清了，一般情人翻脸都是由爱生恨，有的甚至恨之入骨，没见过这样的。

宋军马上站起来，冲着站在炉子边的玲玲一挥手，说：“快拿碗筷来，还有小冬冬的。”一边给建国让座。建国推辞说：“吃过了，心烦出来串串门。”魏星倒了一杯酒，递给建国说：“来，喝酒，别想那些烦心事。”

建国双手端着酒杯，抬眼望着宋军和魏星，说：“都知道了?”“听说了一点，不过你也别太在意，现在都什么年代了。”魏星劝他。“什么年代，老婆也不能给别人，建国，不是我说你，你这个人就是在女人面前太‘面’，女人天生的贱，打到的媳妇揉到的面，就像我们干锻工活一样，一次一次地回炉，用锤反反复复地砸，千锤百炼，才能‘海枯石烂’。”宋军略带醉意，全然不顾他的两任女朋友在场。

“你能耐，玲玲不是给你打跑了?”魏星反驳道。“不跑，能到你那儿去嘛!”宋军不假思索地回应了一句。“喂，喂，怎么说到我头上来了!”玲玲觉着自个像个皮球似的给人踢来踢去，顿感栽面。

看着他们你一言，我一语，建国越发糊涂了，但有一点是明摆的，那就是：宋军把女人给镇住了，宋军对女友，没有甜言蜜语，没有小心奉迎，但凡跟他的女孩却都心甘情愿地侍候他，每天给他买饭、打水、洗衣服，收拾房间，稍不如意，他还摔碟子砸碗。萍萍人长得比较纤细，有一次宋军竟当着外人的面，提着她的衣服领子把她从屋里扔到了院子里。当时，外面阴冷阴冷的，萍萍在外面站了一会，竟自己又推门进来了。建国不懂这就是所谓的男性魅力，而把它归结于“千锤百炼”。

魏星比较沉稳，说：“唉，你也别光听他的，他喝多了，依我看，这种事还是大事化小，小事化了，息事宁人，别弄出大动静的好。”说完，停了一会，又看着建国的眼睛问：“机修班郑师傅和学徒小秦的事听说了吗?”“听了个影，又说没那事。”建国说。

“什么没那事，那女人才叫高。”“哪个女人?”宋军不解地问。

“郑师傅老婆呗!”魏星还是不好意思往下说了，怕伤着建国。

但那事建国清楚，同病相怜，自然分外留心。头天夜里车工孟师傅床子坏了，就去找值班机修工，刚走到窗户下，就看见那俩人脸对脸侧身坐着，郑师傅的手插在他徒弟的衣服里，他蹑手蹑脚地走了，回家后告诉了他老婆，女人的嘴还不一传十，十传百，传到了郑师傅老婆的耳朵里。听说她关起门来，跟郑师傅吵闹一番，出了门，没事人一样。

郑师傅老婆是小卖部的售货员，隔天卖菜，那里菜奇缺，厂子只好出车从兰州或者更远的内地拉菜，由厂小卖部按人分成份卖。卖菜自然是在白天，所以上白班的可以不干活理直气壮地来排队，卖菜那天也像过节一样，人们欢天喜地，排着长龙，还不时对先买到菜的人评头论足，心里还在掂量着这菜和主人身份之间的微妙关系，反正闲着也是闲着。

孟师傅老婆排到柜台前，这才意识到光图一时嘴巴快活，这回要吃亏了，于是想尽量避开被自己唾沫星子溅过的那个人，向另一个售货员跟前靠，没想到这郑师傅老婆却拽拽她的衣袖，从柜台下面拿出了一份早就预选好的上乘佳品。这女人受宠若惊，于是回去后跟老头一合计，改口说是人家师徒两人在看报纸，那只手被报纸挡住了，他老头还以为是那么回事呢，而且逢人就说。

“这女人才叫高。”这个评论让建国耳目一新，还颇受启发。于是他就在“当高人”还是“千锤百炼”之间徘徊，“当高人”，可他还没修炼到那么高的境界，那心老揪着；“千锤百炼”，自己还没下过手，这第一拳怎么出？

这天，建国收拾屋子，阴着脸，把那个人买的玩具往扫地簸箕里扔，晓阳坐在床边说：“你有话跟活人说，何必跟死东西置气。”

“那东西该死，它勾走的是活人的心。”建国说着还用一只脚使劲地踩上去，那是一个个头挺大、穿着挺漂亮的连衣裙、会叫的洋娃娃，随着“咔嚓”一声响，那洋娃娃发出了一声惨叫。

万晓阳冷冷地看着，不紧不慢地说：“明知道心已经被勾走了，还留着个空人干什么？”

“阿么了？承认了，承认心被勾走了，不过，心勾走没勾走外人看不见，可我留着个空人就留住了家。”建国不紧不慢地说着。“成建国，你……”万晓阳用手指着他，摇着头、咬着牙说：“你，你，你让我瞧不起你。”

“你什么时候瞧得起过我？”建国反问。“既然如此，你为什么还？”万晓阳气得浑身发抖说。“还怎么样？”建国截住了她的话，把支离破碎的洋娃娃使劲用脚踢到簸箕里，铁皮簸箕也被向前推着碰到了墙上，发出一声尖叫。

万晓阳没见过他发如此大的火，她吓傻了。建国走到她面前看着她的脸说："还把你当个宝似的不撒手，是吧？我贱，行了吧？我宁愿在屋里贱，让你看不起，也不愿意让全厂人瞧不起，让古海市半大街的人瞧不起，让冬冬长大被人瞧不起。"稍许建国又两掌合一，举到胸口，两手上下来回地搓着，在脚下那方巴掌大的地上转圈圈，看得出他在强压怒火，接着他又换了一种委婉的口气说："我们也算患难夫妻，别刚过几天安宁日子就生事。"

万晓阳看着他，一脸的不屑，说："跟你在一起，恐怕这辈子就只能'患难'了，可我现在不想'患难'了。"万晓阳提高了嗓门，反倒理直气壮起来。"你，你，你真不要脸，不以为耻，反以为荣。"说着，他过去给了万晓阳一耳光。

万晓阳坐在那儿，不哭也不闹，平静地说："让别人指指戳戳，那滋味不好受，你要想打就再打吧，打够了我们离婚吧。"

碰了这么个软钉子，建国一时不知所措，一伸手把桌子上茶杯、碗碟一股脑儿推到地上，吓得冬冬钻到墙角哇哇大哭。听着什么也不懂的女儿的哭声，建国很后悔，他不愿让女儿终生被人瞧不起，他要尽全力给女儿一个完整的家。于是他想开了，随她的便，我只要培养好我的女儿，他俩再好，那也是见不得人的勾当，只能心惊胆战地偷情。况且，那是个有对象的小人精，不会对她动真情，慢慢地她会明白，她会回心转意，我要有耐心，难道我的心胸还比不上那个卖菜的婆娘，于是他又装出一副大人不记小人过的大度，吵闹以后他又向负心的妻子讨好。但想起妻子与他人偷欢，他就感到恶心，感受着同事和朋友那怜悯、同情或是轻蔑的眼神，甚至私下议论，他有一种深深的屈辱感。

建国的脾气越来越坏，动不动就想打人骂人。后来，这个家里叮叮咚咚就成了家常便饭，那一幕幕凝固在了一个不到2岁的小女孩的眼里，她变得胆怯，她平时总是由建国带着，建国停下来跟人说话时，小女孩总是双手拽着父亲的裤腿，把身体往后藏，但脑袋却往前伸，歪着头，用惊恐的眼神环顾四周。

徐会计痛说"革命"家史

和命运之神的安排相比，徐会计感到了自己的苍白无力，现在她唯一能做的，就是劝架，然后，把小冬冬领到自己屋里。

这一天下午，建国批评班里的一个老油条焊缝质量不行，以前这家伙会先递上一支烟，然后嬉皮笑脸地说：“嘿嘿，班长大人，高抬贵手，下不为例。”可今天，他却阴阳怪气地说：“个把子活差点不当紧，这要后院着了火那可了不得呀！”把建国呛得差点晕过去，不管咋说，毕竟以前还没有人敢当面讽刺他。

下班后，建国没回家，买了瓶酒，自个在水磨商店门口喝了起来，边喝边往回走，酒精孵化着他胸中的怒气。他一回家，用脚使劲向后一踢，把门关上，晓阳正蹲在炉子边洗碗，桌上还摆着给他留的饭菜，万晓阳抬起头问：“吃了没？”建国阴着脸，不吱声。万晓阳又怯生生地问了一句：“要不要给你再热热？”“气都吃饱了。”建国说着一伸胳膊将桌上的碗碟一股脑儿划拉到地上，发出巨大的声响。

本来冬冬趴在床边玩，一看见建国怒气冲冲的样子和听着这巨大的声响，她先哭起来，自打家里硝烟弥漫以来，冬冬在她幼小的心灵里，似乎悟出了点什么，于是战事伊始，她就马上哭叫起来，嘴张成一个大大的空洞，没有眼泪，拉长声音干号，好像要压过这两个冤家的吵闹声，也许她想用这种方式来分散大人的注意力，但不管怎么说，这哭叫声还是起了个报警器的作用。

徐会计闻声赶来，咚咚咚地敲门不止，一边喊：“你们在干什么，把孩子吓坏了，快开门！”

建国开了门，小冬冬一头扎到了徐会计的怀里，就见建国指着晓阳骂：“你个贱婆娘，在外面干的好事，让人家把屎盆子往我脸上泼。”说着，一脚就把盛着洗碗水的锅踢翻了，多米诺骨牌效应产生了，放在旁边的盆盆罐罐，稀里哗啦依次倒下，水流了一地。突如其来的冲击令晓阳本能地向后倾，她一屁股坐在了地上。

徐会计马上往外拉建国，说：“你疯了？打老婆算什么本事，去，出去清醒清醒。”一边拉着晓阳说：“走，到我屋里去，叫他自个在家发疯。”

晓阳始终沉着脸，一声不吭，也许是自知理亏，也许是铁了心，一任风吹浪打，我自岿然不动，她异常的冷静，临出门时，还不忘从床头拿条裤子，她的外裤已经湿了一片。

徐会计给晓阳倒了杯水，说：“来，消消气，让他自个在屋里闹腾去，你还是先把裤子换了，当心受凉。”然后，她又返回建国家，建国还木木地站在原地。徐会计推他一把说：“还傻愣着干什么？”说着就去收拾地上的家什，一边说：“快拿个扫把把水往外扫，要不流到床底下把东西都弄湿了。”

建国“嗯”了一声，动手收拾。

徐会计语重心长地说：“建国，不是我说你，一个大男人怎么一点肚量都没有，我知道你在外面受了气，心里憋屈，可你这么闹能解决什么问题？人常说闹离婚闹离婚，也就是说，这离婚是闹出来的，谁想离就可劲地闹，巴不得让全世界人都知道这日子没法过了。我就奇了怪了，你既然不愿意离，你还闹个什么劲？简直太不像个男子汉了。”

建国顿悟，自己也说“闹”离婚，可从没细想过，原来这“闹”字还有这么大学问，自己这么“闹”，也太娘儿们气了，于是不好意思地说：“让您费心了，有时候实在是控制不住。”

“我理解，以后注意着点，别把关系越搞越僵。”徐会计拍拍他的胳膊出了门。

徐会计再进到自家屋时，万晓阳已换好裤子坐在她的床边，胳膊肘撑在桌子上，用手托着脑袋。冬冬坐在床上玩一个手电筒，徐会计走到床边，打开手电筒的开关对冬冬说：“看亮亮。”然后她挨着晓阳坐下，叹了口气说：“我批评了建国，一个大老爷们，一天吵吵闹闹像什么样，不过，我还是要劝劝你，好好过日子，你们这样闹腾，孩子多可怜。”她用手抚摸了一下冬冬的脑袋，接着说：“晓阳，我也活了大半辈子，经的事比你多，许多事情不是可以随心所欲的，婚姻大事尤其如此。在你结婚以前，我找过你母亲，希望她能够多关心你，劝止你，但你不听，你的人生列车本来可以在那个站停下来，可你不停，那就只有硬着头皮往前开，因为它行驶的是单行道啊！”

“停不下来了，已经停不下来了。”晓阳喃喃地自语道，在她的心里，憧憬的是前面那个美好的站台。“那时都停不下来，那现在就更不能停了，这日子得往前过啊。”徐会计说的是在那既定轨道上行驶的命运之车。

晓阳不再言语，眼神如梦幻般迷茫，令徐会计揪心，她想，不能再一味地指责她，于是换了一种委婉的口气接着说：“谁都年轻过，都有过一份刻骨铭心的感情，我在朝鲜时，有一个朋友，是机要员，我们讲好，只要都能活着回去就结婚。我先回国，分到北京工作，我的上司就是我那去世的老头。工作不久，我就感到了他那意思，于是尽量回避，但有同事为了巴结他，在局里搞了个聚会，会上他们你一杯，他一杯，把我灌醉。等我醒来时，发现自己躺在他办公室里面套间的床上，他已不见了人影。我在屋里自个哭了一场。后来有人找我谈话说丁局长（老头姓丁）为了革命献出了自己的青春，我们将自己的青春奉献也就是在干革命。这是个什么混账逻辑？但周围的人认可了，还不是得和他结婚，他比我大 18 岁，整整一代人呀，你会说，不和他结婚不行吗？是啊，没人拿枪逼着你，但许多事就是这样，它已经成型了，你再怎么蹦跶，也蹦跶不出这个圈去。后来才知道，他在山东老家早有老婆，还有两个儿子，大儿子已经 18 岁了，我感到是我害了这女人，于是我去看望了她。这是一个非常豁达的女人，战争年代也为革命做了不少工作。我们两人抱头痛哭，最后，她拍拍我的肩膀说，妮子，别难过了，他是下狠心不要这个家了，没有你，他也会找别人。就这样，我还是消除不了对这个女人的歉疚，所能做的，也就是隔三岔五地给她寄点钱。”

徐会计沉浸在对那久远年代的回忆中，神情变得凝重起来，过了好一会儿，她才将思绪拉回来，说：“所以，现在你已经不是当姑娘时的你了，考虑问题不能只考虑自个，得考虑这个家。”

徐会计的一番现身说法对晓阳还是有所触动，她没有那么情绪冲动了，她也将这件事对一家三口的影响反复考量。尽管徐会计说得再情真意切，但仍敌不过她如今形单影只的现状这个事实更具说服力，所以考量来，考量去，还是奔向了“生命诚可贵，爱情价更高”这条道。

有言道，要找一个你喜欢的人做恋人，找一个喜欢你的人结婚。但女人心里埋了个“痴”字，“痴”字是个“病字头”，是一种心病，可见国人对其理解之精辟，她们一旦对情人“动心”就会痴迷地、忘情地投入自己的全部精力去“日吐情丝夜织网”。感情原本是无形的，但被情网罩住了之后，便在网内凝结成形。网中人迫切需要一种形式将它定型，这个型就是家，万晓阳需要一个真正的“家”。在她现在的家里，结婚两年，她觉得婚姻就是把两个人捆在一起，然后判了无期徒刑。

任书记重托护围城

这年的国庆节，红梅像从地下冒出来似的，突然来了。她现在在邻省的省会读大学，利用国庆假期回来看看，本来心里还有那么一点从人们的印象里洗刷污点，附带着来点小小炫耀的意思，可是一到冷师傅家，看到屋里的脏、乱和狼狈不堪，她就什么意思也没有了，心情变得异常沉重。她帮着把屋里简单地归置了一下，出去给孩子们买了些吃的，无奈地摇摇头，叹着气走了。

红梅去的第二家是任书记家，一听她在那所大学读书，任书记一下子兴奋起来了，说："你跟我任健是校友啊，我任健学的是无线电，你呢？"

"我学的也是中文。"红梅心不在焉地说。

"哦？"任书记虽说对大学的专业了解得不是那么到位，可这中文跟无线电挨不着他还是知道的，怎么还能用"也是"来表达呢？

看到任书记脸上诧异的表情，红梅意识到自己说漏了嘴，她学中文，是因为那个在她生命里留下刻骨铭心烙印的人学过中文，所以"也学中文"已成了她潜意识里的台词，不需要思考，时刻都会涌现出来。为了掩饰自己的尴尬，红梅干脆来了个将错就错，说："那么巧，同一个系，怎么没见着？""啥？同一个系？他学的是无、线、电。"任书记把无线电三个字分开，一个字一个字地往外蹦，声调也一浪更比一浪高，一是让红梅听清楚，另则也有"无线电"比"中文"强的炫耀之意。

红梅听清了他的话，也读懂了他夸张的表情，心里有一丝不快可还是迎合他做出惊讶态说："无线电系？好厉害，那个系在我们学校录取分数最高。"

任书记可有了发挥的空间，说："那是，考上可真不容易，不光他自己使劲，连全家人都跟着脱层皮，我人掉了十多斤，皮带扣都往里挪了两个眼，唉，总还算给老子争气。"

任书记的自豪感宣泄过了，才发现自己有点"烧包"，而且是对着自己当年的下属，就觉得有失领导的尊严，于是换了一种口气说："不错，能考上就不错，陆茵都考了三年了，还是没考上。"

"她要能考上那才怪了。"红梅用不经意的口气说。"咦，为啥？"任书记满脸的狐疑。

“她想要的太多了，好工人、好干部、好团员、好姑娘……这些都要花时间和精力，所以想当好学生就难了，也真难为她，小小年纪就背负着那么多的理想和责任。”红梅解惑。

“不，她是一个聪明透顶的女孩，现在她只想当一个好学生了。”任书记说。

“书记误会了，我倒不是嫉妒陆茵的聪明，只是在厂时，跟万晓阳接触比较多，总把她和陆茵比，她俩年龄差不多，觉着上天太不公平，她的聪明要是有陆茵的十分之一，也不至于那么犯傻。”红梅缓缓道来。

“这万晓阳，人瓜鬼大，那做下的事能把人吓死。”书记接言。“是笑死吧？”红梅说。“这一回你是无论如何也笑不出来了，她一个半大婆娘敢去勾搭人家一个年轻小伙子。”

“半大婆娘？她结婚了？”红梅惊奇地问。“可不，早结了。”“跟谁？”“还能跟谁？”

“我师兄建国？”红梅睁大了眼，提高了声调说。“嗯。”

“哎哟！”红梅一下子把头埋下去，用右手手掌抵住额头，胳膊肘撑在桌面上。“咋了？”书记问。“我糊涂了。”红梅说。

“这不明摆着，除了他谁还要她。”书记不屑地说。

任书记老婆进来冲老头努努嘴，任书记会意说：“就在这儿吃饭吧。”

红梅赶紧摆手说：“不了，来看看领导就行了，顺便也想打听一下我师兄的事，他那年真冤枉死了。”红梅婉言相拒。

“你还不知道？他半年就出来了，可建国真是个苦命人，躲过一劫又遭一难，摊上那么个婆娘，没过过一天太平日子。”书记感慨一番。

“唉！”红梅仰脸长出一口气，说：“都弄成那个样子了咋还往一块凑呢，这两人咋的了，是前世注定离不了了？”

饭已端上，红梅执意要走，任书记拿出领导的派头，用命令的口吻说：“你坐下，我还有事托你。”红梅以为是他要给儿子往学校带东西，说：“不用客气，你要给儿子带什么东西尽管拿出来，把地址给我，我到我师兄那儿去坐坐就回去了。”

“你坐，坐，坐。”任书记说着一边用手往下按，说：“不给那臭小子带东西，刚开学一个月，没啥带的，我是想让你劝劝那婆娘，记得当年她还就服你，一天在那儿跟个年轻小伙子乱搞，闹腾着要离呢，建国就是不离，看来就得是像你说的——前世注定离不了了。”

红梅觉着刚才自己随口溜出的一句话，叫任书记这么一说就显得很沉重了，她说：“任书记，您误会了，我说的‘离’是离不开，你说的‘离’是离婚，这可是两回事。”“我要它变成一回事，就是不能离，所以要你给那婆娘做做工作。”书记说得很认真。

“我师兄为了这段感情付出的代价太大，不离有他的理由，可万晓阳人心飞了，你不离拖着有啥用?”红梅不解。“拖着咋没有用？拖得她没指望，拖得她回心转意。这对两个人都有好处。你想，建国是个男人，让老婆休了，在这个地方，不像上海、北京那样的大城市，他咋面对他的家人和亲戚，再说还有一个两岁的女娃，那女人只图自己快活肯定不要，你叫建国一个男人带个娃以后咋找？再说，这些家务事缠着，他以后还咋工作，本来蛮好的一个人，世（遇）上这么个媳妇，白糟蹋了。”

红梅猜出来了，任书记说的对万晓阳也好肯定是说就是离了婚，那小伙也不会要她，于是问：“那小伙是?”

“你不认得，后来才分来的，那是个人精，琴棋书画样样精通，人也长得排场，比她还小两岁，家是红光厂的，在红光有对象，人长得水灵可爱，他咋会跟她结婚？你知道人家咋说，老牛还想啃个嫩黄瓜。”“这些人怎么能这么说呢，事情能到这一步肯定也是两厢情愿。”红梅不满地说。

“两厢情愿也不能把歪事当饭吃，吃了咸的吃淡的，个个都尝遍鲜，噢，一天没事干了，净弄了歪事了。”

老伴“咳咳”两声从屋里出来打断他，说：“你胡说啥呢，当着人家红梅姑娘的面。”按任书记多年的习惯，从不让老婆掺和他工作上的事，所以一般一有单位的人来家，老伴就自觉地到里屋去了，现在突然出来插一杠子，他才意识到自己说话太糙，虽说在他的印象里红梅已经不是黄花闺女，说话不必太多顾忌，可也不能一下子滑到太平洋里去了，于是往回收收说：“人总得有点正经事干吧，也别说什么革命理想了，作为一个女人，除了相夫，还得教子吧，还要管屋里的柴米油盐吧，她日后的日子长着呢，那小伙子能跟她过吗？那也是个坏小子，现在不过是年轻气盛，对象又离得远，跟她耍一耍，完了就完了，她还在那儿痴情得不行，到头来吃亏的还不是她自己？退一万步，即使说那男孩愿意，他们家能同意吗？他拗得过家里吗？你把这些道理给她说说，拖一拖说不定能把她给拖灵醒了。”

红梅终于明白了这“拖一拖”给万晓阳拖出来的好处，吃完饭，她带着一种使命感到建国家去了。

为爱痴狂

建国一听说红梅到过冷师傅家，两人不由得伤感起来。回忆了师傅的种种好处，说了些师傅死得真冤、孩子多可怜之类的话以后就没什么好说的了。又听说她拜访过任书记，建国这脸上就挂不住了，按理说他是红梅的师兄，红梅主要是来看他的，可他硬是浑身的不自在，匆匆聊了几句，就领着小孩出去了。

建国一走，万晓阳觉着自在多了，处于恋爱中的女人会刻意打扮自己，更会关注别人，追寻时尚。她在红梅身上上下打量，只见红梅上身穿一件红色的套头薄毛衣，外面套一件开襟的蓝色运动衣，下身着一条合体的蓝色牛仔裤，把一副娇美的身躯勾勒得楚楚动人，一条黑亮亮的马尾沉甸甸地垂在背后，使她本就很匀称的身姿显得更加婀娜。脸上轮廓依旧，只是少了当年的清纯，毕竟已经是24岁的人了。

不知是刚才冷师傅家的情景让她伤感，还是当年的伤害还没有完全从她心中抹去，红梅的眼中时不时露出些许的忧郁，给人一种冷艳的美，一眼望去，这人与当年显然是大不相同，朴实中更显高雅，平淡中更显美丽，随意中显出风度，让人一下子就觉着她上了一个档次。

晓阳有些自惭形秽。想着当年和红梅在一起的日子，看看自己今日的窝囊样，这鼻子不由得发酸，她赶紧转过身，拿过热水瓶，给红梅的杯子里续了些水，想着红梅肯定知道了自己的事，这心就有点慌，这手就有点抖得不听使唤，这水就洒在了桌子上，她去拉一角压在茶盘下的一块抹布，又带倒了旁边的水杯，红梅赶紧帮着收拾，她似乎看穿了万晓阳心里的恐慌，她不应该再来责备她，只是轻轻地叹了一口气。

万晓阳以为她还在为当年的颜面扫地气恼，于是讨好地说：“那年你一声不吭地走了，事后才知道是那么回事，大家都说厂子做得太过分。”“坏事变好事，要不然我现在怎么能上大学呢?”红梅很平淡地说。“是啊，红梅姐，要不咋说你的命好呢。”

“你这算是夸我呢？还是损我呢？”红梅站起来两手抱在胸前，在脚下那3尺见方的空地上踱着步，她在想着怎么当这个说客。

“不夸也不损，我是打心眼里羡慕你，我现在还有什么资格损人呢？”说着这眼光也黯淡了下来，但马上意识到这是要自曝家丑了，于是调转话头问：“结婚了吗？”“没有，总忘不了那个人，而且心里很难受，总觉着是我害死了他，一晃，这么大了，也难找着合适的。”红梅说完，长叹一口气。

“是啊，找不着合适的，宁肯不找，像我和建国现在这样。”

“你的事，我从任书记那儿听了一点，你们的结合是那个时代的产物，本身就带着点悲剧色彩，所以极易演化成你们现在的这种状况，死亡的婚姻。”

“是啊，死亡的婚姻。”万晓阳嘴里念叨着，眼睛里也充满了迷茫，继而，她又满怀希望地问：“红梅姐，那你说我现在该怎么办呢？”红梅意识到自己刚才不加掩饰的真实想法给万晓阳鼓了邪劲，心想，俗话说宁拆一座庙，不毁一桩婚，我就是有想法也不会说出来。于是又用当年大姐姐的口气开玩笑说：“怎么办？凉拌！”

万晓阳不理会红梅的调侃，接着说：“现在流行一句话，没有爱情的婚姻是不道德的，你不会不知道吧？”

红梅用手刮了一下万晓阳的鼻子，笑着说：“你也配谈道德，你连一个已婚女人的道德底线都跌破了。”然后她停了一下，万晓阳低下了头。

红梅接着说：“婚姻就是过日子，在全中国有多少婚姻是有爱情的，过去盖头一揭，才刚见着人，不也都一辈子过下来了。”然后她的语气委婉下来说：“晓阳，感情是无形的，只是一种感受，其中冷暖只有自己知道，而婚姻则不然，它有一张纸，有许多条条框框，规定了双方的责任和义务，在你还完全不懂婚姻的时候你闯了进去，当你明白了，要想出来就不那么容易了，日子还是要过的，我师兄是个好人，你不要伤害他，你要顾及他的感受，还要为他的处境和将来想想，再说你们还有孩子。”

“可谁来顾及我的感受。”万晓阳直视着红梅说。“我师兄难道到了叫你不能容忍的程度了吗？他做了什么对不起你的事情了吗？他和过去相比有什么大的改变吗？”红梅连珠炮似的发问令万晓阳有些难堪。“那倒没有。”万晓阳说。可哽在她喉咙眼的话却是：确实如此，他的音容笑貌，一切的一切都已令她不能容忍。

“还是，我知道你所说的感受是和那个男孩在一起时的快乐，我说的没错吧?”红梅手指顶着额角，调皮地看着万晓阳，她突然发现眼前的这个女人活了，她不再是以前那个没心没肺，什么都不懂的瓷娃娃。此刻的她脸上泛着幸福的红晕，晃晃脑袋，让乌黑光亮的头发左右摇摆，像要摆脱掉困住她的一切。

万晓阳的眼睛那么执拗地看着红梅，没有一丝畏惧和自责的意思，很从容地说：“红梅姐，你知道那些年我是怎样过来的吗？被人下眼观，可我虽渺小，平凡得如一棵小草，却也想认真地活一回，高质量地呼吸呼吸这世间的空气。”

红梅愣了，这个过去在她的印象里是无心、无能、无为的“三无”女子偏偏在骨子里是这样的敢作敢为，她不知道是该为她的“进步”高兴呢还是担忧，她走过去，用手拍拍万晓阳的脸，她感到了那脸上的温热，说：“晓阳，你变了。”

“变坏了？变得不要脸了?”万晓阳迎着她的目光，没有丝毫的胆怯，嘴角还挂着一丝静静的笑，自嘲地说。

这笑让红梅看得心寒，她深切地感到这个人确实变了，她不听信于任何人，而是按着自己的意愿爽爽快快、无拘无束地活着。她不认为自己没有错，但她不掩饰自己的过错，而是坦白地向所有的人敞开心扉，那意思是说：我就是这样，你看着办吧。

“你人变得有个性了，脸变得有光彩了，你看它多么生动，我都能感到它每一个毛孔里都跳跃着快乐的因子。快乐得都让我都有点嫉妒。这样的一张脸要是不要了岂不可惜?”红梅被刺痛带点调侃地说着，并用手拍了拍万晓阳的脸颊。“你讽刺我。”万晓阳说。

红梅收回手，站起来，又在屋里踱着方步，接着说：“你听出来了，算是有点进步，确切地说，我除了羡慕还有点妒忌，你和他的感情和快乐，我这辈子都享受不到了，我现在是被隔离在正常人感情之外的人，就像一个人被锁在房间里，钥匙已经被别人带走了，这个人永远也不会回来了，我只能从窗户看着外面的阳光和热闹，但自己很清楚，这些阳光和热闹其实和自己无关，而且也没有跳窗翻墙的兴趣和勇气，所以干脆就老老实实待着吧。”红梅说得很悲凉。

“不至于吧!”万晓阳怯怯地说，也觉着是自己的快乐惹了祸。

“至于不至于只有我自己知道，既然妒忌嘛，就想给你泼点冷水，我不知道你的这种快乐能够维持多久，我可听任书记说了，那小伙条件挺好，年龄比你还小两岁，一个弟弟可不是好伺候的，况且他已经有了对象，我觉着吧，他不过是对象离得远，找你解解闷，而且是顶着极大的社会压力，哪天他玩腻了，累了，厌了，他会毫不犹豫地离你而去，你呢，全身心投入，到时从天上摔到地上，这巨大的心理落差你受得了吗？”

“受得了，大不了摔死，反正人总是要死的，怕什么？”万晓阳想都没想一下，一串话脱口而出。

红梅彻底被震撼了，木然地站在那里，心里反复地念着：疯了，这人疯了。她突然想起了那个人在信上说的：“我发现对你已爱到极致，我当然知道，爱到极致是不会有结果的，因为没有退路，只有燃成灰烬。”

红梅预感到前面会有一场灾难，尽管她不知道会以什么方式出现，也不知道遇难者是谁，但悲剧只会发生在善良的人身上，这差不多是条铁律，这一点她是知道的。她感到了自己的渺小和微不足道，同时也意识到任书记托付给自己的担子有多重，她想，不管有没有用，她都要劝万晓阳刹刹车。

绝望中的希望——“和平解放”

红梅没有在万晓阳对面坐下，而是站在她背后，因为她不愿意让她看到自己讲话时缺乏底气而影响了谈话的效果，她知道自己必然是没有底气的，她用手指叉着万晓阳的头发，那头发光滑黑亮，说：“你的头发真好，这人一精神哪儿都精神。”

此时正好她的头发也搭在万晓阳的肩膀上，万晓阳顺手撩起它们说：“你的头发也不错。”“真的？你再仔细看看，可别变得又会说假话了。”

万晓阳将撩起的那一撮头发捧到眼前，头发有些枯黄，发梢有的已经分叉，说：“你应该经常剪一剪。”“剪了长出来还是那样。”红梅说。“为啥？难道你现在还有不开心的事？”

“这么多年我压根儿就没开心过，包括收到录取通知书那天，也只有片刻的喜悦，立刻就有阴影笼罩心头，他如影随形。”“你对他那样念念不忘？”

“不是我对他念念不忘，是那个事及其后果让我无法忘怀，我愧疚，自己的良心得不到片刻的安宁。那年回家后，我曾去过他家，我永远都不能忘记那个善良的女人欲哭无泪的眼眸和一个6岁小男孩那充满敌意的眼睛，他们常常出现在我的睡梦里，常常让我半夜醒来睁眼到天明，心里除了痛苦、悔恨，你想，还能有什么？后来也许是为我的诚心所打动，也许是穷困所迫，她们不得已才接受了我一点经济上的资助。现在我打算大学毕业后，承担起他女儿的上学费用，我要用这一生来赎罪，你说我能活得轻松、心安理得吗？”说着红梅从她身后走出来。

万晓阳也站起来，拉一把椅子让红梅坐下，又递上一杯水说：“这都是因为你太爱他，才会对他的家人割舍不下，就像我对小向，如果发生了那种事，我也会。”

“晓阳，上天给人安了一颗心，就是让你对自己加以克制的，否则，懊悔、遗憾、悔恨会让你终生不得安宁，这代价太大了，趁你还没有走到这一步，回头吧。我算是一个活样板，而且古今中外，不管是现实中还是从各种艺术演绎中看到的爱，但凡太过激烈，太过深刻，太过疯狂的都没有好的结果，他们似乎都在抢着分分秒秒，逃避着危机，而危机是逃不掉的，迟早是要发生的。回头吧，晓阳，趁你们现在还没有闹到不可收拾的地步。”红梅几乎是用祈求的眼神在望着她。

“我为什么要回头？你刚才问我是不是到了不可忍受的程度，我嘴上说那倒不是，是因为我没有想到你那么聪明的人，又上了大学，思想应该是很开放的，也会来劝我，实际当时卡在我喉咙眼的话是确实如此。”

红梅一直没说话，用手托着腮，直视着她，听着，思考着，惊奇着，有时还不自觉地颔首，似被什么东西所打动，脸上表情愈加凝重，她不由自主地摇摇头。

晓阳自认为红梅理解自己，她干脆竹筒倒豆子，说：“事情败露后的一个晚上，他喝了很多酒，我因为愧疚，极尽体贴缠绵，努力地表演好妻子的角色，可是他却说出了自打我认识他以来从未听过的最恶毒的话，可见在他的心里我已经一文不值了，他这是死要面子活受罪。从此，我们睡觉背对背，我是拼命地往墙上靠，如果墙上有个洞，我会不知不觉地滚到那个洞里去，他是尽量地往外滚，但凡屋里能另外支下张小床，我们早就分床而居了。”说完她看着红梅的眼睛问：“你认为我现在回头还有路吗？再说，即使勉强维持下去对建国又有什么好处呢？”

红梅把玩着手中的茶杯，说：“晓阳，你做人还是这么直白，可是在这个世界上，生活有一半是在光天化日下进行的，那是给人看的，不维持下去你让我师兄怎么办？他是本地人，哦，让他的家人亲戚都知道他老婆跟人跑了，你叫他在这块地上怎么活人？”红梅无奈地摊开双手说。

红梅知道自己的话是那么苍白无力，可是一种使命感又使她不得不说，似乎为了加强谈话的效果，她站起来，动情地伸出手，轻按晓阳的肩，柔声说：“别一条道走到黑。晓阳，听我一句劝，试着往回撤一撤，你还年轻，那个事不应该是你的全部生活。我总觉着那个人不是那么牢靠，你为他搞得自个家境不宁不值得，你还有孩子，所以你在考虑这个问题的时候把眼光放长远一点，把圈子划大一点，也顾及一下涉及的人的感受，包括那个男孩，我都能想象得到他脸上还有着孩子般灿烂的笑和天真的表情，他原本可以轻松愉悦的爱，轻如云，美如诗，哪怕爱得简单。但你却给他的爱涂上了浓墨重彩，他必须因为爱你而接受你的一切，还有世俗的巨大压力，他要无条件地接受这一切，而这一切对他来说又是不堪重负的。”说到此红梅的心抽搐着，脸上也现出痛苦的表情。

万晓阳理解了红梅的心情，说：“跟他在一起，我从没有给他什么压力，我要求的很少，但得到的很多。我从不指望在他身上获得什么未来，从而每一次都开开心心相拥，又心满意足的分别。”

“你是影射我对他要求太多，把他逼上了绝路？”红梅问道。

“不是，不是，红梅姐，我不会说话，不是那个意思，好多事情发生的时候是看不到结果的，但我愿意用未知的结局赌自己的一生，我这一生本来也注定是不值钱的，从一开始，就错误不断，前二十年活得似简单实际又那么复杂，所以，即使结果是一切轰然倒塌，成为废墟，残垣断壁，我也认了。”

红梅觉得木已成舟，说什么都白搭，万晓阳的心已坚如磐石，而自己像套上眼罩的驴子，绕着这磨盘不停地走，打开眼罩，发现只是徒劳地在原地转圈，她已经不再是几年前那个对自己言听计从的万晓阳了。红梅突然感到眼前这个人变得有思想了，她体会到这都是因为爱，爱使她学会了思考，也给了她勇气，万晓阳就像一支架在发射架上的火箭，一点火就会冲出去，那结果将会是粉身碎骨。她必须劝阻她，但又确信自己没有能力说服她不离婚，只能退而求其次，于是说：“爱可以理直气壮地爱，但婚不能理直气壮地离，婚姻是受法律保护的，你们是侵略者，婚姻的破坏者，这对我师兄是不公平的，所以就是要离也得商量着来。”

"能商量得通吗?"万晓阳抬头用祈求的目光看着红梅说。"是啊！要能商量得通那就怪了，我师兄他付出太多了。"红梅仰脸嘴里喃喃地说着，突然她一个劲地摇着万晓阳的肩膀，恳切地说："试一试，往后退一步，俗话说，退一步海阔天空。"红梅已经明显地感到自己黔驴技穷了。

"我已经退不到原来的婚姻里了，婚姻的问题已经暴露出来了，勉强继续下去只会是一辈子的阴影，就算不离婚，我在家里也只是个空壳而已，心早已经离家出走了。"

红梅心里总有一种惧怕，而这又是没法说的，那种无奈只可以用一个词来形容——无力回天。她像自言自语似的说："有个空壳也比粉身碎骨强。"

万晓阳也被这句话所震撼，她皱了一下眉头，显然这是她所不愿意听到的。

红梅感到结局已经注定，不得不说出自己最后的愿望，说："就是你实在不想做这个空壳了，也希望你能学学解放军进驻北平。"

"什么意思?"万晓阳仰脸看着她，不解地问。

红梅平伸两臂，掌心向上，猛然向两边张开，抬起，语气凝重地说："和平解放。"万晓阳还是很在意红梅的劝告，她想和平地解决这件事。

绵羊到狼的转变

这是一个晴朗的秋日，这天又是星期天，一大早，晓阳做好早饭，吃完饭，给女儿换上了新衣服说："今儿天气好，带冬冬到公园去玩吧。"

建国喜出望外，心里对红梅又平添了一分感激。他们先是到动物园，漫不经心地沿着铁栏杆走，两人不约而同地想起了大前年的那次游园。

"看猴。"冬冬骑在建国的脖子上，用小手指着叫道。那是一只老猴一手抱着小猴，一手拿香蕉用嘴剥了皮，喂给小猴。晓阳抬头看了看，似乎有种东西刺痛了她，她眉头皱了一下，为人母而未尽其责使她有了片刻的惭愧，于是说："这味真难闻，走，到花房那儿去。"

建国不愿去，可能是怕勾起那些回忆，于是在前面不远处的草地上坐下来。晓阳坐下，冬冬高兴地在草地上玩，两人都不说话，冷战了这么长时间，突然这么平和地坐在一起，大家都有些不习惯。还是晓阳先打破僵局，明明带了吃的，可她还是站起来说：“我再去看看有什么好吃的，买点。”其实，她只是想独自透透气，好好想想这话怎么说。

她看到了成双成对的年轻人挽着、牵着手，亲热着，心头掠过一丝酸楚，同时也平添了一份勇气。她买了饼干、面包和饮料回到草地，沉默片刻，终于开口了，说：“建国，你觉得我们这样过日子有意思吗？”

原来如此，建国觉着上这趟公园简直就是“黄鼠狼给鸡拜年”。也许，他还真心地爱着她，希望她能回心转意；也许，他只是为了维护男子汉的威严，岂能让婆娘给休了；也许，他只是想损人不利己，不能让那小子和她称心如意；也许，他真的什么都不为，只为了女儿有一个完整的家。他认定，只要他不同意离婚，她就没辙。于是冷冷地抛下一句：“没意思也得过。”然后抱起女儿，扬长而去。

万晓阳开始琢磨起离婚的道道，厂子里到目前为止，唯一一对离婚的就是文昌德，当时起先也是苟爱琴死活不同意，后来协议离婚的理由就是他们分居，这让万晓阳看到了希望：我和他已经多长时间了，至少也有大半年了。所以她认定，他们早就够离婚的条件了，现在这个屋子里就只剩下那张纸了，他死拖着就让他拖去，我该咋样还咋样，她坚信，再结实的纸也架不住天天撕。

从此，万晓阳理直气壮地玩起了“身在曹营心在汉”的把戏，上班时间自不必说，就是下班了，常常建国还在做饭，她就找个借口跑出去，站在四合院门口的马路边，东张西望，希望能在心上人吃完饭回宿舍的路上看上一眼或是说上一句话。每每这时，建国站在房门口，看着她的背影，心如刀绞。

自从上次徐会计给他讲了“闹”字的奥秘后，有很长时间这家里挺平静，直到有一次，万晓阳又站在路边望“夫”时，建国气愤地跑上去把她往回拽，一边骂：“你搞破鞋还怕人不知道？还搁这儿摆着给人看，你就是自个的脸不要，可咋也得为冬冬想想。”

“我为这个想，为那个想，可谁为我想？”万晓阳无所畏惧地说。

“啪啪”两个嘴巴子打在她脸上，万晓阳的鼻子流出了血，可建国仍像一头被激怒了的猛兽，一把把她推倒在床，一边宽衣解带，一边嘴里含糊地说着：“我为你想，我为你想。”

万晓阳躺在那里，闭着眼，一动不动，一任鼻子里的血顺着嘴角往下流。建国看着她，像一具死尸，他知道，这平静说明万晓阳已心如死灰。

建国坐到了椅子上，点了支烟，心想，我怎么才能让这具僵尸复活？这时，一股顺着万晓阳的嘴角往下流的殷红映入了他的眼帘，一个可怕的念头在脑海中浮现：如果她没有了鼻子，那会咋样？这时他体会到了先前隔壁厂“鼻子”事件中，那个采购员为什么会变成一头狼，当然也记起了别人回应他的一句话：“赶明日你老婆偷人，你就当个小绵羊。”想到此，他的心像被马蜂蜇了般的痛。

那次“鼻子”事件的后续报道是：当晚，人们赶紧把那女人送往医院，大夫问：“鼻子呢？鼻子呢？”这男人才跑回家，从床底下找出了他吐出来的那块肉，大夫给缝上了，可能是时间隔得过长或其他原因，总之，这鼻子先是红肿的，后来是紫色的，再后来就变成黑色的了，但这妇人却从此变得极守妇道，不但干活勤快，而且还尽其所能讨男人欢心。

建国挺佩服那男人的勇气，他领悟到，男人天生就该是头狼，如果生了个绵羊胎也要学着变成狼。但那种事，打死他，他也做不出。

建国打开炉门，准备做饭，他把炉灰清空，露出炽热的炉膛，他把一块一块的焦炭夹起放进去，焦炭迫不及待地扑向炉膛，只一会儿就发出“哔哔剥剥”的声响，窜出蓝色的火焰，炉旁放着一盆水，清澈见底，他好像明白了：向天雁就像那炉膛，万晓阳就是那焦炭，他就是那盆里的水，那张纸就是那使水得以成形的盆。每天，水目睹焦炭迫不及待地扑向炉膛，炉膛拥抱着焦炭露出灿烂的欢笑，焦炭在炉膛里发出快乐的呻吟，周身放出灿烂的光辉，而水只想扑上去，熄灭这火，化掉这炉膛。他意识到，只要盆被打破，水将消失殆尽，而这盆又是多么的不堪一击。

不，他要加固这盆。那年头，在人们的头脑里，组织的力量是无穷的，每一个端上铁饭碗的人，自认是国家人，那这个人的吃喝拉撒就全都由国家管着，在建国看来，这国家的具体表现形式是厂子，再具体点就是他的顶头上司——车间领导。本来，他是一个极不愿意给领导找麻烦的人，但他眼前这个坎太大了，实在迈不过去了，他要依靠组织来守住围城。

今天建国上白班，他接了女儿上了回家的班车，昨天他就告诉晓阳，说今天要带冬冬回家，上次回家母亲就说给冬冬做的衣服快做好了要试试。晚上九点多，他又回到了厂里，见自家屋里黑着，他蹑手蹑脚走到窗下，听到有动静，他跑到车间，找到宋军，宋军又从班里叫了两个人。

刚下了进四合院的台阶，宋军叫那两人站住等着，他和建国走到门口，他用脚示意，建国迟迟不动，他这时才想到这一脚踹下去的后果：把老婆踹飞，而自己头上还是绿盈盈的，而且色泽更加鲜艳；可不踹，老婆还是人家的，组织怎么去管？正在犹豫之际，宋军却不管三七二十一，猛踹一脚，木门不堪一击，带着巨大的声响豁然洞开。

建国下意识地伸手就去拉安在门旁的开关拉线，好像是满腔的气愤都跑到胳膊上去了，他没觉着怎么用力，可灯线却拉断了，他手一松，灯线就垂头丧气地落到了地上。

随着“吧嗒”一声响，像夜空中划过一道闪电，整个屋子被照得通亮，也许这种场景只适宜出现在黑暗里，明晃晃地摆在这里，连建国自己也闭上了眼，此时他很后悔，想把灯关了，却找不到拉线，低头一看，才发现原来那拉线正躺在地上幸灾乐祸呢。

向天雁本能地“咯噔”一声跳到了地上，他晕头转向，当他终于想起那衣服是在椅子上时，建国已经抢先一步，一下子扑了过去，把床边椅子上的所有衣服抱在了怀里，这衣服就是铁证，他抱着那铁证死死不肯放手，然后又向后退到门边，用身子抵住门，到这时候他还没有忘记那婆娘还是自个的，不能当众展览。

晓阳“腾”地一下子坐了起来，她头发蓬松，面色苍白，用双手拽着被边，惊得目瞪口呆，但很快就恢复了常态，冷漠、平静又回到了她的脸上，那冷冰冰的神情似乎在告诉建国，事情已经这样了，你看着办吧。她的嘴角甚至还撇了一下，露出一丝冷笑，好像在说：这就是你不离婚的结果。

宋军转身出门，准备招呼那两个弟兄，岂知他俩早已经站在门口，而且门外、窗户下已围了不少人。宋军叫他们一个去找任书记，另一个去找钱科长。

向天雁赤身裸体站在地上，只见他肩宽、腰细、胯宽、腿长，皮肤光滑，肌肉强健，建国突然想起前两天在街上走，一个人悄悄地拽他的衣角，拿出一沓照片向他推销，眼前一活脱脱的裸模。

建国心中生出些嫉妒，进而变为仇恨，抬起脚朝向天雁的小腹踢去，嘴里还骂着：“你怎么不去当妓男，跑来勾引我老婆。”

“你要打就打我，是我叫他来的。”晓阳冲建国叫。

建国原本以为，这回给他逮个正着，这对奸夫淫妇会像他以前听说的那样，跪在他面前磕头如捣蒜。现在非但没有，她还当着这么多人公然袒护他，这让他脸上更加挂不住。

“你个不要脸的婆娘……”建国红着眼，朝床边扑去想打她，这时才意识到两手抱着衣服，领导还没来，这“证据”是万万不能撒手的。此时，向天雁正用手捂住腹部，看到建国转身往床边奔去，他也扑过来伸手想去扯屋内铁丝上挂的一件上衣，宋军正好返身回房，看到向天雁伸出一只胳膊向建国冲过来，以为他要打建国，于是，猛击一拳打在向天雁的脸上，顿时，向天雁鼻子、嘴巴往外淌血，脸上起了几块乌青的淤血块。

这时人们已经挤到了房子里，有人拉住了宋军，嘴里嚷着：“不要打了，会出人命的。”

围城里的谈判

“弄啥呢？弄啥呢？”任书记拨开人墙走了进来，他看到建国手里的一大堆衣服，说道：“叫他们把衣服穿上，成什么体统。”然后就转身把人往外撵，同时自己也走了出来。

一会儿，钱科长也来了。当任书记再推门进去时，屋里就剩下几个当事人，那两个人已穿上衣服，晓阳坐在床沿上，向天雁蹲在屋角。

建国拉两把椅子请领导坐下。

钱科长看了看向天雁，说：“你太让我失望了。”然后他冲着任书记说：“丑，他们也出了，人，你们也打了，你看还咋办？”

此时，任书记突然觉得像是在参加谈判，他就是那战胜国的首脑，既然是谈判，就该有个协议，于是他对钱科长说：“让他们两个写个检讨，再写个保证，我们两个签上字，你看行不？”“行吧，就按你的意思办。”钱科长俨然一副战败国的架势。

建国备好纸和笔，两人坐于桌前，像小学生做作业似的埋头写着，时而窃窃私语，任书记大喝：“不准交头接耳！”

钱科长窃笑道：“这你管他干啥，两人的事当然得两人商量着办。”

建国则像没事人似的忙着给两位领导沏茶倒水。

过了许久，两人同时交卷，不约而同地交给任书记，任书记一推说：“给建国，他是受害者。”受到如此宠幸，建国一时手足无措，但还是没忘了他依靠组织的根本宗旨，顺手又推了回去说：“给领导看，领导说行就行。”

任书记接过来又递给钱科长，钱科长本来就觉得这是一场闹剧，敷衍道：“我没意见，任书记说行就行。”于是任书记就不客气地先看了。只见他“啪”的一声用力拍桌子说道：“这是啥态度，简直就是反攻倒算！”说着就将那两张纸重重地掷于桌上。

钱科长拿起细看，只见一张上写道：“本人年少轻狂，追求幸福迷茫；错进人家家门，破坏家庭团结；赚来拳脚相加，咎由自取活该；奇耻大辱铭记，涌泉相报无疑；自家墙头太矮，岂怪红杏出墙；望君重振雄风，看好自家家门。”另一张纸上是：“死亡婚姻熬人，红杏出墙必然；念其往日恩德，时常心存歉疚；今日电闪雷鸣，从此恩断义绝；望夫高抬贵手，二位领导开恩；分道扬镳必然，还他人格尊严。”

钱科长看时嘴角曾撇了撇，引起了建国的好奇，他很后悔当时没看，连人家笑什么都弄不清楚，他想瞄一眼，可钱科长不撒手，还拿在手里一边抖着一边说：“我看可以，两个人基本上都把意思表达清楚了。”

任书记则一把从钱科长手中夺下，把两张纸来回翻腾着，终于找到了地方，举到钱科长眼前，用手指着说：“你看看，你看看，这像什么话？这不明明是说建国没能耐，没看好家门，才让他钻了空子。”

钱科长笑而不语。任书记又翻到另一张纸说：“你看，这简直就是个离婚申请，而且还是理直气壮地离，一点承认错误的意思都没有。”

“照你的意思咋办？”钱科长伸开双臂，打了个哈欠说。

“这儿又不是赛诗会，不行，要写成正规的检讨书和保证书。”这样两人又重写，向天雁在检讨中写了受资产阶级腐朽思想的影响，破坏他人家庭，接受组织处分，伤害了建国，在此向他赔礼道歉等，在保证书中写了与晓阳断绝联系，不再与晓阳私下约会。万晓阳在检讨中写了她追求个人幸福，犯了生活作风错误，对不起建国，保证今后不再与向天雁在家中发生类似事情。

两人写完了又都交给任书记，任书记这次没再推让，而是以首席法官的姿态，把纸捧到眼前，开始咬文嚼字，比如，向天雁写的“不再私下约会”，那就是说还可以公开约会嘛，但也只是随口一说，否则只要提议把两个人的工作调开，他们就不可能在上班时间公开约会了。他又接着说，写“赔礼道歉”，好像只是一不小心踩了人家的脚，太轻描淡写了，要写“请罪”；万晓阳写“不再与向天雁在家中发生类似事情”，那就是说还可以在其他地方，这根本就是没有悔过的诚意等等。

这样，要他们一遍一遍地修改，直到向天雁写了“痛改前非”，万晓阳写了“真心实意断绝联系”，还加上“决不与建国闹离婚”等，才算过关。然后又让两人各抄写三份正式文本，由两位领导和建国各持一份。

任书记在上面签了字，然后要钱科长签字，钱科长觉得这有点像合同，合同就要承担责任，他签字就比较慎重，面露难色地说：“我怎么能保证他们呢？”然后他对向天雁说：“还不走？待在这儿挺光彩？”

向天雁如释重负，捂着肚子走了。

事后，万晓阳与向天雁均受了记过处分，扣三个月奖金。当第一个月扣了奖金后，建国和晓阳竟一块去找钱科长，说既处分了，就不应再扣奖金。

钱科长感到像老鼠钻风箱——两头受气，把手在空中一挥，冲建国说：“这不是你叫我管的嘛！”巧妙地处理过那么多合同纠纷的钱科长，对这种没名堂的事也感到棘手。

任书记听说了此事，他倒有了成就感，想着这两人这么快就一笑泯恩仇了，是啊，两人一块去的，为了奖金的事，这足以说明这婆娘已经回心转意，安心过日子了，两口子嘛，能在一块过日子就行了，还要咋嘛！

岂不知看似平静的日子背后却早已暗流涌动。

山雨欲来

后来的一段日子，这个家一下子变得安静起来，万晓阳除了上班，其他时间就在家待着，小心翼翼，开始主动地做饭、洗衣，对宋军和建国的一帮朋友还异常热情，她在克制自己，她在挣扎，她在慢慢地冷却，差不多成了一块冰，但她内心却包着一团炽热的火焰，她渴望那已体验过的愉悦。

痴心的女人好幻想，万晓阳常常在虚幻中编织着未来的幸福生活，想象着和那小帅哥在一起时人们羡慕的目光，陶醉于对那甜蜜生活的向往，她还托人从上海买了结婚的礼服，是一件玫瑰红的呢子大衣和一套蓝色的西装，放在好友小杜那儿，高兴时就去穿一下，过一过当新娘的瘾，出事后，这些衣服也变成了罪证，小杜胆战心惊地将其交给了专案组。

那种向往越强烈，对离婚的要求就越迫切。离婚，是两个人的事，既然他铁了心不同意，那就由我自己来解脱自己吧，万晓阳决定用极端的方法来实现另一种形式的“离婚”。

经过那个电闪雷鸣的夜晚，向天雁重温旧情的热情直线下降，一门心思想着“涌泉相报”。事实证明，一个人的内应力太集中的时候，会寻找方式来释放一下，此时的人会变成狼，而且是一只恶狼、毒狼、疯狼，诡计多端，凶恶残暴。

在那个异乎寻常的夜晚，钱科长像战败国的首脑似的如坐针毡，任书记那样的咬文嚼字，要他们把“私下约会”改为“不在工作以外的时间约会”；厂里给了两人记大过、扣三个月奖金的处分。经过这么多环节，不知为什么就没有一个人提出将两人的工作班次调一下，或调个部门，直到出事，两人还是厮守在同一个班上。而且由于向天雁的热情锐减，万晓阳有了危机感，转而更强化了她的犯罪意识，这样殊途同归，他们有了一个共同的话题——罪恶。

在这样一个独立的空间里，他们不但可以想，而且可以放心大胆地说，像人常说的，假话说上一百遍就变成了真话一样，他们的思想高度集中，成天琢磨着怎么杀人。他们没有恐惧，像在研究做一件家什或是到哪里去玩一趟那样平静。生活经验还告诉我们，人在迷路的时候，往往比平时跑得更快。犯罪需要动力，两个人互相打气，火上浇油，心里像装着个罪恶的马达，越转越快。

1980年9月，国家颁布了新的《中华人民共和国婚姻法》，与1950年婚姻法不同的是，修改过的新的婚姻法实施“感情破裂原则”，但一项新法规从出台到实施要有一个过程，就在这黎明前他们开始滑向了犯罪的深渊。

他们搜索刑事犯罪案的纪实报道和侦破资料，在经过分析和比较之后，觉着用爆炸的方法可以干得干净利落，不留痕迹，向天雁以前帮建国拉煤，他在矿区有熟人，所以炸药是容易搞到的，在对建国的生活习惯进行了分析后，发现建国有个习惯，即一进门就开收音机，向天雁的高智商在这里派上了用场，萌生了用收音机开关引爆炸药的念头。

过年这几天，万晓阳住在建国家里。和这个冷战了那么长时间的人突然整天待在一起，她感到很不自在，但为了她的“宏图大略”，她得忍着。老实说，她时不时心里还会生出些酸涩的感觉。她不敢看建国的眼睛，脑子里时不时就会现出“嘣”的一声，一团火光冲天的场景，接着就是公安人员的群像，这些景象不断的在她脑子里浮现。

如果一个人反复思考一个问题的话，他的头脑不会越来越灵光而是会越来越麻木，她人都变得痴痴呆呆的。于是她行尸走肉般地在这个屋里简单地重复着吃饭、走路和睡觉。一到夜里她便噩梦不断。建国出门拜年的一整天，她都心神不宁，想象着他现在在哪里，直到晚上都没有回来，她更是坐卧不宁，直到夜深了才蒙眬睡去。黑暗无边无际，它给人一种不断延展的错觉。

万晓阳走在路上，一个白衣女子翩翩而来，她觉着似曾相识，再一细看，那女子披着长发，伸着舌头，啊！原来这是个吊死鬼。她钻进了路边一个空旷的房子里，一具具烧焦的躯体伴随着恐怖的声音，迅速聚拢到她的周围，像一截一截碳化的木头围起的栅栏。她毛骨悚然，挣扎着叫了一声：“救命啊……”可是气流不畅，她想跑，身子僵在床上像被捆绑般动弹不得，只好眼睁睁地看着群魔乱舞。一个黑影压住她，在她的耳边轻轻说：“别喊，没人会救你，你这个恶毒的婆娘。”“你跑不了，其实，你跟我们都是一样的。”另一个声音幽幽飘来。她惶然四顾，那声音好像就在耳边，又好像环绕在周围。她猛然惊醒，起身坐在床上，打开灯，闭着眼等到天明。第二天，仍未见建国回来，她心里更是七上八下。她心里明白，梦里小鬼说的话，快要灵验了。

立案侦查

据说当时用收音机引爆炸药包在国内尚属首例，案情重大，省里还专门从沿海某省请来经验丰富的公安人员协同破案。经过排查，几条线索浮出水面，但深入分析，觉着又有些蹊跷，案件变得扑朔迷离。

首先是作案的目标，作案的第一现场设在死者家中，那么目标人不外是这家人：万晓阳、成建国和他们快两岁的女儿，或其中之一。满门抄斩？几无可能，他们以前没有与人闹过事，没有仇家，这是其一；其二，他们属于这个厂子里既无钱又无权更无背景的“三无”阶层，没有人会费心劳神地惦着他们；同归于尽？更不可能，两口子一直在闹离婚，女方为追求幸福勇往直前，男方保“家”卫“城”不屈不挠，哪有两个冤家在世间没打够，还闹出这么大的动静，到那边去继续战斗？所以谋杀对象只能是“其中之一”。

案件的性质基本被定性为“情杀”，首选目标自然是死者。但是，设计这样一个方案能达到目的吗？

把一个炸药包接到收音机上，它并不能杀人，就像一把刀，摆在那儿，一把手枪子弹上膛，不去扣动扳机，它都不能伤人，只有持刀或子弹射出触及对方肌体才能致其死伤。这里无论是谁持刀，还是持枪，受害的都是对方。而在这个方案中，谁去拧这个开关，自己必死无疑，而且伤及无辜，如此近的距离，与将炸药绑在自己身上已无多大区别。用自杀式的作案方案去达到他杀的目的，关键步骤就是“拧”这个开关。

因此，这收音机开关拧不拧，什么时候拧，完全取决于目标人当时的意愿，是随机的，而且还有一个两岁的小孩，她随时都有可能去扭那个开关，这时间和当时的现场情况都是不可预知，而且是不可控的。要设计怎样的一个控制系统才能既杀死目标，而又能保全自己或同伙，而且还要不被人怀疑呢？由此可以看出这个方案的瑕疵和罪犯的稚嫩，但出人意料的是，它竟“成功”了，说不上是巧合还是罪犯的“高明”。

一般来说，犯罪要有三个条件：动机，专业知识，与死者有关系，而且是牢不可破的关系。杀人的第一现场在死者家中，而案发前死者回到家中时，门窗是完好的，这就排除了外人入室作案的可能，那么范围就圈定在这个家庭的成员和与之关系密切而又有利害关系的人。

首选是其妻，即“少不了的那婆娘”。万晓阳应列为第一犯罪嫌疑人。但仔细一分析，这女人是个普工，这种技术含量颇高的作案手法，怕是她力所不及的，也就是说这婆娘不具备专业知识，这是其一；其二，她的女儿，才两岁，随时都有可能去扭那个开关，这女人不会不考虑这一点吧，虎毒还不食子呢。

那第二犯罪嫌疑人就应当是与女人有染的向天雁，而且可能性最大，因为他具备了上述犯罪的三个条件。但从作案时间上分析，他因为家在外地，早于年前腊月二十九就回家去了，调查结果显示，过节期间没人见他在厂区露过面，如果真是他做的，那他只能是在回家前放置的炸药，也就是在腊月二十八或之前放置的，而引爆时间是不确定的，这期间有三个人在其间活动，因此更加确定了还有一只无形的手在控制着局面，即联手作案。“少不了那婆娘”，人民群众的智慧真是令人叹为观止，能在案发的第一时间做出如此准确的推断。

办案人员了解了万晓阳和成建国的家庭背景、生活环境，以及他们那离奇而又曲折的情感之路，又详细调查了向天雁的社会关系和他第三者插足的事实，并前往向天雁曾经去拉煤的那个煤矿，了解了炸药等爆破器材的管理和发放。并进一步调查了曾在向天雁所在厂子读书，并和向天雁在同一年级的同学，寻找爆炸物品的来由，即使在有口供的情况下，物证还是必不可少的。

案情分析当然不能漏掉人们最不愿想而又不得不想的死者，从现场拍摄的照片可以看到，建国倒在靠门口的地上，一条腿被炸断，露着的白骨茬子像被折断了的甘蔗，差不多呈直角摆在地上。而他的弟弟，被爆炸冲出的距离更远，尸检看到，那人的前胸已经被炸得像蜂窝煤，以此判断，去开收音机的不是建国，而是其弟。

是建国想杀死他的妻子？他们的婚姻早已名存实亡，但他就是不离婚，按当地男权至上的习俗，被老婆休了，就等于失去了一个男人的尊严，所以他宁可杀了她。若果真如此，他怎么会让她在家安然无恙而带着自己的亲人去送死，莫非他喝酒喝糊涂了？从心理学的角度分析，如果一个人已经做下（或准备去做）杀人的大案，他还会有闲心和那份宁静去喝酒吗？答案是否定的。

正当专案组紧张工作的时候，一个人闯入警方的视线，她就是徐会计。爆炸后的第二天下午，人们看见她穿着一套旧军装，手里拿着一团红布，径直奔向厂大门口。一出门，她就将红布抖开，原来是一条红绸子，她将它扎在腰间，一手扯一头，然后就沿着马路，向着市里的方向，一边扭着秧歌，一边放开喉咙唱："嘿啦啦啦，嘿啦啦啦，天空出彩霞呀，地上开红花呀，中朝人民力量大，打败了美国兵呀……"

马路两旁堆起的积雪还没有融化，厂子对面的坡地上，灌木丛和枯树枝上还积着皑皑白雪，在午后的阳光下闪着耀眼的光。徐会计整个人被镀上一层金色的细边，随着两手的大幅度摆动和两腿的交错跳跃，全身竟透着隐隐的光，饱经沧桑的脸上正呈现出甜甜的微笑。

女人悲怆的歌声在马路上空回旋，一帮小孩跟在后面学着扭着、唱着，过路人纷纷驻足，或摇头或叹息。

厂财务科许科长带着一位女科员赶来，那位女同志把她拉住，搂住她的肩膀，在她的耳边轻轻地说着，自己竟不由得热泪盈眶。只见这个可怜的女人两眼发直，挣扎着，头使劲地往后拧，像后面有人在等她似的。

专案组将其与案件联系起来，对其进行了实时监控。只见她回家后就将军装脱掉，叠好，把红绸子用手抚平，折好，一块放进一只用皮子包了角的帆布箱子里，第三天一大早，她又打开箱子，穿戴那套行头时，被送到了省精神病院检查，被诊断为精神分裂症。

是什么导致她精神分裂？会不会是她作案后恐惧，精神紧张所致？不是没有这种可能性，调查了解到，她就住那“婆娘”隔壁，中间隔了一间房。她经常带着建国的女儿玩耍，他们两口子吵架时她会第一时间到场劝架，有时也厉声喝斥、指责建国。她会不会帮人帮到底，而又不会被人怀疑，不是说最危险的地方就最安全嘛，谁会想到一个与案件当事人非亲非故的老太婆呢，而且因为与万晓阳的特殊关系，使其具备了进入犯罪现场的条件，而她抗美援朝的军旅生涯又使她具备了作案的技术素质。对于以上的推测，财务科的领导和同事们坚决予以否认，理由是她是一个性情温和的人，对人很友善，这样恶劣的行动应该和她沾不上边。再从作案动机分析，仅仅是为了帮别人而采取如此血腥的手段，似乎有悖常理。但发泄对分房的不满倒不是没有可能。

最近，厂里紧挨着原来的四栋家属楼，又盖了两栋两室一厅一卫的宿舍楼，因徐会计全家从上面落实政策回城时，给她丈夫在市里安排了住房，厂里这一间房是给徐会计上班住的。她不去城里住，是因为当时丈夫身体有病，为了照顾方便，就住在了厂里。丈夫去世后，市里的房子收回去了，但分新楼又没她的份，为此她曾多次找过厂领导，有一次甚至在开厂党委会时还闯进去理论，以至于吓得厂领导在路上见了她老远就绕弯走。

于是有人分析，她会不会是用爆炸来发泄自己的不满，但立刻就有人质疑，如果这个假设成立，她完全可以把炸药放到还没有竣工的新楼房里，既简单，又方便，而且像是端鬼子炮楼似的过瘾，没准还能引来一片喝彩声，因为对分房有意见的人多了去了，犯得着费力劳神去炸死一个与分房子毫不相干的人吗？

当人们猛一回头，才发现，以上的推理不过是空中楼阁，即她的精神分裂症是作案后恐惧、精神紧张所致。作案是因，精神分裂是果，而至今为止，还找不出她作案的蛛丝马迹。因此有人认为，把她的精神分裂归结到分房风波似乎更合情理，因为围绕着分房子她一直强调的是自己的革命生涯，心理处于高度的不平衡状态，因而精神错乱，潜意识里急于显示自己革命老本的强烈欲望就用扭秧歌这种方式表现了出来。事实上，一个女人隐藏在心底的秘密别人是猜不出的，但有一点是肯定的，案子不会是她做的。

闪黑登场

年初五，是年后上班的第一天，万晓阳已不记得是怎么走出的家门，也不记得是怎么上的车，周围的人，窗外的景在她眼里都似入非入，她有意识地将眼神落在司机的后脑勺上，好让自己的思想集中一下，想想建国一直没回家的种种可能：出事了？不会，因为警察没有找上门来。玩疯了？不可能，班总是要上的。但很快那后脑勺就模糊了，头脑里依然是一片空白，只剩下恐惧和茫然。

天阴冷阴冷的，天空灰蒙蒙，不时飘些雪花，积雪落在地上，经人踩踏，冻在地上，踩上去吱吱作响。人们缩着脖，搓着手，嘴里喷着白雾匆匆而来，进了厂门，还没来得及相互问候“新年好”，就被厂门口三五成群的人堆所吸引。各部门的领导夹杂其中，把自己部门的人往回赶。

万晓阳随着人流最后一个下了车，又由腿带动着机械地往前走，人们的目光如万箭齐发，齐刷刷地射向了她。五年前，她也有过一次被众多目光追逐的“荣幸”，那时，她害怕，恨不能找个地缝钻进去，而今天，经过几年的磨砺，心已如铁石般坚硬，神经也已经固若金汤，足以抵挡人们质疑、冷峻的目光。只见她一脸的冷漠，步履沉稳，向那个意念中的家瞟了一眼，就转过了头，她在心里想：都结束了，有一个可怕的结局，也比没有任何结局要好。

万晓阳舒了一口气，嘴角甚至撇了一下。她的女儿依偎着她的腿，目光怯怯地望着周围。保卫科刘科长走到了她的身边，拉过小孩交给了旁边的一位女工，说：“把她送托儿所。”随即把万晓阳“请”进了保卫科。

这里的摆设有了大的变动，在拼成正方形的两张桌子的两端，又加了两张，并拢着拼成一个大长方形，与窗户平行着摆在屋子中央，周围摆了一圈椅子，还有几把散在圈外，烟头散落了一地，显然专案组在这里经历过烟雾缭绕、唇枪舌剑、彻夜未眠的日日夜夜。原来摆在屋子中间的那冬天里的一把火——炉子，被冷落到了北面窗户旁的墙角，案件在每个人心里燃起的一把火足以替代它的职能。

刘科长等万晓阳进来后，转身对向前靠拢的人群大声说：“都回去上班去，有什么好看的，要看进来看。”看来进到这儿真不是好玩的，人们“忽啦”一下，作鸟兽散。刘科长转身关上了门，指着桌子边上的一把椅子说：“你坐。”

一男一女两位警官并排坐在长边的一张桌前，都侧身面冲着门，一位年轻的女书记员背对窗户坐着。

这男警官高大魁伟，有点胖，方脸，理成板寸的发型使他的头看上去也方方正正，眼睛大而有神，眉毛又浓又黑，嘴唇比较厚，这种形象往那儿一蹾，绝对会令罪犯胆战心惊。女干警看上去四十多岁，人比较瘦，看着很干练，她面相和善，只是眼神是同样的威严。

自打万晓阳一进门，这一刚一柔的两搭档就将专注、审视的目光聚焦到她的身上，追踪着她的一举一动。

万晓阳一进门就拘束地站在门背后，右手握住左手的三个指头不停地拧着，她迅速地环视了一下周围，就把目光锁定在刘科长的脸上，先是嘴巴张得大大的，表现出她对事态严重程度的惊愕，继而摇摇头，嘴动了三下，却没有发出任何声音，口形好像是说：“不会吧。”

在刚才那一瞬间的轻松之后，恐惧从四面八方向她袭来，还有莫名的对建国的同情，她后悔了，她甚至希望建国没有死，只是被炸伤了。

万晓阳的眼睛一直没有离开刘科长的脸，事件的后果好像就写在刘科长的脸上。她没有马上就座，或许是出于对干警的畏惧，或许是良知使她觉着以自己犯下的罪孽实在不配与好人（干警）平起平坐，她站着，用右腿贴着椅子腿，用脚尖拨动着椅子后退，直到椅子碰着墙，她才趺趺撞撞地坐到了椅子上，她终于迫不及待了，小声问：“他，他，没死吧？”

职业的直觉让两位干警心里已经觉着八九不离十：哪有被害人的家属这般冷静，这般沉着，除非这是她做的，但在没有确凿的证据之前，这又不能说。

两位干警互相对视了一下，那眼神似乎在说：找对人了，今日的结果早在他们的意料中。但令他们感到意外的是：这与他们想象中刁钻泼辣的“婆娘”形象相去甚远，她高挑的身材，齐耳的短发，玫瑰红色的高领毛衣外罩一件黑色的呢子大衣，下配黑色的裤子和皮鞋，一袭的黑色给人一种庄重之感。但她那张白皙而又有些病态红晕的脸，忧郁的神情，尤其是与人目光交汇的刹那，眼中流露出的疑惑和恐惧，折射出她内心的狂乱，使两位干警不约而同地有了直觉，即“那婆娘”的传言不是空穴来风，但是，要把这传言变成结论却非易事。

“他没死吧?”这是万晓阳当前最想知道而又最害怕知道的事情。

“我还没问你，你倒问起我来了。”刘科长鄙夷地看她一眼，没有正面回答她的问题，而是用一种意味深长的语气问：“还是我先问你，你是希望他死呢？还是希望他逃过一劫?”“我怎么能希望他……”万晓阳吞吞吐吐。不等她说完，刘科长心里一阵厌恶，截住话头说：“这回，你八成是如愿以偿了。”

男警官咳了一声说：“呵呵，这个我们就不能告诉你了。”他把食指竖在嘴唇上，做了一个噤声的手势。

刘科长意识到自己说得太多了，于是话头一转，指着两位警官，用严厉的口吻对万晓阳说：“这两位是负责这个案件的警官，你是当事人的家属，问你什么，你要如实回答，否则后果自负。”

“这回你八成是如愿以偿了。”这句在别人听来一头雾水的话，万晓阳的心里却跟明镜似的：他死了。她心里先是踏实，接着就是恐惧。她眼睛直勾勾地盯着刘科长，脸上先是浮现出一丝不易觉察的笑意，接着嘴角下拉，眼睛大睁，脸上的肌肉开始僵硬，那愁云从嘴角到双颊，在她的脸上一点点蔓延，最后，似乎每一根眉毛上都跳动着忧愁。

铁了心的犯罪嫌疑人

女警官隔着桌子把证件在她面前晃了一下说：“我们是市公安局刑侦支队的干警，现依法对你进行讯问，你要如实地回答我们的问话，讲假话或作伪证是要负法律责任的，听到没有?”万晓阳惶恐地看着对方回答：“晓得了。”

为了实施犯罪，万晓阳开始注意报刊上法律方面的文章，懂得了法律是无情的，但法律又是讲证据的。此时，她自认干得天衣无缝，因此在刹那的恐慌之后，她镇定了下来，目光很大方地与对方对视，甚至有一种较量的味道：我知道你们认定是我做的，但是你们没有证据。

一切都是沉默的，而沉默又构成了肃穆与威严。

男警官盯着万晓阳的脸看了足足有一分多钟，有一刹那，他幽深、冷峻甚至带着些许冒犯的眼神一下子就从万晓阳的瞳孔中直看进去，想给对方以巨大的精神压力，不料对方却脸不红，气不喘，以平和沉稳的目光碰迎一下他那道迸射的光芒，紧接着便平静地向上凝视着他的额头。

男警官深切地感受到了这个女人体内过人的定力。

“你要不要见见他?”男警官出其不意问了一句。

案发后，专案组采取了严格的保密措施，所以这个“他”对万晓阳来说是“人”还是“尸”，她应该是不得而知，刚才刘科长那“如愿以偿”似乎已经明示他死了，现在怎么又冒出个“他”来了?刚才还沉着冷静的万晓阳此刻却紧张得如临大敌，她双手死死地抓住椅子角，关节处都已经发白，眼睛盯着男警官，紧咬着嘴唇，停顿了好一会儿才用颤抖的声音小心地问:“他，他，他现在在哪儿?”

“炸药是不长眼的，所以，他现在在医院病房、太平间，或许在我们保护起来的一个安全地方都有可能，你这么关心他，跟我们去看看不就知道了。”男警官平静应答。

“不，不要，你，你们知道，我和他关系不好……”万晓阳的牙齿开始打架，身体不由自主地往后靠。男警官已经胸有成竹，多年的从警经验告诉他，刻意回避认尸程序的关系人，往往就是涉案最深的人。死者的亲友，绝大多数都希望见到死者最后一面，至于一般关系人，则都会在愿意配合警方侦查的情况下协助认尸。而重要关系人则因为心中有鬼，不敢直接面对受害人，他们害怕受害者那愤怒的目光，更害怕死者的冤魂会死死纠缠他们一辈子，毕竟年代久远的神鬼魔怪之说对一个人的精神影响，实在是太深刻了。

男警官和女警官交换了一下眼神，其中的意味不言而喻，但也只能“不言”，不能言说。有时候，即使所有人都知道命案一定是这个人做的，却经常因为找不到足够的证据，而让凶手逍遥法外，这是一个很无奈的现实。男警官想起了刑侦史上一个曾经真实发生过的经典案例，发生在俄罗斯的贝加尔湖。

一个俄罗斯男人与他的妻子在一个没有其他游客的日子里，租了一条船在湖中泛舟游玩。其实这个男人早就移情别恋，决定杀妻。他把妻子推进了湖里，然后按住头淹死了她。回到岸边，他哭泣着说是妻子为了抓一条鱼掉进了湖里，他们都不会游泳，他只好眼睁睁看着妻子沉进湖里。

虽然所有人都怀疑是他谋杀了妻子，但是他却一口咬定是妻子失足掉进了湖中。尽管俄罗斯警方无数次讯问他，但他却死不松口。所有人都知道他是罪犯，但无法将他定罪，最终他被判无罪释放。这是刑侦史上最大的一个污点，那个男人也被称为最完美的谋杀者。而在这个案件里，即使撬开死者的嘴巴，他也会一问三不知，所以这个谋杀者就不仅完美，而且堪称高明了。

顷刻，万晓阳就调整好了她的情绪，两手撑在膝盖上，全神贯注地看着两位警官，屏息不语，以当事人特有的敏感，捕捉着、感觉着一些关于案件的重要信息，然后佯装无辜般用友好的口气说："我的家被弄成那样，还盼你们给好好地查一查。"她有意回避了"炸"字，而用了"弄"字。

"你的家被弄成什么样子？要不要去看一下？"女干警试探性地问。

"不要，不要，太可怕了。"万晓阳摇着头焦急地说。

两位干警对视一下，意思是：今日的结果早在预料之中，又一次佐证了她的罪犯身份。

"你不会不知道吧？你的家是被炸成这样子的。"女干警停了一下，观察晓阳脸上的表情，居然没有变化。她一点都不感到意外，她从警多年，亲历过不少情杀案件的侦破，领教过那些"痴"心的刀枪不入，她想通过找到别的线索迂回包抄。

根据警官问话的口气和说话的态度，万晓阳听出他们还没有证据，向天雁还没有招，他们不过是用话探她，于是她表现出了异常的平静，口气也硬了起来，以攻为守道："我哪能晓得呀，听您的意思，是我自……"当说到"自己"时，好像是触动了最敏感的那根神经，说到这个"自"字，声调就低了下来，拖着长音，到底也没把个"己"字说出来。

两位警官注意到了这个细节。"那你想想，你们平时跟谁有过节，他才会黑了良心做出这种伤天害理的事，你放心，只要查出来，我们一定严惩。"男干警有些按捺不住，明明摆在面前的犯罪嫌疑人，你却奈何她不得，他用欲擒故纵的手法告诉对方，不要心存侥幸。说到最后他甚至用手在桌子上拍了一下。

女警官立刻用手摆了摆，示意不要发火，然后用平和的口吻说："你看，发生了这么大的事情，对你是家破人亡，对厂子、对社会都造成了极其恶劣的影响，我们如果把案子挂起来，不了了之，是我们公安的耻辱，也是我们的失职。作为你，被害者家属也不答应，你说是吧？所以，我们是铁了心了，不搞个水落石出，决不罢休。”她不过是用另一种语调把男干警的意思又诠释了一遍。

“啪”的一声响和女警官那句“不搞个水落石出决不罢休”的狠话还是让万晓阳打了一个激灵，那颗一直稳稳地放在肚子里的心开始悬了起来。她想说，我们平时没跟什么人有过节，可这不等于排除了外部因素，把案子往自个身上揽嘛，于是她采取了一种拖延的伎俩，说：“让我想想，好好想想，我一定配合公安。”然后就眼望天花板装出一副思考的模样，再不吱声了。

看着她在那儿装模作样，两位警官心里那个“火”直往上蹿，他们心里都明白，她不说话，并非无话可说。

男警官显得更加急躁，他明白，对于这种无法取得物证，只能依靠口供和间接物证的案件，有的在以后的岁月里，会由其他的案子牵连出来，或是在追踪调查中因当事人的疏忽而露出马脚得以侦破，时间拖得越长，牵扯的精力越多，办案的花费也越大，而且也有许多会变成悬案，有的甚至成了永远的不解之谜，或是谜底明明白白，只因证据不足，你却奈何他不得。于是，他耐着性子进一步交代政策，说：“你听着，从法律上讲，只有犯罪嫌疑人供述的，法律不能确定其有罪，反之，犯罪嫌疑人不供述，但有证据确认其有罪，法律可以确定其有罪。也就是说，犯罪嫌疑人说与不说对我们判案不是决定性的，但对犯罪嫌疑人本人的罪行定性及法院判案时的量刑却是决定性的，明确地说，我们在办案中反复交代政策就是给犯罪嫌疑人一个主动坦白，争取宽大处理的机会。”

男警官说话时一直盯住万晓阳的脸，那张脸已经不再给天花板相面，而是做出一副洗耳恭听的样子，只见她的脸已经由苍白变为泛上了血丝，继而又淡了下去，撑在膝盖上的两手已移到胸前，十指交叉，两手掌相互摩擦，间或还相互使劲地挤压一下，仿佛在加固她越来越脆弱的心理防线。

讯问

万晓阳的思想正在进行激烈的斗争，回首往事，生活的体验使她得到了相反的结论：她第一次说了多余的真话，使她从一个白天鹅变成了丑小鸭，几乎失去了社会提供给一个纯真少女的一切待遇；第二次在任书记的循循善诱下，她坦诚地说出实情，却将他送进了监狱，从而在自己心里埋下了深深的歉疚，为了这良心上的自责，她将自己押上了婚姻的战车。如果这一次再从这嘴巴一开一合的黑洞里不经意间流出点什么，就不单是自己要撒手人寰，而且还会拖上她的心爱之人共赴黄泉了。

说了死路一条，不说，也许还能逃过一劫，经过几年的风风雨雨，现在就是有一台测谎仪摆在面前也奈何她不得。有经验的测谎专家指出，有些测谎反应从记录纸上的曲线无论如何都不能证明被测者在说谎，甚至反应“过度正常”，倒不能认为被测者没有说谎，也许是他太会说谎，所以生理上没有反应。

万晓阳铁了心，口气也硬了起来，说：“我想不出，不晓得，你们让我说什么呀。”

看到一个如此年轻又非惯犯的女子如此嚣张，男警官感到惊讶，他不明白她的“贼胆”从何而来，他又一次拍了桌子，说：“你不晓得，是吗？我们会让你晓得的。”这时女警官赶紧接上了茬，说：“据我们分析，这个案子肯定不是一个人做的，一个犯罪嫌疑人不说，他能保证同伙也不说吗？再说，这炸药会是从天上掉下来的吗？这炸药的来龙去脉，牵扯到的人都可以提供线索，形成证据链，因此，我劝你先不要把话说绝，过过脑子，在此，我必须再一次告诉你，你所说的每一句话都将被记录在案，成为呈堂证供。”

女警官知道：如果案子是她做的，那刑罚后果虽然是死刑无疑，但是根据刑法的规定，如果是由于被害人的过错而导致行为人激愤犯罪的话，有可能被判处死缓。她想告诉万晓阳：老实交待，不要放弃了自己免于一死的最后一个机会。可惜万晓阳没有领会女警官的良苦用心，看着两位干警，她选择了沉默，只保持着一脸的冷漠。

女警官出其不意提问：“你先如实讲讲从腊月二十七到大年初三你在

什么地方，和什么人在一起？”办案人员已经知道向天雁是腊月二十九一大早就离厂了，那一周他和万晓阳上三班，就是上夜班，建国是上二班，那么就有一个空档期，即下午四点到晚上十二点之间。据此推测，炸药包应该是在腊月二十八日下午的这个时间段放置的。做完这个罪恶的勾当，向天雁第二天一早就回家去了，远离了这个现场，心里不再那么紧张，他可不愿意待在这里听响，建国下了二班回到家就已经快一点了，估计他应该不会去拧收音机，所以这个响当天夜里他是听不着的。

万晓阳浑身一激灵，然后就眼望着天花板，嘴里念叨着：“让我想想，让我想想。”然后絮絮叨叨讲着：“腊月二十七、二十八我上三班，二十九休息，三十我上白班，到班上打扫了卫生，就我一人，向天雁已经回家去了，十点半钟全科集合。”她沉思了一下接着说：“噢，是开会。”“开什么会？”男警官问。

“科长给大家拜年。”万晓阳若有其事地说。

“科长都说了些什么？”男干警看着她的眼睛问。

“哦，哦，说祝大家新年好。”事实上万晓阳压根儿就没参会。

“是吗？你的耳朵长得真长。”男干警厉声说。

万晓阳脸红了，赶紧低头否定了先前的话，说：“我不知道要开会，打扫完卫生就回了家。”

男警官接着问：“你那么着急回家干什么？”“收拾东西准备回建国他家过年。”她把建国两个字咬得特别重，以显示他们夫妻关系正常。

“回家后都干了些什么？”“家里大扫除。”“有人看见吗？”“不晓得。”

“怎么又是不晓得？难道你大扫除是关着门的？”男干警进一步问。

“不是我关着门，是别人关着门，周围多是单身，早早就回老家去了。”

据了解，有人看到她回家后一直关着门，直到建国领着小孩回来才敲开门，一进门，她像是早准备好了似的一把拉过女儿，并把早准备好的衣服递给建国，催他换掉工作服，并给女儿套上一件外衣，就急匆匆地催建国出了门。

万晓阳随手锁上门，站在门边，建国只得将手中的包放到外面的窗台上，就往厕所去了。这期间万晓阳和小孩一直在外面等着，车是12点开，其实离开车还有一段时间。

两位干警心里明白，她这样寸步不离地守在家里，实际上是守着这个炸药包，不想在年三十“听响”。

建国从厕所出来看看表说：“阿么这早去?”“啰唆什么，早了好占位置。”说着把包塞到建国手里就往外走，而且见人还主动打招呼，好让别人看到他们其乐融融、双双把家还的情景。

“别在那儿装模作样了，你就照直说你腊月二十七和二十八的下午四点到晚上十二点之间在干什么，和谁在一起。”男警官把问题提得更具体。“二十七下午四点建国上班去了，我还在睡觉，起来后就做饭，然后建国回来吃饭，吃完饭建国上班去了。”万晓阳回答得东拉西扯。

“只说晚饭后到十二点之间。”男警官把时间范围又缩小了。“晚饭后我洗碗，收拾，然后又睡觉。”万晓阳避重就轻地说。

“向天雁二十八号晚上到你家去了，背了一个工具包，里面放着炸药包，对吗?”女警官单刀直入。

“有人看到了吗？这可不好随便乱讲的哟!”万晓阳先是愣了一下，短暂思考以后认为他们还是没有证据，这是在诈她。因为情景不对，实际情况是，他们按照约定，向天雁从开水房提一个热水瓶过建国家门口时，如果家里没别人，万晓阳就招呼他进去，因为炸药包已经在前一天由万晓阳下班时带回家，藏在床底下了。前后这段时间万晓阳一直领着小孩在四合院转悠，还不时往马路上张望，当时已经是晚上九点多钟，天又冷，而且向天雁动作极快，在这段时间里没有发现有人看到向天雁，所以她气焰嚣张起来。

万晓阳没有断然否定，只是说没有人看见。向天雁动手，万晓阳“少不了的主”的身份已确信无疑。但要从她打开缺口，难！她有一颗金刚不破之痴心。两位警官决定不再跟她周旋，他们撤离了保卫科，进一步分析案情，寻找新的突破口，把她晾在那儿。

天堂门前再回首

万晓阳一个人关在这间空荡荡的屋子里，有了片刻的轻松，她不用再绞尽脑汁去调节脸上的表情，不用再掩饰眼中的恐惧，但接踵而来的是心里更大的恐惧与不安：这件事的后果原来这么可怕，可怕到她已经没有了选择，也无须考虑，只有一条路，那就是吃了秤砣铁了心，为了心爱之人，坚持到底。

身陷囹圄的人，心再铁，这头脑的思维也绝不会停止，相反会异常地活跃，此时的她，头脑里如翻江倒海，尤其是在意识到通向天国的路就在眼前的时候，她也和所有的人一样，都会回首一顾。

在走过二十多年的人生跋涉之后，所有的风风雨雨、跌宕起伏都从记忆中浮现，一个个的人物像电影画面一样从眼前闪过，她重又感受着这些人和事带给她的酸甜苦辣，凝聚成她的整个人生体验。

对于人生、幸福、希望和未来，她过去并没有思考过多少，也许还没来得及思考，没有人告诉过她人生的路该怎么走，她就已经匆匆忙忙磕磕碰碰地上路了，等到发现错了的时候也已是无法挽回，就这样鬼使神差般，执拗地走上了这条布满荆棘却又诡异美丽的不归路。

远处不时传来的爆竹声让她想起了今天还在过年，可她却被囚禁在这冰冷的屋子里，她反复回想着干警们的问话，自觉回答得毫无破绽。她长舒一口气，自言自语道："剩下的就交给时间吧，我要顶住，熬过这段时间就好了。"当然她的脑子里不时显现出的还是那张俊美的脸，她想他现在应该也如她一样被关在某个房子里，那张脸上现在是恐惧？慌张？还是……他是聪明人，应该知道招供是什么结果。他的内心有那么强大吗？现在真是不得而知，只有交给命运了，只求老天保佑，她闭眼两手合十上下拜了拜，盼着他老人家显显灵，帮她渡过这一关。

环顾四周，万晓阳马上意识到自己现在身在何方，缘何至此？她脑海中的思维最后定格在建国和向天雁的身上：建国瘦削的身材，模糊的面孔，没有眼睛，五官已记不清了，因为近一年来，她甚至没有正眼看过他，她自知理亏，她怕他眼中的愤怒。渐渐地，这轮廓也没有了，只有大块大块的黑色，像碎屏一样消失了。现出向天雁俊朗的脸，健康的体魄，充满朝气的神情，她张开双臂，奔他而去，只见大块大块的黑色聚集起来变成了一堵墙，横在她的面前，然后慢慢坍塌，可墙的那边没有路，是直立的断崖。

万晓阳仰脸望天，可惜看到的是雪白的屋顶，她不由自主地打了一个寒战，她意识到：享受天空下的自由，恐怕是今生的奢望了。

对万晓阳的再一次讯问时间选择在夜里十一点，心理学家认为，这个时间段人的心理防线较为脆弱。

“你丈夫死了。”男警官随口一说。“晓得了。”万晓阳随口一答。“怎么知道的?”男警官声调渐高。“不是你刚才告诉我的嘛。”他说话中有意留了个空子，她有空就钻，说明她的神志非常清醒。

“听口音，你好像不是在本地长大的?”听口音，女警官也是南方人，她以这种平和的语气开始了谈话，她没有直逼主题，而是拉家常似的迂回。

听到乡音，万晓阳的对立情绪舒缓了许多，说：“我是在南方长大的，由姥姥、姥爷养大，我最想念的人也是他们。”她话多了起来，看来她也愿意扯远话题，以缓解自己的心理压力。

“后来你离开他们是为了进厂，对吗?”女警官说话轻柔。万晓阳的目光凝固了，思维被引向那久远的回忆，说：“是啊！自打我一上学，就赶上特殊时期，只知道上完中学就要下乡，好不容易有个进厂的机会，那当然不会放过了。”

“你想想看，如果他们知道现在是两位警官在和你谈话，他们会怎么样?”女警官说话缓慢而沉稳，每个字都咬得很清楚。万晓阳垂下了眼睑，过了一会儿才小声地说：“他们会吓瘫的。”

“那么你说说，你是不是干了能把他们吓死的事?”女警官步步深入。“哪能啊?”万晓阳说话显得气短，头也像霜打的枝叶，迅速地垂了下来。

女警官忽然意识到和一个犯了死罪的人谈亲情，是不是有点残酷。

“你有一个可爱的女儿，为了她你也要想办法给自己留条活路，不是吗?”女警官提高了音调，显示出她焦急的心情。

“有个女儿，两岁了，自打怀上她，灾难就开始了，不是这事就是那事。”万晓阳的神情和语言里没有母爱的流露，有的只是烦躁。

两位干警注意到了这一点，使他们“虎毒不食子”的信念发生了动摇。

“说，你们是什么时间把炸药包安装到收音机上的?”男干警想杀她个措手不及。

“什么炸药包?没见过。”万晓阳自以为做得高明，而且也为了向天雁，这次绝不松口，因此，她在心理学上公认的神经脆弱时间段里，仍然坚守着这道防线。

“你想一想再说，阴天还会出太阳，话不要说绝。”女干警提醒她。

万晓阳沉默不语。

“一个人犯了罪也可以立功，将功折罪，想宽大处理呢还是罪加一等，这全由他的认罪态度和表现来决定。”男干警耐着性子说。此后，面对男干警直逼主题的发问和训斥，万晓阳关闭了声带，只保持着一脸的冷漠。

“凡是你做过的，我们都会搞得清清楚楚，现在是给你一个减轻罪刑的机会，这就好比一个人掉到了泥潭里，我们给他扔下去一根绳子，他如果抓住它往上爬，他就有救了，否则就只有死路一条。”男干警进一步交代着政策。

刘科长推门，招了一下手，男干警走了出去。万晓阳的心里有了一丝丝的轻松，好像那个挥着大刀向自己跑来的人突然转身离她而去了。

女干警知道案情有了新的进展，她也知道一个痴心女人的心理防线是多么的坚固，因此，她不再正面追击，而是换了一种比较缓和的语气问：“你和向天雁的关系怎么样？”

“师徒关系，一般。”万晓阳轻描淡写地说。“不一般吧，你想，我们在这里问你，难道会一点情况都没掌握吗？”女干警慢条斯理地说。

“那我说吧，我喜欢他，我们还有过不正当男女关系，但这都怪成建国，他如果同意离婚，这关系不就正当了嘛！”

“据我们了解，成建国人不错，从领导到群众，没有人说他一个‘不’字。”女干警直言不讳。“他是个好人，好得让人都麻木了，这日子还有什么意思？”

“可你们能走到一起……”女干警才开口万晓阳就迫不及待地打断了她的话，说：“我这个人天生倒霉，什么事都叫我摊上了，稀里糊涂地跟了他，那会，我不懂什么叫爱，一直到生了小孩也没体会到。但是见了向天雁，我的心就不由自主地动了，和他在一块的那种愉快，是我从来都没有体验过的。我浑身上下被激情所淹没，我觉得这就是爱情吧，不是现在都说，没有爱情的婚姻是不道德的嘛。婚姻是什么？婚姻不就是一张纸吗？得到它费了不少事，要撕掉它也这么难吗？”万晓阳抬头用祈求的目光望着女警官，那眼中含着泪。

女警官鼻子一酸，她赶紧扭过头去。

“我才二十多岁，难道要我为了这一张纸牺牲掉我已经得到的幸福吗？”转瞬，万晓阳又换了一种腔调，大声地说。无法忘怀的镌刻在她心壁上的那份感受又激活了她的整个肌体，她的脸颊泛起些微红润，她紧紧地盯着这位和蔼的、像长辈一样的警官，两眼闪闪发光，说："一见到他，我就感觉到一种发自内心深处的震撼，这种感觉，在我和成建国恋爱的时候是从来没有过的。"说着目光中还流露出一丝期盼，祈求理解，希望得到帮助，甚至还幻想着去圆她的鸳鸯梦。

女警官避开了她的目光，一阵酸楚袭上心头，她想说：万晓阳啊，万晓阳，这是什么地方呀，到现在你还沉溺于你的"幸福"里，你就是有天大的委屈，也不能成为你犯罪的理由呀。但是她不能说，而是转了一个话题，说："听说你和徐会计的关系不错。""是的，她是我妈早年的战友。"

"徐会计疯了。"女警官看着万晓阳的眼睛说。

"什么？你说徐会计疯了？"万晓阳吃惊地问。

"不是我说她疯了，是真疯了。你认为会不会是徐会计干的？她为了帮你离婚，采取了这种极端手段，干了以后她害怕，就疯了。"女干警欲擒故纵。

"不，不会，不会，肯定不是她，她一直在劝我好好过日子。"万晓阳很着急，语气那么肯定，像这场犯罪从始至终她都亲身经历过似的，不自觉间又对她的罪犯身份进行了一次反证。令女警官稍感欣慰的是，她还没有到完全丧尽天良的地步，因为把一切罪过推到一个疯子身上是一件轻而易举的事情。

看着眼前的万晓阳，女警官心中生出无尽的悲哀和些许的惋惜，为她本该多彩的豆蔻年华。

大义灭亲

自从向天雁做下这天大的罪孽后，心里一直惶惶不安。过年回家后他很少说话，家里来人多了他就到外面去，说是找同学找朋友。实际上他谁也没找，就在离厂区不远的荒郊野地里晃悠。

他的女朋友来找他，这小女孩经过了一两年，也长大了不少，主动拉他的手，说些亲热的话，他却躲躲闪闪，说些我配不上你，我们离得又远，你还是在厂里找一个吧之类的话。

女孩儿第一次听了这话赌气地走了，第二天又来了，说她和她爸爸说了，她爸说如果他愿意可以给他调回厂，他不愿意回厂，可以把她调到市里，却不见他有一丁点儿兴趣。女孩儿纳闷儿了，意识到他变了，变心了。

自从出事后，专案组就把向天雁列为重要的犯罪嫌疑人进行了监控。

早上向天雁进厂时已经九点多了，他没有像其他人那样驻足远望，而是稍稍向四合院瞥了一眼就低着头直奔了下料房。

这里今天少了一个人，向天雁的心里一下子压上了块大石头，恐惧从四面八方向他袭来，他不由自主地向那个破钢丝床瞥了一眼，一股无名的怒气、怨气胀满了他的胸膛。他先开了工具箱，却手足无措，于是坐了下来，把脑袋埋在了臂弯里，还是觉得有洞石穿金般的目光砸在后背上。

向天雁心慌意乱地走出了下料房，出了厂门，坐车到了城里，东张西望地转了转，下午一点左右，他上了回家的长途汽车。

他家所在的红光机械厂，是一个因支援三线，20世纪60年代才内迁的大型国企，距市区有60多里路，到家已是下午三点多了，家里人全都上班去了，他饭也没吃就上床躺下。他把头使劲往被子里缩，像蜗牛缩进坚硬的壳，好像这样就可以从那些可怕的目光中消失。

公安人员没有惊动向天雁，而是找到该厂保卫科，叫来了他的父亲——该厂的供销科长。“请坐。”公安人员递上一支烟，然后简单介绍了案情，指出向天雁与死者的妻子有染，以及今日的反常表现。

向科长掐灭了烟，口中喃喃地说着：“怎么会这样，怎么会这样!”然后，他站起来说：“请你们放心，我是共产党员，儿子不管是不是犯了法，我都会设法让他跟组织交待清楚的。”他转身要走，又停住，眼泪掉在了脚下的水泥地上，说：“请你们暂时不要让我老伴知道，她有心脏病。”

厂财务科长找到了向天雁的母亲，说：“邵会计，你今天加个班。”“怎么过节不让我加班，还可以拿双份工资。”她笑着说，马上又认真起来，说：“噢，我开个玩笑，什么事?”

“把2号生产线技改资金的使用情况汇总一下，部里急着要，晚饭就不要回去吃了，食堂给准备了。”说完，科长鼻子一酸，扭过头去。

向天雁的父亲从厂保卫科出来，又叫上了女儿，一块回了家。他坐在外屋，让女儿先进去。“小雁，你怎么今天不上班?”姐姐问道。“我病了，头痛。”他不耐烦地说。

“你们厂出事了。”“知道。”向天雁不耐烦地说。

“听说那死者的妻子跟你有点关系。”姐姐心痛地说。“那是以前的事，过节这几天我一直待在家里，你们都看着的。”然后又使劲把被子往上拽了拽说：“我头痛，求求你不要烦我。”后来他干脆用被子把头紧紧包了起来。

姐姐的眼泪“吧嗒吧嗒”往下掉。

直到晚上，儿子一直躺在床上，父亲坐在儿子的床边，他心痛、气恨、懊恼，还夹杂着些许的内疚：厂子内迁，可原材料供应全在外边，我一年四季东南西北地跑，一年跟儿子见不上几回面，可见了面只看着这好那好，亲都亲不够，我怎么就不多问他两句呢？

父亲用手抚摸着儿子的头，轻声问：“你最近到矿上去了？”

“我没去！”儿子大声说，显得越来越不耐烦，父亲的心也越来越往下沉。

“人生在世，会做对事，也会做错事，但不管对错，都是自己的选择，既然选择了，就要承担它的后果。”父亲忍着心痛，缓缓地说。

儿子一直蒙着头，一声不吭。

“你想过那个小女孩吗，她只有两岁，她的父亲死了，既然有人要杀她的父亲，那她不是很危险吗？如果还让杀人的人逍遥法外，那小孩，还有更多无辜的人还会跟着遭殃，你说，是不是这个理？”

终于，被子里的躯体动了一下，然后，传出了闷闷的声音：“我没试过，没有想到它一定会响啊！”声音渐高，最后带着哭腔大声地，几乎是吼出了这句话。

父亲已经是老泪纵横，他对早就站在屋里的女儿招招手，头冲儿子摆了摆，然后手朝门口扬了扬，于是在姐姐的陪同下，向天雁向公安机关自首。

当公安人员将向天雁的交待录音放给万晓阳听时，万晓阳先是不吱声，眼睛在两位警官的脸上来回地扫，猛然她一咬牙，从牙缝里发出：“炸药包是我搞的，也是我放的，没有他的事，你们把我拉出去枪毙吧。”说完，她站起身，从呢子大衣口袋里掏出一个小镜子照着，用手把头发梳了梳，然后放回去，把一双手并拢伸到了公安人员的面前。

第二天清晨，人们看到万晓阳被带上了警车，依然那么平静，依然一脸的冷漠。

尘埃落定

公安人员带着向天雁到现场指认了爆炸物品的索取途径，又到爆炸现场让他确认了炸药包的安放位置，爆炸系统的安装时间和过程，与警方的推断完全一致。

万晓阳在铁的事实面前，向警方认罪，并主动交代了为杀害丈夫谋划和实施的一系列犯罪活动。一天，她从外面回来，手里提着一只肥大的母鸡，她一反常态，脸上堆着笑对建国说："你看这一向家里乱糟糟的，也没法来人，以前你也常到人家宋军那儿去蹭饭吃，我心里也挺过意不去，今晚上你也邀宋军跟你那伙朋友到家来，算咱还人家一顿。"

这一天，晓阳殷勤地忙里忙外，杀鸡炖汤，买酒做菜，她把汤端上桌时，还特意热情地介绍："这个母鸡是我专门挑的，按我们南方的炖法做的，汤味道很好，大家来尝一尝。"于是大家都把勺子伸到碗里去，

第二天，大家都不同程度地有头晕、呕吐和腹泻，她在汤里下了砒霜，为了不露破绽，她自己也喝了小半碗，演了一出"苦肉计"。由于她对剂量没有准确的概念，加上人多，所以没有造成致命的伤害。

令人遗憾的是，那些吃了鸡汤宴的人都出现过相同的症状，而且还互相询问过，联系到建国的家庭状况，居然没有人发生怀疑，可见人们当时法律意识的淡漠，如果当时发现了，那他们后来可能就没有机会作恶了。

这次的"苦肉计"使万晓阳有些后怕，万一量放多了，自己不也一命呜呼了，于是她和向天雁商量决定采用另一种更加干净利落的办法。

他们学习了炸药和爆破的有关知识，设计了一套自认是周密的行动方案，又仔细地分析和计划了许多细节，他们干得那么专注，只是一股劲地往前冲，没有一个人回过头来再进行一下论证和推敲，甚至没有人对那可怕的后果多思量一下，如果有一个人能冷静地反问一下："他死了，我们能脱得了干系吗?"也许事情就不会发生，可是没有。

春节前，他们将这一罪恶的计划付诸行动，约好在腊月二十八晚上实施。建国上班走了，但迟迟等不到向天雁来。

向天雁之所以迟迟不来，是因为他毕竟还刚到二十岁，他还有些犹豫，但一股男子汉敢作敢当的气概使他不好意思临阵脱逃，而且当他走进

这个令他受辱的小屋时，就浑身是胆，他利索地将收音机的后盖打开，将引爆装置接到收音机的开关线路上，将后盖封好，把炸药包捆在紧靠桌子的床架腿的里侧，用桌子的一头沉挡着，他迅速离去。

那两天，晓阳一反往日的冷淡，时时拽着女儿，同时监控着建国，只要他一走近桌子，她马上凑上去找个事由把他支出去，好像犯罪也要过了年关才行，实际上在她的潜意识里，还是害怕那件事真的发生，能拖多久算多久。

年三十上午，建国到车间带领班组搞节前清理。万晓阳早早回家，打扫完卫生，把一盆脏水放在门边，打算年后她和建国一起回来时，进门后，她端着水盆到外面去倒，好借机溜出去。建国一定会去开收音机，这样，她既保住了自己，又除去了她通往幸福大道的障碍。

还有第二方案，就是如果早上建国没去开收音机，因为来了马上要上班，这完全有可能，如果那样，她就买些酒菜，在中午或下午请宋军一伙人来聚一聚，那时这收音机一定不会闲着。那年月，老百姓获取信息的渠道很少，只有这收音机可以选择电台，尤其是当时刚刚兴起的流行歌曲更是吸引着大众的耳膜。到时就是别人不好意思打开，建国也一定会慷慨奉献，以飨听众。

以前请人吃饭时有过一次，万晓阳嫌吵，关了，可建国说："有些声响会增加气氛，也容易引发话题。"重又打开，这一次又是刚过了年，肯定大家都想听点新鲜，这收音机就别想休息了，当然伴随着它的就是"悲壮"了。同时也报了宋军一伙在那次事件中充当打手的一箭之仇。她还计划好，当宋军他们人都来得差不多了，她就说是买酒趁机躲出去。

这时的万晓阳已经丧尽了天良，没有觉着杀死一堆人和杀死一个人有什么不同。她自认计划得天衣无缝，年三十那天她早早收拾好东西等着。

对建国来说，他也有一种"山雨欲来风满楼"的压抑感，当所做的一切都无济于事的时候，他打算春节以后离婚，这是他死后宋军讲的，他说他不想因为自己离婚而让全家人过年时心里添堵。

一声巨响撕碎了那张纸，实现了万晓阳的另一场"离婚"，也将永远割断她与人世的情缘。

几天后，市里开公审大会，特意"照顾"本单位，多给了些名额，厂子去了不少人。任书记沉痛地对陈技术员说："你去送送她吧！"

万晓阳和向天雁并排站在囚车上，两人的手都被五花大绑捆在了背后，后衣领中插着一块牌子，上写“杀人犯”。

两年来，她和他第一次在人前公开，却是在这种场合下，让人的心里生出一些酸楚和悲凉。只见万晓阳脸色苍白，面无惧色，没有焦点的目光仰望着虚空，似在探视那天堂之门，似乎那灵魂已经飞进了天堂，地上只留下一个空空的壳。在那儿，她和她的恋人可以大胆地、无所顾忌地去演绎他们的爱情故事，去做她的天堂新娘。

一声爆炸也引爆了徐会计心里那个打包封存多年的炸药包，她仿佛又回到了朝鲜的冰天雪地，听到了子弹的呼啸，看到了手榴弹爆炸的光焰，那里有她的机要员，他在等她，她要用秧歌去迎接他的凯旋。她还是时不时地出门去扭她的秧歌，只是身体越来越虚弱，声音也不再响亮。

有一天，一位壮年男子走进了徐会计的家。又一天，天气晴好，这位男子在院子里摆了一把椅子，把徐会计扶到椅子上，让她坐在那儿晒太阳，过了一会儿，他又端出一个方凳，在盆里倒了热水，放到凳子上给她洗头，然后，给她剪头发，临了，男子凑近徐会计的脸说：“妈，你别动，在这儿好好晒晒，头发还湿着呢。”

后来人们知道他是徐会计丈夫和他前妻生的大儿子。

陈技术员暂时放下正在办理的调动，为建国这个可怜的老好人送行。按当地的习俗，人下葬要几铺几盖，她发挥着女人的特长，张罗着，心情沉重而复杂，她痛惜一个好人的辞世，但对那个送他上路的人却又恨之甚少，在她眼前飘动的总是那个产后三天就裹了件蓝棉袄，包了个绿头巾，缩着脖子往下料房飘去的影像，它勾起的更多的是同情和惋惜。

在那个非此即彼的年代，陈技术员的灵魂深处在不断地闹革命，为自己的爱憎不明，渐渐地，这恨的砝码上的“短斤缺两”演化为一种对死者的歉疚，于是用自己密密匝匝的针脚和异乎寻常的热心忙碌着，以期给予某种补偿，带着一份凝重和祈祷：他在世遭难，愿他来世幸福。

据说，当时法院和检察院在主犯和从犯的认定上存在分歧，直到陈技术员调离那个厂，都没有听到最终的判决。

1981 年 4 月，《工人日报》上刊登了一篇老共产党员大义灭亲的报道，讲的是向天雁的父亲，说这个案子，现场全部被破坏，找不到物证，他父亲的义举为案件的破获作出了重大贡献。

具体的判决结果，陈技术员至今也不知道，也不想知道，报纸上既然用了“灭”字，还用问吗？那个聪明帅气的小伙已经去了。但万晓阳那张冷漠的脸、向天雁那稚气而又聪慧的面庞、建国忍辱负重的神情和依偎在他腿上的小姑娘那怯生生的目光，却时常在她的脑海中浮现，对几个年轻人生命毁灭的感叹和惋惜，伴随着她这么多年，挥之不去。

那晚两床从送“人”的卡车上取下的线毯门帘，往回还时，有人说：“晦气，扔了吧。”陈技术员将其拿回家做了家具托运的包装。到南方后，不知为什么竟不舍得扔，就铺在床上直到现在，每一次翻腾床时看到那两床大红色的线毯，那些事儿、那些人就变换着场景走马灯似的在脑子里翻腾。

愿逝者安息，生者幸福。

反哺之情

转眼三十年过去了，岁月从指缝间水一般地流过，这些年来度过的每一天时光，时代都赋予了不同的色彩和形态。每日朝霞变幻越来越深刻地改变着人们的心性和容颜，似水流年彻底再造了人们的思维和价值观，但永远不变的只留下一个“情”字，不管是曾经拥有还是天长地久。即使爱已逝去，情却永存，对情之所载的那片土地自然是魂牵梦萦。

几年前，国家刚提出开发大西北，文昌德就满怀激情，再一次踏上了那片土地。

文昌德兴冲冲地第一次降落到古海机场，立感心慌气短。同机的一位中年人，目光炯炯、气宇轩昂，身材魁梧，身着笔挺的西装，提着他那黑色的牛皮公文包，那里面装着他的雄心与梦想。

这个人一下飞机就开始解领带，一边拍拍正好走过他身边的文昌德，上气不接下气地说：“不行，不行，这地儿离上帝太近，我还不想那么快就去见他老人家，还是打道回府吧。”

文昌德上下打量着这位先生，慢悠悠地说：“可能是我这人罪孽深重，不招上帝他老人家待见，曾在这儿待了整整十年，都没见过他老人家长什么样。”

“咦？”对方显出了诧异，看看眼前的这位：约莫50岁，颀长纤细的身材，着一件深蓝色夹克，一条牛仔裤包裹着两条修长的腿，面容严肃，高挺的鼻梁上架着副宽边眼镜，两只略显深陷的眼睛在镜片后边闪着亮光，嘴角紧闭着，向右勾起形成一抹弧度，带出脸上沉稳的笑意。这个人怎么看都好像与罪孽二字“不搭嘎”。他想：这应该是个有故事的人。

“玩笑，开玩笑，真的没你想得那么邪乎，慢慢适应就好了。”文昌德说完又自言自语道：“事业，无所谓成与败，问心无愧才是最重要的。”边说边往航站楼出口走去。

“老兄，赚钱，无所谓多与少，身体健康才是最最重要的，这块肥肉还是留给你吧。”一串话从身后飘来。最终，他放弃了雄心勃勃的投资计划，搭上了返程的飞机。

此后文昌德和当地的一家大型机床厂搞起了“拉郎配”，尽管这家企业的装备和技术水平被长三角地区的同类企业甩了几条街。

可到了2008年，虽时令刚进深秋，全球经济却早已赶往了寒冬。金融危机，越有钱越危机，没有钱不危机，有钱的突然没钱了，这没钱的也跟着一块危机，一些中小企业甚至会关门大吉。这不，文昌德帮机床厂签订的一单大生意因海外客户资金紧张，订单取消，尽管公司设计的数控系统费用大部分已经收回，但机床厂上千号人在这个严冬里真要去喝西北风吗？他心痛啊！现在好了，终于在国内给找了个新婆家，红娘就是刚刚结束的工业自动化展。

在展会上，公司推出了几款新产品，有客户要采用此新系统，他趁机将那批订单的产品一并推了出去，当然价格就得人家说了算。但他并不太遗憾，反倒像心里堵着的一块大石头立马落了地。

回到家，已是万家灯火，妻子小慧开了门，她接过司机手里的行李箱，看着对方热情地说：“进来坐会儿吧。”“不了，让老板早点休息吧。”

妻子从鞋柜里拿出拖鞋就蹲下给文昌德解鞋带，文昌德弯腰自己动手解另一只鞋的带子，说：“我自己来。”妻子直起身问：“吃饭了吗？”“在飞机上吃了。”

妻子转身给他泡了一杯茶，放到茶几上说：“那你先喝点茶然后洗澡。”十几年了，这个作为妻子的女人兼任着公司的业务主管和家庭的生活顾问，他已经习惯了。

文昌德坐在沙发上沉思片刻说：“不急，我还要先整理一下会议的资料，明天上班要给大伙通报一下。”妻子掏出他公文包里的笔记本电脑，放到茶几上，插上充电器的电源线，坐到了他身边。

“这笔单子不赚钱，你不会怪我吧？”文昌德手搭在妻子的肩上转头看着她问。“不会，看着你去了块心病我比什么都开心。”妻子笑笑说。

“那你还是先别忙着开心，现在还只是个意向，要把这单子夯实了还有大量工作要做。”“知道，大家一起做。”妻子笑答。

其实文昌德的内心里远没有他表面上表现出来的这般轻松。一个梦，一个遥远的梦，一直撕扯着他的心。

妻子起身翻看着包里那些资料，把她认为有用的放到茶几上，然后又去收拾箱子，把里面的衣服分类处理完，又回到沙发旁说：“别搞得太晚，差不多了我就去放水。”“好吧。”文昌德他头也没抬，边敲键盘边应答。

哗哗的流水声从里面传出来。文昌德往浴室走去，把自己泡在浴缸里，全身软绵绵地没有一丝力气，疲乏从骨骼筋肉间散发出来，溢满整个身体，思绪有些混乱，杂乱无章的一些画面在脑海里不停地切换着，他闭上了眼睛。

三十年里新友故知聚散无常，文昌德的熟人圈子里已经不太有人知道他的那些陈年往事。可在这2008年的秋天，改革开放三十年之际，媒体连篇累牍的报道，三十年前那些灰色画面的回放，把他带回到那久远的年代。那些年，那些事裹挟着和几个女人的爱恨情仇，像烙烧饼似的在心里翻腾，刻骨铭心。

浴室的门被推开，妻子走进来，脚步轻盈，小心翼翼。

文昌德没有睁开眼，却有一股暖流在胸口荡漾：她是来给他送浴巾的，他总是不记得带浴巾进来。妻子站到浴缸前，犹豫了一下，还是伸手推了推他的肩膀，声调轻柔，几乎是在耳语，说：“你又在浴缸里睡觉，快点洗完起来去床上睡！”

文昌德睁开眼睛，给了妻子一个意味深长的笑说：“到了床上，我就不想睡觉了。”

妻子是常州人，当年和文昌德在常州的同一单位。她一米六八的个头，一张清秀白皙的瓜子脸，长腿修长纤细，细腰翘臀，天生的一副衣服架子，可她并不特别在意穿戴，一大盒首饰放在那儿压箱底，要出席正式场合时，他提醒她，她才想起佩戴。

妻子业务能力很强，大学毕业不到一年就抽到厂技术科，这个刚出校门的学生，一头乌亮油光的头发在脑后扎起个马尾，在脖颈处别一枚精致的发卡，刚好露出一半小巧的耳垂，显得那么清新脱俗，端庄雅致。

当文昌德在一栋居民楼的一个套间里开办自己的公司时，她放弃了当时在大多数人眼里还那么金贵的铁饭碗，毅然来到了他的身边。这遭到了她家人的极力反对，她的哥哥几次来公司把她拉回去，她的父亲更是来大闹，威胁说：“你要再往这儿跑，我就打断你的腿，残了这辈子我养活你。”

文昌德也劝她说：“你还是回去吧，这样三天一小吵，五天一大闹，我这公司的牌子人家都不让挂了。”“我往哪儿回？我来就是下了破釜沉舟的决心的。”她提高音调，激动地说。

“陈科长找过我说希望你回去，他还挺舍不得你这个人才的，你又没办手续，旷几天工他会给你处理的。”他说话缓慢而稳重。

“想赶走我，是不是？打明日起，我给你跑业务，拿提成。不拿你的工资，一则减轻了你的负担，二则整天在外面跑，让我的家人找不着，岂不一举两得。”说完又像是恍然大悟似的一拍大腿：“咦，我怎么早没想到，我不就是嫌在技术科整天对着那些工艺卡片枯燥乏味才到这儿来的嘛。”

五年后，当文昌德决定将她娶进家门时又掀起一场轩然大波，尽管他的公司已具相当规模，可整整十五岁的年龄差距，像一条不可逾越的鸿沟横在两人面前，那一年她二十九，他四十四。亲朋好友们也都一致地站在她父母的一边，劝她放弃这段不明智的感情，又各显神通给她介绍他们理想的“王子”。但她很坚决，冲抱团前来相劝的亲友们点头哈腰、抱拳打拱说：“谢谢，谢谢你们的好意，小女子真配不上你们相中的郎君，你们放心吧，我会过得很好，我会幸福的！”

她说这句话的时候文昌德就站在她身边，那一刻他感动得无以言表，竟有种想放声痛哭的冲动，他紧紧地握着她的手对着众人发誓：“我一定要让她永远做我的公主，我一定会让她幸福。”他没有食言，他们像许多幸福的家庭一样，后来有了儿子。

床头灯调得很暗，妻子轻轻走进来，她的脸精致而美丽，淡红的嘴唇，高挺的鼻梁，光洁的脸颊，曲线流畅的眉毛，应当归于人间尤物的类型，她的身上散发出来的，是成熟女人特有的风情。

文昌德喜欢她依偎在怀里的感觉，喜欢她抱着他的脖子撒娇，喜欢她偶尔露出的淘气神情，有时恍惚觉着她就是他的女儿雅雅。

时光缓慢坠落，女儿慢慢长大，但只长在他的梦里。到一九九五年二月，雅雅十八岁，成人了，文昌德送一张万元的汇款单，作为生日、成年和新年三重大礼。女儿原封不动地退了回来，并附上一张纸条，他终于如愿以偿、如获至宝地得到了女儿的只言片语，只是挺噎人。

前爸，请欣然接受这个称呼吧，因为我亲妈是你的前妻，所以我只能这样叫你，当年你为了自己的所谓幸福，抛妻弃女，你害了我妈害了我，我今天能给你这个称呼已经是客气的了。请记住：不要干扰我们的正常生活，不要寄东西，我会扔到马路上，因为退回去还要我费心。

"真是青出于蓝而胜于蓝！"文昌德感叹道。从此，他不再奢望见面，连活动活动心眼都不敢，但一个影像定了型，那就是三十多年前的苟爱琴。眼前的日子越幸福，他就越是想起过去，想起和他有过交集的那些不幸的人和事。

心，长在人身上就拳头大的一坨肉，但心思却是虚无缥缈的，一看到儿子文昌德就想到女儿，有时搂着妻子，眼前浮现的却是另一个人。这个世界上，也许没有地狱，如果有的话，那一定是心灵的地狱！那自责与悔恨如地狱的火焰，焚烧着他的肉体与灵魂。

他要重走那条路，给心灵一个放飞的空间。

重走来时路

文昌德坐在宽大的办公桌前，做技术支持的刘高工手里捏着两张火车票，满脸疑惑地走进来："老板，是您要的票？"这注定是笔赔钱的买卖，派谁去也难有回天之力，可老板却要亲力亲为，令他越发犯糊涂。

"是的，麻烦你和我走一趟。"文昌德很平静地回应。"我当然要去，必须的，技术上的我负责，再派销售去一个不就行了，您何苦要亲自去，还坐这个。"他扬了扬手中的火车票，情绪激昂地表达着自己的观点。

文昌德左手举到脸旁，一边左右晃着，一边说："勿来赛，勿来赛，这里面还有许多协调的工作。"眼镜后面一双炯炯有神的眼睛很认真地看着对方，语气中带着几分严肃。

"老板还有绝招，妙招？"小刘不解地问。"有招也不能往他们身上用，这笔生意亏定了，只能我们亏。"文昌德说话中带着几分威严。"噢，怪不得坐火车，省点儿是点儿。我年轻，无所谓，只是老板要辛苦了。"

刘高工从财务角度给自己解了惑。

早晨的薄雾笼罩着这钢筋水泥的世界，当晨曦的静谧被初升的太阳唤起的时候，大地开始了复苏。路旁花坛里低矮的菊花开满枝头，洋溢着浓浓的香气，为这钢筋水泥的世界平添了一分生气。

马路上车辆川流不息，一辆漆黑如墨的宝马疾驰在快车道上，如飞的街景向后倒去，文昌德靠在后背上，微闭着眼睛沉思，时而睁开，深邃的眼眸如梦如幻，当车将要开进火车站的站前广场的时候，他挺直了身子说："就这儿下吧。"

司机打开车门，文昌德下车，伫立在火车站站前广场的马路边，刘高工心里就纳了闷了：坐火车，省钱？可舍近求远，从上海开车到此一游，油钱就不是钱？一脚油门就可直奔贵宾室门口，老板干嘛偏要在这乱糟糟的地方下呢？但这些问号也只能闷在心里，他茫然呆立一旁。

文昌德对这个车站有一种特殊的感情，三十多年前他像候鸟般在这条线路上奔波了十年。长长的两条铁轨，无穷无尽地延伸到遥远的天边，一年一年地进站出站，一次一次地上车下车，带着记忆驶进，载着梦想远行。火车不只在空间的轨道上奔驰，也在时间的长河中流淌。今天，车轮已经碾碎了历史的骸骨，车站也早已改变了模样。

"老板，现在进站吗?""小刘，你还年轻，你不懂。"文昌德答非所问，仰脸望着空中，自言自语道："这人生就像坐火车，有人中途下车，有人半路上车，爱情停停走走，朋友去去留留，多少人在你的生命列车上与你擦肩而过，那些你爱过的、爱过你的，你伤害过的、伤害过你的人，将永驻心间。"

小刘耐心地倾听着，不时地点头，说："老板，想不到你还是个文学家，这话说得太有哲理了，我虽年轻，也有同感。"

"你以为文学家是那么好当的，生活感悟而已。"小刘似乎悟出点什么了，老板这是要重走"长征路"，找找当年的感觉，这真是有钱人钱多烧得慌，一个一天为温饱奔波的人，哪有那工夫去感悟。

"老板，走吧，不然要误点了。"小刘提醒道。

文昌德依然站在那儿，昂首远望，他在寻找当年那栋灰色小楼的踪迹，那楼顶上养着一群鸽子，每年回来，看到那群鸽子带着长长的哨音飞去飞回，他就会真实地感到：回家了。可今日小楼早已没了踪影，矗立在眼前的是雄伟的车站大楼，但在他的眼前，浮现的依然是小楼，耳畔依稀有悦耳的哨音。

“走吧，真要误点了，您的重走‘长征路’可要泡汤了。”小刘带点调侃地提醒道。

文昌德浑身一激灵，望着眼前这个三十多岁的东北小伙，他高个，方脸，皮肤白净，身材魁梧又不失斯文。他上穿一件黑色皮夹克，下配一条黑色牛仔裤，脚穿高帮黑色旅游鞋，鞋面上有两条红色的月牙形条纹，算这一袭黑色中的点缀，他跟在自己身边还真有点保镖的味道。

此刻他正歪头看着自己，大而明亮的眼睛眨巴着，意思是说：我没说错吧。

“鬼机灵，我就喜欢你这悟性。”说着文昌德在他的胳膊上拍了一下，然后转身，带着不舍，他伸手接住了一枚飘落的枯叶。

上了车，这是两个硬卧的下铺，小刘将行李放到行李架上，转身坐在自己的铺上，文昌德则半躺着坐在对面的卧铺上。小刘一只胳膊肘支在窗前的小茶几上，托腮沉思。

阳光透过玻璃窗射进来，文昌德的眼前一片模糊，小刘的脸变成一张姣好的少女面容。阳光映在那张脸上，那白嫩的肌肤透着亮，长长的睫毛、直挺的鼻梁和微微突出的嘴唇似镶上了一道金边，那么美好，片刻，那睫毛和嘴唇抖动了一下，渐渐那脸上泛上了依稀可见的红晕，当时的他意识到姑娘觉察到了他的目光，这红晕就是一种青春的闪光，感情的信号，是被异性拨动了心弦的一种面部感应，是传递情波的一种特殊语言。

他的头脑里开始了翻江倒海，听说万晓阳前几年出来了，她现在会是什么样呢？在里面走了一遭，人是变得圆滑世故？刁蛮狠毒？还是痴痴呆呆？总之当年的率真恐怕是再也看不到了。他设想着和她见面的种种情形，也许是这种期盼使他神差鬼使般地以这种方式出了这趟异乎寻常的差。

看到他痴呆略带沉思望着自己的眼神，小刘茫然地问：“老板，有事吗?”

文昌德浑身打了个激灵，真切地感受到已是物是人非了。他不好意思地摇摇头，说：“没有，有点走神了。”

文昌德把目光收回来，盯在手里的那片枯叶上。他捏住叶柄放置于拇指与食指间来回搓动，叶面随之旋转。他蓦然发现了什么似的，将叶片举到小刘眼前说：“你看，这树叶它的正面光滑，色泽泛红，而背面粗糙且枯黄泛白，原来自然界也酷似人生，鲜亮光耀的背后少不了艰难、困苦，奋斗与挣扎。”

“是啊，我也才注意到，不过人生像您这样经历了艰难、困苦还能换来辉煌的人可少之又少，多数人都是奋斗与挣扎了一辈子也没见着成功的影子。”小刘脸上写满了崇拜笑着说。

“你说的没错，但不能因此放弃了努力。”“是，老板，您就是我的榜样，听说您是古海受苦，常州起家，上海辉煌。”

“我这算什么辉煌，每天一睁眼就是开会、合同、电话、算账，日复一日，年复一年，今日不记昨日事，可在古海受苦的日子却老盘旋在脑子里。前些年，我曾回到过老厂，厂子已经破产，没有门路的多数人还是守在厂里，靠低保生活。那年我回老厂到一当年哥们家里，看到一派败落景象，我问，嫂子呢？哥们沉默良久说，死了。说是在厂门口等车，因该线路太长，站多，每站必停的车，上车五角，停靠站少的车，票价是一元。这天一元车停在站牌前，她不上，五角车过来见一元车占着停车位就从站前开过，她急于向那五角钱的车奔去，结果被车轮压死，为省五角钱丢了一条命。”文昌德似平静地陈述着事实，不带一丝情绪色彩。

但一瞬间，他的眼前一片朦胧，眼泪差点夺眶而出。他马上用手掩饰地搓了下脸，趁机抹去了眼角溢出的泪水，这泪水里浸透了对昔日同胞生命毁灭的惋惜，也包含着对自己无能、无力、无为的哀怨。他慢慢地将枯叶揉碎，“咔嚓咔嚓”的声音令人发怵。

恩人

小刘显然受到了触动，他的表情蓦然变得肃穆了起来。他拿出两包袋装茶叶，在老板和自己的杯里各放了一包，然后泡上了开水，说：“老板，喝点水，平复一下心情吧，这已是没有办法的事，只怪他们本领不强。”

文昌德点了一支烟，深深地吸了一口，浓浓的烟雾顿时在车内弥漫开来，又随之被窗户里吹进的风吹散，他压抑着声调说：“错，当年，他们也是生龙活虎，有追求有理想，那么认真地活过，可现在，唉！”

“老板……”这个年轻人已不知该说什么。眼睁睁地看着老板的脸上浮现出那越来越凝重的忧郁。

文昌德轻声细语，像是自言自语，又像是说给小刘听：“他们是为社会转型而牺牲掉的一批人，你和他们没有过交集，所以说得那么轻松。人的命运，归根结底都是社会属性的产物，在同一个工地上打工的两个年轻人，一个是泥瓦工，一个是工程监理员。两个人聊起来，这个工程监理员是北京人，那个泥瓦匠是湖南人，两个人同一年考大学，监理员考了400多分，泥瓦工考了500分，区别就在于地区差别，录取分数线不同。”

“这一点我认同，听说在浙江的某些县，小孩儿一生下来连墓地都准备好了，这就是命运啊，他生在那方土地上。”

“那其他地方的人就不要活了吗？那只是命，而运，就取决于人的认知水平和思想观念的差异。改革开放，摸着石头过河，许多人还没弄清是怎么回事就糊里糊涂闯入战场，厂子原先生产手扶拖拉机，活得好好的，可是有人头脑发热，非要去造汽车，结果很快就被市场淘汰了，市场经济有其自身的运行规律，是不以人的意志为转移的。”文昌德侃侃而谈。

“老板，真看不出，你在上海每天活得风风光光的，原来心里装着这么多久远年代的朋友们。”小刘不无感慨地说。

“装着又能怎么样？前些年我曾帮厂里的一些有条件的人到这边打工，可这解决不了根本问题啊！厂子搞汽车不行了，我曾找过厂子的领导，想让他们和我们合作的那个机床厂搞联营，可人家看不上，一心想着东山再起，汽车来钱快。到后来厂子不行了，一些有能耐、有技术的都往内地走了，再想搞这个联营都不行了，因为整个生产体系垮掉了。”文昌德说得很伤感。

“是啊，一个人自己不想站起来，或根本无力站起来，那别人怎么扶也没有用。就说现在，活着没信心，死了没决心，半死不拉活，天天真闹心！在全中国这样的人多了去了。我觉着吧，归根结底，还是要看个人的努力。”

“也对但又不完全对。”文昌德转身将两条腿挪到铺上。

小刘赶紧将他身下的被子和枕头整理好，说：“老板，躺下吗？”

文昌德整个身子往下滑了滑，斜躺着靠在被子上，眼睛盯着中铺的铺板，自言自语：“其实个人的命运往往也会因一些偶然因素而改变，就比如我吧。”小刘坐过来，好奇地问：“您有高人相助还是遇到贵人啦，一定是遇到贵人了，是小慧阿姨对不对？”

“她嘛，算一个，可我现在自己能给自己当这个老板，要感谢的却是另外一个人，确切地说是一封信。说‘感谢’是因为如果没有那档子事，我的后半生肯定是坐在上海某个国企的办公室里抽烟、喝茶、看报纸呢。”文昌德陷入了那久远的回忆中。

“那是1981年，我作为特殊时期结束后的大学生正在上海上大学。我原在工厂里干钣金工，十年的经验和积累使我对常用曲线的数学表达了如指掌，所以上大学选了机电一体化专业，学起来特轻松，成绩自然棒，面临毕业，简直就成了一个抢手的香饽饽。可当得知我的小老乡在厂里犯下杀人大案时，我不自量力，给省检察院写了一封信。信的开头是，因无知而犯罪，上帝也会宽恕，而她的无知是谁造成的呢？”

“老板，你有胆魄，也很仗义。”小刘说着伸出了一根大拇指。

“还有水平。”文昌德说完冲小刘笑笑，又自嘲地说：“还斗胆包天。多少年来，我曾不止一次地读着信的底稿，信中有些提法虽说有些幼稚甚至是荒诞，但字里行间飘散出的青春气息让我顿觉好像又年轻了一回。可这事带给我的却是灭顶之灾。”

当年的场景在他眼前展开。那是刚开学的第2天，文昌德在阶梯大教室里上课。两位穿着检察官制服的同志和系领导早就站在了大教室的门口。一下课，这三人就走了进来。系领导先是给老师耳语一番，然后就叫文昌德到前面来。

这是两节课之间的大课间，各个教室里的同学们都出来活动。文昌德就和两位检察官，还有系领导一起往校保卫处走去，一路迎来了人们诧异惊奇的目光。

文昌德接着说：“检察院派人到学校了解情况。本来一件很正常的司法调查在那个年代却在学校里引起了轩然大波，为一个杀人犯辩解，语言竟如此的大胆和直白，给人留下了那个时代人所不齿的是非不明、思想颓废的印象。又是为一个杀夫的年轻女子，更是引起了关于生活作风的种种遐想。我四年大学铸就的金贵之身又被打回到政治贱民，我又一次体会到了从巅峰坠落谷底的凄凉之感。当初与我签约像中了头彩般兴奋的上海本地企业，跑得比兔子还快，女朋友也与我分道扬镳。我被分到常州一家小厂，所幸的是我所学专业在国家的产业升级中派上了大用场。”

“她是你的？”小刘疑惑地问。

“没你想得那么复杂，一个在火车上认识的常州老乡。我写信要强调的是，一个那么纯真的少女是怎样‘成长’为杀人犯的。我和我的这位‘恩人’相识就是在这趟列车上。”

“旅客同志们，旅客同志们，终点站古海车站到了，请大家整理好自己的物品，有序下车。祝大家一路平安!”听到列车播音员那甜甜的嗓音，文昌德恍惚看到建国款款而来，听见一个女人“晓阳，晓阳”的叫声。

“到了，下吧。”小刘的提醒将他的思绪从时光隧道中拉回，他才又一次真切地感到，今已物是人非了。

火车到站后站台便沸腾了，岁月的流逝中，站台见证着许多生命的重要主题——相聚、分离和漂泊，从一个终点，到另一个起点，行色匆匆，熙熙攘攘。

风夹着雨吹来，凉飕飕的，感受到高原特有的空气，眼见周围穆斯林打扮的人，闻到空气中弥漫的烤羊肉香味，文昌德意识到，他又一次踏上了这片土地。他打开行李箱，取出那件古董级的雪花呢短大衣，令小刘和来接站的朋友投来诧异的一瞥。

重逢

临走前，文昌德在东大街的一家干洗店找到了万晓阳。

这家干洗店的玻璃门上用红漆写着：男女衣服分洗。看来在她的人生阅历中，那朵浪花已经成为她的永久记忆。她从高墙走出来后，断绝了和过去熟人的一切来往，别人认出时她一概以“你认错人了”回应。

当文昌德站在万晓阳面前时，万晓阳愣住了，注视久了，她的记忆开始发生故障，忘记了自己是谁，恍惚中看到了那件不合时宜的灰色雪花呢短大衣，她眼窝湿润了，说：“是你，真是你吗？想不到你还能记得我。”

文昌德带她来到当年吃告别饭的那个位置说：“还记得这地方吗？佳运，看来它自己的运气也不佳，这不也给别人吃掉了。”

这里现在是一家挺气派的“茶园”，昨天朋友请他到这里，感觉不错，还勾起他一丝怀旧的情怀。

一走进轩敞的室内茶园，脚下是一片翠绿的草丛，一股清香的气息扑面而来。首先映入眼帘的是高低不平、错落有致的假山，山上山下小溪潺潺，小溪翻山越岭流入用大理石堆砌的水池里。水池砌得别具匠心，池底是五颜六色的碎石，碎石中还闪动着彩灯。

水池旁安放着一架钢琴，一位留着长发、穿一身黑色礼服的年轻人在弹奏，他的身体随着音乐在摇摆起伏。

穿过走廊往里走，眼前一片开阔地，抬头望去有十几座造型各异的木屋，或横或竖地隐藏在绿树丛林间。不时传来高一声低一声地划拳声，有人已是“喝高”了，在屋外的草坪上跳起了藏族的锅庄舞，肢体动作幅度颇为夸张，嘴里还咿咿呀呀地哼唱着，四周一拨一拨的孩子们像是刚出圈的小羊，可着劲地伴唱、奔跑。

他们沿着盘旋梯上到二楼，这里是一圈环境优雅的环形吧廊。精巧的小酒桌、造型独特的矮沙发椅，沿吧廊疏落有致地随意摆放着，光线柔和而黯淡，环绕声很好的音响里流淌出一支又轻又柔的外国流行曲，营造出一种宁静平和的气氛。

“这里真是中西合壁，土洋结合，看来这个老板还真不差钱。”文昌德感慨地说。

“这倒不光是钱的事，因为现在来这里的人各种层次的都有。现在这儿真像你三十多年前说的，是全国人民的避暑胜地，夏天来这儿是一票难求，住宿是一房难求呢。”万晓阳说。

文昌德恍如隔世，这还是那个说话不着调的万晓阳吗？他开始上下打量起她来：她已人到中年，但身材依然匀称，穿一件米色呢子大衣，一双黑色的半高跟皮靴紧裹着一双修长的腿，一头浓密的头发盘在脑后，上面扎着一个饰有蝴蝶结的黑色发绳，面部皮肤依然紧致，神色沉稳。文昌德觉着眼前的这个女人成熟了，她已经实实在在地融入了她生存的这方土地。

他们在一张酒桌前落座，侍应生过来殷勤地递上价目单，文昌德推给她说：“你来。”万晓阳推开，说：“你点吧，咱们是老乡，口味相投。”

文昌德点了一些点心、饮料和两杯鸡尾酒。沉默良久，长吁了一口气说：“三十年了，距我们分别三十年了。”

“是啊！三十年，差不多半辈子了，这期间发生了太多的事情。”万晓阳右手托着下巴，头略偏，依然好看的杏仁眼圆睁着注视着他，而转瞬间，那眼神又如梦幻般飘忽起来。

“可是能让人记住的不多，像那次列车偶遇。”文昌德抬眼望着她说。

“是偶遇吗？这些年我想来想去，怎么都觉着是上天安排的。”晓阳仿佛置身于一个美丽的梦境中。

餐品陆续上桌，文昌德将高脚酒杯举到眼前，视线越过杯沿看着她说：“来，为我们的重逢，为上天的巧妙安排干杯。”

万晓阳浅浅一笑，慢慢举起杯，伸过去轻轻碰了一下，看着他饮，然后自己啜了一小口。

突然间文昌德感觉生活是这么真实，这么美好，一种遥远而陌生的快乐在他心里悄然荡漾。然而，就在他忘我地沉浸在这种快乐中的时候，万晓阳却放下酒杯垂下了眼帘说：“那次列车相遇带给我的不知是幸运呢还是厄运，否则当时依我在家里的处境，我可能是不会留在这儿的。”她脸上泛起红晕。

文昌德恍惚看到了三十多年前列车窗口那一抹红晕，想不到一次旅途邂逅竟会影响一个人的生命轨迹，而且是这样一条非同常人的轨迹，他心里一阵隐痛。

为了平衡这种负疚感，文昌德又像当年在火车上那样侃侃而谈：“如果真如此，我只能诚心诚意地说一声抱歉了，好在我当年对古海的夸词如今都变成了现实，而且大大超出了我当年的想象。”他右手打着节拍，娓娓道来：“整个城市在西部大开发的背景下已经发生了天翻地覆的变化，连老天爷都与时俱进地改变着它的坏脾气，过去的干旱少雨已由人工降雨来调节，据说基本上隔一两天就有一场小雨，显示着人定胜天的豪迈。在我们厂子对面过去常年光秃秃的荒地上竟长着一片郁金香，虽然已经过了花季，但挺拔墨绿的叶片依然傲立风中，显示着生命对这个高原城市一样的眷顾。”

晓阳静静地听着，自言自语道：“我好像又回到了三十多年前的那趟列车上了。”

谁之过

文昌德看到万晓阳朦朦胧胧的笑脸，忽然有种恍惚感，不知是不是自己在做梦，他掐了自己的手背一下，思绪不再自由飞翔。脸上洋溢着亲切的笑容，轻声问道：“日子过得怎么样？”这是他当前最关心的。

“比刚出来那会儿强多了，到鬼门关晃过一回的人还有什么过不去的，摸爬滚打几年，现在我把这店盘下来了。”她说得很平淡。怔了一下，如梦初醒，关切地问道：“见过苟爱琴和女儿吗?”

“没有，她们始终不肯原谅我，前些年给雅雅寄的钱和东西都退回来了。可听说那个老头，退休后撇下她娘俩回北京去了，家人不容，痛苦不堪，又不好意思回来，女儿……”文昌德忽然抬起头，直视着万晓阳的眼睛说：“是我的女儿，亲自到北京把他又接了回来，可她竟然不给我一点良心救赎的机会。我做人真失败啊!”他用双手捂着脸，很吃力地将一种很痛苦的东西吞咽下去。

“对不起，我不该提这些，让你伤心，我是真的不知道，我出来后再没跟厂子的人联系过。你也别太难过，世事难料，也许以后她会明白过来，再说你也不用太担心，她们现在的情况肯定也可以了。来，我们喝酒。”万晓阳用杯子去碰他面前的杯，发出清脆的响声。

这还是万晓阳吗？真是世事弄人，也世事造人，她已经会体谅别人的痛苦并力图分担，文昌德为此感到欣慰。他猛地抬起头，又来回晃了晃，好像要把心中那不快晃掉，说：“算了不说这些了，自己个找烦恼。”他转换了话题，问：“出来后没再成个家?”

“没有，一个操过刀的人谁敢要？我这一辈子只好伴鬼了，还是两个。”万晓阳说得很凄凉。

“别那么说，别人不是都这么看的。”文昌德听着很痛心，轻声劝她。

“那还能怎么看呢?”万晓阳将头扬起，眼睛望着别处，牙齿咬着下嘴唇，好像要将这痛苦硬生生吞下。

文昌德脸上浮起一片阴云，他知道几句宽心话在此绝对多余。

“这么多年我都没想明白，我犯那么大的罪，你还敢给检察院写信，都写些什么？那又不能像那次篮球赛苟爱琴犯规，可以真亦假来假亦真。”万晓阳的脸上划过一抹笑意，收回视线注视着他，带着嘲弄的口吻说。

“想知道吗?”文昌德从皮包里拿出一个信封，里面就是那封信的草稿，盯着她的眼睛交给她说：“你自己看吧，我相信许多人都会这么看，所以你要鼓起生活的勇气，活得昂扬些。”

万晓阳抽出信纸，展平在桌上，只见信上写道：

因无知而犯罪，上帝也会宽恕，而她的无知是谁造成的?

从万晓阳走进社会的第一天，我就认识了她，那真是一个单纯的女孩子，后来发现她也是一个有着严重性格缺陷的人，所以她走到今天这一步也是不足为奇的。

我今天写信不是想为她开脱罪过，已经犯下的罪是谁也开脱不了的，但她的性格缺陷和当时的社会环境，对于诱导和促成她犯罪的因素却是不可忽视的，比照一个精神病患者杀人可以不负刑事责任的法律，请求检察院在起诉中能够考虑到这一点。

我比她大十岁，但我们经历的却是两个时代，我从小受的是共产主义的理想教育，是听着苏联《共青团员之歌》走向社会的，在风华正茂的年纪，经历了大起大落，这无疑大大地提高了我们这一代人的心理和身体的承受力，屡经坎坷而坚韧不拔。而他们，在该受教育的年代，没有人向他们讲述雷锋，共产主义也变得虚无缥缈了，凡事我们宁愿相信美好，即使没有，也要去创造一种希望，而他们却缺失了信仰的力量。

后来，恢复高考后千军万马过独木桥，桥头有我们这一批具备了知识实力和心理磨砺的老三届，后面有整整齐齐受过系统教育的弟弟妹妹们杀了过来，社会留给他们的机会是少之又少，再后来整个社会是大浪淘沙，他们因为自身素质的差异，越来越像其中的一粒尘沙，觉着越来越没有信心和耐力，看不到希望和未来。无望、无奈和失落是他们当时心态的最好写照。于是，在一个变革纷乱的时代中浮躁地成长，不能明辨是非，不会抓住，也无力抓住机遇，不去做坚持不懈的努力，傻傻地跟着躁动不安，甚至把全部的能量宣泄到随着社会变革而带来的污泥浊水中。

我这么说并非把责任全部推给社会，毕竟她这是一个个案，更多的还是与她个人的性格、家庭背景及生活环境有关，儿时姥姥、姥爷的溺爱贯穿于她生活的方方面面，加上家庭亲情的缺失，在她以后的生活中为她划定了一条独有的思想行为轨迹，使原本两股道上的车相撞，在一个错误的时间选择了一段错误的婚姻，当她想要纠正这个错误的时候，却受到来自各方的强大阻力。

当初，如果家庭能给予她更多的温暖，她就不会变得孤僻、自闭；如果家庭对她尽心地进行监护，她就不会过早地涉入婚恋；如果我当时能无所顾忌地将自己的想法早点告诉她；如果单位领导发现苗头后正确引导；如果我的朋友——可怜的受害者建国，不是采取那么极端的手段，而是审时度势做出合理的决定；如果……但是，大家都没有将这许许多多的

“如果”变成现实，结果酿成了那么严重的后果，既然如此，这责任凭什么要她一个人来担呢？

万晓阳黑亮的眼睛闭上，再睁开时眼窝里旋出一些泪花，慢慢地一圈一圈地旋着，聚成泪水滑落出来，顺着脸颊流下，她赶紧将信纸收起，泪珠坠落桌上，摔碎了。

文昌德递上了纸巾。

“谢谢，这么多年我都找不出一个可以宽慰自己的理由，这封信就留我这儿吧，作个纪念。”万晓阳用充满感激的语气说。

“好吧，省得我每搬一次家都要刻意地去保存它，我相信许多人都会理解你的。”文昌德像大哥哥般安慰她。

“这辈子认识你真好。”万晓阳泪眼婆娑。

“我下午五点的飞机，把我忘了吧，因为我不该用泪水填满你的世界。”